浙江大学一流基础骨干学科建设计划
资助项目

浙大中文学术丛书

胡可先 著

宋代诗词实证 研究

ZHEJIANG UNIVERSITY PRESS
浙江大学出版社

自 序

我从 20 世纪 80 年代初期开始从事唐宋文学研究，其间虽经社会转型，时代巨变，但研究方向一直没有变化。唐代文学研究著作我已经出版过十余部，宋代文学研究著作却很少出版。适遇"浙大中文学术丛书"之策划编纂，遂董理旧文，次为五编。

第一编为"宋代词人年谱"。我在 20 世纪 90 年代中期，师从吴熊和先生研治宋词，着手"宋词汇评"和"宋词编年"工作，并撰写重要词人年谱。大约用了一年时间，编写了《毛滂年谱》《韩元吉年谱》《朱敦儒年谱》《赵彦端年谱》《吴潜年谱》《刘辰翁年谱》等初稿。其中毛滂、韩元吉、赵彦端三家年谱刊发问世，其他年谱遂搁置一边。21 世纪以来，我的主体研究又回到了唐代文学领域，故藏于箧中的年谱遂不再有刊发之念想。今将已经发表的三家年谱加上《黄庭坚词系年》汇为一编，以作为从师学习并传承夏承焘、吴熊和先生开启的浙江大学词学学脉的一点印痕。

第二编为"宋代词学研究"。选录了七篇论文，渊源有两个方面：一是有关欧阳修词的研究，与编纂《欧阳修词校注》相关。大约在十年前，我与同门学兄沈松勤、陶然分工协作，集中进行宋代名家词的整理，松勤兄整理张先、苏轼二家词，陶然兄整理柳永词，我整理欧阳修词。在整理过程中，我又请博士生徐迈（现为北京大学出版社副编审）合作，完成后由上海古籍出版社出版。收入本书的三篇论文，就是我们整理欧阳修词过程中一些思考的总结。二是集中于宋词作年的考证和词家的叙录，这与师从吴熊和先生攻博时从事"宋词汇评"的编纂有关。当时撰写此书时，对于相关的新材料、新思考，也都录于别纸，后来就略作整理，在一些学术研讨会上交流和相关专业刊物发表。

第三编为"宋代诗学研究"。我对宋诗的研究，要比宋词研究早得多，这与我以前工作的地点有关。记得 20 世纪 80 年代在徐州师范学院（现江苏师范大学）工作时，对于苏轼和陈师道的诗文阅读最多，盖因陈师道是徐州人，而徐州也是苏轼创作的辉煌时期。但是撰写论文还是以后的事情。如研究汪辟疆手批《苏诗选评笺释》的两篇论文，缘于我在浙江大学中文系资料室看书，发现这一手批稿本，于是进行研究。至于研究张敦颐一文，则是攻读博士时闲中练笔之作，契机是读到了新出土的《衡阳守张敦颐埋文》，但他既是理学家，又有诗文传世，现在看来，这一研究还是颇有意义的。

第四编为"《全宋诗》考补"。20 世纪 90 年代，我对宋诗有着浓厚的兴趣，《全宋诗》最早的五册出版，我第一时间购买，如饥似渴地阅读，不久发现了诸多问题，于是就努力进行订误和辑佚。到了浙大工作后，接触了更多的资料，大概到了 2005 年就辑补了超过两千首宋代佚诗，加上订正文字，综合起来完成了近三十万字的论著初稿。其间也将一些重要部分抽出刊载，以求同行专家指教。但随着自己认识的提高与变化，尤其是近年常将宋诗辑佚和唐诗辑佚的难易进行比较，发现宋诗辑佚的挑战性远逊于唐诗辑佚，因此就有终止研究的念头，已经写成的著作也不拟出版问世。选入本书的七篇论文，权当我对这项研究的简单了结。

第五编为"宋代徽州文学研究"。我在学术研究过程中，比较注重中央与地方的关系。研究唐代文学既关注长安和洛阳，也关注西域和东南；研究宋代文学既关注开封和杭州，也关注徽州和江西。因此，地域文学一直是我关注的重要方面。我研究宋代徽州文学，主要在世纪之交的那几年，当时感受到研究徽州文学者主要集中于明清时期徽商与文学的关系，以及一些俗文学，而对于徽州文学的源头重视不够，需要正本清源，故而陆续写了几篇文章，做一些力所能及的探讨。但这项研究仅写了两篇文章，有始无终。

五编的内容都集中于诗词两种文类，运用实证的研究方法通贯其中，故定名为《宋代诗词实证研究》。所收诸文，除文字订正、格式统一之外，大体存录发表时旧貌。这既是因为能够存留部分学术研究的轨迹，同时也因我近年来几尽全力集中于唐代文学研究，对于宋代文学的思考显得力不从心。书中脱误舛讹之处，幸祈读者赐教。

己亥五月，胡可先谨述

目　录

第四编 《全宋诗》考补

第五编 宋代徽州文学研究

第一编 宋代词人年谱

毛滂年谱

　　毛滂（1060—？），字泽民，号东堂，衢州江山（今浙江江山）人。尝为杭州、饶州等法曹参军。元符元年，知武康县，颇多惠政。历官祠部员外郎，后知秀州。毛滂工诗善文，尤长乐府，有《东堂词》一卷，东坡誉为"秋兴之作，追配骚人"（《与毛泽民推官书》）。《四库全书总目》卷一一五称："其诗有风发泉涌之致，颇为豪放不羁，文亦大气盘礴，汪洋恣肆。"周辉《清波杂志》卷九谓："语尽而意不尽，意尽而情不尽，何酷似少游也。"《直斋书录解题》卷一七《别集类》载有毛滂《乐府》二卷，已佚。同书卷二一《歌词类》载有《东堂词》一卷。汲古阁《六十名家词》本《东堂词》一卷，共 203 首。《彊村丛书》本《东堂词》一卷，亦 203 首。《全宋词》收毛滂词 201 首，附录 3 首。孔凡礼《全宋词补辑》据《诗渊》辑得 2 首。因为毛滂在徽宗时曾依附曾布、蔡卞，颂谀蔡京而得进用，其人品颇为时论所不满。加以其生平事迹，颇多疑窦，故古今论者，众说纷纭。今对毛滂生活及其作品加以考订，对宋代词学研究亦颇有意义。然因其生平事迹不甚详尽，有待于以后进一步研究。

　　毛滂，字泽民，号东堂。

　　宋谈钥《嘉泰吴兴志》卷一五《县令题名·武康县》："毛滂，《旧编》云：毛滂字泽民。"元单庆、徐硕《至元嘉禾志》卷一三《人物·嘉兴县》："宋毛滂字泽民。"《嘉靖武康县志》卷六《名宦传》："毛滂字泽民。"清厉鹗《宋诗纪事》卷二九《毛滂》条："毛滂字泽民。"同治《江山县志》卷八《文苑》："毛滂，《两浙名贤录》：字泽民，江山人。"道光《武康县志》卷一七《名宦》："毛滂字泽民，三衢人。"

　　毛滂《东堂词》有《蓦山溪》词自序："东堂，武康县令舍尽心堂也，仆改名东堂。"其述东堂颇详，参元符二年记事。后即以东堂名集，并以自号。

　　衢州江山人。

《东堂集》卷九《饶州州学建进士题名记》，文末题："三衢毛某为作《进士题名记》。"《嘉靖武康县志》卷六《名宦传》："毛滂字泽民，三衢人。"《宋诗纪事》卷二九《毛滂》条："滂字泽民，衢州人。"《宋史翼》卷二三《毛滂传》："毛滂字泽民，江山人。"明天启《江山县志》卷一四引《毛氏祠堂记》："江山毛氏，派自晋将宝之孙璩，三世拥有节旄，墓葬西安南一里。赵宋以来，衣冠灿然。举于乡，擢进士第及贤良者，凡五十有八人，盛哉可睹矣。"《衢州府志》卷二九《艺文》载宋俊《毛善士传》："衢有支邑曰江山。……邑以四姓擅名，而县前毛为尤著。"

祖父德洪，曾官工部侍郎。

据锐声《毛滂家世叙略》①所考。其依据为毛氏族谱，当可信。然笔者未曾寓目族谱。

父国镇。

《苏轼诗集》卷三一王注："毛国镇，三衢人，以省郎之筠州子由谪所，部中相与厚善，唱酬甚多。国镇与赵清献阅道旧契。时阅道方养老'高斋'，国镇因告归，公为书《归去来》词以美之。其子滂，尝见公于黄，子由亦有《赠毛滂斋郎》诗。公知其父子者久矣。"《东堂集》卷一〇《司法参军毛文若墓志铭》："先君有不肖子滂，愚不及事，弗克负荷大托，使其忧劳病心，神明忽忽不宁。既克葬，家日贫。顾视形影，惧死无以见先君于地下。"

妻赵英，清献公赵抃孙女。於潜令赵峾之女。

《东堂集》卷一〇《赵氏夫人墓志铭》："亡妻南阳赵氏，讳英。……清献公生於潜令讳峾，娶时氏，封西安县君，生夫人。於潜有令闻，蚤死。公以夫人归于我。"苏轼《赵清献公神道碑》："子二人，长曰峾，终杭州於潜县令。"《咸淳临安志》卷九《秩官》於潜县："赵抃，清献公长子。见东坡撰《清献公墓志》。"

堂兄瀚，字文若，为池州司法参军。

《东堂集》卷一〇有《司法参军毛文若墓志铭》，知毛瀚字文若，为毛滂堂兄。官终池州司法参军。瀚之父为毛维唐。

毛滂同辈有毛渐、毛注等人。

———

①《天津师大学报》1986 年第 6 期。

锐声《毛滂家世叙略》云："在毛滂的同辈中，有毛渐、毛注，以其皆衢州江山人，应是族兄弟行，《宋史》有传，毛渐登治平四年（1067年）丁未进士，官至龙图阁待制。《宋史·艺文志》标其《表奏》十卷传世。毛注为元丰五年（1082年）壬戌进士，官至殿中侍御史。此外，尚有毛沂，登熙宁六年（1073年）癸丑进士，任扬州司理；毛濛，元祐六年（1091年）辛未进士，官朝奉郎；毛濬，政和五年（1115年）乙未进士，官桃源令。（见《江山县志》卷九）"①

佺友龙，政和间由翰林学士、礼部尚书出守乡郡。

《毛滂家世叙略》云："晚辈中有毛友，字达可又名友龙者，名最高，《宋史》有传。大观元年（1107年）丁亥进士，政和间由翰林学士、礼部尚书出守乡郡。《东堂集》卷二有七言古诗一首，题云'友龙佺来别，留诗次韵'，当是大观前叔佺相会，赋别之作。又有毛国英者，为毛滂从子，南渡时为岳飞所称诩，云'诗人也！'事见宋人赵与虤《娱书堂诗话》卷上。"②按毛国英疑非毛滂从子，因毛滂之父为国镇也。又同治《江山县志》卷九《人物志》二《名宦》："毛友字达可，少游太学，与乡人冯熙载、卢襄号三俊。崇宁间累迁广陵帅，了翁陈瓘移山阳，道由江都，瓘先遣书遗之，即出郊候，瓘语极推诚。寻守镇江，方腊已残，睦歙监司犹不以实闻，友奏言之时，宰怒其张皇，遂与宫观。其谢表曰：'两郡生灵已罹非命，一道使者犹谓无他。'瓘闻之，以书誉于亲旧曰：'蔽遮江淮，阴遏贼势，斯人有助也。'屡官至端明殿学士。一云西安人。"

嘉祐六年辛丑（1061），毛滂生，一岁

毛滂生于本年。

有关毛滂生卒年，说法颇不一致。大致有以下诸说：

一、陆侃如、冯沅君《中国诗史》卷三以为毛滂约生于至和二年（1055），卒于宣和二年（1120）。

二、唐圭璋《宋词四考·两宋词人时代先后考》以为毛滂生于至和年间

（1054—1056），卒于宣和二年。

三、姜亮夫《历代人物年里碑传综表》以为毛滂生于治平四年（1067），卒于宣和末，五十七岁以上。阙名《毛滂年表》同。（谢巍《中国历代人物年谱考录》第六卷引）

四、周笃文《毛东堂行实考略》①以为毛滂生于治平元年（1064）。

五、周少雄《毛滂生卒考略》②以为毛滂生于嘉祐五年（1060），卒于宣和末后。

按《东堂集》卷一《拟秋兴赋》序："前得郡掾曹，故自勉以行，时去庐而将南，泊郊寺而逢秋。舍馆高明，山水秀合，夕飙入帘，晓凉侵榻，爬搔隐几，星发垂胝。昔潘安仁三十有二，始见二毛，寓直散骑省而有江湖山薮之思。仆少潘安仁八岁，时异事殊，而其志不同，顾头独蚤白耳。"

序言"仆少潘安仁八岁"，是作赋时二十四岁。序言得郡掾曹前乃"初无宦情，不知委曲以向物，七年荷锸灌园，追踪丈人"，是此赋乃初得官之作。考《东堂集》卷九有《鄞州新修县尉司记》题："元丰七年六月一日。"其初官即在鄞州，前推二十四年即嘉祐六年。

又《东堂集》卷八《重上时相书》："某今年五十七岁矣，宦游更三十许年，官不过从六品。"所谓"官不过从六品"，从六品官当是知秀州。同书卷一〇《双竹赞》："政和甲午，臣某蒙恩佩嘉禾章，得治其民。"甲午即政和四年（1114），是年始知秀州。又《重上时相书》有"某去年抱不测之罪，……赖主上宽仁幸赦之"语，则文作于罢秀州之次年，即政和七年。以此年五十七岁推之，其生年为嘉祐六年（1061）。又毛滂元丰六年初得官，至此凡三十三年，与文中"宦游三十许年"亦相吻合。今故定毛滂生年为嘉祐六年。

元丰六年癸亥（1083），毛滂二十三岁

毛滂本年在京。作《龙图阁直学士太中大夫知亳州王益柔可差知江宁府制》等。

---

① 《文学评论》1984年第2期。

② 《浙江师范学院学报（社会科学版）》1984年第4期。

《东堂集》卷五有《龙图阁直学士太中大夫知亳州王益柔可差知江宁府制》。据《景定建康志》卷一三《建康表》：元丰六年，"八月五日，以龙图阁直学士、太中大夫王益柔知府事。七年六月，移知应天府"《北宋经抚年表》卷四："（元丰）六年，王益柔。六月己巳，（陈）绎降，八月五日，秘书监亳州王益柔知江宁，以龙图阁直学士。七年，王安礼。七月甲寅，左丞王安礼知江宁，益柔改应天。"《宋史》卷二八六《王曙传》："（子）益柔，字胜之。……迁龙图阁直学士、秘书监，知蔡、扬、亳州、江宁、应天府。卒，年七十二。"

《东堂集》卷五有《承议郎直集贤院范育可权发遣凤翔府制》。按《宋史》卷三〇三《范祥传》："范祥字晋公，邠州三水人。……（子）育字巽之，举进士，为泾阳令。……久之，知河中府，加直集贤院，徙凤翔，以直龙图阁镇秦州。"《北宋经抚年表》卷三："（元丰）八年，吴雍。《长编》：七月丙辰，雍自秦州为户部侍郎。十月丁卯，范育知秦州。"则由凤翔移秦州。其始任凤翔则当在六年。因宋时守臣或二年，或三年即当满任，至绍兴九年则改为二年任满，见《宋史》卷一六七《职官志》。

按，制诰乃中书舍人或翰林学士所为，若毛滂其时官不至此，则此二制或代他人所作。俟详考。

【编年文】《龙图阁直学士太中大夫知亳州王益柔可差知江宁府制》（《东堂集》卷五）。《承议郎直集贤院范育可权发遣凤翔府制》（同上）。

元丰七年甲子（1084），毛滂二十四岁

毛滂为郓州掾曹。

《东堂集》卷一《拟秋兴赋》序："仆少多难，初无宦情，不知委曲以向物，七年荷锸灌园，追踪丈人，自惟遭世清平，朝廷有道，君子在治，贫贱耻矣。妻孥糠豆，日觉不赡。前得郡掾曹，故自勉以行，时去庐而将南，泊郊寺而逢秋。舍馆高明，山水秀合，夕飙入帘，晓凉侵榻，爬搔隐几，星发垂胵。昔潘安仁三十有二，始见二毛，寓直散骑省而有江湖山薮之思。仆少潘安仁八岁，时异事殊，而其志不同，顾头独斑白耳。今兹远畏日之烦歊，接萧辰之清厉，追数节物之变，摹写田家之乐，驱除肝肺之郁滞，作《拟秋兴赋》以自见。"即二十四岁作。《东堂集》卷九《郓州新修县尉司记》题："元丰七年六月一日。"

【编年文】《拟秋兴赋》(《东堂集》卷一)。《郓州新修县尉司记》(《东堂集》卷九)。

元丰八年乙丑（1085），毛滂二十五岁

毛滂在京。作《朝议大夫守吏部尚书曾孝宽可资政殿学士知颍昌府制》。

《东堂集》卷五有《朝议大夫守吏部尚书曾孝宽可资政殿学士知颍昌府制》。《北宋经抚年表》卷二：元丰八年，"《长编》：十二月甲戌，知颍昌孙永工部尚书。是日，吏部尚书曾孝宽知颍昌"。孝宽，《宋史》卷二一二有传，但漏载知颍昌事。

【编年文】《朝议大夫守吏部尚书曾孝宽可资政殿学士知颍昌府制》(《东堂集》卷五)。

元祐二年丁卯（1087），毛滂二十七岁

毛滂为杭州法曹参军。

《苏轼诗集》卷三一《次韵毛滂法曹感雨》诗施元之注："毛滂，字泽民。元祐初，东坡在翰苑，泽民自浙入京，以书赘文一篇自通。"东坡明年在翰林学士任作书荐毛滂堪充文章典丽可备著述科。是本年毛滂在杭州法曹参军任上。

元祐三年戊辰（1088），毛滂二十八岁

毛滂为杭州法曹参军，移饶州司法参军。苏轼保举其为堪充文章典丽可备著述科。

《东堂集》卷六《再答苏子瞻书》："仲夏毒热，伏惟内翰先生台候起居万福，昨晚得所赐台翰，伏读百过。"后附苏轼《荐状》云："翰林学士、朝奉郎知制诰兼侍读臣苏轼：右臣伏睹新授饶州司法参军毛滂，文词雅健，有超世之韵；气节端厉，无徇人之意。及臣尝见其所作文、论、骚词，与闻其议论，皆于时可用。今保举堪充文章典丽可备著述科，如蒙朝廷擢用，后不如所举，甘伏朝典，不辞。谨录奏。"

按，《宋史》卷三三八《苏轼传》："元祐元年，轼以七品服入侍延和，即赐银绯，迁中书舍人。……寻除翰林学士。二年，兼侍读。……三年，权知礼

部贡举。会大雪苦寒,士坐庭中,噤未能言。轼宽其禁约,使得尽技。……四年,积以论事,为当轴者所恨。轼恐不见容,请外拜龙图阁学士、知杭州。"宋周淙《乾道临安志》卷三《牧守》:"苏轼,元祐四年三月丁亥,以翰林学士苏轼为龙图阁学士、知杭州。"而毛滂《再答苏子瞻书》有"仲夏毒热"语,是为三年作,其年夏前毛滂已移饶州司法参军。然此时尚未离杭,详下年记事。

宋周辉《清波杂志》卷九《郴州词》条:"'泪湿阑干花著露,愁到眉峰碧聚。此恨平分取,更无言语空相觑。 断雨残云无意绪,寂寞朝朝暮暮。今夜山深处,断魂分付潮回去。'毛泽民元祐间罢杭州法曹,至富阳所作《赠别》也。因是受知东坡。"罢杭州法曹即本年。

按,诸书记载毛滂罢杭州法曹至富阳,东坡追回事,实误,今辨之。

《至元嘉禾志》卷一三《人物》:"毛滂字泽民,徽宗政和间守是邦,因家焉。先是,哲宗元祐间,东坡守杭,公为法曹,秩满辞去。是夕,坡宴客,有妓歌《惜分飞》词,坡问谁作,妓以毛法曹对。坡语座客曰:'郡寮有词人而不知,某之罪也。'翌日折简追还。留连数月,公因此得名。"《宋诗纪事》卷二九《毛滂》条:"滂字泽民,衢州人。为杭州法曹,任满去,抵富阳,以词为东坡所赏,追还。"同治《武康县志》卷八《文苑》引《两浙名贤录》:"元祐中,苏轼守钱塘,滂为法曹,秩满辞去。是夕燕客,有籍妓歌赠别小词,落句云:'今夜山深处,断魂分付潮回去。'轼以为佳,因问妓谁作,以毛法曹对。轼语坐客曰:'郡寮有此词人不及知,轼之罪也。'翌日折简追还,留连数月。滂因此得名。官至祠部副郎,知秀州。"又引《成绥志》:"施注苏诗云:元祐初,公在翰苑,泽民自浙入京,以诗贽文一编自通。公出守钱塘,泽民适为掾,是苏与泽民非素不相闻者也。燕客一事,似非实录。"又引《尚友录》:"苏轼守杭州,滂为法曹,轼得其所贽文,深器重之,后荐于朝,擢知秀州。所著有《东堂集》十二卷。"

据前所考,苏轼为翰林学士时,即本年夏前荐毛滂时已称"新授饶州司法参军毛滂",而知杭在明年三月,殊为不合。毛滂于四年二月二十八日已在饶州法曹司,见《东堂集》卷一〇《吴氏埋铭》,是时苏轼尚未抵杭。此事盖因毛滂《惜分飞》词曾受知东坡附会而成。

经富阳,作《惜分飞》词。

《惜分飞·富阳僧舍代作语别》。按据前引宋周辉《清波杂志》卷九《郴阳词》条,知词为毛滂罢杭州法曹参军时经富阳所作。据《苏轼诗集》卷三一《次韵毛滂法曹感雨》诗施元之注:"毛滂,字泽民。元祐初,东坡在翰苑,泽民自浙入京,以书赞文一篇自通。"言浙即指为杭州法曹事。又毛滂《东堂集》卷六《再答苏子瞻书》:"仲夏毒热,伏惟内翰先生台候起居万福,昨晚得所赐台翰,伏读百过。"后附苏轼《荐状》云:"翰林学士、朝奉郎知制诰兼侍读臣苏轼:右臣伏睹新授饶州司法参军毛滂,文词雅健,有超世之韵;气节端厉,无徇人之意。及臣尝见其所作文、论、骚词,与闻其议论,皆于时可用。今保举堪充文章典丽,可备著述科,如蒙朝廷擢用,后不知所举,甘伏朝典,不辞。谨录奏。"是苏轼引荐时,滂已新授饶州法曹,即由杭州法曹徙任。而离杭时先至富阳然后赴京,故苏轼保举其堪充文章典丽可备著述科。苏轼保举毛滂事,见本年上条纪事。宋周淙《乾道临安志》卷三《牧守》:"苏轼,元祐四年三月丁亥,以翰林学士苏轼为龙图阁学士、知杭州。"毛滂《再答苏子瞻书》有"仲夏毒热"语,是作于三年夏末。《惜分飞》词即作于本年夏日离杭后、赴京前。

《惜分飞·富阳水寺秋夕望月》。此词疑本年苏轼保举未成,而于秋赴饶州法曹任又取道富阳时作。其抵饶州司法参军任在本年秋,参下条《水调歌头》词考。

秋,抵饶州。

《东堂词》有《水调歌头·拟饶州法曹掾作》词,有"晞尽草头秋露,掩鼻出东山"云云,则抵任当在秋日。盖因本年夏末尚在京,明年二月已在饶州也。

本年,作毛文若墓志铭。

《东堂集》卷一〇《司法参军毛文若墓志铭》:"九月庚申,克葬于此,实元祐三年。"

【编年词】《惜分飞·富阳僧舍代作别语》(《东堂词》)。《水调歌头·拟饶州法曹掾作》(同上)。《惜分飞·富阳水寺秋夕望月》(同上)。

【编年文】《再答苏子瞻书》(《东堂集》卷六)。《司法参军毛文若墓志铭》(《东堂集》卷一〇)。

元祐四年己巳(1089),毛滂二十九岁

毛滂在饶州司法参军任。三月,苏轼知杭州,毛滂作《贺苏内翰启》。

《东堂集》卷五《贺苏内翰启》:"嘉祐之间,共识凤凰景星之瑞;元丰之末,益知泰山北斗之尊。……顷得州于第一,由所请之再三。""得州于第一"即指

苏轼知杭州。苏轼本年三月由翰林学士知杭州，见本谱元祐三年记事。

与苏轼诗歌唱和。

毛滂有《响应祷雨寄苏文忠公》诗（《嘉靖武康县志》卷五）："雪意不肯休，垂垂阁云端。余暖蒸衣袭，势作堕指寒。曛黄阴雨来，俄忽急雨霎。空阶答檐语，跳珠上阑干。世尊俨无说，冻坐谁为欢。萧条僧舍影，痴兀依蒲团。相照临短檠，坐恐膏油干。劳生竟何如，岁月如走丸。七星在长剑，细事何足弹。尚想丘园人，惭颊时一丹。徘徊经屠门，饱意只自谩。顾惟淬牛刀，庶足厌一餐。不然学农圃，趁此筋力完。年丰得饱饭，日晏眠茅茇。咄嗟万里空，俯仰百岁殚。行止信流坎，所遇随足安。勋名片纸薄，天地如瓢箪。离骚幸相逢，浊酒聊自宽。谁与谈此心，夜气方漫漫。绝墙过饥鼠，翻倒争余残。"

《苏轼诗集》卷三一《次韵毛法曹感雨》："江南佳公子，遗我锦绣端。揽之温如春，公子焉得寒。兴雨自有时，肤寸便濛霎。敛藏以自润，牛斗何足干。空庭月与影，强结三友欢。我岂不足钦，要此清团团。欲欢在一醉，常恐樽中干。舍酒尚可乐，明珠如弹丸。但恐千仞雀，忽忽发虚弹。迨子闲暇时，种子田中丹。一朝涉世故，空腹容欺谩。我顷在东坡，秋菊为夕餐。永愧坡间人，布褐为我完。雪堂初覆瓦，上簟无下莞。时时亦设客，每醉筒辄殚。一笑便倾倒，五年得轻安。公子岂我徒，衣钵传一箪。定非郊与岛，笔势江河宽。悲吟古寺中，穿帷雪漫漫。他年记此味，芋火对懒残。"

按苏轼此诗作于元祐四年，《苏轼诗集》本卷收古今体诗四十四首，引王文诰案："起元祐四年己巳正月，在翰林学士知制诰兼侍读任，三月，除龙图阁学士充浙西路兵马钤辖知杭州军州事，四月出京，五月至南都，六月渡江入浙西境，七月到杭州任，至十二月作。"宋施宿《东坡先生年谱》下系此诗于元祐四年。考毛滂诗有"雪意不肯休"句，盖作于冬日，时东坡在知杭州任。

妻赵英卒。

据《东堂集》卷一〇《赵氏夫人墓志铭》，赵英元祐四年卒，时年二十八，生三男：毛珪、毛玠、毛瑰。一女，许嫁直宣德郎通判河州王端。

毛滂与赵英婚后感情甚笃，《东堂词》有《嫷人娇·约归期偶参差戏作寄内》："短棹犹停，寸心先往。说归期、唤做的当。夕阳下地，重城远样。风露冷，高楼误伊等望。　夜孤村，月明怎向。依还是梦回绣幌。远山想像。秋波荡漾。明夜里，与伊画著眉上。"

【编年诗】《响应祷雨寄苏文忠公》(《嘉靖武康县志》卷五)。

【编年文】《贺苏内翰启》(《东堂集》卷五)。

元祐五年庚午（1090），毛滂三十岁

毛滂在饶州司法参军任。

《东堂集》卷九《饶州州学建进士题名记》："元祐五年春，既刻《学记》，又刻《教授题名记》，又刻《进士登科姓名》；而大其碑，盖又以待诸生云。三衢毛某为作进士题名记。"

《东堂集》卷一〇《吴氏埋铭》："元祐四年二月十八日，居士吕博闻继室吴氏卒，五年九月二十四日，葬余干县政新乡焦原。前事之日，其子弼康诣郡司法曹毛某。上谒，泣，再拜乞铭。"

【编年文】《饶州州学建进士题名记》(《东堂集》卷九)。《吴氏埋铭》(《东堂集》卷一〇)。

元祐六年辛未（1091），毛滂三十一岁

毛滂在饶州司法参军任。本年曾至余干县。

《东堂集》卷九《自得斋记》："仆顷过余干，令饭，有客下座，气貌魁岸，望之甚伟。令云簿君，尚书宋公之孙。……于兹三年矣。"三年前过余干，当指在饶州司法参军任时。

元祐七年壬申（1092），毛滂三十二岁

毛滂在饶州司法参军任。为利州清风楼连云观作记。

《东堂集》卷九《连云观记》："元祐七年夏六月，利州修清风楼为连云观。秋七月，太守王公以书赴鄱阳，告某曰……"

【编年文】《连云观记》(《东堂集》卷九)。

元祐八年癸酉（1093），毛滂三十三岁

毛滂在镇江事蔡卞。

宋王明清《挥麈后录》卷七："毛泽民受知曾文肃（布），擢置馆阁。文肃南迁，坐党与得罪流落。久之，蔡元度（卞）镇润州，与泽民俱临川王氏婿，泽民倾心事之惟谨。一日家集，观池中鸳鸯，元度席上赋诗，末句云：'莫学饥鹰饱便飞。'泽民即席和以呈元度曰：'贪恋恩波未肯飞。'元度夫人笑曰：'岂非适从曾相公池中飞过来者邪。'泽民惭，不能举首。"据《嘉泰会稽志》卷二《太守》："蔡卞，元祐六年六月以龙图阁待制知，八年五月移润州。"《宋史》卷四七二《蔡卞传》："历扬、广、越、润、陈五州，绍圣元年，复为中书舍人。"

作《感皇恩》等词。

《东堂词》有《感皇恩·镇江待闸》词，即本年在镇江从蔡卞时作。

又有《点绛唇·惠山夜月赠鼓琴者》词。惠山在无锡，元佚名《无锡志》卷二《山川》："惠山在州西境内，去州七里，当锡山之西南。"词有"绣岭横秋"句，当本年秋离镇江东归时经无锡惠山之作。

本年，赵岍妻氏夫人卒，毛滂为作墓志铭。

《东堂集》卷一〇《牛氏夫人墓志铭》："元祐八年十月十五日卒。"

【编年词】《感皇恩·镇江待闸》（《东堂词》）。《点绛唇·惠山夜月赠鼓琴者》（同上）。

【编年文】《牛氏夫人墓志铭》（《东堂集》卷一〇）。

绍圣元年甲戌（1094），毛滂三十四岁

毛滂为衢州推官。

《东堂集》卷二有《宿莲花寺，顷从清献公游，今十年矣》："十年犹仿佛，一梦自凄凉。"按，清献公即赵抃，毛滂岳祖父，字阅道，衢州西安人。元丰七年（1084）卒，见苏轼《赵清献公墓志铭》。此诗乃毛滂于赵抃死后十年在衢州莲花山祭赵墓之作，即当绍圣元年。故知本年毛滂或已为衢州推官。

【编年诗】《宿莲花寺，顷从清献公游，今十年矣》（《东堂集》卷二）。

绍圣二年乙亥（1095），毛滂三十五岁

毛滂为衢州推官。与太守曹辅游。

《东堂词》有《于飞乐·和太守曹子方》。按曹子方即曹辅，《苏轼诗集》卷三〇《送曹辅赴闽漕》诗，施注："曹辅，字子方，海陵人。元祐三年九月，自太仆丞为福建转运判官。东坡继出守钱塘，同过吴兴，作《后六客词》，子方其一也。子方以诗寄垄源新芽，当是闽中所寄，子方自闽归道钱塘，有《真觉院瑞香花雪中同游西湖》二诗。元丰七年间，为鄜延路经略司勾当公事，故诗云：'往来戎马间，边风裂儒冠。诗成横槊里，楮墨何曾干。'后提点广西刑狱，先生在惠，数有往来书帖。元祐党祸，诸贤多在巡内，子方不阿时好，周恤备至，时论与之。绍圣二年，移守衢州。"按本词当为曹子方守衢时，毛滂相和之作。其时毛滂为衢州推官。在衢州时，与曹子方颇多诗歌唱和，见于《东堂集》，不详录。秦观《淮海集》卷三九有《曹虢州诗序》，知其盖终于知虢州任。又宋任渊《山谷内集诗注》原目："元祐三年：《次韵答曹子方杂言》。曹辅字子方，东坡有《送曹辅赴闽漕》诗，在《好头赤》诗后。据《实录》，元祐三年九月，太仆寺丞曹辅权发遣福建路转运判官。山谷此诗，盖辅未出使前所作，今系于此。"

《东堂集》卷一有《寄曹子方使君》、卷二有《对雪作诗未竟曹使君寄声招饮因成篇以寄》。《次韵曹子方对雪以诗见招观灯》，作于春，又有《对岩桂一首寄曹使君》《陪曹使君饮郭别乘舍夜归奉寄》《曹使君置酒石桥山用肉字韵作诗见招不果往复用前韵奉寄》《寄曹使君》（有"幕中墨客随车后"语）。卷三有《次韵曹子方》。卷四有《曹使君舍夜饮归步月出城山色如画作诗一首寄曹》。

【编年词】《于飞乐·和太守曹子方》（《东堂词》）。

【编年诗】《寄曹子方使君》（《东堂集》卷（一）。《对雪作诗未竟曹使君寄声招饮因成篇以寄》（卷二）。《次韵曹子方对雪以诗见招观灯》（同上）。《对岩桂一首寄曹使君》（同上）。《陪曹使君饮郭别乘舍夜归春寄》（同上）。《曹使君置酒石桥山用肉字韵作诗见招不果往复用前韵奉寄》（同上）。《寄曹使君》（同上）。《次韵曹子方》（《东堂集》卷三）。《曹使君舍夜饮归步月出城山色如画作诗一首寄曹》（《东堂集》卷四）。

绍圣三年丙子（1096），毛滂三十六岁

毛滂为衢州推官。为郡守孙贲作《双石堂记》。

《东堂集》卷九《双石堂记》："韩魏公客齐安，孙贲公素为衢州。始至，尽坏州治屏障，达其隐蔽而重门洞开。……聊记其略，以附三衢故事。绍圣三年二月二十五日。"

按孙公素即孙贲，字公素。《续资治通鉴长编》卷三四七注云："韩琦门人孙贲。贲，黄州人。"同书卷三一二：元丰四年五月癸丑，孙贲在阳翟县令任。同书卷四五四：元祐六年正月，"知真州孙贲除开封府。闻贲傲虐不检，侈迹甚著，诏罢"。又卷五一六：元符二年闰九月，"秦凤路提点刑狱孙贲特冲替"。又刘攽《彭城集》卷二〇有《朝散郎孙贲可知邵州制》。张舜民《画墁集》卷三有《孙贲知衢州去疑冢以其所得双石作堂乞诗》《送比部孙郎中将漕二浙》诗。

周笃文《毛东堂行实考略》云："绍圣间为衢州推官，见东坡自惠州与毛滂书。其间与府主孙公素贲诗酒唱和，相得极欢。"注云："东坡自惠州贬所，复书泽民公素，称毛滂为推官，当指滂在衢州之现职。"[1] 按其说可从。

又《苏轼文集》卷五三《答毛泽民书》七首之三：题注："以下俱惠州。"书云："某启。公素人来，得书累幅。既闻起居之详，又获新诗一篇，及公素寄示《双石堂记》。居夷久矣，不意复闻《韶》《濩》之余音，喜慰之极，无以云喻。久废笔砚，不敢继和，必识此意。会合无期，临书惘惘。秋暑，万万以时自厚，不宣。"按此秋间作，苏轼绍圣四年四月责授琼州别驾。故此书以下数首皆为绍圣三年作。不详录。

作《武陵春》等词。

《东堂词》有《武陵春》（城上落梅风料峭）。词序云："正月二日，天寒欲雪，孙使君置酒作乐，宾客插花剧饮，明日当立春。"孙使君即孙贲，字公素。词为正月初三立春日作。据陈垣《中西回史日历》推算，绍圣三年正月初三立春。又同调词有《正月十四日夜，孙使君席上观雪，继而月复明》词，次于此词后，当同年先后之作。

---

[1]《文学评论》1984 年第 2 期。

《武陵春》（风过冰檐环佩响）。词序云："正月十四日夜，孙使君席上观雪，继而月复明。"此当与同调"城上落梅风料峭"词先后同时作。因紧次其后，且节令、人物均相同故也。

《玉楼春·赠孙守公素》。按词有"三衢太守文章伯，七月政成如戏剧"语，据知孙公素乃衢州太守，莅任七月。孙即曹辅之后任。又有"好在魏公门下客"语，则其时毛滂为衢州推官。按毛滂有《西江月·次韵孙使君赏花见寄，时仆武康待次》词，作于元符元年春毛滂移知武康县将离衢州时作。其时孙公素亦将罢任。北宋时知州满任为二年，是孙公素始知衢州当绍圣三年春前。又绍圣三年正月初三日立春时，孙贲已在知衢州任，见上条《武陵春》（城上落梅风料峭）所考，据知孙公素始知衢州当在绍圣二年底。以此下延七月，词当为本年秋时作。

《摊声浣溪沙》（日照门前千万峰）。词序云："天雨新晴，孙使君宴客双石堂，遣官奴试小龙茶。"按《东堂集》卷九《双石堂记》："大丞相韩魏公客齐安，孙贲公素为衢州。始至，尽坏州治屏障，达其隐蔽而重门洞开。……聊记其略，以附三衢故事。绍圣三年二月二十五日。"是双石堂建成于绍圣三年二月。词有"晴飙先扫冻云空"之语，则作于秋冬之际，即本年或稍后。

《摊声浣溪沙》（日转堂阴一线添）。词序云："冬至日，天气晏温，从孙使君步至双石堂，北望山中微雨，因开窗倚目。适二柳当前，使君命伐之，霍然遂得众山之妙。"按双石堂建成于绍圣三年二月，见本年上条所引《双石堂记》，本词当绍圣三年或稍后之冬至日所作。

《水调歌头·登衢州双石堂呈孙八太守公素》。词末自注："孙发厅事前古冢，得双石，因以为堂名。石上有昔人题识云：'叠峨眉山于文会堂前。'"按双石堂建成于绍圣三年二月，见本年上条引《双石堂记》。词有"双石健，含古色，照新堂"之语，则作于堂建成不久，故系于本年。

《踏莎行·会宗园初见梅花》。按会宗即沈蔚，字会宗。中华书局 1965 年版《全宋词》705 页《沈蔚小传》："蔚字会宗，吴兴（今湖州）人。"参下年《醉花阴·孙守席上次会宗韵》词，孙守即衢州太守孙贲，据知沈会宗园在衢州。词作于冬日，应为绍圣三年或四年。又据下年《烛影摇红·送会宗》词，作于秋日，即四年秋日会宗即离衢，毛滂相送。故此词必作于绍圣三年冬日。

【编年词】《武陵春》（城上落梅风料峭）（《东堂词》）。《武陵春》（风过冰檐环佩响）（同上）。《玉楼春·赠孙守公素》（同上）。《摊声浣溪沙》（日照门前千万峰）（同上）。《摊声浣溪沙》（日转堂阴一线添）（同上）。《水调歌头·登衢州双石堂呈孙八太守公素》（同上）。《踏莎行·会宗园初见梅花》（同上）。

【编年文】《双石堂记》（《东堂集》卷九）。

绍圣四年丁丑（1097），毛滂三十七岁

毛滂为衢州推官。作《醉花阴》等词。

《醉花阴·孙守席上次会宗韵》。按孙守即衢州太守孙贲，沈会宗即沈蔚。见绍圣三年《踏莎行·会宗园初见梅花》所考。本词作于毛滂为衢州推官，孙贲知衢州时。上文已考定孙贲绍圣二年冬末始知衢州，元符元年春离任。本词有"欲觅残春，春在屏风曲"语，则应作于绍圣三年或四年残春，姑附系于本年。

《烛影摇红·送会宗》。词末自注："会宗有小斋名梦蝶，前植橘，东偏甚广。"词有"为黄花、频开醉眼"句，作于秋日。按据上文所考，毛滂与沈蔚交游在孙贲知衢州时，即绍圣二年冬末至元符元年春。本词"送会宗"，又有"送君归去添凄断"语，则为离别之作。绍圣三年冬日，毛滂尚在衢州与沈会宗唱酬，故此词必作于四年秋日。

《遍地花·孙守席上咏牡丹》。按孙守即衢州太守孙公素。据前所考，孙公素绍圣二年冬末知衢州，元符元年春罢任。词咏牡丹，牡丹四月花盛，故本词当作于绍圣三年或四年，姑附系于本年。

【编年词】《醉花阴·孙守席上次会宗韵》（《东堂词》）。《烛影摇红·送会宗》（同上）。《遍地花·孙守席上咏牡丹》（同上）。

元符元年戊寅（1098），毛滂三十八岁

毛滂在衢州为推官。暮春后知武康县。

《东堂词》有《西江月·次韵孙使君赏花见寄，时仆武康待次》词。孙使君即知州孙贲，此词即为毛滂将赴武康时作。时在春天。毛滂又有《蝶恋花·席上和孙使君，孙暮春当受代》词，知孙使君罢衢州任与毛滂知武康县约略同时。

毛滂知武康县始于本年，而诸书记载多误，今考辨于下。

《全宋词》661页《毛滂小传》："元符二年（1099）知武康县。崇宁初，除删定官。"按此当据《嘉泰吴兴志》卷一五《县令题名》："毛滂，旧编云：毛滂字泽民，元符二年为武康令，慈爱惠下，政平讼简。时旁邑多歉，惟武康丰穰，公余多暇，寻访山水，发诸文章。"又《嘉靖武康县志》卷二《秩官表》："元符：毛滂，二年任，详传。"同书卷六《名宦传》："毛滂字泽民，三衢人。元符二年任，慈惠爱下，政平讼简，暇则游山水，咏歌自适。时邻邑多歉，惟武康独稔焉。"实误。《嘉泰吴兴志》卷八《公廨·武康县》："东堂在武康县，本尽心堂，嘉祐三年，县令王震建，绍兴五年县令毛滂作新之。"同书而异词。道光九年《武康县志》卷一二《秩官表》："元符毛滂，字泽民，三衢人。二年任。《姚志》：绍圣四年任，建中靖国元年请帑修学祀。名宦有传。"同书卷一七《名宦传》："毛滂，字泽民，三衢人。元符二年任。守道爱民，政平讼简，暇则寻访山水，吟咏自娱。署中构东堂，并生远楼、画舫斋，清泉修竹，率多远韵。作长短句，辑之为《东堂诗》。时邻邑多歉，武康独稔焉。（《府志》）"考毛滂《东堂词》有《蝶恋花·戊寅秋寒秀亭观梅》词，戊寅即元符元年。《嘉泰吴兴志》卷八《公廨·武康县》："寒秀亭在武康县，有古松。毛滂有寒秀亭诗。"此毛滂元符二年前知武康之证。《东堂词》又有《渔家傲·戊寅冬，以病告卧潜玉，时时策杖寒秀亭下，作渔家傲三首》，亦元符元年在武康作。

抵知武康任，作《到任谢湖守学士启》。

《东堂集》卷五《到任谢湖守学士启》，即到知武康县任所作。湖守学士即余中。《嘉泰吴兴志》卷一四《牧守》："余中，朝奉郎充秘阁校理，绍圣四年六月二十二日到任，元符二年三月八日移知杭州。"《咸淳毗陵志》卷一七《人物》："余中，字行老，宜兴人。幼颖悟。熙宁五年偕兄贯试礼部，中与选而贯黜。请自黜以荐兄，有司虽不许，士论嘉之。次年魁廷对。绍圣三年专对虏使，还

奏河朔城隍堕圮，乞从密院下葺治，以戒不虞。宣靖间，金人长驱，城守多不固，议者始思其言。以雪川守致其仕。"

九月九日，作《玉楼春》词。

《东堂词》有《玉楼春·戊寅重阳，病中不饮，惟煎小云团一杯，荐以菊花》词。戊寅即元符元年。

冬，作《渔家傲》词三首。

《东堂词》有《渔家傲·戊寅冬，以病告卧潜玉，时时策杖寒秀亭下，作渔家傲三首》，戊寅即元符元年。潜玉庵在东堂，见明年《蓦山溪》词考。

本年，作《上察访书》。

《东堂集》卷七《上察访书》："前日传车过吴江旁邑，令皆得以职事诣节下，受约束，某独以病卧家，忽忽久不平，顾有平时所作无用之言，欲以唐突宗匠，未能也。迩来病小间，辄收拾芜类，无虑三数十篇，并尝进《圣德颂》一篇，专人奉书投献。"泽民本年秋冬卧病，见上文所考。词盖本年作。吴江为武康之邻县。

作五月前，《赵氏夫人墓志铭》。

《东堂集》卷一〇《赵氏夫人墓志铭》："绍圣五年二月十七日，始克葬于此。"

本年，作《南歌子》等词。

《南歌子·席上和衢守李师文》。按词有"零落酴醾花片、损春痕"，"春余笑语温"之语，作于春末。据上文所考，毛滂元符元年春末由衢州推官改知武康县，此前与衢州太守孙贲颇多交往，本年暮春孙贲受代，李师文盖继其任者。李莅任时，毛滂尚未离衢州，故有席上唱和之作。

《八节长欢·送孙守公素》。按词有"桃溪柳曲阴圆，离唱断、旌旗却卷春还。……从今后、南来幽梦，应随月度云端"之语，据知作于春。又有"双石畔、唯闻吏胆长寒"之语，双石即双石堂，衢州太守孙贲建，成于绍圣三年二月，见上文引《东堂集》卷九《双石堂记》。又参毛滂《西江月·次韵孙使君赏花见寄，时仆武康待次》《蝶恋花·席上和孙使君，孙暮春当受代》等词，知孙贲本年暮春受代，毛滂当即是时送之而作《八节长欢》词。

《蝶恋花·席上和孙使君，孙暮春当受代》。按据本年上文所考，词当本年暮春孙贲即将罢衢州守时，毛滂与之席上唱和之作。

《蝶恋花·戊寅秋寒秀亭观梅》。按戊寅即元符元年。寒秀亭在武康县，《嘉泰吴兴志》卷八《公廨·武康县》:"寒秀亭在武康县,有古松。毛滂有寒秀亭诗。"又见元符二年所作《蓦山溪》词序,参下年所引。

《清平乐·东堂月夕小酌,时寒秀亭下娑罗花盛开》。当为毛滂知武康县时游寒秀亭而作,在本年或稍后。

《剔银灯·同公素赋,侑歌者以七急拍七拜劝酒》。按公素即衢州太守孙贲,已见上文所述。贲于本年暮春罢任。词有"春到席间屏曲"语,据知当为绍圣三年至本年间与孙贲交游之作,姑附系于本年。

《减字木兰花》(暖风吹雪)。词序云:"正月十七日,孙守约观残灯。是夕灯火甚盛,而雪消雨作。"按孙守即衢州太守孙贲,词亦当作于绍圣三年至本年间,姑附系于本年。

《更漏子·和孙公素泛舟观竞渡》。按孙公素即衢州太守孙贲,故词有"太守与民同乐"语。又词有"柳藏烟,云漏日。寒满雕盘玉食""春好处"之语,则作于春。亦当作于绍圣三年至本年间,姑附系于本年。

【编年词】《西江月·次韵孙使君赏花见寄,时仆武康待次》(《东堂词》)。《玉楼春·戊寅重阳,病中不饮,惟煎小云团一杯,荐以菊花》(同上)。《南歌子·席上和衢守李师文》(同上)。《八节长欢·送孙守公素》(同上)。《蝶恋花·席上和孙使君,孙暮春当受代》(同上)。《蝶恋花·戊寅秋寒秀亭观梅》(同上)。《渔家傲》(年少莫寻潜玉老)(同上)。《渔家傲》(恰则小庵贪睡著)(同上)。《渔家傲》(鬓底青春留不住)(同上)。《清平乐·东堂月夕小酌,时寒秀亭下娑罗花盛开》(同上)。《剔银灯·同公素赋,侑歌者以七急拍七拜劝酒》(同上)。《减字木兰花》(暖风吹雪)(同上)。《更漏子·和孙公素泛舟观竞渡》(同上)。

【编年文】《到任谢湖守学士启》(《东堂集》卷五)。《上察访书》(《东堂集》卷七)。《赵氏夫人墓志铭》(《东堂集》卷一〇)。

元符二年己卯（1099），毛滂三十九岁

毛滂在知武康县任。

《舆地纪胜》卷四《两浙西路》湖州官吏:"毛滂,元符二年为武康令,政平讼简。苏轼尝荐以文章典丽科。"

元日,作《玉楼春》词。

《东堂词》有《玉楼春·己卯元夕》词,己卯即元符二年。

立春日,作《武陵春》词。

《东堂词》有《武陵春·正月七日武都雪霁立春》。据陈垣《中西回史日历》推算,本年立春为正月七日。武都即武康,毛滂另有《点绛唇·武都静林寺妙峰亭席上作。假山前引水,激起数尺》词,据《嘉泰吴兴志》卷一三《寺院》:"武康县,静林寺在县西三里孟宅堡。西梁大同四年十月置,唐咸通六年齐偘禅师更造。"

作《代蒋守谢雨雪文》。

《东堂集》卷一〇《代蒋守谢雨雪文》:"戊寅己卯,吴东西州皆饥,武康春缲秋获,独无不足之色,县令毛某以龙效雨甚力,上其状刺史府。"蒋守即蒋之干,《嘉泰吴兴志》卷一四《郡守题名》:"蒋之干,朝散大夫,元符二年六月二十三日到任,三年十二月二十六日罢赴阙。"文乃元符二年作。

作《清平乐》词。

《东堂词》有《清平乐·己卯长至日作》,己卯即元符二年。长至,夏至之别称,古人亦谓冬至为长至。此处指冬至,因词有"试问东君音信,晓寒犹压梅花"语。《太平御览》卷二八引后魏崔浩《女仪》:"近古妇人,常以冬至日上履袜于舅姑,践长至之义也。"

丰稷知杭州,毛滂作启贺之。

《东堂集》卷五有《贺丰待制移杭州启》。据《乾道临安志》卷三《牧守》:"丰稷,元符□年□月以龙图阁待制丰稷知杭州,三年四月,己酉除谏议大夫。"《咸淳临安志》卷四六《秩官》:"(元符)二年己卯,丰稷,以龙图阁待制知。三年庚辰,四月己酉,稷除谏议大夫。"《宋史》卷三二一《丰稷传》:"丰稷字相之,明州鄞人。登第,为谷城令,以廉明称。……又出知河南府,加龙图阁待制。章惇欲困以道路,连岁亟徙六州。"知杭州当包括在六州之内。

作《蓦山溪》词。

《东堂词》有《蓦山溪》(东堂先晓)。自序云:"东堂,武康县令舍'尽心堂'也,仆改名'东堂'。治平中,越人王震所作。自吴兴刺史府与五县令舍,无得与东堂争广丽者。去年仆来,见其突兀出翳荟间,而菌生梁上,鼠走户内,东西两便室,蛛网粘尘,蒙络窗户。守舍者云:'前大夫忧民劳苦,眠饭于簿书狱讼间。'是堂也,盖无有大夫履声,姑以为田廪耳。又县圃有屋二十余间,倾挠于蒿艾中，鸱啸其上，狐吟其下，磨镰淬斧，以十夫日往夷之，才可入。欲以居人，则有覆压之患；取以为薪，则又可怜。试择其蝼蚁之余，加以斧斤，乃能为亭二，为庵、为斋、为楼各一，虽卑隘仅可容膝，然清泉修竹，便有远韵。又伐恶木十许根，而好山不约自至矣。乃以'生远'名楼，'画舫'名斋，'潜玉'名庵，'寒秀''阳春'名亭，'花'名坞，'蝶'名径。而叠石为渔矶，编竹为鹤巢，皆在北池上。独'阳春'西窗得山最多，又有酴醾一架。仆顷少时喜笔砚浅事，徒能诵古人纸上语，未尝与天下史师游，以故邑人甚愚其令，不以寄枉直。虽有疾苦，曾不以告也。庭院萧然，鸟雀相呼，仆乃得饱食晏眠，无所用心于东堂之上。戏作长短句一首，托其声于《蓦山溪》云。"

按，道光九年刊《武康县志》卷二一《古迹》："东堂，即县厅。宋嘉祐五年令王震建，名尽心堂。绍圣五年令毛滂新之，改名东堂，绍兴三年令钟燮重葺，二十九年令曾悌重修，淳熙十二年令程九万重建。元毁于兵。"

本年，作《清平乐》等词。

《清平乐·春晚与诸君饮》。按词有"明年春色重来，东堂花为谁开"之语，是春日作于武康东堂。毛滂元符元年暮春抵任武康县后始建东堂，而此春晚与诸君饮于东堂，必在元符二年或稍后。

《夜游宫》（长记劳君远送）。按词序云："仆养一鹤，去田间以属郑德后家。今县斋新作阳春亭，旁见近山数峰，因德后归，以此语鹤，便知仆居此不落寞也。"盖知武康县时作。《嘉泰吴兴志》卷八《公廨·武康县》："阳春亭在武康县，毛滂名，有诗。"又据本年所作《蓦山溪》词序，阳春亭乃东堂之一亭，毛滂建。盖即元符元年春后知武康时所建，本词有"县斋新作阳春亭"，则作于元符二年春。

《夜行船·余英溪泛舟》。按余英溪在武康县，《嘉泰吴兴志》卷九《邮驿·武康县》："余英馆在县西南余英溪上。"《舆地纪胜》卷四《两浙西路》：湖州，"余英馆，在武康县西南余英溪上，沈约故居之旁。毛滂诗云：'故国园林改，遗亭壁户新。垂虹一桥月，夹岸两堤春。'"词有"桃花春浸一篙深，画桥东，柳低烟远"之语，作于春。据上文所考，毛滂元符元年春末尚在衢州，故本词作于元符二年或稍后，姑系于本年。

【编年词】《玉楼春·己卯元夕》（《东堂词》）。《武陵春·正月七日武都雪霁立春》（同上）。《清平乐·己卯长至日作》（同上）。《蓦山溪》（东堂先晓）

（同上）。《清平乐·春晚与诸君饮》（同上）。《夜游宫》（长记劳君远送）（同上）。《夜船行·余英溪泛舟》（同上）。

【编年文】《代蒋守谢雨雪文》（《东堂集》卷一〇）。《贺丰待制移杭州启》（《东堂集》卷五）。

元符三年庚辰（1100），毛滂四十岁

毛滂在知武康县任。重九前，曾有事至东都。并作《玉楼春》词。

《东堂词》有《玉楼春》词（泥银四壁盘蜗篆）。序云："仆前年当重九，微疾不饮，但掇菊叶煎小云团，用酬节物，戏作短句以侑茗饮。逮去年，曾登山高会。今年客东都，依逆旅主人舍，无游从，不复出门，不知时节之变。或云今日重九，起坐空庭月下，复取云团酌一杯，盖用仆故事，以送佳节。又作侑茶一首以和韵。"所谓前年重九，即作《玉楼春·戊寅重阳，病中不饮，惟煎小云团一杯，荐以菊花》词时。戊寅即元符元年，故此词乃三年作。所谓"今年客东都"，盖因事至东都者，因明年滂仍知武康县也。

本年前，作《西江月》等词。

《西江月·县圃小酌》。按此知武康县时作。词有"风光初到桃花"之语，是作于春日。毛滂元符元年始知武康，词为县令任上作。且必在本年之前，姑附于本年。

《南歌子·东堂小酌赋秋月》。按词题称东堂，则在武康县令任上作。又作于秋日。按毛滂元符元年暮春后始知武康，《东堂集》卷一《解武康县印至垂虹亭作》诗有"三年虎落槛"之句，是罢任在建中靖国元年，其时满三年。考《东堂集》卷九又有《湖州武康县学记》："建中靖国元年四月初五日记。"其罢任在四月后。而此《南歌子》词乃赋秋月，疑作于元符三年前。

《忆秦娥·冬夜宴东堂》。按东堂在武康县，知词在毛滂知武康时作。又作于冬日，则必在元符三年前。参上条所考。

《点绛唇·武都静林寺妙峰亭席上作。假山前引水，激起数尺》。按《嘉泰吴兴志》卷一三《寺院》："武康县：静林寺在县西三里孟宅堡，西梁大同四年十月置，唐咸通六年齐偓禅师更造。"是作于毛滂知武康时。又词有"冷泉凌乱催秋意"句，作于秋日，则为元符三年前。

《雨中花·武康秋雨池上》。按此词亦当作于元符三年前作者知武康时，参上文所考。

《浣溪沙·仲冬朔日，独步花坞中，晚酌萧然，见樱桃有花》。按花坞在武康县东堂，见本文元符二年引《蓦山溪》词序。据上文所考，毛滂元符元年始知武康县，建中靖国元年夏日罢任。而此词作于仲冬朔日，当在元符元年至三年间，姑附系于本年。

《浣溪沙·八月十八夜东堂作》。按此作于毛滂知武康时。即当元符元年至元符三年八月，姑附系于本年。

《浣溪沙·九月十二夜务亭作》。按此词次于同调《八月十八夜东堂作》后，疑同年所作。

《浣溪沙·武康社日》。按词作于毛滂在知武康县任上。又社日分春社与秋社，本词有"半青橙子可怜香""风露满帘清似水""芙蓉绣冷夜初长"之语，据知为秋社。是词作于元符元年至元符三年间之秋社。姑附系于本年。

《摊声浣溪沙·吴兴僧舍竹下与王明之饮》。按此盖毛滂知武康县时所作，因武康属湖州，即吴兴，则毛滂曾至吴兴僧舍也。词有"映阶疏竹一丛丛。不奈晚来萧瑟意"之语，作于秋日。盖亦元符元年至元符三年之秋日作，姑附系于本年。

【编年词】《玉楼春》（泥银四壁盘蜗篆）（《东堂词》）。《西江月·县圃小酌》（同上）。《南歌子·东堂小酌赋秋月》（同上）。《忆秦娥·冬夜宴东堂》（同上）。《点绛唇·武都静林寺妙峰亭席上作。假山前引水，激起数尺》（同上）。《雨中花·武康秋雨池上》（同上）。《浣溪沙·仲冬朔日，独步花坞中，晚酌萧然，见樱桃有花》（同上）。《浣溪沙·八月十八夜东堂作》（同上）。《浣溪沙·九月十二夜务亭作》（同上）。《浣溪沙·武康社日》（同上）。《摊声浣溪沙·吴兴僧舍竹下与王明之饮》（同上）。

建中靖国元年（1101），毛滂四十一岁

毛滂在知武康县任。作《湖州武康县渊应庙记》等。

《东堂集》卷九《湖州武康县渊应庙记》题："建中靖国元年正月十五日。"后附诗一首。

《东堂集》卷九又有《湖州武康县学记》："元符三年，新天子即位，大赦天下。……学以元符三年秋九月增建，建中靖国元年夏四月毕工。……建中靖国元年四月初五日记。"

夏秋之际，解武康印，至吴江。

《东堂集》卷一有《解武康县印至垂虹亭作》，诗有"三年虎落槛"语，则本年满任三年而解印。其元符元年暮春始知武康县，与此正合。

按，垂虹亭在吴江县，范成大《吴郡志》卷一三《祠庙》："三高祠，在吴江县垂虹桥南，即王氏曜庵之雪滩也。昔堂在垂虹南圻。"

《夜行船·雨夜泊吴江，明日过垂虹亭》。此为毛滂罢知武康县后至垂虹亭而作。据《东堂集》卷一《解武康县印至垂虹亭作》诗，是罢任曾至垂虹，又诗有"三年虎落槛"句，则满任为三年。又据上文所考，毛滂元符元年已在知武康县任，有《蝶恋花·戊寅秋寒秀亭观梅》等词。又考《东堂集》卷九有《湖州武康县渊应庙记》，末题："建中靖国元年正月十五日。"又同卷有《湖州武康县学记》，文末题："建中靖国元年四月初五日记。"元符元年至建中靖国元年正好满三年，故《夜行船》词作于本年罢任时。

本年，毛滂在武康县任上，作词多首。

《浣溪沙·上元游静林寺》。按静林寺在武康县，见本文元符三年《点绛唇》词引《嘉泰吴兴志》。上元，农历正月十五日。此词未能确定何年，然在元符二年至建中靖国元年之间，姑附系于本年。

《清平乐》（杏花时候）。词序云："送贾耘老、盛德常还郡。时饮官酒于东堂，二君许复过此。"词作于武康县之东堂，亦在元符二年至建中靖国元年之春间，姑附系于此。

《浣溪沙·寒食初晴东堂对酒》。按词在武康县东堂作，又当寒食，亦在元符二年至建中靖国元年之间，姑附系于此。

《浣溪沙·寒食初晴，桃杏皆已零落，独牡丹欲开》。按此词次于同调《寒食初晴东堂对酒》后，盖亦同时作。

《踏莎行·正月五日定空寺观梅》。按定空寺在武康县，《嘉泰吴兴志》卷一三《寺院》："武康县：定空寺在县东北七里。梁普通六年建，名永昌，治平二年改今额。寺前后皆梅，毛东堂有《定空寺观梅》乐府。"词亦元符二年至建中靖国元年间作，姑附系于本年。

《玉楼春·定空寺赏梅》。按定空寺在武康县，见上条所考。词有"滴粉为春尘不住"语，作于春日，即应在元符二年至建中靖国元年间，姑附系于此。

《南歌子·正月二十八日定空寺赏梅》。按参上文所考，本词盖亦元符二年至建中靖国元年间作，姑附系于本年。

《菩萨蛮·定空赏梅》。按词有"桃杏莫争春"语，作于春日。参上文所考，盖亦元符二年至建中靖国元年间作，姑附系于本年。

《浣溪沙·泛舟还余英馆》。按余英馆在武康县，《嘉泰吴兴志》卷九《邮驿·武康县》："武康县：余英馆在县西南余英溪上。毛滂诗云：故国园林改，遗亭壁户新。垂虹一桥月，来绣两堤春。"词有"烟柳风蒲冉冉斜"语，作于春日。盖亦元符二年至建中靖国元年间作，姑附系于本年。

《蝶恋花·东堂下牡丹，仆所栽者，清明后见花》。按东堂在武康县，故词乃元符二年至建中靖国元年间之清明后作，姑附系于此。

【编年词】《夜行船·雨夜泊吴江，明日过垂虹亭》（《东堂词》）。《浣溪沙·上元游静林寺》（同上）。《清平乐》（杏花时候）（同上）。《浣溪沙·寒食初晴东堂对酒》（同上）。《浣溪沙·寒食初晴，桃可皆已零落，独牡丹欲开》（同上）。《踏莎行·正月五日定空寺观梅》（同上）。《玉楼春·定空寺赏梅》（同上）。《南歌子·正月二十八日定空寺赏梅》（同上）。《菩萨蛮·定空赏梅》（同上）。《浣溪沙·泛舟还余英馆》（同上）。《蝶恋花·东堂下牡丹，仆所栽者，清明后见花》（同上）。

【编年诗】《解武康县印至垂虹亭作》（《东堂集》卷一）。

【编年文】《湖州武康县渊应庙记》（《东堂集》卷九）。《湖州武康县学记》（同上）。

崇宁元年壬午（1102），毛滂四十二岁

毛滂在京为删定官。

《苏轼诗集》卷三一《次韵毛滂法曹感雨》诗施元之注："毛滂，字泽民。元祐初，东坡在翰苑，泽民自浙入京，以书赞文一篇自通。……坡出守钱塘，泽民适为掾。绍圣初，谪惠州，泽民以书问安否，又寄所拟《秋兴赋》。坡答之曰：'《秋兴》之作，追配骚人多矣。遇不遇自有定数，然非厄穷无聊，何以发此奇思以自表于世耶？'泽民尝为武康令。崇宁初除删定官，未几为言者论去，后

知秀州。有《东堂集》行于世。"

作《恢复河湟赋》。

《东堂集》卷一《恢复河湟赋》序云:"崇宁壬午,皇帝即位之三年,举用俊良,归河湟之地,尽复神宗、哲宗之政。明年,取西平,复以为州县,升平故事,无有遗恨于今古者,群臣上万年之觞,荐勋宗庙,天下欢忻,共戴皇帝,蕲千万年如一日。草茅臣滂,谨稽首北阙下,献圣主《恢复河湟赋》云。"同书卷五有《进恢复河湟赋表》。

【编年文】《恢复河湟赋》(《东堂集》卷一)。《进恢复河湟赋表》(《东堂集》卷五)。

大观二年戊子（1108），毛滂四十八岁

是年前后,作《水调歌头》等词。

《水调歌头·元会曲》。按宋蔡絛《铁围山丛谈》卷二:"大观、政和间,天下大治,四夷向风。……有毛滂泽民者有时名,上一词,(张本云:上十词),甚伟丽,而骤得进用。"所上十词,当为歌咏升平之作。而本词中自注:"崇宁、大观之间,太史数奏五星循轨,众星顺乡,靡有错乱。"则为大观时歌咏升平之作甚明。与此词内容一致者是紧接此词的《绛都春·太师生辰》、《清平乐·千叶芝》、《清平乐》(重芳叠秀)、《清平乐》(镂烟翦雾)、《清平乐》(九茎为寿)、《清平乐·绛河清》(银河秋浪)、《清平乐》(天连翠敛)、《清平乐·太师相公生辰》、《清平乐》(瀛洲春酒)、《清平乐》(雪余寒退)等十一首。除去《绛都春·太师生辰》《清平乐·太师相公生辰》外,正好十首。而此二首亦为当时献谀蔡京之作。与此相关,其歌咏升平之作,亦与奉承时相蔡京功德有关,《东堂集》中有多篇《上时相书》可资参证。同时《铁围山丛谈》作者乃蔡京之子,故书中多将美化蔡京之事写入,此条亦与蔡京相关。据《宋史》卷二一二《宰辅表》:"大观二年戊子,正月己未,蔡京自太尉、左仆射兼门下侍郎、魏国公,加太师。"是此数词作于大观二年后。而政和元年春毛滂已在杭州,见本文该年考证。是此数词又作于大观四年前。又据《铁围山丛谈》本条所记数事排列次序,亦当在大观中作,姑系于本年。

《沁园春》(左元仙伯)。按词有"尽向三台瞻寿星"语,则亦祝寿之词。

又有"父子一时,君臣千载"之语,疑亦寿蔡京之词。盖《宋史》卷四七二《蔡京传》载蔡京为相时,"子攸、傮、儵,攸子行,皆至大学士,视执政"。故亦当大观中作,姑附系于本年。又此词《全宋词》漏收,孔凡礼《全宋词补辑》14 页辑入。

【编年词】《水调歌头·元会曲》(《东堂词》)。《沁园春》(左元仙伯)

政和元年辛卯(1111),毛滂五十一岁

毛滂在杭州。

《东堂词》有《浣溪沙·宴太守张公内翰作》《天香·宴钱塘太守内翰张公作》《小重山·宴太守张公内翰作》诸词,据词中述及节令之句如"花间千骑两朱轮""缓辔端门,青春未晚""于此劝春耕,五月政当成"等,知作于春天。

按,张公内翰即张阁。《乾道临安志》卷三《牧守》:"张阁,大观四年九月壬申,以翰林学士张阁为龙图阁学士、知杭州。本传:字台卿,河阳人。杭久阙守,郡事废弛,阁经理有叙,首去恶少之为民害者,郡人为立生祠,召为兵部侍郎。庞寅孙,政和元年九月辛酉,以司农卿庞寅孙为显谟阁待制、知杭州。"又《咸淳临安志》卷四六《秩官》:"大观四年庚寅:张阁,河阳人。九月壬申,以翰林学士为龙图阁学士知。杭久阙守,郡事废弛,阁经理有叙,首去恶少之为民害者,郡人为生立祠。召为兵部侍郎。政和元年辛卯:庞寅孙,九月辛酉,以司农卿为显谟阁待制知。"词均政和元年春作。

是年,毛滂假祠宫,归衢州扫先垅。

《全宋诗》卷一二五〇收毛滂《题仙居禅院怀舒阁》诗,序云:"辛卯,予假祠宫,归扫先垅,得以遁迹岩谷。"所据为同治《江山清漾毛氏族谱》内集卷六。

【编年词】《浣溪沙·宴太守张公内翰作》(《东堂词》)。《天香·宴钱塘太守内翰张公作》(同上)。《小重山·宴太守张公内翰作》(同上)。

政和二年壬辰（1112），毛滂五十二岁

毛滂假祠宫，在衢州。

政和三年癸巳（1113），毛滂五十三岁

毛滂假祠宫，在衢州。

《全宋诗》卷一二五○收毛滂《题仙居禅院怀舒阁》诗，序云："院对岩室如斫，上圆下方，有水至岩巅而下，散列万缕，垂蔽洞户，巧出天机，人难图咏。昔院僧德殊得诗于舒王，命物属辞，夺回造化，发露景象，鬼神不能匿其状，古无作者，后莫敢述。此景因此诗以显，见其诗，思其人，则此景宜类《甘棠》，流光万世而不泯者。予幼学于此，既而卜吉二兆，得院之北。辛卯居庐，悼念亲茔，密依梵宇，而丈室鄙陋不支，因山累土，崇四十尺，并建堂室。逾年告成，叠栋横梯，举目而万象俱得。门瞰飞泉，蓄为水池，尝语门僧有邻，宜构小阁跨池之上。辛卯，予假祠宫，归扫先坟，得以遁迹岩谷，而此阁已立。前迎岩水，右挹温泉，景无遗焉。有邻求去，慧清招自慧林来嗣，得加丹腻，栋宇益丽。予日游于斯，息于斯，惟窃讽舒王之诗，以穷竟山水之乐。清老丏予阁名，乃以'怀舒'名之，因成口号，以形容其万一。政和三年十月朔日立碑。"所据为同治《江山清漾毛氏族谱》内集卷六。

【编年诗】《题仙居禅院怀舒阁》（《全宋诗》卷一二五○）。

政和四年甲午（1114），毛滂五十四岁

毛滂知秀州。

《东堂集》卷一○《双竹赞》："政和甲午，臣某蒙恩佩嘉禾章，得治其民。"同书卷五有《到秀州谢执政启》《到秀州谢监司启》。

十一月，作《月波楼记》。

元徐硕《至元嘉禾志》卷一七《碑碣门》载毛滂《月波楼记》，文末题："政和四年十一月□日记。"按《舆地纪胜》卷三《两浙西路》嘉兴府："月波楼，在州之西北城上，下瞰金鱼池。元祐甲午，知州令狐挺立，又一甲午，知州毛

滂修。楼成，置酒其上，乃为之记云：'望而见月，其大不过如盘盂，然无有远近，容光必照。而秀，泽国也，水滨之人，起居饮食与水波接。令狐君乃为此楼，以名月波，意将揽取二者于一楼之上也。郑獬诗云：野色更无山隔断，天光直与水相通。溪藏画舫清纹接，人在荷花碧玉丛。'"此记今本《东堂集》漏收，《至元嘉禾志》卷一七《碑碣门》录其全文，可参。

【编年文】《到秀州谢执政启》（《东堂集》卷五）。《到秀州谢监司启》（同上）。《月波楼记》（《至元嘉禾志》卷一七）。

政和五年乙未（1115），毛滂五十五岁

毛滂在知秀州任。寄《月波楼记》招贺铸往游，贺铸赋词作答，滂原韵奉和。

《东堂词》有《七娘子·和贺方回登月波楼》。按《至元嘉禾志》卷一七《碑碣门》载毛滂《月波楼记》："甲午秋九月，秀州修月波楼成，假守毛滂置酒其上。……政和四年十一月□□日记。"（按此文《东堂集》漏收）词有"五湖秋兴心先往"，则作于秋。又贺方回即贺铸，中华书局1965年版《全宋词》501页贺铸有《□□□·七娘子》词，《四印斋所刻词》本题作《登月波楼》。钟振振先生校注《东山词》卷一即系于政和五年。是毛滂此词亦政和五年作。

《点绛唇·月波楼中秋作》。按据上条《七娘子》词考引毛滂《月波楼记》，知楼成于政和四年九月。而此词中秋作，即当政和五年。因六年秋毛滂已不在秀州。

《点绛唇·月波楼重九作》。按此词时令在重九，应与同调《月波楼中秋作》同年先后而作。

【编年词】《七娘子·和贺方回登月波楼》（《东堂词》）。《点绛唇·月波楼中秋作》（同上）。《点绛唇·月波楼重九作》（同上）。

政和六年丙申（1116），毛滂五十六岁

毛滂在知秀州任。闰正月，雪消天晴，作诗。

《东堂集》卷一有《岁寒而春迟闰正月犹有雪，三日乃消，今日方晴快》，毛滂一生逢闰正月，主要有两次，一是元丰元年，一是政和六年。元丰元年，

滂十九岁，几无可能作此诗。故诗应为政和六年作。

是年，罢知秀州。作《菩萨蛮》等词。

《东堂词》有《菩萨蛮·次韵秀倅送别》词，按词称秀倅送别，则为罢秀州任离别之作。毛滂政和四年知秀州，《东堂集》卷一〇《双竹赞》："政和甲午，臣某蒙恩佩嘉禾章，得治其民。"甲午即政和四年。又本年作词《感皇恩·解秀州郡印，次王倅韵》有"两岁抚邦人，曾无恩意"语，则知秀州仅二年，其罢任即当为六年。又有"行色小梅残，官桥杨柳寒"语，是作于初春，即政和六年春。是本年春罢秀州任。

《感皇恩·解秀州郡印，次王倅韵》。按本词与《菩萨蛮·次韵秀倅送别》词同时作，即本年，参上条所考。王倅，未详。

《菩萨蛮·富阳道中》。按词有"老去不堪愁，凭栏看水流"之语，则晚年所作。考毛滂事迹，唯政和六年解秀州印东归衢州必经富阳，其时已近六十岁，与词意相合。又其解秀州印时值春天，而本词"春潮曾送离魂去，春山曾见伤离处"，时令亦吻合，故系于本年。

《生查子·富阳道中》。按词有"春晚出山城"语，作于春天，与《菩萨蛮·富阳道中》时令相合，疑同时作，姑附于本年。

《东堂集》卷五有《得替谢监司启》，次于《到秀州谢监司启》后，即本年罢任时作。

【编年词】《菩萨蛮·次韵秀倅送别》（《东堂词》）。《感皇恩·解秀州郡印，次王倅韵》（同上）。《菩萨蛮·富阳道中》（同上）。《生查子·富阳道中》（同上）。

【编年诗】《岁寒而春迟闰正月犹有雪，三日乃消，今日方晴快》（《东堂集》卷一）。

【编年文】《得替谢监司启》（《东堂集》卷五）。

政和七年丁酉（1117），毛滂五十七岁

本年重上蔡京书。

《东堂集》卷八《重上时相书》："某今年五十七岁矣，宦游更三十许年，官不过从六品，家无一金产，子弟无一人有升斗之禄，而四十口之家，须某圭撮以活身。某去年抱不测之罪，……赖主上宽仁幸赦之。"所谓"去年抱不测之罪"即当指去年因罪而罢秀州任。罢任在去年春，故该书作于本年，即五十七岁。

上刘正夫书。

《东堂集》卷八有《上刘中书侍郎书》："某道旁小吏耳，不当称颂宰相之才德。又适坐谴无憀，方恐惧诚省，投弃笔砚，尤不当夸文彩，有所自见。前日主上流宽大之恩，某自管库而得宫祠，稍轻罪戾矣。伏惟此皆庙堂元老翊宣至德所及，因叙所与乡老言，求谢万一于门下。"按刘中书侍郎即刘正夫，《宋史》卷三五一《刘正夫传》："刘正夫字德初，衢州西安人。……召为工部侍郎，拜右丞，进中书侍郎。……政和六年，擢拜特进、少宰。"同书卷二一二《宰辅表》："大观四年八月乙亥，刘正夫自中大夫、尚书右丞加中书侍郎。""政和六年五月，刘正夫自银青光禄大夫、中书侍郎加特进、少宰兼中书侍郎。""十二月乙酉，刘正夫自少宰以安化军节度使、开府仪同三司致仕。"书称刘正夫为宰相，则当本年五月至十二月间加特进兼中书侍郎时作。书言"前日主上流宽大之恩，某自管库而得宫祠"，则已罢秀州任。

【编年文】《重上时相书》（《东堂集》卷八）。《上刘中书侍郎书》（同上）。

宣和六年甲辰（1124），毛滂六十四岁

毛滂约卒于是年后。

毛滂卒年难以确考。周少雄《毛滂生卒考略》云："毛滂究竟卒于何年，目前尚不得知。《东堂词》有《玉楼春》一阕，词上片云：'今朝何以公为寿？极贵长年公素有。庭阶不乏长芝兰，少翁又是廷臣右。'词乃贺蔡京生日之作。'少翁'指蔡京长子蔡攸。'廷臣右'，指宣和五年六月攸以少师安远军节度使领枢密院事。蔡京生日在早春，推定该词至早作于宣和六年（1124）春。由此可知毛滂至少宣和年春尚活在人世，是年六十五岁。笔者推测，靖康年间，蔡京治罪，金兵南下，中原板荡，政局混乱，毛滂大约也就在这时离开东京，流落失踪了。"[①]录之存参。

（《历史文献》第七辑，上海古籍出版社 2002 年版）

---

① 《浙江师范学院学报（社会科学版）》1984 年第 4 期。

韩元吉年谱

　　韩元吉（1118—1187），字无咎，号南涧，开封雍丘（今河南杞县）人。他是南宋时期著名的文学家。"元吉本文献世家，据其《跋尹焞手迹》，自称门人，则距程子仅再传。又与朱子最善，尝举以自代，其状今载集中。故其学问渊源，颇为醇正。其他以诗文倡和者，如叶梦得、张浚、曾几、曾丰、陈岩肖、龚颐正、章甫、陈亮、陆游、赵蕃诸人，皆当代胜流，故文章矩矱，亦具有师承。其婿吕祖谦，为世名儒；其子名淲字仲止者，亦清苦自持，以诗名于宋季，盖有由矣。《朱子语类》云：'无咎诗做著者尽和平。有中原之旧，无南方啁哳之音。'诚定评也。"① 可见其学术出程子再传，诗体文格有欧、苏遗风。与其交往唱和之人如叶梦得等，皆当代胜流。韩元吉堪称南宋词坛一大家，以至于黄昇《中兴以来绝妙词选》称赞他"政事文学为一代冠冕"。当今的不少文学史著作，更将他置于辛派词人之首。他的词学观点是既重情感，又归古雅，取舍标准是以雅正为主，摒弃俗艳。元吉词现存82首。《宋史》没有为韩元吉立传，因此对韩元吉事迹加以排比考证，以见其立身行事及创作过程，对宋代文学研究也具有一定的意义。

　　韩元吉，字无咎，号南涧。

　　陆心源《宋史翼》卷一四《韩元吉传》："韩元吉，字无咎，开封雍丘人。……徙居信州之上饶，所居之前有涧水，号南涧。"《宋诗纪事》卷四八《韩元吉》条："元吉字无咎，号南涧。"《四库全书总目》卷一六〇《集部》："《南涧甲乙稿》二十二卷。宋韩元吉撰。……及为吏部尚书，又晋封颍川郡公，而归老于南涧，

---

① 纪昀《四库全书总目》卷一六〇《南涧甲乙稿》提要。

因自号南涧翁，并以名集。南涧者，一在建安城南，为郑氏别业，见本集诗序，一在广信溪南，见《书录解题》。详其《南涧新居建醮青词》，似乎非建安之南涧，而当以广信为是也。"陈振孙《直斋书录解题》卷一八《集部》："与其从兄元龙、子云皆尝试词科不利。居广信溪南，号南涧。"

开封雍丘人。南渡后流寓信州之上饶。

《宋史翼·韩元吉传》称"开封雍丘人"。《四库全书总目》卷一六〇："元吉字无咎，开封雍丘人。南渡后流寓信州之上饶。"

郡望颍川。

《四库全书总目》："集中自署颍川，不忘本也。"盖宋人好言郡望，故元吉作文，多署颍川。如《南涧甲乙稿》（以下简称"甲乙稿"）卷一四《系辞解序》："淳熙十年正月，颍川韩某序。"《极目亭诗集序》："淳熙六年十二月，颍川韩某序。"《富修仲家集序》："淳熙丙午八月，颍川韩某序。"如此甚多，不一一枚举。颍川即许昌，故其亦称许昌人。《宋诗纪事》卷四八《韩元吉》条："许昌人。"陆游《渭南文集》卷一四《京口唱和序》："隆兴二年闰十一月壬申，许昌韩无咎以新番阳守来省太夫人于润。方是时，予为通判郡事，与无咎别盖逾年矣。"

门下侍郎韩维四世孙。

陈振孙《直斋书录解题》卷一八《集部》："《南涧甲乙稿》七十卷。吏部尚书颍川韩元吉无咎撰。门下侍郎维之玄孙。"《宋史翼·韩元吉传》："门下侍郎维之元孙。"《宋诗纪事》卷四八："维四世孙。"《四库全书》本《南涧甲乙稿》书前提要："陈振孙《书录解题》称为'门下侍郎韩维元孙'，《江西通志》则以为韩维之子。考《宋史》维本传，卒于元符元年，而集中《系辞解序》云，淳熙戊戌年既六十有一，则元吉生时自在徽宗重和元年。上距元符元年戊寅凡二十年，安得为维之子。集中又有《高祖宫师文编序》，称绍圣中公谪均州，又称建中靖国以来追复原官，与维事迹一一相符。知《江西通志》为误，当以陈氏为是矣。"按，韩维（1017—1098），字持国，开封雍丘人。不试进士，安于静退，召试学士院，亦不就。累迁翰林学士，知开封府。哲宗时官门下侍郎，以太子少傅致仕。绍圣中，入元祐党籍，谪均州安置。元符元年卒，年八十二。徽宗初追复旧官。著有《南阳集》。《宋史》卷三一五有传。

祖父韩璹，字公表。

　　陆友《研北杂志》卷上："叶梦得少蕴镇许昌日，通判府事韩瑠公表，少师持国之孙也，与其季父宗质彬叔，皆清修简远，持国之风烈犹在。其伯父丞相庄敏公玉汝之子宗武文若，年八十余致仕，耆老笃厚，历历能论前朝事。"《甲乙稿》卷一六《书许昌唱和集后》："叶公为许昌时，先大父贰府事，相得欢甚。大父以绍圣改元登第，对策廷中，有'宜虑未形之祸'之言，由是连蹇不得用。建中靖国初，几用复已，凡四为郡倅，秩满辄丐宫祠，遂自许昌得请洞霄，以就休致。平生喜赋诗，一时士大夫之所推重。故晁景迂公以谓远则似谢康乐，近则似韦苏州也。中更乱离，家藏无复有者。绍兴甲子岁，某见叶公于福唐，首问诗集在亡，抵掌慨叹，且曰：'昔与许昌诸公酬唱甚多，许人类以成编，他日当授子。'其后见公石林，得之以归。"韩瑠事迹，见晁说之《景迂生集》卷二〇《宋故韩公表墓铭》。

　　父冕，曾为通判。

　　据上引晁说之《宋故韩公表墓铭》，公表有子冕，冕卒于宣和三年，其时元吉四岁。而墓铭亦未曾言其历官。

　　兄元龙，曾知天台县，为司农寺主簿，升寺丞。并为宁国府长史等，仕终直阁、浙西提刑。

　　《嘉靖宁国府志》卷五《人文纪》中："韩元龙字子云，以高祖维恩泽，补将仕郎，历天台令。县久不治，元龙悉力区画至忘家事，有书豪猾姓名来谒者，谢不纳曰：'此一人耳，即不以良民待之，彼何以自新？'闻者感化，邑遂大治。仕终直龙图阁、浙西提刑。元龙性醇孝，未尝辄去其母，与弟尚书元吉友爱甚笃，俱以文学显，时以比坡颍云。"《宋史翼·韩元吉传》："兄元龙，长于治，知天台县，除司农寺主簿，升寺丞。"《甲乙稿》卷二二《安人张氏墓志铭》："夫人生二十四，为右朝请郎直秘阁今宁国府长史韩君元龙继室。"《直斋书录解题》卷一八称元龙为元吉从兄，误。

　　妻刘氏。

　　《甲乙稿》卷二〇《刘令君墓志铭》："令君讳允恭，字邦礼，姓刘氏。……淳熙二年二月二十九日无疾而逝，春秋六十有三。……盖君之从女实归于某，而辱与君周旋于横塘之上既三十载，不复见矣。其可以辞！"

重和元年戊戌（1118），元吉生，一岁

是年，元吉生。

《甲乙稿》卷一四《系辞解序》："予生尝有誓，年至六十，乃敢著书。淳熙戊戌岁，即六十有一，始志其所得者，作《系辞解》。"按，淳熙戊戌即淳熙五年，公元1178年。以是年六十一岁，逆推其生年为重和元年。《四库全书总目》卷一六〇《南涧甲乙稿》提要："集中《南剑道中》诗注，称其生于戊戌，至甲子年二十七，戊戌为徽宗重和元年。"

生日为五月十二日。

邓广铭先生《辛稼轩年谱》淳熙十四年："按稼轩有寿韩南涧《水龙吟》一阕，题云：'次年南涧用前韵为仆寿，仆与公生日相去一日，再和以寿南涧。''次年''前韵'云者，均蒙甲辰年寿南涧词而言。云'相去一日'，知南涧生日为五月十二。"

宣和三年辛丑（1121），元吉四岁

祖父韩璹卒，年五十三。父冕亦卒。

见晁说之《景迂生集》卷二〇《宋故韩公表墓铭》。

绍兴五年乙卯（1135），元吉十八岁

元吉在雪川。作《祭许舍人干誉文》。

《甲乙稿》卷一八《祭许舍人干誉文》："公隐卞峰，我守雪川。公来访我，一笑欢然。曾未几日，召对紫宸。伟哉三策，有屈有伸。将大用公，试以亲民。赴官上饶，公无愠喜。行未两驿，遇疾不起。"按据《建炎以来系年要录》卷九一，许亢宗绍兴五年七月起知信州。又同书卷九二，绍兴五年八月己未，许亢宗卒。祭文即本年卒后作。亢宗隐居卞山时，叶梦得亦在卞山。有《定风波·与干誉才卿步西园始见青梅》《采桑子·冬至日与许干誉章几道饭积善晚归雪作因留小饮作》《虞美人·雨后同干誉才卿置酒来禽花下作》。其《避暑录话》卷二："今予所居，常过我者许干誉，此外即邻之三朱。"又李光《庄简集》卷四

有《干誉舍人将赴召，前一日录示左怀公昔年见寄佳什辄用韵奉送》，诗中自注："雪川之民困于月桊军储，庙堂虽深知其弊，未闻有所蠲减。公久闲，亲被其害。又日来米斗千钱，拯救焚溺，莫急于此。"

绍兴十四年甲子（1144），元吉二十七岁

元吉在福州。拜访叶梦得，并作《万象亭赋》。

《甲乙稿》卷一《万象亭赋有序》："绍兴十有三年，石林先生自建康留钥移帅长乐，惟公文章道学伯天下，推其绪余，见于政事。时闽人岁饥，余盗且扰，曾未易岁。既怀且威，仓廪羡赢，野无燧烟，民饱而歌。乃辟府治，燕寝后筑台建亭，尽揽四山之胜，字曰万象。公时以宴间临之，命宾客觞酒赋诗，以纪一时之盛。某适以旧契之末，获拜公于庭，知邦人之德公，而公之能与共乐也。退而为之赋。"按，叶梦得号石林，《宋史》卷四四五有传。此诗作于绍兴十四年。《淳熙三山志》卷七："万象亭，在燕堂之北，绍兴十四年叶观文梦得创。"又载富直柔《题万象亭并序》。

问叶梦得《许昌唱和集》情况。

《甲乙稿》卷一六《书许昌唱和集后》："绍兴甲子岁，某见叶公于福唐，首问诗集在亡，抵掌慨叹。"据吴廷燮《南宋制抚年表》卷下，叶梦得于绍兴十二年十二月庚午自知建康府改知福州。十五年三月，莫将接其任。《淳熙三山志》卷二二言十三年三月任，盖抵任时。

本年元吉盖寓居建安，并遇赵德庄。

《甲乙稿》卷四《记建安大水》诗末注："绍兴甲子岁，余寓建安。"同书卷一四《东归序》："予绍兴之甲子也，客于建安，夏大水，举家几为鱼。"同书卷一八《祭赵德庄文》："忆相遇于建水之滨，岁行甲子与乙丑也。相与评文论诗，极当世之妍丑也。"按，赵彦端字德庄，宋宗室。绍兴八年及第。曾知江州、建宁府，提点浙东路刑狱等。《甲乙稿》卷二一有《直宝文阁赵公墓志铭》。其与元吉颇多交往，墓志铭言："始与德庄游，盖三十年，在朝廷同曹，在外同事，犹兄弟也。"

始为南剑州主簿。

《甲乙稿》卷三《南剑道中》诗，题注："甲子年书。"同书卷一四《送连必达序》：

"方为簿于剑川,而延平连君必达,适为之尉。"是其曾为南剑州主簿,《南剑道中》诗当即其赴任时作。

绍兴十五年乙丑(1145),元吉二十八岁

元吉本年始求试于礼部。其宗兄在杭州做官。

《甲乙稿》卷一四《东归序》:"绍兴之甲子也,客于建安,夏大水,举家几为鱼,计足以自活。明年春,乃求试于礼部。时予兄官于杭。方其入门而拜吾亲,兄弟日以相款,予之意欣然若有得也。"

是年,叶梦得致仕,元吉代作启。

《甲乙稿》卷一二《代贺叶观文致仕启》,题注:"梦得。"据《宋史》卷四四五《叶梦得传》:"诏加观文殿学士,移知福州,兼福建安抚使。……上章请老,特迁一官,提举临安府洞霄宫。寻拜崇信军节度使致仕。"据《南宋制抚年表》卷下,叶梦得绍兴十五年罢知福州。《淳熙三山志》卷二二《秩官》:"(绍兴)十三年,叶梦得,三月以观文殿学士、左大中大夫知。""十五年,莫将,正月,梦得奉祠。三月以敷文阁学士、左朝请郎知。"

绍兴十六年丙寅(1146),元吉二十九岁

元吉厄困于有司后,盖是年东归。

《甲乙稿》卷一四《东归序》:"绍兴之甲子也,客于建安,夏大水,举家几为鱼,计足以自活。明年春,乃求试于礼部。时予兄官于杭。方其入门而拜吾亲,兄弟日以相款,予之意欣然若有得也。既而厄于有司,与二三子朝夕自放于诗酒,予之意拂然若有怀也。历时且归,而离群羁旅之状,又尝愀然若有所不释也。因思是数者,殆可继之一笑。"则试有司不利而东归之作,当在本年。

又《甲乙稿》卷一有《垅黐岩》诗,题注:"丙寅年作。"即本年东归时在垅黐岩作。

绍兴十八年戊辰（1148），元吉三十一岁

元吉在湖州，叶梦得命其作古风。

《甲乙稿》卷一《戊辰二月清明后三日见叶丈于石林承命赋诗作古风一首》，题注："案叶少蕴字梦得，石林其居也。少蕴为元吉前辈，故称叶丈。"《宋史》卷四四五《叶梦得传》："上章请老，提举临安府洞霄宫。寻拜崇信军节度使致仕。（绍兴）十八年，卒于湖州。"是其时叶梦得以崇信军节度使致仕于湖州。石林即在湖州西门外，卞山之南，因产石奇巧，罗布山间，故名石林。叶梦得于此筑亭，因自号石林。事见宋杜绾《云林石谱》上《卞山石》。故知本年元吉在湖州。

本年，叶梦得卒，赠检校少保。元吉作祭文、挽词。

《甲乙稿》卷三有《叶少保挽词六首》，卷一八有《祭叶少保文》。《建炎以来系年要录》卷一五八："绍兴十八年八月二日丁亥，添差两浙东路马步军都总管崇庆军节度使致仕叶梦得薨于湖州。赠检校少保。"挽词中注："公造建康行宫，考周汉制度甚备。"梦得知建康，据《系年要录》卷一一九："绍兴八年五月二十四日戊申，资政殿学士、提举临安府洞霄宫叶梦得为江南东路安抚制置大使、兼知建康府、兼行宫留守司公事。"同书卷一四七："绍兴十二年十月庚午，少傅、新判福州、信安郡王孟忠厚与观文殿学士、江南东路安抚制置大使、知建康府叶梦得两易。时海寇朱明连岁作乱，环闽八郡，皆被其毒，乃诏梦得挟御前将士便道之镇。"叶梦得《石林奏议》卷一〇有《宫室议》《奏缴行宫图并宫室议札子》《奏葺行宫制度画一札子》《奏论行宫防守札子》《尝白营辑行宫画一札子》。《系年要录》卷一三五云："绍兴十年五月十三日丙戌，江东制置大使兼行宫留守叶梦得奏修行宫，欲大庆、文德、垂拱、紫宸四殿规模稍大。上恐劳民，谕府臣令从简俭,止营两殿足矣。"又挽词中注："公在闽中作万象亭，某为之赋。"详绍兴十四年纪事。《宋人传记资料索引》以《祭叶少保文》为祭叶衡之作，非是。

绍兴二十年庚午（1150），元吉三十三岁

徐琛知平江府，元吉作诗投献。

《甲乙稿》卷五有《投赠徐平江三十韵》诗。按徐平江即徐琛，范成大《吴

郡志》卷一一《牧守》:"徐琛,右中奉大夫、充敷文阁待制。绍兴二十年五月到,二十三年三月除敷文阁直学士、提举江州太平兴国宫。"诗中自注:"公尝按刑浙右,而自明移苏。"《宝庆四明志》卷一《郡守》:"徐琛,右中奉大夫、充敷文阁待制。绍兴十七年四月二十六到任,二十年四月初十日除知平江府。"又《甲乙稿》卷一《松江感怀》诗,有"忽忽倦行役,栖栖问穷途。生涯能几何,所抱诗与书。凄凉吴淞路,不到十载余",或为本年前后求幕吏不得之作。

绍兴二十一年辛未(1151),元吉三十四岁

李秀实为余杭主簿,元吉送其赴任。

《甲乙稿》卷一四《送李秀实序》:"绍兴之二十一年秋七月,吾友李秀实将主簿于余杭。"

绍兴二十三年癸酉(1153),元吉三十六岁

元吉盖于是年赴信州幕。

《甲乙稿》卷四有《赴信幕寄子云叔晙及同寺》诗:"田园未办各身谋,兄弟今成选去留。游宦三年方启足,寄书千字又从头。"则初为幕官之作。此下次一首《初至上饶寄子云》,与上首同作于秋,则初抵信州任之作。此后一首为《寄梁士衡》诗,题注:"癸酉年作。"诗有"江上潮声日夜来,相望踪迹共尘埃。乱花洗雨红成阵,叠嶂连天翠作堆"语,亦与信州吻合。则其初为信州幕官在本年秋。梁士衡事迹待考。

绍兴二十四年甲戌(1154),元吉三十七岁

元吉为信州幕吏。作《淡斋记》。

《甲乙稿》卷一五《淡斋记》云:"绍兴二十四年,予始识吾季真于信阳,爱其温然之文,挺然之姿,将有以世其家也。既而谓予曰:'吾尝以淡名吾斋,吾自求其说,不可得也,子能为吾言之乎?'"

十一月,施钜除参知政事,元吉作启贺之。

《甲乙稿》卷一二有《贺施参政启》。据《宋史》卷二一三《宰辅表》：绍兴二十四年"十一月丁卯，施钜自吏部侍郎除参知政事"。按，施钜，《宋史》无传。《嘉泰吴兴志》卷一七《人物》："施钜，字大任，官至参知政事。"《新安志》卷九《叙牧守》："施钜，左朝请郎。二十二年四月二十四日到任，十月十一日召。"《宋宰辅编年录》卷一六：绍兴二十四年十一月"丁卯，施钜参知政事（自吏部侍郎除）"；"绍兴二十五年四月乙酉，施钜罢参知政事。（资政殿学士，提举太平兴国宫。）侍御史董德元、右正言王珉论参知政事施钜倾邪诡秘，尝与李光交，又为何铸所引用。钜既被斥，心尝怏怏。遂罢除职领祠。德元再论，遂落职。孝宗即位，诏资政殿学士、提举太平兴国宫施钜为左太中大夫依前资政殿学士致仕。"

本年曾几退居信阳，元吉在信阳盖拜访之。

《甲乙稿》卷一八《祭曾吉甫待制文》："我初拜公，灵山之阳。继见于台，从容豆觞。"陆游《渭南文集》卷三二《曾文清公墓志铭》："主管台州崇道观，起提举湖北茶盐，未赴，改广西转运判官。……复主管崇道观，寓上饶七年。读书赋诗，盖将终焉。绍兴二十五年，桧卒。……十一月，起公提点两浙东路刑狱。……明年知台州。"灵山在信阳，《甲乙稿》卷一五《两贤堂记》："并江而东行，当闽浙之交，是为上饶郡。灵山连延，秀拔森耸。"

绍兴二十五年乙亥（1155），元吉三十八岁

元吉在浦城。

《甲乙稿》卷一五《浦城县刻漏记》，文末题："绍兴二十五年七月既望，颍川韩元吉记。"

施钜知静江府，元吉代为谢表。

《甲乙稿》卷八有《代施资政静江府到任表》。据《南宋制抚年表》卷下《广南西路》绍兴二十五年："吕愿仲，七月辛酉罢。左中大夫提举太平兴国宫施钜知静江。"施钜事迹见上年所考。

绍兴二十六年丙子（1156），元吉三十九岁

是年元吉应进士科，投谒辛次膺。

《甲乙稿》卷一二《上辛中丞书》："某以妄试科目，赘其业而见焉。……七年之间，乃三见而不得致其言。"文作于绍兴三十二年，见该年记事。以绍兴三十二年上推七年，即绍兴二十六年。

元吉作《圣政更新诏书正告讦之罪因得小诗十首》。

《甲乙稿》卷六《圣政更新诏书正告讦之罪因得小诗十首》，诗题下注："案《通鉴续编》：绍兴二十五年十月，秦桧死，黜桧姻党。十一月，释赵汾及李孟坚、王之奇等自便。十二月复张浚、胡寅、张九成等二十九人官，徙李光、胡铨于近州。二十六年正月，追复赵鼎、郑刚中等官。此诗所谓"十年言路皆支党""雷州司户却生回""卫公精爽故依然"，皆记其事。谨附识。"

张孝祥为校书郎，元吉与之游。

《甲乙稿》卷二二《安人张氏墓志铭》："夫人之兄孝祥，妙年以文学冠多士，入中书为舍人，名声籍甚。方其校中秘书也，某实与之游。而夫人淑称稔于外，江州择其婿甚艰，长史时为县天台，亦再娶再夭，无复婚意。舍人独与某议，以夫人归吾家，谓夫人性静专，且知书，能诵佛经，习于世故，举族人人敬之，宜为长史配也。"按据志言，张氏年二十四归韩元龙，三十九而卒。则与孝祥游在张氏二十四岁时，即绍兴二十六年。《宋史》卷三八九《张孝祥传》："绍兴二十四年，廷试第一。……授承事郎、签书镇东军节度判官。……会（秦）桧死，……遂以孝祥为秘书省正字。故事，殿试第一人，次举始召，孝祥甫一年得召由此。……迁校书郎。……迁尚书礼部员外郎，寻为起居舍人。"按秦桧绍兴二十五年卒。

绍兴二十七年丁丑（1157），元吉四十岁

元吉本年东归。

《甲乙稿》卷一有《丁丑仲春将度浙江，从者请盘沙，予畏而不许，既登舟，乘潮以济中流，胶焉。捐十金募数力竟至沙上，仅达西兴，狼狈殊甚。从者笑之，感而赋诗》，则元吉本次东归在绍兴丁丑春。

本年前后，在台州，晤曾几。并作《浣溪沙》词。

《甲乙稿》卷二八《祭曾吉甫待制文》："继见于台，从容豆觞。"陆游《渭南文集》卷三二《曾文清公墓志铭》："绍兴二十五年十一月，起公提点两浙东路刑狱。……明年知台州。……除秘书少监。"《嘉定赤城志》卷九《本朝郡守》："绍兴二十六年：曾几，三月二十日以左朝请大夫知。赣州人。政尚简静，赋诗有'帘影垂书寂，竹阴生夏寒'之句。有诗集刊郡斋。二十七年：二月十七日召，四月八日除直秘阁回任。九月二十一日再召。"盖本年东归时经台州晤曾几。

《甲乙稿》卷七有《浣溪沙·次韵曾吉甫席上》。按曾几字吉甫，《宋史》卷三八二有传。《甲乙稿》卷一八《祭曾吉甫待制文》："我初拜公，灵山之阳。继见于台，从容豆觞。我来过苏，公病在床。"是元吉平生见曾吉甫者凡三次。而第三次曾已卧病在床，不得次韵席上。又词有"强饮归去莫匆匆"句，盖为绍兴二十六年元吉应礼部试后，未捷而归之作，其时曾吉甫正在台州。又考元吉盖此时路经台州，并会晤曾吉甫，次韵席上。曾几原作已佚。

本年赵任卿任芜湖县丞，元吉作诗送之。

《甲乙稿》卷一有《送赵任卿芜湖丞》诗。按同书卷二二《左奉议郎知太平州芜湖县丞赵君墓表》："任卿赵氏，讳彦堪，任卿其字也。……改授太平州芜湖县丞，绍兴丁丑岁也。任卿未登第时，尝为建州都作院郡守部，刺史咸以笺奏属之。"

本年，元吉作《东岳庙碑》。

《甲乙稿》卷一九《东岳庙碑》，文云："经始于是年七月，而休工于二十七年八月之望。"盖八月后不久作。

元吉约于本年始为龙泉主簿。经三峰阁时，作《水龙吟》词。

元吉《南涧诗余》有《水龙吟·题三峰阁咏英华女子》。按词有"雨余叠嶂浮空，望中秀色仙都是"语，则三峰阁即在处州之仙都山。词应为元吉任处州龙泉主簿时作。据《宋史翼》卷一四《韩元吉传》："尝赴词科不利，以荫为处州龙泉主簿。"又《甲乙稿》卷二二《左奉议郎知太平州芜湖县丞赵君墓表》："始予官龙泉，与任卿兄弟善；后官建安，又与任卿兄弟游加密。"是元吉为龙泉主簿在建安县令前。《宋史翼·韩元吉传》："绍兴二十八年，知建安县。"其官龙泉主簿在应词科不利后，考《甲乙稿》卷一二《上辛中丞书》："某以妄试科目，赘其业而见焉。……七年之间，乃三见而不得致其言。"辛中丞即辛次膺，

《宋史》卷三八三《辛次膺传》："孝宗即位,手诏趣召。……是日,除御史中丞。……隆兴改元三月,同知枢密院事。"是为中丞在绍兴三十二年孝宗即位时。以此上推七年,为绍兴二十六年,元吉词必作于二十六年后。又《甲乙稿》卷一有《丁丑仲春将度浙江……》诗,当即应试不利后赴龙泉任之作,丁丑即绍兴二十七年。此词有"人间春老"语,与《丁丑仲春将度浙江……》诗节令相合,知词为元吉赴龙泉任过仙都山之作。又宋周密《绝妙好词》卷一收此词,题为"英华女子"。有关英华女子事,宋陈鹄《耆旧续闻》卷七记载颇详,可参看。

十二月,嫁女于吕祖谦。

宋吕祖俭《东莱吕太史年谱》绍兴二十七年："十二月十六日,如信州。二十九日,亲迎于韩氏新知建安县元吉之女。"据此,元吉本年已得知建安县之诏,然诸书均记载明年方知建安县,当是抵任时。

绍兴二十八年戊寅（1158），元吉四十一岁

元吉知建安县。

《宋史翼·韩元吉传》："绍兴二十八年,知建安县。以广而费啬,乃懋迁磋以佐其费。"《甲乙稿》卷一六《凌风亭题字》："予昨以绍兴戊寅岁来宰建安。"《甲乙稿》卷一有《建安城南郑氏居号南涧,山水甚幽,予始至欲游,率夺以事,秋九月事少闲,前二日折简招客,客半辞,既命驾,辞者复先在,相与追逐,……》诗。同书卷一五有《建安白云山崇祥寺罗汉堂记》："绍兴二十六年,僧惠琳主之。……二年而告备。"均为本年作。

绍兴二十九年己卯（1159），元吉四十二岁

元吉知建安县。八月甲子,召赴行在。

《建炎以来系年要录》卷一八三:绍兴二十九年八月甲子,"诏左朝请郎、两浙东路提点刑狱公事徐度,左朝请郎、两浙西路提点刑狱公事吕广问,左迪功郎朱熹并召赴行在;右通直郎、知建州建安县韩元吉令任满日赴行在,皆用辅臣荐也。……元吉,元龙弟;熹,松子也。"《宋史翼·韩元吉传》："二十九年,以辅臣荐,召赴行在。"然元吉召后仍知建安县,至任满方擢为司农寺主簿。

见绍兴三十一年纪事。

是年，生子韩淲。

《甲乙稿》卷一八《淲冠告庙文》："乾道九年，岁次癸巳，正月乙丑朔，孙具位某云云，某之男淲，年登志学，爰以正旦，加之冠礼，庶祈保佑，俾克成人。"据《论语》："年十五而志于学。"逆推韩淲生于本年。《全宋词》2236页《韩淲小传》："淲字仲止，号涧泉，尚书元吉子。生于绍兴二十九年（1159），嘉定七年（1214）卒，年六十六。有《涧泉集》。"《甲乙稿》卷三《淲赴贵池簿》："四十才生子，今年亦效官。"盖举成数。

《东南纪闻》卷一："韩淲字仲止，上饶人。南涧尚书之子，以荫补京官。清苦自持，史相当国，罗致之，不少屈。一为京局，终身不出，人但以韩判院称。"《宋元学案》卷五九："韩淲字仲止，上饶人，南涧先生元吉之子。有高节，从仕不久，即归信上。嘉定中卒。有《涧泉集》。"《南宋文范·作者考》："韩淲字仲止，号涧泉，元吉之子，上饶人。淲渊源家学隐居著述。与赵章泉同以诗名，世称'二泉'。有《涧泉日记》《涧泉诗集》。"

贺允中为参知政事，元吉作贺启。

《甲乙稿》卷一三有《上贺参政启》。按，据《宋大臣年表》，贺允中绍兴二十九年为参知政事，三十年七月致仕。元吉文中有"念既齿一命，以从宦于州县"，则正作于建安县令任上。

本年沈作喆为江西转运之属，元吉作序送之。

《甲乙稿》卷一四《送沈明远序》："今年春，吾明远始用为江西转运之属。……乃自师儒而迁，岂丞相以犹子之嫌，故推而远之也。……既相与言，因为之序以送之，且歌以系之。"按《宋诗纪事》卷四四《沈作喆》条："作喆字明远，吴兴人。丞相该之侄。绍兴五年进士。尝为江右漕属。作《哀扇工歌》，忤洪帅魏良臣道弼，据深文劾之，夺三官。"据《宋大臣年表》，沈该绍兴二十五年十二月为参知政事，二十六年五月迁左仆射，二十九年六月改提举洞霄宫。又据《南宋制抚年表》卷上，魏良臣绍兴三十一年正月乙未由潭州改知洪州。是沈作喆始赴洪州当在绍兴二十九年，三十一年则降职。元吉诗作于绍兴二十九年。又元吉《甲乙稿》卷四有《伏日诸君小集沈明远以小疾不预作诗戏之》诗，亦与沈作喆交往之作。

绍兴三十年庚辰（1160），元吉四十三岁

元吉知建安县。在建安县任，立庙以祀先圣，为建安县立学之始。

真德秀《真文忠公文集》卷二六《建安县学田记》："建安县故无学，韩公元吉昉立庙以祀先圣，王侯元应又立讲堂二斋，学之制略具矣。而亡以廪士，犹未始有学也。"

作《建安县丞厅题名记》。

《甲乙稿》卷一六《建安县丞厅题名记》末题："绍兴三年十二月旦，颍川韩某记。"按，文中有"莆阳林智可之丞于建安也，而某滥为之长，凡邑之事，智可不遗余力以助吾，盖更听迭议，必至于济而后已"。则元吉时为建安县令。又云："智可以其暇日，整治其庭庑，筑堂于南端新城扉之楼，以为临观燕息之所，既又集建炎以来丞之名氏于壁，属某为之记。"则为县丞林智可而作。考《甲乙稿》卷一六《凌风亭题字》："予昨以绍兴戊寅岁来宰建安。"戊寅即绍兴二十八年。《宋史翼》卷一四《韩元吉传》："绍兴二十八年，知建安县。"又《甲乙稿》卷一二《与交代张彦辅启》："惟交代知县学士，抱才宏伟。……顾兹百里之淹，岂待三年之最。"是一任三年，其罢任即为绍兴三十一年。入为司农寺主簿，见《建炎以来系年要录》卷一九二。三年之中，亦曾召赴京，然亦未改官，仍知建安县，见《建炎以来系年要录》卷一九八、《宋史翼》卷一四。由此知《建安县丞厅题名记》之"绍兴三年"，断误。况绍兴三年，元吉方十六岁，安得为县令。据上所考，该文"三"后当脱"十"字，应为绍兴三十年作。

绍兴三十一年辛巳（1161），元吉四十四岁

元吉知建安县。八月，除司农寺主簿。

《建炎以来系年要录》卷一九二：绍兴三十一年八月辛巳，"右通直郎韩元吉为司农寺主簿"。同书卷一九八：绍兴三十二年闰二月"辛丑，左宣教郎、新主管官告院杜易依旧知嘉兴县。初，邑民娄睿等诣提刑，颂易于巡幸之时，催科不扰。提刑官王趯荐于朝，诏召入。会邑民有以本县曩尝敛钱募人挽舟，自钉其手赴御史台声冤者，谏官因论近韩元吉知建安县，虽以大臣之荐，亦俟终更，方许赴阙，今易到官未及一考，遂除告院，则是娄睿之言乃重于执政之荐

也。望下本路监司审实，如果有善政，即乞用韩元吉例，仍将御史台所诉，改送邻州根究，庶几毁誉核实，升黜不爽。从之。"《宋史》卷四二九《朱熹传》："以辅臣荐，与徐度、吕广问、韩元吉同召，以疾辞。"

《甲乙稿》卷一二《与交代张彦辅启》："惟交代知县学士，抱才宏伟。……顾兹百里之淹，岂待三年之最。"是一任三年，元吉二十八年知建安县，至本年任满，由张彦辅接任。《宋史翼·韩元吉传》："三十一年，除司农寺主簿。"又《甲乙稿》卷一二有《谢司农寺丞启》。

十二月，以司农寺主簿干办公事。

《建炎以来系年要录》卷一九五：绍兴三十一年十二月"壬寅，观文殿大学士、醴泉观使兼侍读充行宫留守汤思退……又请……枢密院编修官郑樵、诸王宫大小教授吴祇若、司农寺主簿韩元吉并干办公事，皆从之"。

本年，张元干卒。元吉作挽词。

《甲乙稿》卷三有《挽张元干国禄词二首》。关于张元干之卒年，王兆鹏《张元干年谱》考证颇详，证定为绍兴三十一年。另可参《中州学刊》1987年6期曾意丹《张元干生平及其思想渊源考辨》、黄珮玉《张元干研究》第一章《事迹编年考略》、曹济平《张元干年谱简编》（上海古籍出版社1991年版《芦川词》附录）。

绍兴三十二年壬午（1162），元吉四十五岁

元吉为司农寺主簿。正月，高宗巡幸建康，元吉代留守司作札子。

宋吕祖俭《东莱吕太史年谱》绍兴三十二年："正月八日，公如信州。于是韩公元吉为司农寺主簿，公以夫人归宁。"

《甲乙稿》卷一《代留守司起居札子》，题注："壬午。"文云："臣伏审车驾进发巡幸已抵建康者。"则留守为建康留守。《宋史》卷三二《高宗纪》：绍兴三十二年正月，"帝在镇江。……庚午，发镇江府。壬申，至建康府。"其时建康留守为张浚，《景定建康志》卷一《留都录》一《行宫留守》："张浚，绍兴三十一年十二月以特进、观文殿大学士、安抚使兼行宫留守司公事。陈俊卿，绍兴三十二年八月以中书舍人、安抚使兼行宫留守司公事。"

闰二月，汤思退出守会稽，元吉作诗送之。

《甲乙稿》卷五有《送汤丞相帅会稽》诗三首。据《嘉泰会稽志》卷二《太守》："汤思退，绍兴三十二年闰二月，以观文殿大学士、左金紫光禄大夫知，隆兴元年三月奉祠。"

六月，其女卒于临安。

宋吕祖俭《东莱吕太史年谱》绍兴三十二年："六月二十三日，韩夫人卒于临安。是日，公自越如临安。八月，以韩夫人之丧归婺。九月二十六日，葬韩氏于武义县明招山，所生男亦夭。"

本年，辛次膺为御史中丞，元吉上书。

《甲乙稿》卷一二《上辛中丞书》："某之得见于门下三矣。始则阁下之在春官，某以妄应科目，赘其业而见焉。中则阁下帅闽而归，某为县于建安，以属部之吏而见焉。今也阁下召还于朝，居中执法，之任，某亦滥预千百执事之列而复见矣。……七年之间乃三见而不得致其言焉。"考《宋史》卷三八三《辛次膺传》："起知泉州，移福建帅。丁母忧，乞纳禄。孝宗即位，手诏趣召。……是日，除御史中丞。……隆兴改元三月，同知枢密院事。"《江西出土墓志选编》收《资政殿学士辛次膺墓志铭》："主上即位之三日，除御史中丞。……在职四月，除同知枢密院事。"

友人尹穑为官后退隐，元吉作序送之。

《甲乙稿》卷一四《送尹少稷序》："今年春，友人尹少稷召而至于京。……无几何，得用为枢密院编修官。"文言其为官后退隐，故送之。考《宋史》卷三七二《尹穑传》："尹穑字少稷，建炎中兴，自北归南。绍兴三十二年，与陆游同为枢密院编修官。"元吉与尹穑交往颇多，《甲乙稿》卷二有《少稷劝饮每作色明远忽拂袖去戏呈》《次韵少稷梅花》《土人池中有新荷戴钱而出者少稷明远相率赋诗戏作长句》《同尹少稷赋岩桂》诗等，当为是年前后作。

本年，杜莘老知遂宁府，元吉作诗相送。

《甲乙稿》卷一有《送杜少卿起莘知遂宁府以高名千古重如山为韵七首》。按，《宋史》卷三八七《杜莘老传》："杜莘老字起莘，眉州青神人。……以直显谟阁知遂宁府。给事中金安节、中书舍人刘珙封还制书。改司农少卿。寻请外，仍与遂宁。……孝宗受禅，莘老进三议，曰定国是、修内政、养根本。寻卒，年五十八。"孝宗受禅在绍兴三十二年六月。其知遂宁府在此前。元吉诗题"起莘"乃"起莘"之误。

隆兴元年癸未（1163），元吉四十六岁

元吉除司农丞。

《甲乙稿》卷二二《左奉议郎知太平州芜湖县丞赵君墓表》："隆兴改元，予为丞大农。秋九月，有持书自外至，视其题有异。"

有诗题李仲镇懒窠。

《甲乙稿》卷一有《李仲镇懒窠》诗，题注："癸未年作。"按李䶵字仲镇，宣城人。绍兴初官都昌尉，累官迪功郎、淮西安抚使准备差遣，工词章。《全宋词》收其词一首。范成大《石湖诗集》卷八亦有《李仲镇懒窠》诗，卷九有《送李仲镇宰溧阳》诗，据《景定建康志》卷二七《溧阳县令题名》："李䶵，右宣教郎。隆兴元年九月到任，乾道元年八月罢任。"

尹穑为监察御史，元吉作诗致之。

《甲乙稿》卷二有《偶得佳酒怀尹少稷闻其连日致斋在台作长句寄之》。按诗题称在台，即在御史台。诗言"监祭有令时当差"，则为监察御史。考《宋史》卷三七二《尹穑传》："尹穑字少稷，建炎中兴，自北归南。……孝宗奖用西北之士，隆兴元年，除监察御史。"盖去年弃官，寻又复召也。诗言"我今勃窣百僚后，自觉迂钝难为侪"，则元吉时亦为朝官。又范成大《石湖诗集》卷九有《次韵尹少稷察院九宫坛斋宿》诗，可与此参证。

本年，张孝祥知苏州，元吉作《临江仙》词寄之。

《甲乙稿》卷七有《临江仙·寄张安国》。按张安国即张孝祥，《宋史》卷三八九有传。词言："自古文章贤太守，江南只数苏州，而今太守更风流。"宋范成大《吴郡志》卷一一《牧守》："张孝祥，左承议郎充集英殿修撰。隆兴元年五月到，二年二月赴召。"又《宋史·张孝祥传》："张孝祥字安国，历阳乌江人。……孝宗即位，复集英殿修撰，知平江府。……明年，吴中大饥，乞赈以济。……除中书舍人。"词乃赞张孝祥之作，盖张初莅任时，元吉寄贺之词。故系于隆兴元年。

本年，陆游在京任枢密院编修官兼编类圣政所检讨官，与元吉同在朝，二人颇相与游。后陆游得倅镇江还越，元吉席上作《醉落魄》词为别，并作诗相送。

陆游《渭南文集》卷一四《京口唱和序》："隆兴二年闰十一月壬申，许昌韩无咎以新番阳守来省太夫人于润。方是时，予为通判郡事，与无咎别盖逾年矣。

相与道旧故，问朋游，览观江山，举酒相属，甚乐。"按《宋史》卷三九五《陆游传》："孝宗即位，迁枢密院编修官兼编类圣政所检讨官。"又《渭南文集》卷二四《镇江谒诸庙文》："某以隆兴改元夏五月癸巳，自西府掾出佐京口，明年春二月己卯至郡。"

《甲乙稿》卷七有《醉落魄·务观席上索赋》。按词有"肠断扁舟，明日江南去"语，知陆游将赴江南任，此为别席而赋。据陆游《渭南文集》卷三四《镇江谒诸庙文》："某以隆兴改元，夏五月癸巳，自西府掾出佐京口，明年春二月己卯至郡。"同书卷一四《京口唱和序》："隆兴二年闰十一月壬申，许昌韩无咎以新番阳守来省太夫人于润。方是时，予为通判郡事，与无咎别盖逾年矣。"知陆游隆兴元年与元吉同在京，此年陆游赴任江南，与元吉别，词即是时作。

《甲乙稿》卷五有《送陆务观得倅镇江还越》诗二首。据陆游《渭南文集》卷一七《复斋记》："隆兴元年夏，某自都还里中。"其时同送者尚有范成大等。成大《石湖诗集》卷九有《送陆务观编监镇江郡归会稽待阙》诗。

陆游在越家中，寄着色山水屏于元吉。

《甲乙稿》卷二有《陆务观寄着色山水屏》诗。于北山先生《陆游年谱》隆兴元年："按《南涧甲乙稿》诗集部分以体裁编排，不系年代。此诗最后有'卧龙山腰镜湖尾'句，知务观时正家居；'坐惊岩壑环四壁，寥落高秋变春色'，可见寄屏时正当秋季；又有'功名逼子未得休'语，似对知友遭贬被斥有慰勉意，而《方务德元夕不张灯留饮赏梅务观索赋古风》一诗，则次于本篇之后，意者此殆本年秋季事也。"

隆兴二年甲申（1164），元吉四十七岁

元吉为枢密院检详。

《范石湖集》卷九有《韩无咎检详出示所赋陈季陵户部巫山图诗，仰窥高作，叹息弥襟，余尝考宋玉谈朝云事，漫称先王时，本无据依，及襄王梦之，命玉为赋，但云'颓颜怒以自持，曾不可乎犯干'，后世弗察，一切混以媟语，曹子建赋宓妃，亦感此而作。此嘲谁当解者，辄用此意，次韵和呈，以资拊掌》，是韩元吉是时为枢密院检详。

《甲乙稿》卷二有《检详出示所赋陈季陵户部巫山图诗，仰窥高作，叹息

弥襟，范成大尝考宋玉谈朝云事，漫称先王时，本无据依，及襄梦之，命玉为赋，但云'颓薄怒以自持，曾不可乎犯干'。后世弗察，一切溷以媟语，曹子建赋宓妃，亦感此而作此嘲，谁当解者，辄用此意，次韵和呈，以资拊掌》，又有《题陈季陵家巫山图》一首，注："案此首即前韵，疑即所谓检详出示者，恐非韩元吉作，今无别本可校，姑仍其旧。"按，前首非韩元吉作，乃范成大诗。元吉原作即《题陈季陵家巫山图一首》，成大次韵而作此首，谈宋玉朝云事无据。诗为成大作甚明。因是次韵之作，故编《南涧甲乙稿》时附于原诗后，后《甲乙稿》散失，四库馆臣抄录《永乐大典》时盖未深考，误为元吉诗。

二月，作《上周侍御札子》，论福建六州地震后减税事。

《甲乙稿》卷一〇有《上周侍御札子》："自三十年十一月，至今年二月，实及三年。"则二月为隆兴二年二月，文作于本月或稍后不久。论地震后减税事，文长不录。周侍御，待考。

约二、三月间，任度支郎中。因王之望论罢。

张孝祥《于湖居士文集》卷一九《韩元吉除度支郎中制》："具官某，度支之职，前世以宰相兼之，盖发敛均节，轻重取予，于是乎在。今名存而实废矣，视券牍之成，谨其数出纳之而已。尔名臣之世，率义好修，淹贯文艺，综练世故。摄司之久，肆以命尔，其为朕思所以振其职者。"《永乐大典》卷一九九一八《府》字韵页二一上引"韩元吉《南涧集》《辞免知建宁府札子》"云："某伏准尚书省札子，五月二十一日三省同奉圣旨，除某直敷文阁知建宁府填见阙，疾速赴行在奏事讫，前去之任者。伏念某庸懦有素，昨者备数都司，蒙恩俾漕江左。……兼某与福建安抚使王大资系有嫌隙，众所共知。某昨任度支郎官，蒙其论罢。建宁正在统部，职事相干，法当回避。"是其罢度支郎官在为江东转运判官前。按元吉除官制在张孝祥为中书舍人时作。据《宣城张氏信谱传》："孝宗即位，除集英殿修撰，知平江军府事，提举学事，赐紫金鱼袋。……除中书舍人，迁直学士院，俄兼都督府参赞军事。时魏公欲请帝幸建康以图进兵，复荐公领建康留守。"据《吴郡志》卷一一《牧守》："张孝祥，左承议郎充集（英）殿修撰。隆兴元年五月到，二年二月赴召。"又《景定建康志》卷一四《建康表》："隆兴二年三月七日，（陈）之茂召赴行在。左承议郎充敷文阁待制张孝祥知府事。"是为中书舍人在本年二三月间。又孝祥绍兴中亦曾为中书舍人，其时元吉距度支郎中之阶甚远。又按《辞免知建宁府札子》作于乾道四年五月，见本谱该年纪事。文中之福建安抚使王大资当即王之望,《淳熙三山志》卷二二《秩官》"乾道二年,王之望……以端明学士、左中大夫知。……(四年)十月,之望知温州。"

八月,贺允中除知枢密院事,元吉作启贺之。

《甲乙稿》卷一二《贺枢密贺知院启》。据《宋史》卷二一三《宰辅表》:隆兴二年,"八月己酉,贺允中自资政殿大学士、左通议大夫、提举万寿观除知枢密院兼参知政事"。

八月,张浚卒。元吉作挽词。

《甲乙稿》卷三有《故致政参政大资张公挽词三首》。按,《宋史》卷三六一《张浚传》:"张浚字德远,汉州绵竹人。"宋徐自明《宋宰辅编年录》卷一七:"(隆兴二年)八月二十八日,疾病。晡时,命子栻等坐前,问国家得无弃四郡乎。且命作奏乞致仕,夜分而薨。"诗有"益部烦分陕,金陵起御戎"语,切张浚事。

编修官李器之惠诗卷,元吉作诗答之。

《甲乙稿》卷二有《李编修器之惠诗卷》诗。范成大《石湖诗集》卷九有《次韵李器之编修灵石山万岁藤歌》。本年范成大为编修官,与李远同曹。诗盖本年作。按,李器之,《宋史》无传。《南宋馆阁录》卷七:"李远字器之,毗陵人。王十朋榜进士出身。治《诗》。(乾道)四年四月除(著作佐郎),五年十二月,为福建安抚司参议官。"同书卷八:"李远,(乾道)二年十月除(正字),三年七月为校书郎。""李远,(乾道)三年七月除(校书郎),四年四月为著作佐郎。"又喻良能《季山集》卷一二有《送李参议器之》诗。

闰十一月,出知番阳。至京口省太夫人。二十九日,游焦山,与陆游、何侑等踏雪观《瘗鹤铭》。

陆游《渭南文集》卷一四《京口唱和序》:"隆兴二年闰十一月壬申,许昌韩无咎以新番阳守来省太夫人于润。方是时,予为通判郡事,与无咎别盖逾年矣。"

《甲乙稿》卷二有《隆兴甲申岁游焦山诗》。按《焦山题名》:"陆务观、何德器、张玉仲、韩无咎,隆兴甲申闰月廿九日,踏雪观《瘗鹤铭》,置酒上方。烽火未熄,望风樯战舰,在烟霭间,慨然尽醉。薄晚,泛舟至甘露寺以归。明年二月壬午,圜禅师刻之石。务观书。"清翁方纲《复初斋文集》卷二六《跋陆放翁焦山题名》:"焦山陆放翁题名,正书十行,五十八字,后又行楷题二行,十四字。隆兴二年甲申,放翁年四十,以左通直郎通判镇江府事。时莆阳守韩元吉无咎省母于京口，与先生道故旧，有《京口唱和集》，先生为之序者也。隆兴二年闰十一月二十九日庚辰，其明年二月壬午，则二月三日也。"按，题名中之人，陆游字务观，《宋史》卷三九五有传，兹不详录。张玉仲，事迹不详。何德器即何侑，德器，龙泉人。自号存斋，寓居于雪川。官至江南东路茶盐司。事见雍正十一年刊本《处州府志》卷一一《人物·经济》。

又《甲乙稿》卷六有《次韵务观城西书事二首》诗。于北山先生《陆游年谱》隆兴二年："《南涧甲乙稿》卷六《次韵务观城西书事二首》：'腊尽雪晴春欲柔，濛濛烟柳认瓜洲。潮生潮落无穷事，江水东西不限愁。''川摇百艇陆千车，多是淮南避地家。黄纸赦来戎马去，儿歌妇笑总呦哑。'务观《城西书事》原作，《诗稿》未见。元吉本年闰十一月来京口，诗首有'腊尽雪晴'语，当亦本年之作。"

十二月，虞允文除同知枢密院事，元吉作启贺之。

《甲乙稿》卷一二有《贺虞枢密启》。据《宋史》卷二一三《宰辅表》：隆兴二年十二月，"虞允文自朝请大夫、签书枢密院事除同知枢密院事兼权参知政事。"

乾道元年乙酉（1165），元吉四十八岁

元吉在镇江。元夕，知镇江府方滋邀元吉宴饮赏梅，元吉与陆游唱和。

《甲乙稿》卷二《方务德元夕不张灯留饮赏梅务观索赋古风》诗，有"我来两月滥宾客，况有别驾能诗名"语。元吉去年十一月来镇江，至此凡两月。陆游《剑南诗稿》卷一有《无咎郡斋宴集有诗末章见及敬次元韵》诗。按，方务德即方滋（1101—1172），《甲乙稿》卷二一有《方公墓志铭》，其略谓，方滋字务德，桐庐人。知镇江府。金人犯淮，淮民渡江，亡虑数十万；滋日夜走江滨劳集，为开旧港泊舟，饥者皆得食。在镇江时，与文士韩元吉、陆游、张孝祥、毛开等均有唱和往来。

元吉以考功郎征，陆游为之置酒饯别，元吉赋《醉落魄》词。离镇江前，陆游招元吉游金山，并作《赤壁词》及《浣溪沙》等。

《甲乙稿》卷七有《醉落魄·务观席上索赋》，又有《念奴娇·次陆务观见贻念奴娇韵》。按陆游原作《赤壁词·招韩无咎游金山》，夏承焘、吴熊和先生《放翁词编年笺注》上卷编于乾道元年，考证颇精详。今从之将元吉和作编于本年。

又陆游《渭南文集》卷四九有《浣溪沙·和无咎韵》，于北山《陆游年谱》以为乾道元年与《赤壁词》同时作。按无咎原唱已佚。

《甲乙稿》卷七有《江神子·金山会饮》。按金山在今镇江，陆游在镇江为通判郡事，曾作《赤壁词·招韩无咎游金山》，此时元吉在镇江省母，见《渭南文集》卷一四《京口唱和序》。词即是时作。可参考《放翁词编年笺注》上卷《赤壁词·招韩无咎游金山》编年。

《甲乙稿》卷七有《念奴娇·又次韵》。按此"又次韵"即次陆游《赤壁词·招韩无咎游金山》韵，作于同时，亦与前首《念奴娇·次陆务观见贻念奴娇韵》词作于同年。时人毛开亦有《念奴娇·次韵寄陆务观韩无咎》词。按，韩淲《涧泉日记》卷中："毛开，字平仲，柯山人，尚书友龙之子也。负气不群，诗文清快，与尤袤延之相厚。自宛陵罢官归，号樵隐居士。有集。临死作手书诋延之，语如神仙。先公在婺，平仲以诗文一帙来赠。虽数数通问，亦一再赓和，竟与先公不相识。"后有注文："案《合璧事类》：毛友，初名友龙，字达可，官礼部尚书，三衢人。柯山在今衢州西安县，亦名烂柯山，相传王质遇仙处。"

元吉收集与元吉在京口唱和之作，编成《京口唱和集》，并请陆游为序。

陆游《渭南文集》卷一四《京口唱和序》："隆兴二年闰十一月壬申，许昌韩无咎以新番阳守来省太夫人于润。方是时，予为通判郡事，与无咎别盖逾年矣。相与道旧故，问朋游，览观江山，举酒相属，甚乐。……正月辛亥，无咎以考功郎征。念别有日，乃益相与游。游之日，未尝不更相和答，道群居之乐，致离阔之思，念人事之无常，悼吾生之不留；又丁宁相戒以穷达死生毋相忘之意。其词多婉转深切，读之动人。呜呼！风俗日坏，朋友道缺，士之相与如吾二人者亦鲜矣！凡与无咎相从者六十日，而歌诗合三十篇，然此特其略也。"又韩元吉之子韩淲《涧泉日记》卷中："陆游，字务观，先公友也。善歌诗，亦为时所忌。先公与之唱和，旧有《京口小诗集》，务观作序。今已作南宫舍人，居越上，自号'放翁'。"

元吉赴官途次松江，寄诗于陆游，陆游次韵。

《甲乙稿》卷三有《过松江寄务观五首》。陆游《剑南诗稿》卷一《次韵无咎别后见寄》云："平日杯行不解辞，长亭况是送君时。几行零落僧窗字，何限流传乐府诗。归思恰如重酿酒，欢情略似欲残棋。龙蛇飞动无由见，坐愧文园属思迟。"自注："诗来弥月，乃能和答，故云。"知与陆游相别后还不断寄诗唱酬。

然陆游此诗非次元吉《过松江寄务观五首》韵。因前诗为五律，后诗为七律。元吉原唱已佚。

时曾几在苏州，元吉经过时，拜访之。

《甲乙稿》卷一八《祭曾吉甫待制文》有"我来过苏，公病在床"语。据《渭南文集》卷三二《曾文清公墓志铭》："乾道二年五月戊辰卒于平江府逮之官舍，享年八十三。"按明年五月吉甫已卒，故会晤在本年赴京过苏州时。

又与范成大泛湖。

范成大《石湖诗集》卷一○有《次韵韩无咎右司上巳泛湖》云："休沐辰良不待晴，径称闲客此闲行。春衫欺雨任教冷，病眼得山元自明。抹黛浓岚围坐晚，揉蓝新渌没篙清。栖鸦未到催归去，想被东风笑薄情。"其时范成大在京为枢密院编修官。盖元吉上巳日已至京。

七月，陆游改判隆兴军事，元吉作序送之。

《甲乙稿》卷一四《送陆务观序》："吾友陆务观之移倅豫章也，则又有疑焉。然豫章，大府也。为连帅之贰，以兼制兵民之重，此固周瑜、鲁肃所望于统而不可得者，而吾务观得之，抑又何疑。盖务观之于丹阳，则既为贰矣，迩而迁之远，辅郡而易之藩方，其官称大小无改于旧，则又使之冒六月之暑，抗风涛之险，病妻弱子，左馈右药，不异于醯醢之商，揭囊而贾赢，造物其安取此也？"据《宋会要辑稿·职官》六一："（乾道元年）三月八日诏：权通判镇江府陆游与通判隆兴府毛钦望两易其任。"据序，其赴任即在六月，盖先至京，后赴隆兴，故元吉相送。周必大《泛舟游山录》："访定林，在钟山、蒋山之间，有陆务观乙酉七月四日题字。"盖七月赴任途中。

是年，陈康伯卒，赠太师，谥文恭。元吉作挽词。

《甲乙稿》卷三有《故赠太师丞相文恭陈公挽词三首》。按陈公即陈康伯，《宋史》卷三八四《陈康伯传》："陈康伯字长卿，信之弋阳人。""乾道元年正月上辛，有事南郊，康伯起陪祠，已即丐归，章屡上，不许。一日出殿门，喘剧，舆至第薨，年六十有九。赠太师，谥文恭。"汪应辰《文定集》卷二○亦有《祭陈相国鲁国文恭公文》。

乾道二年丙戌（1166），元吉四十九岁

元吉在京。五月，曾几卒，元吉作祭文。

《甲乙稿》卷一八有《祭曾吉甫待制文》。按曾吉甫即曾几，祭文有"我来过苏，公病在床"语。即去年元吉经苏州会晤事。本年卒。据《渭南文集》卷三二《曾文清公墓志铭》："乾道二年五月戊辰卒于平江府逮之官舍，享年八十三。"

秋，元吉自公府掾为江东转运判官。

《甲乙稿》拾遗有《四老堂记》："乾道二年秋，予自公府掾曹得请外补，上不忍其穷，而犹以为可用也，俾漕于江东。"《宋史翼·韩元吉传》："乾道三年，除江东转运判官，以明道伊川弟子所编《师说》十卷卷刊置郡斋。"作"三年"误。《景定建康志》卷二六《转运司》："韩元吉，右朝奉郎直秘阁，判官，乾道一年八月一日到任。""一"盖"二"之缺损，因为按该书体例，若年号的第一年，即书"元"，不书"一"。参其《四老堂记》自言，则为二年秋无疑。又《甲乙稿》卷八有《江东转运判官谢表》。

赴任时途经丹阳，怀陆游而作《满江红》词。

《甲乙稿》卷七有《满江红·再至丹阳，每怀务观。有歌其所制者，因用其韵，示王季夷、章冠之》。按《放翁词编年笺注》上卷《满江红》（危堞朱栏）词注云："《南涧甲乙稿》卷七《满江红词序》：'再至丹阳，每怀务观。有歌其所制者，因用其韵，示王季夷、章冠之。'据韵脚，所和即此'危堞朱栏'一阕。元吉再至丹阳乃乾道二年秋赴建康途中。务观此词当作于乾道元年任镇江通判时。"今从之编于乾道二年。又可参于北山先生《陆游年谱》137页。又按，王季夷即王岷，见下《瑞鹤仙》词考。章冠之即章甫，《宋词纪事》卷五六《章甫》条："甫字冠之，鄱阳人。居真州，有《易足居士自鸣集》。"又《甲乙稿》卷二有《永丰行》诗，有"丹阳湖中好风色"语，盖亦本年途经丹阳时所作。

本年盖宿化城，得张孝祥《水龙吟》词，并用其韵作词。

《甲乙稿》卷七有《水龙吟·夜宿化城得张安国长短句戏用其韵》。按张安国即张孝祥。孝祥有《水龙吟·过浯溪》词，当即原唱，因其所用韵部相同。元吉词首句"五溪深锁烟霞"，与孝祥词题"过浯溪"亦相吻合。张孝祥过浯溪乃在罢桂林任返京途中。考《于湖居士集》卷三〇《邕帅蒋公墓志铭》："乾

道九年，余守桂林，初识浔阳守蒋君德施。……其明年，余免归江东，君与邦人送余于兴安。……时方六月。"又卷四有《暑甚得雨，与张文伯同登禅智寺》诗云："自我来浯溪，奔走已旬浃。"是至浯溪正是暑季。又同卷有《丙戌七夕，入衡阳境，独游岸旁小寺》，丙戌即乾道二年，则盛暑过浯溪后，又于七月七日入衡州境。而元吉得到张孝祥词则已到深秋，故词中有"正千岩霜气"语。其时元吉盖亦在赴任途中，宿化城。据《甲乙稿》拾遗有《四老堂记》："乾道二年秋，予自公府掾曹得请外补，上不忍其穷，而犹以为可用也，俾漕于江东。"与此颇相合。

约于本年十月，在镇江会叶衡，作《虞美人》等词。

《甲乙稿》卷七有《虞美人·叶梦锡园十月海棠盛开》。叶梦锡即叶衡，《宋史》卷三八四有传。词有"诏书昨夜催春到"语，则叶梦锡已得到擢任之诏。元吉另有《一剪梅·叶梦锡席上》词，有"竹里疏枝总是梅"，"明年公已在鸾台。看取春风，丹诏重来"语，与此词同时作。叶当赴召入京。据《宋史·叶梦锡传》，在为宰相前，由外官入朝主要有二次，一是由知常州入为太府少卿，一为知建康府入为户部尚书。知建康府入为户部尚书在淳熙元年二月，见《景定建康志》卷一四，与此词时令不合。而据《咸淳毗陵志》卷八《秩官》："叶衡，乾道元年二月，左朝奉郎，二年十月赴召，除太府寺丞、淮西总管。"与本词正合。又词有"相逢聊与著诗催"句，则刚相逢即将离别，盖即是年十月元吉在江东掾曹任，因事至镇江会叶衡之作。

《甲乙稿》卷七有《一剪梅·叶梦锡席上》。作于乾道二年，见前首《虞美人·叶梦锡园十月海棠盛开》词考。

在江东掾任，有诗寄赵彦端。

《甲乙稿》卷三有《寄赵德庄二首》诗。诗言"报陕西枢掾"，则赵德庄在京为枢密院检详诸房文字。又言"故应怀李白，但欲老江东"，则元吉时已为江东转运判官矣。赵彦端字德庄，见绍兴十四年纪事。

本年，杨存中卒。元吉作挽诗。

《甲乙稿》卷三有《故太师和王挽诗三首》。按，和王即杨存中，《宋史》卷三六七《杨存中传》："杨存中，本名沂中"，"代州崞县人"。"金人寻请盟。乾道元年班师，加昭庆军节度使，复奉祠。时兴屯田，存中献私田在楚州者三万九千亩。二年，卒，年六十五。以太师致仕，追封和王，谥武恭。""存中天资忠孝敢勇，大小二百余战，身被五十余创。宿卫出入四十年，最寡过。"元吉诗第一首有"宿卫登环尹，荣恩四十春"，与之正合。

乾道三年丁亥（1167），元吉五十岁

元吉在建康为江东转运判官。二月，作《四老堂记》等文。

《甲乙稿》拾遗《四老堂记》："乾道二年秋，予自公府掾得请补外。"文末题："二月乙卯，颍川韩元吉书。"是作于三年二月。又《甲乙稿》卷一六有《跋赵郡王墨迹》，文末题："乾道丁亥岁二月甲戌，颍川韩某书。"

四月，寄《文昌杂录》与周必大。

周必大《文忠集》卷一六七《泛舟游山录》："（乾道丁亥四月）癸巳，新乌程丞祝宣教溥相访。饭罢入县学。……韩无咎寄龙（按应作庞）元英《文昌杂录》。"

五月，作《醉落魄》词。

《南涧诗余》有《醉落魄·生日自戏》词，有"相看半百"语，据知为本年五月十二日生日时作。

七月，作《书师说后》。

《甲乙稿》卷一六《书师说后》，文末题："乾道三年后七月，颍川韩某书。"

八月十日，与叔涣、伯玉等游钟山，并题名。

《钟山题名》："乾道丁亥八月十日，叔涣、伯玉、中父、子云、无咎、伯山、方叔来游钟山，携八功德水过定林，烹茶乃还。"按此题名《南涧甲乙稿》未收，录自于北山先生《陆游年谱》附录六《唐圭璋先生第一函》。题名诸人事迹如下：叔涣，未详。伯玉，未详。中父，即韩元象。一作仲父，字季阳。南渡后与元杰寓居芜湖。以荫入仕，邵宏渊辟置幕中。后官严州判官。事迹见《宋诗纪事补遗》卷四七。子云，即韩元龙，字子云，以荫补将仕郎，历天台令。仕终直龙图阁、浙西提刑。《宋史翼》卷一四有传。伯山，未详。方叔，未详。

九月，作《江东转运使题名记》。

《甲乙稿》拾遗有《江东转运使题名记》，文末题："乾道三年九月戊子，颍川韩元吉记。"

秋，与韩璧游宝林院，相互酬唱。

《甲乙稿》卷四《宝林院次韩廷玉韵》有"山绕孤城水拍空","木末凉生秋到风","六代兴亡知寺古"语,则作于秋日建康。元吉去年秋始为江东掾曹,明年五月已离任,故词当作于本年。韩廷玉即韩璧,字廷玉,长乐人。淳熙八年以经略使守琼州。事见《朱文公文集》卷七九《琼州学记》《琼州知乐亭记》。又《正德琼台志》卷二九《秩官》:"韩璧,淳熙间管帅。详《名宦》。"同书卷三三《名宦》:"韩璧,长乐人。淳熙间管帅,出入仟佰,劳来不倦,其年化成,黎人感慕,愿供田税。尝重修郡学及建知乐亭,朱文公皆为作记。"

秋,作诗寄韩元龙。

《甲乙稿》卷四有《夜坐有感寄子云》诗,题注:"金陵作漕。"诗有"宦情老去秋多感,官事忙时夜始闲"语,作于本年秋。

十月,与李庚至池州,同游齐山。

《安徽通志稿·金石古物考》十三:"《右史洞韩无咎题名》(在贵池县齐山。正书。拓本未见,据《齐山岩洞志》录入):韩元吉无咎、李庚子长,乾道丁亥十月十七日同登齐山,历览诸洞。"按,李庚,《嘉定赤城志》卷三三《人物门》三《仕进·进士科》:"绍兴十五年刘章榜:李庚,临海人,字子长。历御史台主簿、监察御史、兵部郎中。继奉祠,提举江东常平,知南剑、抚二州,后知袁州,未上卒。有集号《诊痴符》,楼参政钥为之序。"又见《宋诗纪事》卷四七、《宋诗纪事补遗》卷四二。楼钥《攻媿集》卷五二有《诊痴符集序》。

本年,登赏心亭,赋诗。

《甲乙稿》卷四《赏心亭》诗,自注:"亭后世传张丽华墓。"诗有"北风吹雨冷如秋,更上江干百尺楼"语,作于秋天。《景定建康志》卷二二《亭轩》:"赏心亭,在下水门之城上,下临秦淮,尽观览之胜。丁晋公谓建。"又《甲乙稿》卷六《春雪得小诗五首且约客登赏心亭》诗。

本年,上书蒋芾,论江淮利害。

《甲乙稿》卷一三《与蒋丞相论淮甸筑城别纸》:"某之效官,既逾年矣。江淮利害,亦颇知之。"按,蒋丞相即蒋芾,乾道四年二月已为右仆射,见《宋大臣年表》,则此前当三年已入相。元吉去年为江东转运判官,至今年秋后则已逾年。

本年,与庞谦孺相互作词唱酬。谦孺于本年卒,元吉作祭文与墓志铭。

《甲乙稿》卷七有《满江红·丁亥示庞祐甫》。按丁亥即乾道三年,其时元吉为江东转运判官。庞祐甫即庞谦孺,《甲乙稿》卷一四有《送庞祐甫序》。同书卷二二《祐甫墓志铭》云:"祐甫庞姓,谦孺其名,祐甫字也。单州武城人。……乾道三年,权监饶州景德镇,五日而病作。"

《甲乙稿》卷七又有《水调歌头·和庞祐甫见寄》。按此词作年难以确考。就词中所言"敬亭山""水西寺""谢公楼"等景物,此时庞祐甫盖在宣城。元吉另有《满江红·丁亥示庞祐甫》词,作于乾道三年。据《甲乙稿》卷二二《祐甫墓志铭》,乾道三年祐甫权监饶州景德镇,卒于任。此词或为祐甫赴任途中寄元吉者,元吉答之。再看元吉《满江红·丁亥示庞祐甫》词言:"梅欲开时君欲去。"则为即将离别时作。又有"但春风春雨"句,则作于初春。本词有"君去千里为谁留",则为别后相互酬唱寄赠之作。姑附系于此。

又《甲乙稿》卷一八有《祭庞祐甫文》,卷二二有《庞祐甫墓志铭》。祐甫本年卒于权监饶州景德镇任,见上条。

本年,荐溧水县令李衡。

《宋史》卷三九〇《李衡传》:"知溧阳县。……因任历四年,狱户未尝系一重囚。隆兴二年,金犯淮堧。……而溧阳靖晏自如。帅汪澈、转运使韩元吉等列上治状,诏进一秩,寻召入为监察御史。"按应为"知溧水县"。《景定建康志》卷二七《诸县令》:"李衡,隆兴元年十月到任,乾道二年十月再任,乾道三年九月被召。"是元吉之荐当在本年。又同书卷一四《建康表》:"乾道元年二月一日(吕)擢罢,以端明殿学士、左通议大夫汪澈知府事。九月十二日召赴行在。"汪澈与韩元吉荐李衡则非同时,《宋史》盖连类叙之。

本年,登雨花台,作《水调歌头》词。

《甲乙稿》卷七有《水调歌头·雨花台》。雨花台在今南京市,宋时为建康府,诗当元吉在江东掾曹任上所作,时间是乾道二年至四年之间。《甲乙稿拾遗》有《四老堂记》:"乾道二年秋,予自公府掾得请补外,上不忍其穷,而犹以为可用也,俾漕于江东。"又《宋会要辑稿·职官》六一之五三:"(乾道四年)六月一日,诏新知建宁军韩元吉改知江州。"可知二年秋始诏,必在秋后方到任,四年六月一日前已改知建宁军。而本词有"泽国又秋晚"语,似乎作于乾道三年。

本年,王岘还乡,元吉作《瑞鹤仙》词送之。

《甲乙稿》卷七有《瑞鹤仙·送王季夷》。按王季夷即王岘,宋陈振孙《直斋书录解题》卷二〇:"王季夷《北海集》二卷,北海王岘季夷撰。绍兴间名士,寓居吴兴。陆务观与之厚善。"考陆游《剑南诗稿》卷二四有《读王季夷旧所寄诗》：
"灯前忽见季夷诗，泪洒行间不自知。醉别西津如昨日，露晞沤灭已多时。"自注：
"余在京口与季夷别，遂不复相见。"又《渭南文集》卷一四《京口唱和序》："隆
兴二年闰十一月壬申，许昌韩无咎以新番阳守来省太夫人于润。方是时，予为
通判郡事，与无咎别盖逾年矣。相与道故旧，问朋游，览观江山，举酒相属，
甚乐。明年改元乾道，正月辛亥，无咎以考功郎征。"又《宋会要辑稿·职官》
六一之五三："（乾道元年）三月八日诏：权通判镇江府陆游与通判隆兴府王淮
两易其任。"其时王季夷在京口与陆游别。韩元吉乾道二年秋为江东转运判官，
赴任经丹阳作《满江红·再至丹阳，每怀务观。有歌其所制者，因用其韵，示
王季夷、章冠之》。而此词有"更入江城雁度"语，则作于晚秋。又《甲乙稿》
卷五有《次韵王季夷同宿蒋山》诗，当为江东转运判官时，王季夷自丹阳来，
二人同游之作。又《宋会要辑稿·职官》六一之五三："（乾道四年）六月一日，
诏新知建宁军韩元吉改知江州。"至少在四年六月一日前已罢江东掾曹任。故
此词应作于三年秋元吉在建康送王季夷还乡之时。

本年冬，作《鹧鸪天》词。

《甲乙稿》卷七有《鹧鸪天·雪》。词云："山绕江城腊又残。"则元吉在此
江城已有两个腊月。当在其为江东掾曹任上，因其时身处建康，故言"山绕江城"。
据上文所考，元吉为江东掾曹始于乾道二年秋后，止于乾道四年六月一日之前。
而此词称"腊又残"，则是有江城的第二个腊月，即乾道三年腊月。

乾道四年戊子（1168），元吉五十一岁

为江东转运判官。二月，作《敬复斋记》。

《甲乙稿》卷一五有《敬复斋记》，文末题："乾道四年二月，颍川韩元吉记。"

五月十二日生日，赵彦端、丘崈、王千秋等作词为寿。

中华书局1981年版《全宋词补辑》36页韩元吉有《鹧鸪天》（雨歇云端
隔座屏）。词末注："案：'全'有赵彦端《鹧鸪天·为韩漕无咎寿》词（1453
页）。此词乃步赵之韵。"是作于元吉在江东转运判官任上，且赵彦端亦在建康。
元吉乾道二年秋始任江东转运判官，四年六月改知江州，已见上文所考。又据
《景定建康志》卷二六《转运司》："赵彦端，左朝散郎、直显谟阁、副使，乾

道三年十一月二日到任。"又见《甲乙稿》卷二一《直宝文阁赵公墓志铭》。韩元吉生日在五月十二日,见邓广铭先生《辛稼轩年谱》淳熙十四年记事。是此词作于乾道四年五月。赵彦端《鹧鸪天·为韩漕无咎寿》词云:"忆醉君家倚翠屏。年年相喜鬓毛青。谁知缓步从天下,犹许清弹此地听。 挥书扇,写鹅经。使星何似老人星。必时一试薰风手,今日桐阴又满庭。"赵彦端事,见绍兴十四年记事。

《彊村丛书》本《丘文定公词》有《谒金门·为韩漕无咎寿》,约于本年作。因元吉去年秋始为漕江东,而生日为五月十二日。而元吉乾道三年、四年五月均在江东转漕任。词末句有"已颁新诏墨",则当本年五月即将改官时作。其时丘崈为建康府观察推官,《景定建康志》卷二四《察推题名》:"丘崈,乾道二年四月到任,乾道五年四月任满。"

《全宋词》有王千秋《瑞鹤仙·韩南涧生日》,又有《满江红·和诸公登赏心亭待月》诗,则二人同在建康。赏心亭在建康,见《景定建康志》卷二二。词有"除书已进"语,则元吉即将转官,故应为本年五月十二日贺元吉生日作。

与叶衡、赵彦端游牛首山。

《甲乙稿》卷四有《同叶梦锡赵德庄游牛首山》诗。《景定建康志》卷一七《山阜》:"牛头山,状如牛头,一名天阙山,又名仙窟山。在城南三十里,周回四十七里,高一百四十丈。"是元吉为江东转运判官时作。叶梦锡即叶衡,赵德庄即赵彦端。《景定建康志》卷二六《总领所》:"叶衡,左朝奉郎、太府寺丞。乾道二年十一月二十五日到,二十七日因前任知常州军器赏,特转朝散郎,三年正月四日磨勘转朝请郎,七月七日除尚书户部员外郎,五年三月十四日除太府少卿,六年正月十六日除权尚书户部侍郎。"同书同卷《转运使》:"赵彦端,右朝散郎,直显谟阁,副使。乾道三年十一月二日到任。"诗有"不辞扶病触春寒"语,则作于乾道四年春。

吴芾、史正志会饮牛渚,吴芾作诗,元吉次韵。

《甲乙稿》卷五有《次韵吴明可与史致道会饮牛渚》诗。《宋史》卷三八七《吴芾传》:"吴芾字明可,台州仙居人。……以敷文阁直学士知临安府。……下迁礼部侍郎,力求去,提举太平兴国宫。时芾与陈俊卿俱以刚直见忌,未几,俊卿亦引去。中书舍人阎安中为孝宗言二臣之去,非国之福。起知太平州。……知隆兴府。"据《南宋制抚年表》卷上《江南西路》:"乾道五年:刘珙,吴芾代刘珙。《朱子集·龙图吴公碑》：知隆兴、江西安抚使，乞闲归，实乾道六年。又《刘珙墓志》：乾道五年四月，自隆兴知荆南。"是乾道五年吴芾由知太平州改知隆兴。其始知太平州当在三年（绍兴九年后，宋知州满任为二年）。是年史正志为建康帅，韩元吉为转运判官。诗有"月出千山卷暮云，遥知玉节会江滨"，与二人之官历相合。云"遥知"，则元吉未预宴。

五月二十一日，改知建宁府，辞免。

《永乐大典》卷一九九一八《府》字韵页二一上引"韩元吉《南涧集》《辞免知建宁府札子》云："某伏准尚书省札子，五月二十一日三省同奉圣旨，除某直敷文阁知建宁府填见阙，疾速赴行在奏事讫，前去之任者。伏念某庸懦有素，昨者备数都司，蒙恩俾漕江左。罄竭驽钝，已及替期。……兼某与福建安抚王大资系有嫌隙，众所共知。某昨任度支郎官，蒙其论罢。建宁正在统部，职事相干，法当回避。欲望钧慈特赐敷奏，追寝进职之命，止乞陶铸别一路州军差遣。"此文《甲乙稿》漏辑。按文中王大资即王之望，见本谱隆兴二年纪事。

六月，改知江州。还朝任大理少卿。

《宋会要辑稿·职官》六一之五三："（乾道）四年六月十一日，诏新知建宁军府韩元吉改知江州，与王淮两易其任。"《宋史翼·韩元吉传》："四年，以朝散郎入守大理少卿，权中书舍人。"盖未赴建宁与江州任，还朝任大理少卿。

七月六日，入朝，经松江，会范成大，并寄诗于陆游。

《甲乙稿》卷七有《水调歌头》。词序云："七月六日，与范至能会饮垂虹。是时至能赴括苍，予以九江命造朝，至能索赋。"按范至能即范成大，《宋史》卷三八六有传。周必大《平园续稿》卷二二《资政殿大学士赠银青光禄大夫范公成大神道碑》："（乾道）三年十二月，起知处州。"词中括苍即处州。则元吉词之"七月六日"即乾道四年七月六日。词有"且醉吴淞月，重听浙江潮"语，盖元吉取道吴门造朝，时成大在吴县。《甲乙稿》卷四另有《松江别范至能朱伯阳》诗，作于同时。元吉造朝事，《宋会要辑稿·职官》六一之五三："（乾道四年）六月一日，诏新知建宁军韩元吉知江州，与王淮两易其任。"盖六月一日始诏，七月六日方过吴门也。又按元吉造朝后即改任大理少卿，实未赴江州任。

又《甲乙稿》卷三有《过松江寄务观五首》等，均是时所作。

作《寄赵德庄以过去生中作弟兄为韵七首》。

《甲乙稿》卷一《寄赵德庄以过去生中作弟兄为韵七首》，第二首云："忆昨钟山来，君亦溧浦去。今年赴溧浦，钟山复君住。"是元吉由江东转运判官赴江州而作。其时赵德庄赴建康为官。赵德庄即赵彦端，见《甲乙稿》卷二一《直宝文阁赵公墓志铭》。

　　冬日，陆游作贺丞相笺，托韩元吉投寄。

　　于北山先生《陆游年谱》乾道四年："有函致曾逮。"注："《致曾逮函》：'游惶恐再拜，上启仲躬户部老兄台座。苦寒，躬惟省中离容、台候神相万福！尊眷闻已入都，必定居久矣。第闻在百官宅，无乃迫隘乎！游村居凡百迟钝，数日前，方能作贺丞相一笺，托无咎投之，然不敢及昨来所谕也。节后度亦尝见之，不至中悔否？此公于贱子实不薄，然姓名不详，正恐终难拈出，奈何奈何！不入城七十余日矣，□此亦自久不见原伯，不论它人也。累日作雪竟未成，都城何似生？惟万万保护；即登严近，不宣。十一月二十六日游皇恐再拜。仲躬户部老兄台座。'（《故宫周刊》三一七、三一八期）按函中所云丞相，即陈俊卿（应求）。陈氏于本年十月除右相兼枢密使，务观曾有启贺之。四年前陈氏参张浚幕时，务观在镇江，常相过从。"

　　本年，又作《隐静山》等诗文。

　　《甲乙稿》卷六有《隐静山》诗，题注："乾道戊子七月旦日题。"卷一五《大理寺奖谕敕书记》，文云："乾道四年秋，霖雨不止，有诏，大理系囚毋得决，将亲虑于廷。"同卷《崇福庵记》，文末题："乾道四年十月，右朝散郎守大理少卿韩某记。"卷一七《徐大珪字说》，文末题："乾道戊子十二月庚戌，颍川韩某云。"

乾道五年己丑（1169），元吉五十二岁

　　元吉在京为官。

　　《宋史》卷四〇〇《汪大猷传》："尚书周执羔韩元吉枢密刘珙以强盗率不处死，无所惩艾……大猷……乃奏用六项法则死者十七人，用见行法则十四人，旧法则百七十人俱死。遂从大猷议。借吏部尚书为贺金国正旦使。"同书卷三四《孝宗纪》：乾道五年"冬十月乙酉，遣汪大猷等使金贺正旦"。《金史》卷六一《交聘表》：大定十年"正月壬子朔，宋试吏部尚书汪大猷、宁国军承宣使曾觌贺正旦"。大定十年即乾道六年。正月初一已抵金。是本年元吉在朝为官。按元吉明年丁忧，回朝为吏部侍郎，此处言本年已为尚书，盖误，俟详考。

五月，嫁次女于吕祖谦。

宋吕祖俭《东莱吕太史年谱》乾道五年："五月二十日，亲迎于韩氏，实元妃之女弟。"韩淲《涧泉日记》卷中："吕祖谦，申国公丞相公著之孙，中书舍人本中之侄孙。先公以两女妻之。有学问，有文章，气度冲和，议论平正，仅为秘书郎而死。"

乾道六年庚寅（1170），元吉五十三岁

元吉丁忧，居上饶。

《甲乙稿》卷一六《书尹和靖论语后》："乾道庚寅岁，某忧居上饶，过先生。门人王德修，问此书七恙。且曰，子异时官守，不刊行之耶！"

乾道七年辛卯（1171），元吉五十四岁

元吉于本年二月除权吏部侍郎。

《甲乙稿》卷九《辞吏部侍郎奏状》："右臣伏准尚书省札子，二月二十五日，三省同奉圣旨，韩某可权除吏部侍郎，日下供职者。"文有"比更忧患，尤觉病衰"语，则在丁忧后。同卷有《再辞奏状》。是二月接权吏部侍郎诏书。

春末，赴京为官。盖途经池州、芜湖、和州等地。作《菩萨蛮》等词、《玩鞭亭》等诗。

《甲乙稿》卷一六《书尹和靖论语后》："乾道庚寅岁，某忧居上饶。……会明年，复将官中都。"官中都即为京官。

《甲乙稿》卷七《菩萨蛮·青阳道中》词，有"春残日日风和雨，烟江目断春无处"语，作于残春。同书同卷又有《霜天晓角·蛾眉亭》词。按，《花庵词选》《词综》《历代诗余》等均收此词，题为《题采石蛾眉亭》。黄昇《中兴以来绝妙词选》卷五收作刘仙伦词。按，《吴礼部诗话》："韩南涧《题采石蛾眉亭》词云：'倚天绝壁，直下江千尺。天际两蛾横黛，愁与恨，几时极。暮潮风正急。酒阑闻塞笛。试问谪仙何处，青山外，远烟碧。'此《霜天晓角》调也，未有能继之者。"宋赵闻礼《阳春白雪》卷二收作韩元吉无咎词。故应归韩作。蛾眉亭在和州，周密《绝妙好词》卷二选此词（作刘仙伦词），清查

为仁、厉鹗注云:"《方舆胜览》云:天门山在当涂县西南三十里。又名蛾眉山,夹大江,东曰博望,西曰梁山。蛾眉亭在采石山上,望见天门山,壁间有诗曰:'中分黛色三千尺,不著人间一点愁。'"又《彊村丛书》本王奕《玉斗山人词》有《霜天晓角·和韩南涧采石蛾眉亭》词,可证定为韩元吉作。

《甲乙稿》卷二有《玩鞭亭》诗,有"平湖无波春草绿"句。民国八年《芜湖县志》卷三六《古迹志》:"玩鞭亭在县西二十里。"诗中"黄须鲜卑勇无策,自驰骏马来窥贼。贼奴但怪日绕营,坐令老妪知兴亡"等语,乃咏晋明帝事。《词品》卷四《于湖词》条:"于湖玩鞭亭,晋明帝觇王敦营垒处。自温庭筠赋诗后,张文潜又赋于湖曲,以正湖阴之误。词皆奇丽警拔,脍炙人口。徐宝之、韩南涧亦发新意。"

五月,除吏部侍郎,元吉辞谢。

《甲乙稿》卷九《辞免除吏部侍郎状》:"右臣准尚书省札子,五月十二日,三省同奉圣旨,韩某可除吏部侍郎,日下供职者。"是五月十二日由权吏部侍郎正除吏部侍郎。同书卷九有《除吏部侍郎谢表》。

五月十三日,次女卒。

宋吕祖俭《东莱吕太史年谱》乾道七年:"五月十三日,韩夫人卒。六月,请告归婺。十七日,葬韩氏于明招。"

本年,与朱熹书信往来。

《甲乙稿》卷一三《答朱元晦书》,中有"亦已转语赵德庄矣,渠为地主"语。按德庄卒于淳熙二年,见《甲乙稿》卷二一《直宝文阁赵公墓志铭》,是作于淳熙二年前。二书非作于一时。又有"去岁了却两处葬事"语,盖指乾道六年丁忧事,故此书应于乾道七年作。

乾道八年壬辰（1172），元吉五十五岁

元吉权尚书吏部侍郎。

《宋史翼·韩元吉传》:"八年,权吏部侍郎,时朝士因言张说多去国者,元吉进故事,述太祖、太宗之训以谏。"《甲乙稿》卷一一有《壬辰五月进故事》,题注:"权尚书吏部侍郎,时朝士大夫因言张说多去国者。"又有《八月进故事》《九月进故事》等文。

八月，举荐王师愈、周炯、崔敦诗。

《甲乙稿》卷九《应诏举所知状》："具位某准尚书省札子节文，诏台谏侍从各举所知一二人，疏其事实，可以充是何职任。八月二十三日，三省同奉圣旨依奏者。今具如后：一、左奉议郎、前权发遣信州军州事王师愈；一、右宣教郎、新差通判随州军州事周炯；一、左文林郎、两浙路转运司干办公事崔敦诗。"按，王师愈，《宋史》无传，《朱文公文集》卷八九有《中奉大夫直焕章阁王公神道碑铭》。《光绪金华府志》卷八《人物》："王师愈，字舆正。……（乾道）七年，上饶骄兵噪噪，移守信州。……八年，召除金部郎官。"为金部郎官即由元吉所荐，因文中谓师愈"堪充郎官以上职任"。周炯，事迹未详。《甲乙稿》卷九另有《举周炯状》，可参看。崔敦诗，《宋史翼》卷二八有传。《南涧甲乙稿》卷二一有《中书舍人兼侍讲直学士院崔公墓志铭》："公初主扬州高邮县簿，次两浙转运司干办公事，遂正字于秘书省。"崔敦诗有《崔舍人玉堂类稿》，今传世。

本年，张孝祥卒。元吉作《张安国诗集序》及祭文。

《甲乙稿》卷一八有《祭张舍人文》。按元吉有《张安国诗集序》作于本年四月，文云："予尝欲为之哀词，悼其平生，未果也。历阳胡使君元功，集安国诗得若干篇，将刻而传之。以慰其乡闾之思。又掇其歌词，以附于后，属予序引，予于是收涕而怀有不忍述者。"则祭文作于《张安国诗集序》后。

本年，叶衡知荆南，元吉作诗送之。

《甲乙稿》卷五有《送叶梦锡赴荆南》诗，据吴廷燮《南宋制抚年表》卷下，知衡知荆南在乾道八年。

本年，周淙卒。元吉作挽词。

《甲乙稿》卷五有《周彦广待制挽词》。按《宋史》卷三九〇《周淙传》："周淙字彦广，湖州长兴人。……除敷文阁待制，起知宁国府。趣入奏，上慰抚愈渥。魏王出镇，移守婺州。明年春，复奉祠，亟请老。十月卒，年六十。"考同书卷三四《孝宗纪》：乾道七年二月，"以庆王恺为雄武、保宁军节度使，判宁国府，进封魏王"。周淙即次年十月卒。

本年，留饮郑德舆家，作《好事近》词。

《甲乙稿》卷七《好事近·郑德舆家留饮》。郑德舆曾在京城，管鉴《养拙堂词》有《桃源忆故人》词，序云："郑德舆饯别元益，余亦预席。醉中诸姬索词,为赋一阕。"又有《菩萨蛮·德舆饯别坐间作》词。序中"元益"即文元益,管鉴另有《蝶恋花》词,序云:"辛卯重九,余在试闱,闻张子仪、文元益诸公登舟青阁,分韵作词。既出院,方见所赋,以'玉山高并两峰寒',尚余并字,因为足之。"辛卯为乾道七年。而管鉴《桃源忆故人》词有"拾翠芳洲春尽"语,作于春,则为八年。据元吉《甲乙稿》卷一六《书尹和靖论语后》:"乾道庚寅岁,某忧居上饶。……会明年,复将官中都。"庚寅为六年,是乾道七年元吉已召为京官。又《宋史翼》卷一四《韩元吉传》:"(乾道)八年,权吏部侍郎。"是八年与郑德舆同在京城,宜有交往,故疑此词为本年作。又管鉴《养拙斋词》有《洞仙歌·访郑德兴郎中留饮》,"郑德兴"或为"郑德舆"之误。若此则郑是时为某曹郎中,或与元吉同曹。

十二月,为试礼部尚书,被遣贺金主生辰。

《宋史》卷三四《孝宗纪》:"乾道八年十二月丁巳,遣韩元吉等贺金主生辰。"《宋史翼·韩元吉传》:"权礼部尚书,贺金生辰使。凡所以觇敌者,虽驻车乞浆,下马盥手,遇小儿妇女,皆以言挑之,往往得其情。使还,奏言敌之强盛五十年矣,人心不附,必不能久,宜合谋定算,养威蓄力,以俟可乘之衅,不必规小利以触其机。孝宗然之,除吏部侍郎。"

乾道九年癸巳（1173），元吉五十六岁

闰正月,过高邮,作《记建安大水》诗。

《甲乙稿》卷四《记建安大水》诗,末注:"绍兴甲子岁,予寓建安,夏大水,举家荡覆骑危仅脱,因此作诗自唁,乾道癸巳,将命过高邮,遇杜受言犹子镗录以见示,读之恍然,盖忘之矣。受言时为提举茶事,募人拯予者也,镗实见之,俯仰三十年矣。死生契阔,不胜慨叹,闰月二十七日书。"

三月一日,至金,贺金主生辰万春节。

《金史》卷六一《交聘表》云:"大定十三年三月癸巳朔,宋遣试礼部尚书韩元吉、利州观察使郑兴裔等贺万春节。"按,郑兴裔（1126—1199）,字光锡,初名兴宗,开封人。以恩授成忠郎,历福建路兵马钤辖,知扬、庐二州,皆有政绩。宁宗即位,除知明州。告老,授武泰军节度使。庆元五年卒,年七十四。《宋史》卷六五有传,周必大《文忠公集》卷七十有《赠太尉郑公兴裔神道碑》。元吉《甲

乙稿》卷一七有《郑光锡字说》，文末题："乾道九年四月甲戌，颍川韩某述。"

在汴京，作《好事近》词及《汴都至南京食樱桃》等诗。

《南涧诗余》有《好事近·汴京赐宴闻教坊乐有感》。按宋周密《绝妙好词》卷一收此词，作《好事近·汴京赐宴》。清查为仁、厉鹗笺云："《金史·交聘表》云：'大定十三年三月癸巳朔，宋遣试礼部尚书韩元吉、利州观察使郑兴裔等贺万春节。'按宋孝宗乾道九年为金世宗大定十三年。南涧汴京赐宴之词当为此时作。"又《甲乙稿》卷六有《汴都至南京食樱桃》诗。

寄书于陆游，陆游得书后作诗。

陆游《剑南诗稿》卷四有《得韩无咎书寄使虏时宴东都驿中所作小阕》："大梁二月杏花开，锦衣公子乘传来。桐阴满第归不得，金辔玲珑上源驿。上源驿中挝画鼓，汉使作客胡作主。舞女不记宣和妆，庐儿尽能女真语。书来寄我宴时诗，归鬓知添几缕丝。有志未须深感慨，筑城会据拂云祠。"注："唐中受降城在拂云祠。"

奉使回，当转官，元吉辞免。

《甲乙稿》卷九有《辞免奉使回转官状》："右臣准尚书省札子，以臣奉使回程，四月二十三日，三省同奉圣旨转一官者。……俾臣且仍故秩，以效尺寸，庶稍安于愚分，期不负于圣知，所有恩命，臣未敢祗受。"《宋史翼·韩元吉传》："权礼部尚书，贺金生辰使。……使还，奏言敌之强盛五十年矣，人心不附，必不能久，宜合谋定算，养威蓄力，以俟可乘之衅，不必规小利以触其机。孝宗然之，除吏部侍郎。"在吏部侍郎任，作《癸巳五月进故事》《八月进故事》等文，均见《甲乙稿》卷一一。

八月，方滋卒。元吉作挽诗及墓志。

《甲乙稿》卷三有《方务德侍郎挽词二首》。同书卷二一《方公墓志铭》："公讳滋，字务德。……（乾道）八年知绍兴府。……徙知平江府。……至郡数日，疾果甚，进敷文阁学士，提举江州太平兴国宫。八月丁丑，以不起闻，享年七十有一。"考范成大《吴郡志》卷一一《牧守》："方滋，敷文阁直学士、左太中大夫。乾道九年五月到，七月除敷文阁学士、提举江州太平兴国宫。"是卒于乾道九年八月。又《方公墓志铭》云："某少闻公名，及客于丹阳，官于朝，漕于江东，知公出处为详，故不复辞。"

本年，元吉有《水调歌头》词寄陆游。

《甲乙稿》卷七有《水调歌头·寄陆务观》。按词有"明月多景楼，一话九经年"语，则相别九年而作。考陆游《渭南文集》卷一四《京口唱和序》："隆兴二年闰十一月壬申，许昌韩无咎以新番阳守来省太夫人于润。方是时，予为通判郡事，与无咎别盖逾年矣。相与道旧故，问朋游，览观江山，举酒相属，甚乐。明年改元乾道，正月辛亥，无咎以考功郎征。念别有日乃益相与游。游之日，未尝不更相和答，道群居之乐。"以此相别再下延九年，即乾道九年。词又言："故人何在，蜀道倚青天。"陆游乾道八年在夔州任满，应四川宣抚使王炎辟为幕宾。十月，王炎调临安，陆游亦调成都。故陆游九年在成都，与词"蜀道倚青天"相合。

本年，张说同知枢密院事，元吉上书。

《甲乙稿》卷一三有《上张同知书》，据《宋史》卷二一三《宰辅表》："乾道九年正月乙亥，张说自安庆军节度使、签书枢密院事除同知枢密院事。""十月甲戌，张说自同知枢密院事除知枢密院事。"

淳熙元年甲午（1174），元吉五十七岁

元吉知婺州。

宋吕祖俭《东莱吕太史年谱》淳熙元年："正月，以韩尚书元吉守婺，散遣诸生。"《宋史翼》卷一四《韩元吉传》："淳熙元年，以待制知婺州。"《甲乙稿》卷一○《建宁府乞宫观札子》："二年之间，叨守两郡，自婺移建。"同书卷一四《高祖宫师文编序》："淳熙元年十月，玄孙具位某谨书。"并云："因哀而刊之东阳郡斋。"则其时元吉知婺州。同书卷一六《书朔行日记后》："淳熙改元，出守婺女，夏曝书，见朔行日记，因书其后，以明吾志之非苟然耳。无咎记。"同书卷八有《知婺州到任表》。万历《金华府志》卷一一《宋知婺州军事》："韩元吉，字无咎，颍州人，维之子。淳熙元年以敷文阁待制任。"

与前任太守同游护国寺。

《甲乙稿》卷一有《护国寺次前婺州韵》诗。盖元吉抵任时，前任太守尚未离婺州，故二人同游。按，前婺州为刘度，万历《金华府志》卷一一《宋知婺州军事》："刘度，乾道九年由秘阁修撰任。"

约二三月间，作《蓦山溪》词致叶衡。

《南涧诗余》有《蓦山溪·叶尚书生朝避客三洞》。叶尚书即叶衡，《宋史》卷三八四《叶衡传》："知荆南、成都、建康府。除户部尚书，除签书枢密院事，拜参知政事。"据《景定建康志》卷一四《建康表》："淳熙元年甲午：正月二十六日，敷文阁学士、左朝散大夫叶衡知府事，提举学事兼管内劝农营田使。……二月召赴行在。"是其入为户部尚书即在本年二月后。又《宋史》卷三四《孝宗纪》：淳熙元年六月，"以叶衡参知政事。"词有"诏飞天上，人倚经纶书。重入升平"语，则当重入为尚书不久之作，即本年二三月间。

六月，作《祭周致政文》。

《甲乙稿》卷一八《祭周致政文》："淳熙元年，岁次甲午，六月丙辰朔，二十三日戊寅，门生朝散大夫、充敷文阁待制、知婺州军州事韩某。"

跋尹焞所书《东铭》。

《甲乙稿》卷一六《跋尹和靖所书东铭后》："淳熙元年六月戊寅书。"按韩淲《涧泉日记》卷中："尹焞，字公明，号和靖先生，伊川程氏之高弟也。在道山时，先公尝拜之。"按尹焞，《宋史》卷四八二有传。

七月，与陈岩肖等观稼秋郊，游金华洞，并题名。

《甲乙稿》卷一六《金华洞题名》："淳熙改元七月既望，陈岩肖子象、陈良祐天与、黄掞子余、赵师龙德言、韩元吉无咎，观稼秋郊，自智者山来谒双龙洞，篝火蒲伏，遍阅乳石之状，寒气袭人，酌酒竹阴，支筇至中洞，饮泉乃归。"《甲乙稿》卷一八又有《婺州劝农文》，位于《建宁府劝农文》之前，则为初知婺州时作。

九月九日，登金华双溪楼及赤松山，作《鹧鸪天》词。

《甲乙稿》卷七有《鹧鸪天·九日双溪楼》。双溪楼在婺州，因松溪、梅溪至婺州城下合流，故名。见《浙江通志》卷一七《山川》九引《名胜志》。双溪楼盖因双溪而建楼。又元吉《鹧鸪天·怀金华九日寄叶丞相》词有"双溪明月乱山青"句，亦可与此参证。元吉曾两次知婺州，见《宋史翼》卷一四《韩元吉传》。以其《夜行船·再至东阳有歌予往岁重九词者》证之，此重九词盖初知东阳时作。据《甲乙稿》卷一六《书朔行日记后》："淳熙改元，出守婺女。"又卷一〇《建宁府乞宫观札子》："二年之间，叨守两郡，自婺移建。"盖守婺仅一年，故此词应作于淳熙元年。

又《甲乙稿》卷七有《鹧鸪天·九日登赤松绝顶》。按此词作年难以确考。

词有"使君强健待重来"句，知为守郡时作，且次同调《九日双溪楼》后，当为同时作。《甲乙稿》卷四有《劝耕至赤松山》诗云："谬误君恩再领州，名山犹幸复春游。"再领州即再知婺州，可证赤松在婺州。而词言"使君强健"，则以初知婺州作为宜。

九月，李处全在元吉坐上，作《减字木兰花》词。

《全宋词》李处全有《减字木兰花·甲午九月末在婺州韩守坐上和陈尚书韵》："更生观尽。双璧兼葭那敢并。四海无人。笑语从容许我亲。平生此客，复与太丘登醉白。病里颦眉。贪看惺惺骑马归。"按，《景定建康志》卷四九《儒雅传》："李处全字粹伯，徐州丰县人。邯郸公淑之曾孙。后迁居溧阳。天资超轶，贯穿古今，忠诚许国，宽大好贤，慕刘杼山之为人。文章闳肆，诗体兼众长，字画遒丽。登第，繇宗正寺簿迁太常丞。知沅州，提举湖北茶盐。除秘书丞兼礼部郎官，迁殿中侍御史，遂除侍御史。母忧，去朝奉祠，后知袁州、处州，移赣州，未赴，改舒州。淳熙十六年卒于任，年五十九，官至朝议大夫。"

十月，题高祖韩维《南阳集》。

《永乐大典》卷二二五三七《集》字韵页一上《南阳集》引韩元吉《题》云："高祖《宫师文编》仅三十卷，皆兵火后所辑，非旧本也。……小子不佞，无以绍君子泽。独其文编负笈而藏，欲俟备而传焉。惧有河清之叹，因裒而刊之东阳郡斋。……淳熙元年十月，元孙具位某谨书。"按此文《甲乙稿》漏辑。

元吉兄元龙六十生日，元吉作《鹧鸪天》词。

《甲乙稿》卷七有《鹧鸪天·子云弟生日》。按《全宋词》收此诗，题注："按子云乃韩元吉之兄，《南涧诗余》题作'寿兄六十'较是。"考子云即元吉兄韩元龙，词云"甲子今年甫一周"，是寿六十岁之证。词又言"分玉节，共南州"，则其时二人同在南方为知州。考《宋史翼》卷一四《韩元吉传》："淳熙元年以待制知婺州。"其时元吉五十七岁。次年又知建安府，即《甲乙稿》卷一〇《建宁府乞宫观札子》所言："二年之间，叨守两郡，自婺移建。"淳熙三年即以朝议大夫试吏部尚书。是此词作于淳熙元年或二年，姑系于本年。子云约长元吉三岁。

本年，与赵师揆作词唱酬。

《甲乙稿》卷七有《菩萨蛮·次韵赵倅》。赵倅即赵师揆，《宋史》卷二四四《宗室传》："师揆字元辅，初补左承务郎奉祠。除添差湖州签判，改婺州通判，加直秘阁。守臣韩元吉荐其材,上以问史浩,浩言其聪爽可任,召对,除江东提举。"词有"须信金华别有天"语,作于婺州;又有"万里秋容"语,作于秋日。元吉曾两次知婺州,第二次在淳熙五年秋后。据《宋史》卷三六九《史浩传》及《南宋制抚年表》卷下,史浩于淳熙元年二月入为少保、观文殿大学士、醴泉观使兼侍读。与此相合。

本年,与陈岩肖酬唱次韵。

《甲乙稿》卷七有《秦楼月·次韵陈子象》。按陈子象即陈岩肖。《甲乙稿》卷一六《金华洞题名》:"淳熙改元七月既望,陈岩肖子象、陈良祐天与、黄掞子余、赵师龙德言、韩元吉无咎,观稼秋郊,自智者山来谒双龙洞,籜火蒲伏,遍阅乳石之状,寒气袭人,酌酒竹阴,支筇至中洞,饮泉乃归。"又元吉有《满江红》词,序言:"自鹿田山桥小集潜岳寺中酬陈子象词。"词有"叹使君华发又重来"语,则其时韩元吉守郡。据上条所引《金华洞题名》,元吉为婺州刺史时,陈子象亦在婺州,二人相互交游,时在淳熙元年。故亦系于淳熙元年,二词均作于春天。按,陈岩肖事,《宋诗纪事》卷四五《陈岩肖》条:"岩肖字子象,东阳人。绍兴八年,以任子中词科。仕至兵部侍郎。著《庚溪诗话》。"又见《四库全书总目》卷一九五《集部》及郭绍虞先生《宋诗话考》上卷。

陈良祐盖起复转官,元吉作《贺圣朝》词相送。

《甲乙稿》卷七有《贺圣朝·送天与》。按天与即陈良祐。据前引《金华洞题名》:"淳熙改元七月既望,陈岩肖子象、陈良祐天与、黄掞子余、赵师龙德言、韩元吉无咎,观稼秋郊。"则二人同在婺州。词言"明年归诏上鸾台,记别离难处",应作于淳熙元年底。据《宋史》卷三八八《陈良祐传》:"陈良祐字天与,婺州金华人。……迁右谏议大夫兼侍讲,同知贡举,除给事中,兼直学士院,迁吏部侍郎。寻除尚书。……奏入,忤旨,贬瑞州居住,寻移信州。(乾道)九年,许令自便。淳熙四年,起知徽州,寻除敷文阁待制、知建宁府,卒。"盖乾道九年许令自便后即返金华故里闲居,其时元吉知婺州,临别之时,望其复入朝。

本年冬,送举子赴京,作《鹿鸣宴》诗。

《甲乙稿》卷四《鹿鸣宴》诗:"勋业肇端登凤沼。"自注:"叶公始登政地。"又云:"词章接武侍甘泉。"自注:"侍从诸贤前后多领文字之职。"末云:"明年贡籍还增倍,定作东州盛事传。"自注:"东阳解额甚窄,主司有遗才之叹。国朝故事,所解全中,南宫则次举许倍增人数云。"叶公即叶衡,《宋史》卷二一三《宰辅表》："淳熙元年十一月丙午，叶衡自枢密使参知政事迁通奉大夫，除右丞相。"

是年，为刘峤作《君子泉铭》，并相互唱和。

《甲乙稿》卷一八《君子泉铭》序："刘峤字子渊，以学行为乡先生。晚齿一命，辄丐祠禄，饮水曲肱，虽仕而隐也。年八十六，视听不衰。嗜酒喜赋诗，超然有高世之趣，屏居城西山，郡守韩某访焉。爱其林壑幽清，而汲甚远。为凿井竹间，逾三十尺，未有泉也。再过而祷，石穷而瀵涌，既洌且甘，里人异焉。以子渊之德履，命为君子泉。"同书卷四有《刘子渊监庙年八十六，耳聪目明，能饮酒，举大白，喜赋诗，比过之，因示长句，次其韵》。按，《光绪金华县志》卷九《人物·隐逸》："宋刘峤字子渊，事亲孝，家虽贫，力学，聚徒以养。非道义，锱铢不取，荜门土锉怡愉如也。老于场屋，一试吏，为主簿而止，风节行义为邦人所称。唐仲友、王师心尤敬慕之。淳熙初，韩元吉守婺，为凿君子泉于其隐所。其地去城西三里，入元为清隐禅林。（旧志）"

十二月三日，诏元吉知建宁府，元吉作表辞免。

《甲乙稿》卷八有《辞知建宁府表》："右臣准尚书省札子，十二月三日，三省同奉圣旨，差臣知建宁府，不候授告，疾速前去之任，候任满前来奏事者。……臣除已交割婺州职事以与次官，一面起离前去衢、信州听候指挥外，谨录奏闻，伏候敕旨。"

约于本年前与朱熹书信来往。

朱熹《朱文公文集》卷三七有《答韩无咎》书，陈来《朱子书信编年考证》淳熙元年："按书难详考，韩元吉长朱子十二岁，吕伯恭乃其婿也。按此书当不在晚，疑在甲午以前。"

淳熙二年乙未（1175），元吉五十八岁

元吉知建宁府。

《宋史翼·韩元吉传》："淳熙元年，以待制知婺州。……明年，移知建安府。"《甲乙稿》卷一六《书许昌唱和集后》："今年某叨守建宁，苏岘叔子为市舶使者，会于郡斋。……淳熙二年九月，具位韩某书。"《甲乙稿》拾遗《大戴礼记跋》："乃刊置建安郡斋，庶可考焉。淳熙乙未岁后九月。"《甲乙稿》卷八有《知建宁府

到任表》，按元吉去年十二月三日始受诏知建宁府，到任当在本年春。《甲乙稿》卷一〇《建宁府乞宫观札子》："二年之间，叨守两郡，自婺移建，曲示保全。"《甲乙稿》卷一八《祭叔父文》："某兹蒙朝命，易守建安，相与拜扫于墓下。"《甲乙稿》卷一八有《建宁府祈雪祝文》《建宁府劝农文》《又劝农文》。按《又劝农文》有"太守昔为令，今为守"之语，则在建宁府作。

五月，元吉生日，作《醉落魄》词自寿。

《南涧诗余》有《醉落魄·乙未自寿》。按乙未即淳熙二年，公元1175年，时元吉五十八岁。

作《江神子》词戏赵彦端。

《甲乙稿》卷七有《江神子·建安县戏赵德庄》。按赵德庄即赵彦端。词言"十年此地看花时，醉题诗，夜弹棋。湖海相逢，曾共惜芳菲。前度刘郎今度客，嗟老矣，鬓成丝"。盖前度与赵德庄曾在建安县相逢，至今已有十余年。考《甲乙稿》卷二一《直宝文阁赵公墓志铭》："吾友赵德庄，将葬于饶州余干县某山之原。……始与德庄游，盖三十年，在朝同曹，在外同事，犹兄弟也。……予为建宁，后德庄才数年。……官至朝奉大夫，享年五十有五，卒以淳熙二年七月四日。"词中言"前度刘郎今度客"，盖指赵知建宁府事，"今度客"指赵目前作客建安。《嘉靖建宁府志》卷五《官师》载宋之太守："赵彦端、任文笃、杨由义、梁克家（乾道间任）、傅自得、韩元吉……（已上淳熙间任）"则此词为韩元吉知建宁府时作。词有"十年此地看花时"之语，盖韩元吉此前曾任建安县令。《宋史翼》卷一四《韩元吉传》："绍兴二十八年知建安县，……二十九年以辅臣荐，召赴行在。三十一年除司家农寺主簿。"《甲乙稿》卷一二《与交代张彦辅启》："惟交代知县学士，抱才宏伟。……顾兹百里之淹，岂待三年之最。"是元吉自二十八年任建安县令，至三十一年任满，而交代张彦辅者。（按二十九年虽召赴行在，但未改官）以绍兴三十一年下延至淳熙二年为十四年，词言"十年"乃举约数。词言"江梅吹尽柳桥西，雪纷飞，画船移"，当作于刚入春时。又《甲乙稿》卷八《辞知建宁府表》："右臣准尚书省札子，十二月三日，三省同奉圣旨，差臣知建宁府。……臣除已交割婺州职事以与次官，一面起离前去衢、信州听候指挥外，谨录奏闻，伏候敕旨。"又同卷有《知建宁府到任表》。十二月三日下诏书，加以辞免而不准，乃至抵任时必在春初。故系此词淳熙二年初春。

七月，赵彦端卒，元吉作祭文与墓志铭。

《甲乙稿》卷一八有《祭赵德庄文》，卷二一有《直宝文阁赵公墓志铭》。据墓志，赵卒于本年七月四日。

闰九月重阳日，作《西江月》词。

《甲乙稿》卷七有《西江月·闰重阳》。按闰重阳即闰九月，考元吉时代，淳熙二年为闰九月，见《宋史》卷三四《孝宗纪》及陈垣《二十史朔闰表》。诗作于是年，时元吉知建宁府。

本年罢知建宁府任后，作《鹧鸪天》词寄叶衡。

《甲乙稿》卷七有《鹧鸪天·怀金华九日寄叶丞相》词。按叶丞相即叶衡，《宋史》卷三八四有传。据《宋史》卷三四《孝宗纪》，淳熙元年九月戊申，叶衡为右丞相兼枢密使。二年九月乙未罢。词称"怀金华"，当为离金华后作，又怀叶丞相，故应为淳熙二年。

本年，荐崇安、建阳两知县。

《甲乙稿》卷九《荐崇安建阳两知县状》："具位检准淳熙元年八月二十三日敕，臣僚上言，命监司郡守精察所部县令，留意民事，政有实迹，公共论荐，三省同奉圣旨依奏者。"是作于本年知建宁府时。所荐二人为"承事郎、知崇安县事王齐舆""奉议郎、知建阳事黄中立"。按，王齐舆，《宋史》无传。《嘉定赤城志》卷三三《人物门》三《仕进·进士科》："绍兴三十年梁克家榜：王齐舆，临海人，字之孟。历删定官，将作、司农丞，知鄂州，提点东川刑狱，仓部郎中，枢密院检详，军器监，大理、宗正少卿，终直焕章阁致仕。"黄中立，《宋史》无传。《淳熙三山志》卷二八《人物》三《科名》："绍兴二十四年甲戌张孝祥榜：黄中立，字少度，永福人。终通（疑衍）德府通判。"

淳熙三年丙申（1176），元吉五十九岁

正月，召赴行在，辞，不允。

《宋史翼·韩元吉传》："旋召赴行在，以朝议大夫试吏部尚书，进正奉大夫、除吏部尚书。"《甲乙稿》卷九《辞召赴行在状》："右臣今月十一日，准尚书省札子，正月十七日，三省同奉圣旨，臣某召赴行在者。""昨者出守辅郡，继移闽峤，二年之间，罔有善政。""臣除已将建宁府交割以与次官，一面起发前去

信、衢州以来听候指挥外，谨录奏闻，伏候敕旨。"

上元后，携家游凌风亭，并题字。

《甲乙稿》卷一六《凌风亭题字》："予昨以绍兴戊寅岁来宰建安，逮兹假守，今年上元后一日，始得携家登凌风亭，作此以示知县赵伟文。盖恍然辽鹤之游也。淳熙丙申，颍川韩元吉题。"后有赵汝或题字数行。同书卷四又有《晚登凌风亭戏作》《再至凌风亭》诸诗。

五月，除权吏部尚书。

《甲乙稿》卷九《辞除权吏部尚书状》："右臣准尚书省札子，五月二十二日，三省同奉圣旨，除臣权吏部尚书，日下供职者。"

七月，与朱熹书信往来。

《甲乙稿》卷一三有《答朱元晦书》及《又（答朱元晦书）》，后书中有注："朱子《答韩尚书》书，力辞荐召，决不能与时俯仰，以就功名。末云，必若成命已行，不欲追寝，则愿因其请免，复畀祠官之秩，故元吉云然。"朱熹《朱文公文集》卷二五有《答韩尚书》，陈来《朱子书信编年考证》淳熙三年："按前考本年《答龚参政书》中云'得本府韩尚书报'。《与吕伯恭书》亦云：'已作韩丈书恳之。'此书云：'区区行役，前月半始得还家，忽闻除命，出于意望之外。'行役指归婺源展墓一事。据上考《答吕伯恭书》，朱子归家在丙申六月，此书既言前月，则在丙申七月。"

十一月，辞除吏部尚书，不允。

《甲乙稿》卷九《辞吏部尚书状》："右某准尚书省札子，十一月二日，三省同奉圣旨，韩某可除吏部尚书，日下供职者。"周必大《文忠集》卷一〇七《赐朝散大夫权吏部尚书韩元吉辞免除吏部尚书恩命不允诏》，作于淳熙三年十一月。

淳熙四年丁酉（1177），元吉六十岁

元吉为吏部尚书，进故事。

《甲乙稿》卷一一有《丁酉正月进故事》《丁酉七月进故事》《八月进故事》等文。

七月，典铨选。

《甲乙稿》卷二一《宣教郎新知衢州江山县冯君墓志铭》："改授宣教郎，知衢州江山县。予时典铨。……以七月二十六日卒，实淳熙四年也。"

荐蔡迨。

韩淲《涧泉日记》卷中："蔡迨，字肩吾，许昌人。蔡文忠公齐之孙。流落川蜀。先公典铨日，以文卷来访，先公奇之。既荐之，又作《鼎说》以送之。议论从容，有故家典则。为桂阳令以殁。其子武子，亦俊爽好文，今漂流在荆湘间。"按《鼎说》已佚。

七月，受婺州太守之请，作《婺州贡院记》。

《甲乙稿》卷一五《婺州贡院记》："七月戊辰，婺州贡士之院成，太守秘阁修撰李公书来请曰……具位韩某记。"

十一月，子淲娶妇。

《甲乙稿》卷一八《淲纳妇祝文》，云："淳熙四年十一月丙申朔，二十七日壬戌，具位云云。"

本年，钱端礼卒，元吉作挽词。

《甲乙稿》卷三有《故宫使参政观文钱公挽词二首》。《宋史》卷三八五《钱端礼传》："钱端礼字处和，临安府临安人。……除参知政事兼知枢密院事。……除资政殿大学士、提举德寿宫兼侍读，改提举洞霄宫。起知宁国府，移绍兴，进观文殿学士。……淳熙四年八月，复元职。薨，赠银青光禄大夫。"

陈良祐知徽州，元吉作诗送之。

《甲乙稿》卷五有《送陈良祐知徽州》诗。《宋史》卷三八八《陈良祐传》："陈良祐字天与，婺州金华人。……贬瑞州居住，寻移信州。(乾道)九年，许令自便。淳熙四年，起知徽州，寻除敷文阁待制、知建宁府，卒。"

本年，赵善应卒，元吉作挽词。

《甲乙稿》卷五有《挽故铃辖赵公彦远词》。《宋史》卷三九二《赵汝愚传》："父善应，字彦远，官修武郎、江西兵马都监。"《朱文忠公集》卷九二有《赵君彦远墓碣铭》，言其卒于淳熙四年。

淳熙五年戊戌（1178），元吉六十一岁

元吉在吏部尚书任。

《甲乙稿》卷一一有《戊戌正月进故事》《戊戌七月进故事》等文。

二月，元吉乞守郡，不允。

周必大《文忠集》卷一〇八《赐朝议大夫试吏部尚书韩元吉乞授一郡不允诏》，题注："（淳熙五年）二月十九日。"诏云："卿辞章丽则，议论通明，其在故家，号为翘楚。朕所奖擢，异乎诸臣。方藉廉平，澄清铨选，益资献纳，倡率从官，何嫌何疑，遽欲治郡。姑安尔职，无复有云。"

季春，与范成大等游龙华寺。

《六艺之一录续编》卷五引钱塘吴焯尺凫《武林石刻题跋》："'至能、季思、寿翁、虞卿、子宣、正甫、渭师、子余、无咎，淳熙戊戌季春丁巳同游，子师不至。'右刻在龙华寺。孝宗淳熙五年岁在戊戌。至能，范石湖字。《宰辅年表》，是年四月丙寅，范成大自礼部尚书除中大夫、参知政事；六月乙亥罢。石湖在政府凡七十日，是日题丁巳，距丙寅宣麻之日仅十日。《本纪》书三月丁巳幸玉津园，此因扈从至也。寿翁，李椿字，洺州永年人。官至敷文阁直学士。淳熙二年曾知临安府，不阿权幸，遂罢去。后朱子铭其墓，杨诚斋作传。无咎，韩元吉字，又号南涧，宰相维之元孙，官至吏部尚书、龙图阁学士。之二人，《宋史》有传。虞卿，沈揆字。光宗绍熙中出知苏州，见石湖《吴郡志》。又杨诚斋诗注云：'虞卿喜收碑刻，自号欣遇。'正甫，刘姓，子余，齐姓，又见淳熙己亥题名。石湖有《同刘正甫户部集西湖张园》诗。《咸淳临安志》载，淳熙六年权刑部侍郎齐庆胄撰《刑部厅壁记》，庆胄当是子余名。渭师，赵磻老字。东平人。曾从石湖使金，继李椿知临安。是年二月除工部尚书，仍兼知府事，十一月罢。是时渭师方为京尹。《石湖集》有《次韵平江韩子师侍郎见寄》诗，注云：'子师新作小筑于浙江，号灵泉。读书堂、呼月台，是其所居之处也。'题名总九人，可考者八人已如右。石湖之字至能，史传及今诗集皆作'致'，惟《诚斋集》宋本原作'至'，而《石湖集》中有《寄兄至先》诗，验之此刻，可知作'致'者之误矣。"按有关此刻，于北山先生《范成大年谱》279页有跋语，可参看。

八月，再乞守郡，复不允。

周必大《文忠集》卷一〇九《赐中奉大夫试吏部尚书韩元吉乞畀一州不允

诏》，题注："（淳熙五年）八月十一日。"诏云："治官在六卿中号为剧曹，欲观厥成，必久其任。卿心潜学问，世济材猷，自陛从班，即周旋铨综之地，庶几精通法意，检柅吏奸。吾士大夫按格而至者，功罪得其平，能否当其分，则其为报效也，岂不贤于宣力一州乎？所请宜不允。"

本年，元吉盖与陈亮书信往还。

《陈亮集》卷一九《与韩无咎尚书（元吉）》，文有"子师尚书告以尚书欲见其《送徐知县序》，亦附见于后"语，又有"七八月之交，尚书既许其赐顷刻之间纵谈忘势"语。按，文中子师尚书即韩彦古，《宋史》卷一〇九《礼志》："淳熙五年七月，户部尚书韩彦古请以赐第进父世忠家庙如（杨）存中。"此文中亦有"七八月之交"语，是应作于淳熙五年。其时陈亮在京。因陈亮此书对于研究二人交游及思想非常重要。

八月，拜中奉大夫、龙图阁学士，为婺州刺史。

周必大《文忠集》卷一〇九《赐中奉大夫韩元吉拜除龙图阁学士恩命辞不允诏》，题注："（淳熙五年）八月十四日。"文有"恳辞治郡，莫得而留"语，则其出守婺州当在此时。又万历《金华府志》卷一一《宋知婺州军事》："韩元吉，淳熙五年由龙图阁学士再任。"

八月，陆游除提举福建路常平茶事，元吉作诗相送。

《甲乙稿》卷五有《送陆务观福建提仓》诗："舣船相对百分空，京口追随一梦中。落纸云烟君似旧，盈巾霜雪我成翁。春来茗叶还争白，腊近梅梢尽破红。领略溪山须妙语，少迁使节上凌风。"注："仆为建安宰，作凌风亭。"陆游为福建提举常平在本年八月，周必大《省斋文稿》卷七有《送陆务观赴七闽提举常平茶事》，题注："戊戌八月十九日。"于北山先生《陆游年谱》淳熙五年于此考证翔实，可参看。

九月重阳，作《醉落魄》词。

《甲乙稿》卷七有《醉落魄·戊戌重阳龙山会别》。按戊戌即淳熙五年。词云："菊花又折，今年真是龙山客。"则是客于龙山而又离别。龙山在建宁府，《嘉靖建宁府志》卷三《山川》："龙山，状如龙蟠，与凤凰山对峙。左有龙凤池、红云岛、御茶亭在焉。上八山俱吉苑里。"又据《甲乙稿》卷一一《戊戌七月进故事》，知七月元吉尚在吏部尚书任。同书卷一四《极目亭诗集序》有"予再为婺之明年"语，末署"淳熙六年十二月，颍川韩某序"。是其再知婺州在淳熙五年七月后。《宋史翼》卷一四《韩元吉传》亦言："五年，乞州郡，除龙图阁学士再知婺州。"此词即赴婺州任时于重阳会于龙山而作。别后即赴婺州矣。前此元吉曾知建宁府。

又作《夜行船》词。

《甲乙稿》卷七有《夜行船·再至东阳有歌予往岁重九词者》。东阳即婺州。元吉再知婺州在淳熙五年，盖于重九后不久之任，见上条所考。词即初抵任时作。元吉首次知婺州在淳熙元年，已见前考。所谓"往岁重九词"，盖指淳熙元年所作之《鹧鸪天·九日双溪楼》词。

是年，元吉始著《系辞解》。

《甲乙稿》卷一四《系辞解序》："予生尝有誓，年至六十，乃敢著书。淳熙戊戌岁，既六十有一，始志其自得者，作《系辞解》。"

淳熙六年己亥（1179），元吉六十二岁

元吉知婺州。

《甲乙稿》卷一四《极目亭诗集序》："予再为婺之明年，值岁丰少事，乃辟而新焉。……淳熙六年十二月，颍川韩某序。"同书卷一六《书和靖先生手书石刻后》："某假守婺女，见此纸于潘景宪家，盖品坚中所得者，因摹之石，以遗后学，追思拜先生于道山时，遂四十一寒暑矣。抚卷慨然。淳熙六年六月庚戌，门人颍川韩元吉记。"同书卷一六《跋蔡君谟帖》，文末题："淳熙六年刻石婺女郡斋，七月壬戌，颍川韩某记。"

中秋，携儿辈至极目亭，作《念奴娇》词。

《甲乙稿》卷七有《念奴娇·中秋携儿辈步月至极目亭怀子云兄》。按极目亭在婺州，《甲乙稿》卷一四《极目亭诗集序》："婺之牙城东南隅，有亭，才数椽。郡守周彦广尝取米元章所书'极目亭'三大字榜之。……然栋宇狭甚，不足为陈觞豆，列丝竹。……予再为婺之明年，值岁丰少事，乃辟而新焉。"末署："淳熙六年十二月，颍川韩某序。"词言"去年秋半，正都门结束，相将离别"，则词为淳熙六年作甚明。子云即韩元龙，元吉之兄，字子云，与元吉俱以文学显。以荫补将仕郎，历天台令。仕终直龙图阁、浙西提刑。事见《宋史翼》卷一四《韩元吉传》。或称元吉从兄，误。

与兄元龙寄酬次韵。

《甲乙稿》卷七有《临江仙·次韵子云中秋》。子云即韩元龙。词云"记得年时离别夜，都门强半清秋。今年想望只邻州。星连南极动，月满大江流。"则元吉由朝官出守外官。观词中语，当与《念奴娇·中秋携儿辈步月至极目亭怀子云兄》词"去年秋半，正都门结束，相将离别"时令相同，又与《水调歌头·次韵子云惠山见寄》词时令相同，则三首词约略作于同时。

《甲乙稿》卷七有《水调歌头·次韵子云惠山见寄》。按惠山在无锡县西，韩元龙当在无锡为官。词有"去年今夜，相望千里一扁舟，满目都门风露"语，与《临江仙·次韵子云中秋》"记得年时离别夜，都门强半清秋"时令相同。二词盖同时作，时为淳熙六年。

与韩彦古唱和。

《甲乙稿》卷七有《念奴娇·再用韵答韩子师》。按此词次于同调《中秋携儿辈步月至极目亭怀子云兄》词后，"再用韵"即再用前词韵。故应作于淳熙六年。韩子师即韩彦古。

《甲乙稿》卷七有《虞美人·送韩子师》。按韩子师即韩彦古。《宋史》卷三六四《韩世忠传》："子彦直、彦古，皆以才见用。彦古户部尚书。"《宋诗纪事》卷五六《韩彦古条》："彦古字子师，延安人。蕲王世忠之子。淳熙中知平江府，终敷文阁待制、户部尚书。"元吉词有"记取他年同姓两尚书"语，是二人此时同为尚书。考《宋史翼》卷一四《韩元吉传》："淳熙元年，以待制知婺州。……明年移知建安府。……寻召赴行在，以朝议大夫试吏部尚书，进正奉大夫，除吏部尚书。五年，乞州郡，除龙图阁学士，复知婺州。"元吉初为尚书在淳熙三年。《甲乙稿》卷一六《凌风亭题字》："予昨以绍兴戊寅岁来宰建安。"末署："淳熙丙申，颍川韩元吉题。"丙申即三年，是时尚在建安。又同书卷二一有《丙申五月时故事》，则抵尚书任在三年四五月间。词言"满城桃李春来处"，则应作于春天。又考《宋史》卷一〇九《礼志》："淳熙五年七月，户部尚书韩彦古请以赐第进父世忠家庙如（杨）存中。"是本词最早作于淳熙六年春。是时元吉在婺州任。韩彦古盖客于婺州。参淳熙六年中秋元吉所作之《念奴娇·再用韵答韩子师》有"谁忆此地相逢"语，是彦古曾与元吉在婺州相逢。

在婺州，与韩彦古游叶衡园林，作《菩萨蛮》词次韵。

《甲乙稿》卷七有《菩萨蛮·叶丞相园赏木犀次韵子师》。按叶丞相即叶衡，

《宋史》卷三八四《叶衡传》："拜右丞相兼枢密使。……罢相，谪授安德军节度副使，郴州安置。（汤）邦彦使还，果辱命，上震怒，窜之岭南，诏衡自便，复官与祠。年六十有二薨。"按《宋史》卷三四《孝宗纪》及《宋大臣年表》，淳熙元年十一月戊申，叶衡为右丞相兼枢密使。二年九月乙未罢。元吉淳熙元年知婺，二年改知建宁府。故叶丞相园赏木犀则在叶梦锡罢相后。又叶梦锡罢相后所建之园，当在婺州。《光绪金华县志》卷九《人物志》称"叶衡字梦锡，城北隅人"，同书卷六《科目表》绍兴十八年进士："叶衡，五甲一百十八，安期里人。"《宋史》卷三八四《叶衡传》："婺州金华人。"则当自便后返乡建园林。韩彦古客婺州时，元吉邀同游并作诗。

　　十二月，重建极目亭成。

　　《甲乙稿》卷一四《极目亭诗集序》："婺之牙城东南隅，有亭，才数椽。郡守周彦广尝取米元章所书'极目亭'三大字榜之。……予再为婺之明年，值岁丰少事，乃辟而新焉。其规制不能侈大，颇与其地为称。于是来登者，酒酣欢甚，往往赋诗或歌词，自见一时，巨公长者及乡评之彦与经从贤士大夫也。……淳熙六年十二月，颍川韩某序。"按，《光绪金华县志》（民国二十三年石印本）卷五《古迹》："极目亭，在子城东隅。宋熙宁中建，名双溪亭。政和初，知州吕淙改名叠嶂。绍兴二十三年，知州曹璪重修，更今名。淳熙六年，知州韩元吉辟而新之。"又《甲乙稿》卷四有《重建极目亭》诗。

　　陆游由建安赴阙经婺州，登极目亭，元吉留饮赠诗。

　　陆游《剑南诗稿》卷一〇《婺州州宅极目亭》诗云："尚书曳履上星辰，小为东阳作主人。朱阁凌空云缥缈，青山绕郭玉嶙峋。似闻旋教新歌舞，且慰重临旧吏民。莫倚阑干西北角，即今河洛尚胡尘。"尚书即韩元吉。元吉《甲乙稿》卷四有《陆务观赴阙经从留饮》诗云："溪岸风高霜作棱，杯盘草草对青灯。已甘盐菜待梁柳，况有酒浆延杜陵。岁晚鬓毛纷似雪，天寒门巷冷于冰。春风稳送金闺步，看跛鳌山最上层。"

淳熙七年庚子（1180），元吉六十三岁

　　元吉知婺州。二月，作《跋吕居仁韩子苍曾吉甫诗》。

　　《永乐大典》卷九〇八《诗》字韵页四上引"韩元吉《南涧集》"有《跋吕

居仁韩子苍曾吉甫诗》云："广教仁老，既为吕、曾二公立两贤堂矣。又得公所书数诗及韩子苍舍人酬唱，刻石置堂上，可与好事者言也。前辈文采风流，零落殆尽。其交友情谊，尚因其诗笔往来见之。淳熙七年二月丁酉，颍川韩某题。"按本文《甲乙稿》漏辑。

春，作《春日书事五首》等诗。

《甲乙稿》卷六有《春日书事五首》，第五首末注："山桥金华胜处。"是作于守婺时。又第三首云："极目亭边花定开，野棠山杏手亲栽。春风拂槛知何似，应记刘郎两度来。"是再知婺州时，且在重建极目亭后，则作于本年春。又同书同卷有《宿石桥闻水声》诗，《光绪金华县志》卷三《地理》："石桥，在大溪陇。邢沂《石桥》诗：登登上重冈，路转修岩北。缘岩渡深湾，倚树立苍壁。石桥何处寻，仙凡恐犹隔。"又《甲乙稿》卷一有《自国清寺至石桥》诗。亦作于知婺州时。《光绪金华县志》卷五《建置》："国清寺，在候尘山西，相传有僧持达摩真像自天台来，卓锡于此，因天台有国清寺，遂以名院。(《道光志》)周显德元年建，宋治平二年改名净妙。(《万历府志》)后复旧名。"

本年，金鼎辞倅得祠，元吉作诗。

《甲乙稿》卷四《题金鼎至乐堂》诗："百岁休论七十衡，羡君林壑得熙怡。"诗中注："元鼎辞倅得祠。"按，金鼎字元鼎，小名张僧，小字周卿，婺州金华人。年三十一中绍兴十八年五甲第七十九名进士。见《绍兴十八年同年小录》。又《光绪金华县志》卷六《人物·科目表》："绍兴十八年戊辰王佐榜：金鼎，五甲第七十九。安期里人。按《福建通志》长乐令。"绍兴十八年三十一岁，是年当六十三岁。其婺州人，则当元吉知婺州时作。

本年，乞宫观，提举太平兴国宫，退居南涧。

《宋史翼·韩元吉传》："提举太平兴国宫，爵至颍川郡公。"《甲乙稿》卷一〇有《婺州乞宫观札子》，卷八有《谢提举太平兴国宫表》《再任兴国宫谢表》《三谢兴国宫谢表》《谢进封颍川郡公加食邑实封表》。同书卷二二《安人卢氏墓志铭》："淳熙改元之七年，予始退居南涧。"

本年，与张子永同饮谢德舆家。

《甲乙稿》卷七《醉蓬莱·次韵张子永同饮谢德舆家》。按词有"同寻南涧，郊原新雨"语，则为元吉退居南涧时作。张子永，生平无考。然元吉退居南涧时颇与李子永交好，疑此为李子永之误。《甲乙稿》卷四有《李子永惠道中诗卷》、卷五有《送李子永赴调改秩》诗。李子永即李泳,《江西诗征》卷一六:"李泳字子永,号兰泽,庐陵人。淳熙中尝为溧水令,又为坑冶司干官。"《稼轩词编年笺注》卷二引《弋阳县志》:"李泳子永,……淳熙六年为坑冶司干官,分局信州,次年被檄至弋阳。"《景定建康志》卷二七《溧阳县令题名》:"李泳,淳熙十四年三月初六日到任。"按以上推测若可成立,则李子永淳熙六年至七年在信州,而韩元吉七年至十四年退居南涧,词作于七年。

本年,《系辞解》成书。

《甲乙稿》卷一四《系辞解序》:"淳熙戊戌岁,既六十有一,始志其自得者,作《系辞解》,阅再岁而仅成,因序而藏于家。"

本年,作《信州新建牙门记》。

《甲乙稿》卷一五《信州新建牙门记》:"淳熙之七年也,莆阳林侯枏,由中秘书来莅兹郡,既再岁矣,侯之政一以倚雅缘饰,简易而不烦,士民安之,岁适屡登,因以余力大治其城壁。……乃以七月壬子遂兴其役。"作于本年或稍后。

淳熙八年辛丑(1181),元吉六十四岁

元吉居南涧。作《朝中措》词。

《甲乙稿》卷七有《朝中措·辛丑重阳日刘守招饮石龙亭追录》。按辛丑即淳熙八年。此时元吉已罢婺州守而闲居南涧。《甲乙稿》卷一四《焦尾集序》文末题:"淳熙壬寅岁,居于南涧,因为之序。"壬寅即九年,盖此前即退居南涧。又《甲乙稿》卷二二《安人卢氏墓志铭》:"淳熙改元之七年,予始居南涧。"此南涧即信州之南涧,见《四库全书总目》所考。刘守即刘甄夫,《浙江通志》卷一二五:"刘甄夫,绍兴三十年庚辰刘克家榜。永嘉人,知信州。"又《宋会要辑稿》职官七二之三一:淳熙八年九月,"二十八日,知信州刘甄夫放罢"。

七月,王次章卒,元吉作墓志及挽词。

《甲乙稿》卷五《王中奉汉老挽词》,同书卷二一《中奉大夫提举武夷山冲佑观王公墓志铭》:"淳熙八年七月一日以疾终,享年七十有四,累阶中奉大夫、会稽县开国男,食邑三百户,赐紫金鱼袋。公讳次张,字汉老,世为济南长清人。"

本年,吕祖谦卒,元吉作挽词。

《甲乙稿》卷五《吕伯恭挽词》,据明阮元声《东莱吕成公年谱》,祖谦淳

熙八年卒，年四十五。

本年，受贺敦仁之请，为其大父贺允中作墓志。又作祭文。

《甲乙稿》卷二〇《资政殿大学士左通议大夫致仕贺公墓志铭》："乾道四年三月二十九日薨于家，享年七十有九。……淳熙八年，其孙敦仁来曰：大父之薨与葬也，敦仁兄弟幼，未有知，尝闻治命，将以铭志属君，逮今始克请。幸加惠其死生。呜呼！某顷少年，荷公鉴裁，辱荐于朝，熟闻公之行事，今公盖不可见矣，其可见而传者，敢不次而铭之。……公讳允中，字子忱。"又元吉《甲乙稿》卷六有《贺子忱抱膝庵二首》。又《永乐大典》卷一四四一六《祭》字韵页二一下引"韩元吉《南涧集》"有《祭资政大学士贺公文》，有"公丧既久，义不克奔。望公之堂，恂然诸孙"语，盖与墓志铭同时作。按本文《甲乙稿》漏辑。

淳熙九年壬寅（1182），元吉六十五岁

元吉居南涧。焚其词作，将焚余之作，编为《焦尾集》。

《甲乙稿》卷一四《焦尾集序》："礼曰：士无故不彻琴瑟。古之为琴瑟也，将以和其心也。乐之不以为教也。士之习于琴者既罕，而瑟且不复识矣。其所恃以为声，而心赖以和者，不在歌词乎！然汉魏以来，乐府之变，玉台诸诗，已极纤艳，近代歌词，杂以鄙俚，间出于市廛俗子，而士大夫有不可道者，惟国朝名辈数公所作，类出雅正，殆可以和心而近古，是犹古之琴瑟乎？或曰：歌词之作，多本于情，其不及于男女之怨者少矣。以为近古何哉！夫诗之作，盖发乎情者，圣人取之，以其止于礼义也。硕人之诗，其言妇人形体态度，摹写略尽，使无孔子，而经后世诸儒之手，则去之必矣，是未可与不达者议也。予时所作歌词，间亦为人传道，有未免于俗者，取而焚之，然犹不能尽弃焉，目为《焦尾集》，以其焚之余也。淳熙壬寅岁，居于南涧，因为之序。"

六月，周必大迁知枢密院事，元吉贺之。

《甲乙稿》卷一二有《贺周知院启》，据《宋史》卷二一三《宰辅表》："淳熙九年六月丁巳，周必大自参知政事除知枢密院事。"

九月九日，与辛弃疾等游云洞，作《水调歌头》词。

《甲乙稿》卷七有《水调歌头·水洞》。按辛弃疾有《水调歌头·九日游云洞，和韩南涧尚书韵》，与此词同韵。则此词题之"水洞"应为"云洞"之误。

《甲乙稿》卷一《云洞》诗注："在信州西。"辛弃疾和此词共三首,另两首为《再用韵呈南涧》《再用韵答李子永提干》。邓广铭先生《稼轩词编年笺注》卷二系此三首词于淳熙九年,今亦从之系元吉词于本年。

冬,受郡佐之请,作《凤鹤楼记》等文。

《甲乙稿》卷一五《凤鹤楼记》:"淳熙八年,武节大夫延侯玺来镇是邦。……其明年秋,政成事简,益求所未至,葺而更之。……其冬,楼既成,因其郡佐来请记之。"

《甲乙稿》卷一五《庐州重建包马二公祠堂记》:"淳熙八年,武节大夫延侯玺安抚淮西,既再岁,民和而政成,始徇其欲而为之。……淳熙九年十二月具位韩某记。"

十二月,施师点除签书枢密院事,元吉贺之。

《甲乙稿》卷一二有《贺施枢密启》,据《宋史》卷二一三《宰辅表》:淳熙九年"十二月丁丑,施师点自朝请大夫、给事中除端明殿学士、签书枢密院事。明年正月丙戌,兼权参知政事"。

淳熙十年癸卯（1183）,元吉六十六岁

元吉在南涧。与王宁次韵《水调歌头》词。

《甲乙稿》卷七有《水调歌头·席上次韵王德和》。按辛弃疾有《水调歌头·席上次韵王德和推官韵寿南涧》词,与此词同韵。邓广铭先生《稼轩词编年笺注》卷二系此词于淳熙十年,并言:"《康熙上饶县志》卷一二载淳熙十年癸卯推官王宁所撰之《修学记》一文,推知王德和任信州推官在淳熙十年前后。九年稼轩既已有《太常引》词寿南涧,则此词自当为十年之作。"王德和,《甲乙稿》卷六有《送王德和赴调改秩》诗,《江阴县志》卷一六《人物志·乡贤》:"王宁字德和,三魁乡荐,乾道丙戌中乙科,终中奉大夫、直徽猷阁。逮事三朝,凡所敷历,绰有休闻。有《笑庵集》十卷。"详参《稼轩词编年笺注》卷二。今从之,将元吉词系于淳熙十年。

春,汤朝美归金坛,元吉送之。

邓广铭先生《辛稼轩年谱》淳熙十年:"汤朝美之返归金坛,当为本年春间事。按汤氏于淳熙三年四月以使事被谪,送新州编管,其后又移信州……刘

宰于《颐堂集序》中谓其'一谪八年，乃始得归'。韩南涧《送汤朝美归金坛》诗中有'春风正浩荡，江水清可掬'句，故知汤氏之自便东归当在本年春季。"

五月，叶衡卒。元吉作挽词。

《甲乙稿》卷三有《叶梦锡丞相挽词二首》。按，《宋史》卷三八四《叶衡传》："叶衡字梦锡，婺州金华人。""拜右丞相兼枢密使。""罢相，责授安德军节府副使，郴州安置。（汤）邦彦使还，果辱命，上震怒，窜之岭南，诏衡自便，复官与祠。年六十有二薨，赠资政殿学士。"《宋宰辅编年录》卷一八：淳熙二年"九月乙未，叶衡罢右丞相。衡自淳熙元年十一月拜右相，是年九月罢，入相凡十月。右司谏汤邦彦论右丞相叶衡惟务险愎，以为身谋，变乱是非。遂有此命。言者不已，遂并建宁罢之。三年二月，责授散官，郴州安置，六年八月，诏责授安德军节度副使，叶衡久在谪籍，洊经恩霈，特与叙复中大夫在外宫观。十年四月，诏复通议大夫依前提举洞霄宫，从吏部检举也。五月卒，赠资政殿学士，依条与致仕遗表恩泽"。

八月，元吉作《信州新作二浮桥记》。

《甲乙稿》卷一五《信州新作二浮桥记》："淳熙十年仲夏，信溪大水，浮梁敝几垫，郡守朝奉郎钱侯象祖议新之。……后两月，会予还自宣城，郡之士大夫逆而诧曰：予家溪南吾州之桥成矣。……八月戊申记并书。"

钱象祖为信州刺史，新创明晖阁，元吉作诗。

《甲乙稿》卷四《钱伯同新创明晖阁》诗，末注："阁名用曾文清诗语。"据同书卷一五《信州新作二浮桥记》："淳熙十年仲夏，信溪大水，浮梁敝海几垫，郡守朝奉郎钱侯象祖议新之。……八月戊申记并书。"按钱象祖，即钱伯同，临海人。事迹见《嘉定赤城志》卷三三《人物·仕进》。

本年，傅自得卒，元吉作挽词。

《甲乙稿》卷三有《挽傅安道郎中词二首》。按傅自得字安道，孟州济源人。历知兴化军、漳州，淳熙十年卒，年六十八。见《朱文公文集》卷九八《傅公行状》。

本年，李椿卒，元吉作挽词。

《甲乙稿》卷五有《李寿翁侍郎挽词》。《宋史》卷三八九《李椿传》："李椿字寿翁，洺州永年人。……淳熙十年卒，年七十三。朱熹尝铭其墓。"《朱文公文集》卷九四有《李公墓志铭》。元吉《甲乙稿》卷一五《婺州贡院记》："淳熙四年秋，七月丙辰，婺州贡士之院成，太守秘阁修撰李公书请曰：椿始至郡也……"是二人交谊颇深。

淳熙十一年甲辰（1184），元吉六十七岁

元吉居南涧。二月，作《跋山谷送徐隐父二诗草》。

《永乐大典》卷九百七《诗》字韵页十八下引韩元吉《南涧集》载《跋山谷送徐隐父二诗草》："聂长乐藏山谷二诗，虽属草，笔力遒健不苟。前篇用邑令事，后用徐姓事尔。淳熙甲辰二月既望。颍川韩某观。"

二月，洪适辛，元吉作挽词。

《甲乙稿》卷三有《故资政殿大学士枢密洪公挽词二首》。按《宋史》卷三七三《洪适传》："拜尚书右仆射、同中书门下平章事兼枢密使。……三月，除观文殿学士、提举江州太平兴国宫、浙东安抚使。再奉祠。淳熙十一年薨，年六十八，谥文惠。"清钱大昕《洪文惠年谱》："（淳熙）十一年甲辰，六十八岁。二月辛酉，公薨。自罢相后累遇郊祀，加恩爵至鄱阳郡开国公、食邑五千二百户、实封二千四百户、赠特进。（《宰辅编年录》：二月，赠观文殿大学士、正议大夫致仕洪适为特进）累赠太师魏国公，谥文惠。"

淳熙十二年乙巳（1185），元吉六十八岁

元吉居南涧。三月，为赵彦枢作《竹友斋记》。

《甲乙稿》卷一六《竹友斋记》："赵彦枢周锡寓于东阳佛舍，种竹百余，以朝夕其下名曰竹隐，而告于予。……淳熙十二年三月，颍川韩某记。"

五月，作《水龙吟》词祝辛弃疾寿。

《甲乙稿》卷七有《水龙吟·寿辛侍郎》。词末注："仆贱生后一日也，故有分我蟠桃之戏。"辛侍郎即辛弃疾，辛词有《水龙吟·甲辰寿韩南涧尚书》，与之同韵。甲辰即淳熙十一年。词有"南风五月江波，使君莫袖平戎手"语，知二人生日均在五月。其时辛弃疾在信州。又按辛词有《水龙吟·次年南涧用前韵为仆寿，仆与公生日相去一日，再和以寿南涧》，邓广铭先生《稼轩词编年笺注》卷二系于淳熙十二年，并附元吉此词。

十月，加太上皇帝尊号，元吉作贺表。

《甲乙稿》卷八《贺太上八十受尊号册皇帝表》云："臣某言：伏睹诏书，加上光尧寿圣宪天体道性仁诚德经文纬武绍业兴统明谟盛烈太上皇帝、寿圣齐

明广慈备德太上皇后尊号册宝者。"按,《宋史》卷三五《孝宗纪》:"淳熙十二年冬十月辛亥,加上太上皇尊号光尧寿圣宪天体道性仁诚德经文纬武绍业兴统明谟盛烈太上皇帝,太上皇后曰圣寿齐明广慈备德太上皇后。"

十二月,作《跋吕居仁与魏邦达昆仲诗》。

《永乐大典》卷九〇八《诗》字韵页四上引"韩元吉《南涧集》"有《跋吕居仁与魏邦达昆仲诗》:"吕舍人久寓上饶,后葬于德源山。故其晚年诗章,多见于此。今辰州魏使君所藏五篇,盖与其尊公侍郎及其季父邦杰、叔祖父元章者也。龙图则张殿中彦素尔。一时文士相从之适,气韵风流,为可概见。虽无老成人,尚有典刑。长啸宇宙间,高才日陵替。古之诗人类有叹耶。淳熙乙巳岁十二月,颍川韩某题。"按本文《甲乙稿》漏辑,故备录之。

遣子韩滤赴京,请受其兄子官。冬,始荫兄子官。

《甲乙稿》卷一八《告先兄墓文》:"淳熙十三年,岁次丙午三月,弟具位某,……往岁遣滤诣省,尝令具言某之侥伴,奏补当以及兄诸孙,以厚先君之世也。去冬,复遇郊禋,遂获有请,以荫渠孙矣。今其受命,虽曰某之志愿粗申,俯仰之间,仅逾三年。"

本年,郑汝谐知信州,与元吉相唱和。

赵蕃《章泉稿》卷五《重修广信郡学记》后附余铸《记学田事》:"淳熙十二年知州事郑汝谐再拔下新收庄。"《宋会要辑稿》一六三册《赋税》:"淳熙十二年三月二十五日,宰执进呈权发遣信州郑汝谐奏。"《甲乙稿》卷六有《次韵郑守舜举喜雪四首》《郑守用前韵见示因亦和答四首》。

淳熙十三年丙午（1186），元吉六十九岁

元吉在南涧。正月,作《贺太上皇帝尊号表》等文。

《甲乙稿》卷八《贺太上皇帝尊号表》:"臣某言:伏睹诏书,皇帝帅群臣诣德寿宫,加上光尧寿圣宪天体道性仁诚德经文纬武绍业兴统明谟盛烈太上皇帝尊号者。"按,《宋史》卷三五《孝宗纪》:淳熙"十三年春正月庚辰朔,率群臣诣德寿宫,行庆寿礼"。《甲乙稿》卷八有《天申节贺表》,题注:"案:《宋史》,高宗生辰名天申节。"文有"茂迎八秩"语,作于高宗八十岁时,即本年。

郑汝谐罢信守入京,元吉作《菩萨蛮》词相别。

《甲乙稿》卷七有《菩萨蛮·郑舜举别席侑觞》。按辛弃疾有《水调歌头·和信守郑舜举蔗庵韵》，邓广铭先生《稼轩词编年笺注》卷二系此词于淳熙十二年，并云："《宋会要·食货》七○之七四，载淳熙十二年三月宰执进呈权发遣信郑汝谐云云一事，知郑氏之守信当始于十二年春，建造居第疑即在该年内也。"又《辛稼轩年谱》淳熙十三年："是年岁杪，郑舜举（汝谐）被召赴临安。……韩元吉《南涧甲乙稿》有《郑舜举别席侑觞》之《菩萨蛮》一首，起句云：'诏书昨夜先春到，留公一夜梅花笑。'"

淳熙十四年丁未（1187），元吉七十岁

元吉在南涧。五月生日，作《谢人贺七十启》。

《甲乙稿》卷一二有《谢人贺七十启》。

与辛弃疾词作往来颇多。

《南涧诗余》有《好事近·辛幼安席上》。按词有"老来沉醉为花狂，霜鬓未须镊"句，知作于晚年。考辛弃疾有《太常引·寿韩南涧尚书》《水调歌头·九日游云洞和韩南涧尚书韵》《水调歌头·再用韵呈南涧》《水龙吟·甲辰岁寿韩南涧尚书》《次年南涧用前韵为仆寿，仆与公生日相去一日，再和以寿南涧》《菩萨蛮·乙巳冬南涧举示前作因以和之》《念奴娇·和韩南涧载酒见过雪楼观雪》等作，词中甲辰为淳熙十一年，乙巳为十二年。邓广铭先生《稼轩词编年笺注》卷二《太常引·寿韩南涧尚书》编年："稼轩于淳熙九年方定居广信，南涧之卒在淳熙十四年，其中所赋韩氏寿词，现存者凡有五阕。"词在此数年间作，姑系于淳熙十四年。

夏，元吉卒，陆游有挽诗及祭文。

陆游《剑南诗稿》卷一九有《闻韩无咎下世》诗，题下自注："丁未夏。"诗云："书剑飘然去国时，南兰陵郡日题诗。吴波涨绿迎桃叶，穰烛堆红按柘枝。故友去为山下土，衰翁何恨鬓边丝。冯高老泪无挥处，神武衣冠挂已迟。"同书卷二○有《旧识姜邦杰于友人韩无咎许。近屡寄诗来，且以无咎平日倡和见示，读之怅然。作此诗附卷末》，卷二六有《开书箧见韩无咎书有感》。又陆游《渭南文集》卷四一有《祭韩无咎尚书文》。

1997 年 8 月初稿，1998 年 8 月完稿，2002 年 5 月删定。

（《新宋学》第二辑，上海辞书出版社 2003 年版）

赵彦端年谱

　　赵彦端（1121—1175），字德庄，号介庵，宋宗室。他是宋室南渡初期的著名词人。与赵师侠、赵善扛、赵汝愚并称为宋代宗室的四大词人。他"力学能文，风度洒落，词辩缅缅不休"，"闻其诗词一出，人嗜之往往如啖美味"（韩元吉《南涧甲乙稿》卷二一《直宝文阁赵公墓志铭》）。宋张端义《贵耳集》卷上亦载彦端赋《谒金门》词咏西湖，有"波里夕阳红湿"语，颇为新奇。高宗闻之喜甚，称道说："我家里人也会作此等语。"其诗词繁富，为黄花庵所称，《花庵词选》卷四："赵文鼎，名善扛，号解林居士，诗词甚富，盖赵德庄之流也。"与其唱和者，如辛弃疾、范成大、韩元吉、管鉴等，都堪称一代词学胜流。其词体还受到辛弃疾等著名词人的仿效，辛弃疾有《归朝欢》词，序称："灵山齐庵菖蒲港，皆长松茂林。独野樱花一株，山上盛开，照映可爱。不数日，风雨摧败殆尽。意有感，因效介庵体为赋，且以菖蒲绿名之。丙辰岁三月三日也。"丙辰已是彦端死后二十一年，可见其词影响之巨。《宋史》没有为赵彦端立传，幸而其友人韩元吉为其撰写墓志铭，今存《南涧甲乙稿》中，为其事迹勾勒了大致的轮廓。本文以墓志铭为主要依据，参证其《介庵集》中的作品，旁搜博采史籍与方志等材料，对其立身行事及作品年代作较为详尽的考证，以成《赵彦端年谱》。本谱开头考订赵彦端字号、籍贯与家世，其后按年编次，每一年下重在排比其仕历、行踪、交游等相关内容，并对其词作的年代进行翔实的考订。

　　赵彦端，字德庄，号介庵居士。

　　韩元吉《南涧甲乙稿》卷二一《直宝文阁赵公墓志铭》（以下简称《墓志铭》）："德庄讳彦端，德庄其字也。"《道光余干县志》卷一一《名宦》："赵彦端，字德庄。宋宗室。……自号介庵居士。"

又有"赵半杯"之称。杨万里《诚斋集》卷四一《诗酒怀赵德庄》诗:"旧日张三影,今时赵半杯。谁持牌印子,牒过草庐来。一代风流尽,余年鬓发催。愁边对诗酒,怀抱向谁开?"自注:"赵德庄每对客不瀹茗,必传觞半杯。笑谓客曰:'某名赵半杯,君知否?'余老病亦只能饮半杯,故云。"

开封浚仪人,寓居洪州南昌。

宋周紫芝《太仓稊米集》卷五一《送赵德庄序》:"仆绍兴十有二年始识开封赵德庄。"《景定建康志》卷三二《重修贡院记》:"左朝请郎、直显谟阁、权发遣江南东路计度转运副使公事浚仪赵彦端书额。"

宋赵希弁《郡斋读书志附志》卷四:"《介庵居士文集》十卷,右赵彦端德庄之文也。德庄寓居南昌。"

宣皇帝八世孙,魏王赵廷美七世孙。为广平郡王房。

《宋史》卷二三四《宗室世系表》:"魏王廷美十子:长高密郡王德恭,次广平郡王德隆,次颍川郡王德彝。"同书卷二三五《宗室世系表》广平郡王房:"广平郡王、谥恭肃德隆。"子"赠深州团练使承训"。《墓志铭》:"于宣祖皇帝为八世孙。"宣祖即宋太祖之父赵弘殷,共有五子:光济,早亡;匡胤,即宋太祖;光义,即宋太宗;廷美,即魏王;光赞,幼亡。

高祖克懋,南阳郡公。

《宗室世系表》:承训子"南阳郡公克懋。"为彦端之高祖父。

曾祖叔郉,赠广德军节度使,封淮阳侯。

《墓志铭》:"曾祖叔郉,赠广德军节度使,封淮阳侯。"《宗室世系表》:"淮阳侯叔郉。"为彦端之曾祖父。

祖泽之,赠右朝奉郎。

《墓志铭》:"祖泽之,赠右朝奉郎。"《宗室世系表》:"赠右奉郎泽之。"为彦端之祖父。

父公旦,终左朝奉郎,知建昌军南城县,赠左中大夫。

《墓志铭》:"父公旦,终左朝奉郎,知建昌军南城县,赠左中大夫。"《宗室世系表》:"赠中大夫公旦。"为彦端之父。公旦为当时闻人,《全宋诗》卷一八四〇张嵲《赠赵公旦》诗,可见其一斑。

宣和三年辛丑（1121），德庄一岁

本年德庄生。

《墓志铭》："官至朝散大夫，享年五十五，卒以淳熙二年七月四日。"以此逆推，德庄生于徽宗宣和三年。

绍兴七年丁巳（1137），德庄十七岁

德庄应进士举。

《墓志铭》："德庄年十七，应进士举。"

绍兴八年戊午（1138），德庄十八岁

德庄及进士第，与其父公旦同年登科。

《墓志铭》："德庄年十七，应进士举。南城亦锁其厅试进士。父子俱为国子监第一，遂同登绍兴八年礼部第。"有关德庄及进士第之记载，尚有宋杨万里《诚斋集》卷七六《赵氏三桂堂记》，同书卷一〇一《祭赵子显直阁文》，《宝庆会稽续志》卷二《安抚题名》，宋刘宰《漫塘文集》卷三二《故宁国通判朝奉赵大夫墓志铭》，《同治南康县志》卷一四《选举·进士》，《光绪江西通志》卷二二《选举表·宋进士》。参龚延明、祖慧《宋登科记考》卷九高宗绍兴八年进士科。

赵公旦及进士第之记载，尚见于《正德饶州府志》卷二《学校·附科贡征辟·余干县学》，《同治饶州府志》卷一四《选举志·宋进士》，《民国福建通志·职官志》。

补左修职郎。

《建炎以来系年要录》卷一四七：绍兴十二年十一月，"戊戌，进士出身赵公傅，特补左修职郎，以公傅援绍兴八年彦端列有请也。自是遂为故事"。

绍兴九年己未（1139），德庄十九岁

为钱塘县主簿。

韩元吉《南涧甲乙稿》卷二一《直宝文阁赵公墓志铭》："登绍兴八年礼部第，主临安府钱塘簿。"德庄有《满庭芳·道中忆钱塘旧游》词，词有"三年，江上梦，青衫风日，白纻尘泥"语，则作于离任道中。其罢钱塘主簿在绍兴十二年，则其始任当为绍兴九年。

绍兴十年庚申（1140），德庄二十岁

德庄在钱塘县主簿任。

绍兴十一年辛酉（1141），德庄二十一岁

德庄在钱塘县主簿任。

绍兴十二年壬戌（1142），德庄二十二岁

德庄在钱塘县主簿任，因事降一官。

《宋会要辑稿》刑法六之七八："绍兴十二年四月二十六日，御史台言：……临安府供到状，钱塘县左奉议郎、知县方懋德，右宣议郎、县丞蔡纯诚，左修职郎、主簿赵彦端，左迪功郎、县尉陈从易，仁和县左从政郎、知县王翚，左从政郎、县丞范光，左迪功郎、主簿谢沇，左迪功郎、县尉刘赟，诏两县官吏各降一官。"

作《满庭芳·道中忆钱塘旧游》词。

《满庭芳·道中忆钱塘旧游》词，词有"三年，江上梦，青衫风日，白纻尘泥"语，则作于离任道中。韩元吉《南涧甲乙稿》卷二一《直宝文阁赵公墓志铭》："登绍兴八年礼部第，主临安府钱塘簿。"参上条所引《宋会要辑稿》刑法六之七八，德庄离任在绍兴十二年四月后，词即作于此时。

是年德庄始识周紫芝。

周紫芝《送赵德庄序》："仆绍兴十有二年始识开封赵德庄，一见如平生。是时仆名在铨曹，法当以柱后之文考于理官而后禄焉。"

绍兴十三年癸亥（1143），德庄二十三岁

周紫芝作《送赵德庄序》。

周紫芝《送赵德庄序》，述二人之交游甚详，末署："绍兴癸亥六月五日序。"序之后半述及所作之缘由："今年余到官，得屋在湖尾，庭宇寂然，尽日无人声，谁当来见我者？德庄棹扁舟肩小舆而来访余，问劳良勤。嗟夫，德庄之视余，相好如兄弟也。其后德庄罢官钱塘，归省江西，则又当与余别。江西去三吴，邈在千里之外，今日之别，欲徼幸一见如前时，固未可知。子方少年而才，且又有文，位当在台阁。仆益老矣，繄亲贤之尚远，怅晚日之无多，念之令人黯然为之销魂。虽然，心亲则千里晤对，迹异则邻屋不相往来，子犹念我，幸时遗我以书，亦足以慰我心焉。我亦不敢虚辱于子也。子其勉之！"按，周紫芝（1082—1155），字少隐，宣城人。绍兴进士，官至知兴国军。为南京著名文学家。著有《太仓稊米集》《竹坡诗话》《竹坡词》等。

绍兴十四年甲子（1144），德庄二十四岁

本年德庄在建安，为建州观察推官。时韩元吉亦寓居建安，二人相识。

《墓志铭》："为建州观察推官，丁外艰。"考《南涧甲乙稿》卷一八《祭赵德庄文》："忆相遇于建水之滨，岁行甲子与乙丑也。相与评文论诗，极当世之妍丑也。"同书卷四《记建安大水》诗末注："绍兴甲子岁，余寓建安。"同书卷一四《东归序》："予绍兴之甲子也，客于建安，夏大水，举家几为鱼。"同书卷二一《直宝文阁赵公墓志铭》："始与德庄游，盖三十年，在朝廷同曹，在外同事，犹兄弟也。"

绍兴十五年乙丑（1145），德庄二十五岁

德庄仍在建安为建州观察推官。

《南涧甲乙稿》卷一八《祭赵德庄文》："忆相遇于建水之滨，岁行甲子与乙丑也。相与评文论诗，极当世之妍丑也。"乙丑即本年。

绍兴十六年丙寅（1146），德庄二十六岁

约于本年始丁外艰。

《墓志铭》："为建州观察推官。丁外艰。"

绍兴十七年丁卯（1147），德庄二十七岁

本年德庄仍丁外艰。

绍兴十八年戊辰（1148），德庄二十八岁

德庄约于本年释服，为秀州军事判官。作《水调歌头·秀州坐上作》词。

《墓志铭》："为建州观察推官。丁外艰，释服，得军事判官于秀州。守不任事，德庄率为之区处，不自以能称。"

德庄曾为秀州军事判官，具体时间难以确考，即以在任三年计，则当为绍兴十八年、十九年、二十年。参下文《虞美人·罢官嘉禾，张忠甫、曾彦思置酒舟中作》词考。

绍兴二十年庚午（1150），德庄三十岁

约于是年罢秀州军事判官任，作《虞美人》等词。

《虞美人·罢官嘉禾，张忠甫、曾彦思置酒舟中作》，嘉禾即秀州。按张淳字忠甫，《止斋集》卷四七有《张忠甫墓志铭》："忠甫讳淳，姓张氏，世永嘉人。"其一生未仕，退隐高蹈，以淳熙八年卒，年六十一。曾俣字彦思，《万姓统谱》

卷五七:"曾伋字彦思,绍兴三十年,以大理寺丞出知州事,一意为民。隆兴初,元有旨江西和籴百万转输丹阳,一时有司失于讨论,袁亦在数,伋具不可籴状,条举先后以闻,乞先罢黜,朝廷嘉而免之,是邦得免和籴自伋始。"《宋诗纪事》卷五二《曾伋》条:"曾伋字彦思,南丰人。绍兴末,以大理寺丞出知袁州。庆元间,居海昌。"《江西通志》卷十:"曾伋,奉直大夫、知袁州。绍兴三十二年任。"同书卷六十:"曾伋字彦思,绍兴末年知袁州,悉心爱民,隆兴初有旨江西和籴百万转输丹阳,伋奏不可,朝廷从之,袁得免和籴,伋之力也。"故系《水调歌头》于本年。又有《新荷叶·秀州作》词,亦在任时作。

《鹊桥仙·正月二十三日秀野堂作》,秀野堂在秀州海盐县,知词为德庄为秀州军事判官时作。《海盐澉水志》卷七载有常棠《秀野堂记》,记载此堂事颇详,可与词作参证,故备录于下:"鲍郎盐场镇旧廨也,廨西一台扁曰'秀野'。堂之外有清树翠蔓,凄神寒骨,如英隽之排列者;有龙蹲虎踞,岩崿灞霸,如珪璋之挺特者;有方台中址,蟠回诘曲,如前村后墅之通行者;有驯毛集羽,斜窥澹伫,如瓯哈越语之不羁者。堂之内有骚人墨客,献瑰吐琦,如壶鉴之清莹者;有牙签玉轴,裁绮纯绣,如河汉之美丽者;有米老诡画,岚溪烟峤,如夜窦秋色之旷逸者;有蔡邕焦枯,高山流水,如丛篁闻佩之邃幽者。堂之上遥岑寸壁,石剑泉绅,可梦而知中衡清淑之气。堂之下苍苔依砌,花影画帘,可醉而思枕簟人林之僻。云卷空舒,月桂霜蟾,天宇修眉,斗牛璀璨时,则三光五岳之气盎乎盈目;疏风春雨,榕斋琴续,隔墙欢呼,樵牧倡应时,则于彼幽壑之窈洋乎充耳。然则秀野得名宜哉!是名之立,嘉定癸未暋溪朱君俯始,分专员扁之未几,颓壁败溜相继,摧毁越十五禩。姑苏周君应旗,发铜退食慨曰:'吾宁捐俸起废可其仿例弗为?'于是锄莠削芜,艺梅畚竹,重楹列牖,盖瓦级砖,丹如也。堂成,乃芊奥寝,乃跂书宇,靡鸠靡敛,次第涂塍,视旧廨改观矣。虽然,西峰秀野,不遇魏侯家法,名世则传舍。其官府蕞尔,亭民榛芜莽没于灵芝乎,何有今吾周君传山房之芳,拾世科之芥,故能不日之间而万木向荣,胸中丘壑当不在魏侯下,肯使秀野专美西峰!嘉祐己亥,夏五既望,竹窗常棠记,承议郎、新充两浙路转运司主常棣书。"

绍兴二十一年辛未（1151），德庄三十一岁

德庄约于本年知余干县。

《墓志铭》："得军事判官于秀州。守不任事，德庄率为之区处，不自以能称。用荐者改左宣教郎，有以德庄之文达宰相父子，欲用为中都官者。德庄惧而归，其人果败。从吏部选，知饶州余干县。为政简易而办治，故德庄谋居邑中，而邑人至今称之曰：'吾旧宰也。'"《同治余干县志》卷八《名宦》："赵彦端，字德庄。宋宗室。登绍兴进士。知县事，刚介不屈，为政四年，以利民为本，民称赵母。因家东隅。寻为江东运副，制赈饥之法，严不举子之令。后历太常少卿，自号介庵居士。有文集若干卷，谢谔为之序。"

前任为卢光祖，德庄有《满江红·饯前政卢光祖赴鼎州幕席上作》，词有"琵琶洲畔"语，据以知此词为赵彦端知余干县时作。据王象之《舆地纪胜》卷二三《江南东路·饶州·景物下》："琵琶洲，在余干县南水中，拥沙成洲，其状如琵琶。唐韩宾客、裴尚书、李侍郎故居。方干诗：'戟户尽移天上去，里人空说旧簪缨。'《容斋三笔》云：'绍兴中汪洋一绝句云：塞外风烟能记否，天涯沦落自心知。眼中风物参差是，只欠江州司马诗。'"《太平寰宇记》卷一〇七："琵琶洲，盖江山抱回积沙，而形状如琵琶焉。"宋吴曾《能改斋漫录》卷九《琵琶洲》条："饶州余干水口有洲，其形如琵琶，谓之琵琶洲。洲有亭在岸，谓之琵琶亭。过客留诗非一人也。予按，《洽闻记》：吴太平二年，长沙大饥，杀人不可胜数，孙权使赵达占之云：天地川泽相通，如人四体，鼻"衄"灸脚而愈。今余干水口常暴起一洲，形如鳖食，彼郡风气可祠而掘之。权乃遣人祭以太牢，断其背。故老传云：饥遂止其洲，在饶州余干县。予乃知洲形如鳖，转以为琵琶，盖肇于吴也。"卢光祖为德庄前任知县。韩元吉《赵彦端墓志铭》："得军事判官于秀州。守不任事，德庄率为之区处，不自以能称。用荐者改左宣教郎，有以德庄之文达宰相父子，欲用为中都官者。德庄惧而归，其人果败。从吏部选，知饶州余干县。为政简易而办治，故德庄谋居邑中，而邑人至今称之曰：'吾旧宰也。'"《同治余干县志》卷八《名宦》："赵彦端，字德庄。宋宗室。登绍兴进士。知县事，刚介不屈，为政四年，以利民为本，民称赵母。因家东隅。寻为江东运副，制赈饥之法，严不举子之令。后历太常少卿，自号介庵居士。有文集若干卷，谢谔为之序。"

绍兴二十二年壬申（1152），德庄三十二岁

德庄在知余干县任，作《垂丝钓》词。

《垂丝钓·干越亭路彦捷置酒同别富南叔》。干越亭，宋王象之《舆地纪胜》卷二三《江南东路·饶州·景物下》："干越亭，在余干，与白云亭相对，李德裕所成。杨亿诗云：'前瞰琵琶洲，后枕思禅寺。'林麓森郁，千峰竞秀，真天下绝境也。权载之诗云：'芜城陌上春风别，干越亭边岁暮逢。'张祜题诗云：'扁舟亭下驻烟波，十五年游重此过。洲觜露沙人渡浅，树梢藏竹鸟啼多。'"宋祝穆《方舆胜览》卷十八："干越亭，与白云亭相对，李德裕建。权载之诗：'干越亭边岁暮逢。'刘长卿诗云：'天南愁望绝，亭下柳条青。落日独归鸟，孤舟何处人。'王龟龄诗云：'我来鄱君山水州，山水入眼常迟留。绝胜遥瞻云锦洞，清音下瞰琵琶洲。干越亭前越风起，湖绕鄱阳三百里。晓来一雨洗清秋，身在江东画图里。'"又《山堂四考》卷一七二："干越亭，在余干县羊角山，前瞰琵琶洲，唐李德裕建。施肩吾诗：'琵琶洲上行人绝，干越亭中客思多。'按余干县，今隶江西饶州，本越之西境，为越余地，故曰余干。"又《江西通志》卷四一："干越亭，《太平寰宇记》：'《越绝书》云：余大越故界，即谓干越也。屹然孤屿，在余干县东南三十步。'《容斋三笔》：'吾州余干县东干越亭，有琵琶洲在下。唐刘长卿、张祜辈皆留题。绍兴中，汪洋元渤一绝句云：塞外风烟能记否，天涯沦落自心知。眼中风物参差是，只欠江州司马诗。'按干越亭，《林志》以为唐张彦俊建，《名胜志》以为兴元中李德裕为令时建，观文房留题诗，当由卫公重葺也。"

绍兴二十三年癸酉（1153），德庄三十三岁

德庄在知余干县任，作《好事近》等词。

《好事近·乘风亭作》。乘风亭，王象之《舆地纪胜》卷二三《江南东路·饶州·景物下》："乘风亭，在余干之羊角山。熙宁中建，为一邑绝览之地。天气清明，望见庐山，今属赵忠定家，改名吴楚冠冕。"《明一统志》卷五十："乘风亭，在冠山右，有登览之胜，天气晴明，则望见庐山。宋张浚尝寓是县，每夏暑与二子栻、杓憩息其下，因名。"又《大清一统志》卷二四〇："乘风亭，在余干

县余地山。《舆地纪胜》：康宁中建，为一邑游览之地，天气清明，望见庐山。"
又《江西通志》卷四一："乘风亭，《名胜志》：在余干山龙池畔，晴天开朗，可
望匡庐。宋熙宁中，张枢密浚寓余干时，尝携二子栻、杓登之。赵丞相汝愚别
业在焉，自题'吴楚冠冕'四字。"词为赵彦端为余干县令时作。

《虞美人·九日饮乘风亭故基》。乘风亭，见前首词考。词为赵彦端为余干
县令时作。

绍兴二十四年甲戌（1154），德庄三十四岁

德庄罢余干县令，罢任时作《阮郎归》等词留别。

《阮郎归·余干留别人家》词，词有"三年何许竟芳辰，君家千树春。如
今欲去复逡巡。好花留住人"语，则为罢余干县令留别之词。此三年为实际三年，
他在余干任上首尾共四年。见《道光余干县志》卷十一《名宦》。

《琴调相思引·临别余干席上作》词，词有"好花无几，犹是洛阳春"语，
亦为春日罢任时留别之作。

德庄在余干县，颇著政绩，受百姓爱戴。《明一统志》卷五〇《江西布政司·饶
州府·名宦·宋》："赵彦端，绍兴间知余干县，刚介不屈，爱民如子。民称为'赵
母'。"《余干县志》卷八《职官·名宦》："赵彦端，字德庄。……知县事，刚
介不屈。为政四年，以利民为本。民称'赵母'。因家东南隅。"

绍兴二十九年己卯（1159），德庄三十九岁

德庄在汪若海席上，作《满江红》词。

《满江红·汪秘监席上作》，词有"君过蓬山轻岁月，我怀庐阜分符竹"语，
则汪秘监曾知江州，因庐山在江州境内。考《宋史》卷四〇四《汪若海传》："汪
若海字东叟，歙人。……授直秘阁、知江州，丁父忧。时方经略中原，朝廷议
起若海，而若海死矣。"与汪秘监又知江州合。又词有"春欲动，酷初熟"语，
则作于春日。词为汪若海罢江州丁忧后之春日作。据《建炎以来系年要录》卷
一八〇：绍兴二十八年九月辛未，"右朝请大夫、新知道州汪若海直秘阁、知
江州。"同书同卷：绍兴二十八年十一月壬戌，"左朝请大夫、成都府路提点刑

狱公事钱堪知江州。"知汪若海始丁忧为绍兴二十八年十一月。词应为二十九年春或稍后作。

绍兴三十年庚辰（1160），德庄四十岁

德庄充福建路提点刑狱干办公事。

《墓志铭》："知饶州余干县。……充福建路提点刑狱干办公事。隆兴改元，召对。"按德庄为福建路提点刑狱干办公事起始时间难以确考，姑以在任三年计，则本年即在任。

绍兴三十二年壬午（1162），德庄四十二岁

德庄仍充福建路提点刑狱干办公事。

《墓志铭》："知饶州余干县。……充福建路提点刑狱干办公事。隆兴改元，召对。"按明年改元隆兴元年，故知本年德庄在福建路提点刑狱干办公事任。

作《江城子》词，上建康帅张浚。

《江城子·上张帅》词，词有"春风旗鼓石头城"语，则张为建康帅，词乃咏抗金胜利而作。张帅即张浚，据《景定建康志》卷十四《建康表》：绍兴三十一年辛巳，"十二月十九日，特进、观文殿大学士、和国公张浚判府事兼行宫留守，专一措置两淮事务兼措置东西建康、镇江府、江、池州军马"。三十二年壬午，"六月十二日，浚入对，七月八日，浚特授少傅，进封魏国公"。是词为三十二年作。《建康志》又言："浚渡江往劳，以建康激赏钱物犒之，一军见浚，以为从天而下，欢呼增气。金谍报恐惧，一二日遁去，显忠乘锐追之，多所俘获。"石头城为南京城别称，唐李吉甫《元和郡县图志》卷二六："丹阳郡故城，在县东南五里，初为丹阳内史，后改为尹。石头城在县西四里，即楚之金陵城也。吴改为石头城，建安十六年，吴大帝修筑以贮财宝军器，有成。《吴都赋》云'戎车盈于石城'是也。诸葛亮云'钟山龙盘，石城虎踞'，言其形之险固也。"《景定建康志》卷十七："石头山，在城西二里。案《舆地志》：环七里一百步，缘大江，南抵秦淮口，去台城九里。自六朝以来，皆守石头以为固，以王公大臣领戍军为镇，其形胜盖必争之地云。《事迹宫苑记》云：周显王

三十六年，楚威王灭越，置金陵邑，即石头城。《江乘地记》云：石城山岭嶂千里，相重若一，游历者以为吴之石城，犹楚之九疑也。山上有城，因以为名。后汉建安十六年，吴孙权乃加修理，改名石头城，用贮军粮器械，今清凉寺西是也。诸葛亮云：石头虎踞真帝王之宅。”

隆兴元年癸未（1163），德庄四十三岁

为大臣所荐，受到皇帝召对，除国子监丞。

《墓志铭》：“近臣荐所知宗室。隆兴改元，召对，上迎谓曰：‘闻卿俊才久矣，时王师北伐还。’德庄则曰：‘臣宗室也，与国家尤共休戚，言敢不尽。前日议者恶人异己，故近臣有不得尽其谋，远臣有不敢进其说。如无近者一战之悔，则将赞陛下以群言为可废矣。愿深为他日戒。’除国子监丞。”

隆兴二年甲申（1164），德庄四十四岁

张浚知福州，德庄作诗及词为寿。

《全宋诗》卷二一〇三据《诗渊》收德庄《寿张守》诗二首，其一云：“才为汉殿无双手，恩到闽山第一州。”第二首云：“他日听传公不老，定知曾见武夷来。”则知福州。据《续资治通鉴》卷一三八：隆兴二年四月丁丑，张浚“以少师、保信军节度使判福州”。八月辛巳，“判福州、魏国公张浚薨”。

又德庄有《看花回·张守生日》，张守当亦为张浚，与前诗参证，亦当隆兴二年之作。

乾道元年乙酉（1165），德庄四十五岁

为权枢密院检详诸房文字。

《墓志铭》：“权枢密院检详诸房文字。会参知政事叶公去位，有阴谓为党者，德庄曰：‘吾何党哉，党于是而已。’”知其为枢密院检详诸房文字，乃为叶颙所荐。考《宋史》卷二一三《宰辅表》：“乾道元年八月，叶颙自吏部侍郎权尚书除端明殿学士、签书枢密院事。癸巳，兼权参知政事。”“二年五月庚戌，叶颙罢参政，

以资政殿学士提举洞霄宫。"

范成大与德庄次韵唱和。

《石湖诗集》卷一〇有《次韵赵德庄吏部休沐》诗："窈窕新堂好，委蛇夜直还。遥知敧帽发，正奈卷帘山。门外客姑去，窗前人对闲。谁能乌帽底，尘土涴朱颜。"于北山《范成大年谱》系于乾道元年二月。今从之。

乾道二年丙戌（1166），德庄四十六岁

由权枢密院检详诸房文字除知江州。在江州仅数月，又召为检详文字，迁右司员外郎。

《墓志铭》："权枢密院检详诸房文字。会参知政事叶公去位，有阴谓为党者，德庄曰：'吾何党哉，党于是而已。'即请外，除知江州。不数月，召为检详文字。迁右司员外郎。"

李心传《建炎以来朝野杂记》乙卷一四《官制》二《元丰乾道武臣正任员数多寡》："元丰初，节度、观察使才八员，防御、团练使、刺史共二十员，而宗室不与焉。乾道初，节度、观察使至四十员，防御使至遥郡仅二百员，而宗室亦不与焉。赵德庄彦端权尚右郎官，尝请裁酌，后不行。"并注："德庄以元年八月建请。"按，"权尚右郎官"即指德庄为权右司员外郎，李心传称"元年八月"，盖误记。

宋林光朝《艾轩集》卷九《正字子方子窆铭》："友陵逆其妇以来，乃为天水赵德庄之女。德庄，重所以相友者，今为右司员外郎。"《直宝文阁赵公墓志铭》："二女：一嫁同年进士秘书省正字方耒之子，即友陵也。"

韩元吉在江东掾曹任，有诗寄德庄。

韩元吉《南涧甲乙稿》卷三有《寄赵德庄二首》诗。诗言"报陕西枢掾"，则赵德庄在京为枢密院检详诸房文字。又言"故应怀李白，但欲老江东"，则元吉时已为江东转运判官矣。《南涧甲乙稿》拾遗《四老堂记》："乾道二年秋，予自公府掾曹得请外补，上不忍其穷，而犹以为可用也，俾漕于江东。"

本年，赵汝愚擢进士第一，因是德庄余干时邑人，谒谢德庄。

陈振孙《直斋书录解题》卷一八《别集类》："《介庵集》十卷，左司郎官赵彦端德庄撰。乾淳间名士也。尝宰余干，赵忠定其邑人，初冠多士，德庄在朝，

往谒谢，德庄语之曰：'谨勿以一魁先置胸中。'可谓名言。"周密《齐东野语》卷八《赵德庄诲后进》条："赵忠定汝愚初登第，谒赵彦端德庄。德庄，故余干令，因家焉，故与忠定父兄游，语之曰：'谨毋以一魁置胸中。'又曰：'士大夫多为富贵诱坏。'又曰：'今日于上前得一二语奖谕，明日于宰相处得一二语褒拂，往往丧其所守者多矣。'忠定拱手曰：'谨受教。'前辈于后进如此。"赵忠定即赵汝愚，《宋史》卷三九二有传，《道光余干县志》卷二一有《忠定赵公墓志铭》。汝愚孝宗乾道二年擢进士第一。后官至宰相，卒谥忠定。

乾道三年丁亥（1167），德庄四十七岁

在右司员外郎任。

《墓志铭》："迁右司员外郎。而叶公既相，德庄为言人材巨细可用不可用，大抵称人之善，以助朝廷之选。"考《宋史》卷二一三《宰辅表》：乾道二年"十二月戊寅，叶颙自资政殿学士、左中大夫提举洞霄宫除知枢密院事"。"甲申，叶颙自参知政事除左通奉大夫、左仆射、同平章事兼枢密使。"据《墓志铭》，德庄迁右司员外郎，在叶颙伍相前，则当在乾道元年底始任，本年尚在任。

九月二十七日，除直显谟阁、江南东路转运副使。

《宋会要辑稿》选举三四之二〇：乾道三年，"九月二十七日，诏右司员外郎赵彦端除直显谟阁、江南东路转运副使"。

十一月，抵江南东路转运副使任。

《景定建康志》卷二六《官守志》："赵彦端，左朝散郎，直显谟阁，副使。乾道三年十一月二日到任。"宋程大昌《演繁露续集》卷二《制度·徽州苗绢》："乾道丁亥，赵德庄为江东漕。"宋李洪《芸庵类稿》卷四有《送赵德庄右司江东漕》诗二首。按，李洪，《宋诗纪事》卷五六："李泳，字子永，号兰泽，庐陵人。淳熙中尝为溧阳令，又为坑冶司干官。与兄洪子大、漳子清、弟浙子秀、泹子召著《李氏花萼集》。"《全宋词》收其词，小传："洪字子大，扬州人。建炎三年生。曾知温州及藤州。与弟漳、泳、泹、浙有《李氏花萼集》。洪又有《芸庵类稿》，俱不传，今只有辑本。"宋曾协《云庄集》卷一有《送赵德庄右司赴江东漕》诗八首，自注："德庄名彦端。"按，曾协，字同季，号云庄。南丰人。曾肇之孙，曾巩侄孙。绍兴间进士，官长兴、嵊县丞，迁镇江、临安通判。乾

道七年知吉州,改知抚州。九年卒。有《云庄集》二十卷,已佚,四库馆臣辑为五卷。《全宋诗》收其诗二卷。

十二月,回余干葬其先人。

《墓志铭》:"始,德庄父子甚贫,客四方,祖妣与其昆弟及妻之丧皆藁葬,未厝。德庄曰:'吾得去毕此幸矣。'既诸公留之不可。除直显谟阁,为江南东路计度转运副使。即冒大雪走余干,毕葬而后还。"

乾道四年戊子(1168),德庄四十八岁

在江南东路转运副使任。登白鹭亭,作《鹧鸪天》词。

《鹧鸪天·白鹭亭作》,按白鹭亭在建康,《景定建康志》卷二二《城阙志》三《亭轩》:"白鹭,接赏心亭之西,下瞰白鹭洲。"又《至大金陵新志》卷十二上:"白鹭亭,在赏心亭西,下瞰白鹭洲。景定元年马光祖重建。李白《凤凰台》诗有'二水中分白鹭洲'之句,亭对此洲,故名。苏东坡尝题其柱,王胜之龙图守金陵,一日而移南郡,东坡作长短句赠之:'千古龙蟠并虎踞。从公一吊兴亡处。渺渺斜风吹细雨。芳草渡。江南父老留公住。公驾飞车凌彩雾。红鸾骖乘青鸾驭。却讶此洲名白鹭。非吾侣。翩然欲下还飞去。'"此为彦端为江南转运副使时作。《景定建康志》卷二六:"王秬,右通直郎直宝文阁、副使,乾道四年十月初四任。"词有"天外秋云四散飞"语,应作于四年秋。

《鹧鸪天·为韩漕无咎寿》词,按韩漕无咎即韩元吉,乾道二年为江东转运判官。《南涧甲乙稿》拾遗《四老堂记》:"乾道二年秋,予自公府掾曹得请外补,上不忍其穷,而犹以为可用也,俾漕于江东。"《景定建康志》卷二六《转运司》:"韩元吉,右朝奉郎直秘阁,判官,乾道一年八月一日到任。""一"盖"二"之缺损,因为按该书体例,若年号的第一年,即书"元",不书"一"。参其《四老堂记》自言,则为二年秋无疑。又《南涧甲乙稿》卷八有《江东转运判官谢表》。《宋会要辑稿》职官六一之五三:"(乾道)四年六月一日,诏新知建宁军府韩元吉改知江州。"彦端三年十一月二日抵江东转运判官任,见上引《景定建康志》卷二六。而元吉生日为五月十二日,见邓广铭《辛稼轩年谱》淳熙十四年。是本词只能作于乾道四年五月十二日。韩元吉有次韵词《鹧鸪天》(雨歇云端隔座屏),见中华书局1981年版《全宋词补辑》36页。词末注:"案:'全'有赵

彦端《鹧鸪天·为韩漕无咎寿》词（1453页）。此词乃步赵之韵。"按，韩元吉，字无咎，开封雍丘人。赵彦端密友，《宋史翼》卷十四有传。笔者有《韩元吉年谱》，载《新宋学》第二辑（上海辞书出版社 2003 年版），可参看。

《鹧鸪天》十首。题下原注："羊城旧名京口，天下最号都会，风轩月馆，艳姬角妓，倍于他所，人以群仙目之，因列十名于后，各赋一阕。"因称京口，则当为德庄在江东副使任所作，姑系于本年。各赋一阕之角妓为：萧莹、萧堂、欧懿、桑雅、刘雅、欧倩、文秀、王婉、杨兰、吴玉。《四库提要》称："集末《鹧鸪天》十阕，乃为京口角妓萧秀、萧莹、欧懿、桑雅、刘雅、欧倩、文秀、王婉、杨兰、吴玉九人而作，词格凡猥，皆无足取，且连名人之集中，殆于北里之志，殊乖雅音。盖唐宋以来，士大夫不禁狎斜之游，彦端是作，盖亦移于习俗，存而不论可矣。"

重修贡院，彦端题额。

《景定建康志》卷三二《儒学志·贡院》："《重修贡院记》：……建业多士，异材辈出，曩有魁群儒，首异科，而为名公卿者，项背相望也。故其后子弟益自勉，应三岁之诏者常数千百人。兵兴，百事鲁莽，有司不暇治屋庐以待进士，始夺浮图、黄冠之居而寓焉。郡凡几守，率置不问。或告之，则曰'此非吾之所急也'。史侯自天官贰卿出镇之明年，诸生以是为请，而其故基为间阎营舍者，四十年矣。侯慨然念之，指地而易其居，捐金而偿其迁筑之费，取羡余之木为屋百有十楹。适它郡潦伤，民流移江山上，侯因募之，使食其力，不足则助以厢卒。经始于季夏，中休，竟事于中元。是岁，乾道四年也。……十一月旦，左朝散郎、充敷文阁待制、知镇江军府事宣城陈天麟记，左承议郎、通判建康府事姑苏严焕书，左朝请郎、直显谟阁、权发遣江南东路计度转运副使公事浚仪赵彦端书额。"

乾道五年己丑（1169），德庄四十九岁

在江南东道转运副使任。三月，作《广济仓记》。

《景定建康志》卷二三《城阙志·诸仓》："广济仓，有东西仓，又有新仓、西仓，在大军仓后，崇道桥南。东仓在武雄营侧，新仓在广济西仓北。乾道四年留守史公正志以亲军寨及作院地，增拓旧基西偏，建为新仓，转运副使赵公彦端为记。"下载仓记，文末题："五年春三月辛未，左朝请郎、直显谟阁、

权发遣江南东路计度转运副使公事赵彦端记，左朝奉郎、新差权通判楚州军州主管学事、赐绯鱼袋杜易书并题额。"又见《永乐大典》卷七五一四《十八阳·仓·广济仓》。

四月十四日，上书言事。

《宋会要辑稿》食货五八之六：乾道五年四月十四日，"同日，权发遣江南路（东）路计度转运副使赵彦端等言：臣等近恭奉御笔处分，以饶信二郡尝有水患，令臣等协力应办储蓄赈济。臣等措置将信州合起赴建康府大军米一万五千硕，截留椿管及将合起赴镇江府米二万硕，内将一万硕就便椿管，将一万硕往饶州准备。支使令处饶州知州黄玠札子称，虽蒙提刑司拨到义仓米六千八百余硕，不了一月赈粜之数，乞备申朝廷于椿留米内支拨二万硕添助赈粜。臣等照得饶州合发上供米斛，除椿留外，尚有合起赴行在米一万一千九百六十硕。臣等除已一面逐急行下饶州于内，先次取拨一万硕量度市直，减价赈粜外候。信州起到米一万硕，却行拘收，理充合起之数，兼虑信州亦有似此阙食去处，臣等已行下信州取拨米五千硕，依此减价赈粜去讫。所有饶州前后椿留米四万硕，欲乞早降指挥，许再拨一万硕，更令接续赈粜。从之"。又见同书食货五九之四四、五九之四五、六八之六六。

与同任王秬往还。

德庄有《鹧鸪天·送王漕侍郎奏事》词，王漕即王秬，《景定建康志》卷二六："王秬，右通直郎直宝文阁、副使，乾道四年十月初四任。"词有"不堪临雨落花前，清歌只拟留春住"语，则作于乾道五年春。又有《眼儿媚·王漕赴介庵赏梅》，亦同年所作。

九月，辛弃疾作《水调歌头》词为德庄寿。

辛弃疾有《水调歌头·寿赵漕介庵》词，邓广铭《稼轩词编年笺注》卷一："乾道四年九月。据《赵公墓志铭》及《景定建康志》，赵氏于乾道三年冬至五年春领江东漕事，其时稼轩亦正通判建康，此词必即是时所作。邱崈《文定公词》有'为赵漕德庄寿'之《水调歌头》一阕，后章云：'记长庚，曾入梦，恰而今。橙黄橘绿，可人风物是秋深。九日明朝佳节，得得天教好景，供与醉时吟。从此寿千岁，一岁一登临。'据知赵氏生辰当在重阳节前一二日，与此词'醉黄花'句亦正相符也。"

十月，移权福建路转运副使。

《宋会要辑稿》食货五八之六：乾道五年十月，"十七日，新权发遣福建路转运副使赵彦端言：窃见饶信之间，地濒湖，连有水患，欲望每岁于饶信两州上供米内各截留数万硕，若次年不曾出粜，或有出粜米尽之数，即行起发，却以当年新米代充，稍仿常年以新易陈之意。诏令后每岁逐州各截留三万硕，准备出粜"。又见同书食货六八之六七。

同书食货六四之三四：乾道五年，"十二月四日，诏将徽州休宁等五县减下折帛钱粮，自乾道五年以后，令各县止纳本色，以福建路转运副使赵彦端有请也"。

德庄又入为左司郎中，假户部尚书，馆伴大金贺正使。迁太常少卿。

韩元吉《南涧甲乙稿》卷二一《直宝文阁赵公墓志铭》："为左司郎中，假户部尚书，馆伴大金贺正使。前是宗室无出疆为伴使者，自德庄始。迁太常少卿。"按彦端乾道五年十二月尚在福建路转运副使任，而宋陆游《入蜀记》卷一："乾道五年十二月……二十九日，沈持要检正枢招饮，邂逅赵德庄少卿彦端。"陆游《入蜀记》乃入蜀时旅途经见，排日所记，应可信从。故彦端在是年十二月二十九日即在太常少卿任。之前为左司郎中，假户部尚书，馆伴大金贺正使之时间都非常短暂。

《墓志铭》："为左司郎中，假户部尚书，馆伴大金贺正使。前是宗室无出疆为伴使者，自德庄始。迁太常少卿。复丐外，除直宝文阁，知建宁府。"考《宋史》卷三九〇《刘章传》："朝廷议经略中原，调诸郡兵，民颇扰。少卿赵彦端指言非是。或潜彦端曰：'陛下究心大举，凡所图回，但资赵彦端一笑尔。'彦端惧不测。上因夜对问章曰：'闻卿监中有笑朕者？'章不知状，从容对曰：'圣主所为，人焉敢笑，若议论不同或有之。'上意颇解。彦端获免，人称章长者。"

乾道六年庚寅（1170），德庄五十岁

六月，出知建宁府。

《宋会要辑稿》选举三四之二四：乾道六年六月，"六日，诏太常少卿赵彦端直宝文殿、知建宁府"。

与沈度交代。

德庄有《瑞鹤仙·饯交代沈公雅台山寺作，继作朝中措》词，又有《念奴

娇·建安饯交代沈公雅》词，沈公雅即沈度，乾道六年罢知建宁府，彦端替任，此为饯行之作。《宋会要辑稿》选举三四之二二：乾道五年，"九月六日，诏大理少卿沈度除直龙图阁、知建宁府。"《宋元学案》卷三八《默堂学案》："沈度，字公雅，武康人。……（乾道）四年，又以直龙图阁知建宁府。"《景定建康志》卷二六《转运司》："沈度，右朝散大夫，直龙图阁，副使。乾道六年十二月十五日到任。"盖由建宁府移漕江东。《宋史翼》卷二一《沈度传》："乾道四年，以直龙图阁知建宁府。乾道九年，以权兵部侍郎兼临安少尹。"言四年莅任与九年罢任均误。据《宋会要辑稿》职官四七之二六："（绍兴）九年五月十二日，中书门下省言：'诸州守臣并二年为任。昨降指挥，两淮并沿江三年为任。今来自合与诸守臣一等。诏应守臣并以二年为任。"是其满任为乾道六年。《嘉靖建宁府志》卷五《官师志》："沈度、赵彦端、任文笃、杨由义、梁克家，乾道间任。"

德庄又有《朝中措》（山矾风味更梨花）词，按此词前首为《瑞鹤仙·饯交代沈公雅台山寺作，继作朝中措》，所谓《朝中措》即指本词及下一首"烧灯已禁烟前"，三词均作于春日，当为乾道六年。又《朝中措》（烧灯已禁烟前）词，亦本年所作。

德庄生日，管鉴有与之唱和词。

德庄有《柳梢青·生日》词，按管鉴《养拙堂词》有《柳梢青·次韵赵德庄》，即次此韵，作于乾道六年德庄知建宁府时。赵彦端《柳梢青·生日》，词有"浮生似醉如客。问底事，归来未得"语，则在为官时作。管鉴和词有"黄堂一笑留客"语，黄堂即太守办事的厅堂。《后汉书》卷二七《郭丹传》注："黄堂，太守之厅事。"则作于赵彦端知建宁府任。赵彦端乾道六年知建宁府，与前任沈公雅交代，见彦端《瑞鹤仙·饯交代沈公雅台山寺作，继作朝中措》，继作《朝中措》及《念奴娇·建安饯交代沈公雅》词考。管鉴另有《蓦山溪·饯沈公雅移漕江东》，即乾道六年，由建宁府移两浙转运副使，管鉴饯别之作，是时管鉴在建宁府，故与前任知府沈度、新任知府赵彦端均有交往。彦端《柳梢青·生日》前即同调《庚寅生日铅山作》，庚寅即乾道六年。是此词亦当六年作。

本年，作《柳梢青·庚寅生日铅山作》词。

庚寅即乾道六年。铅山在江西沿山县。

在建安泛舟，作《清平乐》词。

德庄有《清平乐·建安泛舟作》词。

本年，朱熹作书与吕祖谦，论及赵彦端。

《朱文公文集》卷三三《答吕伯恭书》三："右司韩丈因见为道区区，幸幸。昨承惠教，便遽不及拜状。赵卿所刻尹《论》甚精，鄙意却于《跋语》有疑，不知赵守曾扣其说否？盖尹公本是告君之言，今《跋》但以诲人为说，恐不类耳。又云伊川出《易说》七十余家，不知伊川教人果如此周遮否？"书中韩丈为韩元吉，赵卿、赵守为赵彦端。韩元吉《南涧甲乙稿》卷一六有《书尹和靖论语》后，又有《书和靖先生手书石刻后》，知其将尹焞《论语解》交建守赵彦端刻印，而作《书尹和靖书后》。从书中讨论，可以看出赵彦端与朱熹、韩元吉、吕祖谦的关系。

乾道七年辛卯（1171），德庄五十一岁

德庄在知建宁府任，颇做有益于百姓之事。

《嘉靖建宁府志》卷二〇："旧县社稷坛，宋乾道七年太守赵彦端重建。"《墓志铭》："知建宁府，德庄旧悉其俗，民以使安。岁余，治仓廪亭馆一新之。因严不举之令，且曰：'毋俾民畏，当有以利之也。'乃乞下户生子，给米一斛与钱千，及蠲其身丁，凡万四千缗，而以府用之钱偿县。宰相见其奏，叹曰：'赵君平日不吾同，此议何可遏也。'遂著为一路法。"

《宋会要辑稿》食货一二之一九："七月十五日，直宝文阁、知建宁府赵彦端言：生子孙而杀之者，法禁非不严备，间有违者，盖民贫累众，无力赡给，年方至丁，复有输纳，身丁之患，臣自到任，首行晓谕，贫乏之家，生子许经府验，寖支钱米给济，尚虑细民贫困，未能不至犯法，乞将本府七县人户身丁钱，自今后，并与蠲免。从之。"又见同书食货六六之一一。按《会要》本条前记乾道九年十一月九日事，与德庄知建宁府时间矛盾，而此事当为德庄在知建宁府时所为，故亦系于本年。

作《眼儿媚》等词。

德庄有《眼儿媚·建安作》词，词有"冷香不断春千里"，"使君犹健，看遍余花"语，则春日作于知建宁府任。彦端乾道六年知建宁府，盖七年春作本词。

六月，罢知建宁府，由任文荐代之。

《宋会要辑稿》选举三四之二六：乾道七年六月，"二十六日，诏直宝文阁、两浙西路提点刑狱公事任文荐除秘阁修撰、知建宁府"。《嘉靖建宁府志》卷五《官

师》："沈度、赵彦端、任文笃、杨由义、梁克家,乾道间任。""任文笃"为任文荐之误。

乾道九年癸巳(1173),德庄五十三岁

德庄在家乡余干县,范成大过访他。

范成大《骖鸾录》:乾道九年正月"二十八日至余干县。前都司赵彦端新居在县后山上,亦占胜。同过思贤寺清音堂,下临琵琶洲。一水湾环循县中,中一洲,前尖长,后团阔如琵琶。故以清音名此堂,从昔为胜处"。《石湖诗集》卷一三有《清音堂与赵德庄太常小饮,在余干琵琶洲傍,洲以形似得名》:"曲浦湾环绕县青,一杯闲客两飘零。琵琶不语苍烟暮,山水清音着意听。"《同治余干县志》卷八《古迹》:"清音堂,向在冠山。前知县管新村新之,而置于署后,知县廖鹤轩荣饯邑人,欲以旧易新,未就,而清音堂三字尚存。……宋范成大《清音堂与赵德庄太常小饮》,在余干琵琶洲旁,州以形似得名。"

九月,为提点浙东路刑狱。

《宝庆会稽续志》卷二《提刑题名》:"赵彦端,乾道九年九月,以左朝奉大夫直宝文阁到,淳熙元年三月宫祠。"

淳熙元年甲午(1174),德庄五十四岁

在提点浙东路刑狱任。三月,主台州崇道观。回家乡余干居住。

《墓志铭》:"改提点浙东路刑狱。坐衢州帐历稽期,削两秩,德庄恬弗辩,以小疾,得主台州崇道观。余干号佳山水,所居最胜,日与宾客觞咏自怡,好事者以为有旷达之风。德庄在朝时,每欲用为文字之职,乞不得用,闻其诗词一出,人嗜之往往如啖美味,然宗戚贵游,欲以图画纳禁廷,祈为题赋者,率谢不能,其掾宰府,书言无所逊避,以是多忤。与人交,坦然不事畦畛,其为县,务宽其民,其为郡,务假其属邑,其为部使者,则郡之细故,亦不问,喜为义事,重然诺,遇所施与,不顾家有无,亲故客之经年不厌,其田屋宅之计,如不闻也。"据前引《宝庆会稽续志》,德庄本年三月宫祠,所谓宫祠,即指主台州崇道观。元佚名《宋史全文》卷二六上《宋孝宗》:"甲午淳熙元年春正月庚子,上宣示

文字一纸云：'蔡洸具到衢州守臣并本路监司措置会子申檄文历，比他州暂缓。守臣可恕，所专责者监司。其提刑赵彦端特降两官。'"

与辛弃疾有词作唱和。

德庄又有《新荷叶》（欲暑还凉）词，按辛弃疾有《新荷叶·和赵德庄韵》，即和本词。邓广铭《稼轩词编年笺注》卷一系于淳熙元年，后附录赵彦端本词，今从之编于淳熙元年。

辛弃疾又有《新荷叶·再和前韵》词，邓广铭《稼轩词编年笺注》卷一："淳熙元年。韩元吉《南涧甲乙稿·赵德庄墓志》谓赵氏于任江东转运副使之后，移福建提刑，过阙，留为左司郎中，迁太常少卿，复丐外，除知建宁府。淳熙二年卒于家。其卒前一二年，为废退家居时期。《宋会要辑稿》选举三四之二四载：'乾道六年六月六日，诏太常少卿赵彦端直宝文殿，知建宁府。'则赵氏归余干当为乾道末年事。赵氏原唱有'曾几何时，故山疑梦还非'与'可人怀抱，晚期莲社相依'句，知皆作于闲退期内。而稼轩和章盖淳熙元年出任江东安抚司参议，重归建康时所作，故前章有'人已归来'数语，又感叹与赵氏相违，故有'有酒重携，小园随意芳菲。往日繁华，而今物是人非'诸句。"

淳熙二年乙未（1175），德庄五十五岁

初春，韩元吉有词赠德庄。

韩元吉有《江神子·建安县戏赵德庄》，词言"十年此地看花时，醉题诗，夜弹棋。湖海相逢，曾共惜芳菲。前度刘郎今度客，嗟老矣，鬓成丝"。该词作于淳熙二年，说详拙作《韩元吉年谱》，载《新宋学》第二辑（上海辞书出版社2003年版）。

德庄七月四日卒。

《墓志铭》："官至朝奉大夫，享年五十有五，卒以淳熙二年七月四日，葬以是年某月某甲子。"

有子一人，女二人。

《墓志铭》："先娶曾氏，继室李氏，赠封皆宜人。一男子良夫，将仕郎。二女：一嫁同年进士秘书省正字方矗之子，即友陵也；一尚幼。"宋林光朝《艾轩集》卷九《正字子方子窆铭》："友陵逆其妇以来，乃为天水赵德庄之女。德庄，重

所以相友者，今为右司员外郎。"

方翥，《南宋馆阁录》卷八"秘书省正字"："方翥，字次云，莆田人，黄公度榜同进士出身，治诗赋。三十二年十月除，隆兴元年六月罢。"

其婿方友陵请韩元吉为赵德庄作墓志。韩元吉又作文祭德庄。

《墓志铭》："吾友赵德庄，将葬于饶州余干县某山之原，其婿方友陵以状来曰：'盍为之铭？'始与德庄游，盖三十年，在朝廷同曹，在外同事，犹兄弟也。一日，道前辈，相约志墓事。德庄忽曰：'某死，幸子铭之。'"韩元吉《南涧甲乙稿》卷一八又有《祭赵德庄文》。

生前将所作文编为十卷，自号《介庵居士集》。

《墓志铭》："其所为文，类之为十卷，自号《介庵居士集》云。"《宋史》卷二〇八《艺文志》："赵彦端《介庵集》十卷，又《外集》三卷，《介庵词》四卷。"《郡斋读书志附志》卷四："《介庵居士文集》十卷。右赵彦端字德庄之文也。德庄寓居南昌，登绍兴八年进士第。出更麾节，入践台省，凡奏对献策，陈述利害，如蠲丁钱，讲治体，御敌守边之谋，用兵行赏之规，议论醇正，卓然皆有可用之实。淳熙十四年，江西运副赵彦操刻之。"陈振孙《直斋书录解题》卷一八《别集类》："《介庵集》十卷，左司郎官赵彦端德庄撰。"同书卷二一《歌词类》："《介庵词》一卷，赵彦端撰。"《四库全书总目》卷一九八《集部词曲类》一："《介庵词》一卷（安徽巡抚采进本）。宋赵彦端撰。"有关其词集，饶宗颐《词集考》卷六考订颇详，可参看。

（收入《吴熊和教授纪念文集》，浙江大学出版社 2014 年版）

黄庭坚词系年

　　黄庭坚（1045—1105），字鲁直，号山谷道人，晚号涪翁。洪州分宁（今江西修水）人，祖籍金华（今浙江金华）。庭坚治平四年（1067）及进士第，调汝州叶县尉。熙宁五年(1072)试中学官,除北京国子监教授。元丰三年(1080)入京改官，授知吉州太和县。元丰六年（1083）移监德州德平镇。哲宗即位，召为秘书郎。元祐元年（1086）为《神宗实录》检讨官、集贤校理。二年，迁著作郎。三年，苏轼知贡举，为其参详官。六年，迁起居舍人。哲宗亲政，改元绍圣，政局大变，庭坚因参预修纂《神宗实录》诬枉，于绍圣二年（1095）责授涪州别驾、黔州安置。元符元年（1098）移戎州。三年，徽宗即位，始放还待命荆南。崇宁元年（1102），迁知太平州，仅九日而罢，主管洪州玉隆观。二年，复除名编管宜州。四年卒于贬所，年六十一，私谥文节先生。

　　黄庭坚是北宋著名的文学家，且在诸多领域都有精深的造诣。元祐初，与秦观、张耒、晁补之同在京师，游于苏轼之门，有"苏门四学士"之称。其诗与苏轼齐名,世号"苏黄"。他是江西诗派的领袖人物,南宋吕居仁尊之为开创者,元初方回推其为"一祖三宗"之一。庭坚又工书法,与苏轼、蔡襄、米芾并称"宋四家"。

　　黄庭坚尤善作词，以江西诗法入词，别开生面，颇有清刚峭拔之气。尤其是贬谪后之作，较其诗更情真意切，"倔强中见姿态"，"笔力奇横无匹，中有一片深情"（陈廷焯《白雨斋词话》）。而晁补之批评其"不是当行家语，乃著腔子唱好诗也"（《苕溪渔隐丛话》前集卷三〇引），亦颇有见地。《宋史》卷二〇八《艺文志》载"《黄庭坚集》三十卷、《乐府》二卷"。《乐府》二卷盖即词。宋陈振孙《直斋书录解题》卷一八载《山谷词》一卷。明毛晋《宋六十名家词》本《山谷词》一卷,收词179首。《彊村丛书》本《山谷琴趣外编》三卷,词仅 90 首。《全宋词》据《彊村丛书》本，并据毛本增补，得词 179 首，另附 12 首伪作。孔凡礼《全宋词补辑》辑得二首。总计 181 首。山谷词，没有专门的编年著作。前人所编山谷年谱多家，虽较详赡，但于词几无涉及。当今研究论著考订山谷词作年者亦较少。笔者有鉴于此，对其词重作爬梳，详为编年，或可稍助于知人论世，而对其词之研究，尤不可缺。唯有些词仅能推知大致年代，有待以后进一步研讨。

嘉祐五年庚子（1060）

《画堂春·年十六作》。按宋黄𪩘《山谷年谱》卷一："庆历五年乙酉，先生是岁癸未月丙寅日壬辰时生于分宁县修水故居，盖六月十二日。"以庆历五年下延十六年即嘉祐五年，是即词之作年。本年山谷盖游学淮南，有《跋王子予外祖刘仲更墨迹》："庭坚年十五六时，游学淮南。"宋任渊《山谷外集诗注》原目："嘉祐六年辛丑，是岁山谷从其母舅李公择游学淮南。"又按《全宋词》于此词末注："案此首又作秦观词，见《唐宋诸贤绝妙词选》卷四。"清李调元《雨村词话》卷一："秦少游《淮海集》，首首珠玑，为宋一代词人之冠。今刊本多以山谷作杂之。黄九之不逮秦七，古人已有定评，岂容阑入。如《画堂春》词'东风吹柳日初长。雨余芳草斜阳。可花零乱燕泥香。睡损红妆。宝篆烟消龙凤，画屏云锁潇湘。夜寒微透薄罗裳。无限思量。'气薄语弱。此山谷十六岁作也，不应杂入。"

治平四年丁未（1067）

《贺圣朝》（脱霜披茜初登第）。按词有"脱霜披茜初登第，名高得意"等语，乃山谷初登第时作。考《宋史》卷四四四《黄庭坚传》："举进士，调叶县尉。"宋黄𪩘《山谷年谱》卷一："治平四年丁未，神庙登极。先生是岁春以赴礼部试留京师，登张唐卿榜第三甲进士第，调汝州叶县尉。"宋任渊《山谷外集诗注》原目："治平四年丁未，是岁神庙登极，山谷登第，调汝州叶县尉。"词为初登第作，即在本年。

熙宁七年甲寅（1074）

《鹊桥仙·次东坡七夕韵》。按苏轼《鹊桥仙·七夕》作于熙宁七年。朱祖谋《东坡乐府》注："案本集《王中甫哀词》，施注原编丙辰七月五日，诗前序云：'哭中甫于密州，则令举没矣。'又《祭陈令举文》云：'余与令举别二年，而令举没。'公以甲寅九月访公择于湖州，六客之会，令举与焉。既过松江，令举匆匆归去，此词乃送之也。"词次东坡韵，乃本年或此后不久作。

元丰二年己未（1079）

《离亭燕·次韵答廖明略见寄》。按廖明略即廖正一，字明略，安州人。登元丰二年进士第，为华州司户参军。《东都事略》卷一一六《文艺传》载廖正一元祐初召试学士院，除秘书省正字。"轼门人黄、秦、张、晁，世谓之四学士，每过轼，轼必取密云龙瀹以饮之。正一诣轼谢，轼亦取密云龙以待正一，由是正一之名亚于四人者。"本词有"十载樽前谈笑"语，考《山谷外集诗注》卷六元丰二年有《次韵晁补之廖正一赠答诗》《再次韵呈廖明略》《走答明略适尧民来相约奉谒故篇末及之》《答明略并寄无咎》《再次韵呈明略并寄无咎》《答明略二首》等作。其《次韵晁补之廖正一赠答诗》有"十年山林廖居士，今随诏书称举子"，《再次韵呈廖明略》有"十年呻吟江湖上"语，与此词吻合。宋黄䜌《山谷年谱》卷九系《次韵晁补之廖正一赠答诗》于元丰二年，并云："诗中有'独怜形迹滞河山'之句，而《再答明略》云'使君七十今中年'，先生是年三十有五，故附此。正一字明略。"又宋任渊《山谷外集诗注》卷六《次韵晁补之廖正一赠答诗》注："按《登科记》，己未元丰二年，晁补之、廖正一同榜，晁字无咎，廖字明略。"故系此诗于本年。

元丰三年庚申（1080）

《渔家傲》（万水千山来此土），按词序云："江宁江口阻风，戏效宝宁永禅师作古《渔家傲》。王环中云：庐山中人颇欲得之。试思索，始记四篇。"考山谷元丰三年知吉州太和县，此为赴任途中经江宁之作。宋黄䜌《山谷年谱》卷一一："元丰三年庚申，先生是岁入京，改官授知吉州太和县。""是秋，自汴京归江南。""十一月小寒日上潜峰。"本年又有《金陵》等诗，可为参证。保宁当即保宁寺，《景定建康志》卷四六《寺院》："保宁禅寺，在城内饮虹桥南保宁坊内。"

《渔家傲》（三十年来无孔窍）。按此即四首之二，与前首同时作。

《渔家傲》（忆昔药山生一虎）。按此即四首之三，与前二首同时作。

《渔家傲》（百丈峰头开古镜）。按此即四首之四，与前三首同时作。

《菩萨蛮》（半烟半雨溪桥畔）。按词序："王荆公新筑草堂于半山，引八功德水为小港，其上垒石作桥。为集句云：'数间茅屋闲临水。窄衫短帽垂杨里。花是去年红。吹开一夜风。梢梢新月偃。午醉醒来晚。何物最关情。黄鹂两三声。'戏效荆公作。"又按半山即在钟山，陆游《入蜀记》卷二："半山者，王文公旧宅，所谓报宁禅院也：自城中上钟山，此谓中途，故曰半山。"《景定建康志》卷四六《寺院》："半山报宁禅寺，在城东七里，距钟山亦七里。王荆公安石故宅也。"下有考证："其地名白塘，旧以地卑，积水为患，自荆公卜居，乃凿渠决水以通城河。元丰七年，安石病闻，神庙遣国医诊视，既愈，乃请以宅为寺，因赐额报宁禅寺。"又见《至正金陵新志》卷一一下。又据蔡上翔《王荆公年谱考略》卷二一："元丰元年戊午，年五十八。公以集禧观使居钟山。"又元丰三年编年文有《封荆国公谢表》。词题称"王荆公新筑草堂于半山"，则作于三年后、七年前。此间山谷惟元丰三年由京赴知吉州太和县，约于冬日经金陵，见本年上文所考。词即是时作。

元丰六年癸亥（1083）

《撼庭竹·宰太和日吉州城外作》。按山谷元丰三年知吉州太和县，赴任在当年冬，见本文元丰三年《渔家傲》词考。元丰六年十二月移德平镇，宋黄𥬄《山谷年谱》卷一七引黄庭坚《大孤山诗刻》："癸亥十二月，余自太和移德平。"本词有"呜咽南楼吹落梅"句，是作于初春，则应在元丰四年至六年间，姑系于本年。

元祐元年丙寅（1086）

《南柯子》（郭泰曾名我）。按词序："东坡过楚州，见净慈法师，作《南歌子》。用其韵赠郭师翁二首。"考苏轼原作为《南歌子·楚守周豫出舞鬟》，共二首。王文诰《苏文忠公诗编注集成总案》卷二六："元丰八年乙丑九月一日作范仲淹跋，抵楚州。"又苏轼有《楚州次韵徐大正诗》，宋施宿《东坡先生年谱》亦系于元丰八年。可证东坡词亦作于元丰八年。黄庭坚词即当作于此年或稍后。又山谷作《次韵清虚喜子瞻得住常州》诗，《山谷年谱》卷一八系于元丰八年，知该年与苏轼有诗歌往还。本词有"春窗远岫眉"句，作于春日，则应为元祐元年春。

《南柯子》（万里沧江月）。此词与前首为一组，即同时作。

绍圣元年甲戌（1094）

《清平乐·重九》。按词有"云梦南州逢笑语""使君一笑眉开"之语，据此为知鄂州时作。考《宋史·黄庭坚传》："绍圣初，出知宣州，改鄂州。"又按山谷绍圣二年初春即贬涪州别驾、黔州安置。史容《山谷外集诗注》原目："绍圣元年甲戌。元祐六年六月，山谷在馆中，丁母忧，至八年七月除神宗正史编修官，九月服除具辞免，除知宣州，又除知鄂州。十二月以台谏官言实录院修先帝实录诋熙宁以来政事，乞行窜黜，诏黄庭坚责授涪州别驾、黔州安置。二年四月至黔州。"则词为绍圣元年作。

《清平乐·休推小户》。按此与前首同调同韵，且节令相同，应为同时作。

绍圣二年乙亥（1095）

《点绛唇》（浊酒黄花）。按词序："重九日寄怀嗣直弟，时再涪陵，用东坡《余杭九日〈点绛唇〉》旧韵。"考山谷谪涪州别驾、黔州安置在绍圣二年，其《黔南道中行记》云："绍圣二年三月辛亥次下牢关。"词当即是年在涪陵作。然据山谷《到黔州谢表》，其到黔州在四月二十三日，则是年重九必不在涪陵。又宋任渊《山谷内集诗注》原目："绍圣二年乙亥，据《实录》，绍圣元年十二月甲午，黄庭坚谪涪州别驾、黔州安置，而《范公家传》乃云二年正月，盖据受命时也。山谷既初命，与其兄元明出尉氏、许昌，由汉阳趋江陵，上夔峡，三月辛亥至下牢关。四月二十三日到黔州。"再考宋黄𦿩《山谷年谱》，无九日在涪陵事。疑山谷贬涪州别驾、黔州安置，官在涪陵，身在黔州，而此词言涪陵，未必身在涪陵也。又序中"再"字，《全宋词》言："案'再'字疑是'在'字之误。"姑系于本年，以俟再考。又按《山谷年谱》卷二六：绍圣三年，"嗣直名叔向，给事之子。"《宋诗纪事》卷三五《黄叔达》条："叔达字知命，山谷之弟。"又引《豫章诗话》："黄知命黔中数诗，附《山谷集》中，殊有家法。或云山谷润色，以成弟之名。尝与陈履常谒云禅师，夜归，衣白衫，骑驴，缘道摇头而歌；履常行于后，一市惊以为异人。明日，李伯时画以为图，邢惇夫作歌。"

《减字木兰花·登巫山县楼作》。按山谷有《竹枝词》二首，跋云："予自荆州上峡，入黔中，备尝山川险阻，因作三叠于巴娘，令以'竹枝'歌之。……绍圣二年四月甲申。"又《黔南道中行记》："绍圣二年三月辛亥次下牢关，同伯氏元明、巫山尉辛纮尧夫傍崖寻三游洞。"本词末有"欲度南陵更断肠"语，切贬谪事，又有"春水茫茫"语，与三月过巫山相合，可证为本年作。

《减字木兰花·和赵文仪》。按词有"三巴春杪"语，与同调《登巫山县楼作》"春水茫茫"时地切合，作于同时。赵文仪，事迹待考。

《减字木兰花》（巫山古县）。按此词亦经巫山县作，与同调《登巫山县楼作》当同时。

《减字木兰花》（苍崖万仞）。按此词有"猿啼云杪。破梦一声巫峡晓"语，与同调《登巫山县楼作》等均应作于绍圣二年。

《减字木兰花》（使君那里）。按词序："距施州二十里，张仲谋遣骑相迎，因送所和乐府来，且约近郊相见，复用前韵先往。"按此词为绍圣二年赴黔州道中作。张仲谋即张询，宋黄𦿩《山谷年谱》卷三熙宁三年："《春雪呈张仲谋》。……仲谋名询。"又《山谷诗集》附知命（按即黄叔达）所作《次浮塘驿见张施州小诗次其韵》《将次施州先寄张十九使君三首》《和张仲谋送别二首》等，均在张询知施州时作。

《南歌子》（诗有渊明语）。按词有"何处黔中郡，遥知隔晚晴""应梦池塘春草、若为情"语，据知乃赴黔州任途中春日作。据山谷《黔南道中行记》，绍圣二年三月赴黔中时经峡州。词当作于是时。

120

《采桑子》（投荒万里无归路）。按词有"投荒万里无归路，雪点鬓繁。度鬼门关。已拚儿童作楚蛮"语，则为初贬时经鬼城丰都作。据山谷《黔南道中行记》，绍圣二年三月辛亥次下牢关。又据《到黔州谢表》，四月二十三日到黔州。故此词当绍圣二年三、四月间作。

《醉蓬莱》（对朝云叆叇）。按黄宝华《黄庭坚选集》327页："作于绍圣二年三月，赴黔州途经夔州巫山县时。"词有"巫峡高唐，锁楚宫朱翠"，与巫山县切合。

《浣溪沙》（新妇滩头眉黛愁）。按词有"新妇滩头眉黛愁。女儿浦口眼波秋"语，新妇滩在四川万县，以崖石上有妇人状，故名。见《太平寰宇记》卷一四九《山南东道万州南浦县》及《嘉庆一统志》卷三九七《夔州府》一《山川·新妇滩》。是此词当山谷绍圣二年贬谪途中经万州之作。

绍圣三年丙子（1096）

《南乡子》（招唤欲千回）。按词序："今年重九，知命弟已向成都，感之，次韵。"考中华书局1965年版《全宋词》427页黄叔达有《南乡子》，与之同韵，词末注："此首原见黄庭坚《山谷琴趣外编》卷三，题作《知命弟去年重九在涪陵作此曲》，盖黄叔达作。此首亦见《豫章先生词》，题作《重九日涪陵作，示知命弟》。今从宋本《山谷琴趣外编》收作黄叔达词。"又按，绍圣二年山谷贬涪州别驾、黔州安置，当年至涪州，见上文所考。盖黄叔达词乃绍圣二年重九在涪陵，而山谷本词乃绍圣三年在黔州作。

《南乡子》（未报买船回）。按此与同调前首同韵，且均写九日事，盖同时作。

《南乡子》（黄菊满东篱）。按此与同调前二首均写九日事，盖同时作。

《减字木兰花》（中秋多雨）。按词序："丙子仲秋，奉陪黔州曹使君伯达玩月，作《减字木兰花》，兼简施州张使君仲谋。"按丙子即绍圣三年，其时山谷在黔州贬所。曹使君伯达即曹谱，宋黄䇕《山谷年谱》卷二七元符元年："《送曹伯达口号》，亦有致语载《别集》。《与黔倅张茂宗》。按蜀本诗集注云：'山谷初到黔南，曹谱伯达、张牴茂宗为守贰，待之颇厚。'"张使君仲谋即张询，已见上文所考。

《减字木兰花》（中秋无雨）。按此与前首同调同韵，盖同时作。

《减字木兰花》（浓云骤雨）。按此与前二首同调同韵，盖同时作。

《减字木兰花》（举头无语）。按词序："丙子仲秋黔宁席上，客有举岑嘉州中秋诗曰：'今夜鄜州月，闺中只独看。遥怜小儿女，未解忆长安。'因戏作。"丙子即绍圣三年。黔守即曹谱，见本年上文所考。又按此误记杜甫诗为岑参诗。

《减字木兰花·戏答》。按此与前首同调同韵，前首戏作，本首戏答，作于同时。

《减字木兰花·用前韵示知命弟》。按此与前二首同调同韵，当同时作。知命弟即黄叔达，字知命，见绍圣二年《点绛唇》词考。

《鼓笛慢·黔守曹伯达供备生日》。按词为山谷在黔州时作。词有"早秋明月新圆"语，作于早秋。考山谷《黔南道中行记》："绍圣二年三月辛亥，次下牢关。"乃赴黔南经峡州作。又《山谷内集诗注》目录卷一二引《实录》："绍圣四年三月，知宗正丞张向提举夔州路常平，十二月壬寅，诏涪州别驾、黔州安置黄庭坚移戎州安置。"是词作于绍圣二年至四年间。又按曹伯达即曹谱，山谷《致泸州帅王补之》："前守曹供备已解官去，新守高羽左藏，丹之弟也。"此书署"正月十二日"，是此时曹刚罢任不久。又考山谷《定风波·次高左藏使君韵》有"万里黔中一漏天""及至重阳天也霁"语，是作于绍圣四年。因次年春，山谷已移戎州，曹谱在任必在绍圣三年前，词当于三年作。

《品令·送黔守曹伯达供备》。按词为曹伯达罢黔州守时，山谷送行之作。词有"败叶霜天晓"句，作于秋冬之际。山谷有《致泸州帅王补之》云："前守曹供备已解官去，新守高羽左藏，丹之弟也。"文作于绍圣四年正月十二日，参本年《鼓笛慢》词考。是曹罢任在绍圣三年秋冬之际。

绍圣四年丁丑（1097）

《木兰花令》（风开水面鱼纹皱）。按此词与下四首同韵，且都写于春日，当同时作。又词有"黔中士女游晴昼"，则作于黔州。山谷绍圣二年被贬涪州别驾、黔州安置，四月二十三日至黔，四年十二月移戎州，见上文所考，故此词作于三年或四年，姑系于本年。

《木兰花令》（东君未试雷霆手）。按与前首同调同韵，盖同时作。

《木兰花令》（新年何许春光漏）。按与前二首同调同韵，盖同时作。

《木兰花令》（黄金捍拨春风手）。按与前三首同调同韵，盖同时作。

《木兰花令》（黔中士女游晴昼）。按与前四首同调同韵，盖同时作。

《阮郎归》（黔中桃李可寻芳）。按词为黔州春日作，应为绍圣三年或四年，姑系于此。

《定风波·次高左藏韵》。按高左藏即高羽，山谷又有同调《次高左藏使君韵》，作于绍圣四年重阳，参该词考。本词有"不堪驱使菊花前""千里插花秋色暮"，盖亦是年秋作。

《定风波·次高左藏使君韵》。按黄宝华《黄庭坚选集》328 页："高左藏使君，高羽。山谷《致泸州帅王补之》：'前守曹供备（按名谱字伯达）已解官去，新守高羽左藏，丹之弟也，老练廉勤，往亦久在场屋，不易得也。虽闲居与郡中不相关，亦托庇焉。'……此书署'正月十二日'，而此词又写重阳事，故可推定作于绍圣四年，因山谷于上年五月抵黔，于翌年春迁戎。"

《忆帝京·黔守张倅生日》。按黔州张倅即张炕，字茂宗，京洛人，绍圣中通判戎州，后为黔倅。事见《宋诗纪事小传补正》卷二。宋黄𥶑《山谷年谱》卷二七：元符元年，"《与黔倅张茂宗》，按蜀本诗集注云：'山谷初到黔南，曹谱伯达、张炕茂宗为守贰，待之颇厚。山谷《与张叔和书》云：庭坚至黔南将一月矣，曹守张倅相待如骨肉。又《与杨明叔书》云：守、倅皆京洛人，好事尚文，不易得也。今先生有《与大主簿三十三书》亦云：太守曹供备谱，济阳之侄，通判张炕，张景俭孙，公休之妻弟，皆贤雅相顾如骨肉"。按山谷绍圣二年四月二十三日抵黔州，四年十二月移戎州，次年春抵任，考任渊《山谷内集诗注》原目："元符元年戊寅，据《实录》，绍圣四年三月，知宗正丞张向提举夔州路常平。十二月壬寅，诏涪州路别驾、黔州安置黄庭坚戎州安置，避使者亲嫌故也。山谷三月间离黔，六月初抵戎州。"本词有"鸣鸠乳燕春闲暇"语，是应作于绍圣三年或四年春，姑系于本年。《洞仙歌·泸守王补之生日》。按山谷有《致泸州帅王补之》，作于绍圣四年正月十二日，参本年《鼓笛慢》词考。而此词有"望中秋，才有几日"语，作于中秋前，即本年前后作。

元符元年戊寅（1098）

《诉衷情》（一波才动万波随）。按词序："在戎州登临胜景，未尝不歌渔父家风，以谢江山。门生请问：'先生家风如何？'为拟金华道人作此章。"又按山谷绍圣四年十二月由黔移戎，次年春抵戎，已见上年所考。又据黄𪩘《山谷年谱》卷二七：元符三年"五月，复宣义郎，监鄂州在城酒税"。词在元符中作，姑系于此。

《念奴娇》（断虹霁雨）。按词序："八月十七日，同诸甥步自永安城楼，过张宽夫园待月。偶有名酒，因以金荷酌众客。客有孙彦立，善吹笛。援笔作乐府长短句，文不加点。"陆游《老学庵笔记》卷二："鲁直在戎州，作乐府曰：'老子平生，江南江北，爱听临风笛。孙郎微笑，坐来声喷双竹。'予在蜀见其稿，今俗本改笛为曲以为协韵，非也。然亦疑笛字太不入韵。及居蜀久，习其语音，乃知戎泸间谓笛为曲，故鲁直得借用，亦因以戏之耳。"又黄宝华《黄庭坚选集》330页："按词作于戎州，永安城楼盖州治南城。据《年谱》，元符元年重九，游无等院，登永安门，从者有僧道、举子、子侄数人，山谷有题名。时山谷僦处城南，无等院亦在南门外。此词作于元年抑二年，待考。孙彦立，未详。"姑从之系于本年。

《绣带子·张宽夫园观梅》。按张宽夫园在戎州，见本年《念奴娇》词考。此词盖与《念奴娇》词同作于戎州，姑附系于此。

元符二年己卯（1099）

《南乡子·重阳日寄怀永康彭道微使君，用坡旧韵》。按词有"戎州。乱折黄花插满头"语，则在戎州已为第二个重九日，山谷元符元年由黔州移戎州，三年初徽宗即位时待命荆南，是词作于元符二年。

《采桑子·送彭道微使君移知永康军》。按山谷另有《南乡子·重阳日寄怀永康彭道微使君，用坡旧韵》词，元符二年作于戎州，词有"还把去年欢意舞"句，则去年（元符元年）曾与彭在一起，今年二人已分隔。而本词同韵共二首，时令为春天，是彭由知戎州移知永康军在本年春，时山谷作词相送。

《采桑子》（马湖来舞钗初赐）。按此词与前首同调同韵，盖同时作。

124

《鹧鸪天·明日独酌自嘲呈史应之》。按此与同调下一首《坐中有眉山隐客史应之和前韵，即席答之》同时作，参该词考。史应之为史铸，任渊《山谷内集诗注》原目："元符二年，《戏答史应之三首》，应之名铸，眉人。泸戎间山谷有应之真赞曰：江安石不足，江阳酒有余。江安属泸州，汉江阳县地也。"

《鹧鸪天·坐中有眉山隐客史应之和前韵，即席答之》。按黄宝华《黄庭坚选集》331页："史应之，名铸，客泸戎间。元符二年山谷在戎州，有《戏答史应之三首》，词当作于同年重九。"

《鹧鸪天》（紫菊黄花）。按此与《鹧鸪天·坐中有眉山隐客史应之和前韵，即席答之》同调同韵，盖同时作。参该词考。

《望远行》（自来见）。按词序："勾尉有所昑，为太守所猜，兼此生有所爱，住马湖。马湖出丁香核荔枝，常以遗生。故戏及之。"马湖即马湖江，在戎州境内。故词当山谷贬戎州时作。词言荔枝事，则当五六月间。山谷元符元年由黔移戎，至戎为六月，三年五月复宣义郎监鄂州酒税，词在此间作，姑系于二年。勾尉当即勾尚宗。任渊《山谷内集诗注》原目："元符二年，是岁山谷在戎州，九月知命如成都，至明年二月还戎州。具山谷《与知命书》及《答勾尚宗书》。"

《木兰花令·示知命》。按词有"蜀浪漫点花酥。酒槽空滴真珠。兄弟四人别住，他年同插茱萸"语，知山谷在蜀中。其时知命不在戎州，故词言"兄弟四人别住"。考黄𤱔《山谷年谱》卷二七：元符三年，"先生是岁在戎州"。"三月，知命归江南。先生《与范长老书》云：知命留此两月，三月十三日解舟去。知命不及到江南，卒于荆州。"词言"乍晴秋好"，作于秋日，应在元符元年或二年，姑系于此。

元符三年庚辰（1100）

《醉落魄》（陶陶兀兀。尊前是我华胥国）。按词序："旧有醉醒醒醉一曲云：'醉醒醒醉。凭君会取皆滋味。浓酌琥珀香浮蚁。一入愁肠，便有阳春意。须将席幕为天地。歌前起舞花前睡。从他兀兀陶陶里。犹胜醒醒，惹得闲憔悴。'此曲亦有佳句，而多斧凿痕，又语高下不甚入律。或传是东坡语，非也。与'蜗角虚名''解下痴缘'之曲相似，疑是王仲父作。因戏作四篇呈吴元祥、黄中行，似能厌道二公意中事。"按此四首之第三首序言："老夫止酒十五年矣。到戎州，

125

恐为瘴疠所侵，故晨举一杯，不相察者乃强见酌，遂能作病。因复止酒，用前韵作二篇，呈吴元祥。"是此四词皆作于戎州。 山谷元符元年由黔移戎，三年五月复宣义郎、监鄂州在城盐税。故词作于此间，姑附系于此。

《醉落魄》（陶陶兀兀。人生无累何由得）。按与同调前首同时作。

《醉落魄》（陶陶兀兀。人生梦里槐安国）。按词序："老夫止酒十五年矣。到戎州，恐为瘴疠所侵，故晨举一杯，不相察者乃强见酌，遂能作病。因复止酒，用前韵作二篇，呈吴元祥。"与同调前首同时作。

《醉落魄》（陶陶兀兀。醉乡路远归不得）。按与同调前三首同时作。

《转调丑奴儿》（得意许多时）。按词有"再来应缩泸南印，而今目下，恓惶怎向，日永春迟"语，据《山谷年谱》卷二七，山谷元符三年五月复宣义郎监鄂州在城盐税，词当改官时抒怀之作。

《采桑子·赠黄中行》。按庭坚在戎时颇与黄中行有词往还，见本年《醉落魄》词考。此词疑亦在戎州时作，姑附系于此。

《定风波·荔枝》。按词有"晚岁监州闻荔枝，赤英垂坠压南枝。万里来逢芳意歇，愁绝。满盘空忆去年时"语，据《山谷年谱》卷二七：元符三年"五月，复宣义郎监鄂州在城盐税"。"五月戊寅，赏锁江荔枝。"词或此时作。

《定风波》（谁拟阶前摘荔枝）。按词与同调《荔枝》同韵，盖同时作。

《点绛唇》（几日无书）。按词有"戎虽远，念中相见"语，则作于戎州。山谷谪戎在元符元年至三年，姑附系于此。

建中靖国元年（1101）

《菩萨蛮》（细腰宫外清明雨）。按词序："淹泊平山堂。寒食节，固陵录事参军表弟元固惠酒，为作此词。"考扬州有平山堂，庆历八年欧阳修建，见《避暑录话》卷上。然本词言："细腰宫外清明雨，云阳台上烟如缕。云雨暗巫山，流人殊未还。"均切峡中事，且在贬谪后。又山谷谪后，未有在扬州事，故此平山堂应在峡中。据《山谷年谱》卷二七，元符三年山谷在戎州谪所，五月复宣义郎监鄂州在城盐税。建中靖国元年三月至峡，准告复奉议郎，权知舒州。四月到荆南。寒食在三月初，与意相合。故词应作于建中靖国元年。

《浪淘沙·荔枝》。按词云："忆昔谪巴蛮。荔子亲攀。冰肌照映柘枝冠。

日擘轻红三百颗，一味甘寒。 重入鬼门关。也似人间。一双和叶插云鬟。赖得清湘燕玉面，同倚栏干。"据前所考，山谷绍圣二年贬涪州别驾、黔州安置，曾溯江而上，经鬼城丰都。此言"重入鬼门关"，则为绍圣二年后再经者。其建中靖国元年由贬所赴荆南时，作《万州太守高仲本宿约游岑公洞而夜雨连明戏作二首》，是经丰都在此稍前。词即是时作。又山谷《定风波·荔枝》有"晚岁监州闻荔枝"，盖即此词所言"忆昔谪巴蛮，荔子亲攀"事。

崇宁元年壬午（1102）

《木兰花令》（庾郎三九常安乐）。按词序："庾元镇四十兄，庭坚四十年翰墨故人。庭坚假守当涂，元镇穷，不出入州县。席上作乐府长句劝酒。"即崇宁元年山谷摄太平州时作。山谷摄太平州在本年六月九日至十七日，详下文所考。

《木兰花令·用前韵赠郭功甫》。按前韵即同调"庾郎三九常安乐"词韵，盖同时作。按郭功甫与山谷颇多交往，《山谷年谱》卷二九：崇宁元年，"《书郭功甫家屏上所作竹》……止此六句……并有功甫跋语云：东坡作于予家漆屏之上。观鲁直此诗，可以见其仿佛矣。功甫盖太平州人"。今考郭功甫即郭祥正，《宋史》卷四四四《文苑传》："郭祥正字功父，太平州当涂人。"康熙《太平府志》卷二七《郭祥正传》："郭祥正字功甫，维子也。"甫、父相通。宋李之仪《姑溪居士集》卷一有《和郭功甫游采石》，洪刍《老圃集》卷下有《和郭功甫题客馆韵》。

《虞美人·至当涂呈郭功甫》。按山谷崇宁元年六月九日摄太平州，词为其时作。

《木兰花令·当涂解印后一日，郡中置酒，呈郭功甫》。按山谷解当涂印在崇宁元年六月十七日，则此词作于六月十八日。宋吴曾《能改斋漫录》卷一七《豫章解印作〈木兰花令〉》条："豫章守当涂，既解印，后一日郡中置酒，郭功甫在坐，豫章为《木兰花令》一阕示之云：'凌歊台上青青麦。姑孰堂前余翰墨。暂分一印管江山，稍为诸公分皂白。江山依旧云空碧。昨日主人今日客。谁分宾主强惺惺，问取矶头新妇石。'其后复窜易前词云：'翰林本是神仙谪。落帽风流倾坐席。坐中还有赏音人，能岸乌纱倾大白。江山依旧云横碧。昨日主人今日客。谁分宾主强惺惺，问取矶头新妇石。'"

《木兰花令·窜易前词》。按前词即同调《当涂解印后一日，郡中置酒，呈郭功甫》，盖作于同时。

《木兰花令·次前韵再呈郭功甫》。按前韵即同调《当涂解印后一日，郡中置酒，呈郭功甫》及《窜易前词》，当作于同时。

《好事近·太平州小妓弹琴送酒》。按《能改斋漫录》卷一七《赠杨姝诗词》条：“豫章先生在当涂，又赠小妓杨姝弹琴送酒，寄《好事近》云：‘一弄醒心弦，情在两山斜叠。弹到古人愁处，有真珠承睫。使君来去本无心，休泪界红颊。自恨老人愦酒，负十分金叶。’故集中有弹琴妓杨姝绝句云：‘千古人心指下传，杨姝闲处更婵娟。不知心向谁边切，弹作南风欲断弦。’”即本年六月摄太平州时所作。

崇宁三年甲申（1104）

《蓦山溪·至宜州作，寄赠陈湘》。按山谷《千秋岁》词序：“少游得谪，尝梦中作词云：‘醉卧古藤阴下，了不知南北。’竟以元符庚辰死于藤州光华亭上。崇宁甲申，庭坚窜宜州，道过衡阳，览其遗墨，始追和其《千秋岁》词。”崇宁甲申即崇宁三年，此词至宜州作，故亦系于崇宁三年。

《虞美人·宜州见梅作》。按庭坚崇宁三年至宜州，四年九月卒。故见梅应在三年冬。

《阮郎归》（盈盈娇女似罗敷）。按词序：“曾勇文既昄陈湘，歌舞便出其类，学书亦进。来求小楷，作《阮郎归》词付之。”参《蓦山溪·至宜州作，寄赠陈湘》词，则本词亦当作于山谷在宜州时，故系于此。

《西江月》（月侧金盆堕水）。按词序：“崇宁甲申，遇惠洪上人于湘中。洪作长短句见赠云：‘大厦吞风吐月，小舟坐水眠空。雾窗春色翠如葱。睡起云涛正拥。　往事回头笑处，此生弹指声中。玉笺佳句敏惊鸿。闻道衡阳价重。’次韵酬之。时余方谪宜阳，而洪归分宁龙安。”崇宁甲申即崇宁三年。宋陈善《扪虱新话》下集卷一《僧惠洪词》条：“予尝疑山谷小词中有和僧惠洪《西江月》一首云：‘日侧金盘堕影，雁回醉墨当空。君诗秀绝两园葱。想见衲衣寒拥。蚁空梦回人世，杨花踪迹风中。莫将社燕等秋鸿。处处春山翠重。’意其非山谷作。后人见洪载于《冷斋夜话》，遂编入《山谷集》中。据《夜话》载洪与山谷往还语甚详，而集中不应不见。此词亦不类山谷，真赝作也。后读曾公所编《皇宋百家诗选》，乃云惠洪多诞，《夜话》中数事皆妄。洪尝诈学山谷赠洪诗云：'韵胜不减秦少游，气爽绝类徐师川。'师川见其体制绝似山谷，喜曰：'此真舅氏诗也。'遂收置《豫章集》中。然予观此诗全篇，亦不似山谷体制，以此益知其妄。"按吴曾推测此词非山谷作，非是。因山谷词序明言甲申作于宜州，时地均无可置疑。

《千秋岁》（苑边花外）。按词序："少游得谪，尝梦中作词云：'醉卧古藤阴下，了不知南北。'竟以元符庚辰死于藤州光华亭上。崇宁甲申，庭坚窜宜州，道过衡阳，览其遗墨，始追和其《千秋岁》词。"崇宁甲申即崇宁三年，参《能改斋漫录》卷一六《秦少游唱和〈千秋岁〉词》条。

《青玉案·至宜州次韵上酬七兄》。按山谷崇宁三年至宜州，见上条《千秋岁》词序。宋吴曾《能改斋漫录》卷一六《山谷爱贺方回〈青玉案〉词》条："贺方回为《青玉案》词，山谷尤爱之，故作小诗以纪其事。及谪宜州，山谷兄元明和以送之云：'千峰百嶂宜州路。天黯淡、知人去。晓别吾家黄叔度。弟兄华发，远山修水，异日同归处。　长亭饮散尊罍暮。别语缠绵不成句。已断离肠能几许。水村山郭，夜阑无寐，听尽空阶雨。'山谷和云：'烟中一线来时路。极目送、幽人去。第四阳关云不度。山胡声转，子规言语，正是人愁处。　别恨朝朝连暮暮。忆我当年醉时句。渡水穿云心已许。晚年光景，小轩南浦。帘卷西山雨。'洪觉范亦尝和云：'绿槐烟柳长亭路。恨取次、分离去。日永如年愁难度。高城回首，暮云遮尽，目断人何处。　解鞍旅社天将暮。暗忆丁宁千万句。一寸危肠情几许。薄衾孤枕，梦回人静，彻晓潇潇雨。'"

崇宁四年乙酉（1105）

《南乡子·重阳日宜州城楼宴集，即席作》。按黄宝华《黄庭坚选集》336页："崇宁四年作。王晔《道山清话》：'山谷之在宜也。其年乙酉，即崇宁四年也。重九日，登郡城之楼，听边人相语：今岁当鏖战，取封侯。因作小词云（略）。倚栏高歌，若不能堪者。是月三十日，果不起。范寥自言亲见之。'"

（《文献》1998 年第 4 期）

第二编　宋代词学研究

欧阳修词笺注例说

　　词是中国文学的一个独特形态，源起于中唐，发展于晚唐五代，极盛于两宋。在词的发展历史上，欧阳修堪称一位继往开来的领袖人物。他虽以余事作词，但却取得了很高的成就。顾随《驼庵词话》卷五云："宋代之文、诗、词，皆奠自六一，文改骈为散，诗清新，词开苏、辛。……欧则奠定宋词之基础。盖以文学不朽论之，欧之作在词，不在诗文。"①基于此，我与徐迈博士合作校注了《欧阳修词校注》，由上海古籍出版社出版。在校注欧词的过程中，我们对于注释的体例、注释的内容、注释的特点都作了一些思考，并在该书的前言中撮其要以作说明：一是以词证词，以探寻词体文学的渊源和特点；二是以欧证欧，以体现欧阳修各体文学之间的相互关联，进而探寻欧阳修要眇之词心；三是详释名物，自《花间集》后，词家所用名物颇与词之表现浑融一体，欧词尤为如此，前人注词往往重典故而轻名物，故本书于此多加致力；四是考订年份，本书对相关作品的写作年代，详加考订；五是考订真伪，欧词或为抒怀之作，或为酬赠之作，或为应歌而作，真伪考订是一大难题，本书对于欧词真伪，综合前人成果而加以自己的判断，部分疑伪词则置于附录。

　　然而纵观中国的学术史，历代对于中国古代典籍的校勘注释，往往集中于诗歌而忽略词作。诗有不少号称百家注乃至千家注的本子，而词作极为少见，如何利用诗歌注释的成就以拓展词籍注释的领域，同时在词籍注释中体现出词的特点，这是我们古籍整理和研究者需要面对的问题，因而我这里选取欧词注释的实例结合自己注释的体会，以举例的方式谈谈词籍注释的一些原则和方法，

---

① 顾随：《驼庵词话》卷五，《词话丛编续编》本，人民文学出版社 2010 年版，第 3198 页。

以便举一反三，触类旁通。

1. 以词证词

同门师弟陶然教授曾总结浙江大学的词学传统为"既注重文史之互通互证，又强调以词治词，以词还词"。我们在注释欧阳修词集的时候，为了体现词人之用心，将以词证词作为致力的方向，并从三个方面展开。

一是以欧词证欧词。《采桑子》（画楼钟动君休唱）中的"画楼""钟动"，在欧阳修其他词作中也有例证，如《夜行船》词："愁闻唱，画楼钟动。"又《玉楼春》词："画楼钟动已魂销，何况马嘶芳草岸。"相互参证，会更有助于词义的理解。

二是以前人之词证欧词。《减字木兰花》（画堂雅宴）中的"画堂"乃唐五代词中常见，如《花间集》所录词如温庭筠之"偏照画堂秋思"，韦庄之"卷帘直出画堂前"，毛熙震之"画堂深院"诸"画堂"，皆言装饰华美的闺阁。欧阳修此词及晏殊《拂霓裳》词"开雅宴，画堂高会有诸亲"，张先《木兰花》（檀槽碎响金丝拨）题"宴观文画堂席上"，则谓士大夫家中之待客厅堂，或者是歌馆华舍，范围虽有所扩展，而装饰华美之意则同。

三是以后人之词证欧词。《蝶恋花》（面旋落花风荡漾）中的"面旋"一词，形容飞舞徘徊之状。其后苏轼《临江仙》："面旋落英飞玉蕊，人间春日初斜。"周邦彦《解蹀躞》："候馆丹枫吹尽，面旋随风舞。"与欧词应该具有一定的承袭关系。

2. 以诗证词

台湾著名学者黄永武在《中国诗学》中说："笺注一首诗，有时要将作者其他的诗或文，旁通比照，相互证明，才能得到线索的。所以笺注一首诗必须将作者的千百篇诗文，了然于胸，如能熟读成诵，当然更容易贯穿证发。"[1] 这种笺注诗歌的方式运用于词集的笺注当中，也更能够起到以诗证词的功效。

即如欧阳修《玉楼春》（常忆洛阳风景媚）词，为景祐元年（1034）忆洛

---

[1] 黄永武：《新增本中国诗学·考据篇》，巨流图书股份有限公司 2008 年版，第 101 页。

阳生活而作，词中有"关心只为牡丹红，一片春愁来梦里"句。按欧阳修作于嘉祐三年（1058）之《谢观文王尚书惠西京牡丹》诗："我时年才二十余，每到花开如蛱蝶。……尔来不觉三十年，岁月才如熟羊胛。无情草木不改色，多难人生自摧拉。见花了了虽旧识，感物依依几拉睫。"欧诗欧词两相对读，既可见青年欧阳修居洛阳时"不知愁滋味"的愉快心情，也可见其对洛阳生活的美好回忆，以及涉世渐深后的丝丝愁绪，从而引导读者体会这位伟大文人的心路历程。

再如欧阳修《采桑子》(群芳过后西湖好)一词，描写暮春百花凋零后的风景，是欧阳修通过衰景而作健语的典型词句，也表现他的词作的独特风格。这种表现方式在他的诗中也常常见到，如《四月九日幽谷见绯桃盛开》诗："群芳落尽始烂漫，荣枯不与众艳随。"《春日西湖寄谢法曹歌》诗："群芳烂不收，东风落如糁。""群芳过后"乃是常见景和常见句，而通过欧诗用语习惯来与欧词相参证，对于欧词之用语和风格就会有更深一层的体会。欧阳修面对衰败之景而唱出豪健之语，这是其他词人难以做到的，而这样的风格与他的诗歌完全合拍，无疑是欧阳修的独擅。

3. 以文证词

词是锐感灵心的表达，具有要眇宜修、纤细幽微的美感，与诗文相比，风格并不相同，但于诗文兼擅的大文学家而言，诗与词、文与词互证，可以更多元地挖掘词作的背景和内涵。同时，以诗证词更有助于探究词作的风格，以文证词则更有助于理解词作的背景。

《渔家傲》(一派潺湲流碧涨)一词，作于欧阳修知滁州时。按，欧阳修知滁州时，曾于丰山建丰乐亭，于琅琊山建醉翁亭。《丰乐亭记》文末题："庆历丙戌六月日，右正言知制诰知滁州军州事欧阳修记。"词有"一派潺湲流碧涨，新亭四面山相向"语，所写多似滁州景色，即《醉翁亭记》所谓"环滁皆山也"。又同年欧阳修《与韩忠献王》书："山州穷绝，比乏泉水。昨夏秋之初，偶得一泉于州城之西南丰山之谷中，水味甘冷。"可与此词参证。

《采桑子》(十年前是樽前客)有"月白风清。忧患凋零"语，凋零，形容人老气衰，神色颓唐。欧阳修《乞洪州第六状》："臣心志凋零,形骸朽瘁。"又《同年秘书丞陈动之挽词》："凋零三十年朋旧，在者多为白发翁。"诗、文、词相互参证，可以更呈现出欧阳修晚年的心境。

4. 以史证词

业师吴熊和先生指出："词学并不是个自我封闭的体系。词学不但要与诗学彼此补益，相互参照，联手共事；同时还要不断从其他相关学科，尤其是史学（包括音乐史、文化史）中取得滋养和帮助。宋词上承唐诗而旁通宋诗，两宋作家往往诗、文、词三者兼擅，并出一手。治宋词者若知其一不知其二，必然左支右绌，顾此失彼，难以弘通。"①从夏承焘先生的《唐宋诗人年谱》，到夏承焘、吴熊和先生的《放翁词编年笺注》，都是以史证词的典范之作。我们在笺注《欧阳修词集》的过程中，也贯穿了这样的一种精神。

即如《玉楼春》（西湖南北烟波阔）词注释：皇祐元年（1049）作。据宋胡柯《欧阳文忠公年谱》，欧阳修于皇祐元年正月知颍州，二年七月改知应天府兼南京留司事。皇祐四年三月母卒，归颍州守制，至和元年（1054）五月服除至开封。此词是离颍别妓之作，则不当作于守制时。苏轼《木兰花令·次欧公西湖韵》："霜余已失长淮阔。空听潺潺清颍咽。佳人犹唱醉翁词，四十三年如电抹。　草头秋露流珠滑。三五盈盈还二八。与余同是识翁人，惟有西湖波底月。"又陈师道《木兰花令·汝阴湖上同东坡用六一韵》："湖平木落摇空阔。叶底流泉鸣复咽。酒边清漏往时同，花里朱弦纤手抹。　风光过手春冰滑，十事违人常七八。不将白发并黄花，拟下清流揽明月。"傅干《注坡词》："辛未五月到阙，八月告下，除龙图阁学士，知颍州诸军事。到颍州，闻唱《木兰花令》词，欧阳修所遗也，和韵。"孔凡礼《苏轼年谱》元祐六年十月："游西湖，赋《木兰花令》（'霜余已失长淮阔'），次欧阳修韵怀修。陈师道亦赋。"以元祐六年（1091）上溯四十二年，为皇祐元年。又《正德颍州志》卷六欧公诗文收此词，误调为《南乡子》。《正德颍州志》卷一《山川》："西湖：在州西北二里外，湖长十里，广三里，相传古时水深莫测，广袤相齐。胡金之后，黄河冲荡，湮湖之半，然而四时佳境尚在。前代名贤达士往往泛舟游玩于是。湖南有欧阳文忠公书院基。"

---

① 吴熊和：《吴熊和词学论集》，浙江大学出版社1999年版，第441页。

5. 以物证词

沈从文在《中国古代服饰研究》中提到："唐宋以来读书人，谈日用器物历史起源，多喜附会，用矜博闻，照例是上自史前，下及秦汉，无所不及，而总是虚实参半。……如试从传世和出土大量画塑形象比证，所得知识多不相同。"①我在撰写《欧阳修词校注》同样注意到这一问题，并尝试运用"传世和出土大量画塑形象"等实物进行参证。

以传世文献为依据而进行以物证词者，即如《归自谣》（春艳艳）中"烟脂"这一名物的注解，则以详证为主："烟脂"即胭脂，亦作"烟支"、"燕支"，或作"烟肢"，女子用之粉饰妆面。《史记·匈奴列传》司马贞《索隐》引习凿齿《与燕王书》曰："山下有红蓝，足下先知不？北方人探取其花染绯黄，摝取其上英鲜者作烟肢，妇人将用为颜色。"崔豹《古今注》卷下："燕支，叶似蓟，花似蒲公。出西方。土人以染，名为燕支。中国亦谓为红蓝。以染粉为妇人色，谓为燕支粉。"宋张淏《云谷杂记补编》卷二《燕脂》："燕脂，今或书燕支，又作烟支、烟脂，然各有所据。《中华古今注》：'燕脂盖起于纣，红蓝花汁凝作。以其燕所生，故曰燕脂。'《苏氏演义》曰：'燕支叶似蓟，花似蒲，出西方，土人以染，名为燕支，中国亦谓为红蓝，以染粉，为妇人面色，谓之燕支粉。'《北户录》载习凿齿书云：'此有红蓝，北人采取其花作燕支，妇人装时作颊色，殊觉鲜明。匈奴名妻作阏氏，言可爱如燕支也。'"程大昌《演繁录·烟脂》："古者妇人妆饰，欲红则涂朱，欲白则傅粉，故曰：'施朱太赤，施粉太白。'此时未有烟脂，故但施朱为红也，烟脂出自虏地。"

再如对《诉衷情》"呵手试眉妆"一句注释：将呵胶置于手中呵气，使之融化以贴梅花花钿。呵胶，一种易融的胶。宋叶廷珪《海录碎事·百工医技》："呵胶出辽中，可以羽箭，又宜妇人贴花钿，呵嘘随融，故谓之呵胶。"这种呵胶，唐时即已使用。温庭筠《南歌子》词："呵花满翠鬟。"韩偓《蜜意》诗："呵花贴鬓黏寒发。"梅妆，梅花妆的省称。古时女子妆式，描梅花状于额上为饰。相传始于南朝宋寿阳公主。故亦称"寿阳妆"。《太平御览》卷三〇《时序部》

---

① 沈从文：《中国古代服饰研究》，上海书画出版社 1997 年版，第 272 页。

引《杂五行书》："宋武帝女寿阳公主人日卧于含章殿檐下，梅花落公主额上，成五出花，拂之不去。皇后留之，看得几时，经三日，洗之乃落。宫女奇其异，竟效之，今梅花妆是也。"李商隐《对雪》诗："侵夜可能争桂魄，忍寒应欲试梅妆。"牛峤《红蔷薇》诗："若缀寿阳公主额，六宫争肯学梅妆。"冯延巳《菩萨蛮》词："和泪试严妆，落梅飞晓霜。"可以参读。唐、宋以后亦称画淡妆为梅妆。《宛委别藏》本《说郛》卷七七载唐宇文氏《妆台记》："美人妆，面即傅粉，复以胭脂调匀掌中，施之两颊，浓者为酒晕妆，淡者为梅花妆。"

利用出土文献对欧词进行注释，更是我所致力的重要方面，这样的例证较多，略举四例如下：

1）《蝶恋花》（越女采莲秋水畔）中"窄袖"和"金钏"的注释。窄袖：宋时贵族女子喜欢大袖宽衣，但民间女子所着襦衣仍沿袭晚唐五代的窄袖，样式紧小，便于行动。太原晋祠水母殿所存北宋侍女彩塑所着襦裙皆小袖对襟，衣款瘦长，即可作为实物佐证。金钏：金质手镯。唐宋时流行，平民女子亦喜佩戴，河南偃师酒流沟宋墓出土画像砖中正在劳作的厨娘，其双腕即戴有钏饰。

2）《南歌子》（凤髻金泥带）中"龙纹玉掌梳"的注释：雕刻龙纹的玉梳。……今湖南临澧新合元代金银器窖藏有"金二龙戏珠纹梳背"（见扬之水《奢华之色：宋元明金银器研究》），为宋元时代龙纹梳的实物见证。

3）《蓦山溪》（新正初破）中"银蟾"和"金乌"的注释。银蟾：月的别称，传说月中有蟾蜍，故谓。……湖南长沙马王堆一号汉墓出土的帛画绘有蟾蜍、玉兔处月牙上，月下嫦娥作奔月状。金乌：传说中日中有三足乌，故作太阳的代称。……湖南长沙马王堆一号汉墓出土的帛画即绘有踆乌立于红日中。

4）《南乡子》（好个人人）中"弓弓"的注释。浙江衢州南宋墓出土的三寸金莲，其头高翘，底尖锐，长十四厘米，宽四点五厘米，高六点七厘米。

6. 以律笺词

词有词调，与诗不同，这是由其音乐决定的，因此注词必须注释词调。欧阳修是宋人用词调较多者之一，故而词调的注释就非常重要，我们对此也甚为用力，既注明词调的一般特点，又努力注出欧阳修运用词调的特殊情况。同时，在注释词调过程中，与词的题解和词的背景阐发联系在一起。

即如《采桑子》组词，唐教坊曲有《杨下采桑》，南卓《羯鼓录》作《凉下采桑》，词调名本此。又名《丑奴儿》《丑奴儿令》《罗敷媚歌》《罗敷媚》《忍泪吟》。双调，小令，就大曲中截取一段为之。《尊前集》注"羽调"。全词四十四字，前后阕各四句，二、三、四句用平声韵。欧词十首首句皆以"西湖好"出之，为联章体。清华兹亨《增订欧阳文忠公年谱》："熙宁四年，公六十五岁。公在蔡，累章告老。六月甲子，以观文殿学士、太子少师致仕。……七月，归颍，赋《采桑子》词十首，述西湖风物之美。赵康靖槩与公同在政府，相得甚欢，公被诬，密申辩理，至欲纳谮救以保公，而不使公知，闻公归颍，自睢阳单车来访，年八十矣。吕正献公著守颍，为设宴于西湖，宾主称一时之盛，因题其堂曰'会老堂'。"按，据宋胡柯《庐陵欧阳文忠公年谱》，熙宁元年九月后，欧阳修筑第于颍，以备退居。又四年六月甲子致仕，闲居于颍，次年闰七月庚午卒。唯欧阳修数次居颍，施元之谓："昔守颍上，乐其风土，因卜居焉。郡有西湖，公尤爱之，作念语及十词歌之。"现存《采桑子》组词十三首，前十首均以"西湖好"起首，当属施元之所谓欧阳修知颍时作的"念语及十词"。后三首未明写西湖景色，且多有年华老去之伤叹，故此十三首词非必一时所作，或经欧阳修闲居颍上时统一改定。《增订欧阳文忠公年谱》系《采桑子》十首于熙宁四年，恐未确。

7. 以典笺词

诗用典故，词亦用典故，欧阳修作为精通古代掌故的著名文人，能将其渊博的学识用于词体创作中，与其创造的词境融为一体。而其用典，又有语典和事典的区别。

就语典而言，《南歌子》（凤髻金泥带）"爱道画眉深浅入时无"句，用新妇探问夫君语。语本朱庆余《近试上张水部》诗："洞房昨夜停红烛，待晓堂前拜舅姑。妆罢低声问夫婿，画眉深浅入时无。"朱庆余诗又本《汉书·张敞传》："敞无威仪……又为妇画眉，长安中传张京兆眉怃。"入时，合乎时宜。

有时通过语典的运用，对欧词进行校勘。欧阳修《蝶恋花》"伤怀离抱。天若有情天亦老"，《醉翁琴趣外篇》作"伤离怀抱，天若有情人亦老"，王伟勇《唐诗校勘〈全宋词〉——北宋词为例》云："此词首句，《醉翁琴趣外篇》作'伤离怀抱'，恐误刻。盖'离抱'一词乃唐人诗中常见用语，如唐韦应物《寄中书刘舍人》诗云：'晨露方怆怆，离抱更忡忡。'李商隐《酬令狐郎中见寄》诗云：

'万里悬离抱，危于讼阁铃。'皆是其例，故笔者以为作'伤怀离抱'为古雅。""'天若'一句出自李贺《金铜仙人辞汉歌》。……是知欧词原结构，系自铸词与集句交错而成，故次句若作'天若有情人亦老'，非但词意不通，亦非李贺原句，自是误刻。"①

就事典而言，欧阳修《望江南》（江南蝶）一首，连用了三个典故，既切蝶，又切人，都恰到好处。第一，"身似何郎全傅粉"，用何晏的典故。何晏，字平叔，《三国志·曹爽传》裴松之注引《魏略》："晏性自喜，动静粉白不去手，行步顾影。"《世说新语·容止》："何平叔美姿仪，面至白，魏明帝疑其傅粉，正夏月与热汤饼，既啖，大汗出，以朱衣自拭，色转皎然。"以此比喻粉蝶美艳绝伦。第二，"心如韩寿爱偷香"，用韩寿的典故。韩寿，字德真，南阳堵阳人。据《世说新语·惑溺》载："韩寿美姿容，贾充辟以为掾。充每聚会，贾女于青琐中看，见寿，说之，恒怀存想，发于吟咏。后婢往寿家，具述如此，并言女光丽。寿闻之心动，遂请婢潜修音问。及期往宿。寿蹻捷绝人，逾墙而入，家中莫知。自是充觉女盛自拂拭，说畅有异于常。后会诸吏，闻寿有奇香之气，是外国所贡，一着人则历月不歇。充计武帝唯赐己及陈骞，余家无此香，疑寿与女通。……充乃取女左右婢考问。即以状对。充秘之，以女妻寿。"以此比喻蝶之心性风流。第三，"又随飞絮过东墙"，则又综合用宋玉和孟子的典故。宋玉《登徒子好色赋》："天下之佳人，莫若楚国；楚国之丽者，莫若臣里；臣里之美者，莫若臣东家之子。……然此女登墙窥臣三年，至今未许也。"后常以"东墙""东家子"指美貌的女子。又《孟子·告子下》："逾东家墙而搂其处子则得妻，不搂则不得妻，则将搂之乎。"

8. 以乐笺词

词是音乐的文学，这在欧阳修词中有着最为典型的表现，或言乐曲，或言乐器，或言歌声。苏轼的《水调歌头》小序曾记载有这样一件事："欧阳文忠公尝问余：'琴诗何者最善？'答以退之听颖师琴诗最善。公曰：'此诗最奇丽，然非听琴，乃听琵琶诗也。'余深然之。"②说明欧阳修非常精通音乐，他在词中

---

① 王伟勇：《词学专题研究》，台北：文史哲出版社 2003 年版，第 52 页。
② 唐圭璋：《全宋词》，中华书局 1965 年版，第 280 页。

也经常表达对于音乐的迷恋。如《玉楼春》"贪看六么花十八""春葱指甲轻拢捻""从头歌韵响铮钹，入破舞腰红乱旋"等等，都是观赏音乐时的动作刻画和心理描写。

就乐曲而言，欧阳修《玉楼春》（西湖南北烟波阔）词有"贪看六么花十八"句，《六么》是琵琶舞曲名，贞元时乐工进曲，德宗令录出要者，故称"录要"，又名"绿腰""六么"。此舞曲节奏由急而缓，舞姿柔绵轻软。白居易《听歌六绝句·乐世诗》："管急弦繁拍渐稠，绿腰宛转曲终头。"《乐谱》："琵琶曲有《六么》，唐僧善本弹《六么曲》，下拨一声如雷发，妙绝入神。"《花十八》，《六么》舞曲中的一节。王灼《碧鸡漫志》卷三："欧阳永叔云：'贪看六幺花十八。'此曲内一迭名'花十八'，前后十八拍。又四花拍，共二十二拍。乐家者流所谓花拍，盖非正也。曲节抑扬可喜，舞亦随之，而舞筑球、六幺，至花十八益奇。"

就乐器而言，欧阳修《玉楼春》（檀槽碎响金丝拨）词多处涉及乐器，首句之"檀槽"，即是弦乐器上檀木制的架弦的槽格，亦代指琵琶。李贺《感春》诗："胡琴今日恨，急语向檀槽。"王琦评注："唐人所谓胡琴，应是五弦琵琶耳。檀槽，谓以紫檀木为琵琶槽。"宋庠《和伯中尚书闻琵琶诗一绝》诗："香拨檀槽奉客杯，细音余响碎琼瑰。"碎响，形容急促而清脆的乐声。金丝，琵琶琴弦的美称。末二句"暗将深意祝胶弦，唯愿弦弦无断绝"，胶弦，指黏胶续补的琴弦，寓意情意已定，愿再重逢。古代传说凤麟洲以凤啄麟角合煮作胶，名续弦胶，又名集弦胶、连金泥，弓弦或刀剑断折，著胶即可连接。见旧题东方朔《十洲记》、张华《博物志》卷二。《北史·冯淑妃传》载："淑妃弹琵琶，因弦断，作诗曰：'虽蒙今日宠，犹忆昔时怜。欲知心断绝，应看胶上弦。'"

就乐声而言，欧阳修《减字木兰花》（楼台向晓）"宛转梁州入破时"句，这里的"宛转"是歌曲名，即《宛转歌》，一名《神女宛转歌》。郭茂倩《乐府诗集》卷六〇《琴曲歌辞》载晋刘妙容《宛转歌二首》云："歌宛转，宛转凄以哀。愿为星与汉，光影共徘徊。"按"宛转"释为歌声抑扬动听亦可通。如白居易《卧听法曲霓裳》诗："宛转柔声入破时。"梁州，唐教坊曲名，本作"凉州"。后改编为小令。顾况《李湖州孺人弹筝歌》："独把《梁州》凡几拍，风沙对面胡秦隔。"入破，每套大曲分散序（器乐曲）、中序（歌曲）、破（舞曲）三大段，入破即歌舞进入舞曲的段落，入破后音乐由缓转急。

9. 俚语释证

欧阳修虽然是一个正统的文人，文学创作体现出典雅之风，但他作词的时候则体现出另外一种风格，是典雅和俚俗并举的。沈曾植《菌阁琐谈》云："醉翁《琴趣》，颇多通俗俚语，故往往与《乐章》相混。山谷俚语，欧公先之矣。《琴趣》中若《醉蓬莱》《看花回》《蝶恋花·咏枕儿》《惜芳时》《阮郎归》《愁春郎》《滴滴金》《卜算子》第一首、《好女儿令》《南乡子》《盐角儿》《忆秦娥》《玉楼春》《夜行船》，皆摹写刻挚，不避亵猥。与山谷词之《望远行》《千秋岁》《江城子》《两同心》诸作不异。所用俗字，如《渔家傲》之'今朝斗觉凋零晒''花气酒香相厮酿'，《宴桃源》之'都为风流晒'，《减字木兰花》之'拨头憁利'，《玉楼春》之'艳冶风情天与措'，《迎春乐》之'人前爱把眼儿札'，《宴瑶池》之'恋眼哝心'，《渔家傲》之'低难奔'，亦与山谷之用躃屎俗字不殊。"也正因为如此，我们注释欧词的时候，对于俚语，也就非常重视，略举数例如下：

1）《醉蓬莱》（见羞容敛翠）"重来则个"注释。张相《诗词曲语辞汇释》卷三："则个，表示动作进行时之语助辞，近于'着'或'者'。"黄庭坚《少年心》："待来时、鬲上与厮嗷则个。温存着、且教推磨。"

2）《玉楼春》（夜来枕上争闲事）"大家恶发大家休"注释。恶发，宋人口语，犹云发怒，发脾气。陆游《老学庵笔记》卷八："北方民家，吉凶辄有相礼者，谓之白席，多鄙俚可笑。韩魏公自枢密归邺，赴一姻家礼席，偶取盘中一荔支，欲啖之。白席者遽唱言曰：'资政吃荔支，请众客同吃荔支。'魏公憎其喋喋，因置不复取。白席者又曰：'资政恶发也，却请众客放下荔支。'魏公为一笑。恶发，犹云怒也。"柳永《满江红》："恶发姿颜欢喜面，细追想处皆堪惜。"

3）《迎春乐》（薄纱衫子裙腰匝）"人前爱把眼儿札"注释。眼儿札，札，眨眼。言相看时间极短。《朱子全书》卷四三："且说世间甚物事似人心危，且如一日之间内，而思虑外，而应接千变万化，札眼中便走失了，札眼中便有千里万里之远。"

4）《渔家傲》（妾本钱塘苏小妹）"今朝斗觉凋零晒"注释。斗觉，猛然发觉。斗，张相《诗词曲语辞汇释》卷二："与陡同，犹顿也。"晒，宋时方言，犹甚，语气助辞，"晒"的俗字。张相《诗词曲语辞汇释》卷四："赛，犹毕也，了也……字亦作'晒'。"清张德瀛《词征》卷三："'晒'，说文：'暴也。'欧阳永叔《渔家傲》词：'今朝陡觉凋零瞧。'"柳永《迎春乐》词："近来憔悴人争怪，为别后相思瞧。"欧阳修《与大寺丞书》："箔场近日如何般堕？并出买如何也？向后可瞧欠折？"

10. 人名释证

对于文学作品的研究，人物是主体，这里的人物包括作者和作品中的人物，而诗歌作品中的人物，尤其是出现的人名，一直是学术研究的重点，即如对于《全唐诗》，即有吴汝煜、胡可先《全唐诗人名考》和陶敏《全唐诗人名汇考》两部综合考证的著作。词中人名，与诗或有相通的地方，或有相异的特质，更因为诗与词不同，词所能够提供线索较诗为少，故词中人名的考证较诗为难，相关综合研究的成果也极为少见，故我们在注释欧阳修词的过程中致力于此。

即如《渔家傲》（四纪才名天下重）词题"与赵康靖公"注释。赵康靖公，《宋史·赵概传》："赵概字叔平，南京虞城人……熙宁初，拜观文殿学士，知徐州。自左丞转吏部尚书，前此执政迁官，未有也。以太子少师致仕……元丰六年薨，年八十八。赠太子太师，谥曰康靖。"欧阳修先于赵概离世，词题称赵公谥号，当为后人所加。按，词为熙宁五年（1072）赵、欧致仕后访遇之作。熙宁四年冬欧阳修致信赵概，对赵概的来春约访致以谢意："所承宠谕，春首命驾见访。此自山阴访戴之后，数百年间，未有此盛事。一日，公能发于乘兴，遂振高风，使衰病翁因得附托，垂名后世，以继前贤，其幸其荣，可胜道哉！"欧阳修多篇诗、文、词述及此事，足见相惜之情。苏轼《赵康靖公神道碑（代张文定公作）》："欧阳修躐公为知制诰，人意公不能平。及修坐累对诏狱，人莫敢为言，公独抗章言修无罪。……修以故得全。公既老，修亦退居汝南，公自睢阳往从之游，乐饮旬日。"《蔡宽夫诗话》亦记："欧阳文忠公与赵康靖公概同在政府，相得欢甚，康靖先告老归睢阳，文忠相继谢事归汝阴。康靖一日单车特往过之，时年几八十矣。留剧饮逾月日，于汝阴纵游而后返。"

再如《朝中措》（平山栏槛倚晴空）"文章太守"注释。文章太守：指刘敞。欧阳修酬送刘敞出任扬州太守时所作的激赏之语。《宋史·刘敞传》："欧阳修每于书有疑，折简来问，对其使挥笔，答之不停手，修服其博。"刘敞以博学能文著称于时，欧阳修《集贤院学士刘公墓志铭》："其为文章，尤敏瞻。尝直紫微阁，一日，追封皇子、公主九人，公方将下直，为之立马却坐，一挥九制数千言，文辞典雅，各得其体。"一说欧阳修自谓。

1. 地名释证

就古籍注释的常例而言，人名、地名、官名、书名、物名都是需要重点关注的对象，对于词的注释，地名辨析尤其值得注意。因为词可征实的线索较少，故而于地名方面，稍有疏忽，即致错讹。故我们对于欧阳修词中涉及的地名都详加笺注。

即如《玉楼春·题上林后亭》词注释：上林，即上林苑，秦时宫苑名，汉武帝继而扩建，旧址在今陕西西安市西及盩屋、户县界。《三辅黄图·苑囿》："汉上林苑，即秦之旧苑也。《汉书》云：'武帝建元三年开上林苑，东南至蓝田、宜春、鼎湖、御宿、昆吾，旁南山而西，至长杨、五柞，北绕黄山，滨渭水而东，周袤三百里。'离宫七十所，皆容千乘万骑。"东汉时亦有上林苑，在今河南洛阳市东。此处指洛阳的上林苑。欧阳修于天圣八年（1030）及第后，授将仕郎、试秘书省校书郎，充西京留守推官。景祐元年（1034）三月，秩满归襄城。此间欧阳修有《陪饮上林院后亭见樱桃花悉已披谢因成七言四韵》诗，及梅尧臣作《依韵和永叔同游上林苑后亭见樱桃花悉已披谢》诗记其游踪唱和。又景祐元年欧阳修《春日独游上林院后亭见樱桃花奉寄希深圣俞仍酬递中见寄之什》诗："昔日寻春地，今来感岁华。"按，陈元靓《岁时广记》卷七引《古今词话》："庆历癸未十二月二十九日立春，甲申元日，丞相晏元献公会两禁于私第，丞相席上自作《木兰花》以侑觞曰：'东风昨夜回梁苑。……'于时座客皆和，亦不敢改首句'东风昨夜'四字。今得三阕，皆失姓名。……东风昨夜传归耗，便觉银屏寒料峭。年华容易即凋零，春色只宜长恨少。　池塘隐隐惊雷晓。柳眼初开梅蕚小。尊前贪爱物华新，不道物新人渐老。"欧本云："此词与本词惟起首二句不同，以下诸句大抵无异。"按：庆历三年（1043），欧阳修为谏官，居京师，同年十二月八日，以右正言知制诰，仍供谏院。晏殊于本年十二月会宴两禁于私第，欧阳修亦当预宴。故《古今词话》所录之第三阕，当为欧阳修即席更改本词而成。录以存参。

再如《朝中措》首句"平山栏槛倚晴空"之"平山"注释：平山，堂名。旧址在今江苏扬州西北蜀冈大明寺内。方回《瀛奎律髓》卷一："庆历八年二月，欧阳公以起居舍人知制诰守扬州，作是堂于蜀冈之大明寺，江南诸山拱列檐下，故名曰平山堂。"李璧注王安石《平山堂》诗:"蜀冈也,在维扬之北。按:堂在扬州城西北五里大明寺侧。庆历八年二月,欧阳公以起居舍人、知制诰来牧是邦。假日,将僚属宾客过大明佛寺,登古城,遂撤废屋,为堂于寺庭之坤隅。江南诸山拱列檐下,若可攀取,因目之曰平山堂。"叶梦得《避暑录话》卷上:"欧阳文忠公在扬州作平山堂,壮丽为淮南第一。堂据蜀冈,下临江南数百里,真、润、金陵三州隐隐若可见。公每暑时辄凌晨携客往游,遣人走邵伯,取荷花千余朵,以画盆分插百许盆与客相间。遇酒行,即遣妓取一花传客,以次摘其叶,尽处则饮酒,往往侵夜载月而归。余绍圣初始登第,尝以六七月之间馆于此堂者几月。是岁大暑,环堂左右,老木参天,后有竹千余竿,大如椽,不复见日色。……寺有一僧,年八十余,及见公,犹能道公时事甚详。"这样就不仅注意将平山堂的方位注释清楚,而且突出了欧阳修与平山堂的关系。

12. 年代考证

注释诗歌要注意时、地、人的关合,因此年代、人名、地名的考释至为重要,词是锐感灵心之物,可资考证的线索较诗为少,也较诗为难,故而历代注家不很重视,尤其对于唐五代北宋词更是如此,然而词作编年仍然是词籍注释的要义,故我们在欧词注释中也集中精力于此。

欧阳修《采桑子》十三篇,又有《西湖念语》冠于组词之首,是欧阳修居于颍州时的作品。欧阳修曾数度居颍,皇祐元年正月欧阳修移知颍州,二月丙子至郡。二年七月丙戌改知应天府。四年三月壬戌,欧阳修丁母忧归颍州,时四十六岁。至和元年,欧阳修复旧职,时四十八岁。熙宁四年六月甲子,欧阳修以观文殿学士、太子少师致仕,七月归颍州,时六十五岁。五年闰七月卒。此篇《念语》后系《采桑子》词十三首皆咏西湖,或非一时之作。欧阳修几度归颍,情怀都有所不同。这样对于欧阳修组词和其中单篇词作,结合其身世进行分析,才能更好地知人论世,进一步理解欧阳修要眇之词心。

年代考证还有较为特殊的情况。欧词《越溪春》有"三月十三寒食日"语,我们做了这样的注释:词有"三月十三寒食日"语,据陈垣《中西回史日历》推算,自欧阳修二十岁至离世,嘉祐元年(1056)的寒食在三月十二(三月十三为小寒食),且本年春天欧阳修出使契丹还京,与词中"傍禁垣"亦相合。故系于嘉祐元年。这是借助年历学知识,外证结合内证,从而坐实词作之编年的案例。

13. 真伪考证

    阅读和研究欧阳修词，一个难以回避的问题就是真伪情况。对于欧词真伪的处理，一般采取两种手段：一种是将欧阳修的疑伪词悉数删却，以毛晋汲古阁刻《六一词》为代表；一种是对欧词进行梳理，根据不同情况分别对待，以唐圭璋《全宋词》为代表。毛晋的做法过于武断，他删却了很多欧词，并将《近体乐府》三卷和《醉翁琴趣外篇》六卷改编为《六一词》一卷，这些都为后人所诟病。唐圭璋的做法较为审慎，他将《近体乐府》和《醉翁琴趣外篇》中的大多数作品编入《全宋词》，而对确定为伪作者编入附录，并详细注明出处。

    我们对于欧词的重出之作，取舍比较审慎。比如，欧阳修词与冯延巳《阳春集》重出最多，不仅是毛晋汲古阁刻《六一词》归入删汰之列，即使是唐圭璋编纂《全宋词》也以为《阳春集》成书早于《近体乐府》而论定为冯作。但实际上，宋人不仅大多将这些词归为欧阳修所作，如《蝶恋花》（庭院深深深几许）一首，李清照就确认为欧作，而且从《阳春集》编纂的过程考察，也不能确定这些词就是冯延巳作，因为宋人陈世修所编的《阳春集》，距冯延巳之卒已近百年，这与欧阳修及其家人所编之集相比，当然以后者为更可信。

    这里列举《欧阳修词校注》对于《瑞鹧鸪》词的考证以见一斑。《瑞鹧鸪》，底本题下有注："此词本李商隐诗，公尝笔于扇云：'可入此腔歌之。'"钱大昕《十驾斋养心录》卷一六《诗词蹈袭》条："吴融有诗云：（诗略）欧阳集亦有之，题为《瑞鹧鸪词》。欧公非窃人句为己作者，偶写古人句，编次公集者，误以为公作而收入之。"唐圭璋《全宋词》："又案此下原有《瑞鹧鸪》'楚王台上一神仙'一首，注云：'此词本李商隐诗，公尝笔于扇云：可入此腔歌之。'此首原非词，亦非欧作，今不录。其诗实非李商隐作，乃吴融七律，见韦縠《才调集》卷二。"李逸安校《欧阳集全集》："宋刊本词牌下有注云：'此词本李商隐诗，公尝笔于扇云：可入此腔歌之。'《全宋词》按云据韦縠《才调集》卷二所录，此为吴融一首七律，非词，非欧阳修作，亦非李商隐诗。"按，以此词与吴融诗比较，字句改动者颇多。如"楚王台"，吴融诗《浙东筵上有寄》作"襄王席"，实写宴饮之所。又如"眼色相看意已传"，吴融诗作"眼色相当语不传"，相较之下，欧阳修改动之后，更加情意缠绵，适合词之情调。故该词应为欧阳修改动吴融之诗为词，以应歌女演唱之作，不应视为吴融诗而误入欧集者。

欧阳修词论

　　词是中国文学的一个独特形态，源起于中唐，发展于晚唐五代，极盛于两宋。在词的发展历史上，欧阳修堪称一位继往开来的领袖人物。他虽以余事作词，但却取得了很高的成就①。顾随《驼庵词话》卷五云："宋代之文、诗、词，皆奠自六一，文改骈为散，诗清新，词开苏、辛。……欧则奠定宋词之基础。盖以文学不朽论之，欧之作在词，不在诗文。"②

　　欧阳修（1007—1072），字永叔，号醉翁，又号六一居士，吉州永丰人。他是北宋集政治家、文学家与学者于一身的杰出人物。从政治上说，北宋前期诸多重大的政治活动，都与他有着密切的联系；从文学上说，他对诗文词赋等各种体裁都具有开拓性；从学术上说，他在经学、史学、金石学、目录学等诸多方面都有卓著的贡献。他的诗文与其政治活动紧密相连，而词则有所不同，往往是个人生活与情感的流露。

一

　　欧阳修晚年取其平生所作自编《居士集》五十卷，马端临《文献通考》引叶梦得语谓其"往往一篇至数十过，有累日去取不能决者"③。这部抉择审慎的

---

① 欧阳修《六一诗话》："退之笔力，无施不可，而尝以诗为文章末事，故其诗曰'多情怀酒伴，余事作诗人'也。"罗泌《近体乐府跋》："盖尝致意于《诗》，为之《本义》，温柔宽厚，所得深矣。吟咏之余，溢为歌词。"是知欧阳修于政事之余以作诗，作诗之余以作词。
② 顾随：《驼庵词话》卷五，《词话丛编续编》本，人民文学出版社 2010 年版，第 3198 页。
③ （元）马端临：《经籍考》，《文献通考》卷二三四，中华书局 1986 年版，第 1870 页。

文集舍弃了他致仕以后的诗文作品，也舍弃了他的全部词作。^①欧阳修以传统士大夫的立场精选了他留给后世的文学与思想成果，正统的定位在他的学生苏轼那里产生了强烈的回响，在欧阳修离世的十余年后，苏轼作《六一居士集叙》评价他的老师有挽救斯文之功。总之，闲适纵乐、沉迷个人情感的写作被欧阳修隔离在了他的政治形象之外。对词作的舍弃给以后欧词的流传带来相当不利的影响，但也不能不承认欧阳修在编集上的良苦用心为我们理解他的词创作提供了契机。

欧阳修在《六一居士传》中说："吾家藏书一万卷，集录三代以来金石遗文一千卷，有琴一张，有棋一局，而常置酒一壶。……以吾一翁，老于此五物之间，是岂不为六一乎。"^②他的政治生活是规则的，而他的日常生活则是艺术的，也是丰富多彩的。他的不少词作，就是其日常生活的记录和随兴而发的情感抒写。

首先，欧阳修将写词作为闲暇之余的游乐活动。他最著名的组词《采桑子》就是这样的典型，这组词吟咏颍州西湖，篇首《西湖念语》交代作词缘起："况西湖之胜概，擅东颍之佳名。虽美景良辰，固多于高会；而清风明月，幸属于闲人。并游或结于良朋，乘兴有时而独往。……因翻旧阕之辞，写以新声之调。敢陈薄伎，聊佐清欢。"^③这里的"薄伎"是指写作词和演奏词，"聊佐清欢"则说明了词的演唱功用和效果。词所表现的是欧阳修官场以外的一种生活状态。这组《采桑子》词，并非一时所作，但可以连缀起来，作为联章歌唱，以"聊佐清欢"。如其中两首：

天容水色西湖好，云物俱鲜。鸥鹭闲眠。应惯寻常听管弦。　风清月白偏宜夜，一片琼田。谁羡骖鸾。人在舟中便是仙。

平生为爱西湖好，来拥朱轮。富贵浮云。俯仰流年二十春。　归来恰似辽东鹤，城郭人民。触目皆新。谁识当年旧主人。

---

① 罗泌依据《平山集》整理的《近体乐府》中录有七篇歌舞表演时使用的乐语也同样没有入选《居士集》。

② （宋）欧阳修：《欧阳修全集》（卷四四），中华书局 2001 年版，第 634-635 页。

③ （宋）欧阳修：《欧阳文忠公集》（卷一三一），《中华再造善本》本，北京图书馆出版社 2005 年版。（文中所引欧阳修词未特别注明者，皆出自此书卷一三一至卷一三三。）

前一首描写西湖风光，表现词人游赏时心与物游的精神境界。后一首抒发二十年后重归西湖的感受，既有富贵如云之叹，又有物是人非之感，更有家国乡园之思。这些词是欧阳修生活的表现，也是情感的流露，并在友朋聚会时让歌伎们配乐歌唱，以增添游赏的兴致与欢乐的氛围，这是以欧阳修为代表的北宋士大夫日常生活情态的一种展现。

北宋时的宴会层次较多，有朝廷的宴会，有朋友的聚会，也有家宴。宴席上遣兴作词是文人士大夫喜用的方式[1]。河南白沙宋墓第二号墓出土的宋代家宴演唱图的壁画，就再现了宋词产生和繁盛的特定背景[2]。由于演唱的因素，宋代词人与歌妓的关系也就非常复杂，由词而产生的有关欧阳修的诗酒风流之事也就常见于文献记载。宋钱世昭《钱氏私志》载：

欧文忠任河南推官，亲一妓。时先文僖（钱惟演）罢政为西京留守，梅圣俞、谢希深、尹师鲁同在幕下，惜欧有才无行，共白于公，屡微讽而不之恤。一日，宴于后园，客集而欧与妓俱不至，移时方来，在坐相视以目。公责妓云："末至何也？"妓云："中暑往凉堂睡着，觉失金钗，犹未见。"公曰："若得欧推官一词，当为偿汝。"欧即席云（即《临江仙》），坐皆称善。遂命妓满酌赏欧，而令公库偿钗，戒欧当少戢。[3]

又宋赵令畤《侯鲭录》卷一《欧公汝阴缬芳亭》条载：

欧公闲居汝阴时，一妓甚韵文，公歌词尽记之。筵上戏约他年当来作守。后数年，公自维扬果移汝阴，其人已不复见矣。视事之明日，饮同官湖上，种黄杨树子，有诗留缬芳亭云："柳絮已将春去远，海棠应恨我来迟。"后三十年东坡作守，见诗笑曰："杜牧之'绿叶成阴'之句耶！"[4]

这些记载说明，北宋词产生的背景是筵席上的轻歌曼舞。酒筵上自由放浪

① 参谢桃坊《宋词演唱考略》，载《宋词辨》，上海古籍出版社1999年版，第332—347页；又参张鸣《宋代的演唱形式考述》，载《文学遗产》2010年第2期，第16—27页。
② 宿白：《白沙宋墓》（图版玖），文物出版社1957年版，第235页。
③（宋）钱世昭：《钱氏私志》，（明）陆楫：《古今说海》（卷一一〇），上海文艺出版社1989年版。
④（宋）赵令畤：《侯鲭录》卷一，中华书局2002年版，第48页。

的气氛下，为了娱乐效果，宋初的文人词往往掺杂着樽酒娱宾的成分，并以艳词作为重要的内容。欧阳修在政治生活之外，醉心于此种欢畅热闹的娱乐，他也毫不辜负这类信笔骋才的场合，以致为其政敌所利用而作为政治攻击的对象。北宋词史上很少有文士出身的词人像欧阳修一样因为写作艳词而遭受诟病与调侃，也很少有词人能像欧阳修一样拥有为数众多且层出不穷的辩护者。后世的研究者以欧阳修作为政治领袖和文学宗师的身份而不太可能撰写艳词而竭力辩诬，这是没有必要的。曾慥选辑《乐府雅词》时意图凸显欧阳修词的雅正、罗泌整理《近体乐府》时删去了《平山集》中"甚浅近者"，宋代的词籍整理者满怀着对一代文儒的尊崇，预设了词的内容与风格，又以之为判断词作真伪的标准（《醉翁琴趣外篇》则是个例外），多少误导了后人对欧阳修词作的认识与评价，这些也许未必真得欧阳修之本意①。

欧阳修常常流连于声色娱乐场所，自然也是出于对声乐的爱好。苏轼的《水调歌头》小序曾记载有这样一件事："欧阳文忠公尝问余：'琴诗何者最善？'答以退之听颖师琴诗最善。公曰：'此诗最奇丽，然非听琴，乃听琵琶诗也。'余深然之。"②说明欧阳修对于音乐是非常精通的，正因如此，他在词中经常极写音乐的美妙，如《减字木兰花》"天上仙音心下事，留住行云，满座迷魂酒半醺"，《玉楼春》"贪看六么花十八""春葱指甲轻拢捻""从头歌韵响铮钹，入破舞腰红乱旋"等等，生动刻画了赏乐时听者与歌者的动作和心理，也呈现出催发词作的既活泼又封闭的音乐世界。

其次，欧阳修的词是其真实情感的表现。"人生自是有情痴，此恨不关风

---

① 我们并不否认诸如文莹《湘山野录》、朱熹《名臣录》中所指几首欧词伪作的可能性，但这并不足以把《醉翁琴趣外篇》多出的六十余首词都看作是出于诋毁的伪作。学术界在细致考证的基础上对于《醉翁琴趣外篇》的态度也越来越倾向于接受其大多数词为欧阳修的作品，具体研究成果可参看夏承焘《四库全书词籍提要校议》（《夏承焘集》第二册，浙江古籍出版社 1997 年版，第 184-186 页）、唐圭璋《全宋词》之欧阳修词部分、田中谦二《欧阳修的词》（《东方学》1953 年第 7 辑，第 50-62 页）、艾朗诺 *The Literary Works of Ou-yang Hsiu*《欧阳修的文学著作》第五章（Cambridge University Press.1984.page133-195）、陈尚君《欧阳修著述考》（《复旦学报》1985 年第 3 期，第 157-172 页）、王水照《〈醉翁琴趣外篇〉伪作说质疑》（《王水照自选集》，上海教育出版社 2000 年版，第 646-652 页）等。
② 唐圭璋：《全宋词》，中华书局 1965 年版，第 280 页。

与月",将别洛阳在离筵之上撰写的这首《玉楼春》词,正是欧阳修心声的迸发。王国维称:"于豪放之中有沉着之致,所以尤高。"①顾随称:"'恨'是由于'情痴',于'风月'无关,即使无风月也一样恨。"②欧阳修的词,无论是写人、写虫鸟、写山水,都一样地用情,情的蕴涵、情的流露,是其词的生命力所在。他没有为作词而作词故弄技巧的地方,也没有为言情而言情无病呻吟之处,他以风流自命,甘为"情痴",这是欧词情感底蕴最为真切也是最为生动的一个侧面。且看下列词句:

青门柳色随人远,望欲断时肠已断。洛城春色待君来,莫道落花飞似霰。(《玉楼春》)

候馆梅残,溪桥柳细,草薰风暖摇征辔。离愁渐远渐无穷,迢迢不断如春水。(《踏莎行》)

文章太守,挥毫万字,一饮千钟。行乐直须年少,樽前看取衰翁。(《朝中措》)

记得金銮同唱第,春风上国繁华。如今薄宦老天涯。十年歧路,空负曲江花。(《临江仙》)

谁道闲情抛掷久。每到春来,惆怅还依旧。日日花前常病酒,不辞镜里朱颜瘦。(《蝶恋花》)

《玉楼春》见柳色而思归故土,是写乡情;《踏莎行》在春色中却远别佳人,是写离情;《朝中措》挥洒为文,尽情饮酒,人至暮年而思及时行乐,是写豪情;《临江仙》忆及当年进士及第,意气风发,而今天涯远隔,沉沦下僚,人生慨叹,莫过于此,是写愁情;《蝶恋花》则见春而惆怅,故以酒遣闷,以至朱颜瘦损,是写闲情。欧阳修的词,无论何种题材,何种格调,无一例外地都有着"情痴"的表现。

二

欧阳修词在中国词学发展史上具有重要的地位,他在唐五代词发展的基础

---

① (清)王国维:《人间词话》(卷上),上海古籍出版社1998年版,第6-7页。
② 顾随:《驼庵词话》卷五,《词话丛编续编》本,人民文学出版社2010年版,第3201页。

上,推陈出新,以其独有的风格雄居于北宋词坛,开了两宋以后词史发展的风气。

顾随在《驼庵词话》卷五中,专门列有《六一继往开来》一个条目,认为:"六一,继往开来。此四字是整个功夫。一种文学到了只能继往不能开来,便到了衰老时期了。"①欧阳修有继往开来的勇气,也有继往开来的力量,更有继往开来的实绩。北宋词坛,晏、欧齐名,实则从继往开来的层面上说,晏殊只能做到继往,而欧阳修则既能继往,更能开来。就继承和创新关系上说,欧阳修词创新多于继承。

有关欧词,后人多以为渊源于南唐词特别是南唐冯延巳词。如清人刘熙载《艺概》卷四:"冯延巳词,晏同叔得其俊,欧阳永叔得其深。"②近人王国维《人间词话》评冯延巳:"冯正中词虽不失五代风格而堂庑特大,开北宋一代风气。""欧九《浣溪沙》词:'绿杨楼外出秋千。'晁补之谓:只一'出'字,便后人所不能道。余谓:此本于正中《上行杯》词'柳外秋千出画墙',但欧语尤工耳。"③

但现在的问题是,我们检阅冯延巳词,大多与他人重出者,而与欧阳修重出最多,达 18 首。前人论欧词受冯延巳词的影响,所举的作品也大体不出重出词的范围,这样得出的结论实际上并不一定符合词史发展的实际,因为这些重出词极有可能是欧阳修所作,如果不是冯作而是欧作,则是以欧词作为欧词的渊源。这一方面,业师吴熊和先生在《唐宋词通论》中有一段论述:冯延巳《阳春集》和欧阳修《近体乐府》之词作,常多相混。"其中《蝶恋花》'庭院深深'、'谁道闲情'、'几日行云'、'六曲阑干'诸阕,向称名作。历来词选、词评、大多据为冯延巳词,对之揄扬备至。这些词归冯、归欧,就显得特别重要。若非欧作,欧阳修另有佳篇,对他无大损害;若非冯作,《阳春集》本以此压卷,失之将大为减色。……评冯延巳词,若据上述诸词立论,就宜审慎。"④有关冯、欧重出之词,近年也颇引起学者们的注意,木斋先生的《冯延巳〈阳春集〉真伪论考》,则认为《阳春集》就其写作数量、艺术水准、艺术风格三个方面来说,都是超

---

① 顾随:《驼庵词话》卷五,《词话丛编续编》本,人民文学出版社 2010 年版,第 3199 页。
② (清)刘熙载:《艺概》卷四,上海古籍出版社 1978 年版,第 101 页。
③ (清)王国维:《人间词话》卷上,上海古籍出版社 1998 年版,第 5 页。
④ 吴熊和:《唐宋词通论》,商务印书馆 2003 年版,第 191 页。

越南唐时代的，它应该是柳永之后，晏、欧之前时代的产物。若是将撽拾他人的篇章剔除，则所谓的《阳春集》已形同虚设，事实上，从冯延巳六言体《寿山曲》来推论，冯延巳的写作水平和风格，如同其人为奸佞小人一样，是阿谀颂赞之作①。这是进一步将冯延巳的著作权彻底否定。即使退一步说，欧词也很难说是渊源于冯延巳的，顾随在《驼庵词话》卷五中说："词原不可分豪放、婉约，即使可分，六一也绝非婉约一派。大晏与欧比较，与其说欧近于五代，不如说大晏更近于五代，欧则奠定宋词之基础。"②

确切地说，欧词渊源于花间词为代表的唐五代文人词。清人陈廷焯《词坛丛话》云："欧阳公词，飞卿之流亚也。其香艳之作，大率皆年少时笔墨，亦非尽后人伪作也。但家数近小，未尽脱五代风气。"③如欧词《阮郎归》"塞鸿无限欲惊飞，城乌休夜啼"，即化用温庭筠《更漏子》词："惊塞雁，起城乌，画屏金鹧鸪。"欧词《蝶恋花》"芳草芊绵，尚忆江南岸"，本于温庭筠《菩萨蛮》词："画楼音信断，芳草江南岸。"温庭筠词以描写相关女性的物事擅长，欧词袭用与化用之处也颇多，无论是妆饰还是服饰都是如此。但温词用女性物事在貌，欧词则是通过写貌传神。温庭筠《菩萨蛮》：

小山重叠金明灭。鬓云欲度香腮雪。懒起画蛾眉，弄妆梳洗迟。　照花前后镜。花面交相映。新贴绣罗襦。双双金鹧鸪。

欧阳修《诉衷情》：

清晨帘幕卷轻霜。呵手试梅妆。都缘自有离恨，故画作远山长。　思往事，惜流芳。易成伤。拟歌先敛，欲笑还颦，最断人肠。

这两首词都是写独居孤处的女子早起化妆的情状。温词将化妆的过程表现得淋漓尽致，涉及的女性物事密集繁复。欧词也是描写化妆，而专咏画眉。其画眉重在两个方面：一是形态入时，二是表现离恨。梅妆即喻入时的面妆，而远山长则寓离别的怨恨。由此而转入下片离情别绪和自伤流年的描写。因为离

---

① 木斋：《冯延巳〈阳春集〉真伪论考》，《社会科学研究》2008年第3期，第162-172页。
② 顾随：《驼庵词话》卷五，《词话丛编续编》本，人民文学出版社2010年版，第3199页。
③（清）陈廷焯：《词坛丛话》，《词话丛编》本，中华书局1986年版，第3721页。

别而独居孤处，故而想要唱歌时先敛眉，想要欢笑时先颦眉，最使人愁肠欲断的情怀，都在眉头上流露出来。

但比之花间词，欧词又以其通脱潇洒的姿态以及对各种文体写作的天才大大拓展了词的境域，并为词风的扭转提供了先机。如：

平山栏槛倚晴空。山色有无中。手种堂前垂柳，别来几度春风。　文章太守，挥毫万字，一饮千钟。行乐直须年少，樽前看取衰翁。(《朝中措》)

世路风波险，十年一别须臾。人生聚散长如此，相见且欢娱。　好酒能消光景，春风不染髭须。为公一醉花前倒，红袖莫来扶。(《圣无忧》)

天容水色西湖好，云物俱鲜。鸥鹭闲眠。应惯寻常听管弦。　风清月白偏宜夜，一片琼田。谁羡骖鸾。人在舟中便是仙。(《采桑子》)

而这些境界开阔之词，正开启了北宋以后的诸多名家。他的词，不仅描写女性的篇章为婉约词家所承继，而这些自抒感慨、流连光景的作品，也为苏轼、辛弃疾的出现导夫先路。清人冯煦《蒿庵论词》称欧阳修："即以词言，亦疏隽开子瞻，深婉开少游。"[1]顾随《驼庵词话》卷五《稼轩得六一词衣钵》条："《六一词》能得其衣钵者，仅稼轩一人耳。无论色彩浓淡、事情先后、音节高下，皆有关。《六一词》调子由低至高，只稼轩似之。"[2]卷八《晏欧苏诗词有感觉有感情》又云："大晏、欧阳修、苏东坡词皆好，如诗之盛唐。"[3]苏轼《水调歌头·黄州快哉亭赠张偓佺》词："长记平山堂上，欹枕江南烟雨，渺渺没孤鸿。认得醉翁语，山色有无中。"辛弃疾《鹧鸪天》词："追往事，叹今吾。春风不染白髭须。"都本于欧词。

欧阳修对词体形式的开拓，也深深影响了后世词人，这突出地表现在两个方面：一是鼓子词联章组词的写作；二是慢词的写作。

先从第一方面来说，上文所引的《采桑子》就是鼓子词典型的篇章，此外还有十二月鼓子词《渔家傲》二十四首，这些是现存宋词中较早的鼓子词。业师吴熊和先生以为另一组《渔家傲》自"妾本钱塘苏小妹"至"楚国细腰元自

---

① (清)冯煦：《蒿庵论词》，《词话丛编》，第3585页。
② 顾随：《驼庵词话》卷五，《词话丛编续编》本，人民文学出版社2010年版，第3202页。
③ 顾随：《驼庵词话》卷八，《词话丛编续编》本，人民文学出版社2010年版，第3265页。

瘦"八首皆咏荷，亦为一套《渔家傲》鼓子词，北宋时大曲的繁盛，可以于欧词中窥见一斑。[①]这些词的写作需要联章的形式，而且需要配乐演唱，同时需要在歌筵宴会上由专门的歌妓演出。鼓子词的形式，往往是前有小序，称"念语"或"致语"，以说明其由来。《采桑子》前的《西湖念语》就是非常典型的鼓子词形式：

昔者王子猷之爱竹，造门不问于主人；陶渊明之卧舆，遇酒便留于道士。况西湖之胜概，擅东颍之佳名。虽美景良辰，固多于高会；而清风明月，幸属于闲人。并游或结于良朋，乘兴有时而独往。鸣蛙暂听，安问属官而属私；曲水临流，自可一觞而一咏。至欢然而会意，亦傍若于无人。乃知偶来常胜于特来，前言可信；所有虽非于己有，其得已多。因翻旧阕之辞，写以新声之调，敢陈薄伎，聊佐清欢。

欧阳修咏十二月时令的《渔家傲》词，在当时也具有很大影响，王安石当时即曾咏其全篇，而三十年后称："三十年前见其全篇，今才记三句。乃永叔在李太尉端愿席上所作十二月鼓子词。"[②]宋人杨绘《时贤本事曲子集》后集亦称："欧阳文忠公，文章之宗师也。其于小词，尤脍炙人口，有十二月词，寄《渔家傲》调中。"[③]

欧阳修作了联章鼓子词以后，蔚为风气，宋代词人传于今之鼓子词，联章十首以上者尚有：

赵德麟《商调蝶恋花》"元微之崔莺莺"鼓子词十二首。

王庭珪《点绛唇》"上元鼓子词"十二首。

李子正《减兰》"十梅并序"十二首。

张抡《道情鼓子词》一卷，咏春、夏、秋、冬、山居、渔父、酒、闲、修养、神仙各十首，词调分别用《点绛唇》《阮郎归》《醉落魄》《西江月》《踏莎行》《朝中措》《菩萨蛮》《诉衷情》《减字木兰花》《蝶恋花》。

洪迈《生查子》"盘洲曲"十五首。

① 吴熊和：《唐宋词汇评》两宋卷第一册，浙江教育出版社2004年版，第241页。
② 见《景刊宋金元本词》所载《近体乐府》二阕名《欧阳文忠公近体乐府跋》。
③ 见《景刊宋金元本词》所载《近体乐府》二《渔家傲》词"续添注"。

其中赵德麟《商调蝶恋花》还存有音乐体制形态的记录，这组词在赵德麟所撰的《侯鲭录》卷五具有详细的记录，前有叙说，相当于"念语"，后即录《商调蝶恋花》词，每首后有一段说白，并称"奉劳歌辞，再和前声"。王庭珪《上元鼓子词并口号》序："有劳诸子，慢动三挝，对此芳辰，先呈口号。"李子正《减兰》序："试缀芜词，编成短阕。曲尽一时之景，聊资四座之欢。女伴近前，鼓子祗候。"①这些都在表现鼓子词演奏时的情态②，与欧阳修的鼓子词可以相互比照。

再从第二方面来说，欧阳修的慢词也颇有开拓性。前人一般认为晏殊、欧阳修是北宋小令的代表作家，而欧阳修超越晏殊的地方，还在于写了一些慢词，对于北宋慢词的发展也起了开风气的作用。欧阳修传于后世的慢词有《千秋岁》（罗衫满袖）、《醉蓬莱》（见羞容敛翠）、《鼓笛慢》（缕金裙）、《于飞乐》（宝奁开）、《看花回》（晓色初透东窗）、《梁州令》（红杏墙头树）、《满路花》（铜荷融烛泪）、《踏莎行慢》（独自上孤舟）、《摸鱼儿》（卷绣帘）、《越溪春》（三月十三寒食日）、《蓦山溪》（新正初破）、《御带花》（青春何处风光好）等，这些词体现出三方面特色：一是善于铺叙，工于刻画，发挥慢词所长，如《鼓笛慢》《于飞乐》《看花回》写闺怨，有情节的安排，也有心理的刻画；二是采用口语，不避俗调，如《醉蓬莱》之"诮未曾收啰""重来则个"，《看花回》之"只与猛拚却""怎生教人恶"；三是记载节物，表现盛况，如《御带花》描写汴京上元日雍容熙熙的盛况，堪与柳永描写汴京的一些词作媲美。

三

历代论者对于宋初词史，多以晏殊与欧阳修并称，以作为婉约派的代表。我们认为，晏、欧同为宋初词人，又有师生的关系，自有相通之处，但在总体

---

① 唐圭璋：《全宋词》，中华书局1965年版。
② 此外，晏殊尚有《渔家傲》十二首，亦为荷曲鼓子词，但其中"幽鹭谩来窥品格""楚国细腰元自瘦""粉笔丹青描难就"三首欧阳重出，盖为演奏家演唱时就咏荷同一主题相互组合。（吴熊和《唐宋词汇评》第一册，第214页）晏殊为欧阳修之师，此组词又部分与欧词重出，可见欧阳修时代，鼓子词演奏成为时尚之事。但晏殊是有意写作鼓子词，还是因为咏荷题材集中为时人组合成鼓子词，则尚需详考。

上欧阳修与晏殊风格并不相同，晏殊洵称婉约派的代表，而欧阳修并不是婉约风格所能囊括的。欧词有三个突出的特点，是卓立特出于北宋词坛的。

（一）变化

以《花间集》为代表的唐五代词，在内容上多以女性生活为仿真的对象，进而表现男女恋情和离愁别恨，风格上则以婉约为宗，尽管将女性的生活描写得逼真，但毕竟堂庑不大。温、韦之后，虽有李煜之出，增添了词坛新气象，但李煜前期之词，仍以宫廷宴乐、男女恋情和离愁别恨为主，与花间词无异；后期由一代帝王沦为亡国贱俘，国破家亡之痛融于词中，遂境界大开，但这种个人遭遇不可复制，故其风格并非宋代词人所应追求者。欧阳修词尽管以表现日常生活居多，目的是"聊佐清欢"，但已做到变化开阖，其臻于词坛领袖的地位，未始不由于此。

欧阳修词，同一题材、同一词调写作多首者甚众。这些词最能体现欧词开阖变化之能事。如《采桑子》十三首，前面十首都是写颍州西湖的：

轻舟短棹西湖好，绿水逶迤。芳草长堤。隐隐笙歌处处随。　无风水面琉璃滑，不觉船移。微动涟漪。惊起沙禽掠岸飞。

春深雨过西湖好，百卉争妍。蝶乱蜂喧。晴日催花暖欲然。　兰桡画舸悠悠去，疑是神仙。返照波间。水阔风高扬管弦。

画船载酒西湖好，急管繁弦。玉盏催传。稳泛平波任醉眠。　行云却在行舟下，空水澄鲜。俯仰留连。疑是湖中别有天。

群芳过后西湖好，狼籍残红。飞絮蒙蒙。垂柳栏干尽日风。　笙歌散尽游人去，始觉春空。垂下帘栊。双燕归来细雨中。

何人解赏西湖好，佳景无时。飞盖相追。贪向花间醉玉卮。　谁知闲凭栏干处，芳草斜晖。水远烟微。一点沧洲白鹭飞。

清明上巳西湖好，满目繁华。争道谁家。绿柳朱轮走钿车。　游人日暮相将去，醒醉喧哗。路转堤斜。直到城头总是花。

荷花开后西湖好，载酒来时。不用旌旗。前后红幢绿盖随。　画船撑入花深处，香泛金卮。烟雨微微。一片笙歌醉里归。

天容水色西湖好，云物俱鲜。鸥鹭闲眠。应惯寻常听管弦。　风清月白偏宜夜，一片琼田。谁羡骖鸾。人在舟中便是仙。

　　残霞夕照西湖好，花坞蘋汀。十顷波平。野岸无人舟自横。　　西南月上浮云散，轩槛凉生。莲芰香清。水面风来酒面醒。

　　平生为爱西湖好，来拥朱轮。富贵浮云。俯仰流年二十春。　　归来恰似辽东鹤，城郭人民。触目皆新。谁识当年旧主人。

　　欧阳修的过人之处，即是创作组词时在前后连贯的基础上富于变化。这组词描写颍州西湖的四时景色，每首都以"西湖好"领起，通篇连贯。第一首描写湖面幽静之景；第二首描写春深雨后之景；第三首描写载酒游湖之景；第四首描写群芳凋零之景；第五首描写四时热烈之景；第六首描写春游繁华之景；第七首描写荷花盛开之景；第八首描写清夜月下之景；第九首描写残霞夕照之景；第十首抒写面对西湖美景而感慨万千，是全组词的总结。夏敬观评《六一词》云："此颍州西湖词。公昔知颍，此晚居颍州所作也。十词无一重复之意。"[1]不仅是全组词如此，就是每一首也是富于变化的。如"平生为爱西湖好"一首，首句表现出对西湖美景的留恋。作者二十年前曾知颍州，现在退居颍州，更是挚爱弥笃。二十年风雨，也只是过眼烟云。二十年前的西湖与二十年后的西湖，风景一样美好，而对于作者来说，则有知颍和归颍的变化，旧主人变成了新主人，人物没有改变，只是年龄大为增长，而认识这位当年的旧主人和而今的新主人者却寥寥无几了。无论从景物的描写，还是从情感的抒发，抑或年代的跨越，都大开大合，变化多端，无疑是唐宋词的绝唱。

（二）浑成

　　浑成是指天然生成、不见雕凿的痕迹。晋葛洪《抱朴子·畅玄》称："恢恢荡荡，与浑成等其自然；浩浩茫茫，与造化钧其符契。"[2]明胡应麟《诗薮》称："汉人诗不可句摘者，章法浑成，句意联属，通篇高妙，无一芜蔓，不着浮靡故耳。"[3]欧阳修词意境层深，章法浑成，情景融为一体，天然成章，这在宋词中是相当突出的。清人毛先舒《词辩坻》阐释浑成："词家意欲层深，语欲浑成。

---

① 转引自龙榆生：《唐宋名家词选》，上海古籍出版社 1989 年版，第 68 页。
② （晋）葛洪：《抱朴子》（内篇卷一），上海古籍出版社 1990 年版。
③ 胡应麟：《诗薮》卷二，上海古籍出版社 1979 年版，第 32 页。

然意层深，语便刻画；语浑成，意便肤浅，两难兼也。"他特地拈出欧阳修《蝶恋花》词中"泪眼问花花不语，乱红飞过秋千去"二句，认为是天然浑成之作："此可谓层深而浑成，何也？因花而有泪，此一层意也；因泪而问花，此一层也；花竟不语，此一层也；不但不语，且又乱落飞过秋千，此一层也。人愈伤心，花愈恼人。语愈浅而意愈入，而绝无刻画之迹。谓非层深而浑成耶？然作者初非措意直如化工生物，笋未出土而苞节已具，非寸寸为之也。若先措意便刻画愈深愈堕恶境矣。即此等解一经拈出后便当扫去。"①观整个词作，写景由外到内，由早到晚，情感由景物的变换一层层展开，词意也一层层深入，并不刻意雕凿。全词一意转折，圆浑而跌宕，尤其是过片几句，如俞平伯的点评："'三月暮'点季节，'风雨'点气候，'黄昏'点时刻，三层渲染，才逼出'无计'句来。"②同时，用语愈是浅显感情愈是深挚，且感情层次逐次展开，堪称浑然天成之笔。

欧阳修词浑成的表现还在于典故的运用和前人成句的化用方面。其《朝中措》"山色有无中"就是典型的例子。沈祥龙《论词随笔》："用成语，贵浑成，脱化如出诸己。……欧阳永叔'平山栏槛倚晴空。山色有无中'，用王摩诘句，均妙。"③"山色有无中"本于王维《汉江临泛》诗："江流天地外，山色有无中。"④徐柚子《词范》第二编云："按'山色有无中'，有无即隐隐之意，与杜牧《寄扬州韩绰判官》'青山隐隐水迢迢'意似。盖平山堂上望江南诸山，水陆阻隔，并非一目了然也。欧句仍是。"⑤苏轼《水调歌头·黄州快哉亭赠张偓佺》词："长记平山堂上，欹枕江南烟雨，渺渺没孤鸿。认得醉翁语，山色有无中。"⑥可以比照。欧阳修这样袭用唐诗成句的现象不下十余处，都是化用时几乎不着痕迹的。如《减字木兰花》词："伤怀离抱。天若有情天亦老。"用唐代李贺《金铜仙人辞汉歌》原句。《南乡子》词："凤髻金泥带，龙纹玉掌梳。走来窗下笑相扶。爱道画眉深浅入时无。"语本朱庆余《近试上张水部》诗："洞房昨夜停

① （清）毛先舒：《词辩坻》，《词学》第十七辑，华东师范大学出版社 2006 年版，第 291 页。
② 俞平伯：《唐宋词选释》，人民文学出版社 1979 年，第 31 页。
③ （清）沈祥龙：《论词随笔》，《词话丛编》本，中华书局 1986 年版，第 4959 页。
④ （唐）王维：《王右丞集笺注》卷八，中华书局 1961 年版。
⑤ 徐柚子：《词范》（第二编），华东师范大学出版社 1993 年版，第 156 页。
⑥ 唐圭璋：《全宋词》，中华书局 1965 年版。

红烛，待晓堂前拜舅姑。妆罢低声问夫婿，画眉深浅入时无。"[1]

（三）热烈

较诗而言，词是锐感灵心的细腻表达，因而总体上以伤感为基调。词人要凸显自己的个性，就不能仅局限于伤感方面，而要力求在伤感的基调上呈现创新。顾随《驼庵词话》卷五云："冯延巳、大晏、六一，三人作风极相似，而又个性极强，绝不相同。如大晏多蕴藉，冯便绝无此种词。惟三人伤感词相近。其实其伤感亦各不同：冯之伤感沉着（伤感易轻浮）；大晏的伤感是凄绝，如秋天红叶；六一的伤感是热烈（伤感原是凄凉，而欧是热烈）。"[2]这里点出了欧阳修词的最大特点是热烈，确实抓住了欧词的精髓。伤感和热烈本是两个范畴的情感，却在欧阳修词中得到了完美的统一，这在中国词史上是较为独特的现象。

对酒追欢莫负春。春光归去可饶人。昨日红芳今绿树。已暮。残花飞絮两纷纷。 粉面丽姝歌窈窕。清妙。樽前信任醉醺醺。不是狂心贪燕乐。自觉。年来白发满头新。（《定风波》）

堤上游人逐画船。拍堤春水四垂天。绿杨楼外出秋千。 白发戴花君莫笑，六幺催拍盏频传。人生何处似樽前。（《浣溪沙》）

清明上巳西湖好，满目繁华。争道谁家。绿柳朱轮走钿车。 游人日暮相将去，醒醉喧哗。路转堤斜。直到城头总是花。（《采桑子》）

前面两首的总体基调是够伤感的了。《定风波》一首，昨日红芳今日变为绿树，只有残花飞絮伴随着将逝的残春，作者惊呼，不要辜负青春，而须对酒追欢，他一面欣赏"粉面丽姝歌窈窕"，一面"樽前信任醉醺醺"，无论是景物还是情感都是动态的，都是热烈的。《浣溪沙》一首，写垂暮之年而游览西湖，面对美景也非常伤感，但作者既目击拍堤春水，又观赏岸上秋千，由此激发童真之趣、行乐之思，故而"白发戴花""六幺催拍"、频繁传盏，这样的情怀仍然是热烈的。《采桑子》一首则基调与情怀都是热烈的，热烈到了"满目繁华""醒

---

① （清）彭定求：《全唐诗》卷五一五，中华书局1960年版。
② 顾随：《驼庵词话》卷五，《词话丛编续编》本，人民文学出版社2010年版，第3198-3199页。

醉喧哗"，即使是回来的傍晚，经过了"路转堤斜"，见到的仍是满路繁花。

欧阳修词的好处，就在于热烈，伤感加热烈。伤感是秋天，而热烈既不是秋天，又不是春天，而是夏天，但欧词却又能给人以春天的清新。其主流是夏天，而又融合了春天和秋天的情怀①。故而欧词在北宋初期词坛最为杰出，与晏殊相比，晏殊仅有伤感而无热烈，故显得衰飒，其于宋词的推进，远不如欧阳修。欧词热烈的句子颇多：

　　春深雨过西湖好，百卉争妍。蝶乱蜂喧。晴日催花暖欲然。(《采桑子》)

　　雨霁风光，春分天气。千花百卉争明媚。(《踏莎行》)

　　红粉佳人翻丽唱。惊起鸳鸯，两两飞相向。(《蝶恋花》)

　　酒美宾嘉真胜赏。红粉唱。山深分外歌声响。(《渔家傲》)

　　直须看尽洛城花，始共春风容易别。(《玉楼春》)

　　红粉佳人白玉杯。木兰船稳棹歌催。绿荷风里笑声来。(《浣溪沙》)

这些词句景中含情，静中寓动，是其表现热烈情怀的主要手段。这种热烈又自然地流露，做到天然浑成。故而欧词的成功在于层深的意境与浑成的章法完美结合，感伤的基调和热烈的情怀融合无间，因而千百年后读之，仍觉耳目一新。人在忧愁时，往往会以酒浇愁，欧阳修愁时饮酒，仍能借酒的浓烈表现热烈的情怀："樱唇玉齿。天上仙音心下事。留住行云。满座迷魂酒半醺。"(《减字木兰花》)"劝君满满酌金瓯。纵使花时常病酒，也是风流。"(《浪淘沙》)"戴花持酒祝东风，千万莫匆匆。"(《鹤冲天》)"便须豪饮敌青春，莫对新花羞白发。"(《玉楼春》)"浮世歌欢真易失，宦途离合信难期。尊前莫惜醉如泥。"(《浣溪沙》)

---

① 参顾随《驼庵词话》卷五："一本《六一词》不好则已，好就好在此热烈情调，不独伤感词为然。大晏词是秋天，欧词是春夏，所惜以春而论，则是暮春。……六一词热烈而衰飒，衰飒该是秋天，而欧词是春天。"

欧阳修词真伪及欧集版本问题

一、欧阳修词的真伪问题

阅读和研究欧阳修词，一个难以回避的问题就是真伪情况。对于欧词真伪的处理，一般采取两种手段：一种是将欧阳修的疑伪词悉数删却，以毛晋汲古阁刻《六一词》为代表；一种是对欧词进行梳理，根据不同情况分别对待，以唐圭璋《全宋词》为代表。毛晋的做法过于武断，他删却了很多欧词，并将《近体乐府》三卷和《醉翁琴趣外篇》六卷改编为《六一词》一卷，这些都为后人所诟病①。唐圭璋的做法较为审慎，他将《近体乐府》和《醉翁琴趣外篇》中的大多数作品编入《全宋词》，而对确定为伪作者编入附录，并详细注明出处。学术界考证欧集和欧词真伪者，主要通过两种途径：一是考察与他人重出的情况，二是就欧阳修《近体乐府》和《醉翁琴趣外篇》的不同风格进行比较②。

其实，欧阳修作词和编集的过程是非常复杂的。词在宋初是以歌唱为主，因为文人的创作，既是自身情感的抒发和个人生活的表现，也是要适合歌女们演唱的需要。与这种风气相关，欧词在三个方面较为突出：一是联章组词往往

---

① 清郑文焯《六一词跋》批评毛氏"所见非宋本，抑径情去取，以自行其是耶？"（《大鹤山人词话》卷三，南开大学出版社 2009 年版，第 308 页）；冒广生《六一词校刊记》则云："毛刻与《近体乐府》同出一源，但多删汰。兹重补定，并加校勘。"饶宗颐《词集考》亦称："毛氏传词之功虽可佩，而其播弄痼癖，亦不可不察。"文学古籍刊行社本《六一词》依汲古阁本刊刻，然将毛晋所删之词悉数补入。

② 有关欧阳修词集的来源，学术界取得诸多成果，其要者有：陈尚君《欧阳修著述考》，载《复旦学报》1985 年第 3 期；谢桃坊《欧阳修词集考》，载《文献》1986 年第 2 期；罗弘基《欧阳修词集斠疑》，载《求是学刊》1990 年第 3 期。

非一时所作，而是特定时期根据演唱的要求，将旧作和新作组合在一起以成联章的，这以《采桑子》十三首最具代表性。二是个别作品看上去并不是欧阳修词，而是前人的成诗，实则是欧阳修改诗为词以适合演唱的的需要。《瑞鹧鸪》一首就是如此，清钱大昕《十驾斋养新录》卷一六《诗词蹈袭》条列举此词谓："欧公非窃人句为己作者，偶写古人句，编次公集者，误认为公作而收入之。"① 而以此词与吴融诗比较，字句改动者颇多。如"楚王台"，吴融《浙东筵上有寄》诗作"襄王席"，实写宴饮之所。欧词此处虚化了歌舞宴饮的场景，代之以缥缈幻曼的形容。又如"眼色相看意已传"，吴融诗作"眼色相当语不传"，相较之下，欧阳修改动之后，更加情意缠绵，适合词之情调。故该词应为欧阳修改动吴融之诗为词，以应歌女演唱之作，不应视为吴融诗而误入欧集。三是欧词很大程度上是宴会歌筵之上的应歌之作。陈师道《后山谈丛》记载："文元贾公居守北都，欧阳永叔使北还，公预戒官妓办词以劝酒，妓唯唯。复使都厅召而喻之，妓亦唯唯。公怪叹，以为山野。既燕，妓奉觞歌以为寿，永叔把盏侧听，每为引满。公复怪之，召问，所歌皆其词也。"② 可见欧词是非常适合歌舞演唱需要的。这样的环境和氛围，使得同一作者的词和诗文在思想境界上有所区别，有些作品所表现的只是在这一特定氛围下的情境或情感，不必一定要绳以作者的生活。也正因为如此，我们也就不必苛求欧阳修的艳冶之作。

即使是欧词的重出之作，我们的取舍也比较审慎。比如，欧阳修词与冯延巳《阳春集》重出最多，不仅是毛晋汲古阁刻《六一词》归入删汰之列，即使是唐圭璋编纂《全宋词》也以为《阳春集》成书早于《近体乐府》而论定为冯作。但实际上，宋人不仅大多将这些词归为欧阳修所作，如《蝶恋花》（庭院深深深几许）一首，李清照就确认为欧作，而且从《阳春集》编纂的过程考察，也不能确定这些词就是冯延巳所作，因为宋人陈世修所编的《阳春集》，距冯延巳之卒已近百年，这与欧阳修及其家人所编之集相比，当然以后者更为可信。但鉴于现存欧阳修词集也不是手编原貌，而是经过罗泌的删订改编的，其真相也有待于进一步探索。故而有关欧词与冯词重出的问题，业师吴熊和先生在《唐

---

① （清）钱大昕：《十驾斋养新录》卷一六，上海书店 1983 年版，第 387 页。
② （宋）陈师道：《后山谈丛》卷三，上海古籍出版社 1989 年版，第 27 页。

宋词通论》中有一段论述：冯延巳《阳春集》和欧阳修《近体乐府》之词作，常多相混。"其中《蝶恋花》'庭院深深'、'谁道闲情'、'几日行云'、'六曲阑干'诸阕，向称名作。历来词选、词评，大多据为冯延巳词，对之揄扬备至。这些词归冯、归欧，就显得特别重要。若非欧作，欧阳修另有佳篇，对他无大损害；若非冯作，《阳春集》本以此压卷，失之将大为减色。……评冯延巳词，若据上述诸词立论，就宜审慎。"[1]施蛰存先生以为："《近体乐府》编定时，欧阳修尚生存，极可能为亲自编定而假名于其子者。且其中有数首见于《乐府雅词》及《花庵词选》，皆以为欧阳修作。此两家选本皆精审。……故余以为此十六首亦当剔出，非冯延巳作也。"[2]有关冯、欧重出之词，近年也颇引起学者们的注意，木斋先生的《冯延巳〈阳春集〉真伪论考》，则认为《阳春集》就其写作数量、艺术水准、艺术风格三个方面来说，都是超越南唐时代的，它应该是柳永之后、晏欧之前时代的产物。若是将摭拾他人的篇章剔除，则所谓的《阳春集》已形同虚设，事实上，从冯延巳六言体《寿山曲》来推论，冯延巳的写作水平和风格，如同其人为奸佞小人一样，是阿谀颂赞之作[3]。则进一步将冯延巳的著作权彻底否定。即使退一步说，欧词也很难说是渊源于冯延巳的，顾随在《驼庵词话》卷五中说："词原不可分豪放、婉约，即使可分，六一也绝非婉约一派。大晏与欧比较，与其说欧近于五代，不如说大晏更近于五代，欧则奠定宋词之基础。"[4]陈尚君先生的态度较为可取："欧冯互见词，在别无确证情况下，只能存疑，不应轻易否定欧的著作权。"[5]也正因为如此，我们在论述欧阳修词的渊源时，也就不将冯延巳词作为欧词的一个重要源头，因为这些词如果不是冯延巳而是欧阳修所作，这样的论证就毫无说服力。反之，欧阳修词如果没有近代学者所论证的冯延巳词这个源头，其地位则会更高。

最后，我们再谈一下《近体乐府》和《醉翁琴趣外篇》风格不一致的情况。罗泌《六一词》跋云："公性至刚，而与物有情，盖尝致意于诗，为之本义，

① 吴熊和：《唐宋词通论》，商务印书馆 2003 年版，第 181 页。
② 施蛰存：《北山楼词话》卷二，上海古籍出版社 2012 年版，第 191 页。
③ 木斋：《冯延巳〈阳春集〉真伪论考》，载《社会科学研究》2008 年第 3 期，第 162—172 页。
④ 顾随：《驼庵词话》卷五，《词话丛编续编》本，人民文学出版社 2010 年版，第 3198 页。
⑤ 陈尚君：《欧阳修著述考》，载《复旦学报》1985 年第 3 期，第 169 页。

温柔宽厚，所得深矣。吟咏之余，溢为歌词，有平山集盛传于世，曾慥《雅词》不尽收也。今定为三卷，且载乐语于首，其甚浅近，前辈多谓刘辉伪作，故削之。"①是知罗泌校刻欧词时，已将所谓"浅近之作"削之，所保留者主要是"温柔敦厚"之篇。由此看来，欧阳修诸子所编的词集，是保留这些"浅近之作"的，相传刘辉所作的《醉蓬莱》等词，是典型的艳冶之作，由此推测欧词的原本与《醉翁琴趣外篇》在风格上并不一定就有很大的距离。同时北宋人的词作，是不避艳冶的，我们不仅从柳永的词中读到大量的艳冶之篇，即使是正统士大夫如范仲淹、晏殊、司马光、苏轼、黄庭坚，也是不乏艳冶之篇的。北宋时的这些艳冶之作，甚至传入邻国高丽，被其正统史书《高丽史·乐志》所载录②，可见北宋有适合艳词流行的环境。欧阳修的一些词是在当时特定的时代环境下为娱乐生活的需要而作的，并不是他的行为就是如此，正如夏承焘先生所言："词人绮语，攻击之者乃资为口实；《醉翁琴趣》中艳体若江南柳者尚多，吾人读欧词，固不致信以为真也。"③对于艳冶之词，南宋与北宋的论家因为时代环境和思想思潮的不同，体现了截然不同的取向：北宋人能够容纳，南宋人尽力拒斥。无论如何，"现有的种种理由似均不足以动摇欧阳修对此书（《醉翁琴趣外编》）的主名地位"④。

由于欧词真伪的复杂情况，诸如前面引用吴熊和先生的《唐宋词通论》、陈尚君先生的《欧阳修著述考》和木斋先生的《冯延巳〈阳春集〉真伪论考》，或以为不应轻易否定欧的著作权，或进一步将冯延巳的著作权彻底否定，如果我们按照古籍整理的一般方式，将欧词重出与疑伪之作单列以附于书后，似乎就遮蔽了有关欧词很多有价值的信息。基于此，我们则以欧集版本为主要依据

---

① 宋罗泌《六一词跋》，见景宋吉州本《欧阳文忠公近体乐府》卷三。曾慥删削之事，见其《乐府雅词序》："欧公一代儒宗，风流自命，词章窈眇，世所矜式，当时小人或作艳曲，谬为公词，今悉删除。"按，曾慥为南宋初年的道学人物，其否定俗艳之词自在情理之中。

② 《高丽史·乐志》在载录柳永《临江仙慢》之后，收有无名氏《解佩令》词："脸儿端正，心儿峭俊。"

③ 夏承焘：《四库全书词籍提要校议》，《唐宋词论丛》，《夏承焘集》，浙江古籍出版社1997年版，第186页。

④ 王水照：《王水照自选集》，上海教育出版社2000年版，第652页。按，王水照先生对于《醉翁琴趣外篇》有着精深的研究，撰有《〈醉翁琴趣外篇〉伪作说质疑》，载《王水照自选集》第646—652页；《〈醉翁琴趣外篇〉的真伪与欧词的历史定位》，载《词学》第十三辑，第44—54页。

进行处理:遵从《中华再造善本》和日本天理图书馆藏本,以及日本宫内厅藏本《欧阳修全集》,其《近体乐府》正集中的词,校注本也编入正集;"续添"中的词,确定为伪作者如《水调歌头·和杜子美沧浪亭》词,则移置于后。在每首的解题之后,将相关真伪的原始资料和研究资料进行排比参证,间或提出自己的看法,并揭示进一步研究的空间。《醉翁琴趣外篇》因欧氏全集未收,且其词作多与《近体乐府》所载重复,故而我们就删去重复而另编一卷。我们觉得,这种处理方式很难说是最好的处理方式,但根据目前的情况,应该是较为适合的处理方式。现将这部分词作列之于后,以祈盼方家对于欧词真伪研究的进一步重视。

欧阳修《近体乐府》与他人词互见表

序号	词牌	首句	互见作者
1	归自谣	何处笛	冯延巳
2	归自谣	春艳艳	冯延巳
3	归自谣	寒水碧	冯延巳
4	长相思	蘋满溪	张先
5	长相思	深画眉	白居易
6	阮郎归	东风临水日衔山	冯延巳、李煜、晏殊
7	阮郎归	南园春早踏青时	冯延巳、李煜、晏殊
8	阮郎归	角声吹断陇梅枝	冯延巳、李煜、晏殊
9	蝶恋花	六曲阑干偎碧树	冯延巳、张泌、晏殊
10	蝶恋花	帘幕风轻双语燕	晏殊
11	蝶恋花	遥夜亭皋闲信步	李冠
12	蝶恋花	庭院深深深几许	冯延巳
13	蝶恋花	独倚危楼风细细	柳永
14	蝶恋花	帘下清歌帘外宴	柳永
15	蝶恋花	谁道闲情抛弃久	冯延巳
16	蝶恋花	几日行云何处去	冯延巳
17	渔家傲	粉蕊丹青描不得	晏殊、晏几道
18	渔家傲	幽鹭漫来窥品格	晏殊
19	渔家傲	楚国细腰元自瘦	晏殊
20	玉楼春	池塘水绿春微暖	晏殊
21	玉楼春	雪云乍变春云簇	冯延巳

续表

序号	词牌	首句	互见作者
22	一丛花	伤春怀远几时穷	张先
23	千秋岁	数声鶗鴂	张先
24	清平乐	雨晴烟晚	冯延巳
25	应天长	一弯初月临鸾镜	冯延巳、李璟、李煜
26	应天长	石城山下桃花绽	冯延巳
27	应天长	绿槐阴里黄莺语	韦庄、温庭筠、皇甫松
28	芳草渡	梧桐落	冯延巳
29	更漏子	风带寒	冯延巳
30	行香子	舞雪歌云	张先

我们在整理欧阳修词集的时候，大致遵循了这样的处理原则：第一，《近体乐府》正集之外续添的词拿到附录。校注行文时对有些互见词的后人考订内容进行必要的选择，做技术性的处理。在前辈的考订中，有的人虽然证据完全不足，但他下断论一定不是欧阳修的。这就要进行抉择，把断论删掉。不然内行人看到本子觉得还不错，但外行人看到，比如说唐圭璋考订这首词不是欧阳修的，他就会认为这么有名的大家，你怎么没看到，还收进去了？所以要做处理。这是比较方便处理的。第二，在前言中把真伪部分多说一些，把互见的词都点出来，非常醒目地写在那边，给人家提供一个再研究的余地。

二、《欧阳修词校注》的校勘注释问题

我和徐迈博士编写的《欧阳修词校注》，重点是校勘和注释，附带加上辑评。这里对欧阳修词的版本和校注的体例作必要的交代。

欧阳修词，《欧阳文忠公集》收有《近体乐府》三卷，以下简称"集本"，又单刻有《醉翁琴趣外篇》六卷，后人或加删订，或加合并，以成《六一词》。集本编纂最早，故今以集本三卷编次，而将《醉翁琴趣外篇》及他书中集本未收之词，编为第四卷。唯《近体乐府》第一卷所录乐语，虽非词作，但与词联系紧密，故移置于附录。《西湖念语》一篇，内容实为《采桑子》组词之总叙，故仍弁于卷首。本书的每一首词，都进行详尽的校勘、注释和辑评。并将与欧

阳修词相关的重要资料附录于书后，附录列以下数种：乐语、疑伪词、传记、唱和词、序跋、著录、总评。

（一）校勘

欧阳修词宋本传世者尚有数种：宋吉州本欧集所收《近体乐府》三卷、日本天理图书馆藏欧集所收《近体乐府》三卷、日本宫内厅书陵部藏欧集残卷所收《近体乐府》二卷、宋本《醉翁琴趣外篇》六卷。吉州本《近体乐府》，吴昌绶双照楼影印《景刊宋金元明本词》景写付刊，又《中华再造善本·欧阳文忠公集》据中国国家图书馆藏宋庆元二年周必大刻本影印。故本书即以《中华再造善本》为底本，此外，《醉翁琴趣外篇》则以景宋本为底本，欧词的这两种宋本可谓最精最全之本：

《欧阳文忠公集》一百五十三卷之《近体乐府》三卷，《中华再造善本》据中国国家图书馆藏宋庆元二年周必大刻本影印本。

景宋本《醉翁琴趣外篇》六卷，《景刊宋金元明本词》，上海古籍出版社1989年影印本。

本书校勘尊重底本，尽量不改动原文，异文列于校记，校记亦参考近人校勘成果，择善而从。欧词与他人词相混者颇多，相关考辨文字亦列入校记当中。

本书据以校刊者有以下诸本：

《欧阳文忠公近体乐府》三卷，吴昌绶双照楼影印宋吉州本，《景刊宋金元明本词》，上海古籍出版社1989年影印本。

《欧阳文忠公集》一百五十三卷附录五卷，其卷一三一至卷一三三为《近体乐府》，南宋庆元（1195—1200）嘉泰（1201—1204）年间刊本，日本国宝，天理图书馆藏本。

《欧阳文忠公集》（残卷）存六十八卷，其卷一三二、卷一三三为《近体乐府》，宋绍熙年间（1190—1194）刊本，日本宫内厅书陵部藏本。

《欧阳文忠公全集》一百五十三卷，其卷一三一至卷一三三《近体乐府》，《四部丛刊》影印元刊本。

《六一词》，毛晋汲古阁刊本。按，《四库全书》本《六一词》，因底本出于毛本，故而不作参校本，特予以说明。

同时参校了宋人所编宋词的总集、选集等：

《花庵词选》，宋黄升编，中华书局上海编辑所 1958 年排印本。

《唐宋诸贤绝妙词选》，宋黄升编，《四部丛刊》影印明舒氏刻本。

《群英诗余》，宋何士信编选，日本同朋舍昭和五十五年影印元刊本。

《乐府雅词》，宋曾慥编，《四部丛刊》据黄丕烈藏明钞本影印。

《全芳备祖》，宋陈景沂编，农业出版社 1982 年影印本。

还参考了近代以来有关欧词的校勘注释本：

《欧阳文忠近体乐府》三卷，林大椿校，1926 年排印本。

《六一词》，文学古籍刊行社 1955 年版。

《全宋词》所收欧阳修词，唐圭璋编，中华书局 1965 年版。

《六一词校记》，冒广生校，载冒鹤亭词曲论文集，上海古籍出版社 1992 年版。（简称"冒校"）

《欧阳修词笺注》，黄畲校注，中华书局 1986 年版。

《六一词校注》，蔡茂雄校注，台北文津出版社 1978 年版。

《欧阳修词研究及其校注》，李栖校注，台北文史哲出版社 1982 年版。

《欧阳修全集》，李逸安点校，中华书局 2001 年版。

《欧阳修词集校释》，欧阳明亮点校，华东师范大学 2012 年博士学位论文《欧阳修词论稿》附录。

（二）注释

别集注释，贵在精深，欧词的注释，前人已有不少成果，本书拟在充分吸纳这些成果的基础上，注意以下几个方面：一是以词证词，以探寻词体文学的渊源和特点；二是以欧证欧，以体现欧阳修各体文学之间的相互关联，进而探寻欧阳修要眇之词心；三是详释名物，自《花间集》后，词家所用名物往往与词之表现浑融一体，欧词尤为如此，前人注词多重典故而轻名物，故本书于此多加致力；四是考订年份，本书对相关作品的写作年代，详加考订；五是考订真伪，欧词或为抒怀之作，或为酬赠之作，或为应歌而作，真伪考订是一大难题，本书对于欧词真伪，综合前人成果而加以自己的推测与判断。注释采用各家旧注，加以说明。然征引典籍，则直接采用原典，不再标明原注者之名。

（三）辑评

辑评部分选择前人对欧阳修词的代表性评论，以便于读者了解作品之背景和价值。各篇作品评论录于词后，词之总评则置于全书附录。评论之选择偏重古人，健在学者虽有精义，亦不在收录之列。

三、欧阳修集整理的版本选择问题

我与徐迈博士一起整理校注《欧阳修词集》，对于欧词的版本经过精心对比和选择，在校注过程中，也涉及整个欧阳修集的版本问题。因为欧阳修是大家，当代学者对欧集的整理校注也颇为致力，总数超过十种。较为重要者就有李逸安先生点校的《欧阳修全集》，中华书局 2001 年版；洪本健先生校笺的《欧阳修诗文集校笺》，上海古籍出版社 2009 年版；井冈山大学笺注的《欧阳修诗编年笺注》，中华书局 2012 年版。对于这几个整理本的版本选择，还是可以做一番考量的。有关欧集的版本选择问题，我们结合几种欧集整理情况谈谈自己的看法。

第一，有关李逸安和东英寿的学术论辩。李逸安点校的《欧阳修全集》，选择清人欧阳衡的刻本为底本，近年来在学术界引起了一些争议。尤其是日本的欧阳修研究专家东英寿对此本提出了不少批评，东英寿写了一篇专文《关于欧阳衡的〈欧阳文忠公全集〉——中华书局〈欧阳修全集〉底本选择的问题点》[①]；而后李逸安又撰文进行反驳。这就是中华书局编的《书品》2013 年第 3 期发表的《再论欧集整理暨底本选择——兼议日藏天理本与东英寿〈辑存稿〉》。

先看东英寿的批评，东英寿认为中华书局本《欧阳修全集》的问题所在主要是底本选择清代的欧阳衡本，仅仅是大约二百年前依照欧阳衡的见解而编纂修改的东西，所以和以周必大为依据的先期流行的诸版本有着似是而非的形式，因而对于今后的欧阳修研究将带来混乱。东英寿着重论述了欧阳衡本的问题在于欧阳衡完全无视欧阳修、周必大的意图。周必大在编纂时，尊重欧阳修手定

---

①《新宋学》第二辑，上海辞书出版社 2003 年版，第 256-268 页。

的《居士集》，承袭欧阳修死后遗留下的作品集，欧阳衡本却大大变更了周必大本的构成，这既损害了欧阳修作品集的原形，也减低了其资料性的价值，是个大问题。东英寿还论述了中华书局本的问题点在于选用欧阳衡本作底本，不管其校勘如何出色，其资料性价值都是较其源头的周必大本为劣的。此外，欧阳衡本将周必大的《居士外集》中《正统论》等七篇作品移入《居士集》，这样欧阳衡本的《居士外编》就面目全非了，但欧阳衡还是用小字双行的形式收在《居士集》所收作品的后面，以示与本文有所区别。而中华书局本没有承袭欧阳衡本的小字双行形式，而是将从周必大本《居士外集》中移来的作品，作为欧阳修手定本《居士集》的本文编入，结果是不仅违背了欧阳修、周必大的意图，就是连欧阳衡的意图也违背了。

再看李逸安的反驳，李逸安先生先说中华书局出版的自己点的本子，为当今欧阳修研究者和广大读者提供了一个可以信赖而又便于使用的本子，所以"甫一问世，便深受好评"。好评是广泛的，质疑就是东英寿。接着，李先生说选用欧阳衡本原因有四：一是衡本为足本，无缺卷；二是衡本刊刻于考据风鼎盛的乾嘉盛世，校勘相当谨慎；三是衡本收文多，流传广；四是张之洞《书目答问》将它列为善本。并且说："中华《欧集》汇聚了点校者十多年研究整理欧阳修诗文集的经验成果，所以它被业界专家称赞是首次大规模全新点校的好本子，不但多次获奖，还被著名学府的古籍整理专业指定为必读参考书。东英寿先生挑出衡本有别于周本的几个特点议论发挥，质疑中华《欧集》的点校整理，令人费解。"①

东英寿最近又作了《关于近年出版的三种欧阳修全集》②，对于李逸安、李之亮、洪本健校注的《欧阳修全集》做了评述，认为欧阳衡本在性质上是基于欧阳衡的见解，它是距今约二百年前对周必大本系统加以更改的结果，从而，无论李逸安本的校勘优良与否，它承接的不过是最初周必大本的支流之一，且又经由欧阳衡更改本后而形成。李逸安以与周必大本形似而实非的欧阳衡本为底本，相比于作为源流所出的周必大本，在资料价值上已经是无可否认的低劣

①《书品》2013年第3期，第99页。
②《新宋学》第三辑，上海人民出版社2014年版，第377-390页。

了。正是在选择欧阳衡本作为底本这一关键点上，李逸安点校的《欧阳修全集》，问题很大。

我们认为，李逸安论述衡本有一定的优点，并引用张之洞之说以衡本为善本，这些都是有道理的。但如果作为一般版本较少的别集，选择善本作为底本，当然是可以的。但欧阳修则具有特殊情况，因为他的文集善本甚多，就不是拿到一个善本就可以作为底本的，必须要善中选善。东英寿认为该本"在资料价值上已经是无可否认的低劣"，言语虽然稍过一些，但就古籍整理而言，对于版本的抉择还是从严比从宽更值得提倡。

第二，有关欧阳修集的善本。对于善本较多的别集，是必须善中选善的，因此我们就有必要对欧阳修全集的善本进行一番考察。《中国善本书总目》收集的欧集善本就有 52 种，其中一百五十三卷全集的善本多达 20 种，最末是欧阳衡刻本：

《欧阳文忠公集》一百五十三卷，宋欧阳修撰，《年谱》一卷，宋胡柯撰，《附录》五卷，宋庆元二年周必大刻本［卷三至六、三十八至四十四、六十一至六十三、九十五、一百三十四至一百四十三配明抄本］。

《欧阳文忠公集》一百五十三卷，宋欧阳修撰，《年谱》一卷，宋胡柯撰，《附录》五卷，宋刻本［卷三十至三十四配清初抄本］存一百四十三卷（一至六十五，六十八至八十九，九十五至一百四十六，《年谱》，《附录》一至三）。

《欧阳文忠公集》一百五十三卷，宋欧阳修撰，宋刻本，邓邦述跋。存四卷（二十至二十三）。

《欧阳文忠公集》一百五十三卷，宋欧阳修撰，《年谱》一卷，宋胡柯撰，《附录》五卷，明天顺六年程宗刻本。

《欧阳文忠公集》一百五十三卷，宋欧阳修撰，《年谱》一卷，宋胡柯撰，《附录》五卷，明天顺六年程宗刻弘治五年重修本。

《欧阳文忠公集》一百五十三卷，宋欧阳修撰，《年谱》一卷，宋胡柯撰，《附录》五卷，明天顺六年程宗刻弘治、正德、嘉靖递修本。

《欧阳文忠公集》一百五十三卷，宋欧阳修撰，《附录》五卷，明天顺六年程宗刻弘治五年重修本，清钱孙保批校并跋。

《欧阳文忠公集》一百五十三卷，宋欧阳修撰，《年谱》一卷，宋胡柯撰，《附录》五卷，明正德七年刘乔刻本。

《欧阳文忠公集》一百五十三卷，宋欧阳修撰，《年谱》一卷，宋胡柯撰，《附录》五卷，明正德七年刘乔刻本，清丁丙跋。

《欧阳文忠公集》一百五十三卷，宋欧阳修撰，《年谱》一卷，宋胡柯撰，《附录》五卷，明正德七年刘乔刻嘉靖十六年季本詹治重修本，清许湘如、许聚、陆僎跋。

《欧阳文忠公集》一百五十三卷，宋欧阳修撰，《年谱》一卷，宋胡柯撰，《附录》五卷，明正德七年刘乔刻嘉靖十六年季本詹治三十九年何迁递修本，清丁丙跋。

《欧阳文忠公集》一百五十三卷，宋欧阳修撰，《年谱》一卷，宋胡柯撰，《附录》五卷，明正德七年刘乔刻嘉靖十六年季本詹治三十九年何迁递修本，清丁丙跋，清吴汝纶批校。

《欧阳文忠公集》一百五十三卷，宋欧阳修撰，《年谱》一卷，宋胡柯撰，《附录》五卷，明隆庆五年邵廉刻本。

《欧阳文忠公集》一百五十三卷，宋欧阳修撰，《年谱》一卷，宋胡柯撰，《附录》五卷，明正刻本。

《欧阳文忠公集》一百五十三卷，宋欧阳修撰，《年谱》一卷，宋胡柯撰，《附录》五卷，明刻本［卷一至五十配正德元年日新书堂刻居士集］。

《欧阳文忠公集》一百五十三卷，宋欧阳修撰，《年谱》一卷，宋胡柯撰，《附录》五卷，清乾隆十一年孝思堂刻本。

《欧阳修文忠公集》一百五十三卷，宋欧阳修撰，《年谱》一卷，宋胡柯撰，《附录》五卷，清乾隆五十七年刻本。

《欧阳文忠公集》一百五十三卷，宋欧阳修撰，《年谱》一卷，宋胡柯撰，《附录》五卷，清嘉庆二十四年欧阳衡刻本，傅增湘校。

在这诸多的欧集善本之中，欧阳衡刻本时代是最后的。尤其值得重视的是三种宋刻本都藏于国家图书馆。日本的各家图书馆珍藏的欧阳修集的善本也有不少，据严绍璗《汉籍善本书录》，日本所藏的欧阳修善本有十八种。其中宋刻二种：

《欧阳文忠公集》一百五十三卷，《附录》五卷，宋欧阳修撰。南宋庆元（1195—1200）嘉泰（1201—1204）年间刊本，日本国宝，共三十八册。天理图书馆藏本，原金泽文库、伊藤家等旧藏。

《欧阳文忠公集》（残卷），存六十八卷，欧阳修撰，周必大编校。宋绍熙年间（1190—1194）刊本，共十八册，宫内厅书陵部藏本。

其他一百五十三卷的善本全集亦有六种以上：

《欧阳文忠公集》一百五十三卷，《附录》五卷，《年谱》一卷。宋欧阳修撰，周必大编校，明天顺年间（1457—1464）刊本。静嘉堂文库、大仓文化财团藏本。

《欧阳文忠公集》一百五十三卷，《附录》五卷，《年谱》一卷。宋欧阳修撰，《年谱》宋胡柯撰。明嘉靖十六年（1537）新安詹治校刊本，共二十四册。蓬左文库藏本。

《欧阳文忠公集》一百五十三卷，《附录》五卷，《年谱》一卷。宋欧阳修撰，周必大编。明嘉靖三十四年（1555）刊本。内阁文库、静嘉堂文库、御茶之水图书馆藏本。

《欧阳文忠公集》一百五十三卷，《附录》五卷，《年谱》一卷。宋欧阳修撰，周必大辑，《年谱》宋胡柯撰。明刊本。东洋文库、尊经阁文库藏本。

《欧阳文忠公集》一百五十三卷，首一卷，《附录》五卷。宋欧阳修撰，宋周必大辑。明刊本，共二十四册。内阁文库、筑波大学附属图书馆藏本。

《欧阳文忠公集》一百五十三卷，首一卷，《附录》五卷。宋欧阳修撰，宋周必大辑。明隆庆五年（1571）刊本，共三十册。御茶之水图书馆、原德富苏峰成篑堂等旧藏。

因此，欧集具有那么多的善本，整理欧集就必须在善本中再加选择，这样才能使得新整理的本子精上加精。

第三，东英寿天理本辑存稿的价值。《中华文史论丛》2012年第1期发表了东英寿《新见九十六篇欧阳修散佚书简辑存稿》，引起了很大的反响，天理本《欧阳文忠公集》也更为欧阳修研究者所知。而李逸安《再论欧集整理暨底本选择》专门辟出一节为《浅议日藏天理本与东英寿〈辑存稿〉》，在论述《辑存稿》时，认为该文有五个方面的问题：1. 大肆渲染"96篇"辑佚数字；2. "散佚书简"提法不确；3. 天理本之"国宝"说；4. 生造证据，论述注水；5. 版本论证失于武断。并且认为："发现和辑得佚文，于古籍整理者是再普通不过的一件事，通常只需公布相关的版本，佚文资料或直接补佚即可。因为辑佚是古籍整理的必要程序之一，点校整理后的古籍几无例外都附有补佚内容，辑出百十篇佚文亦不鲜见，很少有人为此大做文章。"（100 页）对于天理本的价值，李逸安也在文中说："假若周本诸刻无一存世，而天理本为仅见的本子，其版本价值自然不容低估，但从目前《辑存稿》披露出的资料来看，其价值主要是体现在校勘补佚上。"（104 页）但作者在文中又称："笔者因未睹天理本原书。"因为李逸安先生的质疑，我们有必要对东英寿的《辑存稿》进行审视，但是李逸安是在没有见过天理本原书的情况下展开质疑，因而其论证过程和结论也都很难令人信服，我们还必须进一步审视天理本和辑存稿的价值。

我要说明的是，辑佚是需要眼光的，需要功力的，佚文是否重要要看作者和辑佚者的眼光，有些佚文是重大发现，有些佚文只是文献辑补，除了对文献有意义，对其他研究没多少意义。同样的佚文，有的是具有重要价值被埋没掉，有的是没有价值被淘汰。当时被淘汰，后来又出来了，辑佚有没有价值呢？对文献来说是有价值的，但对其他研究没多少价值，因为当时是被时间淘汰的。这个是要注意的。古人淘汰的东西你把它弄过来是没有意义的。但是有些佚文是重大发现，就不一样了，像欧阳修的 96 篇佚文完全是重大发现。欧阳修是个政治家，是各方面都有成就的人物，作为正统的政治家表现较多，而作为个人一面表现较少。词是表现个人生活、日常生活那部分的，但还受人诟病；书信则完全是私人生活的重要部分。挖掘出来后当然对欧阳修研究，对整个北宋文人的生活情态、文人的心理活动、政治家的经历，都是很有用的。因此，发现佚文是有层次的，也是需要眼光的，洞见深邃的人可以从佚文中找到宝贝，眼光短浅的人则把时间淘汰的垃圾佚文当作宝贝。而"发现和辑得佚文，于古籍整理者是再普通不过的一件事"的说法，就把欧阳修佚文的价值过于忽视了。

至于天理本的价值，近年来有好几位学者撰文在讨论新发现欧阳修手简时论及，如熊礼汇有《一道涟漪让水有生命——新发现欧阳修书简的学术意义》、《略论欧阳修书简的艺术特色——从日本学者新发现的 96 通书简说起》《初读欧阳修九十六通佚书所想到的》，洪本健有《东英寿教授新见欧阳修散佚书简解读》，欧明俊有《从新发现的 96 通书简看欧阳修的日常生活》，这里我引用陈尚君的一段论述："东英寿教授在仔细比读存世的几个宋本欧集后，发现元明以后通行欧集源自周必大所编初刻本，中国国家图书馆和日本宫内厅藏宋本则为第一次增补本，前者所收书简，较初刻增加十九篇，而天理本则为更后的增补本，较国图本又增九十六篇。由于该本流传较少，未为元明后刻本继承，而天理本在日本被定为国宝，很少为学者所知，因而长期湮没不闻。其实同一文本中国国家图书馆也有藏残本，书简十卷仅存四卷，佚简有三十六篇，可惜一直未被重视。"①东英寿曾发表专文《关于天理本〈欧阳文忠公集〉》，认为该本"是基于周必大原刻本刊行的周纶修定本，周必大的原刻本《欧阳文忠公集》于庆元二年（1196）刊行，周纶修定的工作则大约在十年后的开禧年间完成。所以说，天理本《欧阳文忠公集》虽然不是周必大的原刻本，但是可以推定是紧接其后的周必大之子周纶修定并刊行的南宋本，与中国大陆和台湾所藏的诸本不同，由于它保持了完整形态并流传至今，是价值非常高的典籍"。②

第四，欧阳衡本不可依据的一个实证。中华书局本《欧阳修全集》依据欧阳衡刻本校勘，我们可以根据其中所收的《范仲淹神道碑》以证明其版本的弱点。《范仲淹神道碑》今天仍有石刻原碑存世，碑文精拓本也有数种，如《洛阳新获墓志》和《洛阳名碑集释》影印拓本图版都非常清晰。我们以此与中华书局本校勘记比照，有以下情况：

1. 校勘记"此文周本、丛刊本注云'至和元年'作，载《居士集》卷二十"。欧阳衡本缺此题注，是其缺憾。石刻文末题署："至和三年二月日建。"盖欧阳修至和元年作文，直到至和三年二月才建碑。

2. 欧文"其所有为，必尽其力"，校勘记"'力'，《文鉴》、周本、丛刊本作'方'"。按，石刻即作"方"，可见欧阳衡本不可从。

3. 欧文"通判河中府、陈州"，校勘记"'河中府'下周本、丛刊本、考异、程本校：'一有陈州。'按《宋史·范仲淹传》云：'通判河中府，徙陈州。'"按，石刻即作"通判河中府、陈州"。

4. 欧文"于庆州城大顺以据要害，夺贼地而耕之"，欧阳衡本无"夺贼地而耕之"六字，中华本校勘记"'夺贼地而耕之'六字，周本、丛刊本为异文，

① 陈尚君：《关于新发现的欧阳修佚简》，《东方早报》2012年5月16日，第T06版。

② 东英寿：《复古与创新——欧阳修散文与古文复兴》，上海古籍出版社2005年版，第194—195页。

作小字夹注，《文粹》作正文，今据补"。按，石刻即有"夺贼地而耕之"六字。

5.欧文"贼既失计乃引去"，校勘记"'既'，周本、丛刊本为异文，今据《文粹》补作正文"。按，石刻作"贼失计乃引去"。

6.欧文"自山林处士里闾田野之人"，校勘记"'山林'，周本、丛刊本校：'一作搢绅。'"按，石刻即作"搢绅"。

这里可以看出，中华书局本《欧阳修全集》对于《范仲淹神道碑》出了8条校勘记，其中有5条都说明欧阳衡本是与石刻不合的，相较而言，周本、丛刊本也是优于欧阳衡刻本的。

第五，其他几种欧集整理本平议。除了李逸安点校本外，洪本健还有《欧阳修诗文集校笺》，上海古籍出版社2009年版。洪本健是欧阳修研究的专家，他的代表作品还有《欧阳修资料汇编》，为欧阳修研究提供了极大的方便，是不可或缺的资料书和工具书。《欧阳修诗文集校笺》对于欧阳修的每一首诗文都进行校勘和笺注，而其功力和特色在笺注方面。这里不展开论述。在校勘方面，据该书的前言，洪本健先生得到了几种最好的本子，包括天理图书馆本和宫内厅本。天理本全部是东英寿影印后寄给洪本健的。洪本健在《欧阳修诗文集校注》的前言中也专门论证了天理本优于《四部丛刊》等本子的特点，但最终选定《四部丛刊》本为底本，是因为《四部丛刊》本与周必大本是一个系统，且为历代读者广泛使用与认可。同时洪本健利用了天理本和宫内厅本作为参校本，解决了欧阳修诗文集校勘的一些问题，这是值得肯定的。中华书局2012年还出版了井冈山大学刘德清、顾宝林、欧阳明亮笺注的《欧阳修诗编年笺注》，在校勘方面，以通行的《四部丛刊》初编影印元刻本《欧阳文忠公全集》为底本，参用《全宋诗》和李逸安点校的《欧阳修全集》，但又按照时间重新排列。其实，《四部丛刊》的本子并不是元刻本，而是明刻本。这方面，日本学者清水茂和森山秀二先生都曾经作过较为深入的研究，认为是以明代内府本为原本的版本。这样的版本当然也就不如国家图书馆所藏的宋刻本，也不如日本的天理本和宫内厅本。但总体说来，对于欧集，《四部丛刊》影印时也是经过选择的，还是较清代的欧阳衡刻本更值得选择，但并不是欧集整理校勘的首选。

第六，欧阳修集整理的版本选择。欧集校勘首选哪一种版本呢？国家图书馆藏宋庆元二年周必大刻本、日本天理图书馆藏庆元嘉泰年间刊本都是极好的本子，而且是同源的，天理本稍迟于国图本。《中华再造善本》据中国国家图书馆藏宋庆元二年周必大刻本影印，既保持了国家图书馆本的原貌，同时又相对易得，应该是我们整理欧集的最佳选择本。我们在校注《欧阳修词集》的时候就以《中华再造善本》影印南宋庆元二年周必大刻本《欧阳文忠公集》"乐府"部分为底本，不足者以吴昌绶双照楼影印《景刊宋金元明本词·醉翁琴趣外篇》为底本，此二本为欧阳修词最精、最全者。参校本方面，除了常见之欧词单行本（如汲古阁本《六一词》等）、合集本（如《四部丛刊》影印元刊本《欧阳文忠公全集》等）及历代重要词选（如《花庵词选》等）悉数参校外，日本天理图书馆藏《欧阳文忠公集》（南宋庆元、嘉泰年间刊本）及日本宫内厅书陵部藏《欧阳文忠公集》（南宋绍熙年间刊本）等所收欧词，更是重要的参校依据。

宋词人名地名本事作年考

　　《全宋词》是有宋一代的词作总集，是我们研究宋代文学所得以凭据的宝贵资料。词在赵宋王朝，是一种极为流行的文学形式，当时的文人往往通过词的创作，表现个人生活。随着时代的推移，词所反映生活的范围，也逐渐在扩大，由表现个人情感到反映社会生活。宋词和宋诗一样，也是宋代的百科全书，它具有历史著作所不能具备的作用。因此，不论是研究整个宋代的文学、文化、历史、政治等等诸多领域，还是研究宋代文人个人的生活经历、生命情态、创作过程、社会交往等，都离不开宋词。因而唐圭璋先生将有宋一代的词作汇编成《全宋词》，确是一件功德无量的大事。有了《全宋词》，我们研究宋代词学，才有坚实可靠的基础。《全宋词》中所收的词作涉及人名、地名、本事者很多，绝大多数的词作，都没有标明具体的写作年代，如果将《全宋词》中每一首词的人名、地名、本事、作年等进行爬梳整理，钩稽考证，将是一件很有意义的工作。笔者有鉴于此，在这一方面进行尝试，并写成了一系列文章，如《毛东堂词作年考》《韩元吉词作年考》《黄庭坚词系年考证》等，发表在《宋代文学研究丛刊》及《文献》等刊物上，且产生了一定的影响。在这一基础上，又对《全宋词》进行系统综合的考证。其基本体例，是按照中华书局 1965 年版《全宋词》的编排顺序，凡人名、地名、本事、作年可考者尽量考出。词后的数字，"/"前为《全宋词》册数，"/"后为《全宋词》页数。本文错漏之处，在所难免，祈方家指正。

沈注（1/211）

　　《踏莎行·赠杨蟠》（1/211）。

宋方勺《泊宅编》卷七："杨蟠宅在钱塘湖上，晚罢永嘉郡而归，浩然有挂冠之兴。每从亲宾乘月泛舟，使二笛婢侑樽，悠然忘返。沈注赠一阕，有曰：'竹阁云深，巢虚人阒，几年湖上音尘寂。风流今有使君家，月明夜夜闻双笛。'人咨其清逸。"考《宋史》卷四四二《文苑传》："杨蟠字公济，章安人也。举进士，为密、和二州推官。欧阳修称其诗。苏轼知杭州，蟠通判州事，与轼倡酬居多。平生为诗数千篇，后知寿州，卒。"《咸淳临安志》卷六六则曰："杨蟠，杭州人。登庆历六年第，尝作《钱塘百咏》诗。""苏轼守杭，蟠丞郡，与轼倡酬。平生为诗数千篇，最后知寿州，提点荆广铸钱卒。"

陈汝羲（1/211）

《减字木兰花》（纤纤素手）（1/211）。

熙宁八年（1075）作。《岁时广记》卷八引《复雅歌词》："熙宁八年乙卯，杨绘在翰林，十二月立春日，肆筵设滴酥花。陈汝羲即席赋《减字木兰花》云：'纤纤素手。盘里酥花新点就。对叶双心。别有东风意思深。　琼沾粉缀。消得玉堂留客醉。试嗅清芳。别有红罗巧袖香。'"

张才翁（1/213）

《雨中花》（万缕青青）（1/213）。

绍圣（1094—1097）中作。宋吴曾《能改斋漫录》卷十六"张才翁风韵不羁，初仕临邛秋官，郡守张公庠待之不厚。会有白鹤之游，郡守率属官同往，才翁不预，乃语官妓杨皎曰：'老子到彼，必有诗词，可速寄来。'公庠既到白鹤，便留题云：'初眠官柳未成阴，马上聊为拥鼻吟。远宦情怀消壮志，好花时节负归心。别离长恨人南北，会合休辞酒浅深。欲把春愁闲抖擞，乱山高处一登临。'皎录寄才翁，才翁增减作《雨中花》词寄皎云：'万缕青青，初眠官柳，向人犹未成阴。据雕鞍马上，拥鼻微吟。远宦情怀谁问，空嗟壮志消沉。正好花时节，山城留滞，忍负归心。　别离万里，飘蓬无定，谁念会合难凭。相聚里，休辞金盏，酒浅还深。欲把春愁抖擞，春愁转更难禁。乱山高处，凭栏垂袖，聊寄登临。'公庠再坐，皎歌于侧。公庠问之，皎前禀曰：'张司理恰寄来，令皎歌之，以献台座。'公庠遂青顾才翁尤厚。"又《岁时广记》卷九引《古今词话》："白云先生之子张才翁风韵不羁，敏于词赋，初任临邛秋官，邛守张公庠不知之，待之不厚。临邛故事，正月七日有白鹤之游，郡守率属官同往而才翁不预焉。才翁密语官妓杨皎曰：'此老子到彼，必有诗词，可速寄来。'公庠既到白鹤，登信类亭，便留题曰：'初眠官柳未成阴，马上聊为拥鼻吟。远宦情怀销壮志，好花时节负归心。别离长恨人南北，会合休辞酒浅深。欲把春愁闲抖擞，乱山高处一登临。'杨皎录此诗以寄，才翁得诗，即时增减作《雨中花》一阕，以遗杨皎，使皎调歌之曰：'万缕青青，初眠官柳，向人犹未成阴。据征鞍无语，拥鼻微吟。远宦情怀谁问，空劳壮志销沉。好花时节，山城留滞，又负归心。别离万里，飘蓬无定，谁念会合难凭。相聚里，莫辞金盏，酒浅还深。欲把春愁抖擞，春愁转更难禁。乱山高处，凭栏垂袖，聊寄登临。'公庠再坐晚筵，皎歌于公庠侧。公庠怪而问。皎进禀曰：'张司理恰寄来，令杨皎歌之，以献台座。'公庠遂青顾才翁，尤加礼焉。"按张公庠字元善，皇祐元年进士，熙宁中官著作佐郎，元符三年以朝议大夫、尚书都官员外郎知晋州，改苏州。事见《宋诗纪事小传补正》卷一。据宋范成大《吴郡志》卷十一《牧守》："张公庠，中散大夫，元符。"其前任王子京、陈师锡二人都在元符，而继任丰稷在建中靖国元年十一月到任。是张才翁知苏州在元符三年至建中靖国元年十一月前。以此推之，其知邛州必在知晋州前，约在绍圣中。白鹤山在邛州，宋祝穆《方舆胜览》卷五六《邛州》："白鹤山，在城西八里。常璩曰：'临邛名山曰四明，亦曰群羊，即今白鹤也。汉胡安曾于山中乘白鹤仙去，弟子即其处为白鹤台。"

范纯仁（1/213）

《鹧鸪天·和持国》（1/213）。

按持国即韩维（1017—1098），字持国，开封雍丘人。曾为翰林学士，知开封府。哲宗即位，拜门下侍郎，以太子少傅致仕。绍圣中，入元祐党籍，谪均州安置。元符元年卒，年八十二。《宋史》卷三一五有传。

章楶（1/213）

《水龙吟》（燕忙莺懒）（1/213）。

元丰三年（1080）作。《苏轼诗集》卷五五《与章质夫书》："承喻慎静，以处忧患，非心爱我之深，何以及此，谨置之座右也。《柳花》词妙绝，使来者何以措词。本不敢继作，又思公正柳花飞时出巡按，坐想四子，闭门愁断，故写其意。次韵一首寄去，亦告不以示人也。《七夕》词亦录呈。"所言柳花词即此词。因词中有"正堤上，柳花飘坠"语。乃苏轼初黄州时，章楶写此词，东坡次韵。东坡词即《水龙吟·次韵章质夫杨花词》，与之同韵。东坡初至黄州在元丰三年，词即本年作。

沈括（1/125）

《开元乐》（1/215）。

元丰（1078—1085）中作。宋赵德麟《侯鲭录》卷七："沈存中元丰中入翰林为学士，有《开元乐》词四首，裕陵赏爱之。词云：'鹳鹊楼头日暖，蓬莱殿里花香。草绿烟迷步辇，天高日近龙床。''楼上正临宫外，人间不见仙家。寒食轻烟薄雾，满城明月梨花。''按舞骊山影里，回銮渭水光中。玉笛一天明月，翠华满陌东风。''殿后春旗簇仗，楼前御队穿花。一片红云闹处，外人遥认官家。'"

方资（1/216）

《黄鹤引》（生逢垂拱）（1/216）。

宋方勺《泊宅编》卷一："先子晚官邓州，一日秋风起，忽思吴中山水，尝信笔作长短句《黄鹤引》，遂致仕。其叙曰：予生浙东，世业农。总角失所天，稍从里闬儒者游。年十八，婺以充贡。凡七至礼部，始得一青衫。间关二十年，仕不过县令，擢才南阳教授。绍圣改元，实六十有五岁矣。秋风忽起，亟告老于有司，适所愿也。谓同志曰：'仕无补于上下，而退号朝士。婚嫁既毕，公私无虞。将买扁舟放浪江湖中，浮家泛宅，誓以此生，非太平之幸民而何？'因阅阮田曹所制《黄鹤引》，爱其词调清高，寄为一阕，命稚子歌之，以侑尊焉。'生逢垂拱，不识干戈免田陇。士林书圃终年，庸非天宠。才初闻茸。老去支离何用。浩然归弄。似黄鹤，秋风相送。　尘事塞翁心，浮世庄周梦。漾舟遥指烟波，群山森动。神闲意耸。回首利觚名鞯。此情谁共？问几斛，淋浪春瓮。'"

王安国（1/216）

《点绛唇》（秋气微凉）（1/216）。

约熙宁七年（1074）作。宋江少虞《事实类苑》卷三五《王平甫条》："王平甫学士，硕学高才，劲正不附丽。熙宁中，判官告院，忽于秋日作宫词《点绛唇》一阕，其旨盖有所刺，以示其友魏泰，泰曰：'公之词美矣，然断章乃流离之鬼，何也。'明年平甫竟以谗得罪废。"考《宋史》卷三二七《王安国传》："及安石罢相，惠卿遂因郑侠事陷安国，坐夺官，放归田里。诏以谕安石，安石对使者泣下。既而复其官，命下而安国卒，年四十七。"是其被贬不久即卒。据王安石《王文公文集》卷八八《平甫墓志》："官止于大理寺丞，年止于四十七，以熙宁七年八月十七日不起。"然《续资治通鉴长编》卷二五九：熙宁八年正月庚子，"秘阁校理王安国追毁出身以来文字，放归田里"。与《平甫墓志》所记相差一年。若按墓志，则本词作于熙宁六年；若按《续资治通鉴长编》，则作于熙宁七年。待详考。

孙洙（1/217）

《菩萨蛮》（楼头尚有三通鼓）（1/217）。

元丰二年（1079）作。宋胡仔《苕溪渔隐丛话》前集卷五九引《夷坚志》："孙洙字巨源，元丰间为翰苑，名重一时。李端愿太尉，世戚里，折节交搢绅间，而孙往来尤数。会一日锁院，宣召者至其家，则已出，数十辈踪迹之，得于李氏。时李新纳妾，能琵琶，孙饮不肯去，而迫于宣命，李不敢留，遂入院，已二鼓矣。草三制罢，复作长短句寄恨恨之意。迟明，遣示李，其词曰（略）。"张思岩《词林纪事》卷七："黄花庵云：'孙公于元丰间为翰苑，与李端愿太尉往来尤数。会一日，锁院宣召者至其家，则出，数十辈踪迹，得之于李氏。时李新纳妾，能琵琶，公饮不肯去，而迫于宣命，入院几二鼓矣。遂草三制，罢，复作此长短句，以记别恨，迟明遣以示李。'《南游纪闻》：'李邦直在坐颇以卒章非佳语，巨源是夕得疾于玉堂后亦同卒。'"考《宋史》卷三二一《孙洙传》："元丰初，兼直学士院。澶州河平，作灵津庙，诏洙为之碑，神宗奖其文。擢翰林学士，才逾月，得疾。时参知政事阙，帝将用之，数遣中使，尚医劳问……于是竟卒，年四十九。"据《长编》，其年为元丰二年五月。词即作于是年卒前。

李清臣（1/217）

《失调名》（杨花落）（1/217）。

建中靖国元年（1101）作。宋王得臣《麈史》卷中："王乐道幼子铚，少而博学，善持论，尝为予说：李邦直作门下侍郎日，忽梦一石室，有石床，李披发坐于上，旁有人曰：'此王陵舍也。'梦中因为一词，既觉书之，因示韩治循之。其词曰：'杨花落。燕子横穿高阁。长恨春醪如水薄，闲愁无处著。去年今日王陵舍，鼓角秋风。千岁辽东，回首人间万事空。'后李出北都，逾年而卒。王陵舍，乃近北都地名也。"《侯鲭录》卷七："李邦直黄门在政府时，夜梦作《春》词云：'杨花落。燕子横穿朱阁。苦恨春醪如水薄，闲愁无处著。绿野带江山落角。桃叶参差残萼。历历危樯沙外泊。东风晚来恶。'"而《过庭录》所记则略不同："李清臣邦直平生罕作词，唯晚年赴大名，道中作一词云：'去年曾宿黄陵浦，鼓角秋风。海鹤辽东。回首红尘一梦中。'竟死不返，亦为诗谶也。"考《续资治通鉴长编拾补》卷十八：建中靖国元年十月癸巳，"右光禄大夫、门下侍郎李清臣罢为资政殿大学士、知大名府。"参以上诸书记载，词为建中靖国元年作。

韦骧（1/218）

《菩萨蛮·和舒信道水心寺会次韵》（1/219）。

舒信道即舒亶（1042—1104），字信道，号懒堂，慈溪人。治平二年试礼部第，初授临海尉，迁奉礼郎，累官御史中丞，以开边功由直龙图阁进待制，崇宁二年出知南康军，翌年卒，年六十三。事见《宋史》卷三二九本传。信道原作载《全宋词》363页《菩萨蛮·次张秉道韵》。

圆禅师（1/220）

《渔父词》（本是潇湘一钓客）（1/218）。

释晓莹《罗湖野录》卷二："湖州甘露寺圆禅师，有《渔父词》二十余首，世所盛传者一而已。'本是潇湘一钓客。自东自西自南北。只把孤舟为屋宅。无宽窄。幕天席地人难测。 顷闻四海停戈革。金门懒投书策。时向滩头歌月白。真高格。浮名浮利谁拘得。'遂以是得名于丛林。盖放旷自如者，藉以畅情乐道，而讴于水云影里，真解脱游戏耳。"

王观（1/260）

《卜算子·送鲍浩然之浙东》（1/260）。

宋吴曾《能改斋漫录》卷十六《送春送君有无尽意》条："王逐客送鲍浩然游浙东，作长短句云：'水是眼波横，山是眉峰聚。欲问行人去那边，眉眼盈盈处。 才始送春归，又送君归去。若到江东赶上春，千万和春住。'韩子苍在海陵，送葛亚卿诗断章云：'今日一杯愁送春，明日一杯愁送君。君应万里随春去，若到桃源问归路。'诗词意同。"宋胡仔《苕溪渔隐丛话》后集卷三九："《复斋漫录》云：王逐客《送鲍浩然之浙东》长短句：'水是眼波横，山是眉峰聚。欲问行人去那边，眉眼盈盈处。 才始送春归，又送君归去。若到江南赶上春，千万和春住。'韩子苍在海陵，送葛亚卿，用其意以为诗，断章云：'明日一杯愁送春，后日一杯愁送君。君应万里随春去，若到桃源记归路。'苕溪渔隐曰：山谷词云：'春归何处，寂寞无行路。若有人知春去处，唤取归来同住。'王逐客云'若到江南赶上春，千万和春住'，体山谷语也。"

《清平乐·应制》（1/261）。

《能改斋漫录》卷十七《王观应制词》条："王观学士尝应制撰《清平乐》词云：'黄金殿里，烛影双龙戏。劝得官家真个醉，进酒犹呼万岁。 折旋舞彻伊州，君恩与整搔头。一夜御前宣住，六宫多少人愁。'高太后以为媟渎神宗，翌日罢职，世遂有逐客之号。今集本乃以为拟李太白应制，非也。"又按，宋陈鹄《耆旧续闻》卷九："王甫（一作仲甫）为翰林，权直内宿，有宫娥新得幸，仲甫应制赋词云'黄金殿里，烛影双龙戏。劝得官家真个醉，进酒犹呼万岁。 锦裀舞彻凉州，君恩与整搔头。一夜御前宣唤，六宫多少人愁。'翌旦，宣仁太后闻之，语宰相曰：'岂有馆阁儒臣应制作狎词耶？'既而弹章罢。……王仲父字明之，自号为逐客，有《冠柳集》行于世。陆务观云。"杨宝霖《词林纪事补正》卷五考证颇详："《能改斋漫录》卷十七云：'王观学士，尝应制撰《清平乐》词云'黄金殿里'（词略）。高太皇以为亵渎神宗，翌日罢职，世遂有逐客之号。'《清平乐》一词，《唐宋诸贤绝妙词选》卷五收之，以为王观作。《耆旧续闻》卷九谓王仲甫作，仲甫字明之，自号逐客，作《清平乐》本事与《能改斋漫录》同。《清平乐》一词，作者有二说。南北宋间龚明之《中吴纪闻》卷四《王主簿》条云：'王仲甫，字明之，岐公之犹子。风流翰墨，名著一时。后客吴门。（略）其殁也，丁永州注葆光祭之，有云：'爽秀豪拔，出于天资。谈经咏史，博识周知。文华自得，不务竞时。古格近体，率意一挥。金玉锵扬，组绣陆离。世俗所得，特其歌辞。'又云：'生习华贵，不见艰巇。徘徊鸥阁，出入凤池。乘兴南游，旷达不羁。朝赏夕宴，选胜搜奇。摆脱冠裳，却去轮蹄。不惊荣辱，不妄是非。扰扰万绪，付于一卮。颓然终日，去智忘机。''岐公'，王珪封号。珪，华阳人。据丁注祭文中'徘徊鸥阁，出入凤池'二句，知王仲甫曾中进士，然为何官，丁注祭文及龚明之未有明言。丁注祭文，言仲甫生平其悉，而未言官爵，可见其官不显。龚明之立条目为'王主簿'，可见其官职不高，殆无为'学士''应制'之事。参合《能改斋漫录》所载作《清平乐》词事，《清平乐》作者，当属王观。《耆旧续闻》卷九记陆游之言，不可尽信。惜王观之《冠柳集》，王仲甫之当日'世俗所得'之'歌辞'均不传，无可覆检，此为憾耳。《词综》卷七王观《清平乐》（黄金殿里）词后按语云：'王介字仲甫，衢州人，好为助语诗。'《中吴纪闻》《耆旧续闻》明言仲甫字明之，朱彝尊失考。"

《雨中花令·夏词》（1/261）。

宋胡仔《苕溪渔隐丛话》前集卷五九引《漫叟诗话》："余……尝爱王逐客作夏词送将归，不用浮瓜沉李等事，而天然有尘外凉思。其词云（略）。此语非触热者之所知也。"

《江城梅花引》（1/262）。

宋洪迈《容斋五笔》卷三《先公诗词》条："绍兴丁巳，所在始歌《江梅引》词，不知为谁人所作。己未、庚申年，北庭亦传之。至于壬戌，公在燕，赴张总侍御家宴，侍妾歌之，感其'念此情，家万里'之句。怆然曰：'此词殆为我作！'

既归不寐，遂用韵赋四阕。时在囚拘中，无书可检，但有《初学记》，韩、杜、苏白乐天集，所引用句语，一一有来处。北方不识梅花，士人罕有知梅事者，故皆注所出。"按此词即王观作。绍兴丁巳即七年，盖其词颇佳，故作出后即四处传诵。

张舜民（1/264）

《江神子·癸亥陈和叔会于赏心亭》（1/265）。

癸亥即元丰六年（1083）。陈和叔即陈绎，《宋史》卷三二九《陈绎传》："陈绎字和叔，开封人。……元丰初，知广州。库有檀香佛像，绎以木易之。事觉，有司当为官物有剩利。帝曰：'是以事佛丽重典矣。'时绎已加龙图阁待制、知江宁府，乃贬建昌军，夺其职。后复太中大夫以卒，年六十八。"赏心亭在建康。宋周辉《清波杂志》卷五《夕阳楼》条："建康有赏心亭，扬州亦有赏心亭。"《景定建康志》卷二二《城阙志》三《亭轩》："赏心亭，在下水门之城上，下临秦淮，尽观览之胜。丁晋公谓建。"则词陈绎知江宁府时作。据吴廷燮《北宋经抚年表》卷四，元丰四年九月，陈绎由广州改江宁，六年六月己巳，绎降。然词中有"秋已半"语，盖其时陈绎卸任后尚未离建康。张舜民《画墁集》卷七《郴行录》："辛亥，见知府待制陈绎、通判何寿昌、奉议提刑高复、大夫通判杜伟、奉议范公，共会于清心亭。""戊午，率董谋父登赏心亭。赏心、白鹭，二亭相连，南北对偶，以扼淮口，凭望烟渚，杳无边际，白鹭、蔡州，皆在其下，亦金陵设险之地也。丁晋公登赏心亭，以家藏袁安卧雪图，张挂之为屏风。晋公既去，未几遂亡其图，继来者又以布衣邓淑所画寒芦鸭图充之，今芦鸭亦无有，但纸糊粉垩而已。"

《朝中措·清遐台饯别》（1/265）。

元丰六年（1083）作。词有"他年来此，贤侯未去，忍话先回"语，盖亦在贬谪途中饯别之作。首句为"三湘迁客思悠哉"，又有"好在江南山色"句，则又作于过江宁府后，是应作于元丰六年。参前二条所考。

《卖花声·题岳阳楼》（1/265）。

元丰六年（1083）作。宋周辉《清波杂志》卷四《迁客》条："张芸叟元丰间从高遵裕辟，环庆出师失律，且为转运使李察讦其诗语，谪监郴州酒。舟行，以二小词题岳阳楼：'木叶下君山，空水漫漫。十分斟酒敛芳颜。不是渭城西去客，休唱阳关。 醉袖抚危栏，天淡云闲。何人此路得生还？回首夕阳红尽处，应是长安。''楼上久踟蹰，地远身孤。拟将憔悴吊三闾。自是长安日下影，流落江湖。 烂醉且消除，不醉何如？又看暝色满平芜。试问寒沙新到雁，应有来书。'亦岂无去国流离之思，殊觉婉而不伤也。"考《宋史》卷四六四《高遵裕传》："元丰四年，复知庆州。诏与诸呼讨夏国，请济师，得东兵十一将，骑不足用，以群牧马益之。又令节制泾原兵，刘昌祚先至灵州，几得城，遵裕嫉之，故不用其计，遂以溃归，语在《昌祚传》。贬郢州团练副使。"据同书卷十六《神宗纪》：遵裕师溃被贬在五年正月。张舜民谪郴州，据《长编》卷三三〇，在元丰五年十月。然据《清波杂志》卷四《张芸叟迁谪》条："芸叟迁流远谪，历时三，涉水六，过州十有五。自汴抵郴，所至留连。南京孙莘老、扬州孔周翰、泗州蒋颍叔、江宁王介甫、黄州苏子瞻、衡州刘贡父，皆相遇焉。说诗揽胜，无复行役之劳。未离江宁日，因送人入京，及同士子数辈饮饯，游清凉寺。抵暮回，属营妓数人同舟，宛转趣赏心亭。未至，闻亭上有散乐声，逼而询之，乃府公讶妓籍疏索，俾申刻集之。既见共载，野服披猖，但一笑而止。今日放臣逐客，容如是乎？一段胜概，宜入画图。府公，陈和叔也。"舜民有《江神子·癸亥陈和叔会于赏心亭》词，则元丰六年秋半尚在江宁。而此词有"木叶下君山"，则为秋晚，应作于元丰六年。又《方舆胜览》卷二九《岳州》："岳阳楼，在郡治西南，西面洞庭，左顾君山，不知创始为谁。唐开元四年中书令张说出守是邦，日与才士登临赋咏，自尔名著。滕宗谅作而新之，范希文为之记，苏子美书其丹，邵竦篆其首，时称四绝。"又张舜民《画墁集》卷十《郴行录》："丙戌，……晚登岳阳楼，即岳州之西门也。下临湖水，北望荆江，自西北流东南，至岳州城下与湖水合而东流，始为大江。""辛卯，登岳阳楼。""壬辰，群食于岳阳楼。"是舜民此行乃三登岳阳楼。

《卖花声》（楼上久踟蹰）（1/265）。

元丰六年（1083）作，见上条所考。

曾布（1/266）

《江南好》（1/266）。

宋王明清《挥麈后录余话》卷一："曾文肃十子，最钟爱外祖空青公。有寿词云：'江南客，家有宁馨儿。三世文章称大手，一门兄弟独良眉，籍甚众多推。''千里足，来自渥洼池。莫倚善题《鹦鹉赋》，青山须待健时归。不似傲当时。'其后外祖果以词翰名世，可谓父子为知己也。"

《水调歌头》（1/266）。

元祐（1086—1093）中作。此共一组词从《排遍第一》至《排遍第七》。宋王明清《玉照新志》卷二："《冯燕传》见之《丽情集》，唐贾耽守太原时事也。元祐中，曾文肃帅并门，感叹其义风，自制《水调歌头》，以亚大曲，然世失其传。近阅故书得其本，恐久而湮没，尽录于后。"后即七首词。按据《长编》卷三六七，曾布元祐元年二月丁未知太原府。同书卷四二三，元祐四年三月辛酉，布改成德节度使。是词作于此数年间。

王仲甫（1/270）

《清平乐》（黄金殿里）（1/270）。

宋陈鹄《耆旧续闻》卷九："梅词《汉宫春》，人皆以为李汉老作，非也。乃晁端叔用赠王逐客之作。王甫（一作仲甫）为翰林，权直内宿，有宫娥新得幸，仲甫应制赋词云：'黄金殿里，烛影双龙戏。劝得官家真个醉，进酒犹呼万岁。锦茵舞彻凉州，君恩与整搔头。一夜御前宣唤，六宫多少人愁。'翌旦，宣仁太后闻之，语宰相曰：'岂有馆阁儒臣应制作狎词耶？'既而弹章罢。然馆阁中同僚相约祖饯，及期，无一至者，独叔用一人而已。因作梅词赠别云：'无情燕子怕春寒，轻失花期。'此谓此尔。又云：'问玉堂何似，茅舍疏篱。'指翰苑之玉堂。《苕溪丛话》却引唐人诗'白玉堂前一树梅，今朝忽见数枝开'，谓人间之玉堂，盖未知此作也。又'伤心故人去后，零落清诗'，今之歌者，类云'冷落'，不知用杜子美《酬高适》诗'自从蜀中人日作，不意清诗久零落'，盖'零'字与'泠'字同音，人但见'泠'字去一点为'冷'字，遂云'冷落'，不知出此耳。王仲父，字明之，自号'逐客'，有《冠卿集》行于世。（陆务观云）"又宋吴曾《能改斋漫录》卷十七作王观词，见上文王观词下所引。王观亦称逐客，待详考。

《醉落魄》（醉醒醒醉）（1/271）。

《全宋词》原按语："此首见黄庭坚《醉落魄》词序。"按，检黄庭坚《醉落魄》

词序："旧有醉醒醒醉一曲云：'醉醒醒醉。凭君会取皆滋味。浓斟琥珀浮香蚁。一入愁肠，便有阳春意。 须将席幕为天地。歌前起舞花前睡。从他兀兀陶陶里。犹胜醒醒，惹得闲憔悴。'此曲亦有佳句，而多斧凿痕，又语高下不甚入律。或传是东坡语，非也。与'蜗角虚名''解下痴绦'之曲相似，疑是王仲父作。因戏作四篇呈吴元祥、黄中行，似能厌道二公意中事。"黄庭坚词叙及人名，惯称字号而不称名，如东坡、中行、元祥等，无例外，此处三人，唯王介字仲父，似不应归入王仲甫名下。

孙浩然（1/271）

《离亭燕》（一带江山如画）（1/271）。

宋楼钥《攻媿集》卷七十《王晋卿江山秋景图》："宋大夫闻襄王之梦，孙兴公见天台山图，皆想像为之赋，文章之妙如此。若丹青，非亲见景物，则难为工。晋卿固自名胜，然方其以金狨游冶都城嫩寒中，安知江山秋晚时事，不有南州之行，宁能尽写浩然词意耶！孙浩然词云：'一带江山如画，景物向秋萧洒。水浸碧天何处断，霁色冷光相射。橘树蓼花洲，掩映竹篱茅舍。 天际客帆高挂，烟外酒旗低亚。多少六朝兴废事，尽入渔樵闲话。怅望倚层楼，红日无言西下。'右《离亭燕》。"

王诜（1/272）

《忆故人》（烛影摇红）（1/272）。

宋吴曾《能改斋漫录》卷十七："王都尉有《忆故人》词云：'烛影摇红，向夜阑，乍酒醒，心情懒。尊前谁为唱阳关，离恨天涯远。 无奈云沉雨散。凭栏杆，东风泪眼。海棠开后，燕子来时，黄昏庭院。'徽宗喜其词意，犹以不丰容宛转为恨，遂令大晟别撰腔。周美成增损其词，而以首句为名，谓之《烛影摇红》，云：'芳脸匀红，黛眉巧画宫妆浅。风流天付与精神，全在娇波眼。早是紫心可惯。向尊前、频频顾眄。几回相见，见了还休，争如不见。 烛影摇红，夜阑饮散春宵短。当时谁会唱阳关，离恨天涯远。争奈云收雨散。凭栏杆、东风泪满。海棠开后，燕子来时，黄昏深院。'"

《人月圆·元夜》（1/274）。

明杨慎《词品》卷一《人月圆》条："宋驸马王晋卿《元宵辞》云：'小桃枝上春来早，初试薄罗衣。年年此夜，华灯盛照，人月圆时。　禁卫箫鼓，寒轻夜永，纤手同携。更阑人静，千门笑语，声在帘帏。'此曲晋卿自制，名《人月圆》，即咏元宵，犹是唐人之意。"然吴曾《能改斋漫录》卷十六《明月逐人来词》条："（李）持正又作《人月令》，尤脍炙人口，云：'小桃枝上春风早（略）。'近时以为小王都尉作，非也。"盖杨慎误信传闻而录入《词品》，不可尽信。

《换遍歌头》（1/274）。

《岁时广记》卷十《乘仙鹤》条引《皇朝岁时杂记》："阙下前上元数月，有司咨治端楼，增丹艧之饰，至正月初十日，帘幕帷幄帟绶及诸什物皆备。十四日登楼，近臣侍坐，酒行五，上有所令，下有所禀之事，皆以仙人执书乘鹤以彩绳升降出纳。王都尉作《换遍歌头》云：'雪霁轻尘敛，好风初报柳。春寒浅，当三五。是处鳌山耸，金羁宝乘，游赏遍蓬壶。向黄昏时候。对双龙阙门前，皓月华灯射，变清昼。　彩凤低衔天语。承宣诏传呼。飞上层霄，共陪霞舫频举。更渐阑，正回路。遥拥车佩珊珊，笼纱满香衢。指凤楼、相将醉归去。'"

陈济翁（1/276）

《蓦山溪》（去年今日）（1/276）。

宋吴曾《能改斋漫录》卷十七："'去年今日，从驾游西苑。彩仗压金波，看水戏、鱼龙曼衍。宝津南殿。宴坐近天颜，金杯酒，君王劝。头上宫花颤。

六军锦绣，万骑穿杨箭。日暮翠华归，拥钧天、笙歌一片。如今关外，千里未归人，前山雨，西楼晚。望断思君眼。'此陈济翁《蓦山溪》词也。舍人张孝祥，知潭州，因宴客，妓有歌此，至'金杯酒，君王劝，头上宫花颤'，其首自为之摇动者数四。坐客忍笑指目者甚多，而张竟不觉也。"

赵轼（1/337）

《夜行船》（今夜阴云初霁）（1/337）。

元祐五年（1090）或六年（1091）作。宋范公偁《过庭录》："赵轼信可，许人也。以才称乡里。为陕曹属，潦倒选调。先子与之乡旧。既在太原，赵沿橄相谒，因馆于书室。是夕八月十四日夜。先子具酒饮食，宣使张永锡召先子会酌。赵独处寂寥，就枕，即作一词达先子云：'今夜阴云初霁。画帘外、月华如水。露霭晴空，风吹高树，满院中秋意。　皎皎蟾光当此际。怎奈何、不成况味。莫近檐间，休来窗上，且放离人睡。'永锡见之大喜，赠上尊数壶。先子为求荐章，仅改秩而终。"文中所言先子为范纯仁，则词为赵轼上范纯仁所作。纯仁在太原，据吴廷燮《北宋经抚年表》卷三《河东》："元祐五年，滕元发，《长编》：五月戊子，范纯仁知太原。丙寅，元发改扬州。范纯仁。六年，范纯仁，《长编》：十一月癸巳，韩缜自河南知太原。纯仁改河南。"是词为元祐五年或六年八月十四日作。范纯仁为范公偶曾祖。

李之仪（1/338）

《蓦山溪·采石值雪》（1/338）。

词为之仪居当涂时作，然难以确定何年。之仪另有《天门谣·次韵贺方回登采石蛾眉亭》词，作于崇宁四年至大观二年间，此词或同时作。参该词所考。采石，即采石矶。在安徽省马鞍山市长江东岸，为牛渚山北部突出江中而成，江面较狭，形势险要，自古为大江北重要津渡。蛾眉亭在采石山上，《方舆胜览》卷十五《太平州》："采石山在当涂北三十里，山下有矶。《江源记》：人于此取石，因名。上有蛾眉亭，下有广济寺，中元水府庙及水天观。""蛾眉亭在采石山上，望见天门山。"

《满庭芳·八月十六夜，景修咏东坡旧词，因韵成此》（1/339）。

崇宁四年（1105）作。词有"一到江南，三逢此夜"句，据张仲谋《李之仪年表》，崇宁二年至太平。而此词三逢此夜，值当崇宁四年作。景修即赵景修，之仪有《减字木兰花·得金陵报，喜甚，从赵景修借酒》可证。又有《临江仙·景修席上再赋》，同调同韵前一首为《临江仙·登凌歊台感怀》，则亦在姑熟时作。

《玉蝴蝶》（坐久灯花开尽）（1/339）。

崇宁（1102—1106）、大观（1107—1110）间作。词序："九月十日，将登黄山，遽为阻雨，遂饮弊止。陈君俞独不至。已而以三阕见寄，辄次其韵。"按黄山即在太平州附近，词当之仪谪居太平州时作，时当崇宁、大观之间。

《怨三三·登姑熟堂寄旧游，用贺方回韵》（1/340）。

崇宁四年（1105）至大观二年（1108）作。按，姑熟在当涂。则方回原作应在当涂通判任上作，时之仪居姑熟，当在崇宁四年至大观二年间。参《天门谣·次韵贺方回登采石蛾眉亭》（1/349）词考。

《清平乐·听杨姝弹琴》（1/342）。

崇宁元年（1102）作。按，杨姝为当涂歌妓，黄庭坚知当涂时，作《好事近·太平州小妓杨姝弹琴送酒》词，李之仪次韵和之。黄知当涂在崇宁元年六月，仅九日。之仪此词即是时作。

《清平乐·再和》（1/342）。

崇宁元年（1102）作。此即再和前词，亦崇宁元年作，参前条考。

《浣溪沙·为杨姝作》（1/344）。

崇宁元年（1102）作。按，杨姝为当涂歌妓，词当崇宁元年所作，参下条《好事近》词所考。

《浣溪沙·再和》（1/344）。

崇宁元年（1102）作。按，此即再和前词，亦当崇宁元年作。

《西江月》（醉透香浓斗帐）（1/344）。

崇宁四年（1105）作。按，词作于崇宁四年。见钟振振《东山词校注》336页。

《临江仙·登凌歊台感怀》（1/347）。

崇宁四年（1105）前作。按，参前《满庭芳·八月十六夜，景修咏东坡旧词，因韵成此》（1/339）词考，此词盖作于崇宁四年前之仪居于姑熟期间。凌歊台，遗址在安徽当涂县。南朝宋武帝刘裕曾于此筑离宫。宋陆游《入蜀记》卷二："凌歊台正如凤凰、雨花之类，特因山巅名之。宋高祖所营，面势虚旷，高出氛埃之表，南望青山、龙山、九井诸峰，如在几席。"

《临江仙·景修席上再赋》（1/347）。

崇宁四年（1105）前后作。按，此与同调《登凌歊台感怀》同韵，当时作，即崇宁四年前后。景修即赵景修，参《满庭芳·八月十六夜，景修咏东坡旧词，因韵成此》（1/339）词考。

《蓦山溪·少孙咏鲁直长沙旧词因次韵》（1/348）。

崇宁三年（1104）后作。按，鲁直即黄庭坚，庭坚原作见《全宋词》388页，作于崇宁三年。故之仪词即崇宁三年后谪居当涂时作。少孙待考。

《减字木兰花·次韵陈莹中题韦深道独乐堂》（1/349）。

陈莹中即陈瓘（1058—1122），字莹中，号了翁，又号了斋，沙县人。元丰二年进士。徽宗朝，历右司谏、权给事中。崇宁中以党籍除名，编管台州。宣和四年卒于楚州，年六十五。《宋史》卷三四五有传。《永乐大典》卷三一四三有《陈了翁年谱》。韦深道即韦许，字深道，有独乐堂，陈瓘曾为其作《独乐堂记》。

《减字木兰花·次韵陈莹中题韦深道寄傲轩》（1/349）。

陈莹中即陈瓘，原作见《全宋词》613页，余见上条所考。

《减字木兰花·得金陵报，喜甚，从赵景修借酒》（1/349）。

约大观二年（1108）作。据张仲谋《李之仪年表》，"之仪徙家金陵，约在大观二年。"此词当为准备移家时作。作者与赵景修还在当涂。

《天门谣·次韵贺方回登采石蛾眉亭》（1/349）。

崇宁四年（1105）至大观二年（1108）作。按，贺铸原作《天门谣》（牛渚天门险），钟振振《东山词校注》卷四："本篇当作于哲宗绍圣三年丙子（1096）四月，或徽宗崇宁四年乙酉（1105）至大观二年戊子（1108）三月前。……惟李之仪尝次其韵，则本篇或作于太平任内与李之仪过从时，亦未可知也。"按，绍圣中之仪不在太平，可排除。据夏承焘先生《贺方回年谱》，方回崇宁四年始通判太平州，大观二年已在苏州，故词应作于崇宁四年至大观二年间。采石蛾眉亭，见上文《蓦山溪·采石值雪》（1/338）词考。

《好事近》（相见两无言）（1/349）。

崇宁元年（1102）作。按，词序："与黄鲁直于当涂花园石洞听杨姝弹《履霜操》，鲁直有词，因次韵。"据宋黄𬀩《山谷先生年谱》，山谷崇宁元年六月九日知当涂，十七日罢，在官仅九日。词当是时作。黄庭坚原词为《好事近·太平州小妓杨姝弹琴送酒》（1/411）。

《朝中措·望新开湖有怀少游，用樊良道中韵》（1/352）。

少游即秦观，秦观原作已佚。

《朝中措·樊良道中》（1/352）。

按此亦次秦观之作，与前词同韵。

《临江仙·病中存之以长短句见调，因次其韵》（1/352）。

按宋时字存之者有数人。此存之疑为杨存（1058—1128），字正叟，一字存之，庐陵人。登元丰八年进士第。初官郴县尉，后制建昌军，终判洪州。建炎二年卒，年七十一。事见杨万里《诚斋集》卷一二二《通判洪州杨公墓表》。据词意，当为之仪晚年所作。

（《徐州师范大学学报》1999 年第 1 期）

宋词考证五题

关于宋代词人与词作的整理，唐圭璋先生编写了《全宋词》，取得了集大成的成就。之后又有孔凡礼等先生从事辑补，有《全宋词补辑》等著作问世，厥功非细。《全宋词》问世后的数十年间，对于宋代词学文献的整理与考证，成绩也令人瞩目。笔者近年来，因参与《唐宋词汇评》的编纂，致力于词中人名地名与作年的考订，翻阅了大量有关宋词的文史资料，发现前人的有关成果，尚有不少疏漏与缺误，也搜集了一些佚词。本文摘录平时读书所得者二十四条，分为五题，带有释例的性质，并以此就教于方家。

一、宋代词人生卒年考

毛开生年

《全宋词》1360 页《毛开小传》："开字平仲，信安（今浙江常山）人。礼部尚书友之子。仕止州倅。"

按：毛开生年可考。宋周必大《文忠集》卷一有《送毛平仲》诗，题下原注："开，戊寅十一月十四日。"序云："平仲学士隐居乡间，而隽声震于四方。竭来陪京，衣冠倾慕焉。仆之大父与先尚书同为庚辰进士，平仲于仆又有十年之长，方将兄事而强附之，则闻归艎在岸矣。敬赠恶诗，既叙先契，且约后会云。"则毛开比周必大长十岁。考《宋史》卷三九一《周必大传》："（嘉泰）四年薨，年七十九。"又楼钥《攻媿集》卷九三《忠文耆德之碑》："嘉泰四年十月庚寅朔，故左丞相、少傅、观文殿大学士、益国周公，年七十有九，葬于吉州之里第。"同书卷九四《少傅观文殿大学士致仕益国公赠太师谥文忠公神道碑》："四年十

196

月庚寅朔薨，年七十有九。"又《周文忠公集》附录载《周文忠公行状》及近年出土的《左丞相周必大墓志》（江西教育出版社 1991 年版《江西出土墓志选编》）所载均无异词。以嘉泰四年卒，年七十九推之，其生年在靖康元年（1126）。毛开长周必大十岁，则生于政和六年（1116）。

陆淞生卒年

《全宋词》1515 页《陆淞小传》："淞字子逸，号云溪，山阴（今浙江省绍兴）人。《耆旧续闻》云：陆辰州子逸，左丞佃之孙。晚以疾废，卜筑于秀野，越之佳山水也。放傲世间，不复有荣念。对客则终日清谈不倦，尤好语前辈事。"

按：陆淞之生卒年可考。据于北山《陆游年谱》宣和七年引《山阴陆氏族谱》云："宰有子四人：长淞，仲濬，叔游，季浚。淞字子逸，小字斗哥，行三。祖恩补通仕郎，历秘阁校理、工部郎中、知辰州，至左朝请大夫。娶贾文元公孙、文林郎迁之之女；继钱，太守厚女；又继王，抚干曦女。大观己丑十月二十五日生，淳熙九年辛酉（按应为八年辛丑）卒，年七十三，葬少师公墓侧。"以此可知陆淞生于大观三年，卒于乾道八年。《全宋词》小传仅据《词林纪事》卷十一《陆淞》条所引资料，而未考及《山阴陆氏族谱》，故缺载其生卒年，今据以补之。

沈瀛生年

《全宋词》1649 页《沈瀛小传》："瀛字子寿，号竹斋，归安人。绍兴三十年进士。历知江州、江东安抚司参议。有《竹斋词》。"《全宋诗》卷二三九六《沈瀛小传》："沈瀛，字子寿，号竹斋，吴兴（今浙江湖州）人。高宗绍兴三十年进士。孝宗乾道八年主管吏部架阁文字。淳熙四年知梧州。"均未言其生卒年。

按沈瀛生年可考，王质《雪山集》卷一五有《送徐圣可十首》诗，第九首自注："沈子寿编修与楚辅皆文溪为命，今子寿尚栖迟。子寿于某长一月，某命亦文溪也，故以兄称。"是沈瀛与王质同年生，比王质大一月。考《宋史》卷三九五《王质传》："王质字景文，其先郓州人，后徙兴国。……淳熙十五年卒。"又据《雪山集》卷首王阮序，王质卒年五十五岁，逆推其生于绍兴四年（1134）。

李泳卒年

《全宋词》1670 页《李泳小传》："泳字子永，号兰泽。淳熙中，尝为溧水令，又为坑冶司干官。淳熙末卒。"《全宋诗》卷二三六九《李泳小传》："李泳（？—1189？），字子永，号兰泽，扬州人，家于庐陵。正民子，洪弟。尝官两浙东路安抚司准备差遣。孝宗淳熙十四年知溧水县，淳熙末卒。"

按李泳卒年，李剑国先生《宋代志怪传奇叙录》326 页有考证："洪迈《夷坚三志己卷》第八跋云：'亡友李子永所作《兰泽野语》，己未用之其前志矣。子永下世十年，予念之不释，故复掇其可书者十七事，稍加润饰，以为此卷。'又卷九《婆律山美女》条注云：'右六事亦得之李子永。'按《夷坚三志己卷》撰于庆元四年（1198），前推十年，子永下世之时在淳熙十六年（1189）。跋云'己未用之其前志矣'，文有脱讹，揣其意，盖言在己未年已在《夷坚志》中采用过《兰泽野语》，这次为纪念李子永逝世十年，又采录书中故事，所以说'复掇其可书者'。庆元四年是戊午岁，此前最近的己未岁是绍兴九年（1139），那时洪迈尚未开始写《夷坚志》，所以己未二字必有讹。己未可能是己酉之讹，淳熙十六年正为己酉岁，此年洪迈写完《夷坚己志》。李泳亦下世于此年，故而撷取《兰泽野语》中事而载入《己志》以示纪念。"

朱涣生年

《全宋词》2781 页《朱涣小传》："涣字行父，号约山，庐陵（今江西吉安）人。生淳熙年间。登嘉定十六年（1223）进士。官大理寺丞、衢州守。寿八十余卒。"

按朱涣生年可考。刘辰翁《酹江月·和朱约山自寿曲，时寿八十四》词，有"五朝寿俊，算平生占得，淳熙四四""今岁甲子重阳"等语，甲子即景定五年（1264），上推八十四年即淳熙八年。淳熙共十六年，十六年二月光宗即位，则占得四四即当是淳熙八年，故知朱涣生于淳熙八年。又文天祥《文山先生全集》卷二《寿朱约山八十韵》，原注："九月十三日。"是其生日为九月十三日。又同书同卷有《寿朱约山八十三岁》诗。

马廷鸾生年

《全宋词》3139 页《马廷鸾小传》:"鸾字翔仲,号碧梧,饶州乐平人。嘉定十六年(1223)生,淳祐七年进士。……卒于至元二十六年(1289),年六十七。"

按马廷鸾应生于嘉定十五年(1222),《碧梧玩芳集》卷十五《题方景云课稿后》:"余与景云同年于壬午,同荐于丙午。"壬午即嘉定十五年。又《宋史》卷四一四《马廷鸾传》:"瀛国公即位,召不至。自罢相归,又十七年而薨。"《四库全书总目》卷一六五《碧梧玩芳集》提要:"史称其罢相归后又十七年而卒。考廷鸾之罢在度宗咸淳八年壬申,其没在元世祖至元二十六年己丑。"又《元史》卷八九《马端临传》:"(至元)二十六年,廷鸾卒。"是卒于至元二十六年,无可怀疑。然嘉定十五年至至元二十六年,实六十八岁。

二、宋代词人事迹考

范宽之事迹

范宽之,《全宋词》215 页收其失调名词残句,缺作者小传。《中国词学大词典》也未列范宽之条目。

按:范宽之事迹可考。《宋史》卷三〇四《范正辞传》:"范正辞字直道,齐州人。……子宽之,终尚书刑部郎中、知濠州。"《续资治通鉴长编》卷一九〇:嘉祐四年八月戊寅,"降江南东路转运使、兵部郎中范宽之知濠州,……坐前为两浙转运使、提点刑狱而失按知杭州孙沔也。"

毛滂知武康县时间

《全宋词》661 页《毛滂小传》:"元符二年知武康县。崇宁初,除删定官。"

按此当据《嘉泰吴兴志》卷一五《县令题名》:"毛滂,旧编云:毛滂字泽民,元符二年为武康令,慈爱惠下,政平讼简。时旁邑多歉,惟武康丰穰,公余多暇,寻访山水,发诸文章。"又《嘉靖武康县志》卷二《秩官表》:"元符:毛滂,二年任,详传。"同书卷六《名宦传》:"毛滂字泽民,三衢人。元符二年任,慈惠爱下，政平讼简，暇则游山水，咏歌自适。时邻邑多歉，惟武康独稔焉。"诸书实误。考《嘉泰吴兴志》卷八《公廨·武康县》："东堂在武康县，本尽心堂，嘉祐三年，县令王震建，绍兴五年县令毛滂作新之。"同书而异词。考毛滂有《蝶恋花·戊寅秋寒秀亭观梅》词，戊寅即元符元年。据《嘉泰吴兴志》卷八《公廨·武康县》："寒秀亭在武康县，有古松。毛滂有寒秀亭诗。"此毛滂元符元年前知武康之证。毛滂又有《渔家傲·戊冬寅冬，以病告卧潜玉，时时策杖寒秀亭下，作渔家傲三首》，亦元符元年在武康作。又考毛滂《东堂集》卷一有《解武康县印至垂虹亭作》，有"三年虎落槛"语，则在武康三年。又同书卷九有《湖州武康县渊应庙记》，末题："建中靖国元年正月十五日。"同卷有《湖州武康县学记》，末题："建中靖国元年四月初五日记。"毛滂元符元年知武康县，建中靖国元年罢任，正好三年。故其初知武康县在元符元年无疑。《全宋诗》卷一二四六《毛滂小传》谓其知武康县在绍圣四年，亦误。

赵磻老知临安府时间

《全宋词》1629页《赵磻老小传》："淳熙二年，两浙路转运副使。四年（1177），工部侍郎、知临安府。坐失于弹压，放罢，送饶州居住。"

按：赵磻老知临安府在淳熙三年，不在四年，且应由两浙运副转。《咸淳临安志》卷五〇《秩官》八《两浙转运》："赵磻老，淳熙二年运副。"同书卷四八《秩官》六："淳熙三年丙申：李椿，……三月初三日，椿罢兼。赵磻老，是日以朝散郎、直秘阁、两浙运副除直敷文阁知。因修垂拱殿，除直徽猷阁。又车驾幸学，转朝奉大夫。四年丁酉，五月十二日，磻老除秘阁修撰。五年戊戌，二月，除权工部侍郎兼知。十一月初七日，磻老罢。"述磻老知临安府时间及官衔颇详。

郑雪岩事迹

郑雪岩，《全宋词》3164页收其《水调歌头·甲辰皖山寄治中秋招客》词一首，而未言其事迹。

按：郑雪岩即郑霖，字景说，号雪岩，宁海（今浙江宁海）人。《光绪宁海县志》卷一〇《人物志》："郑霖，字景说，一字润父，居西墺。初为太学生，慨然有及物之志。登绍定二年进士，除南安教授，适顽民梗化，躬冒矢石，登陴谕以祸福，贼遂散。由是声威日振。历知嘉定、大理司直、枢密院编修，出知赣州，招降纳叛，御患弥灾。……后移安庆，兼淮浙提刑，权知平江，十年之间，民事毕理。……及除淮浙发运，贾似道当国，欲加擢用，霖恶其为人，不与言，似道衔之，后以将作监、礼部郎官召，又终不就，卒为似道所害，年七十二。遗表上闻，赠中奉大夫、龙图阁直学士。四明王应麟，霖门下士，尝曰：发运公瑰名茂德，为世津梁，所谓雪岩先生也。有《中庸讲义》《雪岩集》。"

《浙江通志》卷一六九《人物》三《循吏》："郑霖，《台州府志》，字景说，宁海人。绍定进士，除南安教授，枢密院编修，出知赣州，后移安庆，兼淮浙提刑，权知平江。十年之间，靖宜兴之盗，释久系之囚，拔户部牙帮以给流寓，省添差总管以舒邦计，修筑吕城，疏浚练湖，公私便益，人蒙惠爱。后以将作监礼部郎官召，不就，卒年七十二，赠龙图阁直学士。"

嘉熙四年（1240），知嘉定县。见《康熙嘉定县志》卷一〇。

淳祐六年（1246），为淮东总领。《景定建康志》卷二六，有郑霖题名，为王爚后任，韩补前任，王罢任除左司郎中在淳祐六年闰四月初八日，而韩莅任在七年二月十七日。此间总领即为郑霖。

淳祐八年（1248）至十年（1250），知平江府。宋范成大《吴郡志》卷十一《牧守》："郑霖，朝奉大夫，权发遣两浙西路提点刑狱公事，至淳祐八年正月二十五日，暂权平江府发运司职事。当年七月六日奉圣旨，除直宝章阁知平江军府事，兼主管浙西、两淮发运司公事，兼措置浙西和籴。于当年当月二十九日交割，当年十二月初十日暂权浙西提举，当年当月二十七日磨勘转朝散大夫，九年四月十九日奉圣旨，以职事修举除直华文阁依旧职。"明钱谷《吴都文粹编集》卷三《群守郑霖会三学同舍序》："淳祐己酉月正人日，郡守郑霖会三学同舍序，拜于天庆斋堂会者四十二人。天台郑霖景说……"同书同卷又有郑霖《春雨堂即事》诗，卷八有郑霖《平江府司户厅壁记》："予来假守，得君为寮，助我多矣。……淳祐十年七月朔，郡守天台郑霖记。"《宋史》卷四三八《王应麟传》："调浙西提举常平茶盐主管帐司，部使者郑霖异待之。"

三、宋词人名考

陈亮《彩凤飞》词之"钱伯同"考

陈亮有《彩凤飞·七月十六日寿钱伯同》词,夏承焘、牟家宽《龙川词校笺》上卷:"钱伯同当尝仕金华者。查《金华府志》,淳熙、绍熙间知婺州者有钱佃(仲耕)、钱象祖。《鹤山题跋》有《跋北山鏊识》一条,述侂胄排斥异己,有'极于钱伯同之谪上杭'语。《宋史·钱端礼传》:'孙象祖,嘉定元年为左丞相,自有传。'而实无此传。又按《龙川文集》(二十五)《祭钱伯同母硕人》文云:'大家世族,垂三百年。方其盛时,二浙惟钱。被兵日少,有此山川。'按《宋史》钱端礼临安人,则伯同与象祖似为一人。"

按:钱象祖字伯同,其事迹可以考知。《嘉定赤城志》卷三三《人物门》三《进士科》:"嘉泰四年:钱象祖,临海人,字伯同。以祖端礼恩泽补官,历太府寺主簿丞、刑部郎官,知处、严、信、抚四州,江东运判、侍右郎官、枢密院检详、左司郎中,权工部侍郎、知临安府,吏部侍郎、工部尚书,改兵部、华文阁学士、知建康府,再除兵部尚书,进吏部,同知枢密院、参知政事。俄以谏用兵谪信州,起知绍兴府。以资政殿学士兼侍读,再除参知政事知枢密院,进右丞相兼枢密使,俄进左丞相。乞归,终少保、成国公,赠少师,事见《国史》。"其事迹又见《宝庆会稽续志》卷二《安抚题名》、《咸淳临安志》卷八《秩官》、《宋宰辅编年录》卷二十、《宋元学案》卷九七《庆元学案》。

李处全《生查子》词之"韩守"考

李处全《生查子》词,序云:"甲午九月末在婺州韩守坐上和陈尚书。"姜书阁《陈亮龙川词校笺》上卷《满江红·怀韩子师尚书》注:"按韩之守婺在淳熙初年,即公元一一七四年前后。王鹏运《宋元三十一家词》辑李处全《晦庵词》录有《生查子》一阕,题序云:'甲午九月末在婺州韩守坐上和陈尚书。'疑即指韩彦古子师也。"

按:此以"韩守"为韩彦古子师,误,因韩彦古未曾知婺州。韩守应为韩元吉。甲午是淳熙元年,《宋史翼》卷一四《韩元吉传》:"淳熙元年以待制知婺州。"韩元吉《南涧甲乙稿》卷十六《书朔行日记后》:"淳熙改元,出守婺女。"

同书卷十四《高祖宫师文编序》："因哀而刊之东阳郡斋。"末题："淳熙元年十月，玄孙具位某谨书。"东阳郡即婺州。又卷十六《金华洞题名》："淳熙改元七月既望，……韩元吉无咎观稼秋郊。"又《宋会要辑稿》选举三四之三〇：乾道九年，"十二月三日，诏尚书吏部侍郎韩元吉除敷文阁待制、知婺州。"又《金华府志》卷一一："韩元吉字无咎，颍州人，维之子。淳熙元年由敷文阁待制，官至吏部尚书。"知韩元吉受诏知婺州在乾道九年十二月三日，而抵任则在淳熙元年春，故诸书记载多作淳熙元年。

陆游《定风波》词之"王伯寿"考

陆游《定风波·进贤道上见梅赠王伯寿》词，夏承焘先生《放翁词编年笺注》上卷注："王伯寿，未详。宋张纲《华阳长短句》有《绿头鸭·次韵王伯寿词》。"

按：王伯寿事迹可考。《至顺镇江志》卷一九《人物·孝友》："王康，字伯寿，金坛人。有孝行，晚以特恩授鄂州咸宁尉，未上而卒。今岳阳诸王皆其族也。尝论金坛水利。"又见《京口耆旧传》卷七。陆游此词作于乾道元年，其时通判镇江府，故可与金坛人王康交往唱酬。

刘克庄《贺新郎》词之"黄成父"考

刘克庄有《贺新郎·送黄成父还朝》词，钱仲联《后村词笺注》卷一注："道光《广东通志》卷一六《职官表》三载转运使：'黄朴，嘉熙四年任。'又转运判官：'黄朴，嘉熙四年任。'朴盖先为判官，后升使，成父当是朴之字。"

按：《笺注》疑成父为黄朴之字，是，然缺乏佐证。今考《淳熙三山志》卷三二《人物》七《科名》："绍定二年己丑黄朴：黄朴，状元，字成父，侯官人。历馆阁、吏部郎，终朝请郎、广东漕。"又见《宋历科状元录》卷八、《南宋馆阁录》卷八。刘克庄另有《临江仙》词，序："庚子重阳，余以漕摄帅会前帅唐伯玉、前漕黄成父于越王台，是日寓海丰县驿作。"庚子即嘉熙四年，则是年九月，朴已罢广东任。"父""甫"古文中通用。

刘克庄《水龙吟》词之"王景长"考

刘克庄有《水龙吟》词，序言："方蒙仲、王景长和余丙辰、丁巳二词，走笔答之。"钱仲联《后村词笺注》卷二："王景长，未详。"

按：王景长即王庚，字景长，温陵人。《后村大全集》卷一〇六《跋郡学刊文章正宗》："今郡文学王君谓：朱先生《易本义》，精于理者也。……君名庚，字景长，温陵人。"同书卷九二《福清县重建谯楼记》："景定辛酉，王侯庚来馆铜墨，喟然叹曰：'门庑庳堂寝漏皆可缓。'……侯，余友也，尝教莆、杭、福三州，博洽英妙。士友皆曰：'此渠观中人，必速化腾上。'侯方以格封男，戴星勤民，饮冰律己。"

刘克庄《木兰花慢》词之"郑伯昌"考

刘克庄有《木兰花慢·送郑伯昌》词，钱仲联《后村词笺注》卷三注："郑伯昌事迹，见于《大全集》卷一三八《郑伯昌吏部祭文》……此送别之作，当即是《祭文》所云'以台郎征，坚卧固辞，上叹其高，出节近畿'之时。《后村长短句》列此词于同调《癸卯生日》后，《丁未中秋》前，考林希逸《后村先生刘公行状》，淳祐三年癸卯至四年甲辰秋以前，淳祐六年丙年十一月以后至七年丁未，后村均里居，词似作于后一段时间。伯昌盖后村同里之人。"

按：郑伯昌即郑逢辰，赵汝腾《庸斋集》卷六有《提刑郑吏部墓志铭》，谓郑逢辰字伯昌，闽人。历将作监主簿、司农丞、大宗正丞、金部郎官，以蒋岘劾去官。淳祐初起知衢州，旋为劾去。复起为江西常平使者，以讨寇功改提刑，召为吏部郎，寻为浙东宪。疾作而逝，时当八年五月十一日。刘克庄与郑逢辰颇有交往，《后村大全集》卷九十《御书抚州忠孝坊》："提举常平郑侯逢辰既至，怀贤遏祠，访古得池，有慨于心，更卜爽垲，合而祀之。"同卷《宁都县新筑城记》："淳祐丙午，余仕于朝。……部使者尚书郎郑公逢辰、大匠吴公子良，俱以治行荐。"是此词作于淳祐丙午，即淳祐六年。

刘克庄《西江月》词之"陈复斋"考

刘克庄《西江月·腰痛，旧传陈复斋名方，岁久失之》词，钱仲联《后村词笺注》卷四："陈复斋，未详。"

按：陈复斋即陈宓，今传有《复斋先生龙图陈公文集》二十三卷。题宋陈宓撰，即此人。则其号复斋。《后村大全集》卷一一〇有《跋郑南恩家藏陈复斋遗墨》《祭陈师复寺丞文》，均此人。《宋史》卷四〇八《陈宓传》："陈宓字师复，丞相俊卿之子。少尝及登朱熹之门，熹器异之。长从黄幹游。以父任历泉州南安盐税,主管南外睦宗院、再主管西外,知安溪县。嘉定七年,入监进奏院。……遂请罢,归。在告日,擢太府丞,不拜,出知南康军。……改知南剑州。……知漳州,未行,闻宁宗崩,呜咽累日。亡何,请致仕。宝庆二年,提点广东刑狱,章复三上,迄不就。直秘阁,主管崇禧观,宓拜祠命而辞职名。卒,进职一等致仕。三学诸生以起宓为请,而没已阅月矣。"又见《莆阳文献传》卷二三、《宋元学案》卷六九等。

四、宋词作年考

陆游《水调歌头》词系年

欧小牧《陆游年谱》:宋孝宗乾道元年乙酉,"先生通判润州,友好来往者尚有张仲钦、王明清、张孝祥等。甘露寺多景楼成,先生为知府方滋赋《水调歌头》词,张孝祥为书之刻石。"

按:此处系年误,应为隆兴二年事。考陆游《渭南文集》卷二四《镇江谒诸庙文》:"某以隆兴改元夏五月癸巳,自西府掾出佐京口,明年春二月己卯至郡。"是陆游隆兴二年春通判镇江。考韩元吉《南涧甲乙稿》卷二一《方公(滋)墓志铭》:"乾道改元,除两浙转运副使。"《嘉定镇江志》卷十五《宋润州太守》:"方滋,右朝请大夫,绍兴三十二年九月到,隆兴元年正月代,二年八月再以左中奉大夫直敷文阁知府,乾道元年除两浙转运副使。""吕擢,右朝散大夫直徽猷阁,乾道元年三月到。"即代方滋。词有"露沾草,风落木,岁方秋"句,作于秋,是应系于隆兴二年无疑。

陆游《感皇恩》《木兰花》词系年

欧小牧《陆放翁先生著作系年》(《陆游年谱》附录):"乾道八年:《感皇恩》,《文集》卷四九。自注:'伯礼立春生日。'"按此词为陆游在夔州作。盖陆游乾道八年正月受王炎辟为四川安抚司干办公事兼检法官,离夔州以前贺王伯礼生日。此处系年实误。因为乾道八年之立春日并不在八年,而在七年底。据陈垣《中西回史日历》,乾道五年、六年、七年冬至在阳历十二月十五日。以此推算,乾道七年立春在阳历一月二十八日,阴历即前一年十二月二十一日。故本词理应系于乾道七年的十二月立春日。又同书："乾道八年:《木兰花》,《文集》卷四九。自注:'立春日作。'"按本词有"三年流落巴江道"语,亦在夔州作。故立春亦当在七年十二月。

一年二十四节令对于诗词考订,尤其是系年,至为重要。特别是立春,不一定都在当年的春季,也有在前一年冬末者,故容易产生错觉,遇到这类情况,必须推算准确。

刘克庄《柳梢青》词系年

钱仲联《后村词笺注》卷四不编年词收《柳梢青·方听蛙八十》词。按:此词作年可以考知。考方听蛙即方审权,字立之,号听蛙,莆田人。《后村大全集》卷一六一有《方隐君墓志铭》,卷九七有《听蛙诗序》、卷一三九有《祭方听蛙审权文》。《莆阳文献传》卷一附其事迹于《方峤传》。听蛙景定五年卒,年八十五。以此逆推,其八十岁当为开庆元年。词即作于本年。

五、宋词辑佚并考订

张釜佚词

张釜,字君量,号随斋,丹阳(今江苏丹阳)人。张纲之孙。以荫入官,主管江东安抚司机宜文字,通判饶州。孝宗淳熙五年(1178)进士。历知兴国军、池州,又为湖南提举、广西运判,知广州。庆元二年(1196),奉使迎金使。四年,为右谏议大夫。五年,因劾刘光祖附和伪学,诏房州居住。嘉泰元年(1201)七月,自礼部尚书除端明殿学士,签书枢密院事。八月罢。《京口耆旧传》卷七有传,又见《八琼室金石补正》卷九八。

《行香子·题瑞岩》

岁序将阑,雪意犹悭,慢赢得、十日清闲。林泉佳处,足可跻攀。有杏花岩,玻璃井,第一山。　　细草孤烟,千里荒寒。望神州、杳霭之间。危栏休凭,目断心酸。是白沟河,鸡林塞,玉门关。

按本词庆元二年作。《光绪盱眙县志稿》卷十三《金石》:"张釜《行香子碣》,

庆元二年，词见《山川》。《乾隆志》，石在瑞岩观后左壁，宋庆元丙辰丹阳张釜奉命迓金使，至此作。今未见。"同书卷二《山川》："瑞岩，治西北。""张荃（釜）题瑞岩《行香子》词（词见上）。"词中第一山即盱眙之南山，《光绪盱眙县志稿》卷二《山川》："第一山，又曰南山，今为盱眙县治。""《乾隆志》：县治厅东壁有石刻米芾书第一山三大字。……按自此山迤东至斗山，宋以前皆目为南山，以在淮水南也。宋《苕溪渔隐丛话》：淮北之地平夷，自京师至汴口并无山，惟隔淮方有南山，米元章名其山为第一山。"

宋承之佚词

宋承之，成都人。

《关山月》

关山月。关山月。千里寒光射冰雪。一声羌笛裂青云，陇上行人肠断绝。肠断绝兮将奈何。为君把酒问常娥。冰轮桂魄圆时少，应似人间离别多。

《关山雪》

关山雪。关山雪。远接洮西千里白。试登陇首瞰八荒，表里高低都一色。日高融液流车辙。冻作坚冰敲不裂。早晚春风动地来，消尽寒威百花发。

按以上二词绍圣三年（1096）作。《北京图书馆藏中国历代石刻拓本汇编》040册北宋142页《关山雪月词》："成都宋构承之，绍圣丙子岁按部过陇山，偶题，以补乐府之阙。'关山月。关山月。千里寒光射冰雪。一声羌笛裂青云，陇上行人肠断绝。肠断绝兮将奈何。为君把酒问常娥。冰轮桂魄圆时少，应似人间离别多。'右《关山月》。'关山雪，关山雪，远接洮西千里白。试登陇首瞰八荒，表里高低都一色。日高融液流车辙。冻作坚冰敲不裂。早晚春风动地来，消尽寒威百花发。'右《关山雪》。监郡扶亭王希声器之，郡守河南韩渥承之立石。"又《汇编》说明："北宋绍圣三年（1096）刻。石在陕西陇县大佛寺。拓片高93厘米，宽91厘米。宋构撰并行书。此本为陆和九旧藏。"

章概佚词

《蝶恋花》

梅杏一枝聊寄远。寂寞孤根，风定泉清浅。每岁开迟人偃蹇。今年开早人心满。　莫道山深春尚晚，一点阳和，大地先回暖。更待龙池冰尽泮，累累青于东风畔。

按本词绍圣二年（1095）作。《北京图书馆藏中国历代石刻拓本汇编》040 册北宋 123 页载《蝶恋花词》：词末注："乙亥早冬十日，归父。"后有清光绪三十年十一月二十八日题跋一款："此宋梅泉碑阴《蝶恋花》词刻也。吴苾文据古录及方舆金石汇目注载附绵州德阳县。据《四川通志》泪蜀碑部有梅泉碑，熙宁元年章概八分书，与字正书。此词即刻于碑阴非摩崖也。归父，盖即概字，以其书八分如出一手可证。仁宗、神宗熙宁经年无乙亥，惟哲宗绍圣三年为乙亥，距熙宁戊申已廿七年。章概其人于志乘当有可考，德阳一邑，右文教，庆元二年章森八分书经辞楼，撰及此而已。"又《汇编》说明："北宋绍圣二年（1095）十月十日刻。石在四川德阳。拓片高 90 厘米，宽 61 厘米。隶书。刻于熙宁元年五月《梅泉二字碑》阴。此本为吴昌绶旧藏。左下角附清光绪三十年十一月二十八日题跋一款。"

赵某佚词

残词

□□□□郿□流垂□断崖依旧横碧□□独有千古文章，铿锵炳耀，不与名□□□□□□□□□□□□尽□□远□□□□□□□不□□拳石。举杯相属坐，还有此客。

按本词嘉定十三年（1220）作。《八琼室金石补正》卷九二《赵某残词》："'□□□□郿□流垂□断崖依旧横碧□□独有千古文章，铿锵炳耀，不与名□□□□□□□□□□□□尽□□远□□□□□□□不□□拳石。举杯相属坐，还有此客。'嘉定庚辰夏五月□日，赴□□□□书。"跋云："右行书十行，半磨灭。（《金石审》）右赵某残词刻，《通志》未载，《永志》有阙讹，据石正之。前为邹某磨去改刻，其诗五六七行之上截及末一行，又为俗子羼刻，不能全读矣，赵下似崇字。"

宋代词人叙录

毛滂（2/661）

　　毛滂（1061—？，毛滂生年又有 1054、1055、1060、1064、1067 诸说，卒年有 1120 及宣和末以后诸说），字泽民，号东堂，衢州江山（今浙江江山）人。元丰七年（1084）为郏州掾曹，其《郏州新修县尉司记》题："元丰七年六月一日。"是其初官。又其《拟秋兴赋》序言为掾曹前"初无宦情，不知委曲以向物，七年荷锸灌园，追踪丈人。"乃初官时作。赋又言"昔潘安仁三十有二，始见二毛。……仆少潘安仁八岁"语，是初官时年二十四，以元丰七年前推二十四年，即嘉祐六年（1061），是即滂之生年。元祐二年（1087），为杭州法曹参军。三年，苏轼保举其堪充文章典丽可备著述科，移饶州司法参军。约绍圣元年（1094），为衢州推官。元符元年（1098），知武康县，颇多惠政。崇宁时在京任删定官。历官祠部员外郎。政和四年（1114）知秀州。约卒于宣和六年（1124）以后。《宋史翼》有传，事迹又见《嘉泰吴兴志》卷十五、《咸淳临安志》卷九一、《至元嘉禾志》卷十三等。毛滂工诗善文，尤长乐府，有《东堂词》一卷，东坡誉为"秋兴之作，追配骚人"（《与毛泽民推官书》）。《四库全书总目》卷一一五称："其诗有风发泉涌之致，颇为豪放不羁，文亦大气盘礴，汪洋恣肆。"周辉《清波杂志》卷九谓："语尽而意不尽，意尽而情不尽，何酷似少游也。"东堂词，《直斋书录解题》卷十七《别集类》载有毛滂《乐府》二卷，已佚。同书卷二一《歌词类》载有《东堂词》一卷。汲古阁《六十名家词》本《东堂词》一卷，共 203 首。《彊村丛书》本《东堂词》一卷，亦 203 首。《全宋词》收毛滂词 201 首，附录 3 首。孔凡礼《全宋词补辑》据《诗渊》辑得 2 首。因为毛滂在徽宗时曾依附曾布、蔡卞，颂谀蔡京而得进用，其人品颇为时论所不满。加以其生平事迹，颇多疑窦。今人周少雄《毛滂作品选》(杭州大学出版社 1995 年版)附有《毛滂简谱》,胡可先有《毛东堂词作年考》(《台湾《宋代文学研究丛刊》第 3 辑,丽文文化事业公司 1997 年版),《毛滂年谱》(《历史文献》第七辑,上海古籍出版社 2004 年版)。

朱敦儒

朱敦儒(1081—1159),字希真,号岩壑,又称岩壑老人、伊川老人、洛阳遗民、洛川先生、少室山人,河南(今河南洛阳)人。父勃,绍圣时为右司谏。敦儒志行高洁,虽为布衣,而有朝野之望。靖康中召至京师,将处以学官,敦儒辞曰:"麋鹿之性,自乐闲旷,爵禄非所愿也。"固辞还山。高宗即位,诏举草泽才德之士,预选者命中书策试,授以官。于是淮西部使者言敦儒有文武才,召之,敦儒又辞。高宗建炎元年(1127),始南奔,经淮阴、金陵、吴地、江西彭泽、九江、洪州,避乱客南雄州。张浚宣抚川陕,奏赴军前计议,弗起。继续南奔,直至南海。绍兴二年(1132),广西宣谕使明橐言敦儒深达治体,有经世才,廷臣亦多称其靖退,故于绍兴三年(1133)九月十八日,诏特补右迪功郎。盖因明橐所荐,参知政事席益、吏部侍郎直学士院陈与义交称其贤,故有是命。令肇庆府敦遣诣行在,敦儒不肯受诏。其故人劝之,始幡然而起。既至,命对便殿,论议明畅。赐进士出身,为秘书省正字。俄而兼兵部郎官,迁两浙东路提点刑狱。绍兴十四年(1144),右谏议大夫汪勃劾敦儒专立异论,与李光交通,遂罢职。提举台州崇道观。十九年,上疏请归,许之,退降嘉禾。敦儒素工诗及乐府,婉丽清畅。时秦桧当国,喜奖用骚人墨客以文太平,桧子熺亦好诗,于是先用敦儒子为删定官,复除敦儒鸿胪少卿。桧死,敦儒亦废。因其依附秦桧,故为时论所讥。绍兴二十九年(1159)卒,年七十九。《宋史》《宋史新编》《南宋书》《宋史质》均有传。又见明邵经邦《宏简录》卷一八七。邓子勉有《朱敦儒年谱简编》。排比其事迹,较为清楚。敦儒著有《岩壑老人诗文》及《猎较集》,已佚。词集《樵歌》三卷,一名《太平樵唱》。邓子勉有校注本,上海古籍出版社 1998 年 7 月版,为"宋词别集丛刊"之一种。其词既豪放又婉丽。王鹏运跋云:"希真词于名理禅机,均有悟入,而忧时念乱,忠愤之致,触感而生。"《贵耳集》卷上称其赋梅词"如不食烟火者""语意奇绝"。清张德瀛《词征》卷五云："朱希真词品高洁，妍思幽窅，殆类储光羲诗体。读其词，可想见其人。然希真守节不终，首鼠两端，始讥国史，视魏了翁、徐仲车诸人，相距远矣。"《全宋词》收朱敦儒词，据《彊村丛书》本。

韩元吉（2/1390）

韩元吉（1118—1187），字无咎，号南涧，开封雍丘（今河南雍丘）人。郡望颍川（今河南许昌）。门下侍郎韩维四世孙。绍兴二十八年（1158）知建安县（《宋史翼·韩元吉传》），三十一年除司农寺主簿（《建炎以来系年要录》卷一九二）。隆兴元年（1163），为司农丞（《南涧甲乙稿》卷二二《赵君墓表》），二年为枢密院检详，除度支郎中（张孝祥《韩元吉除度支郎中制》），因王之道论罢（《永乐大典》卷一九九八一韩元吉《辞免建宁府札子》）。乾道二年（1166）自公府掾为江东转运判官（《四老堂记》），四年改知建宁府，又改知江州，均未之任，还朝任大理少卿（《宋会要辑稿·职官》六一之五三、《宋史翼·韩元吉传》），七年权知吏部侍郎，八年十二月试吏部尚书，被遣贺金主生辰（《宋史·孝宗纪》）。淳熙元年（1174）知婺州，又知建宁府（《宋史翼·韩元吉传》），三年除权吏部尚书，五年再知婺州（《万历金华府志》卷十一），七年，提举太平兴国宫，退居南涧（《安人卢氏墓志铭》），十三年卒于南涧（陆游《闻韩元咎下世》诗注）。韩元吉是南宋时期著名的文学家。"元吉本文献世家，……其学问渊源，颇为醇正。其他以诗文倡和者，如叶梦得、张浚、曾几、曾丰、陈岩肖、龚颐正、章甫、陈亮、陆游、赵蕃诸人，皆当代胜流，故文章矩矱，亦具有师承。"（《四库全书总目》卷一六〇《南涧甲乙稿》提要）其学术出程再传，诗体文格有欧、苏遗风。与其交往唱和之人如叶梦得等，皆当代胜流。韩元吉的词堪称南宋一大家，以至于黄升《中兴以来绝妙词选》称赞他"政事文学为一代冠冕"。当今的不少文学史著作，更将他置于辛派词人之首。淳熙九年（1182），他把平生所作的词检阅一遍，将不满意且"未免于俗者，取而焚之"，而焚余之作，编为《焦尾集》，"以其焚之余也"。从《焦尾集序》中可以看出他的词学观点是既重情感，又归古雅，取舍标准是以雅正为主，摒弃俗艳。从他现存的词看，也与这种标准吻合。惜其《焦尾集》在流传过程中散失。今所传韩元吉词,《南涧甲乙稿》卷七所收六十四首。《甲乙稿》本为七十卷,已散佚,四库馆臣从《永乐大典》中辑出二十二卷,故收词亦不全。《彊村丛书》本《南涧诗余》收词八十首,较《甲乙稿》多十六首。《全宋词》中韩元吉词,前六十四首录自《甲乙稿》,后十六首补辑于《全芳备祖》《中兴以来绝妙词选》《阳春白雪》《截江网》,并以《南涧诗余》校勘,亦为八十首。孔凡礼《全宋词补辑》又补录二首。因此,元吉词现存八十二首。

魏了翁（4/2366）

魏了翁（1178—1237）,字华父,号鹤山,邛州蒲江（今四川蒲江）人。聪颖早慧,四岁即从何德原学书数方名,十五岁著《韩愈论》,"抑扬顿挫,有作者风"。庆元五年（1199）进士,授金书剑南节度判官厅公事。嘉泰二年（1202）,为国子正。四年,改武学博士,召入学馆（《焚黄告先墓文》）。开禧元年（1205）,召试学士院,改秘书省正字（《南宋馆阁续录》卷九）。二年,迁校书郎,以亲老,乞补外,知嘉定府（同前卷八）。嘉定二年（1209）,丁父忧解官,筑室白鹤山下,开门授徒。三年,知汉州。四年,擢潼川路提点刑狱公事。六年,知眉州。九年,迁潼川路转运判官,不久摄遂宁郡守。擢直秘阁,知泸州,主管潼川路安抚司公事。十三年,差知潼川府。十五年,被召还朝,进兵部郎中,俄改司封郎中、国史院编修官。后迁太常少卿、秘书监、中书舍人、起居郎。宝庆元年（1225）,以集贤殿修撰知常德府。十一月,谏议大夫朱端常劾其欺世盗名,朋邪谤国,落职夺三秩,靖州居住。绍定四年（1231）复职,五年进宝章阁待制、潼川路安抚使,知泸州。史弥远卒,召为权礼部尚书兼直学士院。端平二年（1235）同签书枢密院事,督视京湖军马。官终知福州、福建安抚使。嘉熙元年（1237）卒,年六十,谥文靖。均见《宋史·魏了翁传》。魏了翁在南宋后期,与真德秀齐名,是著名的理学家。德秀号西山,学者称西山先生;了翁号鹤山,学者称鹤山先生。黄百家说:"从来西山、鹤山并称,如鸟之双翼,车之两轮,不独举也。"（《宋元学案》卷八一）宋朝末年,学派变为门户,诗派变为江湖,了翁独能穷经学古,为当时迥出流俗者。理学经过张载、程颢、程颐、周敦颐、朱熹等几代人的努力,建立了庞大的思想体系,到魏了翁与真德秀二人的大力提倡,确立了思想统治的地位。但理学家一般视文学为小道,尤其不喜作词,而魏了翁《鹤山先生大全文集》却收词三卷，共 180 余首。其词十之八九为寿词，为宋之词集所罕有。黄升《中兴以来绝妙词选》以为"皆寿词之得体者"。杨慎《词品》卷五称："宋代寿词，无有过之者。"了翁词，仅标题而不标调，又与他人词迥异。张炎《词源》卷下云："难莫难于寿词，倘尽言富贵则尘俗，尽言功名则谀妄，尽言神仙则迂阔虚诞。"饶宗颐先生《词集考》卷五谓："鹤山词虽不必语法新奇，然学养所臻，意多规勉，亦少犯玉田所举三蔽。"鹤山词向无编年之作，其年谱亦仅缪荃孙一家，且"疏漏甚多，因所见资料有限"（谢巍《中国历代人物年谱考录》）。

杨缵（5/3075）

杨缵（约 1201—1265），字继翁，号守斋，又号紫霞翁，严陵（今浙江桐庐）人。居钱塘（今浙江杭州）。宁宗杨后兄杨次山之孙。原为鄱阳洪氏，因宋宁宗恭圣太后侄孙杨麟之孙夭，遂祝为嗣。官太舍令。后其女选为度宗妃，以外戚之贵仕至司农卿、浙东帅。（周密《浩然斋雅谈》卷下、《宋人逸事汇编》卷十八）杨缵好古博雅，善画墨竹，尤精于律吕，自度曲极多。时周密、徐理、张炎、毛敏中、徐天民皆出其门下，并"朝夕损益琴理"，删编为《紫霞洞谱》行世。景定时，曾集临安诗人结为西湖吟社，并提出"作词五要"，倡和分韵之法，执宋末临安词坛之牛耳。其词声律谨严，风格清丽。又有《圈法周美成词》，与《紫霞洞谱》等俱散佚，惟《作词五要》附《词源》后。词仅《绝妙好词》存三首，《全宋词》据之录入。

陈人杰（5/3077）

陈人杰（1218—1243），又名经国，号龟峰，长乐（今福建福州）人。曾寓居临安，又游历两淮湖湘等地，最后回到临安。数次应举不第，一生潦倒，是一位具有经世抱负而又报国无门的爱国词人。其《沁园春》词序云："予弱冠之年，随牒江东漕闱，尝与友人暇日命酒层楼。不惟钟阜、石城之胜，班班在目，而平淮如席，亦横陈尊俎间。既而北历淮山，自齐安溯江泛湖，薄游巴陵，又得登岳阳楼，以尽荆州之伟观，孙刘虎视遗迹依然，山川草木，差强人意。洎回京师，日诣丰乐楼以观西湖。因诵友人'东南妩媚，雌了男儿'之句，叹息久之。"可见其一生梗概。饶宗颐《词集考》卷六于其生平及词作考证较详。其词笔力雄健，挥洒自如，于慷慨激昂中流露悲凉的情调，风格与辛弃疾相近。有《龟峰词》一卷。现存词三十一首，均为《沁园春》。又另有潮州陈经国，与之同名，前人常相混淆。饶宗颐《词集考》卷六《宋代词集解题》云："《莲子居词话》引知不足斋说，谓宝祐四年《登科录》有潮州陈经国，《龟峰词》即其所著，于是《词征》《词林考鉴》《云自在龛随笔》《全宋词》等并踵其误。不知闽陈卒后十余年始为宝祐四年（1256）。且登科之陈经国，于景炎元年陆秀夫谪潮时，为立学士馆以讲学，非啬年如李长吉邢敦夫之陈刚父所及待也。"

陈允平（5/3097）

陈允平（1205？—1280？），字君衡，一字衡仲，号西麓，四明（今浙江宁波）人。约与杨缵、吴文英同辈。少从杨简学，试上舍不遇。淳祐三年（1243）为余姚令，罢去，往来吴越间，并留杭甚久，放浪山水。咸淳九年（1273），郡守刘黻于慈湖杨简故居创书院，以允平相其事。德祐年间，授沿海制置司参议官。至元十五年（1278），以仇家告变，被捕，因同官袁洪援救得脱。（《四库全书总目》）自是杜门不出，扁山中楼曰"万叠云"。宋亡后，征至大都，不受官放还。其律严整，字句精美，风格与周邦彦相近。张炎《词源》卷下称："近代陈西麓所作本制平正，亦有佳者。"陈廷焯《白雨斋词话》卷二亦云："陈西麓词，和平婉雅，词中正轨。……夫平正则难见其佳，平正而有佳者，乃真佳也。求之于诗，十九首后，其惟陶渊明乎。词惟西麓近之。有志于古者，三复西麓词，一切流荡忘反之失，不化而化矣。""西麓词在中仙、梦窗之间。沉郁不及碧山，而时有清超处；超逸不及梦窗，而婉雅犹过之。""西麓亦是取法清真，其中和美成者有十二三，想见服膺之意。特面目全别，此所谓脱胎法。"有《西麓诗稿》一卷《西麓继周集》一卷《日湖渔唱》一卷。《全宋词》收陈允平词二卷，前卷据《日晚渔唱》，后卷据《西麓继周集》。

潘希白（5/3137）

潘希白，字怀古，号渔庄，永嘉（今浙江温州）人。生卒年不详。宝祐元年（1253）登进士第。干办临安府节制司公事。德祐中，起为史馆检校，不赴。事迹见《宋诗纪事》卷六七。早年曾学诗于赵汝回，又工乐府，称于时。《绝妙好词》卷五载其词一首。《全宋词》据以录入。

施岳（5/3135）

施岳，字仲山，号梅川，吴（今江苏苏州）人。生卒年不详。周密《武林旧事》卷五称：施梅川，"吴人，能词，精于律吕。其卒也，杨守斋为树梅作亭，薛梯飚为志其墓，李篯房书，周草窗题盖，葬于西湖虎头岩下"。知其与杨缵、周密等人同时。沈义父《乐府指迷》："施梅川音律有源流，故其声无舛误。读唐诗多，故语雅淡。间有些俗气，盖亦渐染教坊之习故也。亦有起句不紧切处。"《绝妙好词》卷四存词六首，《全宋词》据以收入。

文及翁（5/3137）

文及翁，字时学，号本心，绵州（今四川绵阳）人，移居吴兴（今浙江湖州）。生卒年不详。登宝祐元年（1253）进士第。为昭庆军节度使掌书记。景定三年（1262），以太学录召试馆职（刘克庄《后村大全集》卷七〇有《文及翁除大学录制》），除秘书省正字（同前书卷七一《除秘书省正字制》），历校书郎、秘书郎、著作佐郎、著作郎等。言公田事有名朝野。咸淳元年（1265）六月，出知漳州。咸淳四年（1268），以国子司业、礼部郎官，兼学士院权直兼国史院编修、实录院检讨官，秘书少监。同年十一月，以直华文阁知袁州。德祐元年（1275），自试尚书礼部侍郎除资政殿学士金书枢密院事。元兵将至，弃官遁。宋亡，累征不起。事迹见于《南宋馆阁续录》卷九、《吴兴掌故集》卷三、《宋史翼》卷三四等。有集二十卷，不传。《全宋词》据《钱塘遗事》辑其《贺新郎》词一首，又有存目一首，及失调名词一句。王闿运《湘绮楼评词》言："文及翁《贺新凉》'一勺西湖水'，须得此洗尽绮语柔情，复还清明世界。惜后半不清。"

钟过（5/3139）

钟过，字改之，号梅心，庐陵（今江西吉安）人。生卒年不详。中宝祐三年（1255）解试。《绝妙好词》卷三载其词一首，《全宋词》据以录入。梁令娴《艺蘅馆词选》引麦孟华云："本色语。"

谢枋得（5/3141）

谢枋得（1226—1289），字君直，号叠山，信州弋阳（今江西弋阳）人。是南宋末年著名的文学家与爱国诗人。宝祐四年（1256），与文天祥、陆秀夫同榜登进士第。除抚州司户参军，即弃去。吴潜宣抚江东、西，辟差干办公事。景定末，以忤贾似道，谪居兴国军。三年后遇赦归里。德祐元年（1275），元兵大举攻宋，枋得出任江东提刑、江西招抚使，防守信州。元兵东下，亲率兵民与之血战，终因孤军无援而败。妻子儿女及兄弟叔侄均被元军迫害致死。后变姓名入建宁唐石山。日日麻衣蹑履，东向哭。宋亡，居闽中，屡荐不起。在与留梦炎书中称："吾年六十余，所欠一死耳，岂有他哉！"后于至元二十六年（1289）四月一日，福建参政魏天合，将其强行解送至燕京，五日为国殉节，门人追谥为"文节"。世称叠山先生。《宋史》有传。著有《谢叠山文集》，包括书、序、启、铭、疏等；并附载其行状及神道碑，后人所撰传记。近人崔骥撰有《谢枋得年谱》。词见《叠山集》卷三，仅《沁园春》一首。《全宋词》据以录入，并辑存目词《风流子》一首。

马廷鸾（5/3139）

马廷鸾（1222—1289），字翔仲，号碧山，饶州乐平（今江西乐平）人。马氏世儒，父辈亦开学馆，授徒为养。廷鸾幼孤力学，淳祐七年（1247）登进士第，为礼部第一人。任池州教授。入京主管户部架阁。宝祐三年（1255），为太学录，召试馆职，迁秘书省正字。四年，辟为史馆校勘。廷鸾素廉直，不附权贵，因轮对欲劾丁大全，反为御史朱熠所劾，由此名重天下。开庆初，吴潜入相，召为校书郎，旋兼沂王府教授。景定中迁著作佐郎，兼右司，将作少

监。擢军器监兼左司，兼太子右谕德。又擢秘书少监，权直学士院。再擢起居
舍人兼太子右庶子兼国史院编修官、实录院检讨官，进中书舍人，升兼直学士院。
又为礼部侍郎、礼部尚书。度宗朝历官参知政事兼同知枢密院事，拜右丞相兼
枢密使。咸淳九年（1273）罢，除知绍兴府，辞，以观文殿大学士提举临安府
洞霄宫。瀛国公即位，召不至。入元不仕。至元二十六年（1289）卒，年六十八。《宋
史》有传。今人舒大刚有《马廷鸾马端临父子合谱》（《宋代文化》第四辑），
黄筱敏有《马廷鸾及其诗文》。廷鸾工文辞，朝廷制作多出其手。晚年自号玩芳
病叟，著有《碧梧玩芳集》二十四卷，又有《六经集传》《语孟会编》《楚辞补记》
《洙泗裔编》《读庄笔记》诸书。赵万里《校辑宋金元人词》辑有《碧梧玩芳词》
一卷。《全宋词》据《碧梧玩芳集》卷二四辑得四首，又据《芳洲集》辑得残句
一则。

何孟桂（5/3145）

何梦桂（1228—?），字岩叟，幼名应祈，字申甫，后名梦桂，改字岩
叟，号潜斋，淳安（今浙江淳安）人。生于绍定元年（1228），卒年不详。然
据其自寿词有"七十年来都铸错"句，又有《寿南山弟七旬》等词，知其年过
七十。其卒年应在公元 1330 年以后。咸淳元年（1265）省试第一，廷试一甲
三名。授台州军事判官。改太学录，迁太学博士，后倅吉州。咸淳十年（1274）冬，
为监察御史。迁军器监以归。元世祖至元中，荐授江西儒学提举，辞不赴。筑
室小西源，著书自娱。精《易》学，著有《易衍》《中庸致用》，学者称潜斋先生。
家世事迹见《潜斋文集》卷六《何氏祖谱序》及附录《何先生家传》。《南宋书》
《宋史翼》《宋季忠义录》有传。有《潜斋文集》十一卷，《潜斋词》一卷。《全宋
词》收何梦桂词十七首，据成化刊本《潜斋文集》录入。其词缠绵幽咽不下刘须
溪，《摸鱼儿》一首，"前后一气挥写，笔健而意达，情文相生，结处更有余慨"
（俞陛云《唐五代两宋词选释》）。

奚㴰（5/3157）

奚㴰，字倬然，号秋崖。善音律，客于杨缵之门。周密《齐东野语》卷十二曰："贾似道当国，每年八月八日，为其生辰。四方善颂者以数千计。设翘馆第其甲乙，首选者必获重酬。奚㴰《齐天乐》、陈合惟善《宝鼎现》等各词，一时传钞，为之纸贵。"著有《秋崖律言》一卷。近人赵万里《校辑宋金元人词》辑有《秋崖词》一卷。《全宋词》据赵辑录入，共十首，又收存目词一首。

赵闻礼（5/3159）

赵闻礼，字立之，又字粹夫，号钓月，临濮（今山东濮县）人。生卒年不详。曾官胥口监征。《阳春白雪》卷八丁默《齐天乐》词注云："庚戌元夕都下遇赵立之。"庚戌为淳祐十年（1250）。知其时踪迹在杭州一带。编有《阳春白雪》一卷，《外集》一卷。张炎《词源》谓："近代词人用功者多，如赵粹夫《阳春白雪》集，黄玉林《绝妙好词》亦自可观。二书皆附以己词。"闻礼词作有《钓月集》已佚，周密《浩然斋雅谈》卷下谓"大半皆楼君亮、施中山所作"，近人赵万里《校辑宋金元人词》辑有《钓月词》一卷。《全宋词》据以录入，共十四首。

赵汝茪（5/3165）

赵汝茪，字参晦，号霞山，又号退斋，商王赵元份七世孙，赵善官第五子。光宗、宁宗间人。生平事迹无考。赵万里《校辑宋金元人词》辑有《退斋词》一卷。《全宋词》据以录入，共九首，又据刘毓盘辑本《退斋词》录入《存目词》一首。词虽不多，但亦有"情思入妙"之作（王闿运《湘绮楼选绝妙好词》语）。

刘辰翁（5/3186）

刘辰翁（1232—1297），字会孟，吉州庐陵（今江西吉安）人。他是宋末富于民族气节的一大词家。生于绍定五年（1232），家贫力学，少登陆九渊之门，又学于欧阳守道。宝祐六年（1258）贡于乡，当时丁大全拜右丞相，辰翁对策，"严君子小人朋党辨"，有司以为涉谤而摈斥之，而祭酒江万里亟赏其文，补太学生。理宗景定三年（1262）应进士举，廷试对策触犯权奸贾似道，被置于丙第。以亲老，从教于赣州濂溪书院。复受辟于爱国士大夫江万里幕府。恭宗德祐元年（1275），民族英雄文天祥起兵勤王，刘辰翁短期参加其江西幕府，进行抗元斗争。他在《虎溪莲社堂记》中自述道："穆陵进士十有五年，独尝教授中都百六十日罢，又三年起从庐山公江东七阅月，从江东得掌故入修门四十五日，以忧归。归又七年，正当德祐初元五月，召入馆，辞未行。十月除博士，道已沮。"宋亡后，托迹方外，隐遁不出，于故乡江西庐陵山中，专门从事著述。在宋亡后的十八年遗民生活中，辰翁又充满亡国之恨，心情最为痛苦。他的著述颇多，不少已散佚。四库馆臣据《永乐大典》辑有《须溪集》十卷，又有《须溪四景诗》等。词有《须溪集》三卷。今人马群有《刘辰翁事迹考》（《词学》第 1 辑）、吴企明有《刘辰翁年谱》（《中国韵文学刊》总第 5 期）。他的词，早年所作，大多抒写自己的事业、抱负、性情、心志与襟怀，抨击权奸误国的罪行，入元后所作，大多抒写亡国之痛和故国之思，寄寓着爱国之士对艰难时世的无限忧虑与哀伤。无论亡国前还是亡国后之词，都跳动着时代的脉搏。词风近稼轩，风格遒劲而辞采绚烂。清况周颐《蕙风词话》卷二评曰："须溪词，风格遒上似稼轩，情辞跌宕似遗山。有时意笔俱化，纯任天倪，竟能略似坡公。往往独到之处，能以中锋达意，以中声赴节。世或目为别调，非知人之言也。""须溪词中，间有轻灵婉丽之作。似乎元明以后词派，导源乎此。讵时代已入元初，风会所趋，不期然而然者耶？"

赵与仁（5/3259）

赵与仁，字元父，号学舟，燕王赵德昭九世孙，赵希挺长子。居临安（今浙江杭州）。宋末为临安府判官。元贞二年（1296），起为常德路学教授。改辰州教授。皇庆中，除嵊县主簿。与方回、张炎、仇远、程钜夫等往还。《绝妙好词》录其词五首。《全宋词》据以收入。又据《历代诗余》录存目词一首。

周容（5/3263）

周容，字子宽，四明人。生卒年、仕履均不详。周密《浩然斋雅谈》卷下录其《小重山》一首，《全宋词》据以收入。陈廷焯《闲情集》卷二称："此词精绝，只写眼前景物而愁恨连绵不解，直令读者神迷所往。"

周密（5/3264）

周密（1232—1298），字公谨，号草窗，又号蘋洲、萧斋。其先济南（今山东济南）人。故其著作中自署"齐人""华不注山人"等，以示不忘本。曾祖秘，曾为御史中丞。扈从高宗南渡，居于吴兴，遂为湖州（今浙江湖州）人。周密因居于湖州，故又号"四水潜夫""弁阳老人"。父晋，曾出宰富春，又为闽漕干官。周家三世族望甚隆，颇富藏书，父周晋又博览群书，嗜学工词，母章氏亦通翰墨。周密于宋理宗绍定五年（1232）生于此一书香家庭，少时尝肄业太学（夏承焘《周草窗年谱》），又曾侍父于闽，后随父至衢州、柯山等地（均见有关词序）。宋理宗景定二年（1261），马光祖知临安府，辟周密为幕僚。四年，受朝命督毗陵民田，大忤时宰之意，适逢母病，即日归养医药，并以避祸。次年夏又与杨缵诸人在西湖之环碧结吟社。约在咸淳元年（1265），任两浙运司掾。又曾监和济药局，充奉礼节，为丰储仓检察等。端宗景炎元年（1276）为义乌令（年谱）。其年杭州即为元兵所陷。周密在湖之家亦破，自此终身寓杭，不仕元朝。与谢翱、邓牧辈交游，抗节特立，称著于时。祥兴二年（1279），宋亡，周密寓居杭州癸辛街，特著《癸辛杂识》以寄愤；又与王沂孙、李彭老、张炎、仇远、唐珏等有感于南宋六陵之被掘，分咏龙涎香、白莲诸题，编为《乐府补题》（据夏承焘《乐府补题考》）。周密于宋末出任微职，元兵灭宋，家国破亡，故入元之后，抱遗民之痛，以故国文献自任，所著书甚为丰富：有《齐东野语》《癸辛杂识》《浩然斋雅谈》《志雅堂杂钞》《云烟过眼录》《澄怀录》等等，今皆传于世；散佚者尚有《蜡屐集》《弁阳诗集》《弁阳日钞》《经传载异》《浩然斋可笔》《台阁旧闻》《诗词丛谈》《慎终篇》《续澄怀录》《弁阳客谈》等。其文学成就极高，时人戴表元《弁阳集序》称其诗"少年流丽钟情，壮年典实明赡，晚年感慨激发"（《剡溪集》卷八）。尤工于词作，与王沂孙、张炎齐名。

或抒亡国之恨，或写故国之思，或叹羁旅之苦，皆凄楚特甚。词风与吴文英、张炎相近，特点是词律谨严、结构缜密、格调秀雅、字句精美。他又为《绝妙词选》七卷，选录宋南渡后张孝祥至遗民仇远等词132家，深得时人称许。张炎赞其"精粹"（《词源》卷下），后世目之为雅正派词选。

王沂孙（5/3352）

王沂孙（1240？—1310？），字圣与，又字咏道，号碧山，又号中仙、玉笥山人，会稽（今浙江绍兴）人。他是一位逸雅多情、风流倜傥、家境富有的词人。周密说他"结客千金，醉春双玉"（《踏莎行·题中仙词卷》），张炎说他"香留酒殢，蝴蝶一生花里"（《琐寒窗》）。他的一生，基本活动于吴越一带，居于会稽、杭州之时间尤长。据其《淡黄柳》词引，沂孙曾于咸淳十年（1274）与周密别于孤山，次年，周密游会稽时，又相会一月。景炎元年（1276）冬，周密自剡还会稽，又与沂孙相聚。景炎三年（1278），与李彭老、仇远、张炎、陈恕可、唐珏等人结社赋词，后由陈恕可编为《乐府补题》一卷。宋亡入元，为庆元路学正（《延祐四明志》卷二《职官考》上），至元二十三年（1286），沂孙在杭，与徐天祐、戴表元、周密等十四人宴于杨氏池堂（戴表元《剡源文集》卷十《杨氏池堂宴集诗序》）。沂孙之交游，多宋末元初之文人与遗民，如周密、张炎、陈允平、赵汝钠、陈恕可、唐珏、戴表元等。关于沂孙之生卒年与事迹，确考者颇难。夏承焘《周草窗年谱》颇有涉及，夏敬观有《王沂孙年岁考》，吴则虞有《王沂孙事迹考略》（《文学遗产增刊》第七辑），常国武有《王沂孙出仕及生卒年岁问题的探索》（《文学遗产增刊》第十一辑），杨海明有《王沂孙生卒年新考》（《社会科学战线》1984年第3期），王筱芸有《王沂孙生平事迹补辨》（《碧山词研究》附录）。所考皆一鳞半爪，尚难论定，尤其其生卒年，更是众说纷纭。沂孙在宋亡之后，曾任庆元路学正，后人亦褒贬不一。清人全祖望《宋王尚书画象记》（《鲒埼亭集外编》）称："山长非命官，无所屈也。"今人孙克宽《元初南宋遗民初述》（台湾《东海学报》第十五卷）关于出仕新朝之人，"乡学或书院教授不在此限"。但从沂孙所传作品看来，他为学正不久，即辞官归隐，寂寞自守，极少与故人来往。又以周密《踏莎行·题中仙诗卷》、张炎《洞仙歌·读王碧山花外集有感》来看，张炎生前曾自编词集，并命其名

221

为《花外集》。他的诗文散失殆尽，现在流传的只有词集《花外集》，后人或易名为《碧山乐府》。现存词六十四首。

王沂孙颇富艺术才能，张炎《琐寒窗》序称其"能文工词，琢语峭拔，有白石风度，今绝响矣"。周密《踏莎行·题中仙词卷》谓其"玉笛天津，锦囊昌谷"，以比于善笛李謩与诗人李贺。陈廷焯《白雨斋词话》卷二则云："词法之密，无过清真；词格之高，无过白石；词味之厚，无过碧山。词坛三绝也。"王沂孙尤工于咏物词，特点是寄托深婉，绮密幽邃。在宋末词坛，王沂孙与周密、张炎并驾齐驱。

汪元量（5/3339）

汪元量（1241—1317？），字大有，钱塘（今浙江杭州）人。号水云、水云子、楚狂，自称江南倦客。父琳，字玉甫，生七子，元量居第三。生于宋理宗淳祐元年（1241）。二十岁前后，曾入宫给事，并在宫中学书史（陈泰《送钱唐琴士汪水云》），以琴事谢太后、王昭仪（赵文《书汪水云诗后》）。约于咸淳五年（1269）游会稽越王台，并与友人登高为会（《柴秋堂越上寄诗就韵简奚秋崖》）。德祐二年（1276）三月，宋恭帝与全太后、福王赵与芮、隆国夫人、王昭仪离杭赴大都，宋太皇太后谢氏旋亦离杭赴大都，元量随谢太后北行（《宋史》卷四七、《宋季三朝政要》卷五）。是年五月，端宗即位。秋，元量等抵大都。其后在大都曾游黄金台，登蓟门，泛黄千户之盱江（见汪元量有关诗文）。在大都，与王昭仪清惠颇有唱酬。至元十六年（1279）宋亡，文天祥被囚于大都，元量多次慰问天祥于囚所，并作《姜薄命》，勉天祥以忠贞大节；曾作《拘幽》以下十操，天祥倚歌而和之；尝与天祥相对，叙丙子京口之事；还袖出《行吟》一卷，天祥为之作跋（文天祥《胡笳曲序》《书汪水云诗后》）。至元十九年（1282）十二月初九日，文天祥就义。同遣瀛国公赵㬎等居上都，王昭仪及汪元量亦从行（王国维《观堂集林》卷二一《书宋旧宫人诗词湖山类稿水云集后》）。二十年（1283），出居庸关，至上都。二十一年（1284）二月，迁故宋宗室及大臣之仕者于内地，元量亦从行。后又与王昭仪等回大都（参元量有关诗文）。至元二十三年（1286）正月，元主遣使代祀岳渎东海，命元量为使者（《元史·世祖纪》及元量有关诗文）。元量行前，受元世祖召见。同年，谢太后卒，元量作挽诗（《太皇谢太后挽章》）。至元二十五年（1288），元量三上书于元世祖，得以黄冠南归。别大都时，幼主瀛国公、福王赵与芮及宋旧宫人王昭仪及燕赵诸公子等二十九人饯别。次年，归于杭州，并结诗社（孔凡礼《汪元量事迹纪年》）。至元二十七年（1290），马廷鸾应元量之请，为《湖山类稿》作序（马廷鸾《书汪水云诗后》）。其后又请刘辰翁、邓剡为其作序。其后又曾赴湘蜀，约于至元三十年（1293）回杭州，并于丰乐桥外作小楼五间，以为湖山隐处，刘将孙为其作《湖山隐处记》。元量约卒于延祐四年（1317），年七十七（孔凡礼《汪元量事迹纪年》）。元量事迹，见《南宋书》《宋史翼》本传，时人刘辰翁、邓剡、马廷鸾均为《湖山类稿》作序跋。今人孔凡礼有《关于汪元量的家世、生平和著述》《汪元量研究资料汇辑》《汪元量事迹系年》《汪元量著述考》等。汪元量是南宋末年著名的诗人，同时代人以"诗史"相誉，拟之于杜甫。其诗风格既快逸奔放，又幽忧沉痛，清丽自然。又善作词，"盛年之后以词章给事宫掖，如沉香亭北太白"（刘将孙《湖山隐处记》）。德祐之后，词风一变，留元期间诸作，表达遗民之心声，皆凄凉哀怨，催人泪下。诗词之外，又善画擅琴。《彊村丛书》有《水云词》一卷。

文天祥（5/3304）

文天祥（1236—1283），初名云孙，字天祥，以字行，改字履善，又字宋瑞，号文山，吉水（今江西吉安）人。理宗宝祐四年（1256）状元及第，授签书宁海军节度判官。时蒙古军攻鄂州，宦官董宋臣主张迁都，天祥上书请斩之以安人心。理宗朝，历除江西提刑。咸淳六年（1270），除军器监，寻兼崇政殿说书，又兼学士院权直，忤贾似道，罢归家居。九年，除湖南提刑，差知赣州。德祐元年（1275），闻元兵东下，便在赣州尽出家资组织义军，入卫临安。出知平江府。是年底，签书枢密院事。二年，拜右丞相兼枢密使，辞相印不拜，使至元军营请和，被扣留北去，至镇江得脱。历尽艰险，辗转至通州，由海路南下，并坚持抗元。益王立，召至福州，拜右相，亦辞不受。以枢密使、同都督诸路军马出江西。帝昺即位，授少保、信国公。至元十六年（1279），于广东海丰兵败被俘，被押解至大都，囚禁数年。元统治者百般诱降，多方折磨，天祥始终不屈，十九年（1282），遇害于柴市，年仅四十七岁。事迹详见《文文山全集》所收

《指南录自序》《指南录后序》《纪年录》。《宋史》亦有传。时人刘岳申、郑思肖、龚开等撰其传记多种。后人许浩基、杨德恩、熊飞等编有其年谱。其词见于《文文山全集·指南后录》中，凡七首。天祥有《文山乐府》一卷，存词十首，其中《念奴娇·驿中言别，友人作》和《唐多令》两首系友人邓剡所作。《全宋词》据《指南后录》录入七首，复从《元草堂诗余》中辑得一首，又录六首疑伪词存目。文天祥是我国历史上一位铁骨铮铮、顶天立地的民族英雄，也是一位著名的爱国主义诗人。他的词虽所存极少，但都于豪放中表现凄厉之音，于议论中出以真挚之情。同他的诗一样，表现出不屈不挠的斗争精神与大义凛然的民族气节。陈霆《渚山堂词话》卷二："文文山词，在南宋诸人中，特为富丽。"陈廷焯《云韶集》卷九："气极雄深，语极苍秀。其人绝世，词亦非他人所能到。"刘熙载《艺概》卷四《词曲概》："文文山词有风雨如晦、鸡鸣不已之意，不知者以为变声，其实乃变之正也。故词当合其人之境地以观之。"王国维《人间词话》："文文山词，风骨甚高，亦有境界，远在圣与、叔夏、公谨诸公之上。亦如明初诚意伯词，非季迪、孟载诸人所敢望也。"

邓剡（5/3307）

邓剡（1232—1303），字光荐（一说名光荐），字中甫，又号中斋，庐陵（今江西吉安）人。是文天祥的同乡。景定三年（1262）年进士。江万里屡荐之，不就，后随文天祥募兵勤王。宋末，元兵至，携家入闽。端宗即位，广东制置使赵潛辟为协办官，荐除宣教郎、宗正寺簿。祥兴元年（1278）六月，从驾入厓山，除行朝秘书丞，兼权礼部侍郎，迁直学士。厓山兵败，投海殉国者再，均为元兵救俘获而不得死。元兵将其与文天祥一同押解北上，从广东至金陵，同行数月，互有唱和。有诗集名《东海集》，天祥序之。至建康，以病留于天庆观，得免北行。临别时，邓剡写《送行》诗及《酹江月·驿中言别》，天祥亦作诗词相和，颇为感人。邓剡与文天祥都有和王昭仪词，贺裳《皱水轩词笺》以为："和王昭仪词，不独文信公，邓剡亦有佳句，……甚有风致，但冰霜之气不如。"后邓剡被放还。卒于大德七年（1303）。《南宋书》《宋史翼》均有传。饶宗颐有《补宋史邓光荐传》，唐圭璋有《邓光荐生卒年考》。光荐有《中斋集》，赵万里《校辑宋金元人词》辑有《中斋词》一卷。《全宋词》共收邓剡词十三首。邓剡与宋末著名词人刘辰翁唱和颇多，其《洞仙歌·寿中斋》有"齐年"语，是二人乃同年生。又有《摸鱼儿·辛巳冬和中斋梅词》等作，作于至元十八年（1281）。二人都是宋末遗民中具有代表性的人物。

王清惠（5/3344）

王清惠，字冲华，度宗昭仪。宋恭帝德祐二年春，元军破临安，三月，宋恭帝及全太后等人被掳北上，时王清惠亦在其中。北上途中，抚今追昔，感慨万分，于过北宋汴京夷山时，作《满江红》词一首。后诸多文士都有和作。陈廷焯《放歌集》卷二称："凄凉怨慕，和者虽多，无出其右。"至大都后，授瀛国公书。《全宋词》收王清惠词一首，录自周密《浩然斋雅谈》。

黄公绍（5/3366）

黄公绍，字直翁，号在轩，邵武（今福建邵武）人。咸淳元年（1265）进士。尝官架阁。入元不仕，隐居樵溪。（事见《宋诗纪事》卷七五《黄公绍》条）。著有《古今韵会》，有名于世。又有《在轩集》。《彊村丛书》辑有《在轩词》一卷。《全宋词》据以录入，又据《翰墨大全庚集》补二首，共三十首。另有存目词一首。其词颇有感人之作，如《青玉案》一首，陈廷焯《白雨斋词话》称："不是风流放荡，只是一腔血泪耳！"

莫崙（5/3376）

莫崙，字子山，号两山，江都（今江苏扬州）人，寓居丹徒（今江苏镇江）。咸淳四年（1268）登进士第（《至顺镇江志》卷十八）。入元不仕。周密《癸辛杂识》记其逸事一则，谓：梁栋隆吉，镇江人，登第授尉，与莫子山甚稔。一日，有客访子山，留饮，偶不及栋，栋憾之，遂告子山作诗有讥讪语。官捕子山入狱，久之得脱而归，未几病死。周密挽诗有句云："秦邸狱成杯酒里，乌台祸起一诗间。"《绝妙好词》卷五录其词四首。《全宋词》据以录入，复据《词品》补辑一首。

仇远（5/3392）

仇远（1247—?），字仁近，一字仁父，号山村、山村民，钱塘（今浙江杭州）人。咸淳间与白挺同以诗名，人称仇白。景炎三年（1278），与李彭老、张炎、陈恕可、唐珏等人结社赋词，后由陈恕可编为《乐府补题》一卷。（夏承焘《乐府补题考》）宋亡入元，大德九年（1305），为溧阳州学教授。事迹附见《新元史》卷二三七《文苑上·吾邱衍传》。方回《桐江续集》卷三四有《送仇仁近溧阳教序》："吾友山村居士仇君远仁近，受溧阳州教，年五十八矣。"以杭州知事致仕。延祐七年（1320），张翥作《最高楼·为山村仇先生寿》，词有"方雨地，七十四年春"语，知此年七十四岁尚健在。晚年归老西湖，有园在清波门外。据陈景钟《清波小志补》：仇山村园，出清波门仅数十武，逼近城垣，土人至今称仇家园，悉成桑圃菜畦，而土独宜苋。据冯登府《无弦琴谱跋》，仇远家余杭溪上之仇山，后居虎林白龟池上。卒葬杭州北山栖霞岭下。曾为张炎《山中白云词》作序，自谓"予幼有此癖，老颇知难，然已有三数曲流传朋友间，山歌村谣，岂足与叔夏词比哉！"著有《兴观集》《金渊集》。词有《无弦琴谱》二卷，收入《彊村丛书》。《全宋词》据以录入，并据《乐府补题》辑入《齐天乐·蝉》一首。

王易简（5/3422）

王易简，字理得，号可竹，山阴（今浙江绍兴）人。生卒年不详。宋末登进士第，除瑞安主簿，不赴。景炎三年（1278），与李彭老、仇远、张炎、陈恕可、唐珏等人结社赋词，后由陈恕可编为《乐府补题》一卷，其中有王易简词四首。（夏承焘《乐府补题考》）入元，隐居不仕。易简笃于议论，多所著述，有《山中观史吟》。事迹见《宋诗纪事》卷七八《王易简》条。《绝妙好词》卷六又载其词三首。《全宋词》据以录入，共七首，又收存目词一首。

冯应瑞（5/3423）

冯应瑞，字祥父，号友竹。生平事迹不详。景炎三年（1278），与李彭老、仇远、张炎、陈恕可、唐珏等人结社赋词，后由陈恕可编为《乐府补题》一卷，其中有冯应瑞《天香》词一首。《全宋词》据以收入。

唐艺孙（5/3424）

唐艺孙，字英发。生平事迹不详。有《瑶翠山房集》。景炎三年（1278），
与李彭老、仇远、张炎、陈恕可、唐珏等人结社赋词，后由陈恕可编为《乐府补题》
一卷（夏承焘《乐府补题考》），其中有唐艺孙词三首。《全宋词》即据以录入。

吕同老（5/3424）

吕同老，字和甫，号紫云，济南（今山东济南）人。景炎三年（1278），
与李彭老、仇远、张炎、陈恕可、唐珏等人结社赋词，后由陈恕可编为《乐府
补题》一卷（夏承焘《乐府补题考》），其中有吕同老词三首。宋亡入元。《全宋词》
即据《乐府补题》录其词三首。

李居仁（5/3425）

李居仁，字师吕，号五松。生平事迹不详。景炎三年（1278），与李彭老、
仇远、张炎、陈恕可、唐珏等人结社赋词，后由陈恕可编为《乐府补题》一卷（夏
承焘《乐府补题考》），其中有李居仁词二首。《全宋词》即据以录入。

唐珏（5/3426）

唐珏（1247—?），字玉潜，号菊山，会稽（今浙江绍兴）人。少孤贫力学，
聚徒授经。营潇瀟以养其母。戊寅岁，杨琏真伽尽发在绍兴之宋帝六陵。珏时
年三十二岁，闻之痛愤。亟货家具，招里中少年潜收遗骨，葬兰亭山，移宋故
宫冬青树植其上。并作《冬青行》二首。时人谢翱又为作《冬青树引》纪其事。
汴人袁俊官越，延致之，为买田宅以供其生活。《宋史翼》《新元史》有传。明
陶宗仪《南村辍耕录》卷四载有《唐义士传》。景炎三年（1278），与李彭老、
仇远、张炎、陈恕可等人结社赋词，后由陈恕可编为《乐府补题》一卷（夏承
焘《乐府补题考》），其中有唐珏词四首。《全宋词》即据以录入。

赵汝钠（5/3427）

赵汝钠，字真卿，号同州，商王赵元份七世孙。生平事迹不详。景炎三年（1278），与李彭老、仇远、张炎、陈恕可、唐珏等人结社赋词，后由陈恕可编为《乐府补题》一卷（夏承焘《乐府补题考》），其中有赵汝钠词一首。《全宋词》即据以录入，又据《历代诗余》载存目词一首。

蒋捷（5/3432）

蒋捷，字胜欲，号竹山，阳羡（今江苏宜兴）人。先世为宜兴巨族。咸淳十年（1274）登进士第。宋亡后，遁迹不仕。元大德间宪使臧梦解、陆垕交荐其才，卒不就。有《小学详断》及《竹山词》一卷。事迹详见杨海明《关于蒋捷的家世和事迹》（载于《中华文史论丛》一九八二年第三期）。《全宋词》收蒋捷《竹山词》，据《彊村丛书》本录入，共九十四首。后人论竹山词者较多，今摘其要者于下。毛晋《竹山词跋》："竹山词语语纤巧，字字妍倩。"《四库全书总目》卷一九九《竹山词提要》："捷词炼字精深，音词谐畅，为倚声家之矩矱。"刘熙载《艺概》卷四："蒋竹山词未极流动自然，然洗炼缜密，语多创获。其志视梅溪较贞，视梦窗较清。刘文房为五言长城，竹山其亦长短句长城欤？"沈雄《古今词话》："其词章之刻入纤艳，非游戏余力为之者，乃有时故作狡狯耳。"贺裳《皱水轩词筌》："蒋捷用骚体作《水龙吟》招梅魂，奇耳，固未为妙。"冯煦《蒿庵论词》论蒋捷词："子晋之于竹山深为推挹，谓其有世说之靡，六朝之隃，且比之二李、二晏、美成、尧章。"然其全集中，实多有可议者。陈廷焯《白雨斋词话》卷一："竹山词，外强中干，细看来尚不及改之。竹垞《词综》，推为南宋一家，且谓其源出白石，欺人之论，吾未敢信。"卷五："蒋竹山，至元大德间，臧陆辈交荐其才，卒不肯起。词不必足法，人品却高绝。"

张炎（5/3463）

张炎（1248—1320？），字叔夏，号玉田，又号乐笑翁。因其以《春水》词著名，时人号为"张春水"。祖籍凤翔（今陕西凤翔），宋室南渡，其祖随之寓居临安（今浙江杭州）。张炎为南宋名将循王张俊六世孙，官僚兼词家张镃之曾孙。其父张枢亦精通音律，擅长作词。（杨海明《张炎家世考》）张炎少时，家境优裕，颇适合于作词。然其所处宋末之世，已混乱不堪。理宗宝祐五年（1257），张炎始十岁，襄阳即陷落。恭帝德祐元年（1275），文天祥起兵抗元。次年，宋都临安为元兵所破。其时张炎二十九岁。端宗景炎三年（1278），元僧杨琏真伽盗发南宋六帝陵寝，攫取珠宝，弃骨于草莽间，后唐珏等收诸帝遗骸共瘗之，并植冬青树于陵墓之上，时称冬青之所。次年，张炎与王沂孙、唐珏、周密、王易简、李彭老、陈恕可等咏白莲诸词，以暗寓发陵之事，并编为《乐府补题》。（据夏承焘《乐府补题考》）是年，元将张洪范陷厓山，宋亡。张炎家产籍没，始流落江湖，以卖卜为生。或在杭州，或在山阴。至元二十七年（1290），张炎北游，赴大都，写金字藏经。（《台城路序》）次年南归。其后或在杭州，或在罗江，或在甬东，或在山阴，晚年又游于金陵、苏州一带。（据其所作诸词序）元仁宗元祐七年（1320）左右卒，年七十余。张炎幼承家学，尤工长短句。宋末元初著名词家若周密、王沂孙、仇远等皆与之交。所存之词，大多作于宋亡之后，抒亡国之痛，哀怨凄楚，悲愤感人；其表现又流丽清畅，意度超玄，旋律美妙，用字和谐。然其弊在于逐韵凑篇，脉络不明。张炎又作《词源》二卷，卷上十四目，论音律，卷下十六目，论风格。其论词专尊姜夔，力主清空高远，对后世影响很大。

郑雪岩（5/3164）

郑雪岩，《全宋词》收其词一首，而未言其事迹。按郑雪岩即郑霖，字景说，号雪岩，宁海（今浙江宁海）人。登绍定进士，除南安教授，历知嘉定、赣州。淳祐八年（1248），除直宝章阁，知平江军府事，兼主管浙西、两淮发运司公事。贾似道欲加擢用，不与言，似道衔之。后以礼部郎官召，终不就。卒年七十二，赠龙图阁直学士。著有《中庸讲义》《雪岩集》等。事迹散见宋范成大《吴郡志》卷十一、明钱谷《吴都文粹续集》卷三、《景定建康志》卷二六、《浙江通志》卷一六九及《宋诗纪事》等。《阳春白雪外集》录其《水调歌头》词一首，《全宋词》据以收入。

薛梦桂（5/3136）

薛梦桂字叔载,号梯飚,永嘉(今浙江温州)人。宝祐元年(1253)登进士第。尝知福清县。仕至平江倅。周密《浩然斋雅谈》称其擢第后通京籍,风度清远,所居西湖五云山,曰隔凡关,曰林壑瓮,通命之曰方厓小隐。诸名士莫不纳交焉。俪语古文词笔,皆洒落,不特诗也。其词工稳灵活,前人誉为"能品"。《绝妙好词》卷三收其词四首。《全宋词》据以录入。

姚勉（5/3089）

姚勉（1216—1262）,字述之,又字成一,或作诚一,新昌（今江西宜丰）人,一作高安（今江西高安）人。勉习诗赋,宝祐元年（1253）中进士第一（《宋历科状元录》）,授平江节度判官。开庆元年（1259）十一月,除秘书省校书郎,辞。景定元年（1260）正月除正字,二月,兼沂靖惠王府教授。六月,再除校书郎,兼太子舍人。正字。时太学生有因论丁大全被逐者,勉上疏言之,语甚切直,以忤丁大全,罢归。吴潜入相,召为校书郎,辞,改秘书省正字,兼沂五府教授,迁校书郎。理宗过东宫,勉讲否卦,因指斥权奸,无所顾忌,忤贾似道,免归。景定三年（1262）卒,年四十七。事迹见《宋史翼》卷二九,又散见于《宋历科状元录》《南宋文范作者考》《南宋馆阁续录》等。"勉受业于乐雷发,诗法颇有渊源,虽微涉粗豪,然落落有气,文亦颇婉雅可观,无宋末语录之俚词。"（《四库全书总目》卷一六四）有《雪坡文集》五十卷,文及翁、方逢辰都有序。又有《雪坡词》一卷。《全宋词》据《姚舍人集》辑得词作32首。

陈若水（5/3067）

陈若水,四明（今浙江宁波）人。陈协之弟。淳祐十年（1250）方逢辰榜进士及第（《宝庆四明志》卷十）。生卒年及其余事迹不可详考。《全宋词》收其《沁园春·寿游侍郎》一首,录自《截江网》卷四。编者以为"时代或稍有参差,未知即其人否?"

胡翼龙（5/3067）

胡翼龙，字伯雨，号蒙斋，庐陵（今江西吉安）人。淳祐十年（1250）方逢辰榜进士及第。生卒年及其余事迹不可详考。《阳春白雪》录其词十三首。《全宋词》据以收入，又补《踏莎行》存目词一首。

刘之才（5/3070）

刘之才，字宾王，号药房。生卒年及其余事迹不可详考。据其《兰陵王·赋胡伯雨别业》，知与胡翼龙同时。《阳春白雪》录其词八首。《全宋词》据以收入，又录《声声慢》存目词一首。

刘将孙（5/3524）

刘将孙（1527—？），字尚友，号养吾，庐陵（今江西吉安）人。刘辰翁之子。《养吾斋集》卷六《题白纻山跋》称："咸淳己巳，余年十三。"逆推得其生年为宝祐五年（1257）。年十二知为文，十五六即应乡试。至元末，为延平教官。大德二年（1298），为临汀教授。十一年（1307），为光泽簿。事迹见《新元史·刘辰翁传》及《养吾斋集》有关自述。将孙卒年不详，然其弟所作《养吾斋集序》已称"先兄养吾先生"，是作序时将孙已卒，序末题："泰定乙丑十月，季弟参拜书。"是将孙卒于泰定二年（1325）前则无疑。将孙有《养吾斋集》四十卷，久佚。四库馆臣自《永乐大典》辑为三十二卷，有吴澄、曾闻礼所作序。其卷七即词。"将孙以文名于宋末，濡染家学，颇习父风，故当时有小须之目。"（《四库全书总目》卷一六六）《彊村丛书》辑有《养吾斋诗余》一卷。《全宋词》据《养吾斋集》录其词，又据《元草堂诗余》增补，共21首。

（据《宋词大辞典》相关条目录入）

词学研究取向之省思：
重读夏承焘《唐宋词论丛》

　　夏承焘先生以其词学的卓越成就奠定了中国现代词学史上的宗师地位，他的《唐宋词人年谱》开启了词学谱牒的新领域。近一个世纪以来，词史与词人年谱的研究呈现出蓬勃兴盛的局面。然而就整个词学研究的状况而言：一方面是蓬勃发展，如词人、词派、词史、词籍、词论的研究；另一方面则甚为薄弱，如词律、词韵、词谱、词乐的研究。词学研究的路径一边是越来越挤，一边是越走越窄。同时，随着《全明词》和《全清词》之编纂问世，宋代以后之词学研究也日渐兴盛，就近年来学术界取得的成果来看，合乐之词与徒词研究的界限渐趋缩小，以合乐为主的唐宋词所独具有的特色，也在不断地消解，这是词学研究颇为堪忧的现象。最近，我重读了夏承焘先生的《唐宋词论丛》，联系《唐宋词人年谱》和《夏承焘学词日记》，对词学研究的取向进行一番省思，觉得夏先生所开辟的词学谱牒以外的词学路径，也很值得我们进一步探讨，这有助于新世纪词学研究的突破。就词体文学研究而言，可大致分为体内和体外两个层面：体外层面包括词人、词籍、词源、词派等；体内层面主要是词调，包括词律、词韵、词谱等，且都与词乐相关。前者有助于知人论世，后者有助于探寻词的特质。尤其是与词乐有关的词律、词调、词谱的研究，也最能彰显以合乐为主体的唐宋词的特色。唐宋词与元明以后词的最大区别，就在于前者属于音乐文学体式，而后者属于纯文学体式，因而夏承焘先生《唐宋词论丛》中有关词律、词谱、词韵等与词乐相关的研究，重点在于探讨唐宋词的音乐特质，抓住了唐宋词研究最核心的问题，且能阐幽发覆，剖析入微。长期以来，研究夏氏词学成就，多侧重于其词人谱牒之学，以《唐宋词人年谱》为其标的，而对于其体内层面的研究，虽有不同程度涉及，但较之夏氏以史治词的论述，终嫌过少。故本文以《唐宋词论丛》^①为评述对象，着重对夏氏有关词学研究体内层面的成就进行简要的梳理，同时对于《论丛》中涉及较多的词籍也加以探究。

一、词　律

词律与词乐之关系，既相关联又有区别。宋词情况复杂，而清人万树《词律》不及宫调律吕，既有偏颇，亦为其审慎处，其根源在于宋代词乐失传，难以辨明。夏氏作《词律三义》，其一"宋词不尽依宫调声情"，拈出宋人言词之炫耀，宋词不尽合其时词律词乐情况，无论对词律还是词乐研究，都是别开户牖之事。盖词之早期，与宫调结合甚密，但词与乐分离，亦自宋始。"柳、周皆深解词乐者，其显例若此；足见宋人填词但择腔调声情而不尽依宫调声情。至若《千秋岁》调，北宋人以吊秦少游者，南宋人或以为寿词，则但取腔调名称，并不顾腔调声情矣"^②。其二"宋词不依月用律"，前人言词，有"依月用律"之说，张炎《词源》称"美成诸人又复增演慢曲、引、近，或移宫换羽为三犯、四犯之曲，按月律为之，其曲遂繁"^③。此关系词律一事而与宋词实际不尽吻合，故夏氏特作考证。如《扫花游》属双调，虽是春景，而词云"暗黄万缕""扫花寻路"非二月景；而夹钟商俗名双调，本二月律也。《法曲献仙音》属小石，虽是夏景，而词云"蝉咽凉柯"，非四月景；仲吕商俗小石，本四月律也。其例不胜枚举。其三"宋词不用中管调，故不能'依月用律'"，宋词不用月律之说，亦与乐器有关，乐器之中管调，因其调难于吹奏，不易依月用律，甚者一调而春秋可用。由此可见，文人作词以词为主，与乐工以乐为主终是不同。通过《词律三义》，我们可以从词律和词乐的层面，认识到宋代词人和乐人终有本质的区别。

---

① 《唐宋词论丛》本文主要依据古典文学出版社 1956 年初印本，部分篇目参照中华书局 1962 年增订本以及浙江古籍出版社和浙江教育出版社 1998 年合刊的《夏承焘集》本，凡所引据，均于注释中说明。

② 夏承焘：《唐宋词论丛》，古典文学出版社 1956 年版，第 2 页。

③ 夏承焘：《词源注》，人民文学出版社 1963 年版，第 9 页。

对于古代音韵学上的通例，元曲中有"阳上作去""入派三声"之说，夏氏拈出宋词之例，将这种规律的起源提前了许多。其论证重在三个方面：其一是举例说明元曲以前宋词已有"阳上作去""入派三声"之例，如周邦彦之"章台路""黯凝伫"，方千里之"楼前路""小留伫"。其二是举出词论家的较早说法为证，如清人万树《词律》卷一所举石孝友入声韵《南歌子》之注："愚谓入声可作平，人多不信，曰：'入声派入三声，始于元人论曲，君何乃移其说于词？'余曰：声音之道，古今递传，诗变词，词变曲，同是一理。自曲盛兴，故词不入歌，然北曲《忆王孙》《青杏儿》等，即与词同。南曲之引子与词同者将六十调，是词曲同源也。况词之变曲，正宋元相接处，岂曲入歌，当以入派三声，而词则不然乎？故知入之作平，当先词而后曲矣。盖当时周、柳诸公制调，皆用中州正韵，今观词中，如'不'音'逋'、'一'音'伊'之类，多至万千，正与北曲同，而又何疑于入作平之说耶？"① 其三是对于万氏之说又加以修正，"案万氏云云，诚名通之论，但仅举南宋金谷、惜香、坦庵为例，而不知北宋已有大晏《相思儿令》'日''绿''落'之作去，及小晏《梁州令》'曲'叶去'处'之例，尚为未达一间。且此例在词，并可上溯至唐。其在韵脚者，有《云谣集杂曲子》《渔歌子》之以'寞'叶'悄''妙'。在句中者，有《花间集》温庭筠《菩萨蛮》'钗上双蝶舞'句之读'蝶'为平。(《菩萨蛮》非拗调，'蝶'字是浊入作平无疑。)词中入派三声，此殆其最早之例。《云谣曲子》，万氏所不得见，若《花间》《珠玉》亦遗于征引，则失之眉睫矣"②。

对于姜夔的词律，夏承焘先生进行过专门的研究，他在二十世纪三十年代就撰写过《〈白石道人歌曲〉校律》等文章，这些文章将姜夔现存词作的格律和前人的说法进行了全面董理，是奠定夏先生词学地位的重要文章。在这里，夏先生根据近代的考古学新发现和传于国外的古籍文献，考证发明，折冲论断，从而集姜夔词律词谱研究之大成，为词学研究的新进展奠定了基础，并且标志

---

① 夏承焘：《唐宋词论丛》，第13页。按，万氏此语载于《词律》卷一。

② 夏承焘：《唐宋词论丛》，第13页。

着百余年来燕乐谱学的重大突破。^①

二、词　韵

词从其起源始，就与音乐发生了极其紧密的关系。龙榆生在谈词的特征的文章中说："它的长短参差的句法和错综变化的韵律，是经过音乐的陶冶，而和作者起伏变化的感情相适应的。一调有一调的声情，在句法和韵位上构成一个统一体。"^②在这篇文章的最后，龙氏说："我要介绍夏承焘先生两篇异常精密的论文，一篇是《词韵约例》，一篇是《唐宋词字声之演变》，都收在他的《唐宋词论丛》里。这对研究词的艺术特征是有很大帮助的。"^③沿着龙氏的思路，我们对夏承焘先生有关词韵的这两篇文章进行探讨。

1.《词韵约例》

在夏氏之前，"唐宋词叶韵之例，尚未有专文述之者"，此为夏氏作此文之缘起。该文中，夏氏举出词韵方面共 11 例：一、一首一韵；二、一首多韵；三、以一韵为主，间叶他韵；四、数部韵交叶；五、叠韵；六、句中韵；七、同部平仄通叶；八、四声通叶；九、平仄韵互改；十、平仄韵不得通融；十一、叶韵变例。其中第九"平仄韵互改"又分为：甲、平韵改仄韵；乙、入韵改平韵；丙、改平声韵为上去；丁、改上去韵为平韵。第十"平仄韵不得通融"又分为：甲、仄声调必押入声；乙、仄声调必押上声。第十一"叶韵变例"又分为：甲、长尾韵；乙、福唐独木桥体；丙、通首以同字为韵。

在通述韵例之后，于每一种韵例皆举例进行分析，甚或列表加以明示。如其述"平韵改入韵"例：

---

① 参王延龄《天籁人声 尽在抑扬吟咏中——夏承焘先生的词乐研究》，载《夏承焘教授纪念集》中国文联出版公司 1988 年版，第 58-59 页。

② 龙榆生：《谈谈词的艺术特征》，《龙榆生词学论文集》，上海古籍出版社 1997 年版，第 43 页。按，原载《语文教学》1957 年 6 月号。

③ 龙榆生：《谈谈词的艺术特征》，《龙榆生词学论文集》，第 58 页。

李易安论词："近世所谓《声声慢》《雨中花》，既押平声，又押入声。《玉楼春》平声，又押上去声，又押入声。"是平、入两韵本可相通。今案《声声慢》调，晁补之"朱门深掩"一首，贺铸"园林暮翠"一首，曹勋"素商吹影"一首，皆押平韵，李易安"寻寻觅觅"一首却押入韵；《雨中花》调，苏轼皆押平韵，黄庭坚、秦观则皆用入韵；惟《玉楼春》只有押上去与押入两种，无押平韵者，若押平韵，即是《瑞鹧鸪》矣，不知易安偶误，抑平声《玉楼春》今已失传。改平韵为入韵，今可举习见之《南歌子》为例。晚唐温庭筠《南歌子》诸首皆填平韵，毛熙震加作两片，仍叶平韵；北宋周邦彦加长作五十四字，亦仍叶平。①

这样条分缕析，将平韵改入韵的各种情况都清楚地表述出来，使人们作词和评词时有所准则。同时还拈出沈义父《乐府指迷》中句中之声的叙述以推及字韵的特殊情况："沈伯时《乐府指迷》谓：'平声字可以入声字替。'此本指句中字声，今据（石）孝友词，是可推之及韵脚矣。"②该文末尾，对于词韵叶方音也作一简要的论述，以揭示唐五代词韵初起时的情况："词之初起，取叶方言。南宋以前，实无一部人人共守之词韵。《四库全书提要》谓宋词有用古韵之例，此不可信。五代、北宋词大都应歌之作，为妓女以娱狎客，何取乎古韵。词中虽有'奏'与'表'叶，'酒'与'晓'叶，合于古韵'篠''有'通用之例，盖方音偶合于古韵，必非有意用古韵也。"③

《词韵约例》应该是夏先生规划《词例》中的一个部分，1932年1月2日，夏承焘先生阅读俞樾《古书疑义举例》，受其启发，拟作《词例》一书，分"他人制谱例、先填词后制谱例、先填谱后填词例、不分上下片例"等，共60例。④1932年的上半年，夏先生读书，以作《词例》作为最为重要的内容，一直到6月7日，觉得"作词例，头绪纷繁，渐厌倦矣"⑤。然自7月之后，仍以之为重要之

---

① 夏承焘：《唐宋词论丛》，第40-41页。
② 夏承焘：《唐宋词论丛》，第41页。
③ 夏承焘：《唐宋词论丛》，第51-52页。
④ 夏承焘：《天风阁学词日记》1932年1月2日，《夏承焘集》第五册，第260-264页。
⑤ 夏承焘：《天风阁学词日记》1932年6月7日，《夏承焘集》第五册，第296页。

课业，如其 7 月 19 日言："作词例。年来所作旧稿，《词人年谱》《词人年表》《子野词疏证》《明秀集疏证》《白石歌曲斠证》《词源悬解》，皆待理董。今又弃置作《词例》，未知何日能写洁本。世变日亟，十年以后，恐无吾辈安坐读书之日。"①《词例》是夏先生历经数十年研究的成果，早在 1933 年《词学季刊》的创刊号上，他就对此书的编例作了介绍，约分字例、句例、片例、辞例、体例、声例、韵例诸项。但夏先生这部近于完成的著作，"手稿不幸散失于湖湘，至今不可复问，但夏先生日记中，该书框架大体已具，将其补充完备，仍有可能，这也是后学者的责任"②。

2.《唐宋词字声之研究》

先录夏氏之总体论述词中字声演变之历程："大抵自民间词入士大夫手中之后，飞卿已分平仄，晏、柳渐辨上去，三变偶谨入声，清真益臻精密。惟其守四声者，犹仅限于警句及结拍。自南宋方、吴以还，拘墟过情，乃滋丛弊。逮乎宋季，守斋、寄闲之徒，高谈律吕，细剖阴阳，则守之者愈难，知之者亦尠矣。夫声音之首，后来加密，六代风诗，变为唐律，元人嘌唱，演作昆腔。持以喻词，理无二致。谓四声不能尽律，固是通言；而宋词之严三仄，亦多显例。明其嬗迁之迹，自无执一之累。"③

总述之后，夏氏即分七个方面进行论列：一、温飞卿已分平仄；二、晏同叔渐辨去声，严于结句；三、柳三变分上去，尤谨于入声；四、周清真用四声，渐多变化，其施于警句者，有似元曲之"务头"；五、南宋方、杨诸家拘泥四声；六、宋季词家辨五音分阴阳；七、结语。夏氏这样的词韵声调研究，颇为系统，既不同于清代以前偏重于词谱声调的考证，也不同于民国以后重于音乐的调声研究。因为前者流于琐屑饾饤，后者与词则相隔一层。夏氏将字声韵调与词体紧密地联系在一起，又关合其演变的复杂过程，无疑对于开启词学研究的新路

---

① 夏承焘：《天风阁学词日记》1932 年 7 月 19 日，《夏承焘集》第五册，第 301—302 页。

② 陶然《规模宏阔，金针度人：记夏承焘先生未及成书的著述》，《古典文学研究》2003 年第 5 期，第 9 页。夏承焘先生《词例》手稿尚存于吴常云处，据吴常云先生所言，他又复印两部，一部送周笃文先生，另一部送吴蓓女士，并委托他们整理。

③ 夏承焘：《唐宋词论丛》，第 53 页。

径具有很大的启迪意义。

对于词体之研究，夏氏特别强调了两个方面："一曰不破词体，一曰不诬词体。谓词可勿守四声，其拗句皆可改为顺句，一如明人《啸余谱》之所为，此破词体也，万氏《词律》论之已详。谓词之字字四声不可通融，如方、杨诸家之和清真，此诬词体也。过犹不及，其弊且浮于前者。盖前者出于无识妄为，世已尽知其非；后者似乎谨严循法，而其弊必至以拘手禁足之格，来后人因噎废食之争。是名为崇律，实将亡词也。"①

夏氏的这一主张，还可以与其《月轮山词论集》中对词人词作的个案研究相参证。比如李清照的名作《声声慢》，前人评述，多着眼于其重叠字，而夏先生对该词舌声、齿声作了细致入微的分析：

> 举《声声慢》一首为例，用舌声的共十五字："淡""敌他""地""堆""独""得""桐""到""点点滴滴""第""得"。用齿声的四十二字："寻寻""清清凄凄惨惨戚戚""乍""时""最""将息""三""盏""酒""怎""正伤心""是""时相识""积""憔悴损""谁""守""窗""自怎生""细""这次""怎""愁字"。全词九十七字，而这两声却多至五十七字，占半数以上；尤其是末了几句："梧桐更兼细雨，到黄昏点点滴滴，这次第，怎一个愁字了得！"二十多字里舌齿两声交加重叠，这应是有意用啮齿叮咛的口吻，写自己忧郁惝恍的心情。不但读来明白如话，听来也有明显的声调美，充分表现乐章的特色。字声的阴阳清浊，是文人研究出来的东西，民间原不会了解；双声叠韵却是民间语言里所习用的。……本来作品里用双声、叠韵过多的，若是配搭不好，会成为"吃口令"，所以前人以多用双声、叠韵为戒；而我们读李清照这首词不仅全无吃口（令）的感觉，她并且借它来增强作品表达感情的效果，这可见她艺术手法的高强，也可见她创作的大胆。宋人只惊奇它开头敢用十四个重叠字，还不曾注意到它全首声调的美妙。②

林玫仪曾说："词既是音乐文学，其韵法本来关系至为重大，然而由于较为专门，在过去之词学研究中，探讨词韵之专书及论文为数甚少，今日声韵学

---

① 夏承焘：《唐宋词论丛》，第87页。

② 夏承焘《月轮山词论集》，《夏承焘集》第二册，第251-252页。

之知识已较前人精进甚多，更可应用电脑科技，配合词家里籍，全面分析历代词作，以归纳词学实际用韵情况，则重新检讨历代词韵亦非困难之事。"①在夏先生及老一辈词韵研究的基础上，利用现代词学研究成果，以推进词韵研究，也是 21 世纪词韵研究的一个重要途径。

三、词　谱

关于词谱研究，宋代流传下来的资料主要有两个方面，一是实际词谱，二是词谱文献。前者有姜夔《白石道人歌曲》所载十三首自制曲注明的曲谱，是七百多年来仅存于世的堪称完整的宋词乐谱；后者主要指唐宋文献中有关词乐的记载，如唐代的《教坊记》《乐府杂录》，宋代的《碧鸡漫志》《词源》等。

夏承焘先生对于词谱的研究，集中于姜夔留下的宋词曲谱方面。《唐宋词论丛》当中，收录的《姜白石词谱说》《白石十七谱译稿》《姜白石词乐说小笺》，都是夏承焘先生研究词谱的最重要的论文。夏先生还有《姜白石词编年笺校》，是专门研究姜夔词的专著，其中关于词谱的考证，也有很多堪称精义的文字。此外，其《月轮山词论集》还收有《〈白石道人歌曲〉校律》《姜夔词谱学考绩》两篇。

对于姜白石词谱的校理过程，夏承焘先生经历了漫长的时间。其间有三个关节点：其一是二十世纪三十年代初期，始校理《白石道人旁谱》。《天风阁学词日记》1932 年记载："[三月廿七日] 上午作《白石道人歌曲旁谱说》。""[四月九日] 改作《白石道人旁谱说》，甚劳心。""[四月十一日] 抄《白石道人旁谱说》。[四月十二日] 抄《白石道人旁谱说》。……[四月十三日] 抄《白石道人旁谱说》。[四月十四日] 抄《白石道人旁谱辨》成。""[四月十六日] 校《白石道人旁谱辨》。"②而其《白石道人歌曲校律》一文末题："一九三三年四月

① 林玫仪：《第一届国际词学研讨会论文集·导言》，"中研院"中国文哲研究所 1994 年版，第 8-9 页。
② 夏承焘：《天风阁学词日记》，《夏承焘集》第五册，第 280、283、284 页。

十三日写第四稿。"①其《白石道人旁谱考》刊载于《燕京学报》1932 年 12 号；《白石道人歌曲斠律》刊载于《燕京学报》1934 年 16 号。后来他把这些成果整理成《姜白石词谱与校理》一文，收入《唐宋词论丛》。该文对于白石词旁谱的形式，宋代制作工尺乐谱的书籍，工尺和音节的符号，白石旁谱各调的用字，白石旁谱的校勘和翻译方法，以及各位学者对于白石旁谱的考订工作进行了全面系统的研究。其二是二十世纪四十年代翻译《白石歌曲十七谱》，夏氏《白石十七谱译稿》后记云："右《白石歌曲十七谱》，译成于一九四二年，熊生化莲尝为录一清本，严君怡和为写二通付印。方欲寄质于吴瞿安先生（梅），旋丁寇难，瞿安谢世滇南，此本遂局置箧衍。予于白石谱另有校辨、校律、浅说三种，十余年来，屡有增删。"②《白石十七谱译稿》是借鉴清人陈澧对于白石旁谱的译法，将此谱中的宋工尺译为今工尺，为宋代的词谱研究提供了可以征信的重要材料。其三是二十世纪六十年代初期，对于姜夔词谱校理的文字重新进行修改，并公之于世。《白石道人歌曲校律》一文末题："一九六二年七月再改。"③而其《姜夔词谱学考绩》一文，其末题："此文成于一九三二年，阅三十载，重改于一九六二年之夏。唐先生此跋亦成于一九三二年，故与此改本所论有不相应者。与唐先生沪上一面，廿余年不见，不知于此学别有新著否。一九六三年一月承焘记于杭州道古桥。"④所言唐先生之跋，即指唐兰之跋语。夏氏治《白石道人歌曲》，二十世纪三十年代即受到词学名家的称道。夏敬观《忍古楼词话》称："永嘉夏瞿禅承焘，深于词学，考据精审，著有《白石道人歌曲旁谱考证》《白石歌曲旁谱辨》。其词秾丽密致，符合轨则，盖浙中后起之秀也。秦望山《水龙吟》云：……桐庐作《浪淘沙》云……。二词皆绝去凡响，足以表见其襟概。"⑤

夏先生长期研治姜白石歌曲，至一九六〇年出版《姜白石词编年笺校》，于前言《论姜白石的词风》中，归纳了姜夔作词在选调制腔方面的六种方式：一种是截取唐代法曲、大曲的一部分而成的，像他的《霓裳中序第一》，就是

① 夏承焘：《月轮山词论集》，《夏承焘集》第二册，第 369 页。

② 夏承焘：《唐宋词论丛》，第 141 页。

③ 夏承焘：《月轮山词论集》，《夏承焘集》第二册，第 369 页。

④ 夏承焘：《月轮山词论集》，《夏承焘集》第二册，第 399 页。

⑤ 夏敬观：《忍古楼词话》，《词话丛编》第五册，中华书局 1986 年版，第 4770 页。

截取法曲商调《霓裳》的中序第一段；一种是取各宫调之律合成一首宫商相犯的曲子，叫作"犯调"，像《凄凉犯》；一种是从当时乐工演奏的曲子里译出谱来，像《醉吟商小品》，是他从金陵琵琶工"求得品弦法译成"的；一种是改变旧谱的声韵来制新腔，像《平调满江红》，是因为旧调押仄韵不协律，故改作平韵，《徵招》是因为北宋大晟府的旧曲音节驳杂，故用正宫《齐天乐》足成新曲；一种是用琵琶作词调，像侧商调的《古怨》；一种是他人作谱他来填词的，像《玉梅令》本范成大家所制。除了这六种方法之外，姜夔还制作新谱，这是先成文辞而后制曲谱的①。

四、词　乐

《唐宋词论丛》中，专论词乐者有《姜白石词乐说小笺》《姜白石大乐议辨》二文②。《姜白石词乐说小笺》云："《白石歌曲旁谱》十七首，七百年来，系词乐一线，其论宫律文字，自《宋史》所载《大乐议》外，有词集《凄凉犯》《徵招》等小序七首，宋代词人说词乐之书，惟此与张炎《词源》，称声家球璧矣。予旧为姜词考证、校律、旁谱辨各种，顷者重写此篇，蕲明白石一家之学。"③说明这两篇文章与考证、校律等不同，而是专门研究词乐的文章，白石十七谱在词乐上的地位，也与张炎《词源》并驾齐驱。该文由文献引入词乐研究，于姜词十七谱每一篇作品都详加考证。如考证《徵招》：

> 《徵招》《角招》者，政和间大晟府尝制数十曲，音节驳矣。予尝考唐田畸《声律要诀》云："《徵招》与二变之调咸非流美，故自古少徵调曲也。"徵为去母调，如黄钟之声，以黄钟为母，不用黄钟乃谐。故隋唐旧谱不用母声。琴家无媒调、商调之类之徵也，亦皆具母弦而不用。其说详于予所作琴书。

① 夏承焘：《姜白石词编年笺校》，上海古籍出版社1981年版，第11页。
②《姜白石词乐说小笺》，《唐宋词论丛》及增订本均收入，作者后又修订收入《姜白石词编年笺校》，夏氏称"其有异同，以《笺校》为准"。《姜白石大乐议辨》亦收入《姜白石词编年笺校》附录《行实考》之六《议大乐》中，故读《论丛》此二篇亦当与《笺校》互参。
③ 夏承焘：《唐宋词论丛》，第145页。

然黄钟以林钟为徵，住声于林钟，若不用黄钟声，便自成林钟宫矣。故大晟府徵调兼母声，一句似黄钟均，一句似林钟均，所以当时有落韵之语。予尝使人吹而听之，寄君声于臣民事物之中，清者高而亢，浊者下而遗。万宝常所谓"宫离而不附"者是已。因再三推寻唐谱并琴弦法，而得其意。黄钟徵虽不用母声，亦不可多用变徵蕤宾、变宫应钟声。若不用黄钟而用蕤宾、应钟，即是林钟宫矣。余十一均徵调仿此；其法可谓善矣。然无清声，只可施之琴瑟，难入燕乐，故燕乐缺徵调，不必补可也。此一曲乃予昔所制，因旧曲正宫《齐天乐》慢前两拍是徵调，故足成之，虽兼用母声，较大晟曲为无病矣。此曲依《晋史》名曰黄钟宫下徵调，《角招》曰黄钟清角调。[①]

这段文字对于"徵招""角招"的考证，详尽精辟。从乐曲的制作，到其源头追溯，再征引文献以说明其调声特点，进而详辨黄钟宫与林钟宫之别，以及乐调与母声的关系，这样就将"徵招"的音乐特性清楚地表现出来。

《姜白石大乐议辨》一文，旨在辨明姜夔所上《大乐议》事。《宋史》无白石传，该文载于《音乐志》，议虽不行，于白石平生，为一大事矣。故夏氏对姜夔议大乐一事以及时人后人的聚讼进行清理，如辨元陆友《研北杂志》所载姜夔与陆游谈大乐事："此说案之白石与务观行迹，有不可通者：白石庆元三年四月议乐之后，集中无番阳行迹；其《诗集》有《丁巳四月望湖上书事》一首，及《和转庵丹桂韵》一首，皆在杭作。务观自绍熙元年至嘉泰二年，二十余载间，皆罢官居越。姜、陆朋游甚广，复同时地，而二人交谊无考。陆友之说，久已为疑。"[②]对于姜夔《大乐议》所辨律吕之偶误，夏氏亦详加辨证。如《大乐议》既云"雅乐未闻"，又云"惟迎气有五引"，是不能自守其说，此其一也；《大乐议》又谓"郑译八十四调出于苏祗婆琵琶"，按之《旧五代史·乐志》《隋书·万宝传》等，姜氏之说实为矫枉过正之举，此其二也；再如《大乐议》引沈括定《霓裳中序第一》为道调，而不知实为商调等，征引前人误说而未加辨别，此其三也[③]。

---

① 夏承焘：《唐宋词论丛》，第 159—160 页。

② 夏承焘：《唐宋词论丛》，第 91—92 页。

③ 夏承焘：《唐宋词论丛》，第 92—93 页。

夏氏之作，除了以上两篇专文辨别姜夔词乐之外，实则其研究词律、词韵、词谱之作，均与词乐相关，他是将词乐作为一项系统工程进行研究的。无论哪一类研究，其径路多是拈出与词乐具有密切关联的词作，再从文献切入，联系乐理、乐器进行详细的辨析，以得出成一家之言的结论。

五、词　籍

夏承焘《唐宋词论丛》收有词籍研究论文三篇:《梦窗词集后笺》《词籍四辨》《四库全书词籍提要校议》。这三篇论文也各有侧重：其一是续朱祖谋《梦窗词小笺》而笺释词作，重在词题中人名、地名和写作年月的考订；其二是对姜夔词集手稿、明陈元龙《白石词选》、明陈耀文《词旨》、宋吴仲方《虚斋乐府》四部词集的专门考证；其三是对于《四库全书总目提要》词籍著录的校订和辨证。三篇论文对于词籍研究的价值其要在于以下三个方面：

1. 校勘

《校议》对于柳永《乐章集》有一段校勘文字颇为精采：“《浪淘沙慢》‘几度饮散歌阑’句，隔六句方叶，韵诚太疏，焦弱侯本亦改‘阑’为‘阕’，与《词律》同；然‘阕’字属第十八部韵，柳词用韵，第十七部与第十八部甚分明，不应有此例外。‘阑’字是否‘阕’误，仍不能遽定，《彊村》本亦作‘阑’不作‘阕’也。《词律》七以《望远行》‘乱飘僧舍，密洒歌楼’二句与下片‘皓鹤夺鲜，白鹇失素’相对，而平仄不同，谓‘此调通用仄声，玩其声响，应以平字居下，此必密洒二句在上’。案词体本有倒平仄之例，其一句平仄相倒者，如柳词《引驾行》上片‘泛画鹢翩翩’，与下片‘与吴邦越国’相对，而平仄相倒。《词律》七谓‘吴邦越国’当作‘越国吴邦’。不知《晁氏琴趣外篇》此调字声亦同柳词，不当改也。其两句平仄相倒者，如东坡乐府《行香子》，上片起‘携手江村，梅雪飘裙’，后片起则作‘寻常行处，题诗千首’。柳词‘乱飘僧舍’二句与下片‘皓鹤’二句平仄相倒，正同此例。《历代词余》无名氏作此调，二句平仄，亦同柳词。可见柳词无误。"①这段校语很有启发性，夏氏将词籍的校勘与词律、词谱联系起来，以订正前人校勘的错误，与一般的文字校勘并不相同，而是通过这一校勘给人们提供词籍校勘释例方面的路径。

2. 辨伪

《校议》对于秦观《淮海词》的校证，则将校勘和辨伪结合在一起："案《长相思》'铁瓮城高'一首，实贺铸词误入观集。今《彊村丛书》本《贺方回词》卷一载此首，名《望扬州》，尾句作'幸于飞鸳鸯未老，不应同是悲秋'。毛本盖脱去下五字。杨无咎《逃禅词》用贺韵《长相思》一首，尾句'问何时佳期卜夜，绸缪'，绸缪下亦脱四字，并失'秋'字韵。《词汇》不察，乃误取无咎残句校此词，误以'缪'字为韵，遂妄改作'鸳鸯未老绸缪'。益失真矣。今幸残宋本《淮海长短句》及《知不足斋》钞本《贺方回词》重出，得据以校正。"②这段校勘文字很有特色，首先在于订正了《四库提要》的错误，其次在于利用宋词的重出现象进行对比勘证，再次是将校勘和辨伪结合在一起。

3. 订误

《校议》于吴文英《梦窗词》校议云："毛晋跋吴词，以其淳祐十一年《莺啼序》丰乐楼一首为绝笔，《提要》及《鄞县志》皆沿其误，定文英即卒于淳祐十一年。实则文英当卒于景定间，考在予所作《吴梦窗系年》。文英集中有姜石帚而无姜白石，石帚、白石盖非一人，其《洞仙歌》'黄木香赠辛稼轩'一词，乃白石之作误入吴集者；当时元钞《白石歌曲》未出，故无由发其覆。文英实不及奉手姜、辛也。至其晚年与贾似道交谊，刘毓崧为梦窗词序，谓似道当权时，梦窗已与之绝交。其实梦窗卒于似道当权之前，刘说未确。"③这段文字订《提要》之误，兼考订梦窗卒年，及其与姜夔、辛弃疾有无往还事，皆能发前人未发之覆，文字虽然简短，但非常精辟。

唐宋词作为音乐文学，具有"倚声制词"的特性，这种音乐文学呈现出特

---

① 夏承焘：《唐宋词论丛》，第212-213页。

② 夏承焘：《唐宋词论丛》，第216-217页。

③ 夏承焘：《唐宋词论丛》，第234页。

定的声韵、格律和体式。而南宋灭亡之后，词乐也随之散佚无存，随着音乐性的丧失，词体由本来的音乐文学形式一变而为纯粹的传统文学形式。词与音乐的关系，是唐宋词与元明清以后词作的分界线。因而要探讨词的起源、词的特质、词的发展演进，就必须在词乐上下功夫，否则就泯灭了作为音乐文学的词与作为纯粹文学的词的界限，也就在一定程度上消解了唐宋词所独具的特质。李清照《词论》云："盖诗文分平侧，而歌词分五音，又分五声，又分六律，又分清浊轻重。"[①]盖词与诗文的区别就在于"五音""五声""轻重""轻浊"，主要都是在音乐的层面上。南宋末年词乐散佚之后，词乐的研究经过了较为曲折复杂的过程：首先是在宋代音乐之词到清代徒词的复兴过程中，元明时期词体规范的缺失；其次是清代学者试图从词体格律整理方面重新建立起词体的规范，这以万树的《词律》和王奕清的《词谱》为代表；再次是二十世纪前期词乐研究的一度繁盛，吴梅、任中敏、夏承焘成为引领风潮的卓有建树的词学名家，其代表性著作即为吴梅的《词学通论》、任中敏的《词曲通义》和夏承焘的《唐宋词论丛》；最后是二十世纪后期以来，音乐层面的词乐研究渐趋消歇，而以理论的探讨和文献的考释占据了词学研究的主流，这样的研究，对于元明清时期作为纯粹文学形式的词学研究推进是很大的，而对于作为音乐文学的唐宋词研究，其核心主体却在逐步消解，这是颇为令人担忧的现象。基于此，我们重读夏承焘先生的《唐宋词论丛》，梳理夏氏在词律、词韵、词谱、词乐等方面的重要贡献，旨在促进唐宋词研究向词体文学的音乐属性和主体特质回归。

(《2012 国际词学研讨会论文集》)

---

① 李清照：《词论》，载于宋胡仔《苕溪渔隐丛话》后集卷三三，人民文学出版社 1981 年版，第 254 页。

第三编　宋代诗学研究

汪辟疆手批《苏诗选评笺释》述论

关于苏轼的研究,清代极为繁荣,成果颇多。其中汪师韩的《苏诗选评笺释》别具特色,具有很高的学术价值,故其评语几乎全被《唐宋诗醇》采用。然汪氏此书,成书虽早,而直到清末光绪十二年（1886）才刊行面世,故研究者甚少,直到近年,才有专门论著问世。如曾枣庄先生有《汪师韩的〈苏诗选评笺释〉》,刊于《文学遗产》2000 年第 3 期；王友胜先生有《论汪师韩的苏诗选评》,刊于《船山学刊》2002 年第 4 期。然而,自 20 世纪初期开始,国学大师汪辟疆的评点苏诗,其底本就是《苏诗选评笺释》。可是,这一情况一直不为学界所知,故而研究苏轼及汪师韩者,未曾涉及汪辟疆；研究汪辟疆者,对其以苏轼为主的宋诗研究,亦并未措意,即使是程千帆先生所编的《汪辟疆文集》,也很少收入汪氏有关苏诗的评语。

浙江大学中文系所藏光绪十二年（1886）刻印《丛睦汪氏遗书》本《苏诗选评笺释》,乃汪辟疆手批本。这个本子,倾注了汪氏多年校勘、考证与评点的心血,其批评见解独到,学术价值极高。将其手批情况揭出,对于苏诗研究具有一定的推动作用。本文主要探讨以下内容:一是汪师韩《苏诗选评笺释》的编纂刊刻情况及其价值；二是汪辟疆苏诗研究及手批苏诗探源；三是汪辟疆手批苏诗义例；四是汪辟疆手批苏诗对清代苏诗评点的选择与裁定；五是汪辟疆手批苏诗的主要创获。

一

汪师韩（1707—？），字抒怀，号韩门，又号上湖，浙江钱塘（今浙江杭州）人。雍正十一年（1733）进士，改翰林院庶吉士。散馆授翰林院编修，奏直起居注。乾隆元年（1736），师韩方以才名经掌院。尚书强照为武英殿总裁，荐校勘经史。八年，充湖南学政，坐事降调。后为大学士傅恒荐，入直上书房，复授编修。未几落职。后客游畿辅，直隶总督方观承延请主持莲花池书院。会奉旨核天下书院院长，观承因以入奏，乾隆皇帝以"好学问"称之。师韩闻而感涕，作诗四章以纪其事。"师韩少以文名于四方，时称为近代之刘贡父、王厚斋。兼工诗，通籍后，习国书，赋《龙书五十韵》，临川李绂见之叹异，携入《八旗志书》馆。"①阮元《两浙輶轩录》引杭世骏语云："诗之道，熟易而涩难。韩门诗有涩味，所以可传。"②中年以后，一意穷经，诸经皆有著述，于《易》尤邃。著有《观象居易传笺》十二卷，《孝经约义》一卷，《韩门缀学》五卷，《续编》一卷，《谈诗录》一卷，《诗学纂闻》一卷，《上湖纪岁诗编》五卷，《上湖分类文编》十卷，又有《诗四家故训》《春秋三传注解补正》《文选理学权舆》《春星堂诗集》《苏诗选评笺释》《孙文缀学》《叶戏原记》等。事迹见《清史列传》卷七一，《碑传集补》卷八，《民国杭州府志》卷一四五。

《苏诗选评笺释》是汪师韩多种诗学著述中极为重要的一种，该书将选、评与笺合为一体，其首《苏诗选评原叙》阐明了编撰大旨：

> 是编所录，扒菁拔萃，审择再三，殆无遗憾。其生平丰功亮节，与夫兄弟朋友过从雅合之迹，及一时新法之废兴，时事之迁变，靡不因之以见。诗凡五百余首，古体则五言稍多于七言，近体则七言数倍于五言，要归本于六义之旨，亦非有成见也。若其集中诗有用葱为薤，用校尉为中郎，用扁鹊为仓公，用郑余庆为卢怀慎之类，均为严有翼所指摘。以轼读书万卷，集所援用常有不审所出者，安见其非别有根据？且即有笔误，亦似李杜集中"黄庭换白鹅""垂杨生左肘"等句，虽疵颣，不失为名章也。句

①《清史列传》卷七一，中华书局1987年版，第5852页。
② 阮元：《两浙輶轩录》卷一八，《续修四库全书》第1683册，第584页。

字之有讹，曾何遽为轼诗病也哉！此数诗亦不尽入选，特因论定之次，附及之。钱塘汪师韩叙。

从中看出，汪师韩选择苏诗，态度极为审慎，"抹菁拔萃，审择再三"，臻于"殆无遗憾"的境地。其选诗标准"要归本于六义之旨"，而不参以个人成见，故而是清代苏诗评论著作中别具特色的一种。该书的旨要与价值，前引曾枣庄与王友胜之文已作论断，故不再重复。

该书前虽有叙，但题款未言时间，加以刊刻较晚，故难以断定成书年代。直至光绪十二年（1886），才刻入《丛睦汪氏遗书》。对于该书的刊刻过程，汪辟疆《方湖日记幸存稿》曾有论述云：

> 韩门所著书，尝于乾隆中自为刊行于世，曰《春星草堂诗集》《上湖纪岁诗编》《上湖分类文编》《观象居易传笺》《孝经约义》《韩门缀学》《谈书录》《诗学纂闻》八种。道光初年，裔孙贤衢（字水亭）又续刊十四种于珠江。彼时蒐罗颇富，而《苏诗选评》不与焉。迨清末裔孙铁珊太守（名篁）以经乱零落，旧椠残篇屡濒于险，乃为收拾丛残，益以未刊稿本，而《苏诗选评》与《金丝录》《叶戏原起》《硼村集》乃得汇集重镌于长沙。是苏诗选本闷诸汪氏箧笥几二百年矣！

> 又闻钱塘人言，光绪丙戌汪铁珊太守所重刊之《丛睦汪氏遗书》，印书极少，且板片亦残毁，坊间至不易购，故此选亦不甚通行也。①

二

汪辟疆（1887—1966），名国垣，字辟疆，或作辟畺，又字笠云，号方湖，又号展庵，晚年以字行，江西彭泽人。1909年入京师大学堂（北京大学前身），1912年毕业。1922年任江西心远大学教授，1928年改就第四中山大学教授。后来第四中山大学几经易名为中央大学，新中国成立后又改名南京大学，任教授及中文系主任，前后达38年。已刊著述有《光宣诗坛点将录》《目录学研究》

---

① 《汪辟疆文集》，上海古籍出版社1988年版，第844-845页。

《唐人小说》,以及程千帆先生所编的《汪辟疆文集》等多种。事迹见马骉程《汪辟疆先生传略》①。汪氏一生,勤于读书,手不释卷,自称:"喜籀坟籍,往往午夜篝灯,屡忘就枕;又苦善忘,久而茫昧。爰置一册座隅,偶有会心,辄命笔札。"②其手批苏诗就是涵咏咀华所得的重要成果。

汪辟疆批点的《苏诗选评笺释》,底本是《丛睦汪氏遗书》本。其书卷一首页有"彭泽汪辟疆藏书印""汪氏随身书印"二方,另有一方"三思而行"的闲章。第二册首页则有"三思而行"及"汪氏随身书印"二方。可见该书是汪氏随身阅读和评点的,苏诗研究是其致力的方向。惜其成果学界知之尚少,只能从其幸存的日记窥见一斑。《方湖日记幸存稿》有《查初白〈东坡编年诗补注〉》《苏诗得失》《苏诗选本》三条。其《苏诗得失》云:

> 阅苏诗一卷。坡公诗句法能新能巧,惟太过则味薄。又世多以超脱推之,不知超则可也,脱则不可。舞剑在空,超也,非脱也;弹丸脱手,超也,非脱也。苏诗如"青山偃蹇如高人",此超也;下接"常时不肯入官府",则无中生有,脱而非超也。至"高人自与山有素,不待招邀满庭户",虽极力弥缝其脱,骤读即讶其新巧而味薄矣。故读坡诗知其胜亦当知其失也。③

这是民国十七年(1928)九月二十六日日记中语,也是其读东坡诗的切身体会,评东坡诗的见道之言。也正因为汪辟疆对苏诗非常重视,且苏诗在中国诗史上具有重要的地位,故其在《读书举要》中,将《苏东坡诗注》作为大学中文系学生必读的重要文学书籍,并言:

> 苏东坡诗,源出于刘禹锡,而出入李、杜之间,无体不工,无境不备;虽利钝互陈,雄迈独绝,王伯厚所谓"屈注天潢,倒连沧海,变眩百怪,终归雄浑"者也。此集注本有宋施元之,清王文诰、冯应榴诸家,皆通行本。施注在宋时最有名,以宋人注宋人诗,引证时事,尤为明确。王兼论诗,冯详事实,皆各有独到。④

---

① 南京大学古典文献研究所:《古典文献研究》,南京大学出版社 1992 年版,第 116—120 页。

② 汪辟疆:《方湖读书钞》,《汪辟疆文集》第 1066 页。

③《汪辟疆文集》,第 842—843 页。

④《汪辟疆文集》,第 28—29 页。

《读书举要》的《文学部》共列书目 28 种，其中宋代仅有 4 种，即《苏东坡诗注》，宋梅尧臣《宛陵集》，宋任渊、史容注《黄山谷全集》，宋李璧《王荆文公诗注》。其评黄庭坚云："山谷天资之高，笔力之雄，东坡外无与抗手。"① 可见对于宋代诗人，汪辟疆是将苏轼置于首位的。这则文字探讨东坡诗的渊源，评论宋至清代苏诗注释各本的优长，皆切中肯綮。

苏轼的诗文集以及后人的注评本，是汪辟疆购藏阅读的重点书籍，且不惜重金。其民国十七年（1928）十二月三日的日记中写道："夜检书室新购各书，计广州刻《太平御览》一百二十册……《冯注苏文忠公诗合注》《施注苏诗》《查注苏诗补注》《历代诗话》《丛睦汪氏遗书》（湘重刻本，极足）……《苏诗择粹》……皆留京。其在宁所购已带回者，计有……王文诰《苏文忠公诗编注集成》。""比年旧籍益稀，售直遂巨……湘刻《丛睦汪氏遗书》直二十八金，广州重刻鲍本《御览》直六十金，王文诰《苏诗编注》直十四金。此皆新刻之本而售直之昂若此，得书真不易也。"②

《丛睦汪氏遗书》中的《苏诗选评笺释》即是汪辟疆以重金购得的新刻旧籍之一。无怪乎其珍视之，作为随身所携的藏书之一，并留下他大量的批点文字，弥足珍贵。

汪辟疆手批此书的一大贡献在于揭示出乾隆御选的《唐宋诗醇》的品评源于《苏诗选评笺释》，他在《苏诗选评笺释原叙》后的半叶空白上题写：

> 《苏诗选平笺释》六卷，韩门先生所纂。按乾隆九年甲子，诏选《唐宋诗醇》，梁文庄实董其事，御制序所谓主取平品，皆出自梁诗正等数儒臣之手者也。韩门为文庄乡人，《诗醇》苏轼十卷，文庄即以相属。此书即其原稿也。惟汪氏庋藏甚久，晚乃付杀青，故其中不无脱漏。如卷二缺去熙宁六年以后四年之诗约四十余首，后人校刻亦未据《诗醇》本补入，其他亦与《诗醇》累有出入，或为文庄删定，或为韩门晚岁自行增损，世远无从考定矣。壬子辟疆记。

又在《原叙》"要归本于六义之旨，亦非有成见也"上眉批："《诗醇》总序止此。"

---

① 《汪辟疆文集》，第 29 页。

② 《汪辟疆文集》，第 864—866 页。

这段文字的题款是"壬子辟疆记",壬子即民国元年,公元1912年,距光绪十二年(1886)此书始刊刻时间仅二十七年。又该书卷二《韩干马十四匹》诗眉批:"据《唐宋诗醇》苏轼,'一马',此诗以下有残阙,当据《诗醇》补录。辟校。"

前引曾枣庄先生的《汪师韩的〈苏诗选评笺释〉》说:"《苏诗选评笺释》在大量评论苏诗的著作中具有较为重要的地位,这从乾隆《御选唐宋诗醇》几乎尽采其评即可看出。十七年前我参与编纂《苏轼研究资料汇编》,辑录《御选唐宋诗醇》的资料,觉得评语相当精采。但越录越觉得似曾相识,后经核对,才知道是汪师韩《苏诗选评笺释》中的评语。"故该文提要说:"本文首次考证出乾隆《御选唐宋诗醇》中的苏轼总评就是汪师韩的《苏诗选评笺释叙》,苏诗篇评也几乎都是汪评苏诗。"①实则首次揭示《诗醇》这一内幕的是汪辟疆先生,要比曾先生早近一个世纪。将汪氏这一结论公之于世的,是程千帆先生于1988年编纂的《汪辟疆文集》,其中《苏诗选本》条云:

> 授苏诗、诗歌史各一小时。苏诗卷帙颇多,其中可诵者至少有五百余首。向来选本以意去取,多强古人以就我,而苏诗面目不可识矣。钱塘汪韩门尝选有《苏诗选评笺释》六卷,即世所传《唐宋诗醇》底本。乾隆九年甲子诏选《诗醇》,梁文庄实董其事,御制序所谓"去取平品,皆出梁诗正等数儒臣之手"者也。韩门未与修纂之役,而与文庄为乡人,且同居京师。文庄即以苏诗一卷相属,此书即其原稿也。平品去取尚无偏胬,拟稍为删削补苴,益以评论,当可为一定本矣。

> 汪氏此书在乾嘉间未便单行,故藏庋箧筒,即有残缺。按《上湖纪岁诗编》卷四,壬午(时韩门五十六岁)有《旧书簏中检得辑评苏诗残稿诗》云:"百种书钞散碎存,十年梦断往来论。涂鸦稿脱成猜忌,故纸重翻滴泪痕。"细味猜忌之句,似尚有一段故实在也,他日当再考之。

> ……

> 《诗醇》既为御定,词臣草创底本多不敢出,或即焚弃以灭迹。此稿竟未毁弃,而汪氏子孙乃出之于季世文网渐弛之后,可谓不幸之幸者也。惟原本藏弃既久,其中不无残缺,如卷二缺去熙宁六年以后四年之诗约

---

① 曾枣庄:《汪师韩的〈苏诗选评笺释〉》,《文学遗产》2000年第3期,第43-51页。

四十余首，刻时亦未据《诗醇》补入。其他与《诗醇》亦互有出入，如原稿本用查初白《东坡编年诗》先后选辑，故以《南行集》之《过宜宾见夷牢乱山》冠首。《诗醇》乃移《辛丑郑州别子由》于前。年代颠倒，不知何所取义。此外《诗醇》所录之诗，诗后无评语者皆为韩门原选所无，其为临时以爱憎加入无疑。即原稿评语亦与《诗醇》本互异，则此稿进呈后之窜改可知矣。①

这段日记是民国十七年（1928）九月二十九日写的，所得出的结论比前引批点更为详尽，说明是经过汪氏后来补充的。可惜这段文字曾枣庄先生没有看到。本条中有"其他与《诗醇》亦互有出入，如原稿本用查初白《东坡编年诗》先后选辑，故以《南行集》之《过宜宾见夷牢乱山》冠首"语，探明《苏诗选评笺释》的底本来源是查慎行的《东坡编年诗》，更是一个重要发现，对于研究清代苏诗评选、注释、笺评各本的源流，有着重要价值。此外，汪师韩《苏诗选评原叙》没有题写成书时间，书中其他地方也没有直接说明或以供考证的线索，而由其底本选用查本，则可推测清代初中期苏诗注释各本的源流关系。

三

光绪十二年（1886），《苏诗选评笺释》刻于长沙，其书封面为"丛睦汪氏遗书，左斗才题签"，扉页为"苏诗选评笺释六卷"，扉页背题"光绪丙戌秋钱唐汪氏重刻于长沙"。其后即载《苏诗选评原叙》，接以正文，无目录。半叶十二行，行二十四字。白口，书口上部标明"苏诗选评笺释"及卷数，下部标明"丛睦汪氏遗书"。所录每首诗，诗题低两格，诗文顶格，评语低三格。此书除上节所言汪氏的三方藏书印章外，封面还有"杭州大学图书资料室语言文学研究室"印，原叙页有"杭州大学语言文学研究室藏"印，第一册封三有图书入库记录："册数3，售价6，有批校。"

---

① 《汪辟疆文集》，第843-845页。

据程千帆先生《汪辟疆文集后记》："汪先生……每日小字正楷记录当天所治之事以及读书所得，从来没有间断过，原稿当在百册以上。'文化大革命'中被掠，不知下落，想已被毁。"[①]由此推测，该书亦当是"文革"中被掠者之一。杭州大学语言文学研究室成立于 1961 年 6 月，1983 年在此基础上创建古籍研究所。则该书当是"文革"后辗转至杭州大学语言文学研究所的。

此书六卷，汪辟疆批评仅有前三卷，后三卷虽无批语，而有圈点，直至第六卷还有手写目录。就批点形式而言，有以下几种类型。

（一）眉批

汪氏批语，眉批最多，如卷二《芙蓉城》诗就有一大段眉批：

> 宋时赋此事者尚有王荆公，荆公见坡诗和之，首云："神仙出没藏香冥，帝遣万鬼驱六丁。"荆公以其不可为训，故不传。又清江孔毅夫集有《呈王子高殿丞绝句》云："天上人间事不同，相思何日却相逢。芙蓉城在蓬莱外，海阔波深千万重。"即指此事也。

> 此种诗，最易流为小说传奇体，所幸结语以开拓之笔作收，庄而不腐，正而不佻，自序所谓"极其情而归之正"者也。

> 通体用胡微之《芙蓉城传》，略分隶诗内。其中段落分明，起四句题清主脑，引入周事。"中有一人"句以下十四句叙周与王冥契事。"仙宫洞房"句以下十一句，叙入梦、梦醒与周永别诸事。"春风"句以下四句，为子高作追忆之词。"愿君"四句，则以开笔故作庄语，收束全篇。而"从渠念"二句，庄而近婉，意更无穷。设无此二语，则意味索然，此所以为诗人之笔也。

眉批范围极广，有对东坡诗系年的考证，有关于诗中字句的校异，有对诗中本事的探源，有对诗中典故的追溯，而更多的是关于苏诗的评论。

（二）题下批

比起眉批，题下批则要少得多，一般仅有数字，也有稍长者，如卷一第一

---

① 《汪辟疆文集》，第 1067 页。

首《过宜宾见夷牢乱山》诗题下批云：

> 嘉祐四年十月，公还朝时途中所作，时年二十四，是时与子由侍宫
> 师行。

题下批以诗歌编年为主，兼及诗题中人名、地名与本事的介绍与考订，以及与诗题相关情况的一些说明。如《荆州十首》题下批：

> 正月，坡公与子由侍宫师，自荆州游大梁。翁方纲曰：第七首有"残
> 腊多风雪"句，盖十首非一时所作也。鄙意此为追述荆州风物，不必泥看。

（三）诗旁批

因该书是刻本，每半叶十二行，行与行之间空隙较小，容纳不了很多文字，故汪辟疆的诗旁批极少，即使偶有所批，亦甚为简练。如卷一《过宜宾见夷牢乱山》"秧秀安可适"右批："不妥。"仅有二字。卷一《神女庙》诗"古妆具法服"句左批："二句入庙所瞻。"

（四）诗末批

诗末批主要是对诗歌主旨的阐发与说明，往往点到为止，言简意赅，一语中的。如卷一《荆州十首》的每一首诗末都有批语。

第一首末批："总挈。"

第二首末批："望古。"

第三首末批："悯农。"

第四首末批："感五季。"

第五首末批："风土。"

第六首末批："时相得人，则太守不必效屈原赋《离骚》也。"

第七首末批："追述荆州残腊风土，归到作客。"

第八首末批："多材为累之意。"

第九首末批："假雁发咏，意格俱高。"

第十首末批："总结。"

（五）笺评后批

对于汪师韩的评语，汪辟疆有时也偶作批评，以表明自己的看法。如卷一《过宜宾见夷牢乱山》诗，汪师韩原评："孤冷戍削，具缒幽凿险之能。"汪辟疆批云："批语过当。"同卷《夜泊牛口》诗，汪师韩原评："不见可欲，使心不乱，于此悟出艰难中骨力，孰谓陋室荒村，不可以学道。"汪辟疆批云："批语近腐。"

（六）圈点

汪氏批点此书，盖采用传统的方法，凡重要的文字，都以圈点标示。这也是老一辈学者所独擅的读书方法。该书的每一卷都有圈点，而仅前三卷有批语，且前三卷圈点较后三卷多。由此可以推知，汪氏已通读此书数遍，盖先通读全书加以圈点，后再三阅读，有所心得，有所创获，则写上批评文字。

就批点的内容方面，手批的文字涉及面很广，大要包括以下几个方面。

壹、编年

汪氏品评苏诗，首重知人论世，诗歌的作年对于了解作诗的背景与苏轼立身行事尤为重要，故汪氏所批，在编年方面用力至深。如卷一《守岁》眉批：

> 嘉祐七年壬寅。此与《馈岁》《别岁》共三首。据《栾城集》，《守岁》诗有"於兔绝绳去"句，自注："是岁壬寅。"是坡公此诗，当为嘉祐七年壬寅十二月作矣。

又卷三《梅花二首》题下批：

> 庚申二月，坡以正月廿日过关山。冯注引《一统志》：麻城县有虎头、黄土、木陵、白沙、大城五关，当即诗中关山也。

贰、校勘

卷一《过宜宾见夷牢乱山》眉批：

> 王、施皆题作"夷中乱山"，查初白据《方舆揽胜》，改作"夷牢"，非是。《栾城集·夷中乱山》诗云："江流日益深，民语渐已变。岸阔山尽平，连峰远非汉。"正咏夷中乱山也。今改从王本。

这是一段极好的校勘文字，在辨析前人注释的基础上，引证苏轼之弟苏辙的诗作以进一步断定是非。又卷二《自普照游二庵》眉批：

> "幽独"，王本作"独往"，查本据《咸淳临安志》作"幽独"，且引杜子美"晚来幽独恐神伤"。纪昀本从查注。王文诰曰：当从王本作"独往"。必如此，始与下句紧接，若用"幽独"，为前后脱节矣。周益公尝言：凡墨迹与石刻与集本互异，恐集本乃后改定，不可轻动，其说最当。

这一段较长的校勘文字，将版本校、他校与理校融合在一起，并生发出校勘的通例，于诗文校勘及苏诗阅读，颇有启迪意义。

叁、考订

卷二《朱寿昌郎中少不知母所在刺血写经求之五十年去岁得之蜀中以诗贺之》眉批：

> 按朱寿昌弃官寻母，得之同州，《宋史》列入《孝义传》，《东都事略》列入《独行传》，他如《温公目录》《东轩笔录》《续通鉴长编》皆载其事。其见于诗文者，东坡此诗外，如文与可《丹渊集》有《送朱郎中诗序》《送朱康叔求母金州》诗，王介甫有《送河中通判朱郎中迎母东归》诗，苏颂《魏公集》有《送朱郎中寿昌通判河中》诗，皆为此事作也。又《宋中兴艺文志》有送朱寿昌诗三卷，可见宋世播为美谈。见之吟咏若此之富，乃邵青门为宋牧仲补注、施注苏诗绝不征引，何耶？辟记。

对于朱寿昌弃官寻母事，根据多种文献，详细考订，将来龙去脉梳理得一清二楚，以补充前人注评本的不足，不能不说是汪辟疆对苏诗研究的一大贡献。

肆、品评

汪氏品评，大多数是对苏诗的褒奖。如卷一《神女庙》诗眉批：

> 入题警清，语庄而谐。《神女庙》诗，不易著笔，辞艳则佻，辞庄则死，一落此病，诗则乏味也。坡公从治水着眼，庄而实谐，正而近诡，通体用治水故事，而不露一"水"字，至末句乃随手映带而出，恍惚杳冥，神韵独绝矣。

有时也对苏诗的缺失偶作批评，对于汪师韩选诗的不当之处加以说明。如卷一《夜泊牛口》诗眉批：

前半写景真实苍秀，后半虽能开拓，实落窠臼，人人意中所有，人
人握笔即来，则俗调也，此昌黎所以有"陈言务去"之论也。

指出苏轼此诗，后半乃陈言俗调。又卷一《催试官考较戏作》眉批：

本篇在坡集并非上乘，不知韩门何以入选，平语亦敷衍。

伍、补录

汪氏此本，补录主要有两个方面。一是补全目录。师韩之书有原叙，
有正文，有评语，但没有目录，读之颇为不便，汪氏于该书每册后的空白封
面上补上该卷的目录，使得阅读该书，有纲举目张之效。二是对一些重要的
资料，或苏轼相关的诗文作品，补录以资参证。如卷二《朱寿昌郎中少不知
母所在刺血写经求之五十年去岁得之蜀中以诗贺之》，眉批中即补录了苏轼
的两首诗：

《六和寺冲师闸山溪为水轩》，壬子十月。

欲教清溪自在流，忍教大雪落沙洲。出山定被江湖浣，能为山僧更
少留。

《冬至日独游吉祥寺》，壬子十一月。

井底微阳回未回，萧萧寒雨湿枯荄。何人更似苏夫子，不是花时肯独来！

同卷《赠孙莘老七绝》中补录了苏轼的一首诗：

《秀州报本禅院乡僧文长老方丈》

万里家山一梦中，吴音渐已变儿童。每逢蜀叟谈终日，便觉峨嵋翠
扫空。师已忘言真有道，我除搜句百无功。明年采药天台去，更欲题诗满
浙东。

四

汪辟疆批点苏诗，以汪师韩《苏诗选评笺释》为底本，涉猎古籍甚多，于
苏诗版本注本亦搜罗殆尽，其引用与辨析最多者为宋施元之《注东坡先生诗》、
王文诰《苏文忠公诗编注集成》、查慎行《初白庵诗评》、纪昀《评苏文忠公诗集》

四种。汪氏对施注一向重视,他曾论注古人诗文得失云:"注古人诗文,征事第一,数典第二,摘句第三,评文第四。……宋人如施元之注苏,任渊注黄、陈,李璧注荆公,胡稺注简斋,以宋人而注宋人诗,故注中于数典外皆能广征当时故事,俾后人读之,益见其用事之严,此其所以可贵也。"①而对清代其他三种注释评点本,汪氏的取舍是各有轩轾的,故本文就清代的三种苏诗注评本以阐述汪辟疆的主张。

（一）查注

在清代苏诗的评注中,汪辟疆最推重查慎行的注本。《方湖日记幸存稿》载有《查初白〈东坡编年诗补注〉》条记民国十七年(1928)戊辰九月十七日日记云:

> 同季刚雇车至状元境萃文书局。季刚购《藕香零拾》《尔雅》等数种,余购查初白《东坡编年诗补注》。初白因不慊邵子湘订补施注苏诗,乃勘验原书,厘正其舛乱。施注所未及,又蒐采诸书补订其缺漏,而于编年错乱之处考订尤勤,虽偶有乖误,要非邵注可能望项。冯应榴订正其讹漏,王文诰讥弹其编年务胜前人,终嫌枝节,于查书固无损也。此本为乾隆辛巳其侄查升香雨斋原刻,虽非初印,尚未至漫漶。②

其《注古人诗文》亦称:"查初白之注苏,明于地理,兼订编年。"③诸种注本比较,以查注为优,即以其偶有缺憾,也看成是枝节问题。其《苏诗选评笺释》的批语中,更清楚地体现了对于查注的肯定。如卷一《次韵孔文仲推官见赠》眉批:

> 《宋史》:孔文仲字经父,新喻人。举进士,南省擢第一,历台州推官。熙宁初,范镇荐制举,对策万言,力论王安石用人理财之法为非是。安石启神宗御批,罢归故官。查注谓其过杭唱和,正文仲罢举复还台州推官时也。王文诰则谓诗中有"弭节江湄"之语,当是由台州再罢至杭,非罢还台州过杭时之作。按"弭节江湄"语甚通套,不足为由台再罢至杭之证。仍从查说为是,辟记。

① 《汪辟疆文集》,第869页。
② 《汪辟疆文集》,第841页。
③ 《汪辟疆文集》,第870页。

这是一段既严谨又精彩的考订文字，先将题中本事拈出，正面考订，又引出旧说，加以辨析，最后经过比较，以证定是非，而其结论则信从查说。

汪师韩所选苏诗，以查注为底本，是经过一番审慎鉴裁的，汪辟疆称赞查注，也是对汪师韩选评本的肯定。查注的学术价值确实很高，这在清代就已得到名家的认可。该书成于康熙四十一年（1702），清陈敬璋《查慎行年谱》称："先生好苏诗，素不满王氏注，谓其疏漏固多，繁芜复不少，有改窜经史、妄托志传以傅会诗词者，有与他集互见、反割截他集半首误为全篇者，其且唐人诗亦有阑入者，为之驳正瑕疵，零丁件系，积久成卷。复购得施氏元注，与吴中新刻多所异同，遂审定年表，搜辑逸诗，自癸丑迄壬午，历三十年始成是书。"① 即使是苏诗评点大家纪昀，也对查氏此书推崇备至："现行苏诗之注，以此本居最。"②

然而，汪辟疆对于查注中不切合苏诗的评语，也会直接点破，如卷一《巫山》眉批：

> "忽闻"八句，趁势以野老作结局势一展，而神仙之说若可信，若不可信，语语超妙。查初白以为数语为野老进一辞之说，犹泥于迹象之论也。

对于查注有意立异倾向，汪氏也作了批评，如卷二《新城道中二首》眉批：

> 至查注据方回《律髓》，改此诗为晁君成和作，非不知其误，乃有意立异耳。

（二）纪评

纪昀评本《苏文忠公集》，汪师韩此书未见征引，王友胜先生推测为"汪评与纪评成书时间前后出入或不会太大"③，颇为合理。纪评此书对后世影响很大，以至于当今学者作了这样的衡定："纪昀对苏诗的评点确是具有极高学术水准和诗学价值的一种苏诗研究著作。纪昀以卓尔不群的见识和直言不讳的态度对苏诗进行评点，常常能做到探骊得珠，画龙点睛。纪批不但对苏诗的阐释和研究具有很高的学术价值，而且具备独立的诗学理论价值，值得学界深入研究。"④

---

① 陈敬璋：《查慎行年谱》，中华书局1992年版，第24页。
② 纪昀：《四库全书总目》卷一五四，中华书局1965年版，第1327页。
③ 王友胜：《论汪师韩的苏诗选评》，《船山学刊》2002年第4期，第123—125页。
④ 莫砺锋：《论纪批苏诗的特点与得失》，《中国韵文学刊》2006年第4期，第4—12页。

汪辟疆对纪批则颇多非议之处，在清代诸种苏诗评论的著作中，评价最低。兹略举数例以见之。卷一《送刘道源归觐南康》眉批：

> 坡公平生嫉恶如仇，故于道源诗不禁痛切言之，以诋时相，其一生大节在此，一生辗轲不遇亦在此。河间纪氏谓激讦处太多，恐非诗品。然则"相鼠""正月"之诗，纪氏亦将谓其有乖诗品，亦将屏之《三百篇》以外耶？

又同卷《次韵孔文仲推官见赠》眉批：

> 孔经父与坡公同为范景仁所荐，后皆与安石议论不合，同斥于外，此诗二人相提并论，慷爽中时有愤慨语，如"君看立仗马，胡不学长卿"诸句，郁勃见于言外。纪氏乃以"今朝枉诗句"以下夹杂无绪讥之，皆未及细究诗旨也。

又卷二《赠孙莘老七绝》眉批：

> 坡公、山谷皆喜用成语，熔化无迹，少陵已开其先，纪昀乃不喜之，以为落江西派任意勒帛。此论诗所以先贵去成见也。
>
> 诸诗清俊自喜，虽非经意之作，其胸次之高远，措语之俊逸，自非寻常人所能望项也。

同卷《送李公恕赴阙》眉批：

> 骨老气苍，仍是从杜出，纪昀乃谓"世上小儿"句轻薄，不知少陵"世上儿子徒纷纷"已开其先，何足为病，安见其便非诗品耶？

又卷三《次韵李公择梅花》眉批：

> 题为《和李公择梅花》，而实写梅花处极少，有之亦仅供点缀而已，如此方是和人诗，不是自咏梅花也。然此亦视所和之人关系若何。李公择为坡公挚友，故此诗能从题外说出许多饥贫羁旅之感，仍不害为佳构。若寻常酬应，毫无关系之人，从本题上敷衍，却从何处着笔。纪河间但知坡公借题抒意之妙，必以此为和人诗正格，则失之也。

平心而论，纪昀评点苏诗，用力甚深，至于对苏轼的全部诗歌都品评了一遍。因其贪多务得，故虽精义纷呈，亦瑕疵常显。前引汪氏所指责的纪氏评诗的缺失大都为切中要害之言，很值得我们在研究纪批苏诗时参考。

（三）王注

王文诰《苏文忠公诗编注集成》，有编年，有注释，有评点。其书问世以后，曾受到很高的评价。但当今学者则以为该书得失参半。王友胜先生云："该书在编年上有许多新发明，对苏诗的评点亦间有可取之处，然注释绝少贡献，大多由冯应榴《苏文忠诗合注》删削剪裁而成，又不标示出处，其尤不当者，还好就自己的些小发现而自我欣赏，甚至借掊击前人而抬高自己。"①

汪辟疆对王注的态度，不同于纪注。汪氏引用王注较多的，是其编年部分。在其手批甚多的前二卷苏诗中，大多数诗题下都注明撰写年月，有些诗作还在眉批与诗末批中加以考证，并以信从王氏的结论居多。对于王氏的注释与评点，也偶加引用。如卷一《太白山下早行至横渠镇书崇寿院壁》眉批：

> 王文诰《编注集成》，以下三诗，编入嘉祐七年三月在凤翔祷雨时作，李雁湖《王荆文公诗注》引此诗，作"马上兀残梦"，与此异。

此为引用王氏编年的文字。又同卷《宿临安净土寺》眉批：

> 王注：僧善权曰："《临安县图经》：真寂院在县南二里，天成元年吴越王钱氏建。旧号山房院。"
>
> 《唐地理志》：临安有石镜山，高二十六丈。《太平寰宇记》云：镜径二尺七寸，其光如镜。王注：续曰："吴越王钱镠布衣时曾照石镜，镜起而崒战。"

此为引用王氏注释的文字。又卷二《新城道中二首》眉批：

> 王文诰曰：此二诗，首则富阳早发，次则行至新城，以题属道中，故就道中收煞耳。次序井然，人所共晓。次首"细雨"一联，明以美晁，中用"官清民乐"作骨，本属常语，忽将"户喜"脱胎，随地点染，人遂不觉，此则鲁直所谓自具华严手段而终身心折者也。至查注据方回《律髓》，

---

① 王友胜：《王文诰〈苏诗编注集成〉得失论》，《湘潭师范学院学报》2002年第6期，第74-78页。

改此诗为晁君成和作，非不知其误，乃有意立异耳。

此为引用王氏评论的文字。汪氏对于王注的看法，下语较为和缓，既不像对于纪氏评论的指责态度，也不像对查氏评论的偏爱推重，盖能取其所长，去其所短。

值得注意的是，汪辟疆对于清代诸人评论苏诗的一般失误，也常常明确地指出来，并在此基础上，阐述自己的见解。如《东湖》诗眉批：

何焯、纪昀皆以函韵为与陈公弼不合，反说以泄牢骚。惟坡与太守宋选颇善，所谓官长者似指宋子才之厚遇，不必宋为讥陈公弼也。

此亦寻常游览之诗，查慎行、何焯、纪昀及韩门皆求之过深，并以为坡公讥刺陈公弼之作，其实此诗并无不平之心，读之者心自不平耳。起句至"琐细安足戢"一段，皆杂叙东湖景物，凤翔通流，汧水甚浊，此湖则清，故起句借蜀江以形汧浊，而又以清奥推湖入题，乃为得势，余皆湖中所见景物也。"昔闻"以下八句，叙东湖为古饮凤池，完题正面。"嗟予"以下一大段，乃言己之偷闲游览。全篇结构谨严，苍秀深稳。余幼时最爱颂之，而又以查、何诸人说诗之缭绕回复，著其说如此云。

五

汪辟疆对《苏诗选评笺释》，有批有校有注，涉及面颇广，而以批为主，其批又以论苏诗为主。仅以眉批统计，就涉及苏诗113首，且每首眉批往往不止一条。虽以汪师韩《苏诗选评笺释》为底本，对每一首诗加以品评，却不受师韩所囿，往往精义纷呈，时见卓识，是作者多年涵咏，深切体会所得。评语简捷精练，一语中的，令人叹为观止。对于这些批语，笔者已全部辑录出来，厘为一卷，拟另行刊布。兹仅将汪氏批点苏诗的主要创获，分探源、征事、释典、明理、辨体五个部分加以叙述。

（一）探源

汪氏论诗，颇重渊源，前引其《读书举要》称"苏东坡诗，源出于刘禹锡，而出入李杜之间，无体不工，无境不备。"是就苏诗的总体渊源而言。其手批苏诗所重视之源，则多为各体诗或每首诗之渊源。兹略举数例，卷一《石鼓歌》眉批：

此题作者，在唐有韦苏州、韩昌黎，宋则坡公，韦歌局促，韩作排奡，坡公此诗，密栗精炼，于韦韩二公，别辟蹊径，真所谓才力雄富，士马精妍者也。

又《和子由记园中草木十一首》眉批：

咏草木诗，杜公《病柏》《病橘》《枯棕》《枯柟》四诗，所感较大，嗣响无人。李卫公《忆平泉草木》诸篇，亦复铄铄能新，耐人寻味。此外则二苏记园中草木，说理而不落理障，咏物而不觉刻划，词句苍秀，意境绵远，真一时巨手也。若洪丞相盘洲《草木杂咏》，以视苏公，瞠乎其后。

颂草木者，江文通有《闽中草木颂》十五首，宋子京有《草木花卉赞》四十二首，体皆四言，语多体物，坡公以五言体行之，不专咏物，顿觉耳目一新。

又《司竹监烧苇园因如都巡检柴贻勖左藏以其徒会猎园下》眉批：

《容斋三笔》谓昌黎《雉带箭》诗，东坡尝大字书之，以为妙绝，其实韩公此诗，本于陈思王《七启》论羽猎之"美比人稠网，密地逼势胁"二语，檃括其意，遂成名作。坡公之篇，亦颇有抚韩之意，但韩诗盘屈，故调促而味长，苏诗委曲，故奡折而气舒。面目究竟不同，所谓善学古人者也。

又《欧阳少师令赋所蓄石屏》眉批：

飘逸骏快，似太白；硬语盘空，似昌黎。三句点出石屏中之孤松，下面乃无中生有，实以毕宏、韦偃，想力所通，奇横无匹，此等处，非有真实笔力，未易学步。

又卷二《画鱼歌》眉批：

《三百篇》以比兴为多，唐宋以后此义较少。坡公此诗，颇得风人之遗，白香山所谓"兴发于此而义归于彼"者也。但古人寄兴，语深而婉，此诗一望而知，终嫌直露。查初白则推为波澜苍茫，无自穷其畔岸，誉过其实矣。

又《柏堂》眉批：

就本题叙去，骨老气苍，三四一联，唐人自杜公外无此，大胆写去，然非真力弥满而又有眼前事实者，万勿学步，必强为之，则觉其直率耳。

又《韩干马十四匹》眉批：

于短幅中叙述不同样之马十六匹，精采焕发，韩记杜诗之外，别开一境。收题四句，措语健而隽，所谓神来之笔，他人不能有，即东坡亦不常有也。

又《张寺丞益斋》眉批：

班固《咏史》，始兆论宗；方朔《诫子》，始涉理路。寒山衍为佛语，《击壤》流为语录，诗道又一变矣。此诗通体说理，语直而尽，盖有韵之文耳。白傅亦喜用此体，坡公似有意效之，尚未全流滑易，故不觉耳。

又《闻辩才法师复归上竺以诗戏问》眉批：

此诗说法，唐寒山、拾得已开其先，荆公曾拟之，亦多名理。此诗前五联记辩才去来天竺之实，后四联借禅为诙，直同偈语耳。以题为戏问，自与寒山说法不同。纪晓岚诋之，以为非诗，王见大推之，以为住得更妙，皆胶柱之见也。

东坡诗，博收约取，从《诗三百》，到汉魏六朝，延及当代，诗家所长，都能吸取而融化之。汪氏诸批，探讨苏轼每首诗的渊源，切中肯綮。探源之后，再论苏诗开拓之功，以明其另辟蹊径，则更见洞识。若《石鼓歌》，既受韦应物、韩愈的影响，又较二人密栗整炼。而《和子由记园中草木》一诗，历数江淹《闽中草木颂》、杜甫咏草木诗、李德裕《忆平泉草木》、宋祁《草木花卉赞》，比较论析，并突出杜诗于苏诗的影响，再拈出苏轼此诗"不专咏物"的独到之处，已将苏诗个性特征凸显出来，再以苏轼之后的洪迈比较，以见其影响，完全臻于"考镜源流，辨章学术"的境地。

学古而面目与古不同，足见苏诗笔力之雄，境界之高。学韩之结果"韩诗盘屈，故调促而味长，苏诗委曲，故纡折而气舒"，学李白"飘逸骏快"，学杜甫"骨老气苍"，而最终显出自己的真实笔力，奇横无比。读汪氏所批，苏诗的特色一目了然。

（二）征事

征事是苏诗的一大特点，即汪氏称"坡公诗以征事富丽见长"（《送安惇秀才失解西归》眉批）。东坡一生，历经数代，仕途坎坷，且交游遍天下，表现于诗中，则用事纷繁而复杂。这一方面，自宋以来的注本多加以考订与探索，对研究苏诗，极为有助。汪氏所批，极重征事，在取资前人成果的基础上，再深入挖掘，亦时有创获。如《次僧潜见赠》眉批：

> 道潜，於潜人。坡守杭，卜智果精舍居之。《墨庄漫录》载其本名昙潜，轼改曰道潜，轼南迁得罪，返初服。建中靖国初，诏复祝发，崇宁末归老江湖。尝赐号妙总大师。工诗，为坡公、荆公、淮海、俞清老所称。韩子苍云：若看参寥诗，则惠洪诗不堪看也。《四库提要》有《参寥子集》十二卷。
>
> 朱弁《风月堂诗话》云：参寥自杭谒坡于彭城，一日宴郡僚，谓客曰："参寥虽不与此集，然不可不恼之也。"遣官伎马盼盼持纸笔就求诗，参寥援笔立见，有"禅心已作泥沾絮，不逐春风上下狂"之句，坡喜曰："吾尝见柳絮落泥中，谓可入诗，偶未收入，遂为此人所先。"

又《闻辩才法师复归上天竺以诗戏问》眉批：

> 元净初住上天竺，越人争以檀施归之，重樱杰关，冠于浙西。后为文捷所夺，施古不至，岩石草木为之索然。赵清献见而赞之曰：师去天竺，山空鬼哭。天竺师归，道场光辉。坡诗前五联皆记其初来之实也。

（三）释典

前引汪氏论注古诗文语，以征事第一，数典第二，故其批点，或自己注明典故，或引用前人注释以弄清典故。如卷一《送安惇秀才失解西归》诗云："旧书不厌百回读，熟读思深子自知。"汪氏批云：

> 裴松之《三国志注》引《魏略》曰："董遇字季直，性质讷，好学，善治《老子》，为作训注，人有从学者，遇不肯教，而云：必当先读百遍。言读书百遍而义自见。《魏志》卷十三《王朗传》注。"

又卷二《赠写御容妙善师》"都人踏破铁门槛，黄金白璧空堆床"眉批：

> 王注：唐智永禅师住吴兴永福寺，人来觅书，并请题头者如市，户限为之穿穴，乃用铁叶裹之，人谓铁门限。出《尚书故实》。

（四）明理

所谓明理，指通过个别篇章的批评，以明作诗与读诗之通理，不仅对于苏诗研究，即对整个中国诗歌史研究都有启发意义。如卷一《自金山放船至焦山》眉批：

> 信手写来，语语正锋，亦沉郁，亦顿挫，学诗从此等处入手，庶无流弊。

强调学诗入门须正，方能运用自如。同卷《越州张中舍寿乐堂》眉批：

> 诗厌陈熟，尤忌奇僻而乏理意。坡公此诗，能生能新，通体无一直笔，无一熟语，而句句精彩，盖出奇而恰如分际者也。或有以了无深义少之者，真瞽说也。

亦论作诗以走正道为要，强调贵新厌熟，贵曲忌直，而"忌奇僻而乏理意"。又卷二《续丽人行》眉批：

> 论诗最忌成见，所谓庄谐，所谓陈熟，要当视（在）题情反正上去看。如此诗题曰《丽人行》，是为背面欠伸之丽人，凡手为之，不患无绮语，而所谓庄语者，固用不上也。纪氏评此诗结语，斥为庄论之腐，任意勒帛，可谓全不知诗。不知此诗通体极力形容其丽，而画工又着眼于东风破睡之背面，则伤春洗面，皆题中应有之义，使再以侧笔巧笔、绮词艳词写之，有何意味！坡公忽无端举一举案齐眉、相敬如宾之孟光，逼出一背面伤春之粲者，奇师突起，出人意外。"何谓之庄，何谓之腐"，假庄论为谐语，化腐朽为神奇，有此一反结，而通体精采焕发，意味深长，何致于纪氏所云云哉！

这段批语，不仅语言精彩，更重要的是论述到诗学观念上的雅俗关系，与论诗者主观意识的联系。论诗要先立足于诗，不能先有成见，才能真正咀诗之英华，加上对传统观念灵活运用，才能得诗之精髓。汪氏以为东坡《续丽人行》诗"奇师突起，出人意外""假庄论为谐语，化腐朽为神奇"，真使读者拍案叫绝，而纪昀所评，不得不瞠乎其后矣。又《送李公恕赴阙》眉批：

> 方植之曰：道转奇纵，熟此可得下笔之法。又曰："奇快用违"句倒入，"忽然"句奇，"君为"句倒入，"独能"句倒入，通身用递。又曰：赠人寄人之诗，如此首及送孔郎中与梁左藏、戏子由、送刘道原、寄刘孝达、送沈达、寄吴德人、次韵王定国南迁回见寄，皆妙。

此从诗歌作法的分析着笔，以概括出送人诗下笔以用逆倒入为妙。又《仆曩于长安陈汉卿家见吴道子画佛碎烂可惜其后十余年复见之于鲜于子骏家则已装背完好子骏以见遗作诗谢之》眉批：

> 古人往往于小题自发大议论，亦由其胸中有此一段境界，随地涌现，故能妙绝千古。如此诗之"觉来落笔不经意，神妙欲到秋毫巅"，虽论道元画，即坡公一生诗文自得之处，亦即其自信之处。后人即勉强为一二自负语，所谓学古人说话，故难于动人。此修词立诚之说，所以千古不竭也。坡公固然，即渊明、少陵、昌黎、山谷、遗山、伯生，亦是如此。

又《次韵答舒教授观余所藏墨》眉批：

> 坡公往往以小物发为吟咏，皆以精理灏气贯之，独绝千古。集中如咏画、咏书、咏茶、咏墨、咏草木，名篇叠出，前人推陶、杜、昌黎集中为多，他人即偶有之，亦无此等惺惺巨篇也。大抵文章激乎胸次，其襟怀高旷者，皆能于小处见大，脱然町畦，有迈往不屑之韵，无几微难显之情。否则专求迹象，极意雕镂，纵极其工巧，而诗与人了不相涉，安能令读者兴起邪！如此诗与吴道子画佛，孙莘老求墨妙亭诗，虽所论只在书画藏墨之微，而语语皆有人在，此其所以可贵也。

以上两段批语论述诗学小与大的关系，以为作诗时从小题旨中发大议论既非常重要，又并非易事。而境界高远与修辞立诚是必备的条件，这就引发出古今诗学中至关重要的两大命题。

（五）辨体

汪氏评诗，涉及诗体者不少，而所言之体，不是诗之体裁，多为作诗之体，侧重于诗之作法。他既重视章法，又强调变化。卷一《李氏园》眉批：

> 此诗以叙次体行之，层次井然，波澜壮阔，读之可悟诗文之法初无二致。

又《二十七日自阳平至斜谷宿于南山中蟠龙寺》眉批：

> 以叙传体为诗，奥折深秀，至可玩味，自首句至绿韵，皆叙晚渡与投寺，至晓起经过景物分言之，则"谷中"以下六句，途中晚景也。"入门"二句，到寺所见也。"愧无"二句，一述寺僧所致词，一述寺僧供客也。"板阁"二句，寺中眠起也。"起观"二句，则因深夜到寺，都无所见，至此早起，始为目乱也。其叙次层次，最为明了简括。王文诰曰："门前"四句作结，是论断体。章法井然，不得与上段牵混矣。

又《梵天寺见僧守诠小诗清婉可爱次韵》眉批：

> 清婉可感，正可移评此诗。诗家取境，本不尽同，即在专家，亦多变体。故以穿花点水之细腻，无害于巨刃磨天；以金钗银镯之艳辞，何伤乎盘空硬语。坡公此诗，亦一时兴到之作。尊之者则峻标此种，截断众流；毁之者则又诋为貌为澹远，实落空调。岂所谓通方广恕，好远兼爱者哉！

又《宿临安净土寺》眉批：

> 此诗在坡集中亦平平，但自晨至夜，一路铺叙过去，一日所经，无一毫漏，简而有法，可为叙事诗程式。然照此直叙，诗复何味？妙在"明朝"句作一悬想波折，前实而后虚，前板滞而后空灵，遂究非凡响。

就辨体立论，拈出苏诗中平常之作，从叙事诗体式程序方面品评，注意到整饬中有变化，可谓独具只眼。

（《文学遗产》2008 年第 1 期）

汪辟疆《苏诗选评笺释》批语辑录

说　明

　　浙江大学中文系所藏的《丛睦汪氏遗书》本《苏诗选评笺释》，是国学大师汪辟疆的手批本。这个本子，倾注了汪氏多年校勘、考证与评点的心血，其批评见解独到，具有极高的学术价值。可是，这一情况长期以来并不为学界所知，故而研究苏轼以及汪师韩选注苏轼诗者，未曾涉及过汪辟疆；研究汪辟疆者，又大多就其近代诗研究、目录学研究与唐人小说研究而发，而对他以苏轼为主的宋诗研究，也很少问津，即使是程千帆先生所编的《汪辟疆文集》，也很少收入汪氏有关苏诗的评语。本文首次将汪辟疆手批的情况揭出，或许对苏诗研究具有一定的推动作用。

　　汪辟疆（1887—1966），名国垣，字辟疆，或作辟畺，又字竺云，号方湖，晚年以字行，江西彭泽人。1909年入京师大学堂，即北京大学前身，1912年毕业。他长期执教于中央大学与南京大学，任教授及中文系主任。已刊著述有《光宣诗坛点将录》《目录学研究》《唐人小说》，以及程千帆先生所编的《汪辟疆文集》等多种。事迹见其门生马骦程所撰的《汪辟疆先生传略》[1]。汪氏一生，勤于读书，手不释卷，自称："喜籀坟籍，往往午夜篝灯，屡忘就枕；又苦善忘，久而茫昧。爰置一册座隅，偶有会心，辄命笔札。"[2]又言："结习所存，实在文翰，深知操觚含毫，瑰辞盛藻，必在函吐典坟，从衡流略。士衡所谓虽众辞之有条，必待

① 南京大学古典文献研究所：《古典文献研究》，南京大学出版社1992年版，第116—120页。
② 汪辟疆：《方湖读书钞》，程千帆《汪辟疆文集后记》引，《汪辟疆文集》，上海古籍出版社1988年版，第1066页。

兹而效绩也。爰定温书之日程，守毋忘之旧训。目籀心维，取给于此。晨钞暝写，至味在胸。伊兹事之可乐，庶屡守而策功。"①又言："诗书至味，盎然在胸。爰于罢讲之余，为草宾退之录。虽竹头木屑，或有谢于高言；而蠡测管窥，庶无讥于短策。"②其手批苏诗就是涵咏咀华所得的重要成果。

　　汪辟疆批点的《苏诗选评笺释》，选用的底本是《丛睦汪氏遗书》本。光绪十二年（1886），《苏诗选评笺释》刻于长沙，其书封面为"丛睦汪氏遗书，左斗才题签"，内扉页乃刻书名"苏诗选评笺释六卷"，扉页背题"光绪丙戌秋钱唐汪氏重刻于长沙"。其后即载《苏诗选评原叙》，接以正文，无目录。半叶十二行，行二十四字。白口，书口上部标明"苏诗选评笺释"及卷数，下部标明"丛睦汪氏遗书"。所录每首诗，诗题低两格，诗文顶格，评语低三格。其书卷一首页有"彭泽汪辟疆藏书印""汪氏随身书印"，另有一方"三思而行"的闲章。第二册首页则有"三思而行"及"汪氏随身书印"二方，知"三思而行"当为汪氏印章，此语亦颇合其性格。封面还有"杭州大学图书资料室语言文学研究室"印，原叙页有"杭州大学语言文学研究室藏"印，第一册封三有图书入库记录："册数3，售价6，有批校。"

　　据程千帆先生《汪辟疆文集后记》："汪先生……每日小字正楷记录当天所治之事以及读书所得，从来没有间断过，原稿当在百册以上。'文化大革命'中被掠，不知下落，想已被毁。"③由此推测，该书亦当是"文革"中被掠者之一。杭州大学语言文学研究室成立于1961年6月，则该书当是"文革"后辗转至杭州大学语言文学研究所的。

　　此书六卷，汪辟疆批评仅有前三卷，后三卷虽无批语，而有圈点，直至第六卷还有手写目录。此书的价值，笔者曾撰有《汪辟疆手批〈苏诗选评笺释〉述论》一文，刊于《文学遗产》2008年第1期，读者可以参看。

---

① 汪辟疆：《读常见书斋小记》，《汪辟疆文集》，第780页。

② 汪辟疆：《讲堂旁记》，《汪辟疆文集》，第1065页。

③ 程千帆：《后记》，《汪辟疆文集》，第1067页。

汪辟疆批语

【原跋后空白扉页批】

《苏诗选平笺释》六卷，韩门先生所纂。按乾隆九年甲子，诏选《唐宋诗醇》，梁文庄实董其事，御制序所谓主取平品，皆出自梁诗正等数儒臣之手者也。韩门为文庄乡人，《诗醇》苏轼十卷，文庄即以相属。此书即其原稿也。惟汪氏庋藏甚久，晚乃付杀青，故其中不无脱漏。如卷二缺去熙宁六年以后四年之诗约四十余首，后人校刻亦未据《诗醇》本补入，其他亦与《诗醇》累有出入，或为文庄删定，或为韩门晚岁自行增损，世远无从考定矣。壬子辟疆记。

《苏诗选评笺释》卷一

《过宜宾见夷牢乱山》

【眉批】宋仁宗嘉祐四年己亥十月，东坡诗起是年，坡公时年二十四。

王、施皆题作"夷中乱山"，查初白据《方舆揽胜》，改作"夷牢"，非是。《栾城集·夷中乱山》诗云："江流日益深，民语渐已变。岸阔山尽平，连峰远非汉。"正咏夷中乱山也。今改从王本。

诗虽峭刻，实未深厚。结语尤人人意中所有，盖少年之作也。

【题"牢"右批】"中"。

【题下批】嘉祐四年十月，公还朝时途中所作，时年二十四，是时与子由侍宫师行。

【句右批】（秾秀安可适）"不妥。"

【原评批】（汪师韩原评："孤冷戍削，具缒幽凿险之能。"）批语过当。

《夜泊牛口》

【眉批】前半写景真实苍秀，后半虽能开拓，实落窠臼，人人意中所有，人人握笔即来，"则俗调也"，此昌黎所以有"陈言务去"之论也。

【原评批】（汪师韩原批："不见可欲，使心不乱，于此悟出艰难中骨力，孰谓陋室荒村，不可以学道。"）批语近腐。

《入峡》

【眉批】结语意亦犹人妙在孤鹘高超自得，此逼出己之局促尘劳，有甘心高遁之志。开阖之妙，绝不费力，此汉魏诗家用笔之高处。

《八阵碛》

【眉批】从大处立论，天骨开张，兼能严整密栗，后段深惜其坐失事机，论虽不确，然诗家一时兴到之语，正不必拘执也。

【原评批】（汪师韩原评："后幅评论孔明数语，惜之至，服之至也。……独为武侯叹绝。"）批语不实。

《巫山》

【眉批】此篇铺叙甚工，波澜壮阔，坡公少作之极用意者也。"瞿唐"以下十二句，总叙巫山也。"仰观"以下十六句，分述仰观攀援、遥观所得诸景，此正面写法也。"野老"句以下，至"芽蘖已如臂"一大段，因正面写法已尽，不得不带出野老借出波澜，而又伟之以山中草木，乃以扫坛竹一问，遂得以历数而出，就中"溟蒙草树密"一节，铺叙景物，亦工致，亦感慨，其真力弥满处，犹不可及。"忽闻"八句，趁势以野老作结局势一展，而神仙之说若可信，若不可信，语语超妙。查初白以为数语为野老进一辞之说，犹泥于迹象之论也。

《神女庙》

【眉批】入题警清，语庄而谐。

《神女庙》诗，不易著笔，辞艳则佻，辞庄则死，一落此病，诗则乏味也。坡公从治水着眼，庄而实谐，正而近诡，通体用治水故事，而不露一"水"字，至末句乃随手映带而出，恍惚杳冥，神韵独绝矣。

【句右批】（旌阳斩长蛇）引二事比。

（古妆具法服）二句入庙所瞻。

《出峡》

【眉批】题为《出峡》，实则补写峡中一路经过景物，迄入本题，乃反寥寥数语，绝不费力，命意布局，非凡手所及。

《荆州十首》

【眉批】嘉祐五年庚子，坡公是年授河南福昌主簿。

抚时感物，意格俱高，杜公《秦州杂诗》以后，此亦巨制也。

【题下批】正月。坡公与子由侍宫师，自荆州游大梁。翁方纲曰：第七首有"残职多风雪"句，盖十首非一时所作也。鄙意此为追述荆州风物，不必泥看。

【诗末批】（第一首）总挈。

（第二首）望古。

（第三首）悯农。

（第四首）感五季。

（第五首）风土。

（第六首）时相得人，则太守不必效屈原赋《离骚》也。

（第七首）追述荆州残腊风土，归到作客。

（第八首）多材为累之意。

（第九首）假雁发咏，意格俱高。

（第十首）总结。

《夜行观星》

【眉批】此议论出之，语语聪明，亦骏快，亦奇肆，是坡公本色。

《辛丑十一月十九日既与子由别于郑州西门之外马上赋诗一篇寄之》

【眉批】嘉祐六年辛丑十一月，坡公赴凤阳签判任，子由送至郑州而还。

韦应物《示全真元常诗》，明嘉靖中华云刊本《韦江州集》，"风雨"作"风雪"，据改。（按，此为注语《王直方诗话》曰：东坡喜常苏州诗宁知风雨夜"上眉批。又"常"右批："韦。"）

《太白山下早行至横渠镇书崇寿院壁》

【眉批】王文诰《编注集成》，以下三诗，编入嘉祐七年三月在凤翔祷雨时作，李雁湖《王荆文公诗注》引此诗，作"马上兀残梦"，与此异。

幼时读此诗，颇喜次联能曲尽夜行景色，十五岁时从先公于役南阳沙河店，拟之云：远树隔烟笼晓月，残萤映水乱疏星。易为七言，终逊简括也。

【原评批】（汪师韩原评："次联是早行景色，妙从首句残梦二字生出，故佳。"）本查初白评语。

（汪师韩原评：刘驾"马上续残梦"。）方平。

《留题延生观后山上小堂》

【眉批】此诗缛丽，东坡公诗中为别派。

《守岁》

【眉批】嘉祐七年壬寅。此与《馈岁》《别岁》共三首。据《栾城集》《守岁》诗有"於兔绝绳去"句，自注："是岁壬寅。"是坡公此诗，当为嘉祐七年壬寅十二月作矣。

王文诰平：全幅矫健，可为三诗之冠，鄙意《别岁》一首，气韵高古，不在此诗下，当补选。

【题下批】歌，弋麻通押。

《次韵子由论书》

【眉批】嘉祐八年癸卯。《栾城集》原题《子瞻寄示岐阳十五碑》。王文诰编入英宗治平元年甲辰八月，因坡公观德射图。而此诗又有"尔来又学射"句也，说存。

《石鼓歌》

【眉批】嘉祐六年辛丑诗，应移前。总题为《凤翔八观》，有小序，仍宜录存。下注："八首录五。"

此题作者，在唐有韦苏州、韩昌黎，宋则坡公，韦歌局促，韩作排奡，坡公此诗，密栗精炼，于韦韩二公，别辟蹊径，真所谓才力雄富，士马精妍者也。

【题下批】嘉祐六年辛丑公抵凤翔任后作。宜编入《太白山早行》前。

【句右批】（"下揖冰斯"句）以上叙石鼓。

（岂有名字记谁某）以上叙鼓出周宣。

（无乃天工令鬼守）以上言石鼓与秦石刻。

《王维吴道子画》

【眉批】画有两大别，即专家画与文人画也。道元固画圣，固专家，究与文人气息不同。摩诘本诗家能手，余事作画，其气韵要与文家为近。坡公画竹，导源辋川，又与文与可相得，故此诗虽推右丞，实不翅自平其得失也。观"吴生虽妙绝，犹以画工论"二句，言外之意可见。

昔人妙语，虽是冲口而出，然必先胸中有此一段境界，蕴酿已久，遂不觉就题发出，所谓自得处，所谓安身出命处也。如此诗"当其下手风雨快"二句，"交柯乱叶动无数"二句，与摩诘"得之于象外"一语，虽是论画，然东坡诗文可见矣。

《东湖》

【眉批】《名胜志》："东湖在凤翔城东，雍渭二水所溢。"查注引。

何焯以"耽耽"为指陈公弼，大谬。

"照景"句下有自注云："此古饮凤池也。"

何焯、纪昀皆以函韵为与陈公弼不合，反说以泄牢骚。惟坡与太守宋选颇善，所谓官长者似指宋子才之厚遇，不必宋为讥陈公弼也。

此亦寻常游览之诗，查慎行、何焯、纪昀及韩门皆求之过深，并以为坡公讥刺陈公弼之作，其实此诗并无不平之心，读之者心自不平耳。起句至"琐细安足裁"一段，皆杂叙东湖景物，凤翔通流，汧水甚浊，此湖则清，故起句借蜀江以形汧浊，而又以清奥推湖入题，乃为得势，余皆湖中所见景物也。"昔闻"以下八句，叙东湖为古饮凤池，完题正面。"嗟予"以下一大段，乃言己之偷闲游览。全篇结构谨严，苍秀深稳。余幼时最爱颂之，而又以查、何诸人说诗之缭绕回复，著其说如此云。

《李氏园》

【眉批】此诗以叙次体行之，层次井然，波澜壮阔，读之可悟诗文之法初无二致。

《七月二十四日以久不雨出祷磻溪是日宿虢县二十五日晚自虢县渡渭宿于僧舍曾阁阁故曾氏所建也夜久不寐见壁间有前县令赵荐留名有怀其人》

【眉批】王注引《烟花录》载陈后主诗云："午醉醒来视，无人梦自惊。"

《二十七日自阳平至斜谷宿于南山中蟠龙寺》

【眉批】以叙传体为诗，奥折深秀，至可玩味，自首句至绿韵，皆叙晚渡与投寺，至晓起经过景物分言之，则"谷中"以下六句，途中晚景也。"入门"二句，到寺所见也。"愧无"二句，一述寺僧所致词，一述寺僧供客也。"板阁"二句，寺中眠起也。"起观"二句，则因深夜到寺，都无所见，至此早起，始为目乱也。其叙次层次，最为明了简括。王文诰曰："门前"四句作结，是论断体。章法井然，不得与上段牵混矣。

《和子由记园中草木十一首》

【眉批】英宗治平元年甲辰，坡仍官凤翔。

咏草木诗，杜公《病柏》《病橘》《枯椶》《枯枏》四诗，所感较大，嗣响无人。李卫公《忆平泉草木》诸篇，亦复锒锒能新，耐人寻味。此外则二苏记园中草木，说理而不落理障，咏物而不觉刻划，词句苍秀，意境绵远，真一时巨手也。若洪丞相盘洲《草木杂咏》，以视苏公，瞠乎其后。

颂草木者，江文通有《闽中草木颂》十五首，宋子京有《草木花卉赞》四十二首，体皆四言，语多体物，坡公以五言体行之，不专咏物，顿觉耳目一新。

【题下批】甲辰秋间作。

《司竹监烧苇园因如都巡检柴贻勖左藏以其徒会猎园下》

【眉批】《容斋三笔》谓昌黎《雉带箭》诗，东坡尝大字书之，以为妙绝，其实韩公此诗，本于陈思王《七启》论羽猎之"美比人稠网，密地逼势胁"二语，檃括其意，遂成名作。坡公之篇，亦颇有抚韩之意，但韩诗盘屈，故调促而味长，苏诗委曲，故纍折而气舒。面目究竟不同，所谓善学古人者也。

【题下批】甲辰十一月。

《秀州僧本莹静照堂》

【眉批】神宗熙宁三年己酉，公还朝监官告院。

【题下批】己酉四月。

《送安惇秀才失解西归》

【眉批】神宗熙宁三年庚戌。

《许彦周诗话》曰：古人文章，不可轻易，反复熟读，加意思索，庶几见之。东坡诗云："旧书不厌百回读，熟读思深子自知。"仆尝以此语铭座右而书诸绅也。

坡公诗以征事富丽见长，此诗与《静照堂诗》皆用白描，而意境亦复高绝，诗固不可以一律拘也。纪河间不能解此，乃谓意好而语不精采，岂所谓精采者，必以襞积为工耶？

裴松之《三国志注》引《魏略》曰："董遇字季直，性质讷，好学，善治《老子》，为作训注，人有从学者，遇不肯教，而云：必当先读百遍。言读书百遍而义自见。《魏志》卷十三《王朗传》注。"

【题下批】庚戌四月。

《送刘道源归觐南康》

【眉批】熙宁四年辛亥六月，通判杭州。

坡公平生嫉恶如仇，故于道源诗不禁痛切言之，以诋时相，其一生大节在此，一生辗轲不遇亦在此。河间纪氏谓激讦处太多，恐非诗品。然则"相鼠""正月"之诗，纪氏亦将谓其有乖诗品，亦将屏之《三百篇》以外耶？

【题下批】辛亥六月。

《次韵张安道读杜诗》

【眉批】"艰危"一联，上句指公荐救房次律，下则。

篇首借太白"大雅久不作"以起唱，入题即李杜并论，主宾相间，无相夺伦。中间步步为营，气势却又骏快，绝无板重襞积之病。此真坡公之真实本领也。"今谁主文字"一联，收到张安道，紧凑不落痕迹。纪昀曰："字字深稳，句句飞动，而结意蕴藉，是为诗人之笔。"斯言得之。

【题下批】辛亥七月。

《傅尧俞济源草堂》

【眉批】元祐元年,傅尧俞与朱光庭、王岩叟合力攻公,诬以谤讪,自是开端,构成党祸,宋社以屋。《东都事略》谓"君子不仁",《宋史》谓"小人忌恶挤排",尧俞其一也。

【题下批】辛亥八月。

《颍州初别子由二首》

【眉批】嘉祐六年,坡公赴凤翔,与子由别于郑州,治平二年,子由赴大名推官,公与之别于京师,熙宁三年,子由赴陈州学官,公与之别于京师,四年六月,有《次韵子由初到陈州》诗,所谓"还来送别处,双泪寄南州"。查注不及京师再别,而以本题颍州之别凑足三别,王文诰谓其凌躐下句题面,已删。其说甚是。

诗本性情,故于骨肉离别之际,发为篇章,益觉凄惋。公笃于友于,而此二诗亦复真挚可诵,若徒以曲折爽朗赏之,犹浅之乎视此诗也。

【题下批】辛亥八月。

《欧阳少师令赋所蓄石屏》

【眉批】杜诗:"天下几人画古松,毕宏已老韦偃少。"

飘逸骏快,似太白;硬语盘空,似昌黎。三句点出石屏中之孤松,下面乃无中生有,实以毕宏、韦偃,想力所通,奇横无匹,此等处,非有真实笔力,未易学步。

【题下批】辛亥八月。

《十月二日将涡口五里所遇风留宿》

【眉批】结语亦人人意中所有,但通体苍秀爽朗,殊可玩味。

【题下批】辛亥。

《出颍口初见淮山是日至寿州》

【眉批】曾茶山诗云:"胸中自无俗子韵,下笔乃有此气骨。"此等诗,但于"气骨"二字上求之，觉其迈往不屑之韵，高出寻常万万也。

【题下批】辛亥。

《游金山寺》

【眉批】发端飘逸精警，他人不能有，亦非坡公不能有也。中间忽信手插入"江心炬火"一段，若断若续，他人为之，不免有弥缝挽合之迹。而结语四句，回顾起句，举重若轻，令人读之，真有绝处逢源之乐。

【题下批】辛亥十一月。

《自金山放船至焦山》

【眉批】信手写来，语语正锋，亦沉郁，亦顿挫，学诗从此等处入手，庶无流弊。

【题下批】辛亥游金山寺之翌日。

《甘露寺》

【眉批】自注云："欲游甘露寺，有二客相过，遂与偕行。寺有石如羊，相传谓之狠石。云诸葛亮孔明坐其上，与孙仲谋论曹公也。"大铁镬二案铭，梁武帝所铸，画狮子一，菩萨二，陆探微笔。卫公所留祠堂在寺，手植柏合抱矣。近寺僧发古殿基，得舍利七粒，并石记，乃卫公为穆宗皇帝追福所葬也。

此亦正锋，可为作诗之法。

【题下批】辛亥十一月。

《腊月游孤山访惠勤惠思二僧》

【眉批】熙宁四年辛亥十一月二十八日到杭州通判任，据本集《六一泉铭序》云："到官三日，访勤于孤山之下，此诗题作"腊月"，可以推见到任与作诗之日。"

河间纪氏曰："忽迭韵，忽隔句韵，音节之妙，动合天然，不容凑拍耳。源出于古乐府。"

坡公到杭后，诗境空明忽蒨，另辟一境，细玩此诗与下《寿乐堂》，可见诗虽本诸胸次，然必与外间界象凑拍而成，此古人所以假助于江山也。

丙寅五月，余由南昌赴浔，暑雨初过，庐云万变，车中触目，诧为奇观，抵浔成小诗云："翻江过雨有余势，活活田水款款间。水光已合彭蠡口，云气欲没匡庐山。眼前胜绝讵能匹，奔雷挟我不旋日。孤吟小立天东南，清景顿使交臂失。"

【题下批】辛亥十二月一日作。

《戏子由》

【题下批】辛亥十二月。

《越州张中舍寿乐堂》

【眉批】熙宁五年壬子。

张次山字希元，建康人。工书，蓄古画甚富。尝跋玉轴黄庭坚数百字，小楷精妙，有二王家法。乐寿堂在判官厅事之西南，为次山所创建，以其面山邻泉，可以资仁智之养，故名。

诗厌陈熟，尤忌奇辟而乏理意。坡公此诗，能生能新，通体无一直笔，无一熟语，而句句精彩，盖出奇而恰如分际者也。或有以了无深义少之者，真瞽说也。

坡有《送郑户曹诗》云："游遍钱唐湖上山，归来文字带芳鲜。""芳鲜"二字，如此诗与《腊日游孤山访惠勤惠思》诗、《法惠寺横翠阁垂云亭》诸诗，尤易见之。

【题下批】壬子七月。

《宿临安净土寺》

【眉批】王注：僧善权曰："《临安县图经》：'真寂院在县南二里，天成元年吴越王钱氏建。旧号山房院。'"

《唐地理志》：临安有石镜山，高二十六丈。《太平寰宇记》云：镜径二尺七寸，其光如镜。王注：缜曰："吴越王钱镠布衣时曾照石镜，镜起而耸战。"

此诗在坡集中亦平平，但自晨至夜，一路铺叙过去，一日所经，无一罣漏，简而有法，可为叙事诗程序。然照此直叙，诗复何味？妙在"明朝"句作一悬想波折，前实而后虚，前板滞而后空灵，遂究非凡响。

【题下批】壬子七月。

《自净土步至功臣寺》

【题下批】壬子七月。寺为吴越王钱氏建。

《游径山》

【题下批】壬子七月。

《夜泛西湖五绝》

【题下批】壬子七月。

《监试呈诸试官》

【题下批】壬子八月。试官尚有刘挚。

《监院煎茶》

【题下批】壬子八月。

《孙莘老求墨妙亭诗》

【眉批】江淹《杂体诗序》有云:"蛾眉讵同貌,而俱动于魄;芳草宁共气,而皆悦于魂。"

全篇结构谨严,语语精警。前半平书多甘苦有得之言,后半诠题无晦涩难显之隐,盖坡公极用意之作也。此诗与山谷《次韵子瞻观韩干马因论伯时画天马》诗参看,与较量肥瘦不同之处,可悟二公书法各有独到。

【题下批】壬子八月。

《催试官考较戏作》

【眉批】本篇在坡集并非上乘,不知韩门何以入选,平语亦敷衍。

【题下批】壬子八月。

《梵天寺见僧守诠小诗清婉可爱次韵》

【眉批】《宋诗纪事》,"守诠"一作"惠诠"。

清婉可感，正可移平此诗。诗家取境，本不尽同，即在专家，亦多变体。故以穿花点水之细腻，无害于巨刃磨天；以金钗银镯之艳辞，何伤乎盘空硬语。坡公此诗，亦一时兴到之作。尊之者则崇标此种，截断众流；毁之者则又诋为貌为澹远，实落空调。岂所谓通方广恕，好远兼爱者哉！

纪昀曰：庄老告退，山水方兹，晋宋以还，清音遂畅，揆以风雅之本旨，正如六经而外，别出元谈，自有一种不可磨灭文字。后人转相神圣，遂欲截断众流，崇标此种为正法眼藏，则《三百》以下，汉魏以前作者，岂书俗格哉！东坡此诗，盖亦偶思螺蛤之意，谈彼法者，勿以借口。

【题下批】壬子八月。

《次韵孔文仲推官见赠》

【眉批】《宋史》：孔文仲字经父，新喻人。举进士，南省擢第一，历台州推官。熙宁初，范镇荐制举，对策万言，力论王安石用人理财之法为非是。安石启神宗御批，罢归故官。查注谓其过杭唱和，正文仲罢举复还台州推官时也。王文诰则谓诗中有"弭节江湄"之语，当是由台州再罢至杭，非罢还台州过杭时之作。按"弭节江湄"语甚通套，不足为由台再罢至杭之证。仍从查说为是，辟记。

孔经父与坡公同为范景仁所荐，后皆与安石议论不合，同斥于外，此诗二人相提并论，慷爽中时有愤慨语，如"君看立杖马，胡不学长卿"诸句，郁勃见于言外。纪氏乃以"今朝枉诗句"以下夹杂无绪讥之，皆未及细究诗旨也。

【题下批】壬子九月。

《苏诗选评笺释》卷二

《汤村开运盐河雨中督役》

【眉批】此诗佳处，只在直书其事，可见当时役民夺时之秕，政白香山所谓"诗歌合为事而作"也。

【题下批】壬子十月。

《是日宿水陆寺寄北山清顺僧二首》

【眉批】王文诰曰：题曰"是日"，必当有此二句，方是真境，即"乞食无言"一联，语中有骨，并不平也。

前六句皆就自身说，末二句入清顺，如此方合题旨。

《冷斋夜话》曰：西湖僧清顺，字颐然，清苦多佳句，尝赋诗云："久服林下游，颐识林下趣。从渠绿阴繁，不碍清风度。闲来石上眠，落叶不知数。一鸟忽飞来，啼破幽绝处。"则公游湖上，爱之，东坡亦与游，多倡和。

右一条应补录，已见卷二《僧清顺新作垂云亭》诗附录，辟再注。

【题下批】壬子十月。

【原评批】（汪师韩评语："杳窕回合，如坐虚白而闭重元。"）评语通套。

《朱寿昌郎中少不知母所在刺血写经求之五十年去岁得之蜀中以诗贺之》

【眉批】按朱寿昌弃官寻母，得之同州，《宋史》列入《孝义传》，《东都事略》列入《独行传》，他如《温公目录》《东轩笔录》《续通鉴长编》皆载其事。其见于诗文者，东坡此诗外，如文与可《丹渊集》有《送朱郎中诗序》《送朱康叔求母金州》诗，王介甫有《送河中通判朱郎中迎母东归》诗，苏颂《魏公集》有《送朱郎中寿昌通判河中》诗，皆为此事作也。又《宋中兴艺文志》有送朱寿昌诗三卷，可见宋世播为美谈。见之吟咏若此之富，乃邵青门为宋牧仲补注、施注苏诗绝不征引，何耶？辟记。

坡公此诗，从汉魏乐府得来，韩门所平，不为无见。乃查初白则极赏其工，纪晓岚则诋为格意俱鄙，盖由纪重韵味，查尚意境，主宗不同，故立论迥别。

补录：

《六和寺冲师闸山溪为水轩》，壬子十月。

欲教清溪自在流，忍教大雪落沙洲。出山定被江湖浼，能为山僧更少留。

《冬至日独游吉祥寺》，壬子十一月。

井底微阳回未回，萧萧寒雨湿枯荄。何人更似苏夫子，不是花时肯独来！

【题下批】王文诰《总案》：壬子九月。

《和致仕张郎中春昼》

【眉批】七言排律，最不易作。此虽圆稳，终嫌伤气，选诗必求众体皆备，

286

究不免迁就耳。

【题下批】张先字子野，此乃和子野春昼旧作也。

《画鱼歌》

【眉批】《三百篇》以比兴为多，唐宋以后此义较少。坡公此诗，颇得风人之遗，白香山所谓"兴发于此而义归于彼"者也。但古人寄兴，语深而婉，此诗一望而知，终嫌直露。查初白则推为波澜苍茫，无自穷其畔岸，誉过其实矣。

【题下批】壬子十二月。

《游道场山何山》

【眉批】二山在湖州。《吴兴掌故》：道何山与道场山相联接。王注：次公曰："何山以晋何错读书山中得名。"

王文诰曰：此诗用唐人转韵体，而读之绝无转韵之迹，此其笔力不同也。

【题下批】壬子十二月。

《赠孙莘老七绝》

【眉批】坡公、山谷皆喜用成语，熔化无迹，少陵已开其先，纪昀乃不喜之，以为落江西派任意勒帛。此论诗所以先贵去成见也。

诸诗清俊自喜，虽非经意之作，其胸次之高远，措语之俊逸，自非寻常人所能望项也。

补录：

《秀州报本禅院乡僧文长老方丈》：

万里家山一梦中，吴音渐已变儿童。每逢蜀叟谈终日，便觉峨嵋翠扫空。师已忘言真有道，我除搜句百无功。明年采药天台去，更欲题诗满浙东。

【题下批】壬子十一月。

《王复秀才所居双桧二首》

【题下批】壬子十二月。查注：王复，钱唐人。所居在杭州僧潮门外。

《法华寺横翠阁》

【眉批】查注：《咸淳临安志》："西林法惠寺院，乾德元年吴越王建，旧名

287

兴庆寺，祥符中改今额。"

节短音长，感怆无限，至诗境之清空宛转，在钱塘集中当为别派。

《风水洞二首和李节推》

【眉批】熙宁六年癸丑。

补录：

《饮湖上初晴后雨二首》：

朝曦迎客艳崇冈，晚雨留人入醉乡。此意自佳君不会，一杯当属水仙王。

水光潋滟晴方好，山色空蒙雨亦奇。若把西湖比西子，淡妆浓抹总相宜。

就"风水"二字，分疏匀称，格意似平而实奇。

【题下批】癸丑正月，李似。

《自普照游二庵》

【眉批】"幽独"，王本作"独往"，查本据《咸淳临安志》作"幽独"，且引杜子美"晚来幽独恐神伤"。纪昀本从查注。王文诰曰：当从王本作"独往"。必如此，始与下句紧接，若用"幽独"，为前后脱节矣。周益公尝言：凡墨迹与石刻与集本互异，恐集本乃后改定，不可轻动，其说最当。

【题下批】癸丑正月。

《新城道中二首》

【眉批】晁君成时为新城令，故有"长官清"之语。

王文诰曰：此二诗，首则富阳早发，次则行至新城，以题属道中，故就道中收煞耳。次序井然，人所共晓。次首"细雨"一联，明以美晁，中用"官清民乐"作骨，本属常语，忽将"户喜"脱胎，随地点染，人遂不觉，此则鲁直所谓自具华严手段而终身心折者也。至查注据方回《律髓》，改此诗为晁君成和作，非不知其误，乃有意立异耳。

【题下批】癸丑二月。新城令晁君成字端友，新城之子晁补之是时始拜公于新城。

《於潜女》

【题下批】癸丑三月。

《僧清顺新作垂云亭》

【眉批】《宋诗纪事》：清顺字怡然，杭州西湖北山僧。

此诗又见《诗人玉屑》。（按，指清顺《自题北山垂云庵》诗）

【题下批】癸丑四月。

《会客有美堂周邠长官与诸僧同泛湖往北山湖中闻堂上歌笑声以诗见寄因和二首时周有服》

【眉批】前首五六用事虽切，究乏味。此二章在坡集中亦非绝诣。

【题下批】癸丑五月。

《韩子华石淙庄》

【题下批】癸丑六月。

《立秋日祷雨宿灵隐寺同周徐二令》

【眉批】从政非身闲之日，祷雨非幽赏之时，前六句但秋日宿寺之清景而已，于祷雨固无与也。末二句始入悯农，以郑重之笔出之，曰"心尚在"，曰"更茫然"者，则侵户月落阶泉，非同泛设矣。河间以"立言少体"四字，一概抹杀，则犹帖括之见也。

清历中微嫌通套，后人专学此种，则易落窠臼，皆雅俗之一大关捩也。

【题下批】癸丑六月。

【原评批】（"不须矜才使气……"）平语誉过其实。

《柏堂》

【眉批】就本题叙去，骨老气苍，三四一联，唐人自杜公外无此，大胆写去，然非真力弥满而又有眼前事实者，万勿学步，必强为之，则觉其直率耳。

【题下批】癸丑七月。

《与述古自有美堂乘月夜归》

【眉批】据《唐宋诗醇》，苏轼一写此诗，以下有残阙，当据《诗醇》补录。辟校。

【题下批】癸丑七月。

《韩干马十四匹》

【眉批】按，题作"十四匹"，"四"字疑"六"字之误。因诗中所叙尚有"奚官所骑"与"最后一匹马中龙"（王文诰谓此当在八匹之内，误。）二马也。楼钥《攻媿集》中有《题赵尊道渥洼图》诗，即龙眠（东坡）所见韩干马也。楼有序载之甚详。因次东坡此诗韵，首句云："良马六十有四蹄，腾骧进止纷不齐。"可证"十四匹"为"十六匹"之误。辟注。

于短幅中叙述不同样之马十六匹，精采焕发，韩记杜诗之外，别开一境。收题四句，措语健而隽，所谓神来之笔，他人不能有，即东坡亦不常有也。

【题校】韩干马十六匹。

《赠写御容妙善师》

【眉批】《归田录》：迩英阁在迎阳门东北向。《石林燕语》：崇政殿即旧讲武殿，自延和殿出，降级由庭中步至，不乘辇，遇雨然后行西廊，皆祖宗之旧也。

王注：唐智永禅师住吴兴永福寺，人来觅书，并请题头者如市，户限为之穿穴，乃用铁叶裹之，人谓铁门限。出《尚书故实》。

此诗起结极见用意，题既堂皇，诗语故庄重严肃，开阖之妙，入题之紧，收束之密，使事之切，无一懈笔，非真力弥满，那易到此！其言外之无限感慨，千载下读之，犹想其倦倦桥山弓箭也。

《哭刁景纯》

【眉批】范公桥在润州，以文正得名。施注：李白《忆贺监诗》："欲向江东去，定向谁举杯。稽山无贺老，却棹酒船回。"

此诗绝似梅都官，老官秋筋，语淡而永。大抵诗发性情，友生存亡之感，尤足以发至文，非关锻炼之妙也。观昌黎之于东野，宛陵之于六一，□亩往还，靡不工绝，从可知矣。

《答吕梁仲屯田》

【眉批】仲屯田名伯达，乃承受无讥讽文字者，见《乌台诗案》。

《送李公恕赴阙》

【眉批】神宗元丰元年戊午。

坡在尚书祠部员外郎直史馆、权知军州军政事任。

骨老气苍，仍是从杜出，纪昀乃谓"世上小儿"句轻薄，不知少陵"世上儿子徒纷纷"已开其先，何足为病，安见其便非诗品耶？

方植之曰：遒转奇纵，熟此可得下笔之法。又曰："奇快用违"句倒入，"忽然"句奇，"君为"句倒入，"独能"句倒入，通身用逆。又曰：赠人寄人之诗，如此首及送孔郎中与梁左藏、戏子由、送刘道原、寄刘孝达、送沈达、寄吴德人、次韵王定国南迁回见寄，皆妙。

《张寺丞益斋》

【眉批】班固《咏史》，始兆论宗；方朔《诫子》，始涉理路。寒山衍为佛语，《击壤》流为语录，诗道又一变矣。此诗通体说理，语直而尽，盖有韵之文耳。白傅亦喜用此体，坡公似有意效之，尚未全流滑易，故不觉耳。

【题下批】戊午。张名恕，字忠甫，坡集有《张忠甫字说》。

《虔州八境图八首》

【眉批】（第一首）八首总起，但乏味。

（第二首）措语亦平平，惟雅近唐人截句，阮亭见之，或亦许为同调。

（第三首）比较有气骨，末二句虽空洞，情味绵远，转觉生动。

（第四首）融情于景，自是令作，令人百读不厌也。

（第五首）语直而乏味。

（第六首）欧九诗云"山浦转帆迷"句，背夜江看斗，辨西东置身山水间，当有此境，措语虽同，实非相袭，而坡诗益远矣。

（第八首）想象语以蕴藉出之，运用小说，绝无痕迹。

【诗末批】王注：次公曰：徐铉小说载番阳山中木客，自言秦时造阿房宫采木者也，食木实，遂得不死，时就民间沽酒酎饮，遂赋一章云："酒尽君莫酤，卖倾我当发。城市多嚣尘，还山弄月明。"

《与梁左藏会饮傅国博家》

【眉批】奇警跌宕，偶一为之，自是可喜。后人有专学此种为安身立命之地，千篇一律，了无余味矣。

《芙蓉城》

【眉批】宋时赋此事者尚有王荆公，荆公见坡诗和之，首云："神仙出没藏杳冥，帝遣万鬼驱六丁。"荆公以其不可为训，故不传。又清江孔毅夫集有《呈王子高殿丞绝句》云："天上人间事不同，相思何日却相逢。芙蓉城在蓬莱外，海阔波深千万重。"即指此事也。

此种诗，最易流为小说传奇体，所幸结语以开拓之笔作收，庄而不腐，正而不佻，自序所谓"极其情而归之正"者也。

通体用胡微之《芙蓉城传》，略分隶诗内。其中段落分明，起四句题清主脑，引人周事。"中有一人"句以下十四句叙周与王冥契事。"仙宫洞房"句以下十一句，叙入梦、梦醒与周永别诸事。"春风"句以下四句，为子高作追忆之词。"愿君"四句，则以开笔故作庄语，收束全篇。而"从渠念"二句，庄而近婉，意更无穷。设无此二语，则意味索然，此所以为诗人之笔也。

《续丽人行》

【眉批】论诗最忌成见，所谓庄谐，所谓陈熟，要当视（在）题情反正上去看。如此诗题曰《丽人行》，是为背面欠伸之丽人，凡手为之，不患无绮语，而所谓庄语者，固用不上也。纪氏评此诗结语，斥为庄论而腐，任意勒帛，可谓全不知诗。不知此诗通体极力形容其丽，而画工又着眼于东风破睡之背面，则伤春洗面，皆题中应有之义，使再以侧笔巧笔、绮词艳词写之，有何意味！坡公忽无端举一举案齐眉、相敬如宾之孟光，逼出一背面伤春之粲者，奇师突起，出人意外。"何谓之庄，何谓之腐"，假庄论为谐语，化腐朽为神奇，有此一反结，而通体精采焕发，意味深长，何致于纪氏所云云哉！

《起伏龙行》

【眉批】凭空结撰，奇趣环生，此种诗，非有真实力量，亦难学步。
细玩此诗，意有所指，"怀宝"句尤可见。

《次韵答刘泾》

【眉批】刘巨济喜为奇诡之文，此诗颇有讽劝之意，至语语遒紧，到底不懈柏梁体中之最胜境也。

【题下批】刘泾字巨济，举进士，安石荐为经义所检讨，为文务为奇诡，语好匠取，屡踬不伸。

《次僧潜见赠》

【眉批】道潜，於潜人。坡守杭，卜智果精舍居之。《墨庄漫录》载其本名昙潜，轼改曰道潜，轼南迁得罪，返初服。建中靖国初，诏复祝发，崇宁末归老江湖。尝赐号妙总大师。工诗，为坡公、荆公、淮海、俞清老所称。韩子苍云：若看参寥诗，则惠洪诗不堪看也。《四库提要》有《参寥子集》十二卷。

朱弁《风月堂诗话》云：参寥自杭谒坡于彭城，一日宴郡僚，谓客曰："参寥虽不与此集，然不可不恼之也。"遣官伎马盼盼持纸笔就求诗，参寥援笔立见，有"禅心已作泥沾絮，不逐春风上下狂"之句，坡喜曰："吾尝见柳絮落泥中，谓可入诗，偶未收入，遂为此人所先。"

【题下批】细怜池上见，清爱竹间闻。流水声中弄扇行，诗成暮雨边。

《闻辩才法师复归上天竺以诗戏问》

【眉批】元净初住上天竺，越人争以檀施归之，重樱杰关，冠于浙西。后为文捷所夺，施古不至，岩石草木为之索然。赵清献见而赞之曰：师去天竺，山空鬼哭。天竺师归，道场光辉。坡诗前五联皆记其初来之实也。

此诗说法，唐寒山、拾得已开其先，荆公曾拟之，亦多名理。此诗前五联记辩才去来天竺之实，后四联借禅为诙，直同偈语耳。以题为戏问，自与寒山说法不同。纪晓岚诋之，以为非诗，王见大推之，以为住得更妙，皆胶柱之见也。

《仆曩于长安陈汉卿家见吴道子画佛碎烂可惜其后十余年复见之于鲜于子骏家则已装背完好子骏以见遗作诗谢之》

【眉批】鲜于侁，字子骏，阆中人。元祐间出知陈州，绍圣间与党籍。有《谏议集》。晁公武《读书志》：侁治经术有法，论多出新意，晚年为诗与楚辞尤工，人以为有屈宋风。

古人往往于小题自发大议论，亦由其胸中有此一段境界，随地涌现，故能妙绝千古。如此诗之"觉来落笔不经意，神妙欲到秋毫巅"，虽论道元画，即坡公一生诗文自得之处，亦即其自信之处。后人即勉强为一二自负语，所谓学古人说话，故难于动人。此修词立诚之说，所以千古不竭也。坡公因然，即渊明、少陵、昌黎、山谷、遗山、伯生，亦是如此。

【题下批】陈汉卿，字师显，阆中人。好古书奇画，每倾赀购之。

《雨中过舒教授》

【眉批】诗境澹远，从右丞、苏州短古得来。溽暑诵之，飘然有凉意。初白所谓"静细耐人玩味"者也。

【题下批】舒教授名焕，字尧文，东坡守徐，尧文时为徐州教授。

《次韵答舒教授观余所藏墨》

【眉批】坡公往往以小物发为吟咏，皆以精理灏气贯之，独绝千古。集中如咏画、咏书、咏茶、咏墨、咏草木，名篇叠出，前人推陶、杜、昌黎集中为多，他人即偶有之，亦无此等惶惶巨篇也，大抵文章激乎胸次，其襟怀高旷者，皆能于小处见大，脱然町畦，有迈往不屑之韵，无几微难显之情。否则专求迹象，极意雕镂，纵极其工巧，而诗与人了不相涉，安能令读者兴起邪！如此诗与吴道子画佛，孙莘老求墨妙亭诗，虽所论只在书画藏墨之微，而语语皆有人在，此其所以可贵也。

《答仲屯田次韵》

【眉批】诗笔俊爽可诵，不知晓岚何以不喜之。诗用正笔写，起句就仲屯田寄诗说，次联平仲诗，五六虽点时令，而有望治之意，末以谦词收束，结体谨严，可为律诗法程。

【题下批】戊午七月。

《和鲜于优子骏郓州新堂月夜二首》

【眉批】子骏原诗载《皇朝文鉴》，题为《新堂夜坐月色皎然由连理亭信步庭中徘徊久之因为五言一首》云："秋风动微凉，天雨新霁后。闲坐独隐几，明月在高柳。振衣步庭下，灏气入襟袖。天空云汉明，隐约辨列宿。苍苍松桧上，零露霏欲溜。脱叶满闲园，繁荣迫衰朽。清宵望蟾彩，宜付一栖酒。多病谢尊罍，城头转寒漏。"

此篇当与鲜于子骏原作合读，方知用意遣辞之妙。凡和作次韵之诗，每与原诗风格相近，盖由见猎心喜，颇思有以胜之也。子骏诗清远深微，坡公此诗取境亦同，所谓"独作五字诗，清绝如韦郎"，非仅推鲜于，亦所以自平也。坡此诗前篇清越，后篇闲远，当更胜之。

【题下批】公自注："前次韵，后不次。"

《中秋月三首》

【眉批】白傅《渭村退居》诗："荍麦铺花白。"又《村夜》诗："月明荍麦花如雪。"荍即荞麦也。

骨肉友生聚散之感，一入诗人径下，发为至文。如此诗以中秋月命题，感怀身世，忆及子由，倦念友生之感，纷然杂陈，读之不可为怀，不仅次公逍遥堂二绝句也。纪氏曰："诗中只镕银二句用体物语，余皆纯以神思镕铸情景，绝妙言说。"

【题下批】戊午八月。

《与顿起孙勉泛舟探韵得未字》

【题下批】戊午八月。

《百步洪二首》

【题下批】戊午十月。

《送参寥师》

【题下批】戊午十二月。

《夜过舒尧文戏作》

【题下批】戊午十月。

《宋复古画潇湘晚景图三首》

【眉批】本集《观宋复古画叙》云："复古名迪，画山水草木，妙绝一时。"
【题下批】戊午十月。

《台头寺步月得人字》

【眉批】神宗元丰二年己未。

三月罢徐州知湖州，四月二十日到湖州任。

【题下批】己未正月。

《种松得徕字》

【题下批】己未正月。

《月夜与客饮杏花下》

【题下批】己未二月。

《答郡中同僚和雨》

【题下批】己未三月。

《罢徐州往南京马上走笔寄子由五首》

【眉批】是月告下，以词（祠）部员外郎直史馆，移知湖州军州事。
【题下批】己未三月。

《泗州僧伽塔》

【题下批】熙宁四年辛亥十月。从王文诰说，案卷六改定，施本同王。

《龟山》

【题下批】熙宁四年辛亥十月。从王本《总案》改定。《九域志》："泗州盱眙县龟山镇。"

【诗末批】元嘉二十七年，文帝遣臧质拒魏，遂于梁山筑长围城地。梁山在盱眙县北，即下龟山也。

《舟中夜起》

【眉批】诗缘境生，惟静乃能极其变幻。如此诗只是平常境界，因风而疑雨，开门乃觉其非雨，而月满湖矣。起首遂不平凡。"暗潮"二句，极抚静中景物，以"清境"二字为一篇之主脑，而全篇大旨可得矣。

【题下批】己未四月。

《赠惠山僧惠表》

【题下批】己未四月。

《苏诗选评笺释》卷三

《端午遍游诸寺得禅字》

【眉批】何焯曰：《书·益稷篇》传："光天之下，至于海隅，苍苍然生草木。"坡公诗用字之深博，不在荆公下也。

【题下批】己未五月。此首以下皆湖州作。

《同孙同年卞山龙洞祷晴》

【眉批】《吴兴掌故集》：卞山有一石，上大而末小，危立如幢，旁有洞，窈深叵测，相传神龙居之。黄山谷书"神龙洞"三字。

此虽告龙之词,实为当时政事烦苛而发,如"农夫免菜色,看君拥黄绅"等句,尤显然可见。使仅为告龙之语,则有何意味?篇中层次井然,结体密栗,殊可玩味。

《与客游道场何山得鸟字》

【眉批】施注:先生归自道场何山,因憩耘老溪亭,命官奴秉烛捧砚,写风竹一枝。

起首便无浮词,从山说起,四句如画,一路写去,语语紧峭,处处开宕,故长而不冗。竟日胜游,无不漏略,结语虽以"陈迹""余欢"作收,为人人意中所有,然措语清紧,简而有味,又为人人所不能道也。

《泛舟城南会者五人分韵赋诗得人皆苦炎字四首》

【眉批】四诗在坡集中殊平平,不知韩门何以入选于此。

《次韵李公择梅花》

【眉批】王注:次公曰:"西蜀有桐花,鸟似凤而小。"师民瞻曰:"人谓之倒挂子。"公梅词所谓"倒挂绿毛幺凤"是也。

庐山白石山房,李公择藏书处也,坡过庐山,曾为作记,其后至庐山,并有诗。

题为《和李公择梅花》,而实写梅花处极少,有之亦仅供点缀而已,如此方是和人诗,不是自咏梅花也。然此亦视所和之人关系若何。李公择为坡公挚友,故此诗能从题外说出许多饥贫羁旅之感,仍不害为佳构。若寻常酬应,毫无关系之人,从本题上敷衍,却从何处着笔。纪河间但知坡公借题抒意之妙,必以此为和人诗正格,则失之也。

《与王郎昆仲及儿子迈绕城观荷花登岘山亭晚入飞英寺分韵得月明星稀四首》

【眉批】洪容斋题跋:邹湛姓名因羊叔子而传,字曰润甫。《元和郡县志》:羊祜镇襄阳,与邹润甫同登岘山。

四诗清脆可感,颇似晚年和陶之作。

【题下批】两王子即王适、王遹也。

《赵阅道高斋》

【眉批】此诗轩爽骏快，举重若轻，自是坡公本色。"长松"二句，点出高字，浑成无迹。

佛家以了生死为出世一大事，儒家以修己治人为出世一大事。清献勋业烂然，坡公所谓"超然已了一大事"者，当系指清献功成身退而言，若与佛慧为友，不得云已了也。韩门所云，当非定论。（按，汪师韩评曰："此与佛惠为友也。"）

《予以事系御史台狱狱吏稍见侵自度不能堪死狱中不得一别子由故作二诗授狱卒梁成以遗子由》

【眉批】东坡诗狱，起于湖州，到任谢表，言事摘其语以为谤词。七月二十八日，中使皇甫遵到湖追摄，八月十六日赴台，十二月二十八日责授黄州团练副使，在狱前后共百三十日耳。

《过淮》

【眉批】神宗元丰三年庚申。

检校尚书水部员外郎、黄州团练副使，本州安置，不得签书公事。

【题下批】庚申。

《梅花二首》

【眉批】坡后有诗："去年今日关山路，细雨梅花正断魂。"诗题《正月二十日往歧亭》，以此参证，当知此二首为庚申正月廿日作也。又王注：《梅花二首》，尝见坡自写，则题云"正月二十日过关山作"。

【题下批】庚申二月，坡以正月廿日过关山。冯注引《一统志》：麻城县有虎头、黄土、木陵、白沙、大城、五关，当即诗中关山也。

《初到黄州》

【眉批】按以后诗皆黄州作。

【题下批】庚申二月。

苏轼与元和诗人述论

一、引 言

苏轼是北宋时期最有影响的文学人物，独辟蹊径的词作，别具一格的诗歌，行云流水的散文，在中国文学史上都具有独特的地位。他在文学创作上，远绍近取，转益多师，善于吸取前代文学的成就，形成自己的风格。其文渊源于《战国策》，加以西汉政论与司马迁史传，纵横驰骋，不受拘束，形成汪洋浩瀚的境界，后世即与韩愈、柳宗元、欧阳修并驾齐驱，加以王安石、曾巩、苏洵、苏辙，称为"唐宋八大家"；其诗渊源深远，举其要者，早年学习刘禹锡，中年学习杜甫，晚年学习白居易，陶渊明、李白、韩愈、柳宗元、欧阳修对其影响也很大；其词继承前贤而别开生面，形成一代豪放词风。苏轼作为一代文宗，既承先启后，又自成一格。

中唐文学通常是指唐代中期安史之乱后转折时期的文学，大约至唐文宗时结束。又以元和时期最具代表性。对于中唐文学及这一时期的代表诗人，苏轼作过不少评价，且在文学史上产生了很大影响。如《祭柳子玉文》称"元轻白俗，郊寒岛瘦"①，品评元稹、白居易、孟郊、贾岛，虽略带贬意，却颇能切中诸位诗人各自的特点。所谓元轻，指元稹诗的轻靡；白俗，指白居易诗的俚俗；郊寒，指孟郊诗的寒涩；岛瘦，指贾岛诗的瘦削。对这些评价文字进行学术史的梳理，有助于对苏轼诗的总体把握，也有助于推进中唐诗研究的深化。中唐诗歌是苏轼文学创作的重要渊源，苏诗之变，主要得之于他对中唐诗的接

---

① （宋）苏轼：《苏轼文集》卷六三，中华书局 1996 年版，第 1938 页。

受，因此，中唐诗歌对苏轼的影响与苏轼对中唐文学史地位衡定的贡献相辅相成。

二、苏轼与元白

（一）苏轼与白居易

苏轼对白居易颇为景仰，并在诗文中有多方面的表现。其一是为白居易画像作赞。《醉吟先生画赞》曰："黄金卧，碧玉壶，足踏东流水，目送西飞凫。拥髻顾影者，真子干之侍妾；奋髯直视者，非列仙之臞儒。"①其二是守黄州时因景慕白居易而自号为"东坡居士"。洪迈称："苏公责居黄州，始自称东坡居士。详考其意，盖专慕白乐天而然。白公有《东坡种花》二诗云：'持钱买花树，城东坡上栽。'又云：'东坡向春暮，树木今何如。'又有《步东坡》诗云：'朝上东坡步，夕上东坡步。东坡何所爱，爱此新成树。'又有《别东坡花树》诗云：'何处殷勤重回首，东坡桃李种新成。'皆为忠州刺史时所作也。苏公在黄，正与白公忠州相似。因忆苏诗，如《赠写真李道士》云：'他时要指集贤人，知是香山老居士。'《赠善相程杰》云：'我似乐天君记取，华颠赏遍洛阳春。'《送程懿叔》云：'我甚似乐天，但无素与蛮。'《入侍迩英》云：'定似香山老居士，世缘终浅道缘深。'而跋曰：'乐天自江州司马除忠州刺史，旋以主客郎中知制诰，遂拜中书舍人。某虽不敢自比，然谪居黄州，起知文登，召为仪曹，遂忝侍从。出处老少，大略相似。庶几复享晚节闲适之乐。'《去杭州》云：'出处依稀似乐天，敢将衰朽较前贤。'序曰：'平生自觉出处老少粗似乐天。'则公之所以景仰者，不止一再言之，非东坡之名偶尔暗合也。"②其三是同情白居易因谗被贬的遭遇。《书乐天香山寺诗》称："白乐天为王涯所谗，谪江州司马。甘露之祸，乐天在洛，适游香山寺，有诗云：'当君白首同归日，是我青山独往时。'不知者，以乐天

---

① （宋）苏轼：《苏轼文集》卷二一，第 602 页。
② （宋）洪迈：《容斋三笔》卷五《东坡慕乐天》条，上海古籍出版社 1978 年版，第 474—475 页。

为幸之，乐天岂幸人之祸者哉，盖悲之也！"① 其四是赞叹与摹写白居易的诗歌。他读《白居易集》的情况，在文集与宋人记载中时常见到。如《诗人玉屑》卷一七《诗意佳绝》条记载颇详。其五是为宋时传世的白居易真迹作题跋。如其《书乐天诗》："'一山门作两山门，两寺元从一寺分。东涧水流西涧水，南山云起北山云。前台花发后台见，上界钟清下界闻。遥想高僧行道处，天香桂子落纷纷。'唐韬光禅师自钱塘天竺来住此山，乐天守苏日以此诗寄之。庆历中，先君游此山，犹见乐天真迹。后四十七年，轼南迁过虔，复经此寺，徒见石刻而已。绍圣元年八月十七日。"②

苏轼与白居易的生活方式，都有诗酒风流的特点，黄彻称："乐天《九日思杭州》云：'笙歌委曲声延耳，金翠动摇光照身。'子瞻有《怀钱塘》云：'剩看新番眉倒晕，未应泣别脸销红。'黎元耆旧，何遽忘之耶？徐考其集，白《送姚杭州赴任因思旧游》云：'闾里固宜勤抚恤，楼台亦要数跻攀。'苏亦云：'细雨晴时一百六，画船箫鼓莫违民。'是未尝无意于民庶也。然白又有：'故妓数人凭问讯，新诗两首倩流传。'坡又有：'休惊岁岁年年貌，且对朝朝暮暮人。'大抵淫乐之语，多于抚养之语耳。夫子称'未见好德如好色'，而伤之曰'已矣乎'。二公未能免俗，余人不必言。"③

白居易诗，尤其是五言古诗，是陶渊明到苏轼之间的桥梁。翁方纲云："白公五古，上接陶，下开苏陆。"④ 宋初，诗人效仿白居易诗体曾经成为一种风气。苏轼学白居易诗，与宋初以后诗坛崇尚白诗之风相关。东坡学习白居易作诗方法，主要表现在以下几个方面。

第一，学白居易诗格。白居易在七言诗方面颇有创格，东坡着意学习，并且富于变化。陈衍论之曰："白乐天《寄韬光禅师》云：'一山门作两山门，两寺原从一寺分。东涧水流西涧水，南山云起北山云。前台花发后台见，上界钟声下界闻。遥想吾师行道处，天香桂子落纷纷。'此七言律创格也。惟灵隐、韬光两寺实一寺，一山门实两山门者，用此格最合。其余东西涧、南北峰、前

---

① （宋）苏轼：《苏轼文集》卷六七，第2110页。
② （宋）苏轼：《苏轼文集》卷六七，第2113页。
③ （宋）黄彻：《䂬溪诗话》卷八，《历代诗话续编》本，中华书局1983年版，第386页。
④ （清）翁方纲：《石洲诗话》卷二，人民文学出版社1981年版，第64页。

后台上下界，无一字不真切，故此诗不可无一，不能有二。惟东坡能变化学之，《游西菩寺》次联云：'白云自占东西岭，明月谁分上下池？'略翻乐天意说之也。据《咸淳临安志》：寺前有东西双峰，寺中有清凉池、明月池。有似灵隐、韬光。故东坡亦分东西、上下言之。又《赠上天竺辩才师》云：'南北一山门，上下两天竺。'又《自普照游二庵》云：'长松吟风晚雨细，东庵半掩西庵闭。'皆用此例，亦以天竺寺有上下，庵有东西故也。"①他在学习白居易诗格与诗体的基础上，再融合诸家之长，形成自己独创的风格，正如方东树所言："东坡只用长庆体，格不必高，而自以真骨面目与天下相见，随意吐属，自然高妙，奇气崭兀，情景涌见，如在目前，此岂乐天平叙浅易可及。举辋川之声色华妙，东川之章法往复，义山之藻饰琢炼，山谷之有意兀傲，皆一举而空之，绝无依傍，故是古今奇才无两，自别为一种笔墨，脱尽蹊径之外。"②马位《秋窗随笔》亦言："《芥隐笔记》：'乐天诗：去岁暮春上巳，共泛洛水中流。今岁暮春上巳，独立香山下头。子瞻用之为海外《上元》诗。'愚谓此格不专出乐天，唐人中极多，如'去年花里流连饮，暖日夭桃莺乱啼。今日江边容易别，淡烟衰草马频嘶'。又'昔年洛阳社，贫贱相提携。今日长安道，对面隔云泥'是也。即子瞻犹有'前年家水东，回首夕阳丽。去年家水西，湿面春风雨'，'去年花落在徐州，对酒酣歌美清夜。今年黄州见花发，小院闭门风露下'。严沧浪所谓'扇对'是也。"③

第二，学白居易和诗。贺裳云："古人和意不和韵，故篇什多佳。始于元白作俑，极于苏黄助澜，遂成艺林业海。然如子瞻《和陶饮酒》，虽不似陶，尚有双雕并起之妙。至子由所和，竟不知何语矣。子瞻于惠州炙食羊骨，谓子由三年堂庖所饱刍豢，灭齿而不得骨，岂复知此味？此诗和于秉政时，宜其强笑不乐也。然余喜其'生平不饮酒，欲醉何由成'，反真率得陶致。"④

苏黄之学元白，还在次韵诗一体。乔亿云："次韵始于元白，盛于皮陆，

① （清）陈衍：《石遗室诗话》卷一九，辽宁教育出版社1998年版，第255页。
② （清）方东树：《昭昧詹言》卷二十，人民文学出版社1961年版，第444页。
③ （清）马位《秋窗随笔》，《清诗话》本，上海古籍出版社1978年版，第828页。
④ （清）贺裳：《载酒园诗话》卷一《和诗》，《清诗话续编》本，上海古籍出版社1983年版，第282页。

再盛于坡谷。后来记丑而博者，专用此擅场。"①日本学者内山精也说："苏轼的作品中次韵诗非常多，占全部作品的三分之一，其中系统地存在着与传统的次韵方法明显不同的独特方法，其代表是《和陶诗》等次韵古代诗作的诗，以及把自己的旧作作为次韵对象的诗这样两种。次韵是通过白居易、元稹等中唐诗人的创作而使其技法完善化的，元稹、白居易以来直到苏轼，同时代的几个诗人之间，采用彼此次韵的方式进行文学交往，它已成为一种重要的社交手段。"②

第三，用白居易诗事。马位云："东坡《祭柳子玉文》：'郊寒岛瘦，元轻白俗。'彦周谓其论道之语。然东坡诗镕化乐天语及用乐天事甚多，如：'故将别语调佳人，要看梨花枝上雨''不似杨枝别乐天''海天兜率两茫茫''肠断闺中杨柳枝'之类。虽作此论，终不免践乐天之迹。"③庄绰云："白乐天诗云：'岁盏后推蓝尾酒，辛盘先劝胶牙饧。'又云：'三杯蓝尾酒，一楪胶牙饧。'而东坡亦云：'蓝尾忽惊新火后（原注：乐天《寒食》诗云：三杯蓝尾酒），遨头要及浣花前。'皆用'蓝'字。"④曾季狸更列出多处："东坡《梅花》诗云：'群腰芳草抱山斜。'即白乐天诗'谁开湖寺西南径，草绿群腰一道斜'是也。"⑤"东坡'电光时掣紫金蛇'，用白乐天诗。"⑥"东坡：'江上秋风无限浪，枕中春梦不多时。'盖用白乐天诗。白乐天云：'秋风江上浪无限，夜雨舟中酒一尊。'"⑦"东坡杭州诗云：'在郡依前六百日。'用白乐天事。乐天诗云：'在郡六百日，游山二十回。'"⑧"乐天《盐商妇》诗云：'南北东西不失家，风水为乡舟作宅。'东坡《鱼蛮子诗》正取此意。"⑨"东坡《放鱼》诗：'不用辛苦泥沙底。'出乐天诗：'不须泥沙底，

①（清）乔亿：《剑溪说诗》卷下，《清诗话续编》本，第1104页。又言："戴叔伦诗有次韵者，此又在元白前，然只小诗偶次己韵耳。"

②（日）内山精也：《苏轼文学与传播媒介：试论同时代文学与印刷媒体的关系》，益西拉姆译，《新宋学》第1辑，2001年10月，第252—262页。

③（清）马位：《秋窗随笔》，《清诗话》本，上海古籍出版社1978年版，第827页。

④（宋）庄绰：《鸡肋编》卷中，中华书局1983年版，第71页。

⑤（宋）曾季狸：《艇斋诗话》，《历代诗话续编》本，中华书局1983年版，第309页。

⑥（宋）曾季狸：《艇斋诗话》，第310页。

⑦（宋）曾季狸：《艇斋诗话》，第306页。

⑧（宋）曾季狸：《艇斋诗话》，第308页。

⑨（宋）曾季狸：《艇斋诗话》，第315页。

辛苦觅明珠。'"① "东坡诗云:'公是主人身是客,举筋登望得无愁。'用乐天'心是主人身是客'。'身是'字本谚语,'身'犹言'我'也。如张飞自言:'身是张翼德,可共来决死!'及宋彭城王义真自关中逃归,谓段宏曰:'身在此,可刿身头以南,使家公望绝。'谢瀹云:'身家太傅老。'此类甚多,皆以'身'为'我'也。"②

第四,宋之苏黄犹唐之元白。葛胜仲称:"元白齐名,有自来矣。元微之写白诗于阆州西寺,乐天写元诗百篇,合为屏风,更相倾慕如此。如(而)乐天必言微之诗得已格律顿(更)进,所谓'每被老元偷格律'是也。然微之《江陵放言》与《送客岭南》诗,乐天皆拟其作,何耶?东坡尝效山谷体作'江'字韵诗,山谷谓坡'收敛光芒,入此窘步',余于乐天亦云。"③

苏轼与黄庭坚同时,黄庭坚是江西诗派推尊为"三宗"之一的领袖人物,江西诗派中人崇尚夺胎换骨法,有时也言及东坡诗。惠洪说:"山谷云:诗意无穷,而人之才有限;以有限之才,追无穷之意,虽渊明、少陵,不得工也。然不易其意而造其语,谓之换骨法;窥入其意而形容之,谓之夺胎法。……乐天诗曰:'临风杪秋村,对酒长年身。醉貌如霜叶,虽红不是春。'东坡南中作诗云:'儿童误喜朱颜在,一笑那知是醉红。'凡此之类,皆夺胎法也。学者不可不知。"④从中也可见苏轼与江西诗派有着一定的渊源关系。苏轼与黄庭坚并称苏黄,但苏轼才气横溢,学养富赡,对前人博观约取,转益多师,又不喜标新立异,因而在艺术上虽有很高的成就,但并没有形成一个宗派。黄庭坚则不同,他的诗,体现出独特的体裁,表现了独特的方法,也有着独特的作诗态度。故而苏轼虽受江西诗派的影响,但能超越江西诗派之上。

苏轼对白居易诗的学习与接受,有得有失,其得处在于超越蕴藉而臻于超迈新奇。罗大经云:"东坡希慕乐天,其诗曰:'应似香山老居士,世缘终浅道根深。'然乐天酝籍,东坡超迈,正自不同。魏鹤山诗云:'溢浦猿啼杜宇悲,

---

① (宋)曾季狸:《艇斋诗话》,第315页。
② (宋)曾季狸:《艇斋诗话》,第317页。
③ (宋)阮阅:《诗话总龟》后集卷二五,人民文学出版社1987年版,第161页。
④ (宋)惠洪:《冷斋夜话》卷一《换骨夺胎法》条,《丛书集成初编》本,第5-6页。

琵琶弹泪送人归。谁言苏白能相似，试看风骚赤壁矶。'此论得之矣。"①安盘云："白乐天'玉颜寂寞泪阑干，梨花一枝春带雨'之句，后人累累以调笑解纷。东坡送人小词云：'故将别语调佳人，要看梨花枝上雨。'韩待制戏为诗曰：'昔日缇萦亦如许，尽道生男不如女。河阳满县皆春风，忍使梨花偏带雨。'妓持此诗投县令，其父乃得释。二诗皆出于乐天，而新奇流动，尤可喜也。"②贺裳也说："乐天'丘墟北门外，寒食谁家哭？风吹旷野纸钱飞，古墓累累春草绿。棠梨花映白杨树，尽是死生离别处。冥漠重泉哭不闻，潇潇暮雨人归去'。东坡易以'乌飞鹊噪昏乔木，清明寒食谁家哭'，此如美人梳掠已竟，增插一钗，究竟美处岂系此？"③其失处在于延伸白氏调俗气靡之习。钱钟书曾言白诗流弊："香山才情，昭映古今，然词沓意尽，调俗气靡，于诗家远微深厚之境，有间未达。……香山作诗，欲使老妪都解，而每似老妪作诗，欲使香山都解；盖使老妪解，必语意浅易，而老妪使解，必词气烦絮。浅易可也，烦絮不可也。"④东坡作诗，豪宕使气，使气过尽，则一览无余，即趋于白氏率易平滑之弊。东坡又云："子美之诗，退之之文，鲁公之书，皆集大成者也。学诗当以子美为师，有规矩，故可学。退之于诗，本无解处，以才高而好尔。渊明不为诗，写其胸中之妙尔。学杜不成，不失为工；无韩之才与陶之妙，而学其诗，终为乐天尔。"⑤虽着意于取法李白、杜甫、韩愈等大家，并不以学习白居易为满足，而实际上因袭白氏弊端之处亦不少。薛雪称："白香山'玉容寂寞泪阑干，梨花一枝春带雨'，有喜其工，有诋其俗。东坡小词'故将别语调佳人，要看梨花枝上雨'，人谓其用香山语，点铁成金，殊不然也。香山冠冕，东坡尖新，夫人婢子，各有态度。"⑥

需要指出的是，吴聿《观林诗话》有这样一段记载："乐天云：'近世韦苏州歌行，才丽之外，颇近兴讽。其五言诗文，又高雅闲淡，自成一家之体，今

① （宋）罗大经《鹤林玉露》卷一三，《丛书集成初编》本，第142页。
② （明）安盘：《颐山诗话》，《四库全书》本，1482册，第426页。
③ （清）贺裳：《载酒园诗话》卷一《改古人诗》条，《清诗话续编》本，第239页。
④ 钱钟书：《谈艺录》，中华书局1984年版，第195页。
⑤ （宋）陈师道：《后山诗话》，《历代诗话》本，第304页引。
⑥ （清）薛雪：《一瓢诗话》，《清诗话》本，第701页。

之秉笔者，谁能及之。'故东坡有'乐天长短三千首，却爱韦郎五字诗'之句。然乐天既知韦应物之诗，而乃自甘心于浅俗，何耶？岂才有所限乎？"①所载苏轼诗本于《和孔周翰二绝·观净观堂效韦苏州诗》："弱羽巢林在一枝，幽人蜗舍两相宜。乐天长短三千首，却爱韦郎五字诗。"②可见苏轼对于韦应物和白居易诗歌的风格是兼收并取的。而后人或将此诗下联改为"乐天长短三千首，却逊韦郎五字诗"，致使苏轼对白居易诗的评价产生巨大的反差，这并不符合事实。

（二）苏轼与元稹

与对白居易的评论和接受相比，苏轼对元稹的评论就少得多。最著名的评论就是在《祭柳子玉文》中称"元轻白俗"，所谓"元轻"，显然是对元稹的批评。所谓"轻"，就是李肇《唐国史补》"学淫靡于元稹"③的"淫靡"。其实元稹诗和白居易诗都有"俗"的特点，只是白居易能做到极致，而元稹做不到。白居易追求通俗，能举重若轻，他较少用典，而是将复杂的事情自然地轻松地写出来，这方面元稹就做不到。所以元稹就在"轻"上下功夫，这一特点集中于他作艳曲方面。不仅是诗如此，他的小说更是如此，《莺莺传》是代表。这些方面，他超过了白居易，在文学史上占有独特的地位。

先看元稹的自述："近世妇人，晕淡眉目，缩约头鬃，衣服修广之度，及匹配色泽，尤剧怪艳，因为艳诗百余首。词有今古，又两体。"④他对所作艳诗颇为喜爱，有一绝句自述得颇为形象："春野醉吟十里程，斋宫潜咏万人惊。今宵不寐到明读，风雨晓闻关锁声。"这首绝句的题目很长，记录他作艳诗的情况："为乐天自勘诗集，因思顷年城南醉归，马上递唱艳曲，十余里不绝。长庆初，俱以制诰侍宿南郊斋宫，夜后偶吟数十篇，两掖诸公泊翰林学士三十余人，惊起就听，逮至卒吏，莫不众观，群公直至侍从，行礼之时，不复聚寐。予与乐天吟哦竟亦不绝。因书于乐天卷后。越中冬夜风雨，不觉将晓，诸门互启关锁，

---

① （宋）吴聿：《观林诗话》，《历代诗话续编》本，第 131 页。

② （宋）苏轼：《苏轼诗集》卷一五，第 753-754 页。

③ （唐）李肇：《唐国史补》卷下，上海古籍出版社 1979 年版，第 57 页。

④ （唐）元稹：《元稹集》卷三十《叙诗寄乐天书》，中华书局 1982 年版，第 351-353 页。

即事成篇。"① 或长安城南，马上吟咏，或南宫夜诵，惊动众人，均可见他对艳诗的自我陶醉，与众人受其吸引的情形。

元稹所作的艳诗，以《梦游春》为代表，对于此诗，不仅自我欣赏，而且寄给白居易。白居易《和梦游春诗一百韵序》云："微之既到江陵，又以《梦游春诗七十韵》寄予，且题其序曰：斯言也，不可使不知吾者知；知吾者，亦不可使不知。乐天知吾也，吾不敢不使吾子知。"② 在唐代诗人中，元稹是最擅长写作艳情者，他不仅写艳诗，而且还写小说《莺莺传》，艳诗盖也与崔莺莺有关。陈寅恪说："其艳诗则多为其少日之情人所谓崔莺莺者而作。微之以绝代之才华，抒写男女生死离别悲欢之情感。其哀艳缠绵，不仅在唐人诗中不可多见，而影响及于后来之文学者尤巨。"③

三、苏轼与韩孟

（一）苏轼与韩愈

苏轼与韩愈同为唐宋八大家，经历与韩愈也有相似的地方，其文渊源于韩愈最深，诗也受韩愈的影响。叶燮称："杜甫之诗，独冠今古。此外上下千余年，作者代有，惟韩愈、苏轼，其才力能与甫抗衡，鼎立为三。韩诗无一字犹人，如太华削成，不可攀跻。若俗儒论之，摘其杜撰，十且五六，辄摇唇鼓舌矣。苏诗包罗万象，鄙谚小说，无不可用。譬之铜铁铅锡，一经其陶铸，皆成精金，庸夫俗子，安能窥其涯涘？并有未见苏诗一斑，公然肆其讥弹，亦可哀也！韩诗用旧事，而间以己意，易以新字者。苏诗常一句中用两事三事者，非骈博也，力大故无所不举。然此皆本于杜，细览杜诗，知非韩苏创为之也。必谓一句止许用一事者，此井底之蛙，未见韩苏，并未见杜者也。"④ 说明苏轼诗受杜甫、

---

① （唐）元稹：《元稹集》卷二二，第 252 页。

② 朱金城：《白居易集笺校》卷一四，第 863 页。

③ 陈寅恪：《元白诗笺证稿》，上海古籍出版社 1982 年版，第 81 页。

④ （清）叶燮：《原诗》卷三《外编上》，《清诗话》本，第 596—597 页。

韩愈的影响最大，且韩、苏诗学，有着共同的渊源①。

韩愈与苏轼，都曾被贬谪岭南，具有相似的经历，颇有同命相怜之感。苏轼曾言："吾平生遭口语无数，盖生时与韩退之相似。吾命在斗间，而（退之）身宫在焉。故其诗曰：'我生之辰，月宿斗直。'且曰：'无善声以闻，无恶声以扬。'今谤我者，或云'死'，或云'仙'。退之之言，良非虚尔。"②苏轼被贬南海，与韩愈被贬岭南的处境相似，故亦对韩愈岭南诗颇感兴趣。庄绰《鸡肋编》记载："东坡居士云：岭南地暖，百卉造作无时。南雄州在大庾岭下才数十里，与江南未相远也，而气候顿异。二月半梨花已谢，绿叶皆成荫矣。如石榴四时开花，橘已实仍蕊，或发于大本之上，却无枝叶，此尤可怪。然花发不数日辄谢，香气亦薄，盖其津脉漏泄者多也。故退之诗云：'二年流窜出岭外，所见草木多异同。冬寒不严地怕泄，阳气发乱全无功。浮花浪蕊镇长有，才开还落瘴雾中。'"③

苏轼论韩愈诗，强调其变，称"书之美者，莫如颜鲁公，然书法之坏，自鲁公始；诗之美者，莫如韩退之，然诗格之变，自退之始"④。其对韩愈诗非常推崇，故常书写其诗。苏轼诗亦重在其变，与唐之韩愈，宋之欧、王等并驾齐驱。叶燮称："唐诗为八代以来一大变。韩愈为唐诗之一大变，其力大，其思雄，崛起特为鼻祖。宋之苏、梅、欧、苏、王、黄，皆愈为之发其端，可谓极盛。……如苏轼之诗，其境界皆开辟古今之所未有，天地万物，嬉笑怒骂，无不鼓舞于笔端，而适如其意之所欲出，此韩愈后之一大变也，而极盛矣。自后或数十年而一变，或百余年而一变；或一人独自为变，或数人而共为变，皆变之小者也。"⑤

苏诗与韩诗同渊源于杜甫，故其力大思深。王士禛言："宋明以来诗人学杜子美者多矣。予谓退之得杜神，子瞻得杜气，鲁直得杜意，献吉得杜体，郑继之得杜骨。"⑥薛雪言："横山先生说诗，推杜浣花、韩昌黎、苏眉山为三家鼎立。

① 有关韩诗对苏诗风格的影响，谢桃坊先生有《论韩诗对苏诗艺术风格的影响》（《东坡诗论丛》，四川人民出版社1983版，第54—67页），从欧阳修等北宋诗人的道路、韩诗与苏诗艺术的比较、豪放是苏诗的特色三个方面展开论述，可作参考。
② （宋）苏轼：《东坡志林》卷二，华东师范大学出版社1983年版，第77页。
③ （宋）庄绰：《鸡肋编》卷下，第107—108页。
④ （宋）胡仔：《苕溪渔隐丛话》前集卷一七，人民文学出版社1993年版，第110页。
⑤ （清）叶燮：《原诗》卷一《内编上》，《清诗话》本，第570—571页。
⑥ （清）王士禛：《带经堂诗话》卷一，人民文学出版社1998年版，第20页。

余谓……苏眉山天才俊逸，潇洒风流，嬉笑怒骂，皆成文章。又因其学力宏赡，无人不得。幸有权臣与之龃龉，成就眉山到老。其长诗差可追随二公，余则不在语言文字间与之铢寸较量也。"①施补华言："少陵、退之、东坡三大家皆不能作五绝。盖才太大，笔太刚，施之二十字，反吃力不讨好。言岂一端而已，夫各有所当也；五绝究以含蓄清淡为佳。"②苏轼对韩愈诗，在以下四个方面继承并有所发展。

1. 以文为诗

韩愈与苏轼都是唐宋八大家的中坚人物，又是著名诗人，在其创作当中，诗的风格与文的风格相互融合。对于韩愈的文章，苏轼是推崇备至的。其《潮州韩文公庙碑》称誉韩愈"文起八代之衰，而道济天下之溺"③，确实到了极致。韩愈以文为诗，取得成功，东坡在承袭韩愈诗法的基础上，形成自己独特的个性。清人赵翼云："以文为诗，自昌黎始。至东坡益大放厥词，别开生面，成一代之大观。"④明确指出了韩愈以文为诗与苏轼的传承关系。程千帆《韩愈以文为诗说》⑤，对韩愈以文为诗的背景、渊源、影响作了极为精辟的阐述，以为："大致上有两个方面，一方面是以古文的章法、句法为诗，另一方面是以在古文中常见的议论为诗。"⑥我们就韩愈这两个方面的特点在东坡诗中的表现加以阐述。

先从第一个方面说，韩愈是唐代古文运动的领袖人物，是唐宋八大家之首。他为拯救时风，阅读了大量的古代典籍，出入于六经子史之间，在散文创作上滂沛自如，对当时和后世产生了巨大的影响。黄庭坚云："杜诗之法，韩之文法也。诗文各有体，韩以文为诗，杜以诗为文，故不工耳。"⑦认为杜以诗为文，没有取得成功，是对的，但认为韩以文为诗而不工，则不符合事实。陈寅恪先生说："退之以文为诗，诚是确论，然此为退之文学上之成功，亦吾国文学史上有趣之公

①（清）薛雪：《一瓢诗话》，《清诗话》本，第 688—689 页。
②（清）施补华：《岘佣说诗》，《清诗话》本，第 995 页。
③（宋）苏轼：《苏轼文集》卷一七，第 509 页。
④（清）赵翼：《瓯北诗话》卷五，第 56 页。人民文学出版社 1963 年版。
⑤程千帆：《韩愈以文为诗说》，载《古诗考索》，上海古籍出版社 1984 年版，第 183—206 页。
⑥程千帆：《古诗考索》，第 195 页。
⑦（宋）陈师道：《后山诗话》，《历代诗话》本，第 303 页引。

案也。"①韩愈以杰出的散文拯救了当时骈俪的文风,取得了成功;同样在从事诗歌创作时,使用作古文的技巧以显其所长,并拯救了当时平浅滑俗的诗风,也取得了成功;不仅如此,他还以古文之法作小说,更是别开生面,促进了唐代小说的繁荣②。韩愈以文为诗的一个显著特点是以作文的方法写作古诗,而律诗则很少。韩愈以文为诗的代表性作品,前人多举《石鼓歌》《南山》《山石》《琴操》《八月十五夜赠张功曹》诸诗。《南山》诗连用五十一个"或"字的排比句,纯粹是散文的记载方法。《山石》"不事雕琢,自见精彩,真大家手笔。……只是一篇游记,而叙写简妙,犹是古文手笔"③。《琴操》十首,"微近乐府,大抵稍涉散文气。昌黎以文为诗,是用独绝。"④《八月十五夜赠张功曹》,"一篇古文章法。前叙,中间以正意苦语重语作宾,避实法也。一线言中秋,中间以实为虚,亦一法也。收应起,笔力转换。"⑤

韩愈有《石鼓歌》,东坡也有《石鼓歌》。韩愈的《石鼓歌》,写于元和元年(806),共分四段,首段写石鼓来历,盛赞周宣王的文治武功。次段正面描写石鼓,表现石鼓文字的古奥与诗的可贵。三段从空着笔以起波澜,揭示石鼓的文化价值,叙元和元年建议朝廷移置石鼓于太学,并加以保护的经过。四段以感慨作结,借古讽今抨击权贵。此诗是韩愈的七古名篇之一,最妙之处在于第三段的凌空议论,以古文的章法写作古诗,妙趣横生。"嗟余好古生苦晚,对此涕泪双滂沱。忆昔初蒙博士征,其年始改称元和。故人从军在右辅,为我量度掘臼科。濯冠沐浴告祭酒,如此至宝存岂多?毡苞席裹可立致,十鼓祇载数骆驼。荐诸太庙比郜鼎,光价岂止百倍过?圣恩若许留太学,诸生讲解得切磋。观经鸿都尚填咽,坐见举国来奔波。剜苔剔藓露节角,安置妥帖平不颇。"⑥苏轼的《石鼓歌》,写于嘉祐六年(1061),是《凤翔八观》组诗的第一首。可分五段,首四句概括描写初见石鼓的情况,点明时地。第二段是"细观初以指画

① 陈寅恪:《论韩愈》,载《金明馆丛稿初编》,上海古籍出版社1980年版,第294页。
② 参陈寅恪:《元白诗笺证稿》,上海古籍出版社1982年版,第2页。
③ (清)方东树:《昭昧詹言》卷一二,第270页。
④ 钱仲联:《韩昌黎诗系年集释》卷一一,上海古籍出版社1984年版,第1172页引朱彝尊语。
⑤ (清)方东树:《昭昧詹言》卷一二,第271页。
⑥ 钱仲联:《韩昌黎诗系年集释》卷七,第795页。

肚"以下十八句，具体描写所见石鼓的情况。第三段是"忆昔周宣歌鸿雁"以下十六句，追叙石鼓的原始。第四段是"自从周衰更七国"以下十八句，写石鼓"义不受秦垢"。第五段为最后四句，以感慨石鼓长存作结。诗的开头即以古文的笔法作诗："冬十二月岁辛丑，我初从政见鲁叟。旧闻石鼓今见之，文字郁律蛟蛇走。"①

再从第二个方面来说，韩愈与苏轼以文为诗常常表现为以议论为诗。赵翼云："昌黎、放翁使典亦多正用，而东坡则驱使书卷入议论中，穿穴翻簸，无一板用者。"②前面所举韩愈的《石鼓歌》就是"韩诗中具议论化倾向的一首代表作，开宋代以议论为诗、以学问为诗的先河。从开拓诗歌题材方面看，应该说是有贡献的；但后继者如果缺乏才气，不善学习，掉弄书袋，炫耀学问，也很容易使创作误入魔道"③。东坡是最善于学韩的诗人，故于韩愈以议论为诗，多加借鉴与发扬。苏轼诗"寄妙理于豪放之外"，最有名的是《题西林壁》《琴诗》《书焦山纶长老壁》等。这几首诗特别富于理趣，前人论之颇多，这里也就不再赘述了。

2. 以诗为戏

与以文为诗相联系，韩愈还有一个特点是以诗为戏。他的《南山诗》，不仅是以文为诗的代表作，也是以诗为戏的代表作。他以诗为戏，目的是"资谈笑，助谐谑，叙人情，状物态，一寓于诗，而曲尽其妙"④。这些作品往往将平凡、琐细的日常生活作为诗材，而韩愈的日常生活，是中唐文人型官员的典型，因为儒家思想的主导，他主张生活遵循常理，不太追求物欲，总体上采取一种比较严谨的态度⑤。他的生活体现出奇崛与平易两种倾向。有关韩愈诗平易的倾向，莫砺锋教授有专文论述⑥，对我们理解韩愈以诗为戏，很有作用。

苏轼与同辈诗人的交往诗中，多以文为戏之作。黄庭坚《子瞻诗句妙一世，

---

① （宋）苏轼：《苏轼诗集》卷三，第 101 页。

② （清）赵翼：《瓯北诗话》卷五，第 63 页。

③ 蒋凡：《文章并峙壮乾坤：韩愈柳宗元研究》，上海教育出版社 2001 年版，第 242 页。

④ （宋）欧阳修：《六一诗话》，《历代诗话》本，中华书局 1981 版，第 272 页。

⑤ 黄正建：《韩愈日常生活研究：唐贞元长庆间文人型官员日常生活研究之一》，《唐研究》，第 4 卷，第 251-273 页。

⑥ 莫砺锋：《论韩愈诗的平易倾向》，《唐研究》，第 3 卷，第 93-118 页。

乃云效庭坚体，盖退之戏效孟郊、樊宗师之比，以文滑稽耳。恐后生不解，故次韵道之》：“我诗如曹邻，浅陋不成邦。君如大国楚，吞五湖三江。赤壁风月笛，玉堂云雾窗。句法提一律，坚城受我降。枯松倒涧壑，波涛所舂撞。万牛挽不前，公乃独力扛。诸人方嗤点，渠非晁张双。但怀相识察，床下拜老庞。小儿未可知，客或许敦庞。诚堪婿阿巽，买红缠酒缸。①

对于以诗为戏的重要体裁集句诗，苏轼也相当重视，“荆公始为集句，多至数十韵，往往对偶亲切。盖以其诵古人诗多，或坐中率然而成，始可为贵。其后多有人效之者，但取数部诗集诸家之善耳。故东坡《次韵孔毅夫集句见赠》云：‘羡君戏集他人诗，指呼市人如使儿。天边鸿鹄不易得，便令作对随家鸡。退之惊笑子美泣，问君久假何时归？世间好事世人共，明月自满千家墀。’”②

作文与作诗不同，作文要关乎风雅政教，韩愈作文尤其强调明道，故戏谑之语不易为，即使偶然作一些戏谑文字，如《毛颖传》之类，却受到时人的批评。而诗歌是一种抒情的艺术，在描绘江山形胜与表现个人怀抱的同时，融入戏谑诙谐的情调，更具有审美价值，故而韩愈诗中戏谑之语颇多。黄彻称：“韩诗：‘浊醪沸入口，口角如衔箝。’‘试将诗义授，如以肉贯串。’‘初食不下喉，近亦能稍稍。’皆谑语也。”③东坡诗也是如此，《寄蕲簟与蒲传正》：“东坡病叟长羁旅，冻卧饥吟似饥鼠。倚赖东风洗破衾，一夜飞寒披故絮。”《黄州》：“自惭无补丝毫事，尚费官家压酒囊。”《将之湖州》：“吴儿脍缕薄欲飞，未去先说馋涎垂。”又：“寻花不论命，爱雪长忍冻。天公非不怜，听饱即喧哄。”《食笋》：“纷然生喜怒，似被狙公卖。”潘德舆以韩愈、苏轼二人做比较：“昌黎诗有斗胜之意，东坡诗有游戏之意，皆作古音，而昌黎古于东坡者，昌黎读书精于东坡故也。第斗胜之意迫，游戏之意闲，故时人觉昌黎诗不如东坡之妙。”④

韩愈以诗为戏的一个重要表现，是好作奇语险韵。韩愈好作奇语，与他以文为诗的取向是相联系的。赵翼称“昌黎好用险韵，以尽其锻炼；东坡则不择韵，

---

① （宋）黄庭坚：《豫章黄先生文集》卷二，《四部丛刊初编》本，第19页。
② （宋）王直方：《王直方诗话》，《宋诗话辑佚》本，第41页。
③ （宋）黄彻：《䂬溪诗话》卷十，《历代诗话续编》本，第395页。
④ （清）潘德舆：《养一斋诗话》卷二，《清诗话续编》本，第2023页。

而但抒其意之所欲言"①。赵翼称韩愈好用险韵，极是，但称东坡不择韵，但抒其意之所欲言，则并不全面。其实东坡也是好用险韵的。最著名的险韵"尖叉"，就是出自东坡诗，旧时推为险韵中的名作，其诗即《雪后北台书壁》："黄昏犹作雨纤纤，夜静无风势转严。但觉衾裯如泼水，不知庭院已堆盐。五更晓色来书幌，半夜寒声落画檐。试扫北台看马耳，未随埋没有双尖。"②《谢人见和前篇》："九陌凄风战齿牙，银杯逐马带随车。也知不作坚牢玉，无奈能开顷刻花。得酒强欢愁底事，闭门高卧定谁家？台前日暖君须爱，冰下寒鱼渐可叉。"③

3. 以诗为词

与以文为诗相适应，苏轼还将作诗的方法用之于词，并且取得了很大的成功。这方面可以看成是对以文为诗的进一步发挥，也是对文学发展的进一步创新。"对于苏轼来说，词是与诗脉相连结的，惟有这样的词才是有价值的作品。……由于苏轼把词看作诗，因此他排除来自词的无益的感伤、低俗性等，企图扩大词的题材，开辟新的领域。从某种意义上来说即是谋图词的革新。"④陈寅恪先生以为韩愈以文为诗对苏东坡、辛弃疾以诗为词、以文为词影响很大："自东汉至退之以前，此种以文为诗之困难问题，迄未有能解决者。退之虽不译经偈，但独运其天才，以文为诗，若持较华译佛偈，则退之之诗词旨声韵，无不谐当，既有诗之优美，复具文之流畅，韵散同体，诗文合一。不仅空前，恐亦绝后，决非效颦之辈所能企及者矣。后来苏东坡、辛稼轩之词亦是以文为之，此则效法退之而能成功者也。"⑤阮阅称："《后山诗话》谓：'退之以文为诗，子瞻以诗为词，如教坊雷大使之舞，虽极天下之工，要非本色。'余谓后山之言过矣。子瞻佳词最多。"⑥他举出比较杰出的词句有："大江东去，浪淘尽，千古风流人物"（赤壁词）；"明月几时有？把酒问青天"（中秋词）；"落日绣帘卷，庭下水连空"（快哉亭词）；"乳燕飞华屋，悄无人，桐阴转午"（初夏词）；"明月如霜，好风

---

① （清）赵翼：《瓯北诗话》卷五，第63页。
② （宋）苏轼：《苏轼诗集》卷一二，第604页。
③ （宋）苏轼：《苏轼诗集》卷一二，第606-607页。
④ （日）青山宏：《唐宋词研究》，程郁缀译，第286-289页。北京大学出版社1995年版。
⑤ 陈寅恪：《金明馆丛稿初编》，第295页。
⑥ （宋）阮阅：《诗话总龟》后集卷三一，第199-200页。

如水，清景无限"（夜宿燕子楼词）；"楚山修竹如云，异材秀出千林表"（咏吹笛词）；"玉骨那愁瘴雾，冰肌自有仙风"（咏梅词）；"东武南城，新堤固、涟漪初溢"（宴流杯亭词）；"冰肌玉骨，自清凉无汗"（夏夜词）；"有情风万里卷潮来，无情送潮归"（别参寥词）；"缺月挂疏桐，漏断人初静"（秋夜词）；"霜降水痕收，浅碧鳞鳞露远洲"（重九词）。

（二）苏轼与孟郊

苏轼评孟郊诗，侧重其穷促寒涩，憔悴枯槁，其论带有贬意，与韩愈评孟郊截然不同。苏轼诗并不渊源于孟郊，故贬低孟郊之语不少①，只是某些方面稍受其影响而已。他不喜欢孟郊诗，主要因为其性格旷达，与孟郊异趣，故而作诗不属一路。延君寿云："东坡不甚喜东野诗，其天才雄迈，不能如此之吃苦耳。然必能为东坡之'千山动鳞甲，万谷酣笙钟'，方许稍稍雌黄之。"②

他对于孟郊的评价虽低，却很得孟诗的精髓，对我们认识苏东坡与中唐诗的关系，仍然有启发意义。苏轼对于孟郊诗的评价，主要表现在以下几个方面。

1. 孟郊诗穷促寒涩

前引苏轼《祭柳子玉文》有"郊寒岛瘦"之语，成为评孟郊、贾岛诗的定论。他的《读孟郊诗二首》又说："夜读孟郊诗，细字如牛毛。寒灯照昏花，佳处时一遭。孤芳擢荒秽，苦语余诗骚。水清石凿凿，湍激不受篙。初如食小鱼，所得不偿劳，又如煮彭蜞，竟日持空螯。要当斗僧清，未足当韩豪。人生如朝露，日夜火消膏。何苦将两耳，听此寒虫号。不如且置之，饮我玉色醪。""我憎孟郊诗，复作孟郊语。饥肠自鸣唤，空壁转饥鼠。诗从肺腑出，出辄愁肺腑。有如黄河鱼，出膏以自煮。尚爱《铜斗歌》，鄙俚颇近古。桃弓射鸭罢，独速短蓑舞。不忧踏船翻，踏浪不踏土。吴姬霜雪白，赤脚浣白纻。嫁与踏浪儿，不识别离苦。歌君江湖曲，感我长羁旅。"③《书林逋诗后》："先生可是绝俗人，神清骨冷

---

① （宋）葛立方《韵语阳秋》卷一："孟郊诗'楚山相蔽亏，日月无全辉。万株古柳根，挐此磷磷溪。大行横偃脊，百里方崔嵬'等句，皆造语工新，无一点俗韵。然其他篇章，似此处绝少也。……东坡谓'初如食小鱼，所得不偿劳。又似食蟛蜞，竟日嚼空螯'，贬之亦太甚矣。"（《历代诗话》本，中华书局1981版，第487-488页）

② （清）延君寿：《老生常谈》，《清诗话续编》本，第1798页。

③ （宋）苏轼：《苏轼诗集》卷一六，第796-797页。

无由俗。……诗如东野不言寒，书似留台差少肉。"①称赞林逋诗"神清骨冷"，对孟郊诗"寒"的特点加以否定。叶矫然云："东坡不喜郊诗，比之'寒虫夜号'，此语似过。盖东坡逸才，仿佛太白，太白尚不知饭颗山头之苦，而谓以文章为乐事者，不厌此愁结肺腑之言哉！"②施补华云："孟东野奇杰之笔万不及韩，而坚瘦特甚。譬之偪阳之城，小而愈固，不易攻破也。东坡比之空螯，遗山呼为诗囚，毋乃太过！"③

孟郊诗确有穷促寒涩的特点，宋人严羽评论说："孟郊之诗，憔悴枯槁，其气局促不伸。退之许之如此，何耶？诗道本正大，孟郊自为之艰阻耳。"④孟郊有桀骜不驯之才和耿介卓拔之志，而未曾得志，一生坎坷，对社会的不平反映在诗中，就形成了矫激的特色；艺术上的苦心孤诣，也使得他的诗走向怪奇的一路。他写老病："冷露滴梦破，峭风梳骨寒。席上印病文，肠中转愁盘。"⑤写恐怖："众虻聚病马，流血不得行。后路起夜色，前山闻虎声。此时游子心，百尺风中旌。"⑥写幽险："三峡一线天，三峡三绳泉。上岟碎日月，下掣狂漪涟。破魄一两点，凝幽数百年。峡晖不停午，峡险多饥涎。树根镆枯棺，直骨裒裒悬。树枝哭霜栖，哀韵杳杳鲜。逐客零落肠，到此汤火煎。"⑦写贫穷："借车载家具，家具少于车。借者莫弹指，贫穷何足嗟。百年徒役走，万事尽随花。"⑧写坎坷："食荠肠亦苦，强歌声无欢。出门即有碍，谁谓天地宽！有碍非遐方，长安大道旁。小人智虑险，平地生太行。"⑨无怪韩愈说他"横空盘硬语，妥帖力排奡"⑩。魏泰也说："孟郊诗蹇涩穷僻，琢削不假，真苦吟而成。观其句法、格力可见矣。

①（宋）苏轼：《苏轼诗集》卷二五，第1344页。

②（清）叶矫然：《龙性堂诗话》初集，《清诗话续编》本，第948页。

③（清）施补华：《岘佣说诗》，《清诗话》本，第983页。

④（宋）严羽：《沧浪诗话》，人民文学出版社1983年版，第195页。

⑤（唐）孟郊：《孟东野诗集》卷四《秋怀》，人民文学出版社1959年版，第58页。

⑥（唐）孟郊：《孟东野诗集》卷六《京山行》，第95页。

⑦（唐）孟郊：《孟东野诗集》卷十《峡哀》，第185页。

⑧（唐）孟郊：《孟东野诗集》卷九《借车》，第172页。

⑨（唐）孟郊：《孟东野诗集》卷六《赠崔纯亮》，第101页。

⑩钱仲联：《韩昌黎诗系年集释》卷五《荐士》，第527-528页。

其自谓'夜吟晓不休，苦吟神鬼愁。如何不自闲，心与身为雠'。"①

2. 孟郊诗简淡高古

黄彻云："孟郊诗最淡且古，坡谓'有如食彭越，竟日嚼空螯'。退之论数子，乃以张籍学古淡，东野为天葩吐奇芬，岂勉所长而讳所短，抑亦东野古淡自足，不待学耶？"②我们现在考察孟郊存世的五百余首诗篇，大多数是古体诗，又以五言古诗居多。即使偶作近体诗，也保持高古的风格。他有《赠郑夫子鲂》诗说："天地入胸臆，吁嗟生风雷。文章得其微，物象由我裁。宋玉逞大句，李白飞狂才。苟非圣贤心，孰与造化该？"③《读张碧集》也说："天宝太白殁，六义已消歇。大哉国风本，丧而王泽竭！先生今复生，斯文信难缺。下笔证兴亡，陈词备风骨。"④他追踪六义，提倡风骨，崇尚李太白诗，因为复古，而使得自己的诗作具有高古的风格。

孟郊的诗，还有简淡的一面。如《游子吟》："慈母手中线，游子身上衣。行时密密缝，意恐迟迟归。谁言寸草心，报得三春晖。"⑤可谓平白如话。"这种简笔勾勒，绝去氛围，摆脱华彩，准确地抓住对象的特征，故笔墨愈简，而愈能传神，愈能触发想象，使其返于自然和归于本真。"⑥

3. 孟郊诗艰深奇险

曾季狸云："予旧因东坡诗云'我憎孟郊诗'及'要当斗僧清，未足当韩豪。何苦将两耳，听此寒虫号'。遂不喜孟郊诗。五十以后，因暇日试取细读，见其精深高妙，诚未易窥。方信韩退之、李习之尊敬其诗，良有以也。东坡性痛快，故不喜郊之词艰深。"⑦

孟郊诗的艰深与韩愈一样，在用字造句方面，也追奇逐怪。明胡震亨《唐音癸签》列举其用字特别奇特者如《品松》："抓拿指爪脯。"《寒溪》："枫榆吃

---

① （宋）魏泰：《临汉隐居诗话》，《历代诗话》本，第 321 页。

② （宋）黄彻：《䂬溪诗话》卷四，《历代诗话续编》本，第 366 页。

③ （唐）孟郊：《孟东野诗集》卷六，第 110 页。

④ （唐）孟郊：《孟东野诗集》卷十，第 161–162 页。

⑤ （唐）孟郊：《孟东野诗集》卷一，第 5 页。

⑥ 韩泉欣：《孟郊集校注》，《前言》，浙江古籍出版社 1995 年版，第 14 页。

⑦ （宋）曾季狸：《艇斋诗话》，第 324 页。

无加。"《峡哀》:"踔猱猿相过。"《冬日》:"冻马四蹄吃,陟卓难自收。"①当然,这是他不平则鸣的表现,与他特定的身世及对艺术的执着追求有关。韩愈在《送孟东野序》中说:"大凡物不得其平则鸣。……人之于言也亦然,有不得已者而后言,其歌也有思,其哭也有怀,凡出乎口而为声者,其皆有弗平者乎!……唐之有天下,陈子昂、苏源明、元结、李白、杜甫、李观,皆以其所能鸣。其存而在下者,孟郊东野始以其诗鸣。"②韩愈为孟郊所作的墓志铭说:"及其为诗,刿目钵心,刃迎缕解,钩章棘句,掐擢胃肾,神施鬼设,间见层出。唯其大玩于词而与世抹摋,人皆劫劫,我独有余。"③

4. 东坡诗受孟郊的影响

苏轼对于孟郊的某些诗作,还是肯定的,尤其赞颂孟郊诗奇妙过人。如《题孟郊诗》:"孟东野作《闻角》诗云:'似开孤月口,能说落星心。'今夜闻崔诚老弹《晓角》,始觉此诗之妙。"④袁枚云:"孟东野《咏吹角》云:'似开孤月口,能说落星心。'月不闻生口,星忽然有心,穿凿极矣,而东坡赞为奇妙,皆所谓好恶拂人之性也。"⑤薛雪也说:"孟东野《闻角》诗:'似开孤月口,能说落星心。'煎熬太苦,几无生趣。坡翁自有所感,乃赞其妙,以致黄山谷樱出豫章一派,由此浸淫。"⑥

苏轼有些诗,还常用孟郊诗事。葛立方称:"韩愈以瀑布为天绅,所谓'悬瀑垂天绅'是也。孟郊以檐溜为天绅,所谓'檐溜掷天绅'是也。东坡《次韵王定国俸颖》诗,亦有'余波犹足挂天绅'之句。"⑦翁方纲云:"孟东野诗,寒削太甚,令人不欢。刻苦之至,归于惨栗,不知何苦而如此!坡公《读孟郊诗》二首,真善为形容,尤妙在次首,忽云'复作孟郊语'。又摘其词句之可者而述之,乃以'感我羁旅'跋之,则益见其酸涩寒苦,而无复精华可挹也。其第一首目

---

① (明) 胡震亨:《唐音癸签》卷二三,第241页。
② 马其昶:《韩昌黎文集校注》卷四,上海古籍出版社1986年版,第232-235页。
③ 马其昶:《韩昌黎文集校注》卷六《贞曜先生墓志铭》,第444-445页。
④ (宋) 苏轼:《苏轼文集》卷六七,第2090-2091页。
⑤ (清) 袁枚:《随园诗话》卷五,人民文学出版社1982年版,第146页。
⑥ (清) 薛雪:《一瓢诗话》,《清诗话》本,第703-704页。
⑦ (宋) 葛立方:《韵语阳秋》卷一,《历代诗话》本,第489页。

以'虫号'，特是正面语，尚未极深致耳。"①

（三）苏轼与贾岛

苏轼《祭柳子玉文》有"郊寒岛瘦"之称，故我们这里附带论述一下贾岛。

贾岛的生活和诗作，可以用"穷"和"瘦"两个字来概括。所谓"穷"，东坡对贾岛是颇为同情的，《宿水陆寺寄清顺僧》其二："遥想身后穷贾岛，夜寒应耸作诗肩。"②而对于诗歌而言，最值得阐述的是贾岛之"瘦"。

所谓"瘦"即指其表现日常眼前的寒苦、僻涩、狭窄、琐细的生活、思想与见闻所形成的风格而言③。这也与贾岛的作诗态度有关，他说："一日不作诗，心源如废井。……书赠同怀人，词中多苦辛。"④因为作诗苦辛，才有"瘦"的特点。他是唐代著名的苦吟诗人⑤，自称"沟西吟苦客，中夕话兼思"⑥，"苦吟遥可想，边叶向纷纷"⑦，"默默空朝夕，苦吟谁喜闻"⑧，"三月正当三十日，风光别我苦吟身"⑨。王定保《唐摭言》称："元和中，元白尚轻浅，岛独变格入僻，以矫浮艳。虽行坐寝食，吟味不辍。"⑩

---

① （清）翁方纲：《石洲诗话》卷三，第96页。

② 李嘉言：《长江集新校》，附录，上海古籍出版社1983年版，第214页引。

③ 李嘉言：《长江集新校》，前言第7页。

④ 齐文榜：《贾岛集校注》卷二《戏赠友人》，人民文学出版社2001年版，第71页。

⑤ 唐代著名的苦吟诗人有孟郊、贾岛等人。尹占华：《论郊岛与姚贾》："所谓苦吟，无非指作诗刻苦，求难求险求奇。不过在求奇的方向上，孟郊与贾岛大相异趣。孟郊求险求奇主要体现在艺术构思和表现上。……贾岛作诗也竭力求奇，但多体现在形式上。孟郊诗形式上追求古朴，故近体律绝皆极少。贾岛则将主要精力用于五言律的创作上，其刻苦冥搜、雕琢锤炼者皆是写景之对句。"载《文学遗产》，1995年第1期，第48—54页。

⑥ 齐文榜：《贾岛集校注》卷四《雨夜同厉玄怀皇甫荀》，第155页。

⑦ 齐文榜：《贾岛集校注》卷三《寄贺兰朋吉》，第104—105页。

⑧ 齐文榜：《贾岛集校注》卷四《秋暮》，第156页。

⑨ 齐文榜：《贾岛集校注》卷十《三月晦日赠刘评事》，第513页。

⑩ （唐）王定保：《唐摭言》卷一一《无官受黜》，古典文学出版社1957版，第121页。贾岛是中唐最著名的苦吟诗人之一，马承五：《中唐苦吟诗人综论》（《文学遗产》，1988年第2期，第81—90页），以为中唐苦吟诗人有孟郊、贾岛、卢仝、马异、姚合、刘叉等六人。李知文：《论贾岛在唐诗发展史上的地位》（《文学遗产》1989年第5期，第79—86页），以为贾岛把毕生精力倾注于五律，并弘扬孟郊的苦吟精神，终于远追王维、祖咏，近接大历，取得了不同凡响的成就。变浅俗为幽僻，变险怪为清奇。

魏泰《临汉隐居诗话》还记载了这样一件事："贾岛云：'独行潭底影，数息树边身。'其自注云：'二句三年得，一吟双泪流。知音如不赏，归卧故山秋。'不知此二句有何难道，至于'三年始成'，而一吟泪下也？"[1]关于"推""敲"的故事，更是传诵千载的佳话。他的作诗态度既如此，无怪乎作诗就瘦削穷促了。代表这方面的诗句如："石缝衔枯草，查根上净苔"[2]；"泪流寒枕上，迹绝旧山中"[3]；"废馆秋萤出，空城寒雨来"[4]；"独鹤耸寒骨，高山韵细飔"[5]；"萤从枯树出，蛩入破阶藏"[6]；"怪兽啼旷野，落日恐行人"[7]；"篱落罅间寒蟹过，莓苔石上晚蛩行"[8]。宋人方岳云：

> 贾阆仙，燕人，产寒苦地，故主心亦然，诚不欲以才力气势，掩夺情性，特于事物理态，毫忽体认，深者寂入仙源，峻者迥出灵岳，古今人口数联，固于劫灰之上冷然独存矣。至以其全集，经岁逾纪，沉咀细绎，如芊葱佳气瘦隐，秀脉徐露，其妙令人首肯，无一可以厌戁。[9]

对于贾岛来说，"瘦"是其重要的特征，这种瘦，与他贫穷的身世与作诗态度密切相关，也是在中国诗史上不易替代的风格，故东坡特地拈出，可谓切中肯綮。他的诗中虽有宏放之句，但与中唐韩愈相比，无啻天壤之别，与盛唐李杜相较，就更等而下之了。故而用宏放之句以否定苏轼之论，也是有失偏颇的。

四、苏轼与刘柳

（一）苏轼与刘禹锡

刘禹锡被当时和后世称为"诗豪"，这与以豪放风格著称的苏东坡最易发

---

① （宋）魏泰：《临汉隐居诗话》，《历代诗话》本，第 326 页。

② 齐文榜：《贾岛集校注》卷四《访李甘原居》，第 169 页。

③ 齐文榜：《贾岛集校注》卷四《冬夜》，第 188 页。

④ 齐文榜：《贾岛集校注》卷五《泥阳馆》，第 240 页。

⑤ 齐文榜：《贾岛集校注》卷六《秋夜仰怀钱孟二公琴客会》，第 296 页。

⑥ 齐文榜：《贾岛集校注》卷七《寄胡遇》，第 333 页。

⑦ 齐文榜：《贾岛集校注》卷八《暮过山村》，第 395 页。

⑧ 齐文榜：《贾岛集校注》卷九《酬慈恩寺文郁上人》，第 462 页。

⑨ （宋）方岳：《深雪偶谈》，《丛书集成初编》本。

生联系。东坡对刘禹锡的诗非常景仰,黄庭坚《跋刘梦得竹枝歌》:"刘梦得《竹枝》九章,词意高妙,元和间诚可以独步。道风俗而不俚,追古昔而不愧,比之杜子美《夔州歌》,所谓同工而异曲也。昔东坡尝闻余咏第一篇,叹曰:'此奔轶绝尘,不可追也。'"① 刘禹锡诗对于苏轼早期诗作的影响,前人颇有论述。吴汝煜有《刘禹锡对苏轼的影响》②、《谈刘禹锡诗歌的影响》③,葛晓音有《苏轼诗文中的理趣》④,卞孝萱有《刘禹锡与苏轼》⑤。综合前贤所论与笔者的考察,苏轼受刘禹锡的影响主要表现为以下四个方面。

1. 刘禹锡与苏轼的际遇

苏轼遭到"乌台诗案"的文字狱;刘禹锡参加"永贞革新",失败后,被贬于巴山楚水二十三年。二人经历颇为相似。特殊的际遇使他们的命运与政治事件形成了纷纭复杂的关系,进而极大地影响了诗歌创作。

刘禹锡早年胸怀大志,以天下为己任,中了进士后,与王叔文、柳宗元等人聚集力量,以期从事革新。贞元二十一年(805),德宗病死,太子李诵即位,是为顺宗。顺宗任用王叔文、刘禹锡等人,施行善政,革除弊政,罢免贪官,减免赋税等,这是著名的"永贞革新"。但这一革新仅持续了146天,就在宦官、藩镇和部分守旧官僚结成的强大的反对派势力的联合进攻下,彻底失败,王叔文被赐死,刘禹锡等八人被贬为远州司马,史称"八司马"。刘禹锡因加入王叔文集团而登上权力的高峰,瞬间因革新失败而跌入命运的谷底,从此在政治上一蹶不振。他大起大落的一生,注定了与一般唐代士人的贬谪有很大的不同。他既没有犯罪,也无意于党争,一腔热血反而换来了悲剧的结局。他所得罪的是最高统治者唐宪宗和手握大权的宦官集团,这就注定了他有冤难伸,有怨难诉,永无出头之日。二王集团更被斥之为"群小",他们完全得不到社会的同情,即使是曾经同官并为朋友的韩愈也认为他是罪有应得。他在政治极端绝望的时

---

① (宋)黄庭坚:《豫章黄先生文集》卷二六,第292页,《四部丛刊初编》本。

② 吴汝煜:《刘禹锡对苏轼的影响》,《光明日报》,1984年8月7日。

③ 吴汝煜:《谈刘禹锡诗歌的影响》,《徐州师院学报》,1985年第1期,第43—50页。

④ 葛晓音:《苏轼诗文中的理趣:兼论苏轼推重陶王韦柳的原因》,载《学术月刊》1995年第4期,第82—89页。

⑤ 卞孝萱:《刘禹锡与苏轼》,载《中国古典文学论丛》第3辑,人民文学出版社1985年版,第53—68页。

候，才一心从事文学创作。

苏东坡早年，处于宋神宗时代，很想有所作为，其时神宗擢用有志革新的王安石入参大政，苏轼与其政见不合，故而连任外职。熙宁九年（1076）十月，王安石第二次罢相后退居江宁。王珪、吴充继任宰相，变法动向逆转。而此时的苏轼却成了官僚们政治倾轧的牺牲品。元丰二年，舒亶等上表弹劾苏轼 ①，神宗下令御史台到湖州"勾摄"苏轼入京审讯，因为受到多方营救，才被从轻处理，贬为黄州团练副使，戴罪流放到黄州接受监管，淹留了四年。这就是宋代著名的文字狱"乌台诗案"。主谋者是何正臣、舒亶、李定等人。在这场险恶的政治风浪中，苏轼险遭灭顶之灾。"乌台诗案"以后，苏轼沉入命运的谷底，但他胸襟开阔，气量恢宏，以顺处逆，以理化情，形成豪爽明朗的性格，达观快乐的人生观，在逆境中解脱苦闷，安定情绪，并把很大的精力倾注于文学创作，形成了豪放不羁的风格。

2. 刘诗与苏诗的讥刺

刘诗与苏诗好讥刺的特点，宋人就颇为关注。陈师道云："苏诗始学刘禹锡，故多怨刺，学不可不慎也。"② 罗大经云："东坡文章，妙绝古今，而其病在于好讥刺。文与可戒以诗云：'北客若来休问事，西湖虽好莫吟诗。'盖深恐其贾祸也。"③

刘禹锡诗的一大特点是讽刺性强。永贞革新失败后，王叔文被杀，唐顺宗暴崩，参与革新的骨干人物都被远贬南荒，不久，凌准、韦执谊惨死于贬所，严酷的现实给刘禹锡以巨大的刺激，政治的重压又不允许他抗争，在永无出头之日的情况下，他只好借物抒怀，用讽刺诗来排遣内心的愤懑，并对其政敌作消极的抗争。《聚蚊谣》《百舌吟》《飞鸢操》《昏镜词》等，都产生于这个时候。这些诗，或揭露宦官谣言谤人的情形，以聚蚊成雷喻谗者之众；或刻画身居高位者忘身徇利的丑态；或揭露佞臣猥琐卑劣的内心世界；甚至还批判唐宪宗就昏弃明的行为。

东坡的讽刺诗大致有二类：一类是针砭社会的，一类是讽刺新法的。前者如《黄牛庙》《荔支叹》。《荔支叹》借荔支的故事讽谕现实，批判汉唐统治者

---

① 见（宋）朋九万：《东坡乌台诗案》，人民文学出版社 1963 年版，第 74 页。
② （宋）陈师道：《后山诗话》，《历代诗话》本，第 306 页。
③ （宋）罗大经：《鹤林玉露》卷十，第 106 页。

为了满足口腹之欲，强迫百姓进贡鲜荔支，而今又花样翻新，贡茶贡花，谄媚君上，贻害人民。后者如《和述古冬日牡丹四首》其一："一朵妖红翠欲流，春光回照雪霜羞。化工只欲呈新巧，不放闲花得少休。"①前一联说冬天的牡丹妖艳反常，后一联说化工为了争新呈能，连寒冬也不让牡丹休息。化工暗喻执政大臣，讥讽他繁法扰民，使百姓不得安宁。这些涉及新法的讽刺诗以托特寓意为主，写得比较曲折隐晦。

3. 刘诗与苏诗的理趣

刘禹锡是一位理性很强的诗人，他重于思考，故其诗富有理性。《酬乐天扬州初逢席上见赠》："巴山楚水凄凉地，二十三年弃置身。怀旧空吟闻笛赋，到乡翻似烂柯人。沉舟侧畔千帆过，病树前头万木春。今日听君歌一曲，暂凭杯酒长精神。"②《乐天见示伤微之敦诗晦叔三君子皆有深分因成是诗以寄》言："吟君叹逝双绝句，使我伤怀奏短歌。世上空惊故人少，集中唯觉祭文多。芳林新叶催陈叶，流水前波让后波。万古到今同此恨，闻琴泪尽欲如何！"③《西塞山怀古》："西晋楼船下益州，金陵王气漠然收。千寻铁锁沉江底，一片降幡出石头。人世几回伤往事，山形依旧枕寒流。今逢四海为家日，故垒萧萧芦荻秋。"④都是富含理趣的诗作。《金陵五题》"万户千门成野草，只缘一曲《后庭花》"，"山围故国周遭在，潮打空城寂寞回"⑤。《酬乐天咏老见示》："莫道桑榆晚，为霞尚满天。"⑥《浪淘沙词》："流水淘沙不暂停，前波未灭后波生。"⑦也是很有理趣的诗句。读这些诗句，颇能引发人们对于历史的思考。对宋人以文为诗风格的形成影响很大。

以理为诗是宋诗的特点，苏轼诗表现得最为突出。代表作品如《题西林壁》："横看成岭侧成峰，远近高低总不同。不识庐山真面目，只缘身在此山中。"⑧通

① （宋）苏轼:《苏轼诗集》卷一一，第525页。
② （唐）刘禹锡:《刘禹锡集》卷三一，中华书局1990年版，第421页。
③ （唐）刘禹锡:《刘禹锡集》卷三二，第452页。
④ （唐）刘禹锡:《刘禹锡集》卷二四，第300页。
⑤ （唐）刘禹锡:《刘禹锡集》卷二四，第310页。
⑥ （唐）刘禹锡:《刘禹锡集》卷三四，第499页。
⑦ （唐）刘禹锡:《刘禹锡集》卷二七，第362页。
⑧ （宋）苏轼:《苏轼诗集》卷二三，第1219页。

过游览庐山观察景物，写出了登山的感受，道出了一个平凡的哲理，包括了全体与部分、宏观与微观、分析与综合等耐人寻思的概念。《琴诗》，以弹琴为喻，说明人们从事任何活动只有主客观条件的统一和谐，才能取得满意的效果。《书焦山纶长老壁》说明生活中顺应自然，自不会遇到阻碍，善于自忘才能善于自处的道理。这些富有理趣的诗篇，受到中唐诗人刘禹锡的影响很大。

4. 苏诗对刘诗的承袭

苏轼非常喜爱刘禹锡诗，故而时常提及。《朝云诗并引》称："世谓乐天有鹦骆马放杨柳枝词，嘉其主老病，不忍去也。然梦得有诗云：'春尽絮飞留不住，随风好去落谁家。'"①《归朝欢·和苏坚伯固》："君才如梦得，武陵更在西南极。《竹枝词》，莫傜新唱，谁谓古今隔。"②化用刘禹锡的诗句是苏轼承袭刘诗的主要方式。叶梦得云："读古人诗多，意所喜处，诵忆之久，往往不觉误用为己语。……如苏子瞻'山围故国城空在，潮打西陵意未平'，此非误用，直是取旧句纵横役使，莫彼我为辨耳。"③焦竑云："刘禹锡诗：'山围故国周遭在，潮打空城寂寞回。'乐天叹为警绝。子瞻：'山围故国城空在，潮打西陵意未平。'则又以己意斡旋用之，然终不及刘。大率诗中翻案，须点铁成金手，令我诗出而前语可废，始得。"④施补华云："刘梦得《天坛遇雨作》，变化奇幻，已开东坡之先声。"⑤当然，东坡承袭刘禹锡诗，并不是一味地模拟，而是运用自己的才力而变化之，形成独特的风格。故袁枚云："刘禹锡不敢题'糕'字，此刘之所以为唐诗也。东坡笑刘不题'糕'字为不豪，此苏之所以为宋诗也。"⑥按"糕"为俗字，唐诗纯正，故刘禹锡不敢题"糕"字，表现了唐诗特点。宋诗用事用词，范围广阔，苏东坡更驱万物于笔端，以其豪气驱使文词，故笑刘禹锡不题"糕"字为不豪。唐宋诗风格之别，可见一斑。史绳祖也说："东坡《泗州僧伽塔诗》：'耕田欲雨艺欲晴，去得顺风来者怨。'

---

① （宋）苏轼：《苏轼诗集》卷三八，第2073页。

② 邹同庆、王宗堂：《苏轼词编年校注》，中华书局2002年版，第737页。

③ （宋）叶梦得：《石林诗话》卷中，《历代诗话》本，第421页。

④ （明）焦竑：《焦氏笔乘》卷四《子瞻用禹锡诗》条，《丛书集成初编》本，第93页。

⑤ （清）施补华：《岘佣说诗》，《清诗话》本，第983页。

⑥ （清）袁枚：《随园诗话》卷七，第227页。

此乃檃括刘禹锡《何卜赋》中语曰：'同涉于川，其时在风，沿者之吉，溯者之凶。同艺于野，其时在泽，伊稑之利，乃穋之厄。'坡以一联十四字而包尽刘禹锡四对三十二字之义，盖夺胎换骨之妙也。"①

（二）苏轼与柳宗元

柳宗元也是唐宋八大家之一，又是中唐时期的著名诗人，他的散文与诗歌都对苏轼有很大的影响。尤其是东坡被贬南海时，环境僻陋，文化落后，几于无书可读，只有柳集，故而反复熟读，加意思索。他说："流转海外，如逃空谷，既无与晤语者，又书籍举无有，惟陶渊明一集、柳子厚诗文数策，常置左右，目为二友。"②知东坡迁居海外时，也以陶渊明与柳宗元集自随。东坡对柳宗元诗文非常景仰，有时，还书写柳宗元诗并为朋友书写《六祖大鉴禅师碑》③。

苏东坡诗与柳宗元诗都渊源于陶渊明。东坡评论柳宗元诗云："柳子厚诗，在陶渊明下，韦苏州上。退之豪放奇险则过之，而温丽靖深不及也。所贵乎枯澹者，谓其外枯而中膏，似澹而实美，渊明、子厚之流是也。若中边皆枯澹，亦何足道。佛云：'如人食蜜，中边皆甜。'人食五味，知其甘苦者皆是，能分别其中边者，百无一二也。"④又云："诗须要有为而作，用事当以故为新，以俗为雅。好奇务新，乃诗之病。柳子厚晚年诗，极似陶渊明，知诗病者也。"⑤

苏东坡对陶渊明至为景仰，并以为是陶之后身，故想尽和陶诗。李之仪《跋东坡诸公追和渊明归去来引后》云："东坡平日自谓渊明后身，且将尽和其诗乃已。自知杭州以后，时时如所约，然此语未尝载之笔下。予在颍昌，一日从容，黄门公遂出东坡所和，不独见知为幸，而于其卒章，始载其后尽和。"⑥苏轼有《和陶诗》二卷，将陶渊明诗现存之作大体和了一遍。我们以陶诗、柳诗、苏诗相较，陶则看破现实，高蹈出世，故表现在诗中，心态平和，情境悠然；柳则命途多舛，

① （宋）史绳祖：《学斋占毕》卷二《坡文之妙》条，《丛书集成初编》本，第34页。
② （宋）苏轼：《苏轼文集》卷五五，《与程全父十二首》之十一，第1627页。
③ 见（宋）苏轼：《苏轼文集》卷六七《书柳子厚诗》，第2108页。
④ （宋）苏轼：《苏轼文集》卷六七《评韩柳诗》，第2109-2110页。
⑤ （宋）苏轼：《苏轼文集》卷六七《题柳子厚诗二首》，第2109页。
⑥ （宋）李之仪：《姑溪居士后集》卷一五，《丛书集成初编》本，第91页。

贬逐穷荒，故不平之气，抑郁之感，始终深埋于诗中，柳诗则在描摹山水的同时，兼重抒情，被贬的忧愁悲愤，自觉和不自觉地渗透于山水景物之中；东坡虽亦为远谪之孤臣，待罪遐荒，并自觉和陶，但毕竟与柳宗元性格不同，故诗作亦同中有异，而异处在于东坡的侧重点并不在于抒愤，而想在桑榆晚节，以一旷世高人陶渊明作为楷模，故和陶的目的在慕陶之高风。

苏轼论柳宗元诗，多与他人比较，以体现其特色。与谢灵运相比："柳子厚诗云：'鹤鸣楚山静。'又云：'隐忧倦永夜。'东坡曰：子厚此诗，远出灵运上。"① 与韩愈相比："韩退之诗云：'水作青罗带，山为碧玉簪。'柳子厚诗云：'海上群山若剑铓，秋来处处割愁肠。'陆道士云：'二公当时不相计会，好做成一属对。'东坡为之对云：'系闷岂无罗带水，割愁还有剑铓山。'此可编入诗话也。"② 王直方称："东坡云：韩退之尝自谓不逮子厚，至《送李愿归盘谷序》一篇，独不减子厚。"③

苏轼对柳宗元诗的评价，主要有四个方面：一是"贵乎枯澹"；二是"忧中有乐，乐中有忧"；三是"清劲纡余"；四是"有奇趣"。

先从第一个方面看，苏轼《书黄子思诗集后》云："李、杜之后，诗人继作，虽间有远韵，而才不逮意，独韦应物、柳宗元，发纤秾于简古，寄至味于澹泊，非余子所及也。"④ 又《评韩柳诗》云："柳子厚在陶渊明下，韦苏州上。退之豪放奇险则过之，而温丽靖深不及也。所贵乎枯澹者，谓其外枯而中膏，似澹而实美，渊明、子厚之流是也。"⑤ 所谓"枯澹"即指柳诗具有简古、澹泊、澄洁的特点。如他的《柳州城西北隅种甘树》诗：

> 手种黄甘二百株，春来新叶遍城隅。方同楚客怜皇树，不学荆门利木奴。
> 几岁开花闻喷雪，何人摘实见垂珠？若教坐待成林日，滋味还堪养老夫。⑥

① （宋）苏轼：《苏轼文集》卷六七《题柳子厚诗二首》，第 2109 页。
② （宋）苏轼：《苏轼文集》卷六七《对韩柳诗》，第 2116 页。
③ （宋）王直方：《王直方诗话》，《宋诗话辑佚》本，第 102 页。
④ （宋）苏轼：《苏轼文集》卷六七，第 2124 页。
⑤ （宋）苏轼：《苏轼文集》卷六七，第 2109 页。
⑥ （唐）柳宗元：《柳宗元集》卷四二，中华书局 1979 年版，第 1182 页。

这首诗写于柳宗元贬官柳州时期。首联表现对满城黄甘的喜爱与重视，次联写喜爱黄甘的原因，三联表示对幼小黄甘的期望，尾联抒发手种黄甘的感慨。全诗表面平淡无奇，而实则蕴涵丰富。尤其是第二联，他以写《橘颂》的"楚客"屈原自比，而以三国时李衡自戒。李衡每欲治家，妻辄不听，后密遣客十人于武陵龙阳汜洲上作宅，种甘橘千株。临死敕儿曰："汝母恶我治家，故穷如是。然吾州里有千头木奴，不责汝衣食，岁上一匹绢，亦可足用耳。"衡亡后二十余日，儿以白母，母曰："此当是种甘橘也。汝家失十户客来七八年，必汝父遣为宅。汝父恒称太史公言：'江陵千树橘，当封君家。'吾答曰：'且人患无德义，不患不富，若贵而能贫，方好耳，用此何为？'"吴末，衡甘橘成，岁得绢数千匹，家道殷足 [1]。诗人不慕荣利，心地淡泊，却远谪蛮荒，现实中孤独无依，只好远交古贤，以排遣愤懑了。尾联寄希望于幼小黄甘，想以自己亲手种出的黄甘来养老，以领略其中的乐趣。表面语义平缓，而实有深意，故清人姚鼐云："结句自伤迁谪之久，恐见甘之成林也。而托词反平缓，故佳。"[2]故从全诗来看，正是"外枯而中膏，似澹而实美"的佳作。

再从第二个方面看，阮阅称："东坡云，《南涧中》诗：'秋气集南涧，独游亭午时。回风一萧瑟，林影久参差。始至若有得，稍深遂忘疲。羁禽响幽谷，寒藻舞沦漪。去国魂已远，怀人泪空垂。孤生易为感，先路少所宜。索寞竟何事？徘徊只自知。谁为后来者，当与此心期。'柳仪曹诗，忧中有乐，乐中有忧。盖绝妙古今矣。"[3]柳宗元这种情怀，与长期贬谪的心情相一致。尤其是山水诗，是将主观心情寓于客观的山水景物之中。主观的心情是寂寞、孤独、沉郁、悲愤，因而笔下的山水往往幽僻，而不引人注目。他所描写的山水，实则就是他自己的写照。后人往往看到他所作诗文得山水之乐，其实不然，山水之乐的背后是更深一层的愁苦。也就是"忧中有乐，乐中有忧"。他在《与李翰林建书》中说："永州于楚为最南，状与越相类。仆闷即出游，游复多恐。涉野有蝮虺大蜂，仰空视地，寸步劳倦；近水即畏射工沙虱，含怒窃发，中人形影，动成疮痏。时到幽树好石，暂得一笑，已复不乐。何者？譬如囚拘圜土，一遇和景出，负墙搔摩，

① （晋）陈寿：《三国志》卷四八，裴注引《襄阳记》，中华书局1959年版，第1156-1157页。
② 高步瀛：《唐宋诗举要》卷五，上海古籍出版社1978年版，第609页引。
③ （宋）阮阅：《诗话总龟》后集卷二一，第135页。

伸展支体，当此之时，亦以为适。然顾地窥天，不过寻丈，终不得出，岂复能久为舒畅哉？"①

再从第三个方面看，苏轼《书柳子厚南涧诗》称："柳子厚南迁后诗，清劲纤余，大率类此。"②所谓"清劲纤余"，与前人称柳诗的"清峭"是一致的。"清"也是作诗的最可贵之处，故胡应麟称："仪曹清峭有余，闲婉全乏，自是唐人古体。"③这种清峭，与其他诗人也是不同的："靖节清而远，康乐清而丽，曲江清而澹，浩然清而旷，常建清而僻，王维清而秀，储光羲清而适，韦应物清而润，柳子厚清而峭，徐昌谷清而朗，高子业清而婉。"④"诗最可贵者清，然有格清，有调清，有思清，有才清。"⑤"清者，超凡绝俗之谓，非专于枯寂闲淡之谓也。"⑥"绝涧孤峰，长松怪石，竹篱茅舍，老鹤疏梅，一种清气，固自迥绝尘嚣。至于……使人神骨泠然，脏腑变易，不谓之清可乎！"⑦如他最有代表性的《江雪》：

> 千山鸟飞绝，万径人踪灭。孤舟蓑笠翁，独钓寒江雪。⑧

此诗作于被贬为永州司马时的寓所，呈现在读者眼前的是这样一幅画面：雪封大地，人鸟迹灭，寒气彻骨，境界凄清，只有一叶扁舟，一个渔翁，独自在寒冷的江心垂钓。天地之间是如此纯洁而寂静，一尘不染，万籁无声，只有渔翁不畏严寒，孤舟独钓，性格是如此高傲，生活是如此清高。全诗展示给读者的是那种远离世俗、超然物外的清高孤傲的思想感情与不甘屈服的勇气。这个渔翁形象，实际上正是柳宗元本人思想感情的写照。他的清峭风格，也是与清高孤傲的性格及政治失意的情怀融合在一起的。这首诗更得到了苏轼的激赏，他说："柳子厚云：'千山鸟飞绝，万径人踪灭。扁舟蓑笠翁，独钓寒江雪。'人性

---

① （唐）柳宗元：《柳宗元集》卷三十，第 801-802 页。
② （宋）苏轼：《苏轼文集》卷六七《书柳子厚南涧诗》，第 2116 页。
③ （明）胡应麟：《诗薮》内编卷二，上海古籍出版社 1979 年版，第 36 页。
④ （明）胡应麟：《诗薮》外编卷四，第 186 页。
⑤ （明）胡应麟：《诗薮》外编卷四，第 185 页。
⑥ （明）胡应麟：《诗薮》外编卷四，第 185 页。
⑦ （明）胡应麟：《诗薮》外编卷四，第 185 页。
⑧ （唐）柳宗元：《柳宗元集》卷四三，第 1221 页。

有隔也哉。殆天所赋，不可及也已。"①

最后从第四个方面来说，苏轼《书柳子厚渔翁诗》："诗以奇趣为宗，反常合道为趣。熟味此诗有奇趣，然其尾两句，虽不必亦可。"②所谓奇指造语新奇，本诗"晓汲清湘燃楚竹"，汲水与燃竹本为渔家生活极平常之事，而水着"清湘"，竹着"楚"，造语便奇。"烟销日出"后本应见人，反而"不见人"，以反常语出之，更见新奇。因造语新奇，故趣味横生。而最后两句，"回看天际下中流，岩上无心云相逐"，化用陶渊明《归去来辞》"云无心而出岫"句，但表现平淡闲远的特点，故以奇趣着眼而审视此二句，则当删去更佳。

柳宗元诗，得苏轼发明而更加光大。范温称："子厚诗尤深远难识，前贤亦未推重。自老坡发明其妙，学者方渐知之。"③张戒称："韩退之之文，得欧公而后发明。陆宣公之议论，陶渊明、柳子厚之诗，得东坡而后发明。子美之诗，得山谷而后发明。"④曾季狸称："前人论诗，初不知有韦苏州、柳子厚，论字亦不知有杨凝式。二者至东坡而后发此秘，遂以韦柳配渊明，凝式配颜鲁公，东坡真有德于三子也。"⑤

五、结　语

中唐时期是唐宋社会转型的重要时期，也是中国文学变革的关键时期，不仅是很多诗法开启了宋诗的法门，其取得的成就也受到宋代诗人的极大关注。中唐诗歌风格的争奇斗胜，影响了自唐而下各朝各代的著名诗人和诗派，苏轼是受中唐诗歌影响甚大的著名诗人，其具体表现主要在两个方面：

一是对于中唐诗歌的承袭。表现在刘禹锡，诗歌的理趣、讽谕和技巧承袭较多；表现在白居易，则重在学习其诗格，并在和诗和用事方面有所承袭；表

---

① （宋）苏轼：《苏轼文集》卷六七《书郑谷诗》，第 2119 页。

② （宋）苏轼：《苏轼文集》，第 2552 页。

③ （宋）范温：《潜溪诗眼》，19，《柳子厚诗》条，《宋诗话辑佚》卷上，第 328 页。

④ （宋）张戒：《岁寒堂诗话》卷上，《历代诗话续编》本，第 463 页。

⑤ （宋）曾季狸：《艇斋诗话》，《历代诗话续编》本，第 292 页。

现在韩愈，重在以文为诗、以文为戏、以诗为词，以及好用奇语险韵方面的接受；表现在柳宗元，则其渊源同出于陶渊明，故苏轼赞赏柳宗元诗"贵乎枯澹"和"清劲纡余"的风格；表现在孟郊，则承袭少而评价多，对其穷促寒涩和简淡高古有所批评，但在用词使事方面亦受其影响；对于韦应物、元稹、贾岛等中唐诗人，苏轼亦受到他们各自不同的影响。从中可看出，苏轼对于中唐诗人，广搜博取，转益多师，融合众家所长而不断超越，以形成自己独特的风格，而在中国诗史上独领风骚。

二是对于中唐诗歌的评论。对于中唐文学及这一时期的代表诗人，苏轼作过不少评价，表现了他对于中唐文学的认识和批评，这也在文学史上产生了很大的影响。如《祭柳子玉文》称"元轻白俗，郊寒岛瘦"，品评元稹、白居易、孟郊、贾岛，虽略带贬意，却颇能切中诸位诗人各自的特点。所谓元轻，指元稹诗的轻靡；白俗，指白居易诗的俚俗；郊寒，指孟郊诗的寒涩；岛瘦，指贾岛诗的瘦削。而对于中唐有些诗人写的直露的诗篇，也是一针见血地加以批评的，如徐凝有《庐山瀑布》诗："虚空落泉千仞直，雷奔入江不暂息。千古长如白练飞，一条界破青山色。"①东坡读到此诗，以为是"尘陋"之作，故作一绝句加以批评："帝遣银河一派垂，古来唯有谪仙词。飞流溅沫知多少，不与徐凝洗恶诗。"②以李白诗与徐凝诗相较，当然徐诗直露而又缺乏空灵了。总体来说，苏轼对于中唐诗歌的评论，大都切中肯綮，如"元轻白俗，郊寒岛瘦"，成为后人评价元稹、白居易、孟郊、贾岛诗所经常引用的经典文句。

(《宋代都市文化与文学风景》，北京语言大学出版社 2013 年版)

---

① (清)彭定求等：《全唐诗》卷四七四，第 14 册，中华书局 1960 年版，第 5377 页。
② (宋)阮阅：《诗话总龟》前集卷九，第 100 页。

张敦颐及其著作考

　　张敦颐，字养正，江西婺源人。南宋时期文献学家与理学家。他与朱熹之父朱松为莫逆之交，并曾为朱松赎田，卒后还附祀朱文公家庙。故其立身行事对于朱熹理学的发展不得不深有影响。张敦颐平生著作有《六朝事迹编类》《柳文音注》《衡阳图经》等，今尚传世者仅《六朝事迹编类》与《注释音辩唐柳先生集》二种。而这两种书，对我们今天的文学研究与史学研究，都具有极高的史料与文献价值。尤其是《六朝事迹编类》，成书并刊刻于金陵，是继许嵩《建康实录》之后记载六朝史实的一部具有里程碑意义的著作。

　　然张敦颐《宋史》无传，其所著书序跋题其官衔也极简略，故古今研究者于其行事都语焉不详。如《六朝事迹编类》，新近出版了两种点校本：一是王进珊先生整理，由南京出版社一九八九年十一月出版；一是张忱石先生点校本，由上海古籍出版社一九九五年一月出版。二书介绍张敦颐其人，或据《宋史翼》，或据《弘治徽州府志》等零星资料，勾勒其简况。其家世、生卒年、仕履等均不详尽，故对其事迹与著作进行较为详细的考证与研究，是很有意义的。

一、张敦颐事迹

　　张敦颐之事迹，学术界所注重的主要是《弘治徽州府志》所载之简略传记，该书卷八《人物志》三《宦业》云：

　　　张敦颐字养正，婺源游汀人。登绍兴八年进士第，为南剑州教授。与朱韦斋松友善，尝邀韦斋还乡，不果，为赎其质田，以归其子熹。升倅宣城，摄郡事。先是，郡奉朝旨，汰养老之卒七百人，一日，以不给麦，群噪庭下，敦颐好谕之，即敕吏曰："即州仓无麦，常平仓麦代之。"众谢而退，密疏为首者七人姓名白之省，有旨委池州追勘，悉从军令。历舒、衡二州太守，致仕。有《韩柳文音注》《编年六朝事迹》《衡阳图志》行于世。卒附祀朱文公家庙。弟敦实，绍兴五年登第，历仕监察御史。知无不言，户部退驳乡邑绢六千匹，敦实抗疏之再，有旨收付左藏。后迁枢密院检详、诸房文字兼庆王府赞读，请老而归，筑逸老堂，自为记。有《潜虚发微》及文集、奏稿、弘词。

所记兄弟二人事迹如此。后来笔者复检宋罗愿《新安志》等书，亦有其仕历的一些记载，《新安志》卷八《进士题名》：

> 绍兴八年黄公度榜：宋松年，承议郎。汪彦中，承议郎。张敦颐。黄士龙，黟。

《弘治徽州府志》卷六《选举·科第》：

> 绍兴八年黄公度榜：张敦颐，婺源人，见《人物志》。

《人物志》所载已见上文所引。光绪《婺源县志》卷二〇《人物志》四《经济》所载稍详：

> 张敦颐字养正，游汀人。登绍兴八年进士第，为南剑州教授。升倅宣城，摄郡事。先是，郡奉朝旨，汰养老之卒七百人，一日，以不给麦，群噪庭下，敦颐好谕之，即敕吏曰："即州仓无麦，常平仓代之。"众谢而退，因密疏为首者姓名白之省，有旨悉从军令。有《韩柳文音注》《编年六朝事迹》《衡阳图志》行于世。与朱韦斋友善，邀与还乡，韦斋以先业已质于人，对敦颐许为赎之。及韦斋卒，敦颐以书慰文公于丧次，而归其田百亩焉。郡人义之。及卒，祔祀朱公家庙。

大致亦本于旧志。其后陆心源《宋史翼》卷二一、王梓材《宋元学案补遗》卷四二均有张敦颐传，其叙事皆不出上述范围，对其生卒年月、家世及仕履之记载均不甚详尽。

最近，笔者颇留意于新出土唐宋墓志的研究，读到了江西教育出版社1994年4月出版的《江西出土墓志选编》一书（陈柏泉先生编），其中收有《衡阳守张敦颐埋文》一志。得此一志，张氏之诸多问题均可弄清，故不避烦冗，先抄录于下，并加以考证。

故衡阳郡太守张公埋文

先考姓张氏，讳敦颐，字养正。生于绍圣四年正月初十日。本汉留侯之裔孙，七世祖自歙之黄墩迁婺源，故世为婺源人。□□□□通奉大夫；母□氏，累赠硕人。通奉治家以严，酷于教子；先考少笃学，未冠，兄弟齐□□□。南渡之后，以太学举，中绍兴八年进士科。初授漳州左司理参军，次历仪真、邵武、南剑三任教授。□□年□□从政郎，十九年，为国信所赏，转儒林郎，二十三年，改□□郎。三十年，转奉议郎。□□□□□□□干办公事。三十一年，转承议郎、通判宣州军事。三十二年，皇帝登极，覃恩转朝□□□□□□。隆兴二年，转朝散郎、知舒州军州事。乾道三年，转朝请郎、知衡州军州事。将满，丐祠。□□□□□□敕主管台州崇道观。任满，乞致仕。淳熙二年，以太上皇帝庆恩，转朝奉大夫。九年，以大礼霈恩，赐五品服。初娶汪氏，累赠宜人；先先考五十六年卒。再娶江氏，故待制邈□□□，封宜人。子五人：南秀、南英、南俊、南寿、南纪。南秀早卒；南英过房为先伯后；南寿以先考补奏迪功郎、舒州太湖县主簿；余应进士举。女七人，皆适宦族。男孙五人：诚之、敬之、来之、佑之、升之。女孙六人。曾孙一人：绶。诚之乃南英之子，过房为南秀后。初，南寿将赴太湖，尝以迎侍为请。先考曰："龙舒吾遗爱在焉，汝往勉事上宫，勤于职业，以副吾志足矣。"南寿秉命而行，方及初□，忽起白云之念，遂沿檄归省。先考且喜且泣曰："岁月易得。"不数日复促其行，曰："吾幸无恙，可往终任。"南寿恋恋有不忍去之意，强之方还任所；时淳熙十年□月也。夫何志与愿违，至八月初，先考微感外风，顿然减膳，医虽接踵，药不复进。至十七日早，始□酣寐，因渐瞑目，享年凡八十有八。南俊等泣血遣讣，南寿闻讣，星奔而还，共执丧礼。痛念养生不足以当大事，惟送死可以当大事。于是相以卜归窆之期，得十一年十月二十九日甲申吉，以礼安厝于南山；南山乃先考所自卜也。先宜人汪氏，先葬于本里之六原，今遂迁而合葬。先考行实，乃存日效子由自作遗记，记成以示诸子曰："吾名不高，位不显，殊无可书之事。惟平生立身行己，历官迁次，已见于此，他日不必以铭志于人。"并举温公之说为戒。南俊等遵依治命，姑且缓之；今逼葬期，谨以遗记撮其大略，埋诸墓隧云。南俊等泣血书。

按此志乃一九七四年出土于江西婺源县，志高一六一厘米，宽八十一厘米，楷书二十四行，行三十九字。志尾署"银峰李作义刊"，志石藏婺源县博物馆。

以此志与传世记载相对照，则以志更为详尽，且其官历源于墓主生前遗记，真实性极强，惜有数处漫漶脱字。志言"中绍兴八年进士科"，与《新安志》诸书等完全相合。志言"授潭州左司理参军"，他书缺载。志言"次历仪真、邵武、南剑三任教授"，考《嘉靖邵武府志》卷四《秩官》宋教职绍兴中有张敦颐。又《嘉靖延平府志》卷七《历官》："儒学教授……张敦颐，见《名宦志》。同书卷九《名宦志》："张敦颐，绍兴间教授南剑州，性精密，不妄嬉笑，读书务明义理，士子翕然从化，学赡士田，久籍于僧寺，敦颐力请当路复之。"志言"三十年，转奉议郎。□□□□□□□干办公事"，缺七字，考《六朝事迹编类》韩仲通跋署日期为"绍兴三十年十月日"，后题名中有"右奉议郎充江南东路安抚司干办公事张敦颐"，是志缺七字应为"江南东路安抚司"。志言"隆兴二年，转朝散郎、知舒州军州事。……乾道三年，转朝请郎、知衡州军州事"，他书虽载，而缺年代，此可补入。志又载其一生两娶，先汪氏盖于建炎二年（1128）卒。"再娶江氏，故待制邈□□□"，考刘才邵《嵇溪居士集》卷五有《江邈除集英殿修撰宫观制》，张扩《东窗集》卷一〇《江邈除权吏部侍郎制》，盖即其妻父。又《江西历史文物》一九八三年第一期载《张敦颐妻江氏墓志》，一九七四年江西婺源出土，墓主绍熙二年（1191）葬。则后敦颐八年。惜未录志文。志中所言其子孙之仕历，则难以确考。

总之，这方墓志的出土，为张敦颐及其著作的研究提供了极为珍贵的第一手资料，可以弥补以前研究的诸多不足。对于整个宋代文史研究，也将起到一定的促进作用。

二、《六朝事迹编类》

一、刊刻与流传

《六朝事迹编类》是张敦颐的代表作。首先我们要了解其编纂与刊刻情况。其编纂过程与目的，在自序中说得比较清楚：

余因览《图经》《实录》，疑所载六朝事迹尚有脱误，乃取《吴志》《晋书》及宋齐而下史传，与夫当时之碑记参订而考之，分门编类，缀为篇目，凡十有四卷。虽猥陋无益于治道，然展卷则三百余年兴衰之迹，若身履乎其间，非徒得之传闻而已。同志之士，盍补其所未备者而传之。绍兴岁次庚辰八月，新安张敦颐序。

庚辰即绍兴三十年（1160），其时敦颐六十四岁。书成于本年八月。其编纂目的盖谓阅三百年兴衰之事迹。其时敦颐为江南东路安抚司干办公事。该书八月编成，十月即刊刻，刊刻时，建康知府韩仲通作跋一篇，述其过程，颇为重要，今录于下：

高阳许嵩作《建康实录》，文多汗漫，参考者疲于省阅。新安张养正袤旧史而为《六朝事迹编类》，部居粲然，俾江左三百余年之故实，名布方策，非博雅好古，未易成此书也。余叨守建康，养正适以议郎居幕府，因取其书，刊于此邦。养正名敦颐，屡专候类，以文章道养，为学者之所矜式，此特余事尔。绍兴庚辰立冬日，东鲁韩仲通书。

建康府学开镂司书黄永弼校勘。绍兴三十年十月日。

跋后尚有十行题款：

右迪功郎权江南东路安抚司准备差遣	程　禧
右通直郎知建康府上元县主管劝农公事兼兵马押监	滕　瑾
右宣教郎知建康府江宁县主管劝农公事兼兵马押监	陈希年
左奉议郎充江南东路安抚司干办公事	张敦颐
右承议郎充江南东路安抚司主管机宜文字	赵一鹗
左朝请郎添差充江南东路安抚司参议官	傅禄卿
左朝奉郎通判建康军府兼管内劝农事提举圩田	李衡老
左朝奉大夫通判建康军府兼管内劝农事提举圩田	苏师德
左朝散大夫尚书户部郎中总领江东淮西诸军钱粮所主管御前兵马文字	都　絜
敷文阁大学士右大中大夫知建康军府江南东路安抚使马步军都总管兼行宫留守司公事东鲁郡开国侯食邑二千户食实封三百户　韩仲通	

此十行题款都是绍兴三十年建康府官员,从中不仅可以考察《六朝事迹编类》的编纂情况与刊刻过程,更可以了解宋代刻书史的情况,具有较高的文献价值与文化价值,故对此有必要加以考释。

韩仲通　《景定建康志》卷一四《建康表》:"绍兴三十一年三月一日,仲通罢。"漏载始任年月。《南宋制抚年表》卷上,韩仲通,绍兴二十九年六月至三十一年三月知建康。

程　禧　《景定建康志》卷二五《安抚司》属官有程禧题名。其事迹不详。

滕　瑾　《景定建康志》卷二七《诸县令·上元县》:"滕瑾,右奉议郎。绍兴二十七年十月二十日到任,至三十一年三月十七日任满。"

陈希年　《景定建康志》卷二七《诸县令·江宁县》:"陈希平,宣教郎。绍兴二十九年十月二十八日到任,至三十二年正月致仕。""年""平"未详孰是。

张敦颐　《景定建康志》卷二五《按抚司》绍兴干官有张敦颐。余详上文所考。

赵一鹗　《景定建康志》卷二五《按抚司》绍兴机宜有陈一鹗。"赵""陈"未知孰是。

傅禄卿　《景定建康志》卷二五《按抚司》绍兴参议有傅禄卿。

李衡老　《景定建康志》卷二四《通判厅》西厅壁记:"李衡老,朝奉郎。"

苏师德　《景定建康志》卷二四《通判厅》东厅壁记:"苏师德,右朝奉大夫。绍兴二十九年八月二十二日到任,三十一年改除平茶盐公事。"韩元吉《南涧甲乙稿》卷二〇有《故中散大夫致仕苏公(师德)墓志铭》,《宋史翼》卷四有传,又见《至顺镇江志》卷一九《人物》。

都　絜　《景定建康志》卷二六《总领所》:"都絜,左朝散大夫、尚书户部郎中。绍兴三十年三月二十二日到任,三十一年三月廿四日除司农少卿,十一月十六日磨勘,转朝请大夫,三十二年正月二十七日归班。"都絜绍兴二十八年四月至三十年二月为浙东提举常平,见《宝庆会稽续志》卷二。

该书之编纂与刊刻过程及与刊刻相关之人员考证既毕,则更考其版本源流。关于《六朝事迹编类》的版本,王进珊、张忱石二先生的两种校订本均有考证叙说,故本文仅简略介绍一下。

1.十四卷本。

张敦颐自序言"分门编类,缀为篇目,凡十有四卷",则起初即十四卷。

《宋史》卷二〇三《艺文志》有"张养正《六朝事迹》十四卷"。此本最早盖即宋绍兴刊本。《增订四库简明目录标注》卷七《史部》称："宋板半叶十行,行十八字。瞿氏旧钞,用宋本校。宋本十四卷。(星诒)"又有"宋刊本,七行十六字,每门分卷,佳"。每门分卷即十四卷本。

据道光庚子朱绪曾识语,言"壬辰春,于京师琉璃厂见曹栋亭家藏钞本",则十四卷亦有宋钞本传世。

又据张宝德道光二十年跋语,有道光二十年张容园据曹寅等藏宋钞本翻刻,亦有十四卷本。

其次是清光绪十三年宝章阁主人据包子丹所藏宋绍兴本翻刻十四卷本。

2. 二卷本。

二卷本最早著录乃陈振孙《直斋书录解题》卷八:"《六朝事迹》二卷。不知何人所作。"马端临《文献通考·经籍考》卷三二云:"《六朝事迹》一卷,《南宋宫苑记》二卷。陈氏曰:'不知何人所作。'记六朝故都事迹颇为详尽。"华东师范大学出版社版校记:"'一卷',元本、明本作'二卷'。"盖作一卷者误。

《增订四库简明目录标注》卷七《史部》著录:"《六朝事迹编类》二卷,宋张敦颐撰。"并言有"《古今逸史》本、嘉庆间沈兆沄校刊本"。

现在传世的二卷本有《古今逸史》本、《四库全书》本、《丛书集成初编》本。其中以《四库全书》本为最善。王重民《中国善本书提要补编》史部九志类著录即《四库全书》所收二卷本。

以上两个系统以外,还有一些节钞本,或一卷,或数则。如《说郛》(宛委别藏)六十八、《五朝小说·宋人百家小说琐记家》《五朝小说大观·宋人百家小说琐记家》皆录为一卷。而民国本《旧小说》丁集则仅收录二则。

王进珊整理本据清李滨《仿宋绍兴建康府学本六朝事迹编类》十四卷本,亦即1987年广陵古籍刻印社影印的本子。张忱石先生整理本为十四卷,以"道光刊本为底本,与光绪本、吴本、冯本、季本、库本相校",由此知二家点校所用的底本是一样的。以上二种是目前最为精审与通行的校勘本。

二、体例与内容

《六朝事迹编类》是南宋时期任职于南京的学者张敦颐撰写的历史地理著作。其体例乃分门编次。正文共分十四门，即总叙、形势、城阙、楼台、江河、山冈、宅舍、谶记、灵异、神仙、寺院、庙宇、坟陵、碑刻。清人李滨在《重刻六朝事迹编类叙》中说："其书为六朝别史，算什门类，十有四部；综草故实，三百余年。体例整洁，赡括宏富，上承《建康实录》，下起景定志书。"

作者著书的时期，正处于南宋偏安江南和战乱未定时期，因而作者写作这本书，虽大体内容属于地方史志，然与一般的地方史志有所不同。首先，通过六朝兴废的记载，为当朝统治者提供借鉴。如《总叙门》的第一部分"六朝兴废"，记载了东吴、东晋、宋、齐、梁、陈各代皇帝即位情况与政治大事。每一朝后又有总述，总述尤为重要。如对东吴的评述称："吴初都鄂，后迁建业。……自孙权破曹操于赤壁之后，时刘璋牧益州。周瑜请于权曰：乞与奋威俱进，取蜀而并张鲁，还与将军据襄阳以蹙操。北方可图也。"他对六朝兴废的评论，大都着眼于南北力量的对比。对刘宋的评论说："初，文帝元嘉中，遣将北伐，水军入河，克魏、碻磝、滑台、武牢、洛阳、西城；其后又失。又分军北伐，……寻皆败退。……明帝时，后魏又南侵，失淮北，青、冀、徐、兖四州；又豫州、淮西境悉陷没。则长淮为北境，侨徐、兖于淮南，立青、冀二州，寄理赣榆，其后十余年而灭亡。然其初疆盛也，南郑、襄阳、垂瓠、彭城、历城、东阳，皆为宋氏藩轩。"立论本于昔盛今衰，给南宋统治者提供借鉴。作者写此书的目的，是"展卷则三百余年兴衰之迹，若身履乎其间。非徒得之传闻而已"。

张敦颐所论六朝兴废，又与南宋初期主和议的政局有关，故《四库全书总目提要》说："至总叙门内《六朝保守》一篇，历数自吴以来，南朝不可北伐，北伐必败，即幸胜亦不能守。盖南渡之初力主和议者，其识见未免卑懦。然考诸事势，其说亦不为无因，固与江东十舰之虚夸形胜者，较为切实矣。"因此，本书很值得我们结合当时形势进行深入探讨和研究。

其次，本书的一个明显的特点，在于不仅仅记载六朝事迹，凡与六朝事迹有关的后世情况，特别是张敦颐当朝人的事迹，也一并载入。这不仅增加了该书内容的时间跨度，对于当时的现实意义也更深远。尤其是记载宋人对于六朝古迹的题咏，保持了宋代文学方面的不少宝贵材料。仅以卷四《楼台门》为例，卫玠台，杨修之诗："年少才非洗马才，珠光碎后玉光埋。江南第一风流者，无复羊车过旧街。"九日台，杨修之诗："甲光如水戟如霜，御酒杯浮菊半黄。东日西风满天仗，箫韶一部奏清商。"雨花台，王安石诗："盘户长天有绝陉，并包佳丽入江亭。新霜浦溆绵绵静，薄晚林峦往往青。"杨无为诗："空书来震旦，康乐造渊微。贝叶深山译，曼花半夜飞。香清虽透笔，蕊散不沾衣。旧社白莲老，远公应望归。"新亭，杨修之诗："满目江山异洛阳，北人怀土泪千行。不如亡国中书令，归老新亭是故乡。"东冶亭，杨修之诗："忍泪相看酒共持，一生心事几人知。年年折尽东亭柳，此别绵绵无尽期。"白下亭，王安石诗："东六白下亭，摧甓蔓寒葩。""门前秋水可扬舲，有意西寻白下亭。"翠微亭，林逋诗："亭在江干寺，清凉更翠微。"赏心亭，王琪诗："千里秦淮在玉壶，江山清丽壮吴都。昔人已化辽天鹤，旧画难寻卧雪图。冉冉流年去京国，萧萧华发老江湖。残蝉不会登临意，又噪西风入坐隅。"王安石诗："槛折樽倾野水傍，台城佳气已消亡。难披草莽寻千古，独倚青冥望八荒。坐觉尘沙昏远眼，忽看风雨破骄阳。扁舟此日东南兴，欲望江流万里长。"又诗云："霸气消磨不复存，旧朝台殿只空村。孤城倚薄青天近，细雨侵寻白日昏。稍觉野云成晚霁，却疑山水是朝暾。此时江海无穷兴，醒客无言醉客喧。"仪贤堂，杨修之诗："两两鹑衣白发翁，经筵谈柄坐春风。昭明太子欢相得，应与商山四皓同。"听筝堂，杨修之诗："雁柱鸾弦十有三，南山安石位岩岩。逡巡奏罢金縢曲，堂上沾襟叹不凡。"蚕堂，杨修之诗："摘茧抽丝女在机，茅檐苇箔旧堂扉。年年桑柘如云绿，翻织谁家锦地衣。"驰道，杨修之诗："路平如砥直如弦，官柳千株拂翠烟。玉勒金羁天下骏，急于奔电更挥鞭。"穿针楼，杨修之诗："秋星如弹月如梳，宫妓香添乞巧炉。万缕千针同一意，眼穿肠断得知无。"齐云观，杨修之诗："上界笙歌下界闻，缕金罗袖郁金裙。倚栏红粉如花面，不见巫山空暮云。"

本书所录当朝诸人诗，或是对史事的慨叹，或是对古迹的题咏，或是对前人的追怀，题材广泛，层面较多，不仅对六朝史研究颇有帮助，对于宋代文学研究尤有裨益。所录诗中，大抵杨修之诗最多，王安石次之。杨修之即杨备，北宋早期诗人，建州浦城人，字修之。曾为虞部员外郎、分司南京，上轻车都尉。著有《金陵览古诗》三卷。该书已佚，我们从《六朝事迹编类》中可以得知梗概。

再次，本书不惜笔墨，记载地方掌故与名人佚事。如《宅舍门》记沈约宅，称沈约官尚书令，虽然名高位重，而居处俭素。立宅东田，瞻望郊阜，曾为《郊居赋》以叙其事。《寺院门》半山报亭寺记载王安石的故宅,其地名白塘。旧时因为地洼,常常积水为患。王安石居住之后,就凿渠通水,逼于城河。宋神宗元丰七年,王安石因病上奏皇帝。神宗派遣国医诊治。痊愈之后,就请求以宅为寺,神宗赐为报宁禅寺。寺院之西有座土墩,称培塝,就是王安石亲自挖渠的积土。这个地方正好是由东门到蒋山的一半路程,所以也叫"半山寺"。《金陵集》载有半山诗十五首,就是他居住在半山时作。

《六朝事迹编类》是张敦颐精心结撰的著作,更具有多方面的价值。一是史学价值。举凡六朝南北对峙时期以南京为中心的黄南、浙北、皖、赣、鄂等地区的政治、经济、文化的诸多重要史料,都赖以保存下来。二是地理学价值。该书记载了很多名胜古迹,对于我们今天考察南京的历史地理变迁,都非常重要。与此相关的晋宋之间的人物风范、社会景观、遗闻逸事,也可通过此书得到进一步了解。三是文学价值。该书每一门类的各目记载,大多先叙渊源,后以诗赋证明或补充。所录诗赋散文等,起自六朝,迄于南宋,因此对于研究六朝唐宋文学都很有作用。四是文献学价值。该书作于八百多年的南宋时期,作者征引的古籍,很多现在已经失传,故对于辑佚颇为重要。即使没有失传的古籍,因为张敦颐看到的是宋以前古本,对于今天的校勘仍有重要作用。

三、张敦颐其他著作

一、《柳文音辩》

《宋史》卷二〇八《艺文志》载"张敦颐《柳文音辨》一卷"。而前引《弘治徽州府志》、光绪《婺源县志》均言《韩柳文音辩》,不知所据。疑敦颐仅有《柳文音辩》一卷,"韩"乃与柳连类及之也。即《柳文音辩》一卷之单刻本亦早已不传。

中华书局本《柳宗元集》附录收张敦颐《韩柳音释序》:

> 余前任邵武教官日,会为雠勘颇备,悉并考正音释,刻于正文之下。惟柳文简古不易校,其用字奥僻或难晓。给事沈公晦尝用穆伯长、刘梦得、曾丞相、晏元献四家本参互考证,凡漫乙是正二千余处,往往所至称善,

今四明所刊四十五卷者是也。惟音释未有传焉。余再分教延平，用此本篇次撰集，凡二千五百余字。其有不用本音而假借佗音者，悉原其来处；或不知来处，而诸韵《玉篇》《说文》《类编》亦所不载者则阙之。尚虑肤浅，弗辨南北语音之讹，其间不无谬误赖同志者正之。绍兴丙子十月，新安张敦颐书。

按绍兴丙子即绍兴二十六年（1156），本序叙述了张敦颐撰写、刊刻《韩柳音辨》的过程，是研究张敦颐著作的重要资料。唯"音辨"又作"音释"。

今有《注释音辩唐柳先生集》，乃柳集注释之合刻本。首有乾道三年吴郡陆之渊序，实乃序潘纬《柳文音义》之作（《宋史·艺文志》："潘纬《柳文音义》三卷。"）。据本书卷首《增广注释音辩唐柳先生集诸贤姓氏》，对编纂注释之人如下排列：

中山刘禹锡编

河南穆修叙

眉山苏轼评论

胥山沈晦辩

南城童宗说音注

新安张敦颐音辩

新安汪藻记

张唐英论

云间潘纬音义

所谓"汪藻记"即指汪藻《永州柳先生祠堂记》，载《浮溪集》卷一九，乃汪藻在永州时作。据同卷《永州玩鸥亭记》末题"绍兴丁卯正月新安汪藻记"，丁卯即绍兴十七年（1147）。按柳集诸贤姓氏排序，张敦颐在汪藻前，是其成书当在绍兴十七年之前。

《柳集》于每卷开始有"南城先生童宗说注释，新安先生张敦颐音辩，云间先生潘纬音义"，合刻主要三家版本。《四库全书总目》卷一五〇《集部·别集类》收《增广注释音辩柳集》四十三卷，提要云：

旧本题宋童宗说注释，张敦颐音辩，潘纬音义。宗说，南城人。始末未详。敦颐有《六朝事迹》，已著录。纬字仲宝，云间人。据乾道三年吴郡陆之渊序，称为乙丑年甲科，官灊山广文。亦不知其终于何官。之渊序但题《柳文音义》，序中所述亦仅及韩仿、祝充《韩文音义》传《柳文释音》，不及宗说与敦颐。书中所注，各以"童云""张云""潘云"别之，亦不似纬自撰之体例。盖宗说之注释、敦颐之音辩，本各自为书，坊贾合韦之音义，刊为一编，故书首不以"柳文音义"标目，而别以题曰《增广注释音辩唐柳先生集》也。

此述宋前柳集传刻甚为明晰。参以《宋史·艺文志》所言"张敦颐《柳文音辩》一卷"，"潘纬《柳文音义》三卷"，则其始各自为书甚明。后来书贾刊刻合而为一，然原书单行者反而湮没矣。今天我们能见到的张氏《柳文音辩》，仅有合刻本。然由此而推，其书本为一卷，仅有音辩，盖未录柳氏原集之全文。后来合刻，方将原文合诸家注释汇为一编。吴文治先生《柳宗元集版本源流考略》（《文学论集》第二辑）云："童宗说《柳文音注》、张敦颐《柳文音辩》、潘纬《柳文音义》，原来都各自成书。其中张敦颐《柳文音辩》一卷，在《宋史·艺文志》中尚有著录，说明它的遗佚可能在元代以后。"

该合集的版本有宋刻，《增订四库简明目录标注》卷一五："【续录】李木斋有宋刊本四十五卷，外集二卷，附录一卷。十二行二十一字，小字同。"《标注》对其版本述颇详："《增广注释音辩柳集》四十三卷。不著编辑者名氏。以童宗说《柳文注释》、张敦颐《柳文音辩》、潘纬《柳文音义》合为一书。路有元本，诸家著录皆宋元板。《天禄后目》有宋刊小字本四部，元刊本二部。姚若有元刊本，题为《京本注释音辩唐柳先生集》。"又引诒让之说："余家亦有元刊本。"懿荣之说："正统戊辰善敬堂刊本。每半叶九行，行十八字。有乾道三年二月吴郡陆之渊《柳文音义序》，黑口，有别集上下一卷，外集上下一卷，附录一卷。在正集四十三卷外。"此外，"张志有元延祐刊本，述古堂旧藏。清同治六年知永州府廷桂补刊祠堂本《柳文惠公集》四十三卷，《别集》二卷，《外集》二卷，《附录》一卷。"

今传主要有两种版本：一是《四部丛刊》影印上海商务印书馆缩印元刊麻沙本，但此本比北京图书馆所藏《增广注释音辩唐柳先生集》少《外集》一卷、《年谱》一卷，卷首少潘纬行书序文一篇；一是《四库全书》所收内府藏本，来源不详。

二、《衡阳图经》及其他

张敦颐曾著有《衡阳图经》，见上文所引《弘治徽州府志》卷八《人物志》及江绪《婺源县志》卷二〇《人物志》。此书盖其乾道三年后知衡州时作。惜其书已不传于世，《宋史·艺文志》即已不载，盖其散失颇早。他书更罕见征引与著录。张国淦《中国古方志考》湖南省："《衡州图志》，佚。宋张敦颐纂。张敦颐，字养正，婺源人。绍兴登第，南剑州教授，升倅宣城，摄郡事。乾隆《江南通志》一百九十一:《衡阳图志》，婺源张敦颐。"

张敦颐亦能诗，《宋诗纪事补遗》卷四二据《太平府志》录敦颐《清隐院》诗一首。他皆无考，盖其著作散佚多矣。

（《古籍研究》1999 年第 2 期）

第四编 《全宋诗》考补

《全宋诗》琐考

北京大学古文献研究所编纂的《全宋诗》，是有宋一代的诗歌总集。该书"搜采广博，涵容繁富，名家巨制，散篇佚作，全部汇萃于斯。而考订之精审，比勘之是当，亦远非《全唐诗》之所可比拟"（邓广铭先生题词）。此书的编纂，是一项嘉惠士林，造福子孙的宏伟事业。北京大学出版社1991年已出版了该书的前五册。笔者在研究晚唐五代以及宋初文学时，经常翻阅《全宋诗》，获益匪浅。然在披览之余，亦发现个别地方有欠当之处，如诗人小传舛误、生卒年缺考、作品误收、资料溯源失当等等。每有疑问，必参证诸书，比较异同，以求得出正确的结论。考虑到考证这些问题，对《全宋诗》以后各卷的编纂或许有些借鉴作用，故笔者不揣浅陋，将读书的心得汇为一篇，名曰琐考，以祈《全宋诗》编者及读者指正。

李涛残句

《全宋诗》卷一李涛诗卷收诗九首及残句三则。其残句云："溪声长在耳，山色不离门。""扫地树留影，拂床琴有声。""一言寤主宁复听，三谏不从归去来。"前二则辑自宋魏庆之《诗人玉屑》卷三，后一则辑自《吟窗杂录》卷二八。作者李涛，字信臣，京兆万年人。仕后唐、后晋、后汉、后周，历刑部、户部尚书，封莒国公。入宋，拜兵部尚书。按，此残句三则中，"一言寤主宁复听"为字信臣之李涛作，而其他二则应为晚唐时长沙人李涛作，与此同名而非一人，《全宋诗》误收。考唐王定保《唐摭言》卷一〇《海叙不遇》条："李涛，长沙人也，篇咏甚著，如'水声长在耳，山色不离门。'又：'扫地树留影，拂床琴有声。'又：'落日长安道，秋槐满地花。'皆脍炙人口。温飞卿任太学博士，主秋试，涛与

347

卫丹、张郃等诗赋,皆榜于都堂。"又见宋计有功《唐诗纪事》卷六七《李涛》条及《全唐诗》卷七九五。《全唐诗》卷七三七将此二则又夹杂于字信臣之李涛诗卷,亦误。

陈抟《西峰》诗

《全宋诗》卷一陈抟诗卷收《西峰》诗云:"为爱西峰好,吟头尽日昂。岩花红作阵,溪水绿成行。"录自阮阅《诗话总龟》前集卷四六引《翰府名谈》。按,此诗实为原诗之上半首。宋魏庆之《诗人玉屑》卷二〇《方外·希夷先生》条:"陈抟,字图南,隐居武当山,后徙华山云台观。周世宗召至京师,赐号白云先生。太宗朝再召,赐号希夷先生。……陈希夷先生每睡则半载,或数月,近亦不下月余。题西峰曰:'为爱西峰好,吟头尽日昂。岩花红作阵,溪水绿成行。几夜碍新月,半山无夕阳。寄言嘉遁客,此处是仙乡。'"《宋诗纪事》卷五所引此诗相同。复检《诗话总龟》前集卷四六引《翰府名谈》载此诗正为八句,而《全宋诗》仅录其四句。

陶谷诗

《全宋诗》卷一陶谷诗卷收《诗一首》云:"三十年前草上飞,铁衣着尽着僧衣。天津桥上无人问,独倚危栏看落晖。"辑自宋王明清《挥麈录》卷五。按此诗非陶谷作,《全宋诗》误收。

《全唐诗》卷七三三黄巢诗卷收此诗,题为《自画像》,题注:"陶谷《五代乱离纪》云:'巢败后为僧,依张全义于洛阳,曾绘像题诗。人见像,识其为巢云。'"诗云:"记得当年草上飞,铁衣著尽著僧衣。天津桥上无人识,独倚栏干看落晖。"今检宋王明清《挥麈录》后录卷五《黄巢明马儿李顺皆能逃命于一时》条:"顷见王仁裕《洛阳漫录》云:张全义为西京留守,识黄巢于群僧中。而陶谷《五代乱纪》云:巢既遁免,祝发为浮屠,有诗云'三十年前草上飞,铁衣着尽着僧衣。天津桥上无人问,独倚危栏看落晖。'"则《挥麈录》引陶谷《五代乱离纪》记此诗为黄巢作,《全宋诗》编者未审文意,遂误录入陶谷诗卷。

然此诗作者还需进一步考证。《说郛》卷二三引宋赵与时《宾退录》云:"陶谷《五代乱纪》载黄巢遁免，后祝发为浮图，有诗云：'三十年前草上飞，铁衣着尽着僧衣。天津桥上无人问，独倚危栏看落晖。'近时王仲言亦信之，著于《挥麈录》。殊不知此乃以元微之《知度师》诗窜易碟裂，合二为一，元集可考也。其一云：'四十年前马上飞，功名藏尽拥禅衣。石榴园下擒生处，独自闲行独自归。'其二曰：'三陷思明三突围，铁衣抛尽纳禅衣。天津桥上无人识，闲凭栏干望落晖。'"考元稹《元氏长庆集》卷一六即收《智度师二首》。据此则"三十年前草上飞"诗亦非黄巢所作，而是后来好事者割裂元稹诗而加于黄巢者。要之，诗非宋人陶谷作则可决断也。

孟宾于小传

《全宋诗》卷三《孟宾于小传》云："后晋天福九年进士（《广东通志》卷四四）。马殷辟为零陵从事。南唐时，授丰城簿，迁涂阳令。宋太宗太平兴国中，归老连上（《诗话总龟》前集卷五引《雅言系述》）。""《南唐书》卷二三有传。今录诗十首。"是此小传乃据《南唐书》《广东通志》《雅言系述》等综合而成。然以上诸书有误，故小传袭误。

一、孟宾于为零陵从事非马殷之辟。宾于天福九年（944）登进士第，王禹偁《孟水部诗集序》（《小畜集》卷二〇）、《诗话总龟》前集卷一八引《群阁雅谈》、《唐才子传》卷一〇《孟宾于传》、《登科记考》卷二六均同，自无疑问。其为零陵从事在登第后，诸书记载亦同。则其为零陵从事在天福九年之后（又其天福九年登第前，曾五次败举，决无受辟之事）。考《资治通鉴》卷二六七《后梁纪》：太祖开平四年四月，"楚王（马）殷求为天策上将，诏加天策上将军。殷始开天策府"。又《十国春秋》卷六七《楚世家》：长兴元年，"十一月己巳，王薨，年七十九"。原注："《九国志》云：殷以大中六年岁在壬申生，享年七十九。盖自大中壬申至长兴元年庚寅，实七十九年，为得其实。《湖湘故事·运历图》亦云殷长兴元年卒。独《旧五代史》云长兴二年卒，年七十八，似误。"长兴元年即公元930年。是马殷死后十五年孟宾于方登第，安能为之从事？

又考《资治通鉴》卷二八二《后晋纪》：高祖天福四年十一月，"楚王（马）希范始开天策府"。其卒在开运四年（947）。马希范为马殷之子。是孟宾于受辟在马希范开府期间。

王禹偁《孟水部诗集序》云："天福九年礼部侍郎符蒙下及第。寻以拜庆就养，归于长沙。当马氏专据湖南，大开幕府，遂以宾席縻之。"《江南野史》卷八云："寻属伤乱，遂归宁亲，数岁，天策府马氏辟为零陵从事。"均未言马殷。唯马令《南唐书》卷二三本传称："会马殷开府，辟为零陵从事。"显然是错误的。《全宋诗》编者不察，遂袭其误。

二、"涂阳"为"淦阳"之误。按，马令《南唐书》作"迁涂阳令"，《全宋诗小传》袭之，实误。考《江南野史》卷八《孟宾于》条："授以丰城簿，寻迁淦阳令。"唐五代时并无涂阳县，而江南道吉州所属有新淦县，见《新唐书》卷四一《地理志》，属南唐辖区。淦阳即新淦别称，因其在淦水之阳故也。则孟宾于为淦阳令甚明。又徐铉《徐文公集》卷五有《送孟宾于员外还新淦》《忆新淦筋池寄孟宾于员外》诗，更可确证"涂阳"为"淦阳"之误。

又《唐才子传》卷一〇《孟宾于传》作"调滏阳令"。"滏阳"亦误。据《元和郡县图志》卷一五，滏阳县属磁州。不在南唐境内，与孟宾于无涉。

宋温应为宋温故

《全宋诗》卷三《宋温小传》："宋温，宋湜父。后晋天福中进士，累迁右补阙，官至工部尚书。事见《武夷新集》卷八《宋公神道碑》。"按，宋湜父应为宋温故，《宋史》卷二八七《宋湜传》："父温故，晋天福中进士，至左补阙；弟温舒，亦进士，至职方员外郎。兄弟皆有时名。"复检杨忆《武夷新集》卷八《宋公（湜）神道碑铭》："烈考温故，晋天福中擢进士第，累迁右补阙。"并不作宋温。盖《全宋诗》编者读杨忆文时，误将"故"字属下读。今以《宋史·宋湜传》称"温故""温舒"为兄弟，则应属上读甚明。

范质残句

《全宋诗》卷三范质诗卷收残句云："从此庙堂添故事，登庸衣钵亦相传。"辑自元《群书通要》己集卷七。注云："《群书通要》:《摭言》云，禅家相传法谓之传衣钵，唐状元以下往谢主司，有与主司同科名者谓之谢衣钵。故范质举进士，主文和凝爱其文，以第十三人登第，谓质曰：'君之文宜冠多士，屈居十三，欲传老夫衣钵也。'质以为美，有献诗云云。"按，此残句不见于《唐摭言》，而载于宋王辟之《渑水燕谈录》。此条乃《群书通要》合二书杂糅而成。今考王定保《唐摭言》卷三《谢恩》条："状元以下各各齿叙，便谢恩。余人如状元礼。谢讫，主事云：'请状元曲谢名第。第几人，谢衣钵。''衣钵'谓得主司名第，其或与主司先人同名第，即谢衣钵，如践世科，即感泣而谢。"又宋王辟之《渑水燕谈录》卷六《贡举》条："和鲁公凝，梁贞明三年薛廷珪下第十三人及第。后唐长兴四年知贡举，独爱范鲁公质程文，语范曰：'君文合在第一，辄屈居第十三人，用传老夫衣钵。'时以为荣。其后相继为相，当时有赠诗者曰：'从此庙堂添故事，登庸衣钵尽相传。'"据此，《全宋诗》此处溯源欠妥。应据宋王辟之《渑水燕谈录》，而不应据元时《群书通要》。而据《渑水燕谈录》，此诗亦非范质所作，而是他人赠范诗，此处误收入范质诗卷。又《诗话总龟》前集卷三六引《古今诗话》云："范鲁公质举进士，和相凝爱其程文，以自登第旧在十三人，谓鲁公曰：'公之词业合在甲选，暂屈为十三人，传老夫衣钵可乎？'鲁公谢之，后果登宰相，亦且相继。门生有献诗者云：'从此庙堂添故事，登庸衣钵亦相传。'"又宋邵伯温《邵氏闻见前录》卷七云："范鲁公质举进士，和凝为主文，爱其文赋。凝自以第十三登第，谓鲁公曰：'君之文宜冠多士，屈居第十三者，欲君传老夫衣钵耳。'鲁公以为荣至。先后为相，有献诗者曰：'从此庙堂添故事，登庸衣钵亦相传。'"又见释文莹《玉壶清话》卷六、《施注苏诗》卷二八引《古今诗话》。据上所考，则此诗非范质甚明。

释印粲诗

《全宋诗》卷三释印粲诗卷收残句《赠徐鼎臣常侍》云："见说下朝无一事，小池栽苇学僧家。"辑自《吟窗杂录》卷三三。按此实为《赠徐鼎臣常侍》诗末二句。《江南余载》卷下录全诗为："不将才名暂时夸，人仰声名遍海涯。月满朝衣听禁漏，更阑分直扫宫花。谏书未上先焚稿，御笔曾传立草麻。见说下朝无一事，小池栽苇学僧家。"孙望先生《全唐诗补逸》卷一六收此诗，跋云："《江南余载》谓，徐铉为人忠厚，不以位貌骄人。有印粲者，献诗曰（诗不重录）云云。望按：徐铉有《印秀才至舒州见寻别后寄诗依韵和》，及《和印先

辈及第后献座主朱舍人郊居》之作,则印粲于时已攉进士第矣。又按《历代吟谱》
录印粲诗二句,'见说下朝无一事,小池栽苇学僧家。'标其题曰《赠徐鼎臣常
侍》,盖此诗之末二句也。"

张泌《送容州中丞赴镇》

《全宋诗》卷一四张泌诗卷收《送容州中丞赴镇》诗云:"交趾同星座,龙
泉佩斗文。烧香翠羽帐,看舞郁金裙。鹢首冲泷浪,犀渠拂岭云。莫教铜柱
北,只说马将军。"辑自《全唐诗》卷七四二。按,此实为晚唐杜牧诗,《全唐
诗》误入张泌诗卷,《全宋诗》又袭误。考杜牧《樊川文集》卷二收此诗,题
同。唯第二句"佩"作"似",第八句"只"作"空"。《樊川文集》乃其外甥
裴延翰手编,裴延翰之时代又比张泌早得多,不会将张泌之诗收入《樊川文集》。
又《舆地纪胜》卷一〇四《容州》收杜牧《送唐中丞》云:"鹢首冲陇浪,犀
渠拂岭云。莫教铜信北,长说马将军。"即此诗后四句。《文苑英华》卷二八〇
亦收此诗为杜牧《送容州唐中丞赴镇》。唐中丞,吴廷燮《唐方镇年表》卷七
《容管》以为是唐持,是。《旧唐书》卷一九〇《唐持传》:"自工部郎中出为容
州刺史、御史中丞、容管经略招讨使。入为给事中。大中末,检校左散骑常侍、
灵州大都督府长史、朔方节度、灵武六城转运等使。"与杜牧时代正合。故《送
容州中丞赴镇》诗为杜牧作无疑。

廖融诗存目

《全宋诗》卷一五廖融诗卷收《存目》诗一首,诗题为《酬皇甫冉西陵见
寄》,诗云:"西陵潮已漏,岛屿没中流。越客依风水,相看南渡头。寒光生极
浦,暮雪映沧洲。何事扬帆去,空惊海上鸥。"出处为宋孔延之《会稽掇英总集》
卷一二。附注云:"皇甫冉,中唐诗人;廖融,五代入宋。不可能有酬寄诗。"按,
此处指诗非廖融作,是。然具体者须再考证。今考此诗乃中唐诗僧灵一诗,《全
唐诗》卷八〇九灵一诗卷收此诗,题为《酬皇甫冉西陵见寄》,注:"一作西陵渡。"
唯第一句"已"作"信"。第二句"没"下注:"一作入。"第四句"相看"作"相
思"。第六句"暮雪"作"落日",注:"一作暮雪。"第八句"海"下注:"一作江。"

又宋计有功《唐诗纪事》卷七二《僧灵一》条收此诗，题为《酬皇甫冉西陵见寄》。唐姚合《极玄集》卷下亦收此诗为灵一《酬皇甫冉西陵见寄》诗，可证定为灵一作。《全唐诗》卷二四九皇甫冉诗卷《西陵寄灵一上人》，即为原唱。又刘长卿《刘随州集》卷三《重过宣峰寺寄灵一上人》诗，所录即此诗，又见《全唐诗》卷一四八刘长卿诗卷。盖亦灵一诗误入。

翁宏残句

《全宋诗》卷一五翁宏诗卷收诗三首，残句八则。按《全唐诗》卷七六二翁宏诗卷收其《湘江行》残句云："风回山火断，潮落岸冰高。"《全宋诗》失收，应补入。

王涣残句

《全宋诗》卷七三王涣诗卷收《惆怅吟》残句云："陈宫兴废事难期，三阁空余绿草基。"辑自宋王象之《舆地纪胜》卷一七《江南东路·建康府》。按此实为唐人王涣诗，因作者姓名相同而《全宋诗》误收。考《全唐诗》卷六九〇王涣诗卷收此诗为《惆怅诗》十二首之九，全诗云："陈宫兴废事难期，三阁空余绿草基。狎客沦亡丽华死，他年江令独来时。"宋计有功《唐诗纪事》卷六六《王涣》条："涣字群吉，大顺二年侍郎裴贽下登第。""涣《惆怅诗》云：……陈宫兴废事难期，三阁空余绿草基。狎客沦亡丽华死，他年江令独来时。"又韦縠《才调集》卷七选王涣诗十三首，此首亦在其中。以此可证定为唐王涣作。唐王涣事迹详拓本卢光济撰《唐故清海军节度掌书记太原王府君（涣）墓志铭》（一九五四年五月于广州市越秀山出土）。然宋元时常将二王涣混为一人。如元辛文房《唐才子传》卷一〇《王涣传》："后以礼部侍郎致仕，年九十，见《睢阳五老图》。"实将宋王涣事迹误为唐王涣。

丁谓残句

《全宋诗》卷一〇二丁谓诗卷收残句云："子美集开诗世界。"辑自宋叶廷珪《海录碎事》卷一九。按此为王禹偁《日长简仲咸》诗第三句，《全宋诗》误入丁谓诗卷。王禹偁《小畜集》卷九《日长简仲咸》云："日长何计到黄昏，郡僻官闲昼闭门。子美集开诗世界，伯阳书见道根源。风飘此院花千片，月上东楼酒一樽。不是同年来主郡，此心牢落共谁论？"《全宋诗》卷六五王禹偁诗卷亦据《小畜集》收入。

李南阳为李兑

《全宋诗》卷一〇三收李南阳《永熙挽词》残句，辑自宋宋敏求《春明退朝录》卷上。注云："至道三年三月二十九日旬假，太宗犹对辅臣。至夕，帝崩，李南阳《永熙挽词》云云。"又作者小传云："李南阳，名不详，南阳当系官爵。真宗朝为节度使，疑是李至。见《春明退朝录》卷上。"按，南阳乃邓州，即宋京西南路安抚使治所。是"李南阳"实为京西南路安抚使、知邓州。考《宋史》卷二六六《李至传》，至道初为太子宾客。真宗即位，拜工部尚书、参知政事。咸平元年授武信军节度使，徙知河南府。四年卒。其历官与南阳无涉。则此"李南阳"非李至甚明。而考《宋史》卷三三三《李兑传》："还知河阳，帝又宠以诗。徙邓州。……兑历守名郡，为政简严，老益精明。自邓归，泊然无仕宦意。……积官尚书右丞，转工部尚书致仕。卒，年七十六。"王安石《临川文集》卷四九《龙图阁直学士知河阳李兑给事中依前龙图阁直在邓州制》："邓于京西，为一都会，提兵以守，常择大吏。……绰有绩效，见于事为。序于东省之华，寄以南阳之重。安抚吏士，治军牧民。"据吴廷燮《北宋经抚年表》卷二，李兑知邓州在嘉祐六年（1061）至治平元年（1064）。是李兑曾有知邓州事。又据宋敏求《春明退朝录序》，此书撰于熙宁三年（1070）。而《宋会要辑稿》礼五八之四、之六尚记载熙宁三年李兑事。是宋敏求撰《春明退朝录》时称"李南阳"，与李兑事正合。又据《北宋经抚年表》卷二，熙宁三年（1070）之前李姓知邓州者仅李兑一人，故"李南阳"非李兑莫属。《全宋诗》卷一〇三李南阳《永熙挽词》应并入同书卷一七八李兑诗卷之中。

曹修古卒年

  《全宋诗》卷一四三收曹修古诗二首。小传未言其生卒。按曹修古,《宋史》卷二七九、《宋史新编》卷九二、《史质》卷三三、《福建通志》卷四七、《新安志》卷九、嘉靖《延平府志》卷九均有传。然诸传未明言其卒年。《全宋诗》小传据《宋史》及《福建通志》,故亦未确定其生卒。

  考王辟之《渑水燕谈录》卷四《忠孝》:"曹修古,明道初为御史知杂,上书乞庄献皇后还政,责守兴化军。暴疾,卒于官。家贫,死之日,无衣以敛,郡之僚属若吏民之贤者,莫不号慕叹息,相与出钱帛数十万赙其家。曹女始笄,泣语其母曰:'先人忠节,名闻天下,不幸以直言谪死,且君子不家,于丧安可受以浼我先人全德哉!哭不已,谢而遗之,吏民固乞,卒不受一钱,其纯孝高识如此。曹,建安人,四御史之一也。"记其死事甚详。又宋蔡襄《端明集》卷三二《曹女传》:"曹氏女,建安郡人也。其父修古,博学而文,善议论,外和内刚,所至以直气闻,明道初以御史知杂事言事触罪,降工部员外郎,知兴化军,明年不召,夏四月疾暴作,一夕而终。""明道二年,女生之十六年,先以父命配其里人徐生,未及归而父没云。"则其卒年为明道二年(1033)四月。又《宋人传记资料索引》云:"曹修古(?—1033),字述之,建安人。博学而文,善议论,外和内刚。大中祥符元年进士。所至以直气闻,天圣中以御史知杂司事,立朝慷慨有风节。当刘太后临朝,权幸用事,修古遇事辄言,忤太后,出知兴化军。会赦复官,明道二年卒。家贫不能归葬,人多惜之。太后崩,帝思修古忠,特赠左谏议大夫,赐其家钱二十万。"所言卒年甚明,可作参考。

               (《文学遗产》1993年第3期)

《全宋诗》再考

北京大学古文献研究所编纂的《全宋诗》，是有宋一代的诗歌总集。该书的编纂，是一项嘉惠士林，造福子孙后代的宏伟事业。目前，该书的北宋部分已全部出版问世，在国内外产生巨大的影响，更为学术研究提供了极大的方便。笔者在从事唐宋文学研究时，经常翻阅《全宋诗》，获益匪浅。但在披览之余，也发现个别地方有欠当之处，如诗人小传舛误、生卒年缺考、作品误收漏收、资料溯源失当等等。每有疑问，必参证他书，比较异同，以求得出正确的结论。时有所得，则录于别纸，积稿渐多，遂整理成《〈全宋诗〉琐考》，刊于《文学遗产》1993 年第 3 期。随后复有考证，又缀为一编，名曰《〈全宋诗〉再考》，以祈《全宋诗》编者及读者指正。

陈抟逸诗

《全宋诗》卷一陈抟诗卷收诗十六首，然所缺尚多，今略记于下。

元王恽《秋涧大全集》卷九六《玉堂嘉话》卷四收陈抟诗："我见世人忙，个个忙如火。忙者不为身，为身忙却可。"

《道藏》本《太华希夷志》（张辂撰）卷上收陈抟诗，大多为《全宋诗》所未收，今按其顺序录之（原书收诗或未有诗题，今按诗意暂拟）：

对太宗天使诗（题拟）

九重突降紫泥宣，才拙深居乐静缘。山色满庭供画障，松声万壑即琴弦。无心享禄登台鼎，有意求仙到洞天。轩冕浮荣绝念虑，三峰只气睡千年。

（按《记纂渊海》卷二四收此诗"山色满庭供画障，松声万壑即琴弦"

二句，署作者为"陈抟"。)

又谢太宗诗二首（题拟）

坐逢圣代即尧年，草泽愚人也被宣。自笑形骸无懒散，才疏安敢望朝天。调和四气凭烧药，修炼千方只要安。黄阁高官无意恋，闲居佳境胜为官。

答天使守中诗（题拟）

鹤氅翩翩即散仙，蒲轮争忍利名牵。留连华岳伤心别，回顾云台望眼穿。涉世风波真险恶，忘机鸥鸟自悠然。三峰才欲和衣倒，又被天书下日边。

留别山中麻衣道友

华岳峰前两路分，数间茅屋一溪云。师言耳聩持知久，人是人非闻未闻。

叹世诗二绝

千门万户锁重关，星斗排空静悄然。尘世是非方欲歇，六街禁鼓漏初传。银河斜转夜将阑，枕上人心算未闲。堪叹市廛名利者，多应牵役梦魂间。

闻晓钟

玉漏将残月色沉，一声清响透寒音。能催野客思乡切，暗送离人起恨深。窗下惊开名利眼，枕前唤觉是非心。皇王帝霸皆经此，历代兴亡直至今。

答太宗诗

臣今得道几经年，每日常吞二气丹。仙酿饮时添漆鬓，蟠桃食后注童颜。夜深只宿云台观，晓起斋登法箓坛。陛下问臣修养法，华山深处可清闲。

答太宗诗

昨夜三更梦里惊，一声钟响万人行。多应又是朝金阙，臣自无官睡到明。

退官歌

道能清，道能静，清静之中求正定。不贪不爱任浮生，不学愚迷多悭吝。时人笑臣不求官，官是人间一大病。官卑又被人管辖，官高亦有人趋佞。或经秦，或经郑，东来西去似绳纼。直至百年不曾歇，算来争似臣清静。月为灯，水为镜，长柄葫芦作气命。出入虽无从者扶，左有金龟右鹤引。朝日醉，长不醒，每每又被天书请。时人见我笑呵呵，臣自心中别有景。

退官诗

元气充餐草结衣，等闲无事下山稀。不侵织女耕夫利，犹自傍人说是非。

辞职叹世诗

南辰北斗夜频移，日出扶桑又落西。人世轻飘真野马，名场争扰似醯鸡。松篁郁郁冬犹秀，桃李纷纷春渐迷。识破邯郸尘世梦，白云深处可幽栖。

口号

问君世上何事好，无过晓起睡当早。庵前乱草结成衣，饥餐松柏常令饱。因玩山石脚绊倒，不能起得睡到晓。时人尽道臣憨痴，臣自憨痴无烦恼。

辞朝诗

十年踪迹踏红尘，为忆青山入梦频。紫陌纵荣争及睡，朱门虽贵不如贫。愁闻剑戟扶危主，闷听笙歌聒醉人。携取旧书归旧隐，野花啼鸟一般春。

临别留诗

华山高处是吾宫，出即凌空跨晓风。台殿不将金锁闭，来时自有白云封。

回太宗诗（题拟）

雪为肌体玉为腮，深谢君王送到来。处士不生巫峡梦，虚劳云雨下阳台。（一说唐僖宗封为清虚处士，仍赐宫女三人以备洒扫，故赋诗云。）

释延寿逸诗

《全宋诗》卷二收释延寿诗一卷。按光绪《奉化县志》卷四收周智觉《游上雪窦诗》云："下雪窦游上雪窦，过云峰后望云峰。如趋仙府经三岛，似入天门彻九重。无日不飞丹顶鹤，有时忽起隐潭龙。祇因奉诏西归去，此境何由得再逢。"同书卷三三《方外传》："周智觉，名延寿，钱塘王氏子。周广顺二年住雪窦，吴越钱氏崇信之。"

范质逸句

《全宋诗》卷三收范质诗二首。按《舆地纪胜》卷六九《岳州》收范质残句云："烟容云态四溟濛，州在波涛汹涌东。""地收楚蜀西南水，天与江湖旦暮风。""可笑祖龙游不得，欲于何处访蓬莱。"此数句《全宋诗》漏收。

扈蒙诗存目

《全宋诗》卷三扈蒙诗存目收残句云："微臣自愧头如雪,也向钧天侍玉皇。"辑自《玉壶清话》卷七。附注云:"《青箱杂记》卷一〇作李昉诗。"又《全宋诗》卷一三李昉诗卷亦收入此诗。

按检《青箱杂记》卷一〇并无此残句,而载于卷一,"〇"为衍文。有关此条,《诗话总龟前集》卷一即引《青箱杂记》云:"李文正,太祖在周朝时已知其姓,及即位,用以为相。尝语文正云:'卿在周朝,未曾倾陷人,可谓善人君子。'故太宗遇之亦厚。年老罢相,每内宴,必先赴座。尝献诗曰:'微臣自愧头如雪,也向钧天侍玉皇。'太宗和之以赐,曰:'珍重老臣纯不已,我惭寡味继三皇。'为时之美传。"注:"又《谈苑》《玉壶清话》皆谓扈蒙应制。"又考宋陈岩肖《庚溪诗话》卷上:"宰相李昉年老罢相居家,每内宴,必先赴坐。献诗曰:'微臣自愧头如雪,也向钧天侍玉皇。'太宗俯和云:'珍重老臣纯不已,我惭寡味继三皇。'"似归为李昉诗较为合适。

印粲事迹

《全宋诗》卷三《释印粲小传》云:"释印粲,与徐铉同时。"收其《赠徐鼎臣常侍》残句:"见说下朝无一事,小池栽苇学僧家。"

按《江南余载》卷下:"徐铉为人忠厚,不以位貌骄人,有印粲者献诗曰:'不将才业暂时夸,人仰声名遍海涯。月满朝衣听禁漏,更阑分直扫宫花。谏书未上先焚稿,御笔曾传立草麻。见说下朝无一事,小池栽苇学僧家。'"孙望先生《全唐诗补逸》卷一六按语云:"徐铉有《印秀才至舒州见寻别后寄诗依韵和》及《和印先辈及第后献座主朱舍人郊居之作》,则印粲于时已擢进士第矣。"

考徐铉《徐文公集》卷一六《唐故印府君墓志》:"君讳某,字某,其先京兆人也。因官徙牒,遂居建康。""子崇礼、崇粲,举进士。"印府君保大丙寅卒,年六十九。是印粲即"印崇粲"。《全宋诗》据《吟窗杂录》作"释印粲",误。唐人名字常有二字省称为一字者,岑仲勉《元和姓纂四校记》已发之,兹不赘述。印粲《赠徐鼎臣常侍》诗亦应据《江南余载》补完全诗。

周渍诗

《全宋诗》卷一一周渍诗卷收诗四首。按《永乐大典》卷二八〇九收周渍《红梅》诗云："姑射仙人笑脸开，肯将脂粉浣香腮。只因误入桃源洞，惹得春风上面来。"可补入。

宋琪小传

《全宋诗》卷一一《宋琪小传》："宋琪（917—996），字叔宝，幽州蓟人。后晋天福六年（941）进士。"

按宋琪举契丹进士，而非后晋进士。《宋史》卷二六四《宋琪传》："宋琪字叔宝，幽州蓟人。少好学。晋祖割燕地以奉契丹，契丹岁开贡部，琪举进士中第，署寿安王侍读，时天福六年也。"清徐松《登科记考》卷二七《附考》进士科引《宋太宗实录》云："宋琪字叔宝，范阳蓟人。少好学问，与同乡室齐名。晋天福中，戎虏昌炽，每岁开贡籍，琪举伪进士中第。"又《登科记考凡例》云："至十国之蜀、汉、南唐，皆置贡举，契丹亦礼部取士。其时如张昭远之第于汉，当同光之四年；伍乔之第于南唐，当乾祐之元年；宋琪之第于契丹，当天福之六年。"是宋琪实于天福六年举契丹之进士。

伍彬籍贯

《全宋诗》卷一五《伍彬小传》："伍彬，祁阳（今属湖南）人。初仕马楚，入宋，授安邑簿，秩满归隐，与廖融为诗友。（《诗话总龟前集》卷一一引《雅言系述》）。"

按伍彬籍贯为邳阳，"祁阳"为"邳阳"之形误。检阮阅《诗话总龟》卷一一《雅什门》引《雅言系述》："伍彬，邳阳人。初事马氏，王师下湖湘，授官为安邑簿，秩满归隐。"又《十国春秋》卷七五《伍彬传》："伍彬，邳阳人。素能诗。初仕□□王，国亡后归宋。有《解官》诗曰：'踪迹未辞鸳鹭侣，梦魂先到鹧鸪村。'"《全唐诗》卷七六二《伍彬小传》："伍彬，邳阳人。初仕楚，后入宋。"是伍彬为邳阳人甚明。邳阳在今江苏邳县境内，祁阳在今湖南祁阳县南。又其为安邑簿在十国楚马氏时，《全宋诗》小传作入宋后亦误。又清厉鹗《宋诗纪事》卷五《伍彬》条："彬，郴阳人。初仕马氏，王师下湖湘，授官为安邑簿。秩满归隐。""郴阳"亦为"邠阳"形误。

王处厚卒年

《全宋诗》卷二一《王处厚小传》："王处厚，字元美，益州华阳（今四川成都）人。太祖乾德五年进士。（《新编分门古今类事》卷四）。"未言其卒年。

按王处厚卒年可考。宋释赞宁《宋高僧传》卷二二《周伪蜀净众寺僧缄传》："有华阳进士王处厚者，乙卯岁于伪蜀落第，则周显德二年也。入寺写忧于松竹间，见缄。缄曰：'得非王处厚乎？'处厚惊曰：'未尝相狎，何遽呼耶？'缄曰：'偶知耳。'……处厚曰：'某身世奚若？''子将来之事极于明年。而今而后，事可知矣。'……处厚震骇，不知所裁，但问'明年及第人姓名为谁耶！'缄索纸笔，立书一短封与之，诫之严密藏之，脱泄，祸不旋踵。须臾，吏散。缄携手出庙，及暝而去。及春试罢，缄来处厚家，留一简云：'暂还弊庐，无复面也。'后住寺僧堂中问之，已他适矣。乃拆短封视之，但书四句云：'周成同成，二王殊名。王居一焉，百日为程。'及乎榜出，验之有八士也。二王，处厚与王慎言也，王居一焉。恶其百日为程，处厚唯狎同年，置酒高会，极遂性之欢。由是荒乱不起，是夜暴亡。同年皆梦处厚蓝袍槐笏，驱殿而行。验其策名之荣，止一百十二日也。"是王处厚卒于及第之当年，即乾德五年（967）。又《诗话总龟前集》卷三三引《洞微志》曰："王处厚，字元美，益州华阳人。尝遇一老翁论浮世苦空事。登第后出郭，徘徊古陌，轸怀长吟曰：'谁言今古事难为，大抵荣枯总是空。算得生前随梦蝶，争如云外指冥鸿。暗添雪色眉根白，旋落花光脸上红。惆怅荒原懒回首，暮林萧索起悲风。'及暮还家，心疾而卒。"所言亦登第后即卒。

宋太宗逸诗

《全宋诗》卷二二至卷三九收宋太宗诗十八卷，然犹有可补者。张辂《太华希夷志》（《道藏》本）收宋太宗诗数首，均《全宋诗》所失载。今并录于下。

诏陈抟诗

华岳多闻说，知卿是姓陈。云间三岛客，物外一高人。丹鼎为活计，青山作近邻。朕思亲欲往，社稷去无因。

使葛守中再宣希夷先生

三度宣卿不赴朝，关河千里莫辞劳。凿山选玉终须得，点铁成金未见烧。紫袍绰绰宜披体，金印累累可挂腰。朕赖先生相辅佐，何忧万姓辍歌谣。

赐陈抟诗

知卿得道数余年，镇日常吞数粒丹。可讶鬓边无白发，还疑脸上有红颜。终宵寝向何方观，清晓斋登甚处坛。肯为眇躬传妙诀，寡人拟欲似卿闲。

与陈抟登东阁楼闲观市肆诗

人人未起朕先起，朝来万事攒心里。可美东京富豪民，睡至日高犹未起。

赐陈抟诗

曾向前朝出白云，后来消息杳无闻。如今若肯随征诏，总把三峰乞与君。

李从善小传

《全宋诗》卷四〇《李从善小传》："南唐封郑王（一作韩王），累迁太尉、中书令。"

按李从善在南唐先封郑王，后徙韩王，并非"一作韩王"。《宋史》卷四七八《李从善传》："从善字子师，伪封郑王，累迁太尉、中书令。"未言韩王事。《十国春秋》卷一九《李从善传》："初封纪国公，进封邓王（《宋史》作郑王，今从《南唐书》），使周，会宋太祖受禅，厚其礼，遣翰林学士王著送归。……徙封韩王，累迁太尉、中书令。"所言甚明。又《十国春秋》卷一六《南唐后主纪》："建隆二年六月，徙信王景逷为江王，邓王从善为韩王，留守南郡。"

释德聪生年

《全宋诗》卷五四《释德聪小传》："释德聪（？—1017），姑苏人，俗姓仰。初受戒于梵天寺，太宗太平兴国三年（978）结庐于佘山之东峰。真宗天禧元年，跏坐而逝。（《云间志》卷中）"

按释德聪生年可考。陈垣先生《释氏疑年录》卷六："松江佘山德聪。姑苏张潭仰氏。宋天禧元年卒，年七十四（944—1017）。《补续僧传》十九、《宋诗纪事》九一无年岁，今据《图书集成》僧传五二引《松江府志》。"是释德聪生于后晋开运元年（944）。

王禹偁《海棠》残句

《全宋诗》卷七一王禹偁诗卷收《海棠》残句云："杜甫句何略，薛能诗未工。"辑自宋陈景沂《全芳备祖》卷七。

按此为石延年（字曼卿）诗而误入王禹偁诗卷。考石延年《石学士诗集》收此残句，题为《和枢密侍郎因看海棠忆禁花此花最盛》，诗云："君看海棠格，群花品讵同。娇娆情自富，萧散艳非穷。旧縠班吴苑，新罗碎蜀宫。锦窠杯里影，绣段陈前烘。心乱香无数，茎柔动满丛。意分巫峡雨，腰系汉台风。盛若霞藏日，鲜于血洒空。高低千点赤，深浅半开红。妆指朱才布，膏唇檀更融。色娇无可压，体瘦不成丰。枝重轻浮外，苞疏密间中。难胜蜂不定，易入蝶能通。杜甫句何略，薛能诗未工。"又宋蔡正孙《诗林广记》卷八：《古今诗话》云：杜子美母名海棠，子美讳之，故杜集中绝无海棠诗。后吴中复诗亦云：'子美诗才犹阁笔，至今寂寞锦城中。'石曼卿云：'杜甫句何略，薛能诗未工。'至杨诚斋乃云：'岂是少陵无句子，少陵未见欲如何？'"

寇准诗附录

《全宋诗》卷九二寇准诗卷《附录》收诗四句云："侵阶草色连天雨，满地梨花昨夜风。蜀魄不来春寂寞，楚魂吟夜月朦胧。"注："清厉鹗《宋诗纪事》引《古今合璧事类备要》前集作寇准诗。按此四句出自唐来鹄七律《寒食山馆书情》，见《全唐诗》卷六四二。来鹄，南昌人，咸通进士，有《来公集》。"

按此诗实来鹏作，非来鹄诗。《唐诗纪事》卷五六《来鹏》条："《寒食山馆书情》：'独把一杯山馆中，每经时节恨飘蓬。侵阶草色连朝雨，满地梨花昨夜风。蜀魄不来春寂寞，楚魂吟后月朦胧。分明记得还家梦，徐孺宅前湖水东。'"而《全唐诗》卷六四二《来鹄小传》："来鹄，一作鹏。来鹄，豫章人，诗思清丽。咸通中举进士不第。诗一卷。"误将二人混为一人。《全宋诗》编者不察，遂袭其误。

今考《全唐诗》卷六四五李咸用有《赠来进士鹏》《赠来鹏》诗。而《全唐文》卷八一一收来鹄《圣政纪颂并序》，序中自称"乡校小臣来鹄"，自是两人无疑。五代时人孙光宪《北梦琐言》卷七云："唐进士来鹏，诗思清丽，福建韦尚书岫爱其才，曾欲以子妻之，而后不果。尔后游蜀，夏课卷中有诗云：'一夜绿荷风翦破，赚他秋雨不成珠。'识者以为不祥。是岁不随称秋赋，而卒于通议郎。"来鹄事迹，见于唐王定保《唐摭言》卷一〇："来鹄，豫章人也。师韩柳为文。大中末、咸通中，声价益籍甚。广明庚子之乱，鹄避地游荆襄，南返，中和客死维扬。"则来鹏死于蜀中，来鹄死于维扬；来鹏长于诗，来鹄善作文。自是二人无疑。

丁谓残句

《全宋诗》卷一〇二丁谓诗卷收残句云："自然堪下泪，何必更残阳。"辑自宋文莹《湘山野录》卷下。注云："《湘山野录》：'真宗国恤，荫补子弟当斋郎、挽郎之职。李维凡两日诣中书堂求免某子挽铎之执。丁谓允诺，李拜谢，戏丁谓曰：'昨日并今日，斋郎与挽郎。'盖言两日伺之。丁应声云云，满座服其敏捷。"

按"自然堪下泪，何必更残阳"乃丁谓吟唐人杜牧诗句，非其自作诗，故不应收入《全宋诗》中。考杜牧《樊川文集》卷三《池州春送前进士蒯希逸》云："芳草复芳草，断肠复断肠。自然堪下泪，何必更残阳。楚岸千万里，燕鸿三两行。有家归不得，况举别君觞。"唐韦毂《才调集》卷四杜牧名下亦选此诗，题为《池州春日送人》。又见《文苑英华》卷二八〇，题为《池州春日送前进士蒯希逸》，题下署名"杜牧"。《樊川文集》为杜牧外甥裴延翰手编，所收诗不致有误，《才调集》编者为五代蜀人，更不得将宋人诗收入。故为杜牧诗无疑。

石延年《题赵平叔豹隐堂》诗

《全宋诗》卷一七六石延年诗卷收《题赵平叔豹隐堂》诗。辑自《石曼卿集》及《中山诗话》。

按"赵平叔"为"赵叔平"之误。检《中山诗话》即有此误，《全宋诗》袭之。

考"赵叔平"即赵概,《宋史》卷三一八《赵概传》:"赵概字叔平,南京虞城人。"《宋诗纪事》卷一三《赵概》条:"概字叔平,南京虞城人。第进士,累擢龙图阁学士,知郓州,拜参知政事。"《北宋经抚年表》卷四引余靖《洪州学记》:"景祐改元之明年,赵概叔平来守是邦。"又宋吴处厚《青箱杂记》卷八:"少师赵公概,字叔平,天圣初王尧臣下第三人及第。"

释惟简卒年

《全宋诗》卷二六四《释惟简小传》:"释惟简,住婺州承天寺,渤潭禅师法嗣,为青原下十世。《五灯会元》卷一五有传。"

按陈垣《释氏疑年录》卷七:"宝月惟简,眉山苏氏。宋绍圣二年卒,年八十四(1012—1095)。《补续僧传》二三,及苏轼撰《塔铭》,《东坡后集》十八。"

苏舜卿《寄题水月》诗

《全宋诗》卷三一七苏舜卿诗卷收《寄题水月》诗,共二首。辑自宋郑虎臣《吴都文粹》卷八。按此二首诗又见于《全宋诗》卷一一释赞宁诗卷,题为《寄题明月禅院二首》,辑自宋范成大《吴郡志》卷三三。唯第二首第二句"雨"作"两"。按《吴郡志》卷三三《郭外寺》于"水月禅院"下先录释赞宁《寄题水月》诗二首,紧接二诗又录"庆历七年苏舜卿记"。郑虎臣辑《吴都文粹》时多据《吴郡志》,然录此诗文时未及细察作者"赞宁",误将"庆历七年苏舜卿记"属上,遂致同诗而作者不同。又诗有"人我绝时隈树石,是非来处接帆樯"等句,明显是僧人口吻,故此诗非苏舜卿作甚明。

(《中国文学研究》1997年第3期)

《全宋诗》误收唐诗考

北京大学古文献研究所编纂的《全宋诗》，是有宋一代的诗歌总集。该书"搜采广博，涵容繁富，名家巨制，散篇佚作，全部汇萃于斯。而考订之精审，比勘之是当，亦远非《全唐诗》之所可比拟"（邓广铭先生题词）。此书的编纂，是一项嘉惠士林，造福子孙的宏伟事业。北京大学出版社自1991年迄今已出版了该书的完帙共72册。与同类书比较，《全宋诗》有明显的特点，尤其对于伪作与重出诗，花了很大功夫进行甄别。笔者在研究晚唐五代以及宋代文学时，经常翻阅《全宋诗》，获益匪浅。并从1993年起，就从事《全宋诗》的考订工作，所得渐多，则汇录成编，亦有公之于世以请益于学界者①。近年更查考众籍，发现该书误收情况较为严重。今特将《全宋诗》误收唐诗（包括五代诗）的情况加以考证②，以祈读者指正。

1. 《全宋诗》李涛诗卷（卷1册1页7）收诗九首及残句三则。其残句云："溪声长在耳，山色不离门。""扫地树留影，拂床琴有声。""一言瘝主宁复听，三谏不从归去来。"前二则辑自宋魏庆之《诗人玉屑》卷三，后一则辑自《吟窗杂录》卷二八。作者李涛，字信臣，京兆万年人。仕后唐、后晋、后汉、后

---

① 胡可先《〈全宋诗〉琐考》，载《文学遗产》1993年第3期；《〈全宋诗〉再考》，载《中国文学研究》1997年第3期；《新补〈全宋诗〉180首》，载《中华文史论丛》第81辑。

② 有关《全宋诗》误收唐诗的情况：尹楚彬《〈全宋诗〉误收唐五代诗辨》（《晋阳学刊》1996年第1期）考出5首；傅璇琮、张如安《〈宋诗纪事补正〉掇误》（《中华读书报》2003年8月13日）考出3首；李裕民《〈全宋诗〉辨误》（《文献》2003年第2期）考出3首；百川《〈全宋诗〉误收唐诗一束》（《江苏大学学报》2003年第1期）考出4首。本文尽量作全面考证，故将时贤考证确为定论者摘要收录，对尚有疑义者作进一步考论。

周，历刑部、户部尚书，封莒国公。入宋，拜兵部尚书。按，此残句三则中，"一言痛主宁复听"为字信臣之李涛作，而其他二则应为晚唐时长沙人李涛作，与此同名而非一人，《全宋诗》误收。考唐王定保《唐摭言》卷一〇《海叙不遇》条："李涛，长沙人也，篇咏甚著，如'水声长在耳，山色不离门。'又：'扫地树留影，拂床琴有声。'又：'落日长安道，秋槐满地花。'皆脍炙人口。温飞卿任太学博士，主秋试，涛与卫丹、张郃等诗赋，皆榜于都堂。"又见宋计有功《唐诗纪事》卷六七《李涛》条、宋尤袤《全唐诗话》卷五、《全唐诗》卷七九五。《全唐诗》卷七三七将此二则又夹杂于字信臣之李涛诗卷，亦误。

2. 陶谷诗卷（卷1册1页16）收《诗一首》云："三十年前草上飞，铁衣着尽着僧衣。天津桥上无人问，独倚危栏看落晖。"辑自宋王明清《挥麈录》卷五。按此诗非陶谷作，《全宋诗》误收。《全唐诗》卷七三三黄巢诗卷收此诗，题为《自画像》，题注："陶谷《五代乱离纪》云：'巢败后为僧，依张全义于洛阳，曾绘像题诗。人见像，识其为巢云。'"诗云："记得当年草上飞，铁衣著尽著僧衣。天津桥上无人识，独倚栏干看落晖。"今检宋王明清《挥麈录》后录卷五《黄巢明马儿李顺皆能逃命于一时》条："顷见王仁裕《洛城漫录》云：张全义为西京留守，识黄巢于群僧中。而陶谷《五代乱纪》云：巢既遁免，祝发为浮图，有诗云：'三十年前草上飞，铁衣着尽着僧衣。天津桥上无人问，独倚危栏看落晖。'"则《挥麈录》引陶谷《五代乱纪》即《五代乱离纪》，记此诗为黄巢作，《全宋诗》编者未审文意，遂误录入陶谷诗卷。然此诗作者还需进一步考证。《说郛》卷二三引宋赵与时《宾退录》云："陶谷《五代乱离纪》载黄巢遁免，后祝发为浮图，有诗云：'三十年前草上飞，铁衣着尽着僧衣。天津桥上无人问，独倚危栏看落晖。'近时王仲言亦信之，著于《挥麈录》。殊不知此乃以元微之《知度师》诗窜易磔裂，合二为一，元集可考也。其一云：'四十年前马上飞，功名藏尽拥禅衣。石榴园下擒生处，独自闲行独自归。'其二曰：'三陷思明三突围，铁衣抛尽纳禅衣。天津桥上无人识，闲凭栏干望落晖。'"考元稹《元氏长庆集》卷一六即收《智度师二首》。据此则"三十年前草上飞"诗亦非黄巢所作，而是后来好事者割裂元稹诗而加于黄巢者。要之，诗非宋人陶谷作则可决断也。

3. 范质诗卷（卷3册1页49）收残句云："大暑去酷吏，清风来故人。"辑自邵伯温《闻见前录》卷七。按，此为杜牧《早秋》诗中一联，全诗云："疏雨洗空旷，秋标惊意新。大热去酷吏，清风来故人。樽酒酌未酌，晓花颓不颓？

铢秤与缕雪，谁觉老陈陈？"见于杜牧《樊川文集》卷三。《樊川文集》二十卷，乃杜牧外甥裴延翰手编，较为可信。今考邵伯温《邵氏闻见录》卷七："范鲁公质举进士，和凝为主文，爱其文赋。……先后为相，……时暑中，公所执扇偶书'大暑去酷吏，清风来故人'诗二句。其人曰：'世之酷吏冤狱，何止如大暑也，公他日当深究此弊。'因携其扇去。"实邵伯温所记范质，乃将杜牧诗句书扇，并非自作。清厉鹗《宋诗纪事》卷二《范质》条复将此事录入。《全宋诗》编者不察，遂误为范质诗。

4. 孙光宪诗卷（卷3册1页51）收《采莲》诗："菡萏香连十顷陂，小姑贪戏采莲迟。晚来弄水船头湿，更脱红裙裹鸭儿。"录自《全唐诗》卷七六二孙光宪诗卷。按，《全宋诗》卷一一五五张末诗卷亦收入此诗，题作《采莲子》。考此诗实为唐皇甫松作，《全唐诗》卷三六九皇甫松诗卷收作《采莲子二首》第一首。

5. 张泌诗卷（卷14册1页202）收《送容州中丞赴镇》诗云："交趾同星座，龙泉佩斗文。烧香翠羽帐，看舞郁金裙。鹢首冲泷浪，犀渠拂岭云。莫教铜柱北，只说马将军。"辑自《全唐诗》卷七四二。按，此实为晚唐杜牧诗，《全唐诗》误入张泌诗卷，《全宋诗》又袭误。考杜牧《樊川文集》卷二收此诗，题同。唯第二句"佩"作"似"，第八句"只"作"空"。《樊川文集》乃其外甥裴延翰手编，裴延翰之时代又比张泌早得多，不会将张泌之诗收入《樊川文集》。又《舆地纪胜》卷一〇四《容州》收杜牧《送唐中丞》云："鹢首冲陇浪，犀渠拂岭云。莫教铜信北，长说马将军。"即此诗后四句。《文苑英华》卷二八〇亦收此诗为杜牧《送容州唐中丞赴镇》。唐中丞，吴廷燮《唐方镇年表》卷七《容管》以为是唐持，是。《旧唐书》卷一九〇《唐持传》："自工部郎中出为容州刺史、御史中丞、容管经略招讨使。入为给事中。大中末，检校左散骑常侍、灵州大都督府长史、朔方节度、灵武六城转运等使。"与杜牧时代正合。故《送容州中丞赴镇》诗为杜牧作无疑。

6. 张泌诗卷（卷14册1页202）收《赠韩道士》："日暮秋风吹野花，上清归客意无涯。桃源寂寂烟霞闭，天路悠悠星汉斜。还似世人生白发，定知仙骨变黄芽。东城南陌频相见，应是壶中别有家。"按此诗亦见《全唐诗》卷七二三戴叔伦诗，蒋寅《戴叔伦诗集校注》卷二："此诗又见于《全唐诗》卷七四二张泌诗中，今按韦毅《才调集》卷四、《英华》卷二二八选此诗均作戴叔伦，张泌诗中当为误收。"

7. 廖融诗卷（卷15册1页213）收《存目》诗一首，诗题为《酬皇甫冉西陵见寄》，诗云："西陵潮已漏，岛屿没中流。越客依风水，相看南渡头。寒光生极浦，暮雪映沧洲。何事扬帆去，空惊海上鸥。"出处为宋孔延之《会稽掇英总集》卷一二。附注云："皇甫冉，中唐诗人；廖融，五代入宋。不可能有酬寄诗。"按，此处指诗非廖融作，是。然具体作者须再考证。今考此诗乃中唐诗僧灵一诗，《全唐诗》卷八〇九灵一诗卷收此诗，题为《酬皇甫冉西陵见寄》，注："一作西陵渡。"唯第一句"已"作"信"。第二句"没"下注："一作入。"第四句"相看"作"相思"。第六句"暮雪"作"落日"，注："一作暮雪。"第八句"海"下注："一作江。"又宋计有功《唐诗纪事》卷七二《僧灵一》条收此诗，题为《酬皇甫冉西陵见寄》。唐姚合《极玄集》卷下亦收此诗为灵一《酬皇甫冉西陵见寄》诗，可证定为灵一作。《全唐诗》卷二四九皇甫冉诗卷《西陵寄灵一上人》，即为原唱。又刘长卿《刘随州集》卷三《重过宣峰寺寄灵一上人》诗，所录即此诗，又见《全唐诗》卷一四八刘长卿诗卷。盖亦灵一诗误入。

8. 王涣诗卷（卷73册2页844）收《惆怅吟》残句云："陈宫兴废事难期，三阁空余绿草基。"辑自宋王象之《舆地纪胜》卷一七《江南东路·建康府》。按此实为唐人王涣诗，因作者姓名相同而《全宋诗》误收。考《全唐诗》卷六九〇王涣诗卷收此诗为《惆怅诗》十二首之九，全诗云："陈宫兴废事难期，三阁空余绿草基。狎客沦亡丽华死，他年江令独来时。"宋计有功《唐诗纪事》卷六六《王涣》条："涣字群吉，大顺二年侍郎裴贽下登第。""涣《惆怅诗》云：……陈宫兴废事难期，三阁空余绿草基。狎客沦亡丽华死，他年江令独来时。"又韦縠《才调集》卷七选王涣诗十三首，此首亦在其中。以此可证定为唐王涣作。唐王涣事迹详拓本卢光济撰《唐故清海军节度掌书记太原王府君（涣）墓志铭》（1954年5月于广州市越秀山出土）。然宋元时常将二王涣混为一人。如元辛文房《唐才子传》卷一〇《王涣传》："后以礼部侍郎致仕，年九十，见《睢阳五老图》。"实将宋王涣事迹误为唐王涣。

9. 寇准诗卷（卷92册2页1043）《附录》收《春恨》诗四句云："侵阶草色连天雨，满地梨花昨夜风。蜀魄不来春寂寞，楚魂吟夜月朦胧。"注："清厉鹗《宋诗纪事》引《古今合璧事类备要》前集作寇准诗。按此四句出自唐来鹄七律《寒食山馆书情》，见《全唐诗》卷六四二。来鹄，南昌人，咸通进士，有《来公集》。"按此诗实来鹏作,非来鹄诗。《唐诗纪事》卷五六《来鹏》条:"《寒食山馆书情》云:'独把一杯山馆中,每经时节恨飘蓬。侵阶草色连朝雨,满地梨花昨夜风。蜀魄啼来春寂寞,楚魂吟后月朦胧。分明记得还家梦,徐孺宅前湖水东。'"而《全唐诗》卷六四二《来鹄小传》:"来鹄,一作鹏。来鹄,豫章人,诗思清丽。咸通中举进士不第。诗一卷。"误将二人混为一人。《全宋诗》编者不察,遂袭其误。今考《全唐诗》卷六四五李咸用有《赠来进士鹏》《赠来鹏》诗。而《全唐文》卷八一一收来鹄《圣政纪颂并序》,序中自称"乡校小臣来鹄",自是两人无疑。五代时人孙光宪《北梦琐言》卷七云:"唐进士来鹏,诗思清丽,福建韦尚书岫爱其才,曾欲以子妻之,而后不果。尔后游蜀,夏课卷中有诗云:'一夜绿荷风翦破,赚他秋雨不成珠。'识者以为不祥。是岁不随秋赋,而卒于通议郎。"来鹄事迹,见于唐王定保《唐摭言》卷一〇:"来鹄,豫章人也。 师韩柳为文。 大中末、咸通中,声价益籍甚。广明庚子之乱,鹄避地游荆襄,南返,中和客死于维扬。"则来鹏死于蜀中,来鹄死于维扬;来鹏长于诗,来鹄善作文。自是二人无疑。

10. 丁谓诗卷(卷102册2页1169)收残句云:"自然堪下泪,何必更残阳。"辑自宋文莹《湘山野录》卷下。注云:"《湘山野录》:'真宗国恤,荫补子弟当斋郎、挽郎之职。李维凡两日诣中书堂求免某子挽铎之执。丁谓允诺,李拜谢,戏谓丁曰:'昨日并今日,斋郎与挽郎。'盖言两日伺之。丁应声云云,满座服其敏捷。"按"自然堪下泪,何必更残阳"乃丁谓吟唐人杜牧诗句,非其自作诗,故不应收入《全宋诗》中。考杜牧《樊川文集》卷三《池州春送前进士蒯希逸》云:"芳草复芳草,断肠复断肠。自然堪下泪,何必更残阳。楚岸千万里,燕鸿三两行。有家归不得,况举别君觞。"唐韦毂《才调集》卷四杜牧名下亦选此诗,题为《池州春日送人》。又见《文苑英华》卷二八〇,题为《池州春日送前进士蒯希逸》,题下署名"杜牧"。《樊川文集》为杜牧外甥裴延翰手编,所收诗不致有误,《才调集》编者为五代蜀人,更不得将宋人诗收入。故为杜牧诗无疑。

11. 林逋诗卷(卷108册2页1245)收残句:"已作归心即自宽。"录自宋绍嵩《亚愚江浙纪行集句诗》卷一。按,傅璇琮、张如安《〈宋诗纪事补正〉掇误》(《中华读书报》2003年8月13日):"(钱钟书《宋诗纪事补正》)卷10页692,据《亚愚江浙纪行集句诗》卷4,辑补林逋诗一句:'已作归心即自宽。'经查南宋初董弅所编的《严陵集》,其书卷2录有唐方干诗36首,有《初归故里》诗，其首二句即为'常思旧里欲归难，已作归心即自宽'。按此诗又见《全唐诗》卷651，题《初归故里献侯郎中》，较《严陵集》增多'献侯郎中'4字。严陵即严州，治所为浙江桐庐。《唐摭言》卷10《韦庄奏请追赠不及第人近代者》条，就云：'方干，桐庐人。'（参见傅璇琮主编《唐才子传校笺》卷7，中华书局，1990）《严陵集》卷2还载方干《怀桐江旧居》。可见此诗绝非浙东籍的宋人林逋之作。"按，傅、张说是，然尚有可补充者。侯郎中为侯温，唐咸通七年为睦州刺史。《严州图经》卷一："侯温，咸通□年□月□日自郎中拜。"《全唐诗》卷六五一方干还有《归睦州中路寄侯郎中》诗，又《初归故里献侯郎中》诗有"朝昏入闰春将逼，城邑多山夏却寒"。考咸通七年三月为闰月，故知诗为咸通七年春方干赠侯温之作。

12. 晏殊诗卷（卷172册3页1953）收《社日》诗一首："山郡多暇日，社时放吏归。坐阁独成闷，行塘阅清辉。春风动高柳，芳园掩夕扉。遥思里中会，心绪怅微微。"辑自蒲积中《古今岁时杂咏》卷一〇。按，此为唐人韦应物诗，题为《社日寄崔都水及诸弟群属》。孙望《韦应物诗集编年校笺》卷六云："建中四年（783）仲春之际滁州作。……崔都水，即崔绰，详前《答崔都水等诗注》。"又据同书卷四《答崔都水》诗注："疑建中元年（780）冬间作。崔都水，即崔绰。应物集中赠崔都水诗特多，盖为其堂妹婿也。绰，少年豪侠，不拘小节，卒元和初，年九十余。事详赵璘《因话录》卷六。"又《因话录》卷六："都水使者崔绰，少年豪侠，不拘小节。天宝中，有方士过其家，崔倾财奉之，亦无所望。……元和初犹在。年九十余卒。苏州刺史韦公（原注：余之祖舅）集中所赠崔都水诗者是也。……崔即苏州之堂妹婿也。"又考韦集各本如北京图书馆藏乾道递修本、南宋刻书棚本、南京图书馆藏宋刻本《韦应物集》，今人陶敏、王友胜《韦应物集校注》卷三均收此诗，故《社日》诗本为韦应物作，蒲积中《古今岁时杂咏》误入晏殊名下，《全宋诗》沿误。

13. 宋祁诗卷（卷225册4页2620）收佚句："淅淅寒流涨浅沙。"录自宋绍嵩《亚愚江浙纪行集句诗》卷五。按，傅璇琮、张如安《〈宋诗纪事补正〉掇误》（《中华读书报》2003年8月13日）："（钱钟书《宋诗纪事补正》）卷11页734，据《亚愚江浙纪行集句诗》卷五，辑补宋祁诗一句：'淅淅寒流涨浅沙'。按查《江湖小集》本《亚愚江浙纪行集句诗》，此句下注作'朱景文'。大约因为宋祁有《景文集》，这次《补正》就断为宋景文（祁）作。实际上，'朱景文'

乃'朱景玄'之误。《全唐诗》卷547载朱景玄《宿新安村步》七绝，其首句即'渐渐寒流涨浅沙'。又见《万首唐人绝句》卷73。《全唐诗》卷701王贞白，也录有此诗，诗题也同。这可另考，但可断定为唐朝人之诗，非宋人所作。"

14. 蔡襄诗卷（卷391册7页4817）收《入天竺山留客》诗："山光物态弄春晖，莫为轻阴便拟归。纵使晴明无雨色，入云深处亦沾衣。"录自《蔡忠惠集》卷七。按此实非蔡襄诗，而是唐人张旭《山中留客》诗误入。见《全唐诗》卷一一七张旭诗卷。此诗宋洪迈《万首唐人绝句》亦收录为唐张旭诗。同卷《度南涧》诗："隐隐飞桥隔野烟，石矶西畔问渔船。桃花尽日随流水，洞在清溪何处边？"又《十二日晚》："欲寻轩槛倒清尊，江上烟云向晚昏。须倩东风吹散雨，明朝却待入花园。"亦为唐张旭诗误入。出处与前首同。

15. 徐融诗卷（卷431册8页5298）收《润州》残句："淮船分蚁点，江市聚蝇声。"辑自宋《锦绣万花谷》前集卷五。按，尹楚彬《〈全宋诗〉误收唐五代诗辨》（《晋阳学刊》1996年第1期）："此二句为南唐徐融诗。《全唐诗》卷七九五作徐融《夜宿金山》诗残句：'淮船分蚁队，江市聚蝇声。'云见《古今诗话》。《古今诗话》（《增订诗话总龟》前集卷二九引）：'南唐徐融《夜宿金山》诗云：维船分蚁队，江市聚蝇声。烈祖性严忌，宋齐丘谮之，以竹笼沉于京口。'可知此诗作者徐融系南唐先主李昪时人，并被李昪杀害，未入宋。而《全宋诗》之徐融，据小传，则为北宋皇祐年间人，显为两徐融。《锦绣万花谷》引此诗，未言作者时代，至《全宋诗》误收。"

16. 李山甫诗卷（卷516册9页6267）收《牡丹二首》："邀勒春风不早开，众芳飘后上楼台。数苞仙艳火中出，一片异香天上来。晓露精神妖欲动，暮烟情态恨成堆。知君已解相轻薄，斜倚栏杆首重回。""嫚黄妖紫间轻红，谷雨初晴早景中。静女不言还爱日，彩云无定只随风。炉烟坐觉沈檀薄，妆面行看晓黛空。此别又须经岁月，酒阑把烛绕芳丛。"录自吴自牧《梦粱录》卷一八。按，唐诗人亦有李山甫，与此同名而异代。《牡丹二首》乃唐人李山甫作。尹楚彬《〈全宋诗〉误收唐五代诗辨》及房日晰《〈全宋诗〉辨误六则》（《文学遗产》1996年第2期）已作考证，可参考。文长不录。

17. 李山甫诗卷（卷516册9页6268）收《杨柳》诗断句："多谢灞陵堤上柳，与人头上拂尘埃。"录自宋陈景沂《全芳备祖》后集卷一七杨柳类。按，此诗乃为唐人李山甫作，《全芳备祖》误置于宋人诗后，《全宋诗》因《全芳备祖》

误置此诗于宋人诗后而误作北宋李山甫诗收入。房日晰《〈全宋诗〉辨误六则》已作考证，可参考。

18. 李山甫诗卷（卷516册9页6268）收断句："世上几时曾好古。"录自李龏《梅花衲》。按，尹楚彬《〈全宋诗〉误收唐五代诗辨》："'世上几时曾好古'一句亦见唐李山甫《赠弹琴李处士》（《全唐诗》卷六四三）诗：'情知此事少知音，自是先生枉用心。世上几时曾好古，人前何必更沾襟……'《太平广记》卷二〇三《王中敬》条引《耳目记》载作诗本事甚详：'唐乾符之际，……敬傲在邺中数岁，时李山甫文笔雄健，名著一方，适于道观中与敬傲相遇，又有李处士亦善抚琴，山甫谓二客曰：幽兰绿水，可得闻乎？'唐敬傲即应命而奏之。……李处士亦为白鹤之操。山甫援毫抒思，以诗赠曰：'幽兰绿水耿清音，叹息先生枉用心。世上几时曾好古，人前何必苦沾襟。'据此可知，'世上几人曾好古'一句为唐人李山甫诗无疑。"

19. 胡幽贞诗卷（卷516册9页6275）小传："胡幽贞（《舆地纪胜》卷一一作正），生平不详，其时代似略早于王安石、郑獬（《乾道四明图经》卷八）。"收其《归四明》诗一首，录自《乾道四明图经》卷八。按，《唐诗纪事》卷四五有胡幽贞，又见《全唐诗》卷七六八，收诗二首。唐张为取其句入《诗人主客图》。《全唐诗外编》又补诗一首。知其为唐人无疑，《全宋诗》误收。张如安《读〈全宋诗〉札记》（《宁波师院学报》1993年第4期）："按孔凡礼《宋诗纪事续补》卷二十六有胡幽正，据《舆地纪胜》卷一一《庆元府诗》辑录其'海色连四明'一句，《全宋诗》踵此而误。又据张津《乾道四明图经》卷八补全胡氏全诗。其实胡幽贞不是宋人，而是唐代四明作家。"

20. 李观诗卷（卷617册11页7321）收《渔父二首》诗。辑自宋《锦绣万花谷》前集卷二五。其第一首："八月九月芦花飞，南溪老人垂钓归。秋山入帘翠滴滴，野艇依槛云依依。却把渔竿寻小径，闲梳鹤发对斜晖。翻嫌四皓曾多事，出为储皇定是非。"按，此首实为唐张志和诗，见《全唐诗》卷三〇八。其第二首："村寺钟声渡远滩，半轮残月落前山。徐徐拨棹却归湾，浪叠朝霞锦绣翻。"按，此实为五代后梁李梦符作，宋阮阅《诗话总龟》前集卷四六《神仙门》引《郡阁雅谈》："李梦符，不知何许人。梁开平初钟传镇洪州日，与布衣饮酒，狂吟放逸。尝以钓竿悬一鱼向市肆蹈《渔父引》，卖其词，好事者争买，得钱便入酒家。其词有千余首传于江表。略其一两首云：'村寺钟声渡远滩，半轮残月落前山。徐徐拨棹却归湾，浪叠朝霞锦绣翻。'"据知其为梁开平时人甚明。而宋人李观字梦符，神宗时人，《全宋诗》编者盖因"梦符"为李观字，遂误将李梦符诗误收入李观诗。

21. 李中诗卷（卷 626 册 11 页 7477）收《宿临江驿》诗："候馆寥寥辍棹过，酒醒无奈旅愁何。雨昏郊郭行人少，苇暗汀洲宿雁多。干禄已悲凋发鬓，结茅终愧负烟萝。篇章早晚迟知己，苦志忘形自有魔。"录自清曾燠《江西诗征》卷八。按，尹楚彬《〈全宋诗〉误收唐五代诗辨》："此诗应为南唐人李中诗。南唐李中，字有中，九江人，唐末进士及第，仕南唐为新涂令等官（《唐才子传》卷十），有《碧云集》传世，据集前李中诗友孟宾于所作序，诗集乃李中开宝六年亲自编定，今影宋本《碧云集》卷下即载此诗。宋人李中，字至之，清江人，仁宗嘉祐二年进士（《全宋诗》小传），与南唐李中显为二人。《临江驿》诗，《江西诗征》误作北宋李中诗收入，《全宋诗》盖承其讹，当删。"

22. 王安国诗卷（卷 631 册 11 页 7539）收残句："因郎憔悴却羞郎。"录自《诗话总龟》前集卷九："东坡云：为我周旋宁作我一句，只是难对，时王平甫在坐，应声云只消道云云。"按此为唐崔莺莺《绝张生》之句，见《全唐诗》卷八〇〇。王安国盖引用之，而非自作。

23. 孔夷诗卷（卷 685 册 12 页 8003）收《残句》："砌下梨花一堆雪。"录自陈景沂《全芳备祖》前集卷九。按此为唐人杜牧《初冬夜饮》诗句，全诗见《樊川文集》卷三："淮阳多病偶求欢，客袖侵霜与烛盘。砌下梨花一堆雪，明年谁此凭栏干？"《樊川文集》为杜牧外甥裴延翰手编，应可信，故《全芳备祖》则将杜牧句误为孔夷，《全宋诗》据而误收，当删。

24. 朱长文诗卷（卷 848 册 15 页 9812）收《春眺西上冈寄徐员外》诗，录自明申嘉瑞隆庆《仪真县志》卷一〇四。诗云："芜城西眺极沧流，漠漠春烟暗戍楼。瓜步早潮吞建业，蒜山晴日照扬州。隋家故事不能问，鹤在仙池期我游。"按，此诗又见《全唐诗》卷二七二朱长文诗卷，题作《春眺扬州西上（一无上字）岗寄徐员外》，诗云："芜城西眺极苍流，漠漠春烟间曙楼。瓜步早潮吞建业，蒜山晴雪照扬州。隋家故事不能问，鹤在仙（一作山）池期我游。（一本无此二句）"考宋计有功《唐诗纪事》卷二八《朱长文》条收此诗，并称："长文，大历间江南诗人。"故《全宋诗》当为同名而误收。

25. 黄裳诗卷（卷 947 册 16 页 11116）收《津阳门诗》残句："朝元阁成

老君现。"辑自《类编长安志》卷三。按,此为唐代郑嵎《津阳门诗》第三十一句,《全宋诗》误收。《津阳门诗》较长,今不录。

26. 李之仪诗卷(卷 975 册 17 页 11294)收《诗一首》:"美人在时花满堂,美人去后留空床。床上绣衾闲不寝,至今三载犹余香。香亦竟不灭,人亦竟不来。相思复相忆,白露湿苍苔。"辑自清钱尚濠《买愁集》卷上。按,此为李白《寄远十二首》之十一,见王琦注《李太白全集》卷二五,题一作《赠远》,仅个别文字有所不同:"美人在时花满堂,美人去后余空床。床中绣被闲不寝(一作更不卷),至今三载闻余(一作犹闻)香。香亦竟不灭,人亦竟不来。相思黄叶落(一作尽),白露湿(一作点)苍苔。"又考韦庄《又玄集》卷上收此诗,题作《长相思》。足证此诗为李白作,而《全宋诗》误收无疑。

27. 黄叔达诗卷(卷 1028 册 17 页 11748)收《望夫石》断句:"山头日日风和雨,行人归来石应语。"辑自宋陈师道《后山诗话》。按,检《后山诗话》,该条云:"望夫石在处有之。古今诗人,共用一律,惟刘梦得云:'望来已是几千岁,只似当年初望时。'语虽拙而意工。黄叔达,鲁直之弟也,以顾况为第一云:'山头日日风和雨,行人归来石应语。'语意皆工。江南有望夫石,每过其下,不风即雨,疑况得句处也。"据此记载,陈师道、黄叔达都认为这两句是顾况的诗,黄且认为此是历来咏望夫石的名列第一的诗句。《全宋诗》录为黄叔达作,乃误解文义所致。又此诗实为唐王建作,《王建诗集》卷二、《全唐诗》卷二九八王建诗卷收入此诗。陈师道《后山诗话》误载。考宋吴曾《能改斋漫录》卷三《望夫石》条:"'望夫处,江悠悠。化为石,不回头。山头日日风和雨,行人归来石应语。'岂无己、叔达偶忘王建作耶?"又宋吴开《优古堂诗话·望夫石》云:"陈无己《诗话》:'望夫石在处有之,古今诗人惟用一律。惟刘梦得云:'望来况是几千岁,只是当年初望时。'语虽拙而意工。黄叔达,鲁直之弟也,以顾况为第一,云:'山头日日风和雨,行人归来石应语。'语意皆工。江南望夫石,每过其下,不风即雨,疑况得句处也。予家有《王建集》,载《望夫石》诗,乃知非况作。其全章云:'望夫处,江悠悠。化为石,不回头。山头日日风复雨,行人归来石应语。'岂无己、叔达偶忘建作邪?"

28. 张轸诗卷(卷 1029 册 17 页 11751)小传:"张轸,生平不详。(《锦绣万花谷》前集卷三)。"收其残句:"山晓月初上,江鸣渐欲来。"按,此为唐诗误入,《全唐诗》卷七七七收张轸诗一首,录于无世次爵里可考诗卷,诗为《舟行夜发》："夜帆时未发，同侣暗相催。山晓月初下，江鸣潮欲来。稍分扬子岸，不辨越王台。自客水乡里，舟行知几回。"《唐诗大辞典》页259："张轸（697—732），字季心，襄阳（今属湖北）人。名臣张柬之孙，著作郎张漪第四子。九岁削发为僧。后还俗，入太学。不久登进士第，拜河南府参军。后病卒。《八琼室金石补正》卷五四收吕岩说撰墓志。《全唐诗》存诗一首。"

29. 蔡肇诗卷（卷1205册20页13661）收残句："叠嶂巧分丁字水，腊梅迟见二年花。"录自宋陈岩肖《庚溪诗话》卷下。按，考《庚溪诗话》卷下云："蔡天启肇……尝守睦州，到任谢表有曰：'城谯阒寂，一叶落而知秋；岛屿萦回，二水合而成字。'复有诗曰：'叠嶂巧分丁字水，腊梅迟见二年花。'人谓能状桐庐郡景物也。"此记为蔡肇诗，实误，应是唐人杜牧为睦州刺史时所作之诗。考《樊川文集》卷四有《正初奉酬歙州刺史邢群》："翠岩千尺倚溪斜，曾得严光作钓家。越嶂远分丁字水，腊梅迟见二年花。明时刀尺君须用，幽处田园我有涯。一鏊风烟阳羡里，解龟休去路非赊。"《樊川文集》乃杜牧外甥裴延翰手编，不可能将宋人诗误入。故《庚溪诗话》误，《全宋诗》沿误。又清厉鹗《宋诗纪事》卷二七《蔡肇》条收此诗，然注云："鹗按，此二句有全诗，见唐《杜牧之集》，未知孰是。"则较为审慎。

30. 洪刍诗卷（卷1282册22页14504）收《田家谣》诗："父耕原上田，子斫山下荒。六月一禾生，官家一开仓。"录自《锦绣万花谷》卷二五。按，当是《锦绣万花谷》漏署名，实为唐聂夷中作。孙光宪《北梦琐言》卷二："咸通中，礼部侍郎高湜知举，榜内孤贫者公乘亿，赋诗三百首，多书于屋壁。……最奇者有聂夷中，河南中都人。少贫苦，精于古体。……又《咏田家》诗云：'父耕原上田，子斫山下荒。六月禾未秀，官家已修仓。'"《唐诗纪事》卷六一《聂夷中》条："《咏田家》诗云：'父耕原上田，子斫山下荒。六月禾未秀，官家已修仓。'"

31. 严武诗卷（卷1319册22页14988）据林桢《联新事备诗学大成》卷一四收残句："江头枫叶赤愁客。"按，此为唐严武《巴陵答杜二见忆》诗颈联之首句，《全唐诗》卷二六一严武诗卷载此诗云："卧向巴山落月时，两乡千里梦相思。可但步兵偏爱酒，也知光禄最能诗。江头赤叶枫愁客，篱外黄花菊对谁。跂马望君非一度，冷猿秋雁不胜悲。"宋计有功《唐诗纪事》卷二〇《严武》条亦载此诗。《全宋诗》当误收。

32. 释道颜诗卷（卷 1824 册 32 页 20309）收《释古》诗："三十年前此寺游，木兰花发院新修。如今再到经行处，树老无花僧白头。"所据为宋赜藏主《古尊宿语录》卷四七《东林和尚云门庵主颂古》，所收释道颜《颂古》共 110 首。按，此首乃唐王播诗，据唐王定保《唐摭言》卷七："王播少孤贫，尝客扬州惠昭寺木兰院，随僧斋餐，诸僧厌怠，播至，已饭矣。后二纪，播自重位出镇是邦，因访旧游，向之题已皆碧纱幕其上。播继以二绝句曰：'二十年前此院游，木兰花发院新修。而今再到经行处，树老无花僧白头。''上堂已了各西东，惭愧阇黎饭后钟。二十年来尘扑面，如今始得碧纱笼。'"又见《唐诗纪事》卷四五《王播》条、《诗话总龟》前集卷二四引《古今诗话》。据证《全宋诗》误收无疑。

33. 陈羽诗卷（卷 3342 册 64 页 39935）收《宿淮阴作》诗："秋灯点点淮阴市，楚客连樯宿淮水。夜深风起鱼鳖腥，韩信祠堂月明里。"辑自宋祝穆《方舆胜览》卷四六。按，此为唐人陈羽诗，见《全唐诗》卷三四八，题作《宿淮阴县作》。又宋洪迈《万首唐人绝句》卷七四亦收作唐人陈羽诗。考唐陈羽，《唐才子传》卷五《陈羽传》："羽，江东人。贞元八年礼部侍郎陆贽下第二人登科，与韩愈、王涯等共为'龙虎榜'。后仕历东宫卫佐。羽工吟，与灵一上人交游唱答。"

34. 陈羽诗卷（卷 3342 册 64 页 39935）收《城下闻夷歌》诗："犍为城下牂牁路，空冢滩西贾客舟。此夜可怜江上月，夷歌铜鼓不胜愁。"辑自宋祝穆《方舆胜览》卷五二。按，此为唐人陈羽诗，见《全唐诗》卷三四八，题作《犍为城下夜泊闻夷歌》。

35. 陈羽诗卷（卷 3342 册 64 页 39935）收《梓州与温商夜别》诗："凤凰城里花时别，玄武江边月下逢。客舍莫辞先买酒，相门曾忝共登龙。近风骚屑千家竹，隔水悠扬五夜钟。明日又行西蜀路，不堪天际远山重。"辑自宋祝穆《方舆胜览》卷六二。按，此为唐人陈羽诗，见《全唐诗》卷三四八，题作《梓州与温商夜别》，题注："一作《夜别温商梓州》。"据《登科记考》卷一三，温商于贞元八年登进士第，与陈羽同榜。故此诗绝不会是宋人所作。

36. 陈羽诗卷（卷 3342 册 64 页 39935）收《广陵秋夜月》诗："霜落寒空月上楼，月中歌吹满扬州。相看醉舞倡楼月，不觉隋家陵树秋。"辑自宋王象之《舆地纪胜》卷三七。按，此为唐人陈羽诗，见《全唐诗》卷三四八，题为《广陵秋夜对月即事》。明曹学佺《石仓历代诗选》卷六八亦选为唐陈羽诗。

37. 陈羽诗卷（卷 3342 册 64 页 39935）收陈羽《春暖》诗："东风吹暖

气，消散入晴天。渐变池塘色，欲生杨柳烟。"辑自宋谢维新《古今合璧事类备要》卷一三。按，此为唐人陈羽诗，见《全唐诗》卷三四八，题为《春日晴原野望》，诗云："东风吹暖气，消散入晴天。渐变池塘色，欲生杨柳烟。蒙茸花向月，潦倒客经年，乡思应愁望，江湖春水连。"又宋王安石《唐百家诗选》卷六、元方回《瀛奎律髓》卷一〇均收作唐陈羽诗。

38. 陈羽诗卷（卷3342册64页39936）收《姑苏台览古》诗："忆昔吴王争霸日，歌谣满耳上苏台。三千宫女看花处，人静台空花自开。"辑自宋郑虎臣《吴都文粹》卷二。按，此为唐陈羽诗，见《全唐诗》卷三四八。又检《吴都文粹》卷二收陈羽此诗，置于李白诗前，是为唐人陈羽甚明。

39. 陈羽诗卷（卷3342册64页39936）收陈羽《吴城览古》诗："吴王旧国水烟空，香径无人兰叶红。春色似怜歌舞地，年年先发馆娃宫。"辑自明钱谷《吴都文粹》续集卷二。按，百川《〈全宋诗〉误收唐诗一束》称："此唐陈羽诗，见《全唐诗》卷三四八。"又检《吴都文粹》续集卷二收陈羽此诗，置于武元衡、赵嘏之间。宋周弼《三体唐诗》卷一、明高棅《唐诗品汇》卷五二、明曹学佺《石仓历代诗选》卷六八均选为唐陈羽诗，是为唐陈羽作甚明。

40. 陈羽诗卷（卷3342册64页39936）收断句："中朝驸马何平叔，南国佳人陆士龙。"辑自《锦绣万花谷》前集卷二三。按，此为唐人陈羽诗，《全唐诗》卷三四八陈羽《宴驸马山亭》："垂杨拂岸草茸茸，绣户窗前花影重。鲙下玉盘红缕细，酒开金瓮绿醅酿。中朝驸马何平叔，南国佳人陆士龙。落日泛舟同醉处，回潭百丈映千峰。"题注："一作朱湾诗。"

41. 丘葵诗卷（卷3655册69页43906）收《芝山》诗："床头枕是溪中石，井底泉通竹下池。宿客不还过鸟语，独闻山雨对花时。"辑自清同治孙尔准《福建通志》卷五。按，百川《〈全宋诗〉误收唐诗一束》："此为贾岛《宿村家亭子》诗，见《全唐诗》卷五七四。"考贾岛《长江集》卷一〇收此诗，题注："一作《宿杜司空东亭》，一作《题杜司户亭子》。"李嘉言校云："《才调集》有贾岛《上杜驸马》一诗，注曰：'杜悰也。'杜悰以元和九年七月为殿中少监驸马都尉，尚岐阳公主，大中年加司空。本诗'村家'盖即'杜家'之形讹，'杜家'即谓杜悰。"又《唐诗纪事》卷四十、《文苑英华》卷三一六、《唐百家诗选》卷一五、《万首唐人绝句》卷二四、《石仓历代诗选》卷七二均收为贾岛诗，知是贾岛诗无疑。

42. 林杰诗卷（卷 3737 册 71 页 45051）小传："林杰，字智用，五岁即能诗，年十七得疾卒。事见《诗话总龟》前集卷二。"收《王仙君坛》诗，题注："时年五岁。"又收《七夕》诗，题注："谒唐中丞。"按，此林杰为唐代诗人，《全宋诗》误收。《太平广记》卷一七五《林杰》条引《闽川名士传》："林杰字智周，幼而聪明秀异，言发成文，音调清举。年六岁，请举童子，时父肃为闽府大将，性乐善，尤好聚书，又妙于手谭。当时名公多与之交，及有是子，益大其门。廉使崔侍郎千亟与迁职，乡人荣之。杰五岁，父因携之门脚，至王仙君霸坛，戏问童子能是乎？杰遂口占云：'羽客已归云路去，丹炉草木尽凋残。不知千载归何日，空使诗人扫旧坛。'父初不谓眇岁之作，遽臻于此，群亲益所惊异，递相传讽，乡里喧然。自此日课所为，未几盈轴。明年。遂献唐中丞扶，唐既伸幅窥吟，耸耳皆叹，命子弟延入学院，时会七夕，堂前乞巧，因试其乞巧诗，杰援毫曰：'七夕今朝看碧霄，牵牛织女渡河桥。家家乞巧望秋月，穿尽红丝几万条。'唐惊曰：'真神童也。'以是乡人群来求看，填塞门巷。杰又精于琴棋及草隶书，俱自天然，不假师受。唐因与宾从棋，或全局输者，令罩之勿触，取童子来，继终其事。杰必指踪出奇，往往返胜，曲尽玄妙，时谓神助。后复业词赋，颇振声问。有《仙客入壶中赋》云：'仙客以变化随形，逍遥放情。处于外则一壶斯在，入其中则万象俱成。飞阁重楼，不是人间之壮；奇花异木，无非物外之名。'至九岁，谒卢大夫贞、黎常侍殖，无不嘉奖。寻就宾见日，在燕筵，李侍御远、赵支使容深所知仰，不舍斯须。和赵支使咏荔枝诗尤佳，云：'金盘摘下排朱果，红壳开时饮玉浆。'郑副史（按应作使）立作《奇童传》，刘制使重为序，以贻之。至年十七，方结束琴书，将决西迈，无何七月中，一旦天气澄爽，书堂前忽有异香氛氲，奇音响亮，家人出户观，见双鹤嘹唳，盘空而下，雪翎朱顶，徘徊庭际，杰欣然舍笔，跃下庭前，抱得一只，其父惊讶，恐非嘉兆，令促放，逡巡溯空而去。亲邻闻兹，咸来贺肃曰：'家藏书栉比，乃类筵鳣之表祥也。'及夕，杰偶得疾，数日而终。则知杰乃神仙谪下人世，魂灵已蜕于鹤耳。不然者，何亡之速也。"此事又见《诗话总龟》前集卷二引《古今诗话》、《唐诗纪事》五九。陈庆元《黄璞〈闽川名士传〉辑考》（《文献》2003 年第 2 期）云："《全唐诗》卷四七二：'林杰，字智周，闽人。幼而秀异，六岁赋诗，援笔立成。唐扶见而赏之。又精琴棋草隶。举神童，年十七卒。'疑此小传据《闽川名士传》而成。《正德福州府志》卷二八《人物志·文苑·林杰传》:'字智周,侯官人。幼而聪警英发,六岁举大中四年童子科。'则其为侯官人,生卒年为845—861。"

43. 林杰诗卷（卷3737 册71 页45051）收《七夕》诗,题注:"谒唐中丞。"此唐中丞即唐扶,前引《闽川名士传》已提及。再考《旧唐书》卷一七《文宗纪》下:开成元年五月,"以中书舍人唐扶为福建观察使"。开成四年十一月,"壬申,前福建观察使唐扶卒"。是唐扶为福建观察使,林杰谒见时所作诗。

44. 刘禹锡诗卷（卷3737 册71 页45062）小传:"刘禹锡,博通子史百家,精于医,有《传信方》二卷（《宋史·艺文志》六）,已佚。事见《过庭录》。"收其残句二则:"风定花落深一寸,日高啼鸟度千声。""晓莺林外千声啭,芳草阶前一尺长。"按,此将唐著名诗人刘禹锡的诗误收入《全宋诗》。范公偁《过庭录·欧公谓刘禹锡诗忽作人言》条:"刘禹锡博通子史百家,作《证类本草》而讷于为文,时贤颇于此鄙之。尝作诗曰:'风定落花深一寸,日高啼鸟度千声。'又云:'晓莺林外千声啭,芳草阶前一尺长。'欧公谓忽作人言。"刘禹锡不仅是诗人,且精于医,著有《传信方》二卷。《新唐书》卷五九《艺文志》:"刘禹锡《传信方》二卷。"今有《传信方集释》一书,唐刘禹锡著,冯汉镛集释,上海科学技术出版社1959年版。

45. 傅子容诗卷（卷3737 册71 页45062）收《题杨汝士玉蕊帖》诗,录自《苕溪渔隐丛话》前集卷四七。按,检《丛话》前集卷四七引《高斋诗话》:"唐人题唐昌观玉蕊花诗云:'一树珑松玉刻成,飘廊点地色轻轻。女冠夜觅香来处,唯见阶前碎月明。'今玚花即玉蕊花,王介甫以比玚,谓当用此玚字。盖玚,玉名,取其白耳。鲁直又更名为山礬,谓可以染也。庐陵段谦叔,多闻士也,家藏异书古刻至多,有杨汝士《与白二十二帖》云:'唐昌玉蕊,以少故见贵耳。自来江南,山山有之,土人取以供染事,不甚惜也。'则知玚花之为玉蕊,断无疑矣。传子容见此帖,乃作绝句云:'比玚更礬总未佳,要须博物似张华。因观异代前贤帖,知是唐昌玉蕊花。'"则《全宋诗》编者将"传"误录为"傅",复为子容之姓,实大误。

46. 王驾诗卷（卷3737 册71 页45069）收《永和县上巳》诗:"记得兰亭被禊辰,今朝兼是永和春。一觞一咏无诗侣,病倚山窗忆故人。"录自宋桑世昌《兰亭考》卷一二。按,此王驾实为唐诗人。《全唐诗》收其诗,然缺本首,童养年《全唐诗续补遗》卷九辑入。考陆心源《宋诗纪事补遗》卷八收王驾此诗,置于事迹无考作者内。《全宋诗》盖袭误。王驾事迹,《唐才子传》卷一〇《王驾传》:"驾字大用,蒲中人,自号守素先生。大顺元年杨赞禹榜登第,授校书郎。仕至礼部员外郎。弃官嘉遁于别业,与郑谷、司空图为诗友,才名籍甚。"

47. 李善美诗卷(卷3741册72页45127)收《大堤曲》:"酒旗相望大堤头,堤下连檣堤上楼。日暮行人争渡急,桨声幽轧满中流。"辑自宋王象之《舆地纪胜》卷八二。百川《〈全宋诗〉误收唐诗一束》:"此唐刘禹锡《堤上行》之一,见《全唐诗》卷三六五。"又《乐府诗集》卷九四、《唐音》卷一一、《唐诗品汇》卷五一、《石仓历代诗选》卷五九、《唐诗镜》卷三六、《唐人万首绝句选》卷四均收作刘禹锡诗。

48. 释无本诗卷(卷3741册72页45128)收《行次汉上》:"习家池沼草萋萋,岚树光中信马蹄。汉主庙前湘水碧,一声风角夕阳低。"录自《舆地纪胜》卷八二《京西南路·襄阳府》。又《马嵬》:"长川几处树青青,孤驿危楼对翠屏。一自上皇惆怅后,至今来往马蹄腥。"录自《诗渊》册三页2271。按,释无本即唐贾岛,非宋人,此误收。以上二诗见《全唐诗》卷五七四贾岛诗卷。

49. 邵清甫诗卷(卷3749册72页45210)收入《金钱花》诗,录自《后村千家诗》卷一〇。按,此诗为唐人来鹄作,见《全唐诗》卷六四二来鹄诗卷。考《诗话总龟》前集卷三七引《诗史》:"来鹄,洪州人,咸平中名振都下,然喜以诗讥讪当路,为人所恶,卒不第。《金钱花》云:'青帝若教花里用,牡丹应是得钱人。'"则录为来鹄诗,然误来鹄为宋人。来鹄为晚唐诗人,详《唐才子传校笺》卷八《来鹏传》笺证及本文上文所考。

50. 张碧诗卷(卷3751册72页45226)收《题祖山人池上怪石》及《鸿门》诗,前首辑自宋祝穆《古今事文类聚》前集卷一四,后首辑自清史传道乾隆《临潼县志》卷八下。按,百川《〈全宋诗〉误收唐诗一束》:"此二首均为唐人张碧诗,见《全唐诗》卷四六九。"考《全宋诗》将张碧置于时代无考卷中,实不明其事迹所致。考《新唐书》卷六十《艺文志》称张碧"贞元人"。《唐诗纪事》卷四五:"碧字太碧,贞元中人。"《唐才子传》卷五:"碧字太碧,贞元间举进士,累不第。"《孟东野诗集》卷九有《读张碧集》诗。知其为唐人无疑。

51. 谢安国诗卷(卷3764册72页45395)收《素曲送酒》诗,录自《诗渊》册1页132。按,此为唐李群玉诗,见《全唐诗》卷五七〇,题作《索曲送酒》,诗云:"帘外春风正落梅,须求狂药解愁回。烦君玉指轻拢捻,慢拨鸳鸯送一杯。"

52. 阎钦爱诗卷（卷3775册72页45548）收《宿濠州高唐馆》诗，录自《宋诗纪事》卷三一引《漫叟诗话》。并言："《苕溪渔隐丛话》前集卷五〇仅录前二句。"按，李裕民《〈全宋诗〉辨误》（《文献》2003年第2期）："按：《漫叟诗话》作者乃宋徽宗时人，书中谈论唐宋之诗，所记此事并未说阎钦爱是宋人。考最早记此事乃宋钱易《南部新书》卷七，书作于大中祥符八、九年间（1015—1016），书中说：'濠州西有高塘馆，附近淮水。御史阎敬爱宿此馆，题诗曰：借问襄王安在哉？山川此地胜阳台。今朝寓宿高塘馆，神女何曾入梦来。辎轩来往，莫不吟讽，以为警绝。'这里也未提及是何代人。明确认定时代的是南宋洪迈《万首唐人绝句》卷六十九，将他定为唐人。清《御定全唐诗》卷八七一也收此诗。在没有证据推翻唐人说，也没有证据确认他是宋人时，不应收入《全宋诗》。诗人之名，三家均作'阎敬爱'，与《漫叟诗话》作'阎钦爱'异，当以最早见之'阎敬爱'说为正。"今按，阎敬爱确为唐人，或作阎钦爱。宋陈公亮《严州图经》卷一《题名》："阎钦爱，至德二载十一月十日自苏州别驾拜。"唐林宝《元和姓纂》卷五阎氏："谷止，唐左司郎中；生敬言、敬受、敬仲。敬受生涉，邓州刺史。"岑仲勉《元和姓纂四校记》卷五："《南部新书》庚有御史阎敬爱题诗，即此敬受，字涉相类而讹也。《严州图经》一：'阎钦爱，至德二载十一月十日自苏州别驾拜。'亦当是敬受，'钦'字殆宋人讳改。"又《全唐文》卷三四六刘长卿有《祭阎使君文》《又祭阎使君文》，称："谨以清酌之奠祭于故睦州刺史阎公之灵……长卿昔尉长洲，公为半刺。"是《全宋诗》阎钦爱及诗均应删。

53. 黄蛾诗卷（卷3779册72页45618）收《新月》诗，录自清卢凤苓道光《罗源县志》卷三〇。小传："黄蛾，罗源（今属福建）人。早慧，年十五御前吟《新月》诗。"按，此实为唐人诗，《全唐诗》卷七八三收缪氏子诗一首，题作《赋新月》，题注："开元时，缪氏有子七岁，聪慧能文。以解童召试，赋新月诗，称旨。"又李裕民《〈全宋诗〉辨误》："按，此诗最早见于明人记载，乃唐人缪氏子所作。明弘治《八闽通志》卷12页230福安县条'缪家峙山，唐时缪氏有子，七岁聪慧能文。开元间，以神童召试，赋《新月》诗：初出如弓未上弦，分明挂在碧霄边。时人莫道蛾眉小，十五团圆照满天。'其后明末《闽书》卷三十一页751所载同。"

综合以上考证，共考《全宋诗》误收唐诗 53 则，其中笔者新考 40 则，补正已有成果 7 则，引录时贤成果 6 则。

（《中国典籍与文化》2005 年第 3 期）

《全宋诗》补遗100首

　　北京大学古文献研究所编纂的《全宋诗》,是有宋一代的诗歌总集。该书"搜采广博,涵容繁富,名家巨制,散篇佚作,全荟萃于斯。而考订之精审,比勘之是当,亦远非《全唐诗》之所可比拟"(邓广铭先生题词)。北京大学出版社自1991年起迄今已出版了该书的完帙共72册。但也有缺漏讹误之处,如诗人小传舛误、生卒年缺考、作品误收漏收、资料溯源失当等。笔者多年来查考众籍,从事订正与补遗,曾撰有《〈全宋诗〉琐考》(《文学遗产》1993年第3期)、《〈全宋诗〉再考》(《中国文学研究》1997年第3期)、《新补〈全宋诗〉180首》(《中华文史论丛》第81辑)。近来披阅石刻、家谱、方志等文献,又得佚诗100首,属成此文。其作者按《全宋诗》顺序排列,并注明所在的册、卷、页数。

王溥（1/11/161）

　　《诗一首》:"白马金鞍碧玉鞭,红楼十里晚风前。青蛾不识中书令,笑问谁家美少年。"(《坚瓠集》补集卷六)

　　《自问诗序》:"予年二十有五,举进士甲科。从周祖征河中,改太常丞。登朝时,同年生尚未释褐。不日作相,在廊庙凡十有一年,历事四朝,去春恩制改太子太保。每思菲陋,当此荣遇,十五年间,遂跻极品,儒者之幸,殆无以过。今行年四十三岁,自朝请之暇,但宴居读佛书,歌咏承平,因作《自问诗》十五章,以志本末。"(洪迈《容斋三笔》卷九《冯道王溥》条:"王溥自周太祖之末为相,至国朝乾德二年罢,尝作《自问诗》,述其践历,其序云……此序见《三朝史》本传,而诗不传,颇与《长乐叙》相类,亦可议也。")

周渍（1/11/165）

《红梅》："姑射仙人笑脸开，肯将脂粉涴香腮。只因误入桃源洞，惹得春风上面来。"（《永乐大典》卷二八〇九）

翁宏（1/15/213）

《湘江行》残句："风回山火断，潮落岸冰高。"（《全唐诗》卷七六二）

宋白（1/20/280）

《石烛》："但喜明如蜡，何嫌色似黧。"（陆游《老学庵笔记》卷五）

《诗一首》："风骚坠地欲成尘，春锁南宫入试频。三百俊才衣似雪，可怜无个解诗人。"（同上书卷八）

《句》："对花莫道浑无过，曾与常人举好诗。"（同上）

《自禁庭谪鄜畤》："九月一日奉急宣，连忙趋至合门前。忽为典午知何罪，谪向鄜州更怆然。"（同上书卷十）

曾致尧（1/54/579）

《游兴福寺》："庭前翠柏春阴薄，堂上铜边画漏长。因访高僧谈释部，试蠲尘虑对云房。"（《同治南城县志》卷九之六《艺文志》）

郑文宝（1/58/640）

《句》："万株杨柳拂晴烟。"（《全宋诗》卷一三七〇林震《舟入江阴集句》集此句注："郑文宝。"）

王禹偁（2/71/653）

《出知黄州劳新进士郊送》："缀行相送我何荣，老鹤乘轩愧谷莺。三人承明不知举，看人门下放门生。"（《玉壶清话》卷四。按《全宋诗》仅从《墨庄漫录》辑得后两句："三人承明不知举，看人门下放门生。"今补足全诗。）

《江郎三片石》："三茅遗躅在金陵，又见江家有弟兄。谢朓门前春色好，一时分付与岩扃。"（明徐𤊹《徐氏笔精》卷五）

孙何（2/88/978）

《读杜子美集》："世系留唐史，丘封寄耒山。高名落身后，遗集出人间。逸气应天与，淳风自我还。锋铓堪定霸，徽墨可绳奸。进退军三令，回旋马六闲。楚词休独步，周雅合重删。李白从先达，王维亦厚颜。庖刀尽余刃，羿彀肯虚弯。圣域分中上，天枢夺要关。逍遥登禁闼，偃蹇下尘寰。丽思苏幽蛰，神功凿险艰。语成新体句，才折好官班。谁氏传轩冕，何人得佩环。朱弦本疏越，黄鸟浪县蛮。元白词华窄，钱郎景象悭。蜀峰愁杳杳，湘水恨潺潺。子欲探骊颔，吾思撷虎斑。毛锥应颖脱，燕石竟疏顽。已袭兰兼菊，无嫌蒯与菅。二南如有得，高躅愿追攀。"（清仇兆鳌《杜诗详注》附编《诸家咏杜》。按此本自宋人所编《分门集注杜工部诗》。）

陈尧佐（2/97/1085）

《杭州喜李度支至》："公望当年最得君，画图城郭喜同群。门前碧浪家家海，树上青山寺寺云。松下玉琴邀鹤听，溪边苔石共僧分。情多景好知难尽，且倒金罍任半醺。"（宋潜说友《咸淳临安志》卷九五）

《又》："淡薄交情老更浓，为君弹瑟送金钟。苎萝香径无时到，姑射仙姿在处逢。鸾鹤品流惭晚达，烟霞门户忆先容。公余莫放西湖景，步步苍苔岸岸松。"（同上）

《杭州苏长官山亭》："诗阁城阴里，茅堂住半空。钟声千寺合，树影万家同。山远秋泉白，溪寒晚日红。相逢吟未足，沉醉恋云中。"（同上）

《题杭州望越亭》："树树西风叶叶秋，谁家烟火起沧洲。乘闲不耐无机性，拟动渔翁直钓钩。"（同上）

周熙（2/113/1296）

《金精歌》："金精山，绝尘俗，中通洞天石削玉。翠微楼阁碧烟生，白鹤桥低幽径通。我今两度登名山，诗兴那穷吟不足。仙家庭院户不扃，草色迷阶满前绿。香炉峰，青可掬，风来颇觉清心目。飞升堂高云若屯，凌云亭壁猿窥熟。披发香朝礼斗坛，石鼓石鼓翠如蠹。道人采药驾青牛，铁笛一声出鬼哭。浴仙池，水声瀑，流觞谁凿石为屋。岩深泉冷暑气消，水急杯流酒来速。阳灵道士颇自标，久立自把新诗读。问之其名何，雍容曰近竹。仙橘风来山之端，霞牵花气侵林峦。落日衔山新月弯，紫骝归落苔斑斑。酒醒香满客窗间，马蹄踏得飞花还。"（《道光宁都直隶州志》卷三一《艺文志》。按，《全宋诗》卷一一三周熙诗卷仅收此诗中八句，今补足全诗。）

王奇（3/152/1718）

《寄阴行先》："松萝石室中，清隐有名公。地尽无尘到，天高有穴通。薛铺春径绿，花照野塘红。遥忆深闺处，凭栏兴不穷。"（《同治南康县志》卷十二《艺文志》。按，《全宋诗》卷一五二王奇诗卷仅收此诗前四句，题作《通天岩》，今据补足全诗。）

石延年（3/176/2000）

《登云台山》："上蹲狮子石，下有濯缨泉。石崖对镌磨，唐宋留二贤。大暑日不到，银河倾九天。花气晓熏谷，春水如佩悬。坐久捐埃尘，冠弁斯泠然。"（《云台山志》卷十四《金石》，并录谭亨甫题："石曼卿赋此诗，状此景，穷写胜概，曲尽其情，而无石刻以为之纪。好事者记于州之永安寺壁，虑其岁月深远，颓毁不存，今刊于此，以永其传。盖将托是诗以不朽焉。丁亥十月谭亨甫题。"又跋："右文五行，行十字，后谭亨甫题六行，行十二字，字径二寸五分，真书，勒故郁林观东岩下大石南面。"）

刘沆（3/178/2044）

《赠永新簿凌瑀檄权泰和县事》："移我禾水恩，去拯西昌坠。予忝受知者，赠行聊建议。事上在乎恭，恭须戒成媚。临下贵乎简，简亦防兴伪。宽勿使伤韦，猛宜惩大鸷。五月期报成，雄揖循良吏。"（《同治永新县志》卷二五《艺文志》）

宋祁（4/226/2610）

《耤田颂》："倬彼鲜原，帝耤于田。匪耤其勤，我为民先。悠悠春旗，觌土于畿。阳膏泽泽，迄于三推。有壬有林，变莫不祗。我疆我理，或耘或籽。实苞实茂，莆厥丰草。田畯至喜，祈年伊蕃。我谷用成，我仓既盈。我仓耽耽，种于东南。其用伊何？事神荐馨。为酒为醴，为粢为盛。烝之浮浮，释之叟叟。

上帝居歆，降福孔休。降福伊何？我民既蕃。室家溱溱，三事不谖。食足武奋，震叠尔功。蛮夷来同，罔不率从。帝猷昭升，式于九围。兢兢业业，以愍万几。在丰念匮，在饫思饥。子子孙孙，勿替引之。"(《宋百家诗存》卷三《景文集》)

《北楼》："少城西北之高楼，此地苍茫天意秋。惊风白日忽已晚，落叶长年相与愁。极塞云物自惨淡，趋林鸟雀时啁啾。缨上朔尘久不洗，安得手弄沧江流。(同上)

张方平（6/305/3823）

《歌风台》："落魄刘郎作帝归，樽前慷慨《大风》诗。韩彭菹醢萧何絷，更欲多求猛士为？"（李齐贤《栎翁稗说》，录自《韩国诗话中论中国诗资料选粹》第16页。中华书局2002年版。）

元绛（7/353/4376）

《刘冲之相公拜相》："天圣年中桂籍人，而今二十五回春。亲逢舜烛图邻弼，首见尧龙秉化钧。百辟望公承约束，四方多士仰经纶。为儒富贵皆隆极，惟视功名日日新。"(《同治永新县志》卷二五《艺文志》)

祖无择（7/355/4406）

《游云台山》："清原王公衮君章，武功苏唐卿致尧，范阳祖无择择之。犯惊涛，航溟渤。投宿莽，屐崛岉。喝盘石，解簪帗。挹飞泉，醒心骨。挥高论，谢俗物。思古人，忽终日。足酒酣，清思逸。即绝壁，试奇笔。千万年，苍藓没。后有人，为吾拂。宋庆历甲申岁，秋七月辛卯朔，择之文，致尧笔，君章刻。"(《书法丛刊》1997年第4期载是诗篆刻拓本，无录文。此据清许乔琳纂《云台山志》卷十四《金石》及《书法丛刊》所载拓本辨认。又刘洪石《唐宋风韵，绝壁生辉：花果山唐隶宋篆介绍》："宋篆，即祖无择三言诗刻，位于唐隶石刻的斜对面。刻于'廉石'北立面上。诗刻高约五、宽约六米，小篆字体，字径八寸，正文，一二行，行七字，共八一字。前三行二一字是撰文、书篆、镌刻者的籍贯、姓名、字号。后九行六〇字是三言诗正文，记述了祖无择、苏唐卿、王君章三人畅游云台山的感受。最后二一字是落款，分二行。总计一〇二一字。诗刻的时间为北宋庆历甲申年，距今已九百五十余年。诗刻为祖无择撰文、苏唐卿书篆、王君章镌刻，各取三人文、笔、刀之长，史称'三绝碑'。……该三言诗是他知海州时撰写。")

张伯玉（7/383/4723）

《读杜子美集》："寂寞风骚主，先生第一才。诗魂躔斗壁，笔力撼蓬莱。运动天枢杇，奔腾地轴摧。万蛟盘险句，千马夹雄才。势走岷峨尽，辞含混沌来。剖山无鹊石，倾厩尽龙媒。荐擢夸三赋，飘零放一杯。艰艰行蜀道，感激上燕台。日月兵前没，江湖笑里开。独吟千载后，肝胆洗尘埃。"（《分门集注杜工部诗》附录）

蔡襄（7/391/4817）

《虚堂诗帖》："虚堂永昼来风长，石枕竹簟生清光。文园肺渴厌烦熬，更要夫君在侧傍。"[《书法丛刊》2003年第2期封三："宋蔡襄《虚堂诗帖》。纸本，纵22.6、横16厘米。现藏故宫博物院。蔡襄（1012—1067），字君谟，兴化仙游（属福建省）人，举进士，官至端明殿学士，知杭州，事迹见《宋史》本传。蔡襄善书，为宋四大家之一。此帖无款，原误题为'李西台建中'书，据徐邦达先生考证，为蔡襄三十五六岁时所书。"]

韩绛（7/394/4842）

《寄冲师诗帖》："绛偶承拙颂，寄冲师长老。颖川韩绛上。承师一指便心空，万象森罗触处通。别后自它知不隔，漫漫积雪起寒风。"（《书法丛刊》2003年第4期载北宋韩绛《寄冲师诗帖》："纸本，纵28.1、横30.1厘米。现藏台北故宫博物院。"）

杨蟠（8/409/5034）

《观子美画像》："文光万丈照词林，独步才难一代钦。尘士未论今日貌，篇章空忆旧时心。寂寥冠剑无由作，零落丹青但复吟。师法望公千载后，仰风三叹感知音。"（《分门集注杜工部诗》卷首）

司马光（9/498/6007）

《诗》："拜罢归来抵寺居，解鞍纵马罢传呼。紫衣金带尽脱去，便是林间一野夫。"

《又》："草软波清沙路微，手携筇杖著深衣。白鸥不信忘机久，见我犹穿岸柳飞。"（邵伯温《邵氏闻见录》卷十八："熙宁三年，司马温公与王荆公议新法不合，不拜枢密副使，乞守郡，以端明殿学士知永兴军。……公一日著深衣，自崇德寺书局散步洛水堤上，因过康节天津之居，谒曰程秀才云。既见，温公也，问其故，公笑曰：'司马出程伯休父，故曰程。'留诗云。"）

蒲宗孟（11/618/7335）

《送阳玉岩归乡》："收书万卷日沉酣，鲍谢篇章老更耽。不杂红尘来海上，却随明月入江南。家无四壁堪投足，郡有千山可结庵。遥想赣溪风雨夜，与谁挥麈共清谈。"（《同治南康县志》卷十二《艺文志》，又见《光绪上犹县志》卷十八《艺文志》。按，《全宋诗》卷六一八蒲宗孟诗卷收此诗前二句作为残句，题作《送阳孝本》，今补足全诗。阳孝本即阳玉岩。）

程节（12/724/8376）

《奉命节度粤西秋日登逍遥楼》："龙章特许出中州，西徼筹边上郡楼。万顷沧波炎海日，千林黄叶粤山秋。国恩久沛殊方泽，臣谊惟纡圣主忧。俯视苍梧绥服外，白云允塞是王猷。"（《道光浮梁县志》卷二一《艺文志》）

苏轼（14/832/9083）

《送茶与僧》："何物堪师赠，闽山第一茶。种同罗汉果，香胜钵云花。知味惟心解，逢人莫浪夸。底山泉可试，普与供河沙。"（《诗渊》册一页159）

《新生洲》："时复红鲩股臂分，蔽遮深浪见深仁。三江自此分南北，谁向中江是主人？"（《弘治黄州府志》卷六《艺文志》）

《新五祖寺》："登岭势巍巍，莲峰太华齐。凭栏红日早，回首白云低。"（同上）

《张文潜离黄州》："扁舟发孤城，携手谢送者。山回地势卷，天阔江面泻。中流望赤壁，石脚插水下。昏昏烟雾锁，历历鱼樵舍。居夷是三载，邻里通假借。别

之岂无情,老泪为一洒。篙工起鸣鼓,轻橹使如马。聊为过江宿,寂寂还山夜。"(同上)

《二十三日即事》:"已逢妩媚散花峡,不怕艰危道士矶。啼鸟似逢人劝酒,好山如为我开眉。风标公子鹭得意,跋扈将军风敛威。到舍将何作归遗,江山收得一囊诗。"(同上)

《题丫头山》:"何不梳妆嫁去休,免教人唤作丫头。只因不听良媒说,檐阁千秋与万秋。"(《弘治黄州府志》卷七《艺文志》)

《汉封当阳侯绩公像赞》:"壮士之颜,气度宽闲。随潘浚班,平五溪蛮。德不逾闲,忠不避艰。功奏凯还,爵受恩颁。眉山苏轼谨题。"(清光绪木活字排印本《萧山新田施氏宗谱》卷首)

张景修(14/840/9738)

《谒墓诗》:"君家盛事冠江东,济济簪缨满座中。绿绶荣身六桂子,青春免解十神童。愿撼忠谠酬天眷,把好诗书继祖风。堪羡虎头瞰下水,年年相映锦衣红。"(《道光浮梁县志》卷二一《艺文志》)

《双溪放舟》:"双溪载酒过南城,船在中流颠倒撑。吏抱辰牌隔水报,僧携茶具下山迎。村花入手犹飞蝶,岸柳因风忽见莺。化国日长公事毕,游人争傍长官行。"(同上)

孔文仲(15/842/9757)

《次韵刘贡父西省种竹》:"西垣种竹满庭隅,正直天街小雨初。渐引凉风侵梦觉,已留清露滴吟余。卜邻近喜苍苔满,托迹方惊上苑疏。昨夜青藜光照席,绿阴相对草除书。"(《苏轼诗集》卷二八引查注)

傅权(15/878/10212)

《游福山寺访颛公》:"来寻大知识,深历几重山。崎岖最高处,逍遥自在间。檐寒流水入,窗晴宿云还。却喜逢平叔,清谈屡破颜。"(《同治南城县志》卷九之六《艺文志》)

孔武仲(15/879/10232)

《次韵刘贡父西省种竹》:"此君安可一朝无,请看西园种竹初。嶰谷正当

吹凤后，葛陂犹是化龙余。风摇梦枕秋声碎，月漏吟窗夜影疏。他日如封管城子，莫缘老秃不中书。"（《苏轼诗集》卷二八引查注）

张熹（16/910/10700）

《伍牧·宋将尹玉援常州战死于此》："苦战勤王事，精魂泣鬼雄。坏城兵器黑，遗镞血花红。故老谈亡国，明时录死忠。长吟一搔首，落日鸟呼风。"（《道光宁都直隶州志》卷三一《艺文志》）

张商英（16/933/10989）

《南翔寺诗》："白鹤南翔阅岁年，鹤飞僧逝世空传。行人欲问前朝事，宝刹巍巍落照边。"（清张继先《南翔镇志》卷十《寺观》）

傅翼（16/948/11131）

《福山寺》："名利拘人不暂闲，羡师高卧白云间。白云不锁幽深路，终约烟霞一叩关。"（《同治南城县志》卷九之六《艺文志》。按此题共二首，《全宋诗》仅收一首。）

李之仪（17/950/11151）

《借光禄雪雀图》："图中尘迹已冥冥，说着麻翁耳便醒。冻雀高枝栖舞白，枯槎零乱倚寒青。欲凭妙手聊模写，暂借遗踪作典刑。老去未能忘著相，他年要伴草堂灵。"（宋范公偁《过庭录》："《李端叔诗借光禄雪雀图》，光禄旧藏麻师一《雪雀图》，奇甚，士夫尝就看之。光禄居许，李之仪端叔时任许幕属，以诗借云。"中华书局 2002 年版页 360）

刘弇（18/1044/11960）

《翠微堂》："西山崔巍摩苍穹，秀岭龙嵸如朝宗。翠微突兀对面秀，开门飒爽延清风。山光照眼三千尺，每笑遥岑夸寸碧。须弥万里深琉璃，巨鳌夜半移于斯。临川先生看不足，终待买归媚幽独。庐陵先生独矜夸，无一诗中不咏嗟。作堂偶合二公意，英灵如在应来至。堂中居士何龙钟，状貌自是东坡翁。夙夕愿言婚嫁毕，几时携手向高峰。"（《同治永丰县志》卷三八《艺文志》。按《全宋诗》卷一〇五一刘弇诗卷收此诗前二句，今补足全诗。）

《陌上吟》其一："故家楚尾临三湘，粗有隙地麻与桑。利机未判身轻尝。生涯寄将一叶上，归钓赪尾秋沧浪。"

其二："翠筱娟娟栖暗芳，半隐半见谁门墙。分曹儿戏巇雁行。令我垂垂老景逼，竹马鸠车怜汝忙。"

其三："波面掷鳞银作刀，波里陟厘纷暗跳。清秋驶艑吴儿操。会待长风千万里，跃入云海翻惊涛。"

其四："新里当南乂立北，一水中飞抹山帛。吴歈楚俚愁狂客。十年仍作蹇险游，羞拾灵棋间通塞。"（《同治永丰县志》卷三八《艺文志》）

李清照（28/1602/18003）

《题砚诗》："片石幽闺共谁语，输磨盾笔是男儿。梦回也弄生花管，肯醮青烟只扫眉。"（邓之诚《骨董琐记》卷三《李清照砚》条："上海郁泰峰，旧藏李清照砚，背镌二十八字曰……陇西清照子题。"按此诗，《李清照集》的各种整理本及《全宋诗》均未收。题识中之陇西为李氏郡望，是其名李清照，据诗意又是女诗人无疑。清照诗散佚极多，此诗弥足珍视。）

曾几（29/1652/18499）

《疏山道中》："蚕成桑已空，水退麦未熟。我行适在野，天气已为燠。轻风进篮舆，老眼眩浓绿。所幸脚力轻，尚可步林麓。村醪不酷我，野饭亦无肉。明朝到招提，钟鱼趁僧粥。"（《同治金溪县志》卷三三之七《文征》。诗题下注："前志作无名氏。"按《全宋诗》卷一六五二曾几诗卷另有《赠疏山长老》诗，知曾几有疏山之行，可证是诗亦为曾几作。）

莫俦（30/1718/19346）

《郑进士应庚隐居杜川》："秋色浮江上，烟波共渺然。苍茫依远渚，寥落向遥天。折叶惊寒雁，飞花点客船。伊人不可即，怅望水云边。"

《九月怀寄郑应庚进士》："苍烟影里独凭高，瑟瑟寒生薜荔袍。我愿满头当插菊，君方对酒正持螯。云随暮鸟归林树，风卷秋钟撼海涛。佳节□杯桑落酒，故人同此斗诗豪。"（黄山书社1998年版《郑虔传略》页100－101引《台临郑氏宗谱》。并言："谱载：机字应庚，宋政和二年（1112）莫俦榜进士。隐居不仕，始爱义城乡花茶亭（今临海城南）之胜，后迁海乡杜下桥定居。墓葬花茶亭。机是否进士，史料难觅。但谱牒载有同榜状元莫俦赠诗两首。"）

陈与义（31/1758/19463）

《广福西庵夜坐》："残年不复徙他邦，长伴西禅同夜缸。坐到更深都寂寂，雪花无数落天窗。"（《至元嘉禾志》卷三二）

辛次膺（31/1803/20072）

《赠黄冠周先生》："秋至忆乘槎，支藤迎水涯。少停高士传，来访老君家。阁迥临溪浒，樋长卷白砂。昂目倚天外，莫问赤城霞。"（《道光浮梁县志》卷二一《艺文志》）

董德元（32/1846/20565）

《静安堂》："寅宣诏旨恤民编，化及潢池总力田。但见深村如安堵，须知善政若烹鲜。淮阳汲黯分符日，齐国曹参作相年。白首黄童咸抵掌，迩来迎得日高眠。"（《同治永丰县志》卷三八《艺文志》）

朱松（33/1853/20691）

《题薛补阙故居》："有唐进士薛补阙，官兼侍读开元末。悬知野鹿欲衔花，回向桑榆全晚节。灵武匹马还京师，伊人驹谷犹遐思。甘同西山采薇蕨，团团朝旭升旸谷。照见盘中堆苜蓿，底用黄金二十斤？燕享乡闾与亲族，商山高躅不可攀。岁暮何嫌松柏寒，廉溪月明谁为看，一似东都故人独钓桐江滩。"（《重刊福宁府志》卷四十）

邵博（33/1876/21025）

《同杨元澈游杜子美草堂》："万里桥西路，幽居今尚存。共来披草径，远去问江村。冉冉花扶屋，萧萧竹映门。斯人隔今古，此意与谁论。"（仇兆鳌《杜诗详注》附编《诸家咏杜》）

史浩（35/1973/22112）

《太廉堂诗》："战战兢兢事一人，匡扶社稷演丝纶。洁如寒涧冰千尺，净若秋空月一轮。待漏金门伺五夜，中书决政坐重茵。太廉二字君王赐，清白传芳奕叶孙。"（魏颂唐辑《增订宋丞相魏文节公事略》页30。1982年12月出版，杭州古旧书店复印）

宋高宗（35/1982/22213）

《敕赐参知政事施巨诗一章》："玉树琼花照士林，芳名奕奕重南金。泰山功业垂千载，烈日清霜一寸心。"（清光绪木活字排印本《萧山新田施氏宗谱》卷首。诗末题："绍兴二十六年八月五日。"）

《宋翰林学士锷公像赞》："宋绍兴敕赞。卿：内德温纯，外容庄重。道学源流，国家梁栋。幼学壮行，明体达用。"（同上）

王十朋（36/2044/22962）

《美王吉老》："臣子大孝节与忠，父母仇雠天下同。贤哉会稽王孝子，感慨有古烈士风。松楸一夕盗破冢，亲获鼠辈闻之公。有司守法贷其命，孝子衔恨无终穷。谁谓书生胆如许，貌若尫羸中甚武。手斩凶人提髑髅，请死伸冤诣公府。君不见齐襄内行世所羞，春秋贤之缘复雠。又不见子胥鞭尸报父怨，太史为之作佳传。君今枕戈志已伸，更须移孝为忠臣。他年当作傅介子，誓斩楼兰雪国耻。"（元韦居安《梅磵诗话》卷上："王公衮吉老，会稽山阴人。绍兴甲戌，登进士第，仕至左司郎中。盗动其母墓，狱成。盗不死，吉老手杀之，诣州自言。兄宣子，请纳所居官，以赎其罪。时梅溪王公十朋为签幕，赋诗以美之。"）

魏杞（38/2101/23724）

《寿钱参政诗》："天台杰立沧海东，古今名士长相从。神游八极司马子，掷金作赋孙兴公。松窗先生千载士，文价道骨相与同。芙蓉为裳兰为佩，一笑坐断千山峰。向来羽扇挥群雄，貔貅给使如奴僮。淮南草木识姓字，烽燧一扫边廷空。勋名巍峨谢不有，天子神圣非臣功。黄扉安坐断国论，精神自折千里冲。东山之志意不改，归来碧落称仙翁。调元老手自变理，鬖鬖绿发双方瞳。苍生颙望谢公起，中兴事业须宗工。新冬五日记谷旦，霜余和气回春风。门墙老生系郡绂，欲借寿斝斟吴松。祝公寿考与家世，山河带砺俱无穷。"（魏颂唐辑《增订宋丞相魏文节公事略》页30。1982年12月出版，杭州古旧书店复印）

宋孝宗（43/2337/26864）

《唐太学博士丐公像赞》："宋淳熙敕赞。德为世表，行为士则。学为儒宗，文为国式。一代伟人，闻风起翼。"（清光绪木活字排印本《萧山新田施氏宗谱》卷首）

《宋参知政事巨公像赞》："宋淳熙敕赞。清约之操，刚方之德。大政参知，有光宸极。于戏斯人，国家良弼。"（同上）

《宋枢密院师点公像赞》："宋淳熙敕赞。才兼文武，性存忠直。经德不回，权雄胆落。盛绩芳名，遗像丹青。何以乘后，太史有铭。"（同上）

陆九龄（45/2413/27849）

《道中庚复斋韵》："墟墓兴衰宗庙钦，斯人千古不磨心。涓流积至沧溟水，拳石崇成泰华岑。易简功夫终久大，支离事业竟浮沈。欲知自下升高处，真伪先须辨只今。"（《同治铅山县志》卷二八《艺文志》）

张栻（45/2414/27859）

《题后隆堂》："方来富贵几浮云，穷达何关陋巷身。欲知后隆端的意，只将令德付前人。"（《同治永新县志》卷二五《艺文志》）

章森（50/2649/31039）

《章森等残字诗并跋》："愁城不断淮山人愁煞不剪□江匹何处是楼西□□鸿雁□宫□□恨雁□如□□花恨有□□□官□□时淳熙甲辰□十月章森王知□□□宁泊舟□□太守□□饮□山上□□□□□□□□而赋□□□□□。"［政协盱眙县文史资料委员会编印《第一山题刻选》页9："淳熙十一年（1184）。题刻在秀岩顶部，高103厘米，宽93厘米，行草9行。不能句读。"］

徐照（50/2670/31357）

《寿昌道中》："碣字芙蓉驿，喜行行不难。路侵沧海过，人得异山看。圆石蚝粘满，平途鹭立寒。一游期一月，回日必冬残。"（清曾唯辑《广雁荡山志》卷二十《艺文志》）

宋宁宗（54/2835/33757）

《宋大理少卿霆公像赞》："宋嘉定敕赞。卿：貌耸出岳，才焕云霞。名位显著，气节可嘉。锡兹敕言，永为尔光。"（清光绪木活字排印本《萧山新田施氏宗谱》卷首）

真德秀（56/2921/34833）

《唐旌义门廷皎公像赞》："冲和之性，古道是敦。乐尔兄弟，宜尔子孙。仁至义尽，萃于一门。美哉安吉，旌表犹存。西山真德秀撰。"（清光绪木活字排印本《萧山新田施氏宗谱》卷首）

王迈（57/3002/35704）

《画像自赞》："早游诸老门，晚入端平社，即汝臞翁也；入被丞相嗔，出遭长官骂，亦汝臞翁也。谁教汝不曲不圆，不聋不哑。只片时金马玉堂，一向山间林下。然则今日画汝者，几分是真，几分是假？问天祈活百年，一任群儿描写。"（元白珽《湛渊静语》卷二）

赵汝回（57/3012/35868）

《梅雨潭》："谁掣银河铁锁开，飞珠掷练此山来。似黄梅雨无晴日，于白云天有怒雷。曾是楞严骑虎到，何当轩帝驾龙回。岩扉下顿平平石，闲坐无人空绿苔。"（清曾唯辑《广雁荡山志》卷二《山水》）

戴昺（59/3094/36967）

《论唐宋诗体》："安用雕锼呕肺肠，辞能达意即文章。性情元自无今古，格调何须辩宋唐。人道凤箫谐律吕，谁知牛铎有宫商。少陵甘作村夫子，不害光芒万丈长。"（清仇兆鳌《杜诗详注》附编《诸家咏杜》）

戴翼（59/3128/37380）

《题贤女祠》："士有败风节，惭魂埋九京。幽闺持大谊，千载著嘉名。父不重然诺，女能轻死生。寒潭堕秋月，心迹两分明。"（《康熙南安府志》卷十八《艺文志》，又见《同治南康县志》卷十二《艺文志》。）

程鸣凤（65/3420/40657）

《访叶征君云崖精舍》："郭外青山一径斜，白云深处隐君家。我来喜接春风席，几树菊桃初放花。"（据程成贵《徽州文化古村：六都》页120。教育部人文社会科学重点研究基地安徽大学徽学研究中心编印。）

鲜于枢（66/3509/41910）

《武林胜集·总》："穷冬十日雪，户外曾未踵。念我平生友，欲往恨不勇。兹晨剧命驾，相对腹一捧。促招东林远，共念北海孔。把酒望六合，琼瑶纷总总。兴极不知休，严城钟鼓动。"（《书法丛刊》2002年第3期页19）

《题保母砖帖》："撞破烟楼固未然，唐橅晋刻绝相悬。莫将定武城中石，轻比黄冈墓下砖。"

《又》："姜侯才气亦人豪，辨析区区漫尔劳。不向骊黄求驵骏，书家自有九方皋。"

《又》："临模旧说范新妇，古刻今看李意如。却笑南宫米夫子，一生辛苦学何书。"

《又》："千年郁郁闷重泉，暂出还随劫火烟。靳惜乾坤如有意，流传与我岂无缘？"后题："渔阳鲜于枢伯几父。"（以上《书法丛刊》2002年第3期页14）

仇远（70/3678/44156）

《题保母帖》："我爱保母帖，人传中令书。不须疑断缺，幸是出耕锄。芸阁砖何在，兰亭字偶如。周姜题品重，瓦石亦璠玙。"（《书法丛刊》2002年第3期页13，并自题言："丙戌冬伯几出保母帖相示，命题诗，次年春重见此帖于弁阳山房，较前帖微不同，遂再赋并书前诗如左。社日远顿首。"

《武林胜集·林》：“城中十日雪，山中三尺深。我从吴都来，颇畏寒见侵。亦念子在野，相从讵无心。缅怀梁园游，岂不胜竹林。落落岁寒友，历历瑶华音。重期春日和，飞盖西园阴。”（《书法丛刊》2002 年第 3 期页 19。按上所录诗为鲜于枢书《武林胜集》，又仇远自书其诗曾作改动：“城中一月雪，山中三尺深。我从吴都归，颇畏岁寒侵。亦念子在野，相求讵无心。缅怀梁苑游，岂不胜竹林。落落岁寒友，历历瑶花音。重期春日和，飞盖西园阴。”）

白珽（70/3686/44272）

《武林胜集·春》：“今日知何日，谈诗得伟人。闲门方掩雪，老砚自回春。湖海清尊乐，乾坤白屋贫。时时看云色，吹落紫纶巾。”（《武林胜集序》称：“大风振屋，积雪压头，余方拨榾柮，课二雏，读《袁汝南传》。闻户外策策有除雪声，吾西溪子也。顾余曰：王马曹中夜哥（歌）《招隐》，思戴安道，便挐舟规往，及门而返，何其兴之易尽也。我则不然，道阻且长，不见不止。俞伯奇北道主人，在上人方外友，闻而载酒肴来，相与赏会。珠玉在侧，琴瑟在御，一抚一杯，颇极情适。临檐弄翰，雪矗矗着腕不暇顾。狂谈雅谑，小饮大欢，计胜践一时，不多见于人间世也。因拆‘飞入园林总是春’为韵，人赋五言。仇仁近、张仲实、邓善之皆周旋人，闻此亦为我助，喜用余三韵征之。噫！一月九白，此何时也，饿夫冻人有不忍言。彼健者贵有力者，居当拥狐貉，吐气如虹蜺，扫庭结客，呕低斟浅，出则擎苍鹰，牵黄犬，水南山北，驰击飞走，耳后风生，鼻端火出之为快。顾子当代名流，方栖栖然，策款段马，走寂寞滨，觅一穷措大谈，邂逅相遇，独不畏彼指而背笑之邪。西溪子曰：不笑不足以为道。不惟彼笑我，吾亦自笑吾。于是引满举白，相视一笑。（西）溪实汴梁人鲜于伯几，乐西溪山水，因以自号云。至元丁亥十有二月二日，钱塘白珽玉甫序。”《书法丛刊》2002 年第 3 期页 18-19）

陈公举（71/3722/44738）

《次方韶父先生游金华洞天韵》：“金华拟胜游，闻橄已神骋。生于此多事，瘦马度遥岭。晚风吹空云，湿我征裘冷。欲往还重留，悠然时一省。小雨叶间闻，闷闷觉来永。须君行勿迟，阴翳终当屏。解鞍结青鞋，信步洞天境。”（《存雅堂遗稿》外编）

《上元赤松山和方先生》："昔年客京馆，元夕灯万家。彩鳌出飞凤，紫陌驰香车。今复仍此日，睥睨山水涯。乘风度松径，系马摇岩花。颇闻汲丹井，咽此九转砂。岂无乐道人，携手翩裾霞。"（同上）

《同方谢二先生和赵元清梦游小桃源四时诗》："碧桃开落自春光，不与人间作艳阳。洵是刘郎前度到，满渠流水尚生香。"（同上）

《又》："毕竟山中日月长，闲眠藓磴即云床。虚怀一片苍琼玉，可待桴阴转午凉。"（同上）

《又》："野菊漫山黄叶深，抱琴携酒此幽寻。为听山峡泉声细，不觉归途日半阴。"（同上）

《又》"木出霜根水见沙，丹涯飞雪不成花。缟衣昨夜相逢处，回首重云知几家？"（同上）

《次方韵父先生韵》："白云深处倚吟窗，夜半钟声梦里撞。风过重松流远响，水穿乱石激飞淙。鹤毛欲湿怯春雨，野霭微收隔晓江。为访洞天迟寨足，入城岂必愧耆庞。"（同上）

《新霁北山道中与方谢二先生作》："拂晓烘晴宿霭收，移文猿鹤动清游。龙归洞口云根湿，只在蓉峰最上头。"（同上）

《又》："颇缘幽讨事青鞋，握手山行笑语哗。江路逢梅因借问，开残犹是隔年花。"（同上）

《灵源胜地次方韵卿先生》："灵源廓诗境，雅称此幽寻。日落横松影，牛闲斗石阴。寒梅护芳沼，清磬出乔林。倦卸吟鞍处，凤凰山更深。"（同上）

望和中（72/3742/45141）

《寄秋江刘隐君》："云物凄凉草树衰，客怀乡思两依依。江湖岁月淹书剑，天地云霜老布衣。千里兴来鲈脍美，两年音断雁行稀。何由得似蓉江侣，风月终身一钓矶。"（《同治永丰县志》卷三八《艺文志》）

参考文献

陆游 . 老学庵笔记 [M]. 北京：中华书局 ,1979.

文莹 . 玉壶清话 [M]. 北京：中华书局 ,1984.

邵伯温 . 邵氏闻见录 [M]. 北京：中华书局 ,1983.

范公偁 . 过庭录 [M]. 北京：中华书局 ,2002.

徐火勃 . 徐氏笔精 [M]. 四库全书本 .

解缙 . 永乐大典 [M]. 北京：中华书局 ,1959.

会稽笐山周氏宗谱 [M]. 道光戊申刊本 .

萧山新田施氏宗谱 [M]. 清光绪木活字排印本 .

白浦朱氏宗谱 [M]. 民国木活字排印本 .

苏轼：苏轼诗集 [M]. 北京：中华书局 ,1982.

胡汉 . 万历郴州志 [M]. 上海：上海古籍书店 ,1982.

刘文 . 康熙南安府志 [M]. 北京：线装书局 ,2001.

杨廷望 . 康熙衢州府志 [M]. 台北：台湾成文出版社 ,1975.

李拔 . 重刊福宁府志 [M]. 清光绪六年张曜重刻本 .

张继先 . 南翔镇志 [M]. 上海：上海古籍出版社 ,2003.

曾唯 . 广雁荡山志 [M]. 杭州：浙江摄影出版社 ,1990.

魏颂唐 . 增订宋丞相魏文节公事略 [M]. 杭州：杭州古旧书店 ,1982.

政协盱眙县文史资料委员会 . 第一山题刻选 [M]. 内部印刷 ,1997.

阙名 . 分门集注杜工部诗 [M]. 四部丛刊本 .

邓之诚 . 骨董琐记 [M]. 北京：中国书店 ,1991.

王晚霞 . 郑虔传略 [M]. 合肥：黄山书社 ,1998.

邝健行 . 韩国诗话中论中国诗资料选粹 [M]. 北京：中华书局 ,2002.

程成贵 . 徽州文化古村：六都 [M]. 合肥：教育部人文社会科学重点研究基地安徽大学徽学研究中心，2000.

中华书局编辑部 . 宋元方志丛刊 [M]. 北京：中华书局，1990.

江苏古籍出版社编选 . 中国地方志集成 [M]. 南京：江苏古籍出版社 ,1996.

书法丛刊 [M].1997（4），2003（2），2003（4），文物出版社 1997，2003.

（原载《中国韵文学刊》2005 年第 2 期）

《全宋诗》新补 150 首

《全宋诗》共 72 册，由北京大学出版社出版后，给宋代文学研究带来极大的便利，确实是一项嘉惠士林、造福子孙的宏伟事业。但该书也还有很多缺误，需要学者们不断补充与研究，方能逐渐臻于完善。故自《全宋诗》问世以来，补正之论文已超过百篇；并有《全宋诗订补》(陈新、张如安、叶石健、吴宗海等补正，大象出版社 2005 年版)、《〈全宋诗〉订补稿》(张如安著，群言出版社 2005 年版)两本专著。笔者自 1993 年起，就从事《全宋诗》的考订工作，所得渐多，则汇录成编，亦有公之于世以请益于学界者：《〈全宋诗〉琐考》，刊于《文学遗产》1993 年第 3 期；《〈全宋诗〉再考》，刊于《中国文学研究》1997 年第 3 期；《〈全宋诗〉补遗 100 首》，刊于《中国韵文学刊》2000 年第 2 期；《〈全宋诗〉误收唐诗考》，刊于《中国典籍与文化》2005 年第 3 期。近年又重点披览方志及《永乐大典》残卷，新得《全宋诗》佚作 150 首，作为新补。文章辑佚范围为《全宋诗》已有诗人的佚诗，并于所录诗人后注明《全宋诗》的册、卷、页数，以便查核。

乐史（1/15/227）

《华盖山》："蓬莱宫阙接天关，关锁云霞紫翠间。夜半雨腥龙起洞，日斜云伴鹤归山。棋枰石古群仙记，丹药炉空九转还。此日登临兴无限，御风身已隔尘寰。"（《华盖山志》卷一一《纪咏志》）

张齐贤（1/47/502）

《杜甫祠》："湘楚荒凉邑，羁离昔避兵。不因工部葬，那显耒阳名。事往斯文在，时迁旅冢平。邑君新布政，一为剪柴荆。"（《嘉靖湖广图经志书》卷

一二）

陈尧咨（2/97/1094）

《仲宣楼二首》："荆南风景最难俦，地胜人雄冠十州。三略有兵徒训练，六韬无事且优游。民行乐土清如鉴，吏散空庭冷似秋。试问政成何处好，满江风月仲宣楼。""虽愧专城任有余，荆南民瘼已全除。仲宣楼上千钟酒，齐化堂前万卷书。苍藓雨余吟径润，碧梧风冷讼庭虚。政声别有幽奇趣，时向江亭学钓鱼。"（《嘉靖湖广图经志书》卷六）

梅询（2/99/1116）

《龙穴渡》："应龙昔此去，雷雨助腾升。旧穴潜蛟御，风波横要津。"（《嘉靖湖广图经志书》卷二）

《白雪楼》："楚之襄王问宋玉，玉时对以郢中歌，歌为白雪阳春曲。始唱千人和，再唱百人逐。至此和者才数人，乃知高调难随俗。后来感慨起危楼，足接浮云声出屋。曲中古意世应无，惆怅鲲鱼孟诸宿。楼倾瓦覆春又春，酒泻琉璃烹锦鳞。青山绕槛看不尽，眼穿荡桨石城人。昔人一去不知处，寒花雨敛自生嚬。今闻太守新梁栋，试选清喉可动尘。"（《嘉靖湖广图经志书》卷一〇。按，《全宋诗》已收本诗前七句，题作《诗一首》，今补诗题及全诗。）

《送屯田王涣出守广德》："家山东畔古桃州，往岁分符作胜游。碧瓦万家烟树密，清溪一道瀑泉流。篜歊郎埠冰生枕，茶煮鸦山雪满瓯。我有仙集经始在，劳君一道为重修。"（《光绪广德州志》卷五《艺文志》）

杨亿（3/115/1319）

《幽谷亭》："幽谷双溪去复回，旧吟诗卷得重开。分明此意宜收敛，珍重南丰待我来。"（《同治靖安县志》卷一四《艺文志》）

夏竦（3/155/1763）

《奉和御制纸诗》："厥初文字传缣帛，缯素虽华功未极。汉兴方絮肇新规，卷舒靡滑逾畴昔。含章蕴用尤精奇，削牍汗青功靡敌。缥红受采海霞明，皎白凝华越砥平。尚方鱼网初呈质，平淮桃花旋播形。侧理纵横荣拜赐，联棋方正贵宣城。资圣贤，著谟训，垂宪章兮罔尽。纪典礼，彰素青，总制度兮斯呈。哲后文思崇帝制，西清洒翰常盈纸。钦述先猷赞道机，不宝珍奇唯贵此。"（《海外新发现永乐大典十七卷》卷一〇〇一一，页286引《夏文庄公集》）

滕宗谅（3/174/1972）

《石城寺》："山势如城绕梵宫，几人登赏我心同。溪云去作人间雨，洞水来生座上风。满橐簿书惭醉尉，数峰猿鹤羡逋翁。明朝又向秋尘路，更倚层楼一望中。"（《嘉靖湖广图经志书》卷一〇。按《全宋诗》据《舆地纪胜》收此诗前四句，今补足全诗。）

孙抗（4/203/2319）

《桃源》："洞里栽桃不记时，人间秦晋是耶非。落花满地青春老，千载渔郎去不归。"（《嘉庆黟县志》卷一六《艺文志》）

《山中杂咏》："白云古树杪，下有山人家。入山曾读《易》，探索入圣涯。盘桓坐白石，汲泉浇鼎茶。至今山中人，犹指此客嘉。""客去不复来，屋上凝朝霞。有时抚孤琴，猿鹤听无哗。何当赋招隐，共驾青牛车。"（同上）

丘濬（4/203/2323）

《入夏初晴》："屏翳盗天权，丰隆据天宇。涔阴抗六阳，入夏苦旬雨。炼石无娲皇，天漏谁与补？羲和驾赤轮，倏睹朝旭吐。倚杖拟郊行，脱屣始出户。喜气薄林峦。生意溢蘅杜。天公本无心，造物实谁主。今昔倏变化，队晴孰吹煦。我欲叫苍苍，叩阍挝天鼓。苍苍在巅崖，何时脱辛苦？"（《嘉庆黟县志》卷一六《艺文志》）

叶清臣（4/226/2650）

《安吴渡》："搔首倦尘役，前途隔大溪。急流船上下，乱石路高低。鹭鹚迎风下，猿猱择树栖。载星行亦好，惟恐雨凄凄。"（《嘉庆宁国府志》卷二四《艺文志》）

柳拱辰（4/229/2691）

《题夫字》："浯溪石在大江边，心纪闲将此处镌。向后有人来屈指，四千五百甲寅年。"

"六六三二四九传，柳公诗句在岩端。个中包着希夷指，世俗休将押字看。"（《嘉靖湖广图经志书》卷一三）

吴季野（5/263/3345）

《次韵和游山门寺望文脊山》："楚客好山水，五月上高峰。峰顶望文脊，草树皆有容。身既近猿鸟，心欲追乔松。石壁出云背，苔磴千里重。下视霹雳飞，忽起柘栎龙。却还僧居宿，暮残樵子踪。作诗留粉墙，削稿为我封。美璞世未识，独令和氏逢。"（《民国宁国县志》卷一二《艺文志》下）

元积中（6/279/3556）

《山门灵岩》："一棹雍容数里间，千岩万壑翠回环。转头惟恐好山尽，不放轻舟便下滩。"（《嘉庆宁国府志》卷二四《艺文志》）

《钓台》："石转溪头痴虎踞，风吹水面老龙鳞。至今不卜先生意，多少溪边掷钓人。"（同上）

唐介（7/354/4404）

《寄杭州孙资政》："何人富贵不图安，大抵为臣节欲完。手执枢机谋国易，心存忠义入时难。临风未觉龙媒老，冲斗谁知剑气寒。天子圣神思旧德，肯教旌驭久盘桓。"（《嘉庆钱塘县志补·艺文补》，中国地方志集成本浙江府县志辑第 4 册页 867。）

毛维瞻（7/360/4449）

《共亭》："东南好山水，好处尽楼台。若使凡流处，宁容好事来。行人住车马，此地若尘埃。但有登临兴，师门不厌开。"（《康熙缙云县志》卷七《艺文志》）

《白云洞》："哨拔神仙宅，来寻烟水重。深应盘九地，高不让群峰。瞻对奇胜尽，扪绿直岂容。几时莲鼎下，终占藓纹封。往事云难问，无言石有踪。桥山杳何处，待从此攀龙。"（同上）

张伯玉（7/383/4723）

《隐静山》："高士浮杯来，投锡正清绝。到今千丈松，闲伴五峰雪。凌烟

孤鹤起,向晚啼猿歇。不见纤尘飞,寒泉湛明月。"(《乾隆太平府志》卷四十《艺文志》)

《龙山》:"桓侯慕清躅,登山宴重九。迭鼓出烟云,落帽醉寮友。我来亦嘉节,风物皆依旧。高客安在哉,踌躇眷芳酒。"(《民国当涂县志·志余·诗存》)

袁陟（8/408/5029）

《甘仙观》:"霜露凝空碧,松杉敛翠阴。泉声月中冷,山色溟来深。羁绁非吾累,溪岩有素心。惊鸦徒扰扰,孤雁唳高林。"(《同治靖安县志》卷一四《艺文志》)

《宴坐岩》:"漾楫寄幽涧,攀萝到古岩。坐来疏雨定,露冷湿征衫。"(同上)

《大横溪》:"昨日溪桥上,潺湲已可听。未知乘片叶,歌曲向烟屏。"(同上)

《井泉》:"尺浸未尝溢,神源亦可窈。涓流接万顷,究利非毫杪。"(同上)

杨蟠（8/409/5034）

《三姑潭》:"瀑从千尺落,潭作五层流。更欲攀云去,真源在上头。"(《乾隆瑞安县志》卷九《艺文志》)

姚辟（9/516/6268）

《雪夜望文脊诸峰哦韦苏州门对寒流雪满山之句得两诗》:"雪压寒林春未回,晚山犹带玉崔嵬。谁将旧日韦郎看,为取郭熙平远来。"

"新年袅袅娉娉雪,犹在重重叠叠山。莫作故时峰岭看,玉京今不是人间。"(《民国宁国县志》卷一二《艺文志》下)

吴处厚（11/617/7328）

《寒溪》:"吴王宫殿作飞尘,野鸟幽花各自春。料得寒溪喧笑日,也曾惊动武昌人。"(《嘉靖湖广图经志书》卷二)

张献民（11/618/7346）

《题山门寄圣俞》:"仄径才通文春隈,山腰大阙门崔嵬。若非天地功破裂,定是鬼神力凿开。混混旁撑苍壁立,空空直贯清风来。只应便彻仙源去,愿蹑

406

飞云到玉台。"（《嘉庆宁国府志》卷二四《艺文志》）

沈遘（11/628/7496）

《送裴仲孺摄汝阴尉》："我读醉翁思颍诗，恨不六翮西南飞。领宫揭来滨颍水，颍水虽同非颍尾。羡君匹马秋风前，吏隐去作南昌仙。霜威凛凛肃普天，环湖潇洒皆当年。时丰饶鼓如寒蝉，想见丝缗上钓船。太白还光醉翁死，邻家仍无隐君子。山高水深谁与知，只恐未乐君先悲。朱方豪士森戈矛，青云蹭蹬犹督邮。不如黄鸡白酒相与醉即休。"（《乾隆颍州府志》卷九《艺文志》。又见《道光阜阳县志》卷二一《艺文志》。）

张吉甫（12/671/7833）

《虞帝庙》："大舜陟方死，疑名更不沈。似非应未是，从古到如今。玄德长垂范，熏风尚满林。殿凉青嶂合，碑峭绿苔深。帝子经湘浦，空余怨慕心。"（《嘉靖湖广图经志书》卷一三）

杨杰（12/672/7846）

《碧霄峰》："岩深映碧萝，金鬣弄寒波。莫念江湖好，江湖风浪多。"（《乾隆太平府志》卷四三《艺文志》。又见《道光繁昌县志》卷一七《艺文志》，题注："下有泉，产金鬣鱼。"）

徐璹（12/689/8055）

《桃花潭》："红英狼籍拂渔舟，仙客当年到此游。今日踏歌人不见，碧波无语自东流。"（《嘉庆宁国府志》卷二四《艺文志》）

赵屼（13/748/8714）

《游云顶院听瀑楼》："佛居潇洒乱山根，一派来从入水源。泻瀑横飞龙独挂，石形中断虎双蹲。"（《乾隆瑞安县志》卷九《艺文志》）

魏泰（13/782/9068）

《白雪楼》："白雪楼危压晴霓，楼下波光数毛发。邦君登临赋万景，景与清吟相皎洁。邦君高才当世选,利剑晶荧迎错节。不知何以致风谣,千里讴歌如一舌。雕甍刻桷出烟霞,万瓦参差鹏翼截。兰汀蕙浦入平芜,天远孤帆望中灭。屈平宋玉情不尽,千古依然在风月。漂零坐想十年旧,岁月飞驰争裂缺。青云交友梦魂断,白首渔樵诚契结。安居环堵袁安老,泣抱荆珍卞和刖。折杨虽俚亦知名,犹欲楼中赓白雪。"(《嘉靖湖广图经志书》卷一〇。按《全宋诗》仅据《舆地纪胜》收此诗残句数句,今补足全诗。)

《望郢州》:"旅魂谁向楚风招,造托湘江背赤幖。寂寂渔烟依绿竹,翩翩帆影上青霄。石城目断空残照,白雪人非祇丽谯。自叹平生冲斗气,锁眉归去漾荃桡。"(同上。按《全宋诗》据《舆地纪胜》收此诗颈联,今补足全诗。)

张商英 (16/933/10989)

《嘉鱼口》:"晚泊嘉鱼口,移舟过近郛。黄茅连□巇,毛竹入新吴。涨水迷群屿,环材应百需。摘山飞利柄,万旅逆川途。"(《嘉靖湖广图经志书》卷二)

游酢 (19/1143/12908)

《凌歊台》:"今古豪华一梦回,刘公遗迹有荒台。青山空野双门壮,白浪排云万马来。洞洞松篁生夜响,年年桃李为春开。更寻小杜题名处,玉箸银钩昏藓苔。"(《乾隆太平府志》卷四一《艺文志》。按《全宋诗》卷一一四三游酢诗卷仅据王象之《舆地纪胜》收此诗第三、四句。今补足全诗。又见《民国当涂县志·志余·诗存》。)

《青山海棠》:"绛唇皓齿发春阴,野径翻成锦绣林。端为雾中看未了,少陵当日岂无心。"

《又》:"罩仙丽服戏朝云,雨过啼妆泣暮春。野客强吟无好句,直须分付谪仙人。"(《民国当涂县志·志余·诗存》)

吴可 (19/1153/13012)

《涌金池》:"涌金春色晚,吹落碧桃花。一片何人得,流经十万家。"(《嘉庆钱塘县志补·艺文补》,中国地方志集成本浙江府县志辑第4册页889。)

陈瓘（20/1191/13466）

《江上赠韦深道》："三山隔弱水，波大不可浮。书往未得服，一去几春秋。若独何为者，形隔心与游。怀此不能忘，意厚叹莫酬。白首念世故，过眼不复留。缅怀古人意，一念解百忧。"（《民国芜湖县志》卷五八《艺文志》）

赵企（20/1199/13525）

《题柳诚悬双林寺额》："柳公之书今未有，五百年来称妙手。谁将遗墨留人间，神物护持应已久。双林僻在县北隅，人迹不到成邱墟。每疑蛟龙卧门户，那知上有诚悬书。诚悬去世知几载，神气棱棱俨如在。题柱昔凌王与钟，勒碑今压苏与蔡。区区幽谷久沈埋，埃尘不扫生苍苔。大中之字未磨灭，尚有遗迹惊风雷。我爱先贤旧题额，妙手纵横出心画。囊中双璧不敢留，遥封寄与耽书客。前日西江逸使回，新诗字字磨琼瑰。翻笑右军书近俗，白鹅换得徒为哉。"（《同治靖安县志》卷一四《艺文志》）

彭天益（21/1213/13832）

《阳升观》："不学烧丹不钓名，杖藜乘兴此间行。惭无功行书仙籍，喜有迂愚异世情。吟看白云神更爽，坐披黄卷眼偏明。年逾百岁张公后，重占山光与水声。"（《嘉靖湖广图经志书》卷一五）

黄葆光（22/1298/14728）

《赠孙处士园居》："白首藏名客，经年舣钓查。蓬蒿仲蔚宅，水树子云家。地僻花宫近，亭深薜径赊。犹怜城市远，鸟语足喧哗。"（《嘉庆黟县志》卷一六《艺文志》）

张叔夜（22/1288/14602）

《北从口占寄李仆射》："会见朔风薄去程，无多心事寄音清。行行迷却归来路，非是当年叙旧情。"（《同治广丰县志》卷九之十九《艺文志》）

胡直孺（22/1301/14761）

《桃源山》："偶来胜地带林泉，已筑茆斋二十椽。脚喜健时须遍历，心存衰后更无缘。行窝随处名安乐，身后如今学信天。老友诗豪非我敌，只应参定自家禅。"（《同治靖安县志》卷一四《艺文志》，署名"胡少波"，并言："宋胡直孺字少汲，波字恐为汲字之讹。"按胡直孺为江西奉新人，距桃源山不远，故《靖安县志》所疑当是。）

米有仁（22/1317/14956）

《题云山图》："好山无数接天涯，烟霭阴晴日夕佳。要识先生曾到此，故留笔戏在君家。"（美国克里夫兰艺术博物馆藏米友仁《云山图》，诗下题款："庚戌岁避地新昌作，元晖。"录自《中国山水画·唐宋元卷》。）

许景衡（23/1355/15505）

《得一堂》："未暇开三径，还寻得一堂。山居元寂寂，尘世自茫茫。枯木秋风响，寒灯夜话长。须知杜陵老，最爱赞公房。"（《乾隆瑞安县志》卷九《艺文志》）

《题百咏堂》："城郭寻常眼不关，谁能一一访林峦。已将好景都吟过，留与游人取次看。寂寂郊原秋色远，悠悠江水暮天寒。可怜三十六方月，还照先生旧倚栏。"（同上）

《寓闲心寺二首》："杖藜溪谷谩间关，到得闲心始是闲。珍重道人能假榻，小轩终日卧看山。""花到禅房几许深，回廊小径月阴阴。杖藜出郭成何事，闲得浮生半日心。"（同上）

朱震（24/1369/15710）

《题荆台隐士》："桑田一变赋归来，爵禄焉能浼我哉。黄犊依然花竹外，清风万古凛荆台。"（《嘉靖湖广图经志书》卷六。题下言："梁震，唐末登第，值五代时，不受辟署，终身止称前进士，归蜀，过江陵，因高季昌留，不得已，退，筑室洲上，自号荆台隐士云。"）

毛友（24/1405/16180）

《绎心亭》："不知夏即到横塘，佳木阴阴荷气香。笋尾菊头朝饭洁，藤床竹枕昼眠长。"（《嘉靖湖广图经志书》卷二）

《石池院》："雪里肩舆过玉田，钟声初动独孤园。山僧不识州符急，怪我忙来夜打门。"（同上）

《罗汉院》："竹溪树老小禅关，门对江淮千古山。万舶樵牛江上路，时时箫鼓寺边还。"（同上）

宇文虚中（25/1443/16495）

《送张孝纯》："闲里共惊新素发，儿童重整旧斑衣。"（清陈衍《金诗纪事》卷四）

宋徽宗（26/1491/17043）

《赐状元沈晦诗》："右文臻治世，观国列宾贤。遐作同云汉，来游极幅员。桥门环亿万，洙泗盛三千。振鹭看庭集，乔莺喜谷迁。抡材多异等，待聘副祥筵。报国宜图效，跻时舜禹前。"（《民国松阳县志》卷一二《艺文志》。诗题下注："见县学《进士题名碑》。案《松阳学进士题名记》仅存第二石，斯诗乃镌在第一石，今已无存矣。"又诗末注："宣和六年御试策问，非举子所能对，胥山沈公晦以轶群材，精通象数，一挥数万言，炳如也。固陵喜于得人，以御诗宠之，为沈氏世世宝。嘉泰二年，开国子奉化楼钥书。"）

吴致尧（27/1542/17510）

《儒学》："熙丰赐地三百亩，冠带伊溪五十年。劝学此心知尚壮，嗣□□者已争先。诸生矻矻亲萤雪，比屋洋洋听诵弦。早晚诏书□□□，亨衢征汇茹相连。"（《嘉靖湖广图经志书》卷一五）

胡舜陟（27/1573/17850）

《元旦拜先太公祠有感》："岁始展松楸，礼崇六百年。卿云开景色，洁志答明禋。伟绩详萧代，宗风纪晋编。乐成属考订，礼定肃班联。直谏心惟荩，见几识在先。明农力稼穑，浚畎事疏川。旷世法无改，劳民功更绵。后人宏继序，佑启问谁贤。"（《嘉庆黟县志》卷一六《艺文志》，署名"胡汝明"。）

张纲（27/1576/17882）

《游通天洞（和高夔）》："深藏仙隐与龙蟠，不数南州云梦宽。尺五去天端有路，欲知快捷举头看。"（《嘉靖湖广图经志书》卷二〇）

沈晦（28/1630/18279）

《初至松阳》："羲之去会稽，便为会稽居。与东土人士，尽山水之娱。我无逸俗韵，亦复居之俱。朝弋林中禽，暮钓溪上鱼。胜游穷山海，埋光混里闾。聊为一日欢，不暇论所余。西归道路塞，南去交亲疏。惟此桃花源，四塞无他虞。况复父老贤，挽留使者车。便应寻支许，投老青山隅。"（《民国松阳县志》卷一二《艺文志》）

汪勃（29/1685/18904）

《碧山下看春耕》："东南足稼穑，泽国水所钟。山田实硗确，俗朴惟力农。二月戴胜降，杏花春色浓。昨夜雷雨过，沟洫水溶溶。稚子牵犊饮，少妇炊朝饔。苞穰以待时，先自除田蕃。老夫春睡足，好鸟鸣邕邕。东皋一舒啸，徐徐曳短筇。"（《嘉庆黟县志》卷一六《艺文志》）

《喜张子韶学士见过》："故人江上来，顾我万山中。别久十余年，想见颜若童。契阔言宿好，叹我已成翁。虽从忧患后，道气荡人胸。碧山春自霭，湖水映天空。鸢鱼欣若觌，永日畅和风。山中足鸡黍，为我闻眊蒙。"（同上）

陈与义（31/1728/19463）

《以纸托乐秀才捣冶》："古人争名翰林薮，（《史记》："张仪曰：争名于朝。"谢宣远赋《张子房诗》："粲粲翰墨场。"）柿叶桑根俱不朽。（《尚书故实》：广文学士郑虔好书无纸，知慈恩寺贮柿叶数屋，遂借僧房居，取叶书，岁久殆遍。《纸谱》：雷孔璋曾孙穆之，犹有张华与祖书乃桑根纸。）固知老褚下欧阳，（《唐欧阳询传》：褚遂良亦以书自名，尝问虞世南曰：吾孰与询？答曰：吾闻询不择纸笔，皆得如志，君岂得比？）控御管城须好手。（管城，见《山水赋》）嫁非好时聊自强，（未详）幅则甚短惭甚长。（李正文《资暇集》：元和薛涛尚松花笺，好制小诗，惜其幅大，不欲长剩之，乃命匠人狭小为之，皆以为便。特名薛涛笺。《左传》：昭公三年，子雅曰：彼其发短而心甚长。）闻道蔡侯闲石臼，（《荆州记》：厌阳县蔡子江南有石臼，云是蔡伦春纸之臼。）为借余力生银光。（《丹阳记》：齐高帝尝造银光纸赐王僧虔。）（《海外新发现永乐大典十七卷》卷一〇〇一一，页 286 引陈去非诗）

张九成（31/1792/19985）

《碧山访友》："万仞巍然迭嶂中，泻来峻落几千重。森森桧柏松花老，又见黄山六六峰。"（《嘉庆黟县志》卷一六《艺文志》）

陈刚中（33/1902/21247）

《湖堤感旧》："昔日朱楼拥翠钿，女墙犹在草芊芊。东风第六桥边柳，不见黄鹂见杜鹃。"（《嘉庆钱塘县志补·艺文补》，中国地方志集成本浙江府县志辑第 4 册页 881。）

沈长卿（33/1904/21247）

《咏孤山四贤祠》："衡山高隐白衣郎，勉绾人间刺史章。请郡来杭开六井，顿教斥卤化仙乡。""香山风雅负诗豪，长庆曾将纸价操。卧阁公余无别事，西湖葑积仗君捞。""眉山才品最风流，岂是寻常肉食俦。度牒乞将三百道，浚湖功绩永千秋。""孤山处士擅清名，梅鹤相依远世情。卜得小山成大隐，耻随法驾振尘缨。"（《西子湖拾翠余谈》卷上）

胡铨（34/1932/21573）

《张道人所居池上瑞竹一茎双尾坐客有诗次其韵》："瑞烟一抹着人浓，好竹猗猗水允溶。双尾欲飞箫里凤，孤标终作笛中龙。叶寒静夜工延月，笋美凌霜巧御冬。大禹不劳空扇喝，清阴遮断火云峰。"（《海外新发现永乐大典十七卷》卷一九八六六，页 644 引胡铨《澹庵集》）

《次韵杨文明双竹二首》："修修各直节，凛凛唯虚心。定自古慈竹，化为今义林。梢云骇抽翠，临池疑钓金。天衢期对跃，焉用水中吟。"

"霜台瑞自异，露雨恩非偏。影与月锁碎，梢因风折旋。诏应飞二节，驳请执双鞭。忠孝知无愧，君家旧两全。"（同上页 645）

《次韵答杨即蔚文双竹诗》："孝悌通神明，精诚塞天地。至和被万物，枯朽有生意。合稆本各陇，连叶产幽砌。一稃或二米，异体乃同志。附枝感殊方，并角格非类。胡为笃笃君，奋发意甚锐。对袅凤尾新，卧听龙鳞碎。非偶异郑齐，其睦如鲁卫。空遗三代直，未受五月醉。如君家弟兄，凛凛能世济。不愧孝哉言，更尽友于美。永肩相依心，那得惜别泪。两青峰莫并，双玉笋可比。当宁方贤贤，联辔定偕计。同荣追咸宁，继美躅贾至。（韩文咸宁王尹蒲木连理。）""余家有故园，园中可图录。天然一派根，一根生两竹。一长复一短，比之如手足。长者似乃兄，短者弟相逐。我见人兄弟，少有相和睦。竹分长幼情，人岂无尊宿。将竹比人心，人殆类禽畜。常记五六岁，不见还嚘哭。及至长大时，妻孥相亲族。咫尺不相见，相疏何太速？不顾父母生，同胞又同腹。旦夕慕歌欢，几能思骨肉。枉安人须眉，而食天五谷。静思若斯人，争及园中竹。"（同上页 645）

《和杨提干双竹韵》："君不见两矢不救鄢陵奔，由基漫夸射穿七札蹲。又不见两茎紫陌生高棱（去声），李贺妙作殷勤赠。岂知此竹斗新诗，凛凛霜台俱一时。并抽笋犊冰玉操，对挺簜龙风雪姿。岁方大旱当隆暑，望霓人快争先睹。此君傥有意作霖，朝来似觉烟云吐。"（同上页 646）

《城西寓舍双竹用温公双竹韵》："境似笃笃谷，寒筠澹野堂。一泓滋静节，双干苜幽篁。未欷依文砌，还曾傍饰珰。并抽新雨后，俱欲拂云长。外直影不曲，中虚心自凉。交应羞管鲍，泪不染英皇。确守猗猗操，终亲穆穆光。不孤端合德，有与雅同方。好异诚非偶，思齐义益彰。勉旃符瑞应，孝龙学王祥。"（同上页 646）

赵善宣（34/1946/21759）

《祈晴》："薄宦驰驱三十年，未闻祈雨复乘船。祠堂遍走还登涉，旱涝兼陈不后先。浪啮民居无壁落，风归田亩欲尘烟。自当山泽高高处，赐雨微多却怨天。"（《嘉靖湖广图经志书》卷二。题下言："乡民连日诉涝，近复告旱。俗有祈雨退水之祷，自社地至此庙，南谒龙祠城隍，偶得长句。"）

414

葛立方（34/1950/21789）

《子直宗丞细香亭产双竹》："君家葛陂龙，生子弥空山。骈头玉婴儿，半脱虎豹斑。异哉竹连理，下俯苍云湾。谁为小掠削，如合双鬓鬟。直上两股分，萧瑟青霞端。湘浦列英娥，香山联素蛮。悬知直节公，未具甘独鳏。东床瑚琏姿，碧落闲仙官。未为尺一挽，枯藤且盘珊。我亦闲处着，嗜好同咸酸。摩挲此双谷，容我俱蹄攀。恐便踏龙尾，枳转难栖鸾。""萧萧淇园姿，屯作三亩阴。草木臭味同，戛戛难同心。中有拂云干，对峙锵璆琳。楚越自肝胆，异体成同襟。雨过两龙吼，风来双凤吟。胶漆有陈雷，参商无阏沉。心期等无二，其利乃断金。旌之赤玉栏，写以朱丝琴。"（《海外新发现永乐大典十七卷》卷一九八六六，页647引葛立方《归愚集》）

《双竹琴调》："主人有内美，忠诚馨明簪。此君为君出，无知乃知音。我诗何足弦，闻美不得愔。安得河中文，为君告来今。"（同上）

陈栋（35/1966/22013）

《题留君所居双竹》："夷齐千载上，英风常凛然。那知清癯骨，不随物变迁。化为双琅玕，离立碧云边。风枝自酬答，月影相回旋。下视凡草木，顽懦殊未悛。岚光一披拂，气欲吞渭川。缅怀昔诗人，曾歌相府莲。形容比娇姬，拥背争乞怜。何如两龙孙，清庙圭璧连。君看岁寒姿，正色傲霜天。相对耸高节，犹差采薇肩。我闻富贵徒，列屋堆金钱。盈车买奇艳，池馆夸芳妍。堂前植姚魏，堂后疏潆洄。人非日月逝，荆转蒙荒烟。君家亦豪华，嗜好一何偏。千葩不过眼，爱竹心独坚。天工遣尤物，得得供诗篇。大嚼对此君，端能较愚贤。"（《海外新发现永乐大典十七卷》卷一九八六六，页649引《蒙隐诗集》）

沈枢（37/2060/23229）

《视修南塘成回同陈君举诸贤游梅雨潭上系之以诗》："莫讶多幽胜，仙岩旧得名。五潭俱卓绝，二井更澄清。领客欣同入，磨崖记此行。登临有余兴，恍若在蓬瀛。"（《乾隆瑞安县志》卷九《艺文志》）

邓深（37/2070/23330）

《赋何仲敏双竹送其往上庠》："粉节才高二尺盈，长竿故故作双生。夷齐骨相飧风瘦，岳湛精神洗露清。三叹古来宁有种，一朝君得不无情。会看变化乘风浪，头角崭然世共惊。"（《海外新发现永乐大典十七卷》卷一九八六六，页649引邓绅伯诗）

周必大（43/2319/26677）

《过池州》："千古风流杜牧之，诗材犹及杜筠儿。向来稍喜《唐风集》（荀鹤诗集名《唐风》），今悟樊川是父师。"（周必大《二老堂诗话》："《池阳集》载杜牧之守郡时，有妾怀娠而出之，以嫁州人杜筠，后生子，即荀鹤也，此事人罕知。余过池尝有诗云。"）

尤袤（43/2336/26850）

《李白墓》："呜呼谪仙，一世之英。乘云御风，捉月骑鲸。来游人间，蜕骨遗形。其卓然不朽，而与江山相为始终者，则有万古之名。吾意其峥嵘荦落，决不与化俱尽。或吐为长虹，而聚为华星。青山之下，埋玉荒茔。祠貌巍然，断碑谁铭。"（《乾隆太平府志》卷四十《艺文志》）

杨方（46/2466/28608）

《北津桥》："毛竹山头烟雨昏，北溪桥下水浑浑。高陂约水归田急，不管滩声入县门。"（《同治靖安县志》卷一四《艺文志》）

《双溪亭四首》："堂上官人似野人，村氓相见可相亲。开门坐对前山树，故是水边林下身。""对县谁家数亩园，竹亭茆宇杂花繁。闲官不可无兼局，通管西南水竹村。""百啭千呼屋外禽，晓窗清寐向才深。定知错恋黄绸被，唤起平生未用心。""书罢翛然意不征，偶开疏牖散余清。可人一片幽阶草，高下无名各自生。"（同上）

王质（46/2493/28808）

《恩波亭》："万阁嵯峨压古堤，平湖烟景占东西。洗空尘虑登临爽，辉映天光上下迷。树影纳波山吐月，荷香入座雨收霓。使君为虑真无已，始我闲来倚杖黎。"（《嘉靖湖广图经志书》卷二）

《政和堂》："绕天高柳意堂堂，柳外山长水亦长。百尺冰壶清彻底，一川云锦烂生光。暂看属玉摇波影，远驾麒麟入帝乡。宜里宜春骖辇路，上林风味薄纱裳。"（同上）

《福圣寺》："修篁俨立万天寒，一缕轻烟起博山。挥罢尘毫深觅睡，不知春月满人间。"（同上）

《银山院》："但听清圆不觉喧，松床纸帐腹便便。草深稚子争烘日，树暖蜂雏懒趁烟。无事石头频打睡，有时村店暂逃禅。寻花问柳山前后，隐隐钟声暮已传。"（同上）

陈傅良（47/2527/29218）

《止斋月夜书怀》："送客门初掩，收书室更虚。新篁高过瓦，凉月夜临除。妇病才扶杖，儿馋或馈鱼。今朝吾已过，莫问夜何如。"（《乾隆瑞安县志》卷九《艺文志》）

《和沈守观潮阁留题》："平生欲赋观潮阁，立尽斜阳倦复还。一日江山蒙笔力，百年名字满人寰。郡从晋宋风流后，诗到苏黄伯仲间。向去挲摩看石刻，谁知功在十年间。"（同上）

《题梅雨潭》："滚滚群山俱入海，堂堂背水若重闉。怒号悬瀑从天下，杰立苍崖夹道陈。晋宋至今堪屈指，东南如此岂无人。结庐作对吾何敢，聊向渔樵寄此身。"（同上）

《登观潮阁》："俯集沧溟大，衡陈草莽多。闽山飞鸟没，吴会一帆过。消长看沙尾，行藏问钓蓑。登临有若此，人物付如何。"（同上）

王卿月（47/2557/29654）

《淮上泊舟》："枫林望尽见苍山，桐柏飞流入楚关。潮散海门孤岛白，月明渡口数帆还。客梦只惊青琐远，沧波长羡白鸥闲。闻道淮南多桂树，朝来策杖一相攀。”（《光绪寿州志》卷三四《艺文志》。又见《光绪凤台县志》卷二〇《艺文志》，署名“王清叔”。）

丁逄（48/2573/29874）

《筑城歌》：“半饥猩晁飞猱轻，十年两度烦官兵。邻邦瓦砾此地免，曰虎突兀扬□城。城中老守今无力，官陶运甓当炎日。春来蒸土上脉融，三营伉健争趋功。洞开铁瓮铁门限，楼橹边头眼中见。金城空有万里略，天山安得三飞箭。父老休夸百不忧，□□包饭买耕牛。城壕水满荷花秋，夜不关门放汝游。”（《嘉靖湖广图经志书》卷一四）

《仲春释奠》：“庭燎光中晓未分，楹间晓簴盛前闻。湿温千古仪刑在，济济诸生诏相勤。此郡如今尊正学，本朝从昔右斯文。欲兴礼教先庠序，荐藻丹衷愢采芹。”（同上）

吴镒（48/2583/30023）

《乾明寺》：“寒藤枯木道人家，乃有鞓红第一花。我亦花前杀风景，一杯汤饼试新茶。”（《嘉靖湖广图经志书》卷一四）

《去郴》：“短鬓不供白，离怀更着秋。西风吹客泪，暮雨送行舟。尚觉酒多味，更缘山少留。他年休歇处，诗里识郴州。”（同上）

张垓（48/2590/30112）

《蒙泉》：“久闻山下出泉蒙，清泚甘香果不同。水底花开金菡萏，涧边石韫玉玲珑。固知混混盈科进，喜有涓涓济世功。明月满庭更似□，我来笑傲兴何穷。”（《嘉靖湖广图经志书》卷六）

游九言（48/2592/30123）

《同弟勉之避水胜果寺》：“老者宦三载，上府更戍葵。客怀数日雨，潢潦啮我扉。背负先世书，手牵吾母衣。破寺侣麇鹿，全家学凫鹥。谁其推此味，有季吾勉之。”（《嘉靖湖广图经志书》卷二，署作者为“游默斋”，题下原注：“淳熙甲辰。”）

张釜（50/2658/31160）

《沧浪亭》："此身元是沧浪客，暂向亭中作主人。卷箔寻诗山有味，凭阑观海水无尘。酒边风月宁论价，妙处丹青总失真。安得濯缨酬素志，烟波万顷一丝纶。"（《嘉靖湖广图经志书》卷二）

《鉴湖寺》："白鸟飞来栖断岸，夕阳依约下汀洲。清光不散水云夜，好意只容天上秋。一曲《离骚》招楚客，百年兴废任渔舟。使君已是朝天客，不惜朱轮更一游。"（同上）

《银山院》："烟峦佳处有丛林，门掩春风一院深。我欲问禅无一语，落花幽鸟自飞吟。"（同上）

任希夷（51/2727/32086）

《桃花洞》："我来欲访桃花洞，地老天荒无处寻。应是武陵源上路，落花遗恨到如今。"（《嘉靖湖广图经志书》卷二）

《香雾亭》："忠定来游二百年，花阴光采尚依然。亭荒犹喜遗基在，为向东风葺短椽。"（同上）

《金界禅院》："空闻白鹤旧机缘，不见红荼照眼前。一自赵州驴朴后，何人重到此山前。"（同上）

《张君坛》："朱砂桥下桃花洞，仙驾当年凌紫霞。闻说山中丹井在，遗基本属野人家。"（同上）

杨皇后（53/2779/32889）

《题马麟层叠冰绡图》："浑如冷蝶宿花房，拥抱檀心忆旧香。开到寒梢尤可爱，此般必是汉宫妆。"（北京故宫博物院藏马麟《层叠冰绡图》，录自《中国花鸟画·唐宋卷》，又见徐邦达编《中国绘画史图录》。）

吴晦之（53/2803/33319）

《灵岩石门》："何年凿破混沌穴，路入朝阳小洞天。花片不随流水去，那知深处有人烟。"（《民国宁国府志》卷一二《艺文志》下）

宋宁宗（54/2835/33757）

《题马远华灯侍宴图》："朝回中使传宣命，父子同班侍宴荣。酒捧倪觞祈景福，乐闻汉殿动骅声。宝瓶梅蕊千枝绽，玉栅华灯万盏明。人道催诗须待雨，片云阁雨果诗成。"（马远《华灯侍宴图》，载《中国绘画史图录》。）

《题姚月华胆瓶花卉图》："秋风融日满东篱，万叠轻红簇翠枝。若使芳姿同众色，无人知是小春时。"（故宫博物院藏姚月华《胆瓶花卉图》，录自《中国花鸟画·唐宋卷》。）

赵汝鐩（55/2864/34199）

《北湖行》："衡岳之南入郴州，地高山峻居上游。在于岭侧三之二，众川疾驶无停留。岂知粉雉之北有泉丰，夜沸而为湖，相距平不流。□□□□郁积千百顷，得以之气磅礴上下浮。外罗□□□流□□表里含碧天水交净。烟岚舒敛自朝昏，鱼鸟泳飞悦情性。返香十里芙渠繁，云锦千张织天孙。珠玑乱跃雨声急，红裙曳湿翠盖翻。琉璃影里见蓬岛，月椽露牖开凉轩。侨心寒喷百尺雪，金石撞击晴雷喧。我为北湖吟，兴因北湖起，曾将一苇航空明。昌黎陈迹随流水，未须感慨思古人。登临乘此秋意新，西风带暝吹白蘋，水晶宫冷看冰轮。"（《嘉靖湖广图经志书》卷一四）

王遂（55/2871/34274）

《傍梅读易亭》："候虫奋地桃李妍，野火烧原葭菼苗。方从阳壮争门出，直待阴穷番闷人。随时作计何太痴，争似此君藏用密。人官天地命万物，二实五殊根则一。圃形辟阖浑不知，却把贞诚作空寂。亭前拟绘九老图，付与人间子云识。"（《嘉靖湖广图经志书》卷一九）

张达明（55/2874/34309）

《真源万寿宫》："晴新天宇高，烟霏敛将夕。登山百里余，接眼即咫尺。潭影湛高寒，林隅耸危碧。发地摩云霄，诸峰额罗释。仰嗟天行健，神覆云无积。岂复须栋梁，故此遗柱石。空余蕴玉耀，炫焜昼生白。委蛇丘阜问，仍列高真宅。春秋鹤驭来，帝尹朝不隔。我亦滄霞念，尘土冀扫迹。誓将促云笔，附此丹阶籍。"

《真源万寿宫》："冲晓蓝舆度两峰，山光春色涨晴空。了无尘事关身内，迥觉烟霄入步中。数点皖山天外绿，一轮晓月海边红。五云多处藏仙阙，指点蓬莱好御风。"（以上《康熙安庆府志》卷三〇《艺文志》）

程公许（57/2984/35481）

《分纸赠子思叔逢彦威》："诗人吟思挟秋清，满袖珠玑索细倾。莫讶楮生高索价，要渠裹甲五言城。（近岁纸价高，而北边戍卒多以纸为甲者。）"（《海外新发现永乐大典十七卷》卷一〇〇一一，页 288 引程公许诗）

赵汝回（57/3012/35868）

《三姑潭》："谁掣银河铁锁开，飞珠掷练此山来。似黄梅雨无晴日，于白云天有怒雷。曾是楞严骑虎到，何当轩帝驾龙回。岩扉下顿平平石，闲坐无人空绿苔。"（《乾隆瑞安县志》卷九《艺文志》）

赵葵（57/3022/36002）

《隐山》："不到隐山今几年，隐山泉石尚依然。忽然一阵催诗雨，搅我东窗一觉眠。"（《嘉靖湖广图经志书》卷一五）

白玉蟾（60/3136/37491）

《朝斗亭》："夜深不欲眠，匙数胡麻粒。起拜璺枢宫，满身风露湿。"（《嘉靖湖广图经志书》卷七）

《衣冠冢》："当年谒玉帝，犹是当年身。身外既生身，衣冠今成尘。"（同上）

《七女峰》："七女尸陀林，何须散天花。只今翠峰头，夜夜鸣琵琶。"（同上）

《桃花墺》："瞿黄亦偶然，刘阮何曾错。绣嶂几番春，青山瘦如削。"（同上）

《水帘洞》："一水悬崖永不枯，人来久欲卷珍珠。我曾洗耳洗不了，遮得世间名利无。"（同上）

《寥一庵》："孤迥四无邻，风月永无伴。人说昆仑山，松枯白石烂。"（同上）

《观翠轩》："月冷松似禅，风起竹如醉。白鹭忽飞来，点破一山翠。"（同上）

《梯云栈》："莫把凡胎问圣胎，君看石壁是谁开。后来唤作梯云栈，不是好山那肯来？"（同上）

武衍（62/3268/38965）

《适安藏拙余稿续卷》："清修抱节碧栏东，雪雪俄摧玉一丛。拟奏通明劾滕六，祇愁天路有刚风。"（《江湖后集》卷二二。按笔者起初据《海外新发现永乐大典十七卷》卷一九八六六，页672引《江湖续集》误辑此诗为陈起作，幸蒙南京大学卞东波博士来函赐教云："陈起一首自《大典》卷一九八六六引《江湖续集》之《适安藏拙余稿续卷》辑得。此署名有误。此诗乃南宋江湖诗派武衍之诗。武衍，字朝宗，著有《适安藏拙余稿》《适安藏拙乙稿》。此诗已见《江湖后集》卷二十二，但《全宋诗》未收。"今移辑武衍诗）

宋理宗（62/3292/39240）

《赐侍读项寅孙讲论语诗》："政学纲条备鲁论，言言洙泗典型存。四朝礼乐为邦法，六艺衣衿入圣门。忠恕浑全吾道贯，性天融会所闻尊。细旃讲彻加紬绎，修己安民实本源。"（《民国松阳县志》卷一二《艺文志》）

李应春（63/3328/39699）

《君山》："洞庭浩渺九州间，谁向中央著此山。娲氏补天遗炼石，湘妃箧水掠云鬟。烟开绿树鸟声乐，水隔红尘僧梦闲。想象高唐难著语，杖藜终待印禅关。"（《嘉靖湖广图经志书》卷七）

俞掞（64/3391/40349）

《登仙人掌山》："山名仙掌足盘桓，来醉黄花白日间。更上一层高处眺，此身拟可透天关。"

《题普照寺》："路入团溪山短长，夜深风雨宿僧房。晓来听得农人语，蚕老桑空麦又黄。"

《使金过燕山》："昨夜江风特地寒，直逾伊洛向秦关。地平千里无遮碍，扫尽烟云兴未阑。"（以上《同治广丰县志》卷九之十九《艺文志》）

陈景沂（64/3394/40386）

《异竹》："君不见湘阴有竹玉为肌，点染妃泪斑厥皮。一桃瘦笁弗满持，化作祥龙飞葛陂。虞妃葛翁未生时，竹能自幼超轩墀。真君观里云逶迤，郛郭万竹其猗猗。一竿妩媚独秀出，底焉同本表两岐。翻风翼比理联续，清魂返本疑夷齐。世知得竹瑞斯观，我知竹因人孕奇。人不以竹自为足，为竹更纵栽培基。丹房候熟窅欲歊，黄婆姹女相追随。孕得稚子尤累累，偶者自偶奇自奇。既而又见出班种，盖亦千百成龙儿。他年元都摇兔葵，刘郎怀伤种桃诗。那时为君谱宗支，君能已与妃葛陂，同作族属居瑶池。"（《海外新发现永乐大典十七卷》卷一九八六六，页 655 引陈肥遁《青士散联》）

舒岳祥（65/3435/40888）

《国成德宰武康锓孟东野诗立其祠余家旧藏东野像书来借临其尚友与俗异矣予因读昌黎赠先生篇追和其韵并临其像奉送之武康诗》："了然彻眸子，可以观人心。仙儒固当惧，清扬照于今。既见东野像，又见东野音。其音何琅琅，笙磬箫瑟琴。欲招世人听，大音忽已沉。问我何所闻，冥默中细寻。初尝讶苦硬，久味极雄森。昌黎维宗伯，谁能取诸任。尊之继李杜，先生亦披襟。寸筳撞洪钟，下拜肯低簪。城南斗鸡作，珠琳列差参。剑戟相攖拂，垒堑互登侵。划镵龙门呀，兀撑太华嶔。麤细无可据，如入夸父林。巨壑百川会，大云四野阴。今人何所见，啾喷沸蜩禽。掊摭蝼蚓间，短策欲深临。坡翁素雅谑，偶作嘲生吟。独爱铜斗歌，侬音带江南。斯言戏之耳，定价如良金。杜老嘲渊明，夫岂诚弗钦。谓能润饰韩，鲁直岂向歆。本师非翁敌，坻屿视高岑。虽然曰郊岛，郊岛有浅深。吾友武康宰，作事为世箴。立祠警溷浊，刊诗正哇淫。乐石覆大屋，关防作硋砧。"（《吴兴艺文志补》卷五二。据华忱之校订《孟东野诗集》附录《孟郊遗事》转录）

吴璞（66/3476/41383）

《经采石渡留一绝句》："抗议金銮反见仇，一杯蝉蜕楚江头。当时醉弄波间月，今作寒光万里流。"（《李太白全集》卷三三《附录·诗文》）

谢枋得（66/3477/41400）

《九宫山》："真人何代结幽栖，累世奎章焕紫泥。日月高奔黄道近，衡庐
□□玉绳低。"（《嘉靖湖广图经志书》卷二）

《华峰霁雪》："朔风吹折寒梅枝，严凝冻合彤云痴。华峰屹立亘今古，堆
累积聚皆昏迷。杨花飞舞盈三尺，蝶枝交加呈六出。朝阳发焰照乾坤，万壑
千崖消粉饰。"（《华盖山志》卷一〇《纪咏志》，题："江东提刑、江西招谕使、
谥文节谢枋得，弋阳。"）

（附记：本文承南京大学卞东波博士所教，订正部分错误，特此致谢。）

（《第四届宋代文学国际学术研讨会论文集》，浙江大学出版社 2006 年版）

《全宋诗》辑佚 120 首

王元

王元，字常侍，本贯江西石磕溪人。登景德间进士，初授延平令，奉使辽北，归擢处州刺史。范仲淹、欧阳修咸以诗赠行。莅官廉能，有惠政，致仕后占籍西阳乡之桑田。事见《同治云和县志》卷一四《艺文志》。

《出守栝苍酬范希文欧阳永叔饯别作》："晨风吹洛水，飘然离帝乡。君恩一何厚，分符守栝苍。苍山隔千里，道路阻且长。宾朋互骈集，饮饯倾壶觞。我生已衰迈，鬓发披如霜。努力事圣君，欢会不可常。遥望春波绿，碧草凄以芳。挥手一长叹，垂涕沾衣裳。"（《同治云和县志》卷一四《艺文志》）

高贻庆

高贻庆，为侍御史，景德四年（1007）十二月改荆湖转运使。事见《嘉泰吴兴志》卷一四。

《玉虚洞》："玉虚洞是金丹穴，万卷仙经曾指说。妙用真元归本乡，无为有为玄中诀。"（《嘉靖湖广图经志书》卷六）

范唐公

范唐公，范仲淹祖父，事迹未详。

《赠华山陈希夷》："曾逢毛女话何事，应见巨灵开此山。浓睡过春花满地，静林中夜月当关。纷纷诏下忽东去，空使蒲轮倦往还。"（范公偁《过庭录》所收《唐公赠华山陈希夷诗》条："文正祖唐公，有诗赠华山陈希夷。五侍郎帅陕，尝刻石传世，逸上一联。……丁卯十二月五日，因侍夜话，谨录之。"）

许俞

许俞，字尧言，新安（今安徽歙县）人。大中祥符五年（1012）登第，授溽阳从事。丁父忧去官。丧除，超资除扬州从事。尝知大冶县。事见《新安文献志》卷六四《许孝子传》。

《过琅山别院》："白云自悠悠，何为去不返。琅山不忍登，中情时缱绻。夕月林外生，深院柴扉键。芳草长庭阶，又怨凉飕偃。忡忡夫何如，我生犹憾晚。举目望迷漫，木叶天风远。"（《嘉庆黟县志》卷一六《艺文志》，题注："先君寄寓处。"）

费师古

费师古，蒲圻（今湖北蒲圻）人。年十九登天圣二年（1024）进士，英敏有才，尤长于诗。官至谏议大夫。事见《楚纪》卷一五。

《叠秀亭》："金碧翠飞势插空，几携诗酒几携筇。苍苔连磴数十步，翠岫绕栏千万重。涧水南来朝赤马（赤马，港名），陇云西去接黄龙（黄龙，市名）。几多英俊联金榜，尽是山川秀所钟。"（《嘉靖湖广图经志书》卷二）

雷某

雷某，元祐时人。名未详。

《游灵岩》："灵岩胜概魁宁川，欲往还心几逾年。今朝乘兴得清赏，须知亦是同夤缘。驱车初抵石门路，恍疑共到蓬莱天。旁连高延立玉壁，下广迤逦铺琼田。俄从一径造佛刹，楼殿深耸凌云烟。山僧指我遍幽历，险巇不惮跻山巅。明心深邃光通穿，朝阳晴晖火欲然。涟漪澄彻潴寒泉，碧云紫云争华鲜。夕阳林麓禽啾喧，尝闻昔有瞿硎仙。我今不见心悬悬，广寒宫阙名空传。日暮欲去还留连，嗟予事夺须回旋。不得共宿高谈禅，邮亭耿耿夜不眠。拥衾操笔成长篇，封题寄远风骚贤。辞语芜陋不足道，爝火妄记星光缠。"（《民国宁国府志》卷一二《艺文志》下）

范弇

范弇，与范直方同时，为村学究，貌古性直。见范公偁《过庭录》。

《酒肆》："吃酒二升，籴麦一斗。磨面五斤，可饱十口。"

《戒讼》："些小言词莫若休，不须经县与经州。衙头府底陪茶酒，赢得猫儿卖了牛。"（范公偁《过庭录》所收《范弇学究诗》条）

王夐

王夐，政和元年（1111）知洪州，二年加显谟阁待制，改知成德军，三年徙知青州。事见《北宋经抚年表》。

《真如寺》："凿石凌空耸半山，倚天楼阁尽图间。烟凝古殿青松老，门掩禅关白日闲。暗泻寒声泉濑溜，倒摇清影竹回环。因嗟薄宦成拘束，到此何妨一解颜。"（《嘉靖湖广图经志书》卷二）

卢臣忠

卢臣忠，字仲言，一云仲信，歙（今安徽黟县）人。政和进士，建炎初迁右正言，扈驾建康。金使有近御舟者，臣忠叱退之，失足坠入水中，数日，高宗使人得其尸，拱立如生，赠谏议大夫。事见《新安文献志》卷六四《卢谏议传》。

《答相士》："中士相人骨，上士鉴其神。神在骨之表，皮相失其真。吾自有真在，尔言亦有因。何须论膺背，千古此吾身。所生求不忝，富贵非等伦。"（《嘉庆黟县志》卷一六《艺文志》）

范公偁

范公偁，范纯仁曾孙，范直方之子。绍兴十七年（1147）曾侍于父直方之侧。其事迹无考。著有《过庭录》。

《效老杜城北诗》："赤县东城尉，他年业旧儒。老为知道马，中有报恩珠。岁月侵余齿，风埃上短须。赖逢同志友，襟韵不相孤。"（《过庭录》所收《理窟与先子论诗》条："理窟与先子论诗曰：'古人规矩具在，学之不难，但患不能效之耳。凡人所作，必盗窥一句一字谓之工，而不知在意而不在言也。'余尝作诗云……此乃效老杜《城北》一诗耳。试思之。"）

张绚

张绚，字彦素，丹阳（今江苏丹阳）人。治诗，登宣和六年（1124）沈晦榜进士。绍兴三年（1133）除正字，进校书郎，擢监察御史，又除殿中侍御史。事见《京口耆旧传》卷五。

《石僧院》："山隐招提静阒然，云房聊占北窗眠。怪来诗意清人骨，面对奇峰翠插天。"（《怀玉山志》卷八《诗铭》）

谢景武

谢景武，字师直，与王存同时。（王存卒于徽宗建中靖国元年，年七十九。）

《为王正仲来赋》："倒着衣裳迎户外，尽呼儿女拜灯前。"（范公偁《过庭录》所收《谢师直为王正仲来赋诗》条："谢景武师直与王存正仲友善。谢仕襄阳，王远至，夜叫门见之。师直屣履出迎，率子侄行家人礼，慷慨道旧，喜而有诗。"）

张根

张根（1062—1121），字知常，号吴园，饶州德兴（今属江西）人。元丰五年（1082）进士，历临江司理参军、遂昌令，迁通判杭州，提举江西常平，又为淮南转运使。官至龙图阁直学士。屡建言，皆切中时弊，权幸侧目，后安置郴州。后还，以他勋封益国公。宣和三年（1121）卒，年六十，谥忠定。事见《浮溪集》卷二四《张公行状》，《宋史》卷三五六有传。

《次韵（蒋之奇爱山堂）》："我爱通羊好，楼高如锦城。青山常在眼，涧水不闻声。""我爱通羊好，双泉咫尺间。不须寻谢屐，步入九宫山。""我爱通羊好，宗英迥出尘。文章与政事，今复见何人。"（《嘉靖湖广图经志书》卷二）

《郊行》："长风起天末，寒色上征袍。万壑树声满，千崖秋气高。驱驰双发改，抚字寸心劳。最喜民风厚，村村尽卖刀。"（同上）

张昌

张昌，字师言，初官上元宰，靖康初秦桧自御史丐祠归建康，昌往访之。桧入相，擢昌知楚州。后归老潜皖，近九十而终。事见《宋诗纪事》卷四六、《宋诗纪事小传补正》卷三。

《游真源宫》："意行到丹霞，好风驾两腋。缘云度鸟道，所过皆岌岌。青松老撑天，碧涧轰霹雳。白石如群羊，草低见纤纤。却失天柱峰，崭然贞主立。

428

山前桃李花，故岁已相识。嫣然迎我来，照眼明的皪。西山俄出云，顿觉半空黑。谁能笺天公，两事正不急。我方事幽讨，忽遣山路湿。"（《康熙安庆府志》卷三〇《艺文志》）

刘颉

刘颉，绍兴二十年（1150）由朝请大夫知郴州，二十三年勒停。事见《万历郴州志》、《建炎以来系年要录》卷一六五。（按《郴州志》作"刘颉"，《系年要录》作"刘领"，《嘉靖湖广图经志书》作"刘颔"。）

《刘相公祠堂》："凛凛清风著有唐，端知不朽是忠良。寺深相国衣冠古，派远仙源山水长。名字千年垂史册，招提原是旧书堂。编诗不愧歌张仲，愿续前贤试此章。"（《嘉靖湖广图经志书》卷一四）

《中洲庙》："奕奕宫庭势欲翔，中洲虽小有辉光。渔樵自古歌尧舜，水旱于今忆禹汤。像古尚堪观藻火，庭荒犹记下牛羊。莫言兴废非吾事，强勉须知行道长。"（《嘉靖湖广图经志书》卷一四）

孔彦舟

孔彦舟（1107—1161），初名彦威，字巨济，相州林虑人。为东平府钤辖。后为蕲黄镇抚使。降伪齐，后又降金，正隆六年（1161）卒，年五十五。事见《金史》卷七九。

《北江》："凝眸俄望野云稠，云下人家自一流。山猎水渔无课税，刀耕火种度春秋。等闲出入随刀弩，些小争纷罚马牛。铜柱不磨遗迹在，相逢何必问花绸。"（《嘉靖湖广图经志书》卷一七）

《明溪》："郡城北去是明溪，巡检溪头足品题。官制有方凭扼塞，疆场无事息征鼙。冻云密密冬天树，清唱迟迟午候鸡。此去云岩还五日，跚跛须拟接仙梯。"（同上）

陈士宏

陈士宏（1114—1160），字毅夫，莆田（今福建莆田）人。绍兴十二年（1142）进士，监惠州盐，历从政郎摄潮州揭阳县令。终左宣教郎泉州惠安县丞。三十年卒，年四十七。事见《艾轩集》卷八《惠安县丞陈君行状》、卷九《惠安县丞陈君墓志铭》。

《东峰亭》："虎踞龙盘叠嶂开，东亭新构镇崔嵬。赤囊破贼人何在，乌府乘骢客再来。霁色先从云槛晓，秋声偏觉露蝉哀。百年兴隆将谁问，惟有残碑在草莱。"（《嘉庆宁国府志》卷二四《艺文志》）

汪熙

汪熙，乾道己丑（1169）进士。事见《光绪宣城县志》卷三二《艺文志》。

《谋创领要亭》："生平酷爱山，好山宁相远。知吾入山意，幽致竞牵挽。信步杖藜轻，升高腰脚健。小雨着黄落，索索声相溷。僧窗事事幽，蕉肥野菊曼。尘世仅隔水，心安即为遁。有岩瞰清溪，古木郁萝蔓。前冈连远嶂，万象纷自献。人生有物缘，参合甚符券。缘外倘强求，十一失千万。此地乃天与，一亭吾欲建。寄言岩下石，为偿把钓愿。"（《光绪宣城县志》卷三二《艺文志》）

高夔

高夔（1138—1198），字仲一，其先登州（今属山东）人，家于海州朐山（今江苏连云港市）。乾道五年（1169）赐将仕郎出身，调荆门军长林尉。六年上封事陈方略，添差安丰军签判，累擢司农少卿，除直秘阁知江陵府，淳熙九年（1182）丁母忧去官。服除，改知扬州兼淮东安抚使，加秘阁修撰移帅襄阳，进右文殿修，改知庐州。绍熙五年（1194）以提举宫观致仕。庆元四年（1198）卒，年六十一。事见周必大《周文忠公集》卷六五《淮西帅高君夔神道碑》。

《游通天洞》："人道潜通小有天，由来神物镇山川。苍生切切思霖雨，试问龙曾在此眠。""几许烟霞拨不开，雨濡石壁翠成堆。红尘落叶无人扫，明月天边自往来。""巉岩迥出尘寰外，气象包藏宇宙宽。天上人间同共赏，请君悉向此中看。"（《嘉靖湖广图经志书》卷二〇）

高无己

高无己，与高夔同时。

《游通天洞（和高夔）》："洞中分得小青天，风月飞藏自一川。我欲夜观星斗势，不妨常对碧霄眠。"（《嘉靖湖广图经志书》卷二〇）

汪纲

汪纲,字仲举,号恕斋,黟县（今属安徽）人。淳熙十四年（1187）中铨赋,累除外任。历知绍兴府,主管浙东安抚司公事,又除直龙图阁。理宗立,授右文殿修撰,加宝谟阁待制。绍定初召赴行在,权户部侍郎。《宋史》卷四〇八有传。

《过桑林有感》:"蚕眠桑老叶田田,村少闲人在路边。蚕事正忙农事急,官堂寂静昼如年。"(《嘉庆黟县志》卷一六《艺文志》)

林文中

林文中,一作文仲,字次章,临川（今江西临川）人。淳熙间第进士,为鼎州司法、安化知县,嘉定中历官成都漕,卒。事见《嘉靖常德府志》卷一二。

《崇教寺》:"仲春观相出郊埛,天宇开晴眼倍明。岭雪未消横玉白,山泉不竭奏琴清。三年令尹惭何补,百里农夫幸乐耕。归去明朝理官事,输他衲子静无营。"(《嘉靖湖广图经志书》卷一五)

王光祖

王光祖,字文季,官大理评事。精于理学,朱熹为提举时,邂逅松阳县之福僧舍。光祖拱立规掌,如太极状。朱熹异之曰:"王子胸中自有太极。"间以传注质之,光祖曰:"公注《中庸》,不使滋长于隐微之中,愚意当加潜暗二字。"朱熹深然之。后数以诗文往复,有寄孙竹湖书曰:"吾到栝止得士友文季一人而已。"事见《民国松阳县志》卷九《人物志》。

《答朱晦庵》:"尺纸书来训诲深,孔门希瑟孰知音。一经题品便佳士,万有感荣铭此心。善利几当严界限,日新功在惜光阴。个中受用为真实,敢把工夫向外寻。"(《顺治松阳县志》卷八《艺文志》)

《观太极图有感》:"古今道器不相离,谁品三才立四维。不是羲皇先一画,人于何处见天倪。""二气潜行显万殊,一蒲芦出一蒲芦。天机漏泄谁见觉,道在濂溪太极图。"(同上。以上又见《民国松阳县志》卷一二《艺文志》)

王称

王称，诸书或作"偁"，字季平，眉州人。承继家学，旁搜九朝事实，辑成《东都事略》。洪迈修四朝国史，奏进其书，以承议郎知龙州，特授直秘阁。又有《西夏事略》。事见《南宋文范作者考》卷上、《宋史翼》卷二九。

《蛾眉亭》："牛渚矶头烟水生，蛾眉亭下大江横。春归楚树浮空画，山阻淮云入望平。琼馆有才堪倚马，锦袍无梦供飞鲸。停桡欲和渝州曲，都付吴歌子夜行。"（《民国当涂县志·志余·诗存》，署名"王偁"，并注："王偁，字季平，眉州人。官直秘阁。著有《东都事略》及《西夏事略》等书。"）

刘澹然

刘澹然，字安道，松阳（今浙江松阳）人。博极群书。嘉泰壬戌（1202）进士。历官秘书省著作郎。初，安道为举子时，游三衢，试士以《风云龙虎赋》，冠于众作。郡守史相奇其才，而馆谷之。邑人项安世徙江陵，其子容孙以浙东宪使行县展墓，安道以启致之曰："立春绣于霄汉之上，孰不慕公子之威名；耀画锦于井落之间，我但羡长卿之风度。"又曰："千万世之人物山川，尽收入吏部精神之表；八千岁之乡邻父老，尚能诵平翁卯角之诗。"其俊逸之才如此。著有《午溪集》。事见《民国松阳县志》卷九《人物志》。

《登邵尖绝岭》："板萝凌绝壑，扪竹蹑岩扉。旭日升沧海，峰岚湿野衣。云流孤屿没，林转鸟声微。下瞰章安市，烟光拂水飞。"（《民国松阳县志》卷一二《艺文志》）

许纶

许纶，字行之，永嘉（今浙江永嘉）人。宝庆三年（1227）知道州，绍定三年（1230）任满东归。事见《光绪道州志》卷四、《光绪湖南通志·金石》卷一六。又《光绪湖南通志·金石》卷一九载另一许纶，字行之，嘉定间豫章人。

《人面竹诗》："共识此君面，谁知面目真。清风犹立懦，奇节仰先民。"（《海外新发现永乐大典十七卷》卷一九八六六，页660引许纶《涉斋集》）

《猫头竹》："进穴穿篱出，狸奴知几头。真能参王版，足可当珍羞。"（《海外新发现永乐大典十七卷》卷一九八六六，页667引许纶《涉斋集》）

梁楷

梁楷，字白梁。嘉泰间为画院待诏，赐金带。善画人物山水道释鬼神。事见《图绘宝鉴》卷四、《南宋院画录》卷五。

《题泼墨仙人图》："地行不识名和姓，大似高阳一酒徒。应是琼台仙宴罢，淋漓襟袖尚模糊。"（梁楷《泼墨仙人图》，录自《中国绘画史图录》。）

黄镇周

黄镇周，平阳人。淳祐时为松阳县令。事见《民国松阳县志》卷七《官秩志》。

《信美堂》："干名本代耕，作邑反惆怅。笞棰非蒲鞭，制锦才多让。抚字愧心劳，小圃聊放旷。适当初夏时，景物和且畅。竹色晚更深，莺声老更亮。新荷点芳池，夕照衔青嶂。兹堂信云美，吾独增浩叹。安仁何当归，风旆正飘扬。"（《民国松阳县志》卷一二《艺文志》）

吴归甫

吴归甫，淳祐时为松阳县主簿。事见《民国松阳县志》卷七《官秩志》。

《游法昌寺》："春风融融二三月，舍南舍北花争发。北山歌舞却南山，隔溪遥见花如雪。寻花渡溪不知远，篮舆忽到溪南岸。复有幽人载酒来，洗盏花前自相劝。壁间读我旧题诗，可怜岁月去如飞。人生行乐须及时，莫待花残春又归。"（《民国松阳县志》卷一二《艺文志》）

张庆之

张庆之，字子善，号海峰野逸，吴（今苏州）人。少有志操，绝意仕进，好为山水之游。文天祥知平江时，庆之为诸生，宋亡集杜句述天祥大节，人多义之。有《海峰文编》三卷，及《老子注》《测灵》《孔孟衍语》等。事见《宋史翼》卷三五、《吴中人物志》卷九等。

《咏文丞相出督（集杜）》："坐见幽州骑，密作渡江来。凄其望吕葛，叹尔疲弩骀。"（《乾隆太平府志》卷四三《艺文志》。又见《道光繁昌县志》卷一七《艺文志》，题注："时在鲁港。"）

《又集杜咏鲁港弃师》："指挥铁如意，自哂同婴孩。杖策走不暇，告诉栋

梁摧。"(《道光繁昌县志》卷一七《艺文志》）

赵崇涉

赵崇涉，济州人。宝祐三年（1255）官旌德县令。造浮源桥，构屋五十六楹，涂锦咸备，改名瑞虹。事见《嘉庆旌德县志》卷六《职官志》。

《赓崔县尉题万翠亭原韵有序》："宝庆改元，余舅崔桂堂摄簿斯邑，作古风，题姚教谕万翠亭，今三十载矣。崇涉宝祐乙卯冬来为邑宰，明春偕李判簿元仙尉观农回，小酌于此，姚君以桂堂诗示，窃念舅摄簿于前，崇涉宰邑于后，舅甥相继，亦属难得，情动于中，欣然和韵，虽不能酷似其舅，惟以述相继之意云尔。姚君有奇胸，治圃即生计。一亭对一山，佳木更环蔽。远岫堆青螺，近峰插天际。拨黛莫拟伦，黟笔难写瑞。旌川景最赜，此景实总制。绿野与为邻，应不慕声势。对比舒眉尖，吟遍豁心地。何必求蓬莱，只此蓬莱比。劝农回斯亭，诗兴不容秘。渭阳留长篇，形容无不至。华扁揭明堂，芳声流百世。春晚更绿秾，旧花徒托丽。亭以万翠名，奚止山色翠。乘兴聊续貂，谁肯终坐视。赓歌非我长，笔底欠奇异。惟羡亭中人，朝夕挹清意。何当再登临，借景忘俗累。拚了一日闲，痛赏此幽致。瀹茗尽自佳，不用复言醉。"(《嘉庆旌德县志》卷九《艺文志》）

余学古

余学古，字学道，青田（今浙江青田）人。宝祐丙辰（1256）进士，初任太平州教授，终国子正。著有《大学辨问》一卷。事见《康熙青田县志》卷九《选举志》及卷一〇《人物志》。

《石门洞》："巨石巉岩浸碧漪，其中曾有老龙师。元无锁钥门常辟，不问阴晴雨自飞。幽径鹤眠多坏叶，断崖猿啸正斜晖。客来欲借云间宿，无奈鹃声撼翠微。"(《康熙青田县志》卷一二《艺文志》）

陈少垣

陈少垣，嘉熙时中论秀科。事见《乾隆瑞安县志》卷九《艺文志》。

《即事》："石屋无来客，闲云伴晓眠。梦添身外事，发减镜中年。小雨溪平路，牛衣业在田。剑星横照胆，归意未应全。"(《乾隆瑞安县志》卷九《艺文志》）

《留湖心寺》："出城五里凄无宿，清境光辉日遍曝。水仙飞结空中楼，佛

香吹化莲花国。老僧坐久忘身心，夜凉恍住蛟人屋。何当使我出世愁，苔径幽窗弄艺竹。"（同上）

王圭

王圭，吴郡（今江苏苏州）人。绍定间为丽水主簿，秩满，移摄松阳县令。松民安之，颇有政绩，郡守上闻，正拜松阳县令。事见《民国松阳县志》卷七《官秩志》。

《大慈寺》："山坞闻疏磬，松梢出画檐。不堪春寂寞，况是雨廉纤。泉响微通诏，云阴半入帘。祝僧开小牖，朝夕对山尖。"（《民国松阳县志》卷一二《艺文志》）

苏森

苏森，庆元三年（1197）知道州，四年放罢。庆元间又知澧州。开禧二年（1206），以朝奉郎知瑞州。事见《隆庆岳州府志》卷三、《光绪道州志》卷四、《宋会要辑稿》职官七四之四、《同治瑞州府志》卷七。

《彭山祷雨》："彭山崒嵂踞如虎，上有幽灵开栋宇。萦纡澧水从西来，下作碧潭通水府。岩岩来服当殿坐，侍卫罗列分两庑。丹青动色施飞扬，见者辟易谁敢悔。生为帝干没为神，想象权□亦英武。料公济物心通天，皇天就遣司旸雨。水旱疾疠无不祷，祷之立应信如取。庙食此邦五百载，有功于民莫枚数。今年高田未出秧，低田有秧未插土。农家秸病太守忧，亟致牺牲走神所。金炉香水未曾收，已觉天边云气吐。雷奔电绕辰巳间，可惜滂沱不过午。叩头虽已感天赐，但觉神功未周普。我今重诣山之巅，再焚梅檀通肺腑。愿公无罪再三渎，念昔亦曾为地主。便须饬驭入龙宫，亟取天瓢惠湖楚。"（《嘉靖湖广图经志书》卷七）

包伯驲

包伯驲，宋时进士。《光绪宣城县志》卷三二《艺文志》引《青虹阁诗评》："包国子百炼金精，迥别鎯铛。"

《岩罏洞》："巍然造化功，干擘成岩罏。石顶滴清沥，洞深飔细风。我来畏暑间，憩此清冷中。缅怀二老诗，逸思更无穷。"（《光绪宣城县志》卷三二《艺文志》）

洪钧

洪钧，官谏议大夫。

《双林寺》："幽谷双林寺，荒闲得远寻。银钩遗墨在，笔谏昔贤深。徙倚千山晓,坐愁三日霖。枯棋围黑白,聊复废光阴。"（《同治靖安县志》卷一四《艺文志》）

艾光祖

艾光祖，临川（今江西临川）人。安化县主簿。

《崇福寺》："归途忆僧友，问俗访浮泥。峭壁山千嶂，缘崖水一溪。披图今望刹，视额古招提。丈室亲余论，多岐叩指迷。悬河挥玉麈，刮眼刺金篦。师得林泉趣，予惭枳棘栖。今宵是良会,明日又分携。斐句聊相赠,幽岩约敬题。"（《嘉靖湖广图经志书》卷一五）

《资福寺》："层滩石激浪花飞，渺渺舟行扣寺扉。宝藏落成真胜事，梵宫仕观谅增辉。林篁环翠理僧舍，堤柳吹绵点客衣。王事勤劳方难掌，一声啼鴂为催归。"（同上）

戴式之

戴式之，天台（今浙江台州）人。

《竹楼》："每日黄堂事了时，一心惟恐上楼迟。发挥天地读《周易》，管领江山歌杜诗。切戒吏来呈簿历，常邀客至共琴棋。风流太守谁其似，半似元之半牧之。"（《嘉靖湖广图经志书》卷四）

谢神童

谢神童，蕲水（今湖北蕲春）人。失其名。

《三角山》："一尖一尖复一尖，白云深处老龙眠。晓来雨过清如洗，插破东南半壁天。"（《嘉靖湖广图经志书》卷四）

黄熏

黄熏，宣德郎致仕。

《郢州山堂唱》："近郊平远际天涯，绿野春深是可夸。白鸟弄晴初展画，长川骇浪静铺霞。遥峰隐约千山外，嫩柳参差一径斜。有道欢娱民气乐，耕夫相与种胡麻。"（《嘉靖湖广图经志书》卷一〇）

吕怀远

吕怀远，郴州太守。

《白露节前喜雨》："南中气候少相违，风土由来不可知。白露午前才换节，甘霖晌后便非时。十八每满三农望，一雨才先两日期。寄语西林老居士，如何志喜竟无诗。"（《嘉靖湖广图经志书》卷一四）

郭时

郭时，曾任安化知县。

《云龟洞》："谁将快剑斫苍石，涌出玉虹三百尺。潨流直注石潭心，卷雾喷空潭影澄。大声隐隐非雷霆，一洗万古山无青。崩崖断谷供奇秀，至今洞有龟蛇灵。我疑神龙宪幽邃，颔有骊珠贪熟睡。为君鞭起跨玉京，坐致商霖苏旱气。"（《嘉靖湖广图经志书》卷一五）

李俊民

《纸诗》："殷勤翰林主，挥扫惊风雨。滴滴是玄珠，点破先生楮。"（《海外新发现永乐大典十七卷》卷一〇〇一一，页 286 引李俊民《鹤鸣集》）

《德老瑞竹》："主人本望凤来栖，遂把孤根特地移。不念平安犹未报，谁教节外强生枝。""箨笼日日斧斤间，可惜孤根托处难。待得上番成竹后，一根还作两枝看。"（《海外新发现永乐大典十七卷》卷一九八六六，页 643 引李俊民《鹤鸣集》）

顾世名

《赠吴门造笺》："剡溪光泽净无瑕，捣杵工夫自一家。安得张颠醉狂笔，

此中飞走活龙蛇。"(《海外新发现永乐大典十七卷》卷一〇〇一一，页 287 引顾世名《梅山集》)

李大隐

《来诗有纸价高之句次韵》："文章小技等秋毫，鄙作空令笔史劳。闻道东家方给札，柯藤谷楮两相高。"(《海外新发现永乐大典十七卷》卷一〇〇一一，页 288 引《李大隐先生集》)

王进瑞

《白鹿矶》："当日休师白鹿矶，安身高处遽忘危。若能早作赤城隐，成败后来谁得知。"(《嘉靖湖广图经志书》卷二)

王国士

《美美亭》："桑下行穿一径苔，江山信美美亭开。染成野色烟呈巧，聘就晴光雪作媒。水底倒粘山影动，树梢隔断市喧来。吟边唤得乖崖起，暖力扶春上草梅。"(《嘉靖湖广图经志书》卷二)

桂南升

《永寿亭》："面面青山拥县亭，使君已识长官清。且看春意随人好，会惜□光带月明。梦里旧游劳屐齿，眼边佳咏得诗名。东风不解私桃李，烂漫河阳似有情。"(《嘉靖湖广图经志书》卷二)

韩克佐

《钟山》："富川三百迭山中，秀出东南第一峰。势接匡庐分紫翠，地连吴楚压鸿蒙。从龙云气来苍海，集凤朝阳老碧桐。深幸太平黎□□，耕桑鼓舞自淳风。"(《嘉靖湖广图经志书》卷二)

孙佳

《白云楼》："樵歌南习巴巫远，客棹西归沔水分。乘暇登临终不厌，两州鸣角任相闻。"(《嘉靖湖广图经志书》卷二)

曾脡

《阳台渡》："渺渺阳台去，茫茫鹦鹉洲。干戈迷大别，烟雨暝南楼。"（《嘉靖湖广图经志书》卷二）

许觉之

《舜子井》："一千二百余年外，万古消磨不可寻。舜子井泉谁记古，随人间巷祇如今。隶书字杂科虫体，民爵名存乐石阴。登览时来醒醉眼，也胜他物在园林。"（《嘉靖湖广图经志书》卷五）

袁伯文

《楚妃曲》："玉墀滴凄露，罗幌已依霜。逢春每先绝，争秋欲几芳。"（《嘉靖湖广图经志书》卷六）

吴迈远

《楚朝曲》："白云萦霭荆山阿，洞庭纵横日生波。幽芳远客悲如何，绣被掩口越人歌。壮年流瞻襄成和，清贞空情感电过。初同末异忧愁多，穷巷恻怆沉汨罗。延思万里挂长河，翻惊汉阴动湘娥。"（《嘉靖湖广图经志书》卷六）

刘仔昌

《荆南晚眺有感》："沙头寂寂晚维舟，词客重来感旧游。江上夕阳诸葛庙，雨中芳草仲宣楼。天连锦水来春色，云暗襄陵起暮愁。回首可怜梁甫意，一官牢落向南州。"（《嘉靖湖广图经志书》卷六）

陆铣

《蒙泉》："出自山根象得蒙，丧名非与众泉同。流方似玉水辉动，清极无鱼月影空。人酌甘香千室遍，地含灵涧万畦通。叨分使节何能惠，临玩深惭利物功。"（《嘉靖湖广图经志书》卷六。按《全宋诗》卷三九四有陆诜，未知是否一人。）

孔庭植

《君山》："万顷湖光出翠微，彤云斜蘸碧琉璃。乾坤混沌浮元气，楼阁阴晴幻四时。柳井龙归岩雨溟，萧山树影满云移。何时再共飞仙过，为借空中铁笛吹。"（《嘉靖湖广图经志书》卷七）

李炎子

《君山》："杨柳青青绕荻门，维舟来访洞庭君。水光相映八百里，秋意胜添三五分。破晓雁声呼出日，拍天龙气吐成云。直为太史公游处，把此江山助此文。"（《嘉靖湖广图经志书》卷七）

韩氏

《烈女自述》："我质本瑚琏，宗庙供蘋蘩。一朝婴祸难，失身戎马间。宁当血刃死，不作衽席完。汉上有王猛，江南无谢安。长号赴洪流，激烈摧心肝。"（《嘉靖湖广图经志书》卷七）

蔡靖

《卧云堂》："先生卧兮白云飞，先生觉兮白云归。白云终日自来往，先生高卧曾不知。白云聚散忽悠扬，先生一枕春梦长。谁谓白云偏无事，云比先生犹更忙。"（《嘉靖湖广图经志书》卷七）

姚叔勉

《按治留题歌》："房陵郡僻皆山川，竹山更在房西偏。道由方城绝险阻，高崖峻岭相绵延。官吏往往惮登涉，使者不来二十年。仆承人乏谬持节，敢辞揽辔忘勤虔。揭来观风遍寻历，肩舆控驭劳攀援。抚绥民俗革蠹弊，劝诱诸生尊圣贤。谆谆戒谕在官者，勿越三尺增违愆。临行整棹沿溪路，谩以鄙语书之篇。"（《嘉靖湖广图经志书》卷九）

朱初平

《石角山》："行尽山头上几重，与君登览意无穷。当时共指白云起，今日

来游青嶂中。案牍暂休聊自适，蓝舆乘兴若为同。九疑秋约心先到，岩菊斓斑落照红。"（《嘉靖湖广图经志书》卷一三）

曾辅

《漫郎宅》："峿台停溪云，唐亭枕溪石。水石竞奇丽，中有漫郎宅。"（《嘉靖湖广图经志书》卷一三）

滕谦叔

《东山寺》："山畔禅扉对水开，松篁应是手亲栽。闻君洒落郴江客，欲借峰峦几上来。"（《嘉靖湖广图经志书》卷一四）

周咏

《司空山》："曾作人间一品官，遽辞荣宠乐盘桓。阴功已积三清路，灵药应留九转丹。朝斗夜寒香袅袅，步虚声响珮珊珊。空山流水冲天去，只有卢琼主旧坛。"（《嘉靖湖广图经志书》卷一五）

李仁卿

《七星岩》："严公旧隐名七星，幽闲廖廓真仙庭。峨峨云盖结双顶，天风不动闻流铃。字青石赤尚奇伟，执呵守护烦山灵。不是人间玉局所，今贮天上琅函经。我疑山泽自通气，又恐蛰户藏电霆。曾闻洞府仙所话，岁与下土收蝗螟。旱时祷雨叩趣应，古井犹带蛟龙腥。土壤飘飘概可想，地籁瑟瑟犹堪听。世间楼观岂不有，穷极技艺分红青。何如石室坚且好，万古仙迹留芳馨。我来到此洗俗虑，仰视玉宇摩青萍。卢敖尚许随学道，骖鸾驾鹤游沧溟。"（《嘉靖湖广图经志书》卷一四）

邓庠如

《华盖山》："日沉露下不胜寒，绝顶江南第一山。脚底云平疑可步，身边月近似容攀。诸天合在虚无际，清磬应闻缥缈间。欲拚今宵不成寐，遇风高处着仙班。"（《华盖山志》卷一一《纪咏志》）

漆高泰

《桃源歌》："武陵传说遇神仙，再问桃源已窅然。元亮去后山水迁，津迷向处访高贤。此源非是避秦罼，此处桃花不浪传。山城画里纵盘旋，奇峰兀突摩天圆。名山横列镇前川，两水夹镜绝尘牵。渔舟夜泊歌扣舷，土门空豁绿扬偏。中有神皋百顷田，晨兴理秽带月还。鸡鸟木末犬轻獌，黄发垂髫自年年。我来此地卜居廛，依山结构足酣眠。幽窈之中旷且平，四时递嬗乐相缘。春辉鹤岭岚拖烟，云峰响石草芊芊。时雨东来好风连，良苗怀新鹭渚拳。岩阿避暑冽寒泉，寒泉清可沁诗篇。柳阴一曲奏暮蝉，山头牧笛起炊烟。金风催桂菊舒妍，蟹肥酒熟庆尊前。团圞坐月笑语闐，露白霞苍雁羽翩。冻彻梅花雪里娟，幽香兼忆剡溪船。怀芹负日向西樀，俯仰无惭影自全。平陂世态任回旋，心苦形役皆自煎。别有桃花浪八千，朝来且种火中莲。刘叟芳踪留数椽，孝友家风著简编。五陵诸子如相问，仙乎仙乎在乐天。"（《同治靖安县志》卷一四《艺文志》）

林之元

《宝峰寺》："马祖道场孤塔见，唐人文字一碑传。双峰环寺千峰拱，半夜珠光别有天。"（《同治靖安县志》卷一四《艺文志》）

孙处

《张刍令余杭》："经年独穷处，此处岂无营。最近吾民病，无嗟县令名。官卑人易信，政肃化方行。更有论心处，前溪水正清。"（《嘉庆钱塘县志补·艺文补》，中国地方志集成本浙江府县志辑第 4 册页 867。）

毛麾

《过龙德故宫》："万里銮舆去不还，故宫风物尚依然。四围锦绣山河地，一片云霞洞府天。空有遗愁生落日，可无佳气起非烟。古来国破皆如此，谁念经营二百年。"（《汴京遗迹志》卷二三）

李元阳

《过庐州逢叶两湖》："昨年离尔出咸京，别后浮沉百感盈。肥水蜀山逢下马，

苑云宫柳忆啼莺。江湖岁晏一书札，天地人生几合并。夜坐不辞僧舍雨，其如风笛度秋城。"（《同治合肥县志》卷二一《艺文志》）

赵倚

《禅窟寺》："择得开山地，寂然安住心。两轩青嶂合，一榻白云深。夜讲来岩虎，晨斋噪野禽。欲寻栖隐处，只此是双林。""近日浓花午，闲云小隐天。半岩春洞水，万瓦晓林烟。惭愧华巅客，来分紫府仙。倚窗山竹夜，风溜响朱弦。"（《道光定远县志》卷一一《艺文志》）

李泂

《月夜过采石》："空江偃仰见明月，月向天心散冰雪。扪天恍惚与天语，桂树琼枝纷纠结。倏挺枯槎泛河汉，又似山阴理归楫。美人不来江水深，独对风烟正愁绝。欲愁绝兮奈此怀，征帆茫茫江上开。黄芦风起鸟声至，千里一望银山来。银山嵯峨隔苍海，海上群仙复谁在？巨鳌已谢三山沉，扶桑萧条生光彩。丹砂不逐儿童归，旷怀更为秦人悲。丈夫去国彼其志，想像金阙空葳蕤。笑呼白云觞我酒，翠叠连山作窗牖。狂风吹月落西去，水气冥冥淡星斗。夜深忽到蛾眉亭，紫鳞欲去江潮生。只愁新诗幻出□，金碧龙虎文翻然。将我日月元气归，沧溟□□□□□。"（《乾隆太平府志》卷四十《艺文志》）

胡经

《蟂矶》："仿佛金山胜，依稀坐玉台。亭虚云作卫，石定浪生雷。汉月疑环佩，吴宫见草莱。临风起浩叹，落日不成杯。"（《乾隆太平府志》卷四一《艺文志》）

张玉众

《凌歊台》："高台出烟空，曾是乐游苑。草树带清香，犹疑奉雕辇。云韶九奏后，春色几回晚。独有大江流，沧波与天远。"（《民国当涂县志·志余·诗存》）

《白纻山》："夭夭白纻歌，曾此发清唱。疑是姑苏台，移来楚江上。瑶音逸已久，翠带谁相向。谩动古今愁，临风一惆怅。"（同上）

《隐居宅》："昔有山中相，宅此开三径。炼石晓烟寒，弹棋秋日静。孤云

443

多野意，遗老谙药性。犹喜松风楼，萧飇入幽听。"（同上）

郭奎

《山门》："黄茅盖屋石为门，路转溪回更有村。果树连园收宇栗，豆花满地散鸡豚。云深易就渔樵隐，山隐全忘市井喧。何处武陵堪避世，此中佳处亦难言。"（《嘉庆宁国府志》卷二四《艺文志》）

程昭

《题叠嶂楼》："万里天光入茗瓯，半窗云气度帘钩。奚奴解指唐朝寺，归燕犹知谢氏楼。村市酒旗摇竹径，野川渔艇逆溪流。读书人已成陈迹，有客重登未白头。"（《嘉庆宁国府志》卷二四《艺文志》。又见《光绪宣城县志》卷三二《艺文志》。）

俞俦

《过千秋岭》："轻阴漠漠雨班班，岭上风来一解颜。已是去天才尺五，却令缓步有跻攀。飞泉百道萦罗带，列岫千峰拥翠鬟。应是北堂春正满，几回回首望家山。"

《和耕绿亭》："花村犬吠可能无，但使三农力有余。千亩秋成云漠漠，一犁春事雨疏疏。登台想见民同乐，上考何妨亦自书。只恐双凫便飞起，爱身宁许伴春锄。"（以上《嘉庆宁国府志》卷二四《艺文志》）

文子平

《书灵岩壁》："凌晨策羸骖，寻山结游侣。路行几舍余，穿林傍溪浒。秋风吹黑云，为我阁飞雨。石门殊怪奇，嵌空滴泉乳。尚记唐人名，镌崖字仍古。来游共叹羡，烦喧豁襟腑。咫尺见文脊，烟岚隔重坞。瞿硎昔岩居，庵庐今在否。可望不可到，心思插双羽。凝然但形留，迟迟默无语。"（《嘉庆宁国府志》卷二四《艺文志》。按《民国宁国县志》卷一二《艺文志》将文子平置于元代。）

蔡扬

《忆山门寺》："紫府行可到，清溪深不通。何当控双鲤，直入水仙宫。"（《嘉

庆宁国府志》卷二四《艺文志》）

《紫云岩》："紫洞本穷幽，深疑彻九州。夜来风月好，应有羽仙游。""千林染岩绿，百尺下崖瀑。山水聆清音，悲歌笑燕筑。素风沦不竞，寻轨不可轴。遂令嵩少高，翻诮仕途速。嵌嵌石门下，春至当寓目。佳处未易穷，鞭长遗马腹。回首隔暮霞，苍苍销林麓。人生贵适意，何用丹双彀。徒令夸者心，向背趋凉燠。我才本瀽落，实用窄边幅。功名谢二陆，丘壑尊一睦。种豆敢言莳，采菽自盈掬。浸淫吾党士，颇与幽事逐。稍知世网宽，渐畏名缰蹩。西归由海道，大传本不独。空使西州人，行吟叹华屋。"（《民国宁国府志》卷一二《艺文志》下）

《次韵游石洞》："我本触事少拘挛，十五官学今华颠。石岩近在吾里社，双脚不历心茫然。迩来幽栖多暇日，喜与佳士同扬鞭。始瞻青嶂列万雉，中有巨阙通平川。郁葱两崖疑削铁，仿佛百矩凌霏烟。入门深殿更突兀，环寺秀岭皆苍坚。竭来幽轩方少憩，爱有法士来导前。扶持直下明心洞，宽广可着俱眠禅。仰看立壁高无极，寒藤老木相钩缠。转回山下望山腹，金鸦西矗当岩边。扪萝径度危磴上，入崦相与飞云连。瘦筇独倚瞰险在，石柱一叩聆清圆。僧云下入碧云洞，奔崖赴壑皆湍泉。当流踏石浅可涉，陟巇投足或僵颠。更燃松炬烛幽秘，勿惮神物相尤愆。崇台但见存只玉，羽袂无复窥灵仙。高垂太古霜雪乳，下有千尺蛟龙渊。山僧不量吾心动，投石固欲信所传。大声投地轰雷鼓，使我发竦颈缩肩。朝阳之洞闻更妙，且复寻径穷潺湲。石生麟甲自矫矫，泉出脉缕常涓涓。况又涟漪在后洞，谽谺巨璞容纤穿。潭深暗通神仙府，路绝自隔蠨池天。遍游历览日已暮，常扫翠藓书崖巅。夜投山店雨如泻，奈此佳观安可捐。明朝并与尘事接，后会谁复华裾联。我当便作归老计，剩买杜曲桑麻田。行抛手版辞北阙，往来耕钓销余年。"（同上）

石迁

《石照山》："石镜照奸恶，火焚光不磨。丈夫心地险，莫向此中过。"（《嘉庆绩溪县志》卷一一《艺文志》）

李自举

《好山》："四海无尘战马闲，稻粱桑柘绿回环。不知尽是君王力，华屋重重对好山。"（《康熙缙云县志》卷七《艺文志》）

吴天泽

《卯山》："丁字碑残惊梦笔，卯山丹就建元坛。犹余地下仙棋子，留与人间作石看。"（《民国松阳县志》卷一二《艺文志》）

朱琳

《延寿寺塔》："祇恐云霄有路通，层层登处接星宫。洗花寒滴翠檐雨，惊梦夜摇金铎风。僧老不离青嶂里，樵声多在白云中。相逢尽说从天降，七宝休夸是鬼工。"（《民国松阳县志》卷一二《艺文志》）

杨通老

《石门》："谁凿灵崖一派泉，千尺万尺泻九天。雪飞终日积不得，珠碎有时还自圆。堪笑儿童骇相语，好避人间六月暑。谁知头角耸泥蟠，一吸当今天下雨。"（《康熙青田县志》卷一二《艺文志》）

臧诚

《答刘郡守诗鹤雏》："寄信叮咛讨鹤雏，炼丹山下问樵夫。自从叶靖归仙去，直至如今踪迹无。"（《康熙青田县志》卷一二《艺文志》）

孙宪

《清水阁会林介夫》："一别东嘉已十年，白头重访旧林泉。交情喜共星车饮，主道来逢郡将贤。单骑远驰中禁使，清谈分坐隐居仙。高僧起乞题名板，异日留为野老传。"（《乾隆瑞安县志》卷九《艺文志》）

李思钧

《隆山塔院》："峰顶浮屠第几重，四天尘界尽虚空。县居岛屿萦回处，海在烟霞叆叇中。浴水盂盘旸谷日，轰雷鼙鼓怒涛风。蓬莱咫尺栏杆底，平步长桥跨玉虹。"（《乾隆瑞安县志》卷九《艺文志》）

建业进士

《上韩相魏公》："建业江山千里远，长安风雪一家寒。"（范公偁《过庭录》所收《范弇学究诗》条）

释简显

《百丈潭》："百丈潭中晴亦雨，三蛟洞内热犹寒。观音山下泉千窍，蜀帝祠前玉一湾。"（《嘉靖湖广图经志书》卷一五）

释如璧

《访韬光佑公不遇》："紫蕨伸拳笋破梢，杨花飞尽绿阴交。道人闭户不知处，黄栗留鸣鹊在巢。"（《嘉庆钱塘县志补·艺文补》，中国地方志集成本浙江府县志辑第 4 册页 889。）

释天目

《礼观音大士赞》："千丈白华岩，回头冷眼看。天龙如领会，沧海亦须干。"（《普陀洛伽山志》卷八《诗颂》）

释清珙

《送僧归普陀》："春潮日夜吼雷音，耳听何如眼听亲。小白华山观自在，频伽声里现金身。"（《普陀洛伽山志》卷八《诗颂》）

释法通

《开元礼答》："白社留飞锡，青云冷敝衣。莲花浮七级，贝叶散千辉。响入天机近，尘销客意微。兹来无所事，行道乃忘归。"（《光绪宣城县志》卷三二《艺文志》）

院美成

《东关》："筇杖芒鞋上短蓬，半篙春水饱帆风。两关三寺山无数，藏在蒙蒙烟雨中。"（《康熙含山县志》卷二五《艺文志》。按《含山县志》于"院美成"

有小字"宋户部"三字。疑"院美成"作者名有误，今姑照录于此。）

无名氏

《题太和楼壁》："太和酒楼三百间，大槽尽夜深潺潺。千夫承槽万夫瓮，有酒如海糟如山。铜锅熔尽龙山雪，金波涌出西湖月。星宫琼浆天下无，九酝仙方谁漏泄。皇都春色满钱塘，苏小当垆酒倍香。席分珠履三千客，后列金钗十二行。一座行觞歌一曲，楼东声断楼西续。京中茜袖拥红牙，春葱不露人如玉。今年和气充辛彝，游人不醉终不归。金貂玉塵宁论价，对月逢花能几时。有个酒仙人不识，幅巾大袖豪无敌。醉后题诗自不知，但见龙蛇满东壁。"（《嘉庆钱塘县志补·艺文补》，中国地方志集成本浙江府县志辑第 4 册页 889。）

阙名

《书西湖雷峰云讲主草书》："云师一生耽作草，银铁蟠空觑天巧。老来逸气未全平，笔底锋芒犹独扫。开关勇士争赴敌，剑戟弓戈奋相缨。睡龙没起求颔珠，划木抓岩纷怒爪。风雷喧豗撼坤轴，飞电交横印清沼。忽然天宇变空澄，千丈孤峰立寒峭。张颠惊号智永泣，剥筋椎骨为君饱。恨子不习草书诀，九转枯肠祇自搅。云师云师汝诚能，春蚓秋蛇几时了。何如认取主人翁，破纳蒙头纸窗晓。"（《嘉庆钱塘县志补·艺文补》，中国地方志集成本浙江府县志辑第 4 册页 889。）

（《古籍整理与研究学刊》2006 年第 5 期、第 6 期）

《全宋诗》辨证辑补举例

北京大学古文献研究所编纂的《全宋诗》共 72 册,是有宋一代的诗歌总集。该书的编纂,是一项嘉惠士林、造福子孙的宏伟事业。与同类书比较,《全宋诗》有明显的特点:第一是对于所收的诗作,详注出处;第二是撰写作者小传时"无征不信,言必有据";第三是颇致力于真伪的甄别;第四是"重于校勘",对于有别集传世的诗人,尽量选取善本为底本,并取其他本子作了精审的校勘;第五是对佚篇零简广搜博取。笔者在研究唐宋文学时,经常查阅《全宋诗》,获益匪浅。然在披览之余,发现该书亦颇多失误,如诗人小传舛误、生卒年缺考、作品误收失收、资料溯源失当等等。每有疑问,必参证诸书,比较异同,以求得出正确的结论。现将《全宋诗》的缺误综合为四个方面加以考索,带有释例的性质:

1. 诗人事迹订误。《全宋诗》对每位诗人都列有小传,无世次作者则置于后。今对小传的疏误加以订证,包括生卒年月的考证、登科年代的确定、仕履经历的订误等。原本列于无世次的作者,凡能考知世次者,亦加以补考。

2. 互见诗考异。在诗歌文献的考证中,考订存逸与互见是最为困难的。多年来,我在读书过程中,遇到文献上所记载的宋诗,就与《全宋诗》进行比照校对,凡有诗集传世者,还进一步核对原始材料。积累渐多后,又进行排比考证,以确定互见诗篇的真伪。这样,考订互见诗篇就成为本文的重要内容。

3. 误收诗考索。《全宋诗》误收其他朝代的诗篇甚多,如唐代刘禹锡、杜牧、贾岛等诗人的诗,都误入其中,确是一大缺憾。这方面,笔者曾撰写过《〈全宋诗〉误收唐诗考》,考证出误收诗 53 则。本文则举例说明《全宋诗》误收唐诗及唐以前诗的情况,且所列条目为前文尚未考出或虽已考出但需要加以补充者。《全宋诗》误录金元诗甚多,因金元与宋代相接,宋人入元者亦多,按总集编纂从宽例亦无不可。故本文所举之例不包括误收金元之诗。

4. 遗收诗补辑。宋诗的补辑的文章，近20年见于报刊者已近于200篇，蔚为大观。多年来，本人所辑《全宋诗》佚作颇多，并曾刊出近400首。因篇幅关系，本文仅选取《全宋诗》已收作者的佚诗，以说明《全宋诗》漏收的严重情况。而《全宋诗》未收作者的佚诗，待日后另文发表。

每个订补的条目，都注明该条在《全宋诗》中的册数、卷数和页数。如晏殊诗卷（3/173/1940），即表明此条在《全宋诗》第3册、第173卷、第1940页的晏殊诗卷。又本文所引方志，除特别注明版本外，宋元方志均据《宋元方志丛刊》本，明清及民国方志据《中国地方志集成》本。

一、诗人事迹订补

《钱昆小传》（2/104/1183）："归宋，举太宗淳化二年（991）进士（《隆平集》卷一四，《钱氏传芳集》作淳化三年）。"按：据《文献通考》卷三二《选举考》所载宋登科记总目，太宗淳化元年、二年不贡举。是作二年必误。考范成大《吴郡志》卷二八《进士题名》："淳化三年孙何榜：丁谓，宰相。钱昆，谏议大夫。"可证定钱昆为淳化三年进士。

《刘少逸小传》（3/143/1583）："淳化二年（991）进士（明王鏊《姑苏志》卷五）。官至尚书员外郎。"按，据《文献通考·选举考》，淳化二年不贡举，是此作进士必误。据范成大《吴郡志》卷二五《人物》："刘少逸，年十一文辞精敏，有老成体。其师潘阆携以见长洲令王元之、吴县令罗思纯，以所作贽二令。二令名重当时，疑所贽假手，未信，因试之，与之联句，略不淹思，思纯曰：'无风灯焰直。'少逸曰：'有月竹阴寒。'元之曰：'一回酒渴思吞海。'少逸曰：'几度诗狂欲上天。'凡数十联，皆敏妙。二公惊异，闻于朝，赐进士及第。官止尚书员外郎。"注："《续归田录》。"是刘少逸止赐进士第，非真正中进士。

《范师道小传》（5/272/3442）："仁宗天圣九年（1031）进士。"所据为《宋史》本传。按：考《宋史》卷三〇二《范师道传》："范师道字贯之，苏州长洲人。进士及第，为抚州判官。"并未言何时及第。再考马端临《文献通考》卷三二《选举考》：天圣"九年，停贡举，拔萃四人"。知作天圣九年必误。据范成大《吴郡志》

450

卷二八《进士题名》："天圣八年王拱辰榜：范师道，仲淹侄。"是其及第应在天圣八年。

《元积中小传》（6/279/3556）："神宗熙宁三年（1070）知宿州（《续资治通鉴长编》卷二一二），熙宁七年，复直昭文馆（同上书卷二五八），寻出知福州。十年，除直龙图阁（《淳熙三山志》卷二二）。元丰二年（1079），知江宁（清嘉庆《江宁府志》卷二〇）。移知洪州（《元丰类稿》卷一九《洪州东门记》）。"按，《淳熙三山志》卷二二《郡守》："熙宁八年，元积中。四月，（丁）竦召赴阙。闰四月，以司封郎中直昭文馆知。""十年，曾巩。八年（按应作十年），积中除直龙图阁，移知江宁府。是月，以度支员外郎龙图阁知。"与小传不合。复考《景定建康志》卷一三《建康表》："熙宁十年十月四日，尚书司封郎中直龙图阁元积中知府事。十一月六日，积中移知洪州。十二月一日，司封员外郎直昭文馆吕嘉问知府事。""元丰二年五月二十七日，（孙）昌龄移知润州，七月十九日以太常少卿直龙图阁元积中知府事（再至）。三年六月二十三日，积中得请杭州洞霄宫。"是《全宋诗》小传不明积中再至，而将时间弄错，并将职事官与散官分开。

《崔黄臣小传》（6/347/4279）："仁宗景祐五年（1038）进士（《会稽续志》卷六）。"按，检《宝庆会稽续志》卷六，景祐五年进士并无崔黄臣。崔黄臣宝元元年（即景祐五年）登进士第，见《宋诗纪事补正》卷一〇。实记载有误。据《福建通志》卷三三，崔黄臣为景祐五年诸科。

《毛国华小传》（9/516/6263）："毛国华，字君实，衢州（今属浙江）人。"所据为清雍正《浙江通志》卷一二三。按，毛国华字应为"君宝"，《咸淳临安志》卷五〇："熙宁七年八月，苏文忠公同毛君宝、方君武访参寥、辨才，遂宿西菩山，留题。"《於潜县图经》："毛君宝，同尉方君武与东坡，于熙宁七年八月二十七日，同游西菩提山明智院，今石刻存焉。"梅尧臣《宛陵先生集》卷二三有《毛君宝秘校将出京示予诗因以答之》，《苏轼诗集》卷一二有《梅圣俞诗集中毛长官者，今於潜令毛国华是也。圣俞没十五年，而君犹为令。捕蝗至其邑，作诗戏之》诗，王注曰："於潜县令毛国华，字君宝，衢州毛尚书之孙也。"又元无名氏《氏族大全》卷七《尚书后》条："毛国华，字君宝，仕宋为於潜令。"

《苏栻小传》（10/534/6444）："苏栻，同安（今属福建）人。颂弟。英宗治平三年（1066）获荐，神宗熙宁三年（1070）始试入等。……七年，知泰州（清道光《泰州志》卷一三）。"按，苏栻字安上，刘攽《彭城集》卷一六有《景德寺河沙院饯苏安上知泰州刘元忠河北都运分得无字》诗，苏安上即苏枨。苏枨知泰州，除见于《泰州志》外，苏辙《栾城集》卷四〇《言张颉第五状》称："熙宁中，颉初除江淮发运，当时据知泰州苏枨状称。"

《张师中小传》（10/534/6445）："张师中，仁宗皇祐二年（1050）以屯田员外郎充秘阁校理（《宋会要辑稿》选举三一之三三），旋改集贤校理（同上书选举一九之一二）。至和中知邵武军（明嘉靖《邵武府志》卷四）。"按，张师中字吉老，弘治《八闽通志》卷三九："张师中，字吉老，嘉祐间知军事，治尚简要。"（《北京图书馆藏珍本丛刊》第34册）即此人，其守郡始于至和中，嘉靖《邵武府志》卷六："熙春台，至和中知军张师中创建。"同书卷四："至和，张师中。"

《李钧小传》（12/671/7833）："李钧，尝为归安县令（明万历《湖州府志》卷一〇）。仁宗嘉祐间知温州（清嘉庆《瑞安县志》卷九）。"按，此传可补正者数事。一、李钧为毗陵（今江苏常州）人。见苏辙《栾城集》卷八《李钧寿花堂并叙》。又《栾城集》卷八《送李钧郎中》诗："君家毗陵本江南，虽为浙西终未甘。"二、李钧为庆历二年进士。《咸淳毗陵志》卷一一："庆历二年杨寔榜：胡宗尧、虞大宁、孙奕、胡缜、李钧、陈传、朱诰、张吹立。"三、李钧元丰元年为应天府通判。苏辙《栾城集》卷八《李钧寿花堂并叙》："尚书郎晋陵李公，秉性直而和，少从道士得养生法，未五十，去嗜欲，老而不衰，为南都通守。其西堂北牖下，池生菖蒲，开花三四，芬馥可爱。以书占之曰：'此寿考之祥也。'因名其堂曰'寿花'。而余为作诗记之。"四、李钧知温州非在嘉祐间，应在元丰中。据同治《温州府志》卷一七《守臣题名》："李钧，比部员外郎知。"置于石牧之后一人。同书同卷："石牧之字圣咨，职方郎中知，元丰。"又苏轼《栾城集》卷一一有《次韵温守李钧见寄兼简毛大夫》诗。

《赵嗣业小传》（13/748/8710）："英宗治平元年（1064）进士。"（所据为光绪《遂宁县志》卷三。）按，据《文献通考·选举考》，嘉祐二年始定为间岁一科举。治平元年不贡举。又小传言："一说四年进士（清乾隆《潼川府志》卷六）。"则应为四年进士。

《林东乔小传》（13/780/9035）："林东乔，英宗治平中知汀州（清光绪《长汀县志》卷二〇）。"按，此误，应为嘉祐七年知汀州，《续资治通鉴长编》卷一六九：嘉祐七年二月辛巳，"知汀州林东乔请放虔、汀、漳、循、梅、潮、惠七州盐通商"。

《朱光庭小传》（13/783/9079）："哲宗即位，为左正言，除侍御史，再拜右谏议大夫、给事中。以集贤殿修撰出知亳州，岁余徙知潞州。绍圣元年卒。"按，朱光庭为给事中在知亳州后，《续资治通鉴长编》卷四五四：元祐六年正月丙戌，"左朝散郎、集贤殿修撰、知亳州朱光庭为给事中"。其始知亳州在元祐五年（1090），《续资治通鉴长编》卷四四七：元祐五年八月庚戌，"（朱）光庭寻以妨嫌改知亳州"。由亳州徙知潞州在元祐八年（1093），《续资治通鉴长编》卷四八二：元祐八年三月乙酉，"左朝散郎、知亳州朱光庭为集贤殿修撰、知潞州"。又其元祐五年曾为知同州，《续资治通鉴长编》卷四四七：元祐五年八月庚戌，"（朱）光庭为集贤殿修撰、知同州"。

《张璪小传》（15/843/9761）："神宗熙宁中，同编修中书条例，同修起居注。以事出知蔡州。元丰初，入权度支副使。……哲宗立，罢知郑州，徙河南、定州、大名府。"按，张璪熙宁末出知河阳，非蔡州。《宋史》卷三二八本传："判司农寺，出知河阳。元丰初，入权度支副使。"河阳为孟州，非蔡州。知郑州在元祐元年（1086），《续资治通鉴长编》卷三八八：元祐元年九月，"乙卯，正议大夫、中书侍郎张璪为光禄大夫、资政殿学士、知郑州"。知河南府在元祐二年（1087），同书卷三九五：元祐二年二月，"己丑，诏知河南府、观文殿学士孙固知郑州，资政殿学士张璪两易其任"。知定州在元祐三年（1088），同书卷四一四：元祐三年九月，"辛酉，知河南府、资政殿大学士张璪知定州"。元祐五年（1090）改知大名府，同书卷四五三：元祐五年十二月辛卯朔，"资政殿学士、知定州张璪知大名府"。

《王岩叟小传》（16/910/10712）："仁宗嘉祐五年（1060）进士。"所据为《宋史》本传。按，检《宋史》卷三四二《王岩叟传》："岩叟年十八，乡举、省试、廷对皆第一。"又岩叟元祐八年卒，年五十一。以此逆推，其十八岁即在嘉祐五年。然据《文献通考·选举考》，嘉祐二年始定为间岁一科举，五年不贡举。是岩叟五年及第必误，盖据本传，五年始中乡荐第一，六年才及进士第。

《李夔小传》（18/1032/11800）："神宗元丰三年（1080）进士。"所据为《龟山集》卷三《李修撰墓志铭》。按：《文献通考》卷三二《选举考》，元丰三年不贡举。复检《李修撰墓志铭》，李夔乃元丰二年进士。

《姚祐小传》（19/1150/12984）："姚祐，武进（今属江苏）人（清康熙《常州府志》卷一七）。神宗元丰八年（1085）进士（明成化《重修毗陵志》卷一三）。"收其《福圣观》诗一首，题注："《吴兴诗存》作姚佑诗。"按，《宋诗纪事补遗》卷三八收作姚祐诗，出处亦为《天台续集》。然小传与此不同："姚祐，字伯受，长兴人。第进士。徽宗时，左司谏，历官至延康殿大学士，礼部尚书，知太原。卒，谥文禧。"此即将"姚祐"误为姚祐。据《宋史》卷三五四《姚祐传》："姚祐字伯受，湖州长兴人。元丰末，第进士。……迁右司谏。……迁工部尚书，加龙图阁学士，为大名尹，进延康殿学士，复为工部尚书，徙礼部。母丧，除知太原府。……以提举上清宝箓宫卒，赠特进，谥曰文禧。"由此知《全宋诗》"姚祐"应为"姚祐"。

《周沆小传》（20/1193/13495）："哲宗元祐二年（1087）进士（明王鏊《姑苏志》卷五）。"按：据《文献通考》卷三二《选举考》，元祐二年不贡举。复考范成大《吴郡志》卷二八《进士题名》："元祐三年李常宁榜：范敦乐。周沆。"可证周沆乃元祐三年进士。

《蔡载小传》（21/1213/13836）："神宗元丰三年（1080）进士（清康熙《常州府志》卷三一）。"按：据《文献通考》卷三二《选举考》，元丰三年不贡举。考《至顺镇江志》卷一九《人物》："蔡载，字天任，丹阳人。工于诗，句法雅健，似李长吉。尝为常州晋陵县主簿。"并未言其登科第。又言"兄肇，见科举类"。考同书卷一八《科举类》："蔡肇，字天启，元丰二年登进士第乙科。"《常州府志》盖误蔡肇事入蔡载，复误元丰二年及进士第为元丰三年。

《权邦彦小传》（25/1444/16653）："徽宗崇宁四年（1105）进士。"按：据《文献通考》卷三二《选举考》，崇宁四年不贡举。检《宋史》卷三九六《权邦彦传》："权邦彦字朝美，河间人。登崇宁四年太学上舍第。"则《全宋诗》误为登进士第。

《李弥大小传》（25/1444/16654）："徽宗崇宁三年（1104）进士。"所据为《宋史》本传。按：《宋史》本传实误。据《文献通考》卷三二《选举考》，崇宁三年不贡举。复考范成大《吴郡志》卷二八《进士题名》："崇宁五年蔡嶷榜：陈元允，师孟侄孙。李弥大，尚书。"故其登第应为崇宁五年。

《朱槔小传》（33/1859/20761）："朱槔，字逢原，号玉澜，徽州婺源（今属江西）人。松弟，熹叔。生平未仕，奔走各地。"按，朱槔字应为"逢年"，与其长兄松字乔年、次兄柽字大年相应。朱松《韦斋集》卷二《有怀舍弟逢年归婺源以诗督之》，舍弟逢年即朱槔。又《韦斋集》卷一二《先君行状》："公讳森，字良材，姓朱氏。""三男：松，举进士，迪功郎，初尉政和也；次柽、次槔。"

《新安月潭朱氏族谱》卷一:"松公,字乔年,号韦斋。行百一,森公长子。""桂公,字大年,行百三,森公次子。""樟公,字逢年,行百四,森公三子。负轶才,不肯俯仰于世。有诗数十篇,高远近道,号《玉澜集》。为建州贡元。"

《范宗尹小传》(33/1870/20921):"范宗尹(1098—1136),字觉民,邓城(今湖北襄樊西北)人。"按,《王之望墓志》:"公讳之望,字瞻叔,姓王氏,襄阳谷城人也。……与同里范公宗尹齐名。"称其同里,盖范宗尹亦为襄阳谷城人。(墓志载《临海墓志集录》,宗教文化出版社2002年版)

《王之望小传》(34/1942/21681):"王之望(?—1170),字瞻叔,襄阳谷城(今属湖北)人。高宗绍兴八年(1138)进士,调处州教授。"按,2000年,浙江临海发现《王之望墓志》,其生卒年、仕历等可一举解决。志云:"公讳之望,字瞻叔,姓王氏,襄阳谷城人也。其先闽人。""绍兴二年,以少傅遗泽,补将仕郎。明年授右迪功郎、昌化军判官,改辟监台州支盐仓,因家焉。""调处州录事参军,未赴,登戊午进士第,公为第五人,改本州岛教授。"此为及第前后历官,小传未详。又志云:"庚寅冬疾作,至春加剧,而神观峻整如平时。一旦,亲草纳禄奏,且召亲故与诀,曰:'余六十八矣,此司马温公死之年也,复何憾!'二月乙卯,薨于正寝。"庚寅为乾道六年,次年即为乾道七年辛卯,是其确切卒时为乾道七年二月,享年六十八岁。生卒年应为1104—1171。(墓志载《临海墓志集录》,宗教文化出版社2002年版)

《张颐小传》(35/1991/22352):"张颐,字养正,婺源(今属江西)人。高宗绍兴八年(1138)进士,调为南剑州教授。迁通判宣城,知舒州。孝宗乾道五年(1169),以左朝请郎知衡州,六年,奉祠(《永乐大典》卷八六四七引《衡州府图经志》)。事见《宋史翼》卷二一。"收其《清隐院》诗一首。按,此张颐为"张敦颐"之误。江西教育出版社1991年《江西出土墓志选编》收有《衡阳守张敦颐埋文》,记载张敦颐颇详。有关张敦颐事迹及著作,详参拙作《张敦颐及其著作考》,载《古籍研究》1998年第2期。

《沈度小传》(36/2013/22569):"沈度,高宗绍兴二十年(1150),右朝奉大夫知衢州(清康熙《衢州府志》卷一二)。孝宗隆兴二年(1164),以右朝散大夫直秘阁知平江府(《吴郡志》卷七)。乾道二年(1166),除直宝文阁福建路转运使(《宋会要辑稿》选举三四之九)。六年,直龙图阁江南东路转运副使(《景定建康志》卷二六)。七年,除秘阁修撰。九年,权兵部侍郎兼临安府少尹。淳熙元年（1174），权兵部尚书兼知临安府（《宋会要辑稿》选举三四之二五、职官一一之五二、五一之二五）。”此于沈度的生卒年、字号、籍贯等都未作考证。实沈度事迹颇为清楚，明董斯张《吴兴备志》卷一二：“沈度，字公雅，德清人。绍兴间令余干，政有三善：田无废土，市无闲居，狱犴无宿系。民讴歌之。以考功郎中除直秘阁，知平江府。乾道二年七月召赴行在。上曰：‘甲申之岁，委卿守吴门。未几，治行昭著，果如朕所料，可谓得人。’又询吴中岁事如何，具以丰穰对。上曰：‘二年以来，水涝轸忧，惟恐惧修省，以百姓为念耳。’度奏：‘臣初到郡，水歉艰食，荷陛下捐四万马料以振济，全活甚众。’上曰：‘正赖良守措置。汉宣帝所谓与我共理者，其惟良二千石乎！’即以为中书门下省检正诸房公事。四年，又以直龙图阁知建宁府。是时朱子在崇安为属吏，创立社仓，均籴备贷，度乃以钱六万缗助其役。仓成，民赖之。朱子为记其事。又知临安府，仕终兵部尚书。”《宋元学案》卷三八《默堂学案》：“沈度，字公雅，武康人。……（乾道）四年，又以直龙图阁知建宁府。”《同治余干县志》卷八《名宦》：“沈度，字公雅，绍兴间知余干，政有三善，田无废土，市无闲居，狱无宿系，民讴歌之。”《宋会要辑稿》选举三四之二二：乾道五年，“九月六日，诏大理少卿沈度除直龙图阁、知建宁府”。《景定建康志》卷二六《转运司题名》：“沈度，右朝散大夫。直龙图阁，副使。乾道六年十二月十五日到任。”《宋史翼》卷二一《沈度传》：“乾道四年，以直龙图阁知建宁府。乾道九年，以权兵部侍郎兼临安少尹。”

《王象祖小传》（54/2851/33997）：“王象祖，字德甫，号大田，临海（今属浙江）人。叶适弟子。事见《宋元学案》卷五五《水心学案》下。”按，《临海墓志集录》34页收宋《陈容墓志铭》，题撰人为“天台王象祖”，墓主卒于嘉定三年三月十六日。是王象祖生活年代为宁宗嘉定时。

《程鸣凤小传》（65/3420/40657）：“程鸣凤，字朝阳，号梧冈，祁门（今属安徽）人。理宗淳祐六年（1246）应武举。宝祐元年（1253）射策第一。初授殿前司同正将。除阁门舍人，改知德庆府。宝祐中，知南雄州（《南雄州直隶州志》卷三）。著有《读史发微》及诗文集，已佚。《新安文献志》卷九六、清同治《祁门县志》卷二五有传。”按，程正贵《徽州文化古村：六都》卷三《人物》叙其生年和事迹稍详：“程鸣凤，字朝阳，号梧冈。生于南宋宝庆元年（1225），卒年不详。少时聪慧颖异，博学洽闻。淳祐六年（1246）中武举人，宝祐元年（1253）获射策第一，中武状元。宝祐三年和六年，以经学两次参加漕试。初授殿前司同正将,后改阁门宣赞舍人,以事忤旨,外任广东德庆知府(正三品)。不久,因改代主管建昌军(属四川省)仙都观归里,于山谷间建盘隐轩,欲就此隐居。后起任南雄(属广西省)知州(从五品)。未满三年,辞官而归,筑室于宅后山麓,终于盘隐轩。鸣凤才识超群而性刚直,极言敢谏,于时不合,未能大用。与鸣凤同时者有歙县状元程元凤,时称'程氏二凤'。鸣凤工诗,擅画,精草书,著有《读史发微》三十卷,《梧冈》和《盘隐》诗文集各数卷。"

《陈公举小传》(71/3722/44738):"陈公举,浦江(今属浙江)人。公凯弟。元世祖至元末为本邑儒学教谕,累选江浙儒学副提举。曾应月泉吟社征诗,署名陈帝臣。事见《月泉吟社诗》,明郑柏《金华贤达传》卷一〇有传。"按,方凤《金华洞天纪》记同游者七人,其中有:"陈公举,字帝臣,后更正臣,即公凯弟。善属文,与同邑柳传道贯、奉化戴帅初表元、永康胡穆仲之纯交最笃。由本邑教谕,累迁江浙副提举,为翰林求书,入闽,至建州,得朱文公所书'光风霁月'石刻,因号霁月,且以四字颜其楼,属西秦张槐、淮阴汤炳龙、莆田刘濩、永嘉林德阳辈,赋诗咏其事。时赵文敏孟頫,以集贤直学士行提举江浙,同官久且密,及公举归,为书《洛神赋》赠之。后用荐者,应奉翰从文字,寻卒,葬县西八里磊石之源。所著有《世经堂集》。诗如'清晓蛙声引啼鴂,夕阳牛背立归鸦',亦佳境也。子昌翁,亦能文。"可补小传之不足。

《李叔达小传》(72/3747/45189):"李叔达,字颖士(《前贤小集拾遗》卷四)。"未详其时代。按赵善括有《满江红·和李颖士词》一首,知李叔达为宋孝宗时人。

《李庭小传》(72/3749/45213):"李庭,字显卿,号寓庵。官安西府咨议。事见《庶斋老学丛谈》卷中下。有《寓庵集》(《永乐大典》卷八六二八),已佚。今录诗六首。"按,此置李庭于时代无考之列,非是。元人王博文撰有《故咨议李公墓碣铭并序》,载于《藕香零拾》本《寓庵集》附录。可补李庭小传之阙误。知李庭(1199—1282),字显卿,华州奉先人。庆元五年(1199)生。性颖悟,笃志儒学。金末避兵商邓山中,金亡,居平阳,教授生徒。后辟为陕右议事官,执方守正,未几弃归。扬奂参议宣司,招入长安,与诸名士游。中统元年署陕府事。至元十九年(1282)卒,年八十四。李庭沉潜性理之学,平生以忠信为本,所作诗文亦足名世。著有《寓庵集》八卷,有缪荃孙《藕香零拾》本。台湾新文丰出版公司《元人文集珍本丛刊》亦据以影印。李庭为金末元初人,按《全宋诗》搜录从宽例，亦可收入。但所缺太多，实为憾事。

《赵闻礼小传》（72/3754/45261）："赵闻礼，字立之（《宋诗纪事》卷七七），号钓月（《全芳备祖》前集卷一二）。"未言其时代。按，笔者曾撰写《唐宋词汇评·两宋卷》第五册，有赵闻礼小传，考出其生活年代，今录如下：赵闻礼（生卒年不详），字立之，又字粹夫，号钓月，临濮（今山东濮县）人。曾官胥口监征。《阳春白雪》卷八丁默《齐天乐》词注云："庚戌元夕都下遇赵立之。"庚戌为淳祐十年（1250）。知其时踪迹在杭州一带。编有《阳春白雪》一书，《外集》一卷。张炎《词源》谓："近代词人用功者多，如赵粹夫《阳春白雪》集，黄玉林《绝妙好词》亦自可观。二书皆附以己词。但所取不精。"闻礼词作有《钓月集》已佚，周密《浩然斋雅谈》卷下谓"大半皆楼君亮、施中山所作"，近人赵万里《校辑宋金元人词》辑有《钓月词》一卷。《全宋词》据以录入，共14首。

《蒋华子小传》（72/3755/45281）："蒋华子，字公实，号四清，金坛（今属江苏）人。曾为沔阳府教授（《至顺镇江志》卷一九）。有《煮字稿》，已佚。事见《诗苑众芳》。"未言其时代。按，蒋华子是宋末入元之人，吴澄《吴文正集》卷五八《题范氏复姓祝文后》："皇庆元年，国子司业吴澄移疾还家，道过真州，之才之子有元从沔阳教授蒋华子来见，具道复姓始末。"

《朱诜小传》（72/3755/45283）："朱诜，字宜之，号小山，浚仪（今河南开封）人（《诗苑众芳》）。"未详其时代。按，朱诜事迹可补，据《咸淳毗陵志》卷一〇，朱诜于理宗绍定六年（1233）知宜兴县，淳祐四年（1244）任朝散郎，通判广德军。

杨郡守《题涪州石鱼》诗（72/3779/45613）：录自《八琼室金石补正》卷八三。按，检《八琼室金石补正》卷八，此诗题刻无年月，题："太守杨公留题。"考同卷有《杨嘉言等题名》一则："圣宋元祐六年辛（缺）望日，闻江水既下，因率判官钱宗奇子美、涪陵县令史诠默师、主簿张微明仲、县尉蒲昌龄寿朋，至是观唐广德鱼刻，并大和题刻。朝奉郎知军州事杨嘉言令绪题。"疑杨郡守即杨嘉言。

二、互见诗考异

王曙诗卷（2/96/1080）《回峰院留题》："山势欲压海，禅扃向此开。鱼龙腥不到，日月影先来。树色秋擎出，钟声浪答回。何期随吏役，暂得拂尘埃。"录自刘昌诗《芦浦笔记》卷一〇。按，这首诗又见王安石诗卷，录自元冯福京大德《昌国州图志》卷六。考《芦浦笔记》卷一〇《回峰院留题》条："'山势欲压海，禅扃向此开。鱼龙腥不到，日月影先来。树色秋擎出，钟声浪答回。何期随吏役，暂得拂尘埃。'右文康王公所赋。公讳（英庙同字）字晦叔，尝宰定海县。景祐中为执政。开禧丙寅，商逸卿得隶古遗墨，刻于县治愿丰亭。"以此本事按之，应为王曙作无疑。

杨亿诗卷（3/115/1334）　1.《题张居士壁》，出《武夷新集》卷一。按，此与卷一二二同人《赠张季常》诗重出，应删后者。2.《建溪十咏》之三《朗山寺》："层峦连近郭，占胜有招提。宿雾昏金像，飞泉溅石梯。钟声空谷答，塔影乱云齐。千骑时来此，寻幽独杖藜。"按，与同书卷一二二《升山》诗全同，应删《升山》诗。3.《灵岳》诗，按此实为杨亿《建溪十咏》之一《武夷山》，见《武夷新集》卷四，《全宋诗》卷一一八已辑入杨亿诗卷，故应删《灵岳》诗。

张保雍诗卷（3/127/1483）　《题钓台》："汉包六合网英豪，一个冥鸿惜羽毛。世祖功臣三十二，云台何似钓台高。"出宋董弅《严陵集》卷三。按，与同书卷一六八范仲淹诗卷《钓台诗》相同，范诗出《范文正公别集》卷四。应判归范仲淹作。

晏殊诗卷（3/173/1965）　《挽王禹玉》诗残句："震邸陪经席，辰阶总化钧。"所据为宋叶庭珪《海录碎事》卷四下。按，王禹玉即王珪，《宋史》卷三一二《王珪传》："王珪字禹玉，成都华阴人，后徙舒。……（元丰）八年五月，卒于位，年六十七。"同书卷一七《哲宗纪》："元丰八年五月庚戌，王珪薨。"《续资治通鉴长编》卷三五六：元丰八年五月，"庚戌，金紫光禄大夫、守尚书左仆射兼门下侍郎、岐国公王珪卒，辍视朝五日，初赠太尉，再赠太师，谥文恭"。考晏殊卒年早于王珪，《续资治通鉴长编》卷一七八：至和二年正月，"丁亥，观文殿大学士、兵部尚书晏殊卒"。《宋史》卷一二《仁宗纪》：至和二年正月，"丁亥，晏殊薨"。欧阳修《居士集》卷二二《观文殿大学士行兵部尚书西京留守赠司空兼侍中晏公神道碑铭并序》："至和元年六月，观文殿大学士、行兵部尚书、西京留守、临淄公以疾归于京师。……明年正月疾作。……其月丁亥，以公薨闻。"至和二年为公元一〇五五年，元丰八年为公元一〇八五年。是晏殊之卒早于王珪三十年，安能为其作挽词？检《海录碎事》卷四下《震邸》条："震邸陪经席，辰阶总化钩。"下注:"《晏元献挽诗》,王禹玉。"则明显为王珪挽晏殊诗,而《全宋诗》倒误。复考王珪《华阳集》卷二《赠司空侍中晏元献公挽词二首》云:"震邸陪经席,辰阶拥化钧。高谟帷幄旧,嘉绩鼎彝新。露湿铭旌晓,尘凝燕树春。许郊民厚爱,犹臧相东茵。""富贵谁为并,文章世所稀。勋名丹史在,体貌九天违。嵩极朝摧峻,台躔夜掩辉。空余旧游客,泪向寝门挥。"更能证定为王珪诗句。

郑獬诗卷(10/584/6873) 1.《送程公辟给事出守会稽兼集贤殿修撰》诗,录自《郧溪集》卷二七。题注:"按:此诗又见王珪《华阳集》卷五。"按,据《嘉泰会稽志》卷二:"程师孟,熙宁十年十月以给事中、充集贤殿修撰知。"而郑獬熙宁五年(1072)即卒,故诗决非郑獬作。2.同卷《送公辟给事自青州致政归吴中》诗:"青琐仙人解玉符,秋风一夜满江湖。曾歌郢水非凡曲,未扫旄头负壮图。(自注:公昔北使,愤然屡抑敌人。)终日望君天欲尽,平生知我世应无。扁舟应约元宫保,潇洒莲泾二丈夫。(原注:元宫保即钱唐元章公绛,盖尝寓居于苏州。)"亦录自《郧溪集》卷二七。题注:"公辟即程师孟。按:此诗又见王珪《华阳集》卷五。"按,程公辟即程师孟,据《宋史》卷三三一本传:"起知越州、青州,遂致仕。"考《嘉泰会稽志》卷二:"程师孟,熙宁十年十月以给事中、充集贤殿修撰知,元丰二年十二月替。"知其为知青州在三年后,致仕约在五年。而郑獬早在熙宁五年(1072)即卒。故诗决非郑獬作。

蒲宗孟诗卷(11/618/7339)《寄蕲簟》诗,录自清王瑞庆《道光南部县志》卷二五。按,此乃苏轼《寄蕲簟与蒲传正》七古诗中四句,见《苏轼诗集》卷二五,全诗为:"兰溪美箭不成笛,离离玉筋排霜脊。千沟万缕自生风,入手未开先惨栗。公家列屋闲蛾眉,珠帘不动花阴移。雾帐银床初破睡,牙签玉局坐弹棋。东坡病叟长羁旅,冻卧饥吟似饥鼠。倚赖春风洗破裘,一夜雪寒披故絮。火冷灯青谁复知,孤舟儿女自嘤咿。皇天何时反炎燠,愧此八尺黄琉璃。愿君净扫清香阁,卧听风漪声满榻。习习还从两腋生,请公乘此朝阊阖。"

王介诗卷(12/689/8053)《出知湖州》:"吴兴太守美如何,太守从来恶祝鮀,生若不为上柱国,死时犹合替阎罗。"录自宋阮阅《诗话总龟》前集卷三八。按此诗与同书卷六三一王安国同题诗重出。考宋谈钥《嘉泰吴兴志》卷一四《郡守题名》:"王介,职方员外郎、充秘阁校理。熙宁六年四月到,转祠部郎中,依前职,至十二月追赴阙。"王安石《王文公文集》卷五六有《送王介学士赴湖州》。而王安国没有知湖州事，可证诗为王介作。

张璹诗卷（20/1190/13440）《与葛洪》诗："提司坑冶是新差，职比催纲胜一阶。若发荐章求脚色，下官踪迹转沉埋。"录自李廷锡道光《安陆县志》卷二七。按同书卷一五二张铸有《寄葛源》诗，与此仅七字不同，题目亦有"葛洪"与"葛源"之异。考此诗作张铸与张璹，数据源不同。宋魏泰《东轩笔录》卷一二："张铸，河北转运使，缘贝州事，降通判太平州。是时葛源初得江东西提点银铜坑冶，欲荐铸，而移文取其脚色。铸不与，但以诗答之曰：'银铜坑冶是新差，职比催纲胜一阶。更使下官供脚色，下官纵迹转沉埋。'"又魏泰《临汉隐居诗话》："张铸，健吏也。性亦滑稽，为河北转运使，以事谪知信州。是时，以屯田员外郎葛源新得提举银铜坑冶，信州在所提举。源欲为铸发举状，移牒令铸供历任脚色状。铸不平，作诗寄之曰：'银铜坑冶是新差，职任催纲胜一阶。更使下官供脚色，下官踪迹转沉埋。'源有惭色。"陈应鸾《临汉隐居诗话校注》卷三："张铸，字希颜，北宋晋陵（今江苏省武进县）人。大中祥符中进士，历知四郡，五任漕宪，皆有政绩。尝帅南阳，王安石出其门，后以光禄卿致仕。"《道光安陆县志》卷二七则言："葛洪为提举坑冶，取璹脚色，欲发荐状，璹与诗云：'提司坑冶是新差，职比催纲胜一阶。若发荐章求脚色，下官踪迹转沉埋。'"又张铸，字希颜，晋陵人；张璹，字全翁，安陆人。故本诗尚难判定为谁作，俟考。

洪迈诗卷（38/2121/23983）《庚戌正月十四日同友人丁晋年王蔚之谒普照塔》，按，朱松《韦斋集》卷一、《全宋诗》卷一八五三朱松诗卷亦收入，题作《谒普照塔》。庚戌是建炎四年。据宋王象之《舆地纪胜》卷一三三《福建路·南剑州·景物下》："普照庵，在郡之西山。"盖朱松任福建时所作。尤溪属南剑州。《南溪书院志》卷一："宣和五年，韦斋先生来尉尤溪。"又据黄干《朱熹行状》："先生以建炎四年九月十五日午时，生南剑尤溪之寓舍。"朱熹《韦斋与祝公书跋》："自去年十二月初在建州权职官，闻有敌骑自江西入邵武者，遂弃所摄，携家上正和，寓垄寺。五月初间，龚仪叛兵烧处州，入龙泉，买舟仓皇携家下南剑，入尤溪，而某自以单车下福唐见程帅。"是其时朱松行踪皆在福建一带，与诗甚合。又按，洪迈诗卷诗与朱松诗卷诗重出严重，多达近百首，多为朱松诗误入洪迈名下。《全宋诗》编纂较为粗疏，于此可见一斑。

李诚之诗卷（51/2691/31685）《咏松》诗："半依岩岫倚云端，独立亭亭耐岁寒。一事颇为清节累，秦时曾作大夫官。"录自宋罗大经《鹤林玉露》

甲编卷五。按，同书卷二六四八李沈诗卷亦收入，题诗全同。据小传，李沈，字诚之。故知二者为一人，前者应删。

　　杜子更诗卷（54/2823/33640）《致爽轩》诗一首。按，同书卷三七四三又出杜子更诗卷，所收诗同，均据《舆地纪胜》卷一五一。后者应删。

　　赵汝淳诗卷（55/2889/34449）《玉树谣》诗，出影印《诗渊》册四页二四四二。按，同书卷三一六五刘崮诗卷亦收《玉树谣》，出《永乐大典》卷一四五三六引《江湖集》。

　　文天祥诗卷（68/3600/42935）《题古碉（为里人张伯义作）》诗，录自《文山先生全集》卷二〇。为误收王安石《龙泉寺石井二首》之一。

　　毛达诗卷（72/3740/45110）《题靖节祠堂》诗，题注：“《全芳备祖》后集卷九录此诗署毛达可。”录自《舆地纪胜》卷三〇《江南西路·江州》。按，同书卷一四〇五毛友诗卷亦收此诗，题作《桑》，诗全同。录自《全芳备祖》后集卷二二。考毛友，字达可，衢州西安人。故知《舆地纪胜》之“毛达”当为“毛达可”之误，即毛友。《全宋诗》毛达诗卷及诗均应删。

　　无名氏诗卷（72/3742/45131）《题旌忠亭》诗，录自《舆地纪胜》卷九四《广南东路·封州》。按此诗为元绛所作，已见《全宋诗》卷三五三元绛诗卷，题作《赵潜叔殉节诗》，出宋阮阅《诗话总龟》前集卷一引《云斋广录》。又见《全宋诗》卷二二六曾公亮诗卷，题作《吊曹觐》，出宋刘斧《青琐高议》前集卷一〇。此处应删。

　　李左史诗卷（72/3742/45140）《三姑石》《幔亭峰》《天柱峰》《仙迹岩》诗，及《游仙溪》《洞天》残句。按，以上诸诗均为李纲所作，见《梁溪集》卷六，《全宋诗》册27页17537－17539已收入。李左史即李纲，此处应删。

　　黄中厚诗卷（72/3749/45217）《隐逸》诗，所据为《后村千家诗》卷二一。检《后村千家诗》，实署名“黄子厚”。按，黄子厚即黄铢（1131—1199），字子厚，号谷城，建安人。少师事刘子翚，与朱熹为同门友。以科举失意，遂隐居不仕。理宗庆元五年卒，年六十九。有《谷城集》五卷传世。事见《晦庵集》卷七六《黄子厚诗序》、卷八七《祭黄子厚文》，《宋元学案》卷四三有传。《全宋诗》卷二三九七收其诗九首。

三、误收诗考索

释惟政诗卷（3/162/1832）《送僧偈》诗："山中何所有，岭上多白云。祇可自怡悦，不堪持赠君。"所据为宋惠洪《禅林僧宝传》卷九。按，房日晰《〈全宋诗〉误收重出考辨及补遗》（《陕西师范大学继续教育学院学报》2001 年第 1 期）已指出误收，但未作详考，故补考于下。此为南朝梁陶弘景《诏问山中何所有赋诗以答》诗，见逯钦立《先秦汉魏晋南北朝诗·梁诗》卷一五。《太平广记》卷二〇二《陶弘景》条引《谈薮》，曰："丹阳陶弘景幼而惠，博通经史，睹葛洪《神仙传》，便有志于养生，每言仰视青云白日，不以为远。初为宜都王侍读，后迁奉朝请。永明中，谢职隐茅山。山是金陵洞穴，周回一百五十里，名曰华阳洞天，有三茅司命之府，故时号茅山。由是自称华阳隐居，人间书疏，皆以此代名，亦士安之玄晏，稚川之抱朴也。惟爱林泉，尤好著述，缙绅士庶禀道伏膺，承流向风，千里而至。先生尝曰：'我读外书未满万卷，以内书兼之，乃当小出耳。'齐高祖问之曰：'山中何所有？'弘景赋诗以答之，词曰：'山中何所有，岭上多白云。只可自怡悦，不堪持赠君。'高祖赏之。"此误收南北朝诗之例。

韩维诗卷（8/430/5290） 残句："日华川上动，风光草际深。"录自宋《锦绣万花谷》前集卷二。按，此为南朝齐著名诗人谢朓《和徐都曹勉昧旦出新亭渚》诗句，全诗为："宛洛佳遨游，春色满皇州。结轸青郊路，回瞰苍江流。日华川上动，风光草际浮。桃李成蹊径，桑榆荫道周。东都已俶载，言归望绿畴。"徐勉，字修仁，东海剡人。是谢朓的朋友。《梁书》卷二五有传。故《全宋诗》此句应删。此亦误收南北朝诗之例。

刘禹锡诗卷（71/3737/45062） 残句二则："风定花落深一寸，日高啼鸟度千声。""晓莺林外千声啭，芳草阶前一尺长。"小传："刘禹锡，博通子史百家，精于医，有《传信方》二卷（《宋史·艺文志》六），已佚。事见《过庭录》。"按，此将唐著名诗人刘禹锡之诗误收入《全宋诗》。范公偁《过庭录》所收《欧公谓刘禹锡诗忽作人言》条："刘禹锡博通子史百家，作《证类本草》而讷于为文，时贤颇于此鄙之。尝作诗曰：'风定落花深一寸，日高啼鸟度千声。'又云：'晓莺林外千声啭，芳草阶前一尺长。'欧公谓忽作人言。"刘禹锡不仅是诗人，且精于医，著有《传信方》二卷。《新唐书》卷五九《艺文志》："刘禹锡《传信方》

二卷。"今有《传信方集释》一书，唐刘禹锡著，冯汉镛集释，上海科学技术出版社 1959 年版。又按，据欧阳修《六一诗话》："龙图学士赵师民，以醇儒硕学，名重当时。为人沈厚端默，群居终日，似不能言。而于文章之外，诗思尤精，如'麦天晨气润，槐夏午阴清'，前世名流，皆所未到也。又如'晓莺林外千声啭，芳草阶前一尺长'，殆不类其为人矣。"知诗句也不是刘禹锡作，而是宋人赵师民作，范公偁转述欧阳修之说有误。又陈鹄《耆旧续闻》卷九："赵龙图师民，名重当世，而文章之外，诗思尤精。如'麦天晨气润，槐夏午阴清'，又'晓莺林外千声啭，芳草阶前一尺长'，前辈名流所未到也。"盖亦本于欧阳修《六一诗话》。今《全宋诗》收入刘禹锡卷，而赵师民诗卷失收，更误。又"风定落花深一寸，日高啼鸟度千声"二句，亦不见于《刘禹锡集》。更考明李日华《六砚斋笔记》卷三："唐掌禹锡编《证类本草》，方术之精者。然又能诗，有句云：'风定落花深一寸，日高啼鸟度千声。'"范公偁《过庭录》将掌禹锡误录为刘禹锡，《六砚斋笔记》录为掌禹锡虽不误，但将朝代误宋为唐。《宋诗纪事》卷九引《过庭录》则将"刘禹锡"改为"掌禹锡"。《全宋诗》卷一七〇掌禹锡诗卷亦录此残句二则，所据为范公偁《过庭录》，实是据《宋诗纪事》转录。实则范公偁《过庭录》所载两则残句，一则可据《六一诗话》归为赵师民作，另一则为掌禹锡作。掌禹锡，字唐卿，许州郾城人。真宗天禧三年进士，为道州司理参军，官至尚书工部侍郎。英宗治平三年卒，年七十七。《宋史》卷二九四有传，苏颂《苏魏公集》卷五六有《掌公墓志铭》。是以上两则残句与唐人刘禹锡无关。（拙作《〈全宋诗〉误收唐诗考》已考出刘禹锡诗为误收，然本文录入时有较大增补，特予说明。）

释莹彻诗卷（72/3755/45271）《新莺歌》，辑自《古今合璧事类备要》别集卷七三。按为唐人释灵彻的《听莺歌》："新莺傍檐晓更悲，孤音清泠啭素枝。口边血出语未尽，岂是怨恨人不知。不食枯桑葚，不衔苦李花。偶然弄枢机，婉转凌烟霞。众雏飞鸣何局促，自觑游蜂啄枯木。玄猿何事朝夜啼，白鹭长在汀洲宿。黑雕黄鹄岂不高，金笼玉钩伤羽毛。三江七泽去不得，风烟日暮生波涛。飞去来，莫上高城头，莫下空园里。城头鸱乌拾膻腥，空园燕雀争泥滓。愿当结舌含白云，五月六月一声不可闻。"《全唐诗》卷八一〇灵彻诗卷收入。"灵彻"与"莹彻"易产生错讹。蒋寅《大历诗人研究》上册以为该诗为灵彻贬汀州时所作。

沈云卿诗卷（72/3756/45301）《美人》："十三学绣傍金窗，十六梳头压大拜。色比昭阳人第一，才同江夏士无双。"所据为《玄散诗话》。按，检《说郛》卷八一引《玄散诗话》："沈云卿梦噉羹甚寒，仰见天上有'无二'两字，明日以告金迥秀。迥秀曰：'羹寒无火也，非美乎？天无二字，非人乎？以鄙人观之，君当有美人桑中之喜。'沈是日果遇美人苗蕴，颜色绝代，才调无双。沈有诗云：'十三学绣傍金窗，十六梳头压大邦。色比昭阳人第一，才同江夏士无双。'沈谓金曰：'子之占梦，即索纨周宣不过也。'"并无沈云卿是宋人的线索。且《全宋诗》误将"邦"录为"拜"。考沈云卿乃唐代著名诗人沈佺期，字云卿。然此诗《全唐诗》亦失收。陶敏《沈佺期宋之问集校注》附于《备考诗文》中："《赠苗蕴》（题拟）：'十三学绣傍金窗，十六梳头压大邦。色比昭阳人第一，才同江夏士无双。'按：此诗见《说郛》卷八一引《玄散诗话》。……此诗晚出，疑出小说家手。"但沈云卿为唐人沈佺期则无可疑。

顾禄诗卷（72/3772/45501）收其《渊明祠》诗二首。按顾禄为明初人。《书法丛刊》载《顾禄隶书五言诗帖页》云："顾禄，元末明初人。字谨中，华亭（今上海松江）人。以太学生除太常典簿，后为蜀府教授。少有才名，嗜酒善诗，才情烂熳，人赠诗称其为'两京诗博士，一代酒神仙'。精于隶书、行草。"（2009年第4期，第94页）

四、遗收诗补辑

章望之（4/226/2636）《众乐亭》："是水为佳境，中城枕碧湖。栖台高室近，物象几州无。太守恩千里，新亭望一都。地劳吾卜筑，景与众游娱。宇色低栏外，波光上屋隅。鸳鸯宜绣幕，翡翠失深芦。九夏荷开簟，三秋芰洗盂。山林何处异，江海此情孤。夜气寒蟾媚，晴晖落日殊。画桥斜映柳，细草乱萦浦。渔棹开浮藻，风帘散戏凫。野僧留旷荡，行子过踟蹰。逸兴攀银汉，明眸湛玉壶。图经终焕越，歌咏已流吴。壮观嘉时叙，招来好酒徒。乐僮优好伎，唱女桀名姝。闭户谁能事，宜人正丈夫。乐邦方美俗，鼓舞荷唐虞。"（《四明文献考》，北京图书馆古籍珍本丛刊册28，页706）按《全宋诗》仅据《舆地纪胜》卷一一录前四句，今补足全诗。

汪泌（7/394/4847）《题漱波亭》："波纹端与縠纹同，正倚栏干想象中。

更被轻舠载将去，斜阳染出半江红。"（《民国龙游县志》卷三七《文征》）

陈襄（8/412/5068）《初至乐安述怀》："水逐云根动，出蒙马首青。下车蓬绕膝，拂几鸟窥棂。吏老鹑衣结，民贫菜色冥。疮痍伤未起，矧忍渎邦刑。"（《光绪仙居志》附《光绪仙居集》卷一七《诗外编》）

李孝先（8/431/5291）《四言诗》："南有嘉树，凤鸟所巢。君子之巢，君子是效。予何效矣，有践者礼。匪予能孝，自予祖称。先祖相宅，犹泉之源。自不贻世，而瓞其绵。击鼓之钟，兄弟雁行。衎衎栗栗，执德孔明。伯也甚敬，大冠燕处。叔也弦歌，陈其豆俎。有髦而稚，锦绅佩茝。数视诸父，视其峰趾。匪夫之良，有姬有娣。瑟彼中馈，馈饎酒醴。谖哉话言，自我诸昆。群弟具听，有局其敬。毋狗毋怠，毋酗毋滔。毋听妇言，毋谮我庭。嗟嗟话言，胡独尔行。凡人有家，用尔为训。尚愿子孙，终永无忒。作嘉树之歌，以勖明德。"（明·郑太和《麟溪集》乙卷，北京图书馆藏古籍珍本丛刊册114，页567）

曾巩（8/454/5512）《桃源溪》："来时秋不见桃花，空树寒泉泻石涯。争得时人见鸾凤，不教身去忆烟霞。"（光绪《鄞县志》卷五《山川下》）

朱明之（9/516/6263）《惠聚寺诗并序》："离常熟至昆山，泊惠聚寺，而诗情犹壮，复为二章，附于五题。盖山鸡自爱其尾，亦欲以多为贵也。'古寺有远名，欲游先梦生。飞猿涧底啸，灵乌云间鸣。影密楼台众，香繁草树荣。何年照佛火，灿灿长光明。''石林高月生，薜阁疏磬鸣。宿鸟梦难就，定僧魂更清。香风动花影，岩瀑飞玉声。遥夜坐来短，但余天外情。'"（范成大《吴郡志》卷三五《郭外寺》）

曹辅（12/726/8393）《向日灵禾诗》："大明散朱晖，万物纷以毓。均在照临下，寸诚推此谷。畎亩君不忘，正直徼神福。人情旷不举，物理饱自足。睠尔南亩民，击壤疆风俗。幽诗方涤场，邹律又吹谷。栉沐风雨间，百役敢言酷。负犁足疮痍，荷耒自蜷局。东西渺阡陌，上下几水陆。静观得灵甾，拜日俛俯伏。初讶雨歔芦，复疑风曳竹。宛转趁晨晡，余态弄芳郁。离离既坚好，众饱将鼓腹。周郊吹不偃，此即端可录。尝闻指□草，逢人分直曲。稙植彤□上，千官敢□禄。又有名华平，其叶光以沃。倾正各随方，治乱无余蓄。彼美帝尧萱，龙庭阶映玉。弦望与朒朓，寸荚自盈缩。猗猗园中葵，拳拳膺每服。灰舞黄金杯，迎钱飞鸟速。曦轮下云陂，眩转不容目。尘根一何灵，拱揖将三肃。按物尚耿耿，嗟人何碌碌。明皇将厚意，匪帛歌鸣鹿。堂陛两相资，君忧臣亦辱。平日心旅亲，契义敢不笃。

夙夜事一人，斯言堪三复。我心惭明哲，朝奏暮随逐。一叶万里飘，岂遑顾寝馈。
泡露视浮生，岂敢弃亲族。既乏牺樽材，甘作沟中木。"（《嘉靖湖广图经志书》
卷一四）

韦骧（13/727/8413）《八素山》："秦世隐君子，隐逸家云泉。惟薪德行
粹，不使名字传。太素八先生，服履皆皎然。至今图籍中，以素名其山。萧然
丛祠在，冷屋祇数间。乡人殊不省，往往来祈年。予宦已盈岁，叹谒惭迁延。
企想风谊高，俯视轻人寰。商山犹可愧，踪迹何班班，作诗以颂美，谁谓夸神仙。"
（《嘉庆武义县志》卷一一《艺文志》）

姚祐（19/1150/12984）《纯孝岭》："石昂曾负母，避难此山中。岭得名
纯孝，崔巍古县东。"（《同治安吉县志》卷一六《艺文志》，署名"姚祐"）

陈瓘（20/1191/13466）《送陈绍夫》："乃翁德望如丘山，北斗以南谁可班。
熙宁天子自拔擢，报君常以人所难。忠诚皎皎落谏疏，史臣编缀不敢删。当年
十语九不用，真誉暗随公议还。三十三公半台辅，经筵荐墨犹未干。虽然年位
俱不极，却得千载声名完。荐贤之家门必大，来者绳绳知可观。如君谨絜蹈规
距，勇于为义心桓桓。有儿已觉门户稳，庆源衮衮何时殚。"并有跋语："元祐初，
绍夫为明州船场，秩满，陈公大谏被召太学博士，时寻医四明，以诗送绍夫行，
大率发扬先君，绍夫得之，不敢隐默，遂刊于石，今编次先君文集，谨录大谏
诗附于后，庶以见吾父事君尽忠，可以警励为人臣者宜如何尔。嗣子右中散大
夫提举临安府洞霄宫赐紫金鱼袋绍夫谨题。"（宋·陈襄《古灵先生文集》卷末
《忠肃陈公莹中诗》，北京图书馆古籍珍本丛刊册 87，页 232）

《秦君亭》："世梗贤路塞，达人识穷通。欃枪天宝后，美士如飘蓬。聘君
当此时，卷迹云霞中。翩翩稻粱外，不学低飞鸿。音尘万方远，轩冕一笑空。
垂纶钓沧海，超然谢樊笼。清吟写其乐，孤标激颓风。能令千载下，叹息诗人
穷。登临忽终日，俛仰寻高踪。山麓一回玩，松盖青重重。"（明·黄仲昭《弘
治八闽通志》卷八三，页 1167）按《全宋诗》卷一一九一据《舆地纪胜》卷
一三〇收此诗中八句，今补足全诗。

刘光（22/1292/14655）《题仙居》："仙居山水自缥绝，往往声高压东越。
三溪水从天上来，一洞夐与人间别。紫葌修峰半云雨，韦羌怪石藏日月。地灵
钟鼓镇奇英，人瑞何年起豪杰。我来正值西风高，晴空万里分秋毫。山明水绿
快心目，登临不觉筋骸劳。"（《光绪仙居志》附《光绪仙居集》卷一七《诗外编》）

林灵素（24/1379/15814）《送道士吴应言归越》："帝城二月春冲融，吾仁别我春阴重。买舟乘月醉中别，此去阐妙居琳宫。灵符杀鬼救群动，云章笔写生清风。慈悲领众行功行，天神福助还无穷。"（《越中金石记》卷三）按诗前题："（上阙）霄（阙）真（阙）大（阙）弟（阙）当今（阙）大道（阙）为则（阙）浙（阙）吴（阙）心吾（阙）越之（阙）冲妙师，洞元妙应先生吴公有旧，思其人则感故也，将行求颂，而曰。"末题："政和八年二月初八日，东京通真宫金门羽客通真达灵先生视中奉大夫林灵素。"又《越中金石记》跋云："按是碑上截失去五六字，玩其词语，盖林灵素送道士吴应言归越而作。陆务观《家世旧闻》有云：灵素时时写其所作诗篇赠人。然笔札词句皆鄙恶，了不足观。及既幸，其徒黠者为润色之。今观是刻，已可得其大概矣。"

卢襄（24/1408/16213）《同彦老自四明之永嘉，中道留宿岳林，会法绍、海邛二禅伯夜话，接晓登车乃行，留题于寺》："叹息老禅伯，萧闲心自如。买松栽别坞，引水过新渠。草色经行外，禽声宴坐余。自惭双客鬓，垂老尚征车。""报国竟无补，敢辞山路遥。脱寒生竹径，新涨断溪桥。奔走真通客，安闲愧老樵。令人欲心折，风雨夜潇潇。"（明·张瓒、杨寔《成化宁波郡志》卷一〇，北京图书馆古籍珍本丛刊册28，页248）按：该书题撰人为"卢天骥"，卢襄名天骥，字骏元，徽宗朝避讳改名襄，字赞元。

《皇觉寺》："倦枕曾遥梦，清溪一系船。山寒疑有雨，寺古只藏烟。未了寻诗债，难忘宿世缘。回头云尽处，空有雁书天。"（《民国嵊县志》卷二八《艺文志》。署名"卢天骥"。）

《下鹿苑寺》："着地岚阴拨不开，傍闲同到妙高台。老僧只恐泉声少，坐遣飞云唤雨来。"（同上）

《登徐山（今名灵山）》："灵山之名何以名，英名神州移蓬瀛。或言鹫岭飞峰来，层峦献翠去川平。纷纷远方赍熏沐，矧惟洗耳流泉声。湿骊绿骓从驰驱，重在仁义几研轻。祥风甘雨司元功，坐令四海品物亨。俛仰宇宙不可极，徐山千古苍云横。"（《民国龙游县志》卷三七《文征》）

梅执礼（25/1431/16483）宋陈岩肖《庚溪诗话》卷下："梅和胜执礼，宣和初为给事中，与时相王甫论事不合，改礼部侍郎，遂黜守蕲，复落职，责守滁。王甫罢相，复职知镇江。靖康初，以翰林学士召，其谢表有曰：'喜照壁间而见蝎，乍离枫下而闻钟。'盖'照壁喜见蝎'，此韩退之诗句也。……和胜，蒲江人，方未冠时，家极贫，而亲老无以为养，大雪中，以诗谒邑宰云：'有令可干难闭户，无人堪访懒移舟。'邑令延之，令训其子弟。方应举未捷，有诗自遣云：'天之未丧斯文也，吾亦何为不豫哉！'后蔡嶷榜登科，终于户部尚书，死于靖康之难。"其"天之未丧斯文也，吾亦何为不豫哉"诗句，《全宋诗》失收。

刘一止（25/1445/16669）《玉泉堂诗》其一："剡川何有，有玉有泉。亦白其色，亦澄其原。"

其二："温温君子，既洁且贞。挠之勿浊，磨而不磷。人亦有言，儒为席贞。"

其三："德既方止，亦既章止。圭瓒黄流，庶几将止。"

其四："惟此懿德，不息则久。借曰未试，亦既尔有。苟或不臧，斯不愧负。抵鹊自弃，濯足自取。哉胜姤哉，俾遗尔后。"题下称："玉泉敕赐之名，美隐之德也。太傅胜非公贞洁不污，廉介有守，故赐第玉泉堂，为赋四章。"诗末题："绍兴五年七月朔日，左承议郎、显谟阁学士、直徽猷阁、主管崇道观、知绍兴府事、兼劝农事刘一止顿首拜题。"（民国木活字排印本《白浦朱氏宗谱》卷九）

吴芾（35/1956/21833）《北望四首》："延福池台荆棘深，上皇无复更登临。寂寥崇观当年事，愁绝关河万里心。""漠漠黄云塞草稀，年年空说翠华归。孤臣泪尽仍尝胆，白首江湖雁北飞。""塞曲咿嘎愁断肠，毡车辂辘载啼妆。汉家近属三千客，性命如丝奇虎狼。""河山关塞一万里，文武衣冠二百年。四海萧条宫殿去，无人解道取幽燕。"

《建康值雨》："去日已经泥滑滑，归时仍若路漫漫。天公作恶非无意，要见人间行路难。"（《光绪仙居志》附《光绪仙居集》卷一九《诗内编》）

何逢原（35/1981/22200）《公余遗兴寄山中故人》："燕居公退奈闲何，只把文章自琢磨。笼底旧书翻欲遍，囊中新句赋来多。恨无丹诏招元鹤，学写黄庭换白鹅。却忆山中旧知己，乌纱何日叩云罗。"（《光绪分水县志》卷九《艺文志》）。

《月泉吟社田园杂兴》："东风转属又东皋，久赋将芜力未薅。古木阴深巢燕弱，荒陂水浅怒蛙号。儿痴方拟半栽秫，身隐尚嫌全种桃。何许蕨薇君欲采，饥眠堪对华山高。""星明天驷兆兴农，稼圃犁锄处处同。播谷竞趋新禹甸，条桑犹记旧豳风。草缘疆畛纵横绿，花隔藩篱深浅红。自笑偷生劳种植，西山输与采薇翁。"（同上）

释行机（37/2050/23044）《九日吴龙图过访》："有客酬佳节，携壶扣竹关。

鸟拖秋色去,人带夕阳还。景物催诗急,乾坤借我闲。了无尘世事,终日坐看山。"
(《光绪仙居志》附《光绪仙居集》卷一九《诗内编》)

沈枢(37/2060/23229)《题增明亭》:"上方高与白云齐,楼阁相望已自奇。
超览固知随处胜,增明更觉此山宜。几年湮没人谁问,一旦光辉信有时。想是
山灵阴属意,不容孤窟尚栖迟。"(《同治安吉县志》卷一六《艺文志》)

王淮(43/2333/26826)《白沙溪遣兴》:"白沙三十有六堰,春水平分夜
涨流。每岁田禾无旱日,此乡农事有余秋。功驰汉室为名将,泽被吴邦赐列侯。
千古威灵遗庙在,至今血食遍遐陬。"(《民国汤溪县志》卷一九《文征》)

王亘(48/2590/30111)《十洲阁》:"山川如幻阁长秋,一岛飞来伴九洲。
不碍渔樵双桨过,何妨罗绮四时游。云疑泰华分张去,水忆蓬瀛散漫浮。禁苑
未知湖海乐,生绡写取献中州。"(明·张瓒、杨寔《成化宁波郡志》卷一〇,
页247。又见《四明文献考》,页707)按:《全宋诗》卷七三王旦诗卷收此诗,
录自清陈焯《宋元诗会》卷六。而据《四明文献考》,王亘又有《太守刘户部
乘水涸时,浚治陻塞,因其余力补葺废坠,而湖上之景为之一新,岛屿凡九,
作一成十,随景命名,遂有十洲之咏,邀我同赋,为之次韵》诗,刘户部为刘理,
其时为在神宗时,则又与卷二五九〇之王亘时代不一致,今将王亘诗辑入此一
处以俟再考。

《松岛用刘理韵》:"谁陪老碧到秋霜,赖有黄花隔水香。土浅波深难独立,
可能移植向公堂。"(明·张瓒、杨寔《成化宁波郡志》卷一〇,页248)

《登育王明月堂》:"引月贮虚堂,堂高附南极。我当盛暑来,万像生秋色。
堂岂朝朝新,月亦有时食。一寸坐禅心,万古磨不得。"(《四明文献考》页704)

《次韵明州户部游蒋园》:"采莲桥下路,皂盖拂云来。尘压随轩雨,风生
避暑台。酒缘佳客尽,花为使君开。忧患西溪旧(滑州西溪,常陪樽俎),相
忘此日杯。"(《四明文献考》页707)

《又次韵登灵桥晚望》:"恩波和气雨溶溶,万户楼台紫翠中。渡水虹霓轻
缥渺,隔河牛女淡朦胧。真仙路指三山近,粒食人歌四蔀丰。旌旆欲归归未得,
满船风月载渔翁。"(《四明文献考》页707)

《谢太守刘吏部示西湖图用丰侍郎韵》:"四明太守爱西湖,想象桃源旧日
图。不放尘埃生水面,为传风月到皇都。花开别屿千机锦,稻熟邻田万斛珠。
闻说儿童骑竹马,至今昂首望通衢。"(《四明文献考》页707)

《太守刘户部乘水涸时浚湮塞，因其余力补葺废坠，而湖上之景为之一新，岛屿凡九，作一成十，随景命名，遂有十洲之咏，邀我同赋，为之次韵》，这是一组写景诗，共十首，各有小标题，下面按小标题录之。

《花屿》："传闻春入水边枝，懊恼行人不暇持。任是杜陵归较晚，也须排闷强裁诗。"

《芳草洲》："十步中间水四围，不容红紫乱相依。春风管取青青在，莫问愁人归未归。"

《柳汀》："不似长安陌上梢，只将离恨寄长条。临流系得虹霓住，留作憧憧两岸桥。"

《竹屿》："凤集龙骧未是才，独惊高节出云来。此君端的吾家旧，争得柴门相向开。"

《烟屿》："离朱谛视也昏花，一匹青缣盖白沙。咫尺渔舟看不见，凡夫何处觅仙槎。"

《芙蓉洲》："须信金行有智囊，会将秋色赛春芳。清宵见白休相拒，多是潘郎鬓上霜。"

《菊花洲》："年年重九为人开，不染春风一点埃。湖上萧骚如栗里，虚樽还待白衣来。"

《月岛》："夕阳尽处见沧洲，一片清光水国秋。应是玉真梳洗罢，菱花台上不曾收。"

《雪汀》："玉落风刀细细裁，梁王宫里旧池台(梁有雪宫)。逍遥此地何人可，除是冰肤驾鹤来。"

《松岛》："谁陪老碧到秋霜，赖有黄花隔水香。土浅波深难独立，可能移植向公堂。"(《四明文献考》页 713-714)

刘爚(50/2648/31019)《送王子文宰昭武》："樵川古乐国，谁遣生榛菅。往事忍复言，念之辄长叹。予往字其子，寄任良亦艰。伤哉周余民，十室九孤鳏。深心察苛痒，摩手苏瘼瘝。愿加百倍功，勿作常时观。"

"荧荧匣中龙，烂烂岩下电。纷纶挥霍间，坐了百千变。虽然事几微，易瞩亦易眩。惧从快处生，理向静中见。健决要安徐，聪明贵韬敛。潜斋有愚言，或可代箴砭。"

"百炼或绕指，粹白俄成缁。有初谅非难，其难在终之。道心眇丝粟，易为群物移。不有精一功,谁能胜安危。予今如玉雪,莹洁亡少疵。愿言保令德,岁晏以为期。"(明·黄仲昭《弘治八闽通志》卷八三,页1178。)

巩丰(50/2657/31146)《咏玩鞭亭》:"明招林麓邃,按古有遗迹。风流阮将军,诚不负此屐。邂逅失元珠,骊龙求不得。何年走其中,千载未有获。禅家独眼龙,来此驻瓶锡。群龙竞趋之,独眼如未识。任其自纷挐,笑伊虚用力。南渡东莱翁,实在肇幽宅。褒武锡元勋,自天开兆域。岁时来上冢,车马隘阡陌。念昔事先生,同门至千百。旦旦对此山,相视真莫逆。自阅大火灾,屐径愈寥寂。斯亭筑山巅,如人岸巾帻。自径以登亭,俄然判儒释。扶朋吟松风,横琴坐苔石。亭居众木间,占地仅二席。玲珑八窗通,未觉栋宇窄。被褐士所怀,嗟自比秦璧。照乘与藏渊,其勿昧所适。庶几慰九泉,夜光生丽泽。若兹亭子坏,则付斤斧克。客去我无言,抹开四山碧。"(《嘉庆武义县志》卷一一《艺文志》)

《蜡屐亭》:"千古高风挽不回,故山花落又花开。莫欺亭畔苍苍藓,曾印高人屐齿来。"(同上)

郭晞宗(50/2658/31157)《伤歌行》:"长歌短歌,伤如之何?佚乐恒少,忧患孔多。死生兮东流逝水,富贵兮午梦南柯。乌雀蝼蚁,唯之与阿。辙环天下,呜呼邱轲。"(《光绪仙居志》附《光绪仙居集》卷一九《诗内编》)

《长歌行》:"拔剑斫地歌,歌长声激烈。借问歌何事,我意那得说。天地奠高下,日月递出没。一气斡浑茫,万化无终极。君子贯古今,小人计朝夕。宁为一线溜,终穿泰山石。莫磨一寸锥,小利亦何益。"(同上)

《客中雨示徐元杰》:"客外日多雨,聿兹天雨霜。愁能知夜永,梦不畏途长。朝雾和云净,晴鸠唤妇忙。无心搔短发,失喜理归装。"(同上)

《简蒋通府旦》:"谯楼更漏长,客枕衾裯薄。消息苦未真,幽情向谁托。"

"野阔风卷沙,江空浪翻屋。欲渡恨无梁,徘徊结心曲。"(同上)

《与谷口对菊》:"细蕊犹苞绿,幽花旋蕺黄。但能香到死,开晚亦何妨。"(同上)

张天翼(50/2660/31194)《署中忆弟双飞》:"露井天街静,依依河汉明。澄江自月色,孤檠并秋声。虫语经寒候,邻机织戍情。天涯别兄弟,丧乱几时平。"(《光绪仙居志》附《光绪仙居集》卷二三《诗补遗》)

吴驲(55/2870/34265)《江心寺诗》:"海上浮来一巨鳌,鳌头琳宇耸青霄。满江星火东西塔,大地雷声上下潮。明月一轮山自静,长风万里浪非遥。我来敢问曹溪旨,为念宸游迹未销。"(《同治泰顺分疆录》卷一二《艺文》)

郭磊卿（57/3008/35828）《寄韩涧泉仲止》："在困多促促，长怀特栖者。崔嵬玉山岑，其谁秣余马。朝随涧云泊，暮随涧云泻。光仪俨神交，晤言冀真写。食鱼不知味，采菊不盈把。愿垂白日影，照我蔀屋下。"

"浮云安可攀，高蹈何恨早。处则为远志，出则为小草。修名如凤翔，嘉遁若龙矫。迟栖二十年，匿此不世宝。灏露浦红兰，凉吹发清昊。因之吐芳讯，慰我夙昔抱。"（《光绪仙居志》附《光绪仙居集》卷一九《诗内编》）

《题顾德清竹居》："绕庭惟种竹，萧散似君稀。直干和春瘦，深林映日微。寒声惊鹤梦，疏影落苔衣。门外红尘满，无因向此飞。"（同上）

《挽吴监岳》："萍水当年共盍簪，定王台上越人吟。相亲直说到儿女，一别那知成古今。红紫尽输尘土辈，丹青难写雪霜心。安昌弟子何寥落，读罢长文泪满襟。"（同上）

《偶题》："更无清兴在杯觞，不用蒲葵扇自凉。月色净时山鹤叫，一庭秋景藕花香。"（同上）

张即之（57/3025/36030）《自书诗》："敛襟谈老氏，生事正当后。沧海但会意，居无东西宙。无言聊怅望，微霜欲在手。走径微墟桥，坐此岂得酒。前山未得跻，梦游杖疏柳。"诗末有："即之书。"并有小字跋语："水屋先生不得共几赏析二十余年矣，今晨携此迹过小斋，论诗读书，一补积时耿结之怀，借椿寮为缔墨缘也。丙寅四月廿六日。"（《书法丛刊》2005 年第 1 期《宋张即之楷书册》，影印封面有"宋张即之墨迹"字）

张同甫（62/3294/39261）《巴中闻鹃》："蜀道云何惨，天津路已非。别巢艰寄托，何处可归飞。怨血花枝重，春山月色微。草茅臣子泪，旷世一沾衣。"（《光绪仙居志》附《光绪仙居集》卷二三《诗补遗》）

鲜于枢（66/3509/41910）《湖上曲》："湖边荡桨谁家女，绿惨红愁问无语。低回忍泪并人船，贪得缠头强歌舞。玉壶美酒不消忧，鱼腹熊蟠弃如土。阳台梦短匆匆恩恩去，鸳锁生寒愁日暮。安得义士掷千金，坐令桑濮歌行露。"诗末注："《辍耕录》云：浙省广济库岁差杭城谭实户若干名充后库子，以司出纳，比一家中侵用官钱太多，无可为偿。储判王某素号残忍，乃拘其妻妾子女于官，又无可为计，则命小舟载之，求食于西湖，以赀纳官，鬼妾鬼马不肖辈群趋焉。鲜于伯机作《湖边曲》云云。后王之子孙有为娼妓者，天之报施，一何捷也。"（《嘉庆钱塘县志补·艺文补》，中国地方志集成本浙江府县志辑第 4 册，页 926）

《湖上新居》："吾爱吾庐好，临池构小亭。无人致青李，有客觅《黄庭》。树古虫书叶，莎平鸟篆汀。吾衰岂名世，讵肯苦劳形。"（同上）

《游北山呈云屋山人》："荦确败芒屦，蒙茸碍笋舆。半空横鸟道，绝顶见僧居。兴尽拂衣下，诗成借笔书。弥天云屋叟，不见正愁予。"（同上）

《留题广严寺》："送客临平古佛祠，闻公房里住多时。骊歌不见金闺彦，浊酒聊参玉版师。龙象雕零余古塔，蛟鼍断缺有残碑。藕花未发风蒲短，空咏参寥七字诗。"题下注："按杭府志广严寺在临平镇，西晋义兴间建，唐宋间屡开拓之。"（同上）

《又戏题广严僧房壁》："几年门外策征骖，不料能来共一龛。壁上未须书岁月，褚河南是护伽蓝。"（同上）

《高亭道中一绝留题净慧壁》："野酴醿发气熏然，睡起时惊雪入船。安得鸱夷三百乘，空令馋客口流涎。"（同上。题下注："按杭志有净惠寺，晋天福中吴越王建，号佛日。宋大中祥符改额净慧，当即是净惠，高亭即皋亭也。"）

《净慧寺四绝》："寂寂僧房半梦中，萧萧修竹四山风。唯应门外苍髯叟，解乱儋州秃鬓翁。"

"晚雨馋收日已西，石梁沙路净无泥。清泉瀺瀺千峰迥，绿柳阴阴一鸟啼。"

"坏壁苍苍上绿苔，笼纱无复护尘埃。只因枉驾游山客，总为坡仙宝墨来。"（注："观此则寺中必有苏公墨迹，今志中失载。"）

"学道当知髓与皮，圣门壶奥要探窥。十年来往临平道，争信山中有许奇。"注："长见授馆于杭，每休暇过仲实家，相与谭经析理，闲则饮酒赋诗为乐。今闰秋十四日会于复轩，相视而笑曰：好天凉月即中秋，况今岁两中秋乎？乃留饮剧谈，夜泰半蝉联不休，情愈郁穆。予闻之甚喜，作诗寄之。"（同上）

《次韵仇仁父晚秋杂兴》："薄宦常为客，虚名不救贫。又看新过雁，仍是未归人。茅屋寒谁补，柴车晚自巾。青云有知己，潦倒若为亲。""沉静莓苔合，门闲落叶深。炎方秋尚暑，水国昼多阴。寓意时观画，怡情偶听琴。起予赖诗友，为尔动微吟。"

"身共宾鸿远，心同野鹤孤。谋生知我拙，学稼任兄愚。北望空思汴，南游未厌吴。年须问藜藿，心不在莼鲈。"（《书法丛刊》2009年第4期，第1-3页）

《秋怀二章》："清夜不能寐，起坐鸣玉琴。琴声一何烦，恻然伤我心。去古日益远，世俗安娃淫。道丧器亦非，其源不可寻。嗟余生苦晚，念此涕满襟。

474

旨哉靖节言，千载独知音。”

“仲秋夜苦长，客子眠亦迟。披衣步中庭，月明风凄凄。仰看鸿雁鸣，俯听蟋蟀啼。虫鸟固微物，出处各有时。还坐读我书，毋效楚客悲。”末题：“近作如此，奉湛渊作者一笑。枢顿首。”（同上，第64-66页）

吴琳（67/3521/42047）《过后潭》：“野店沽新酒，蘋香荐庙灵。一篙春水绿，两岸晚山青。系马人呼渡，窥鱼鹭立汀。同行二三子，尔我喜忘形。”（《嘉庆宁国府志》卷二四《艺文志》）

周密（67/3556/42497）《赠李鹤田供奉》，其一：“客袖犹顾土阁香，故乡春冷雁声长。白头供奉无人识，忍泪看花过建章。”

其二：“荆树对床风雨梦，梅花知己雪霜心。仲宣不负《登楼赋》，江南江北有赏音。”

其三：“柳色惯看三卫晓，梅花曾赋两京春。重来鸥鹭皆新识，惟有宫莺是故人。”

其四：“出塞曾从博陆侯，虎鞯熊旆带吴钩。当时檄草应零落，夜雨残梅说旧游。”

其五：“万里车书已混同，楼船犹指海云东。如何一纸休兵奏，却属芝田放鹤翁。”

其六：“茂苑芜城记梦游，羊昙洒泪过西州。黍离麦秀都休问，不见琼花也含愁。”

其七：“西江江水碧潆潆，白鹭青原物物春。近日四忠添一客，不知新纪属何人。”

其八：“雁拂齐烟向北飞，春江还送老元晖。不知君定成行否，寒食清明未可归。”

其九：“雨外一飘扬柳烟，东风催发上江船。不须慷慨辞杯酒，人世悲欢共百年。”

其十：“载鹤重来喜有期，多应只好在秋时。花前便欲留君住，恐误咸阳送客诗。”（《光绪吉水县志》卷六一《艺文志》）

赵杰之（69/3613/43275）《白府君》：“羽衣风貌庙堂新，五百年前白府君。不有甘棠遗美政，谁能香火至今勤。”（清·闵派鲁、林古渡《顺治溧水县志》卷一〇，北京图书馆古籍珍本丛刊册24，页1024）

《诏旨亭》："一封丹诏下天京，钦奉君恩建此亭。敕命颁行明盛世，文光照耀紫微星。当朝帝德惟仁圣，先代神威最显灵。几度倚阑凝望处，四围山色乱青青。"（清·闵派鲁、林古渡《顺治溧水县志》卷一〇，页1024）

《正显殿前古槐》："郁郁高槐千岁过，根盘厚土未消磨。秋风吹发黄金盖，腊雪飞堆白玉柯。老干参天云护密，繁阴满地日移那。料应人物难同久，滋养皆蒙雨露多。"（清·闵派鲁、林古渡《顺治溧水县志》卷一〇，页1024）

白珽（70/3686/44272）《陈君诗》："陈君才名猎猎起，对客挥毫动盈纸。平生心事七弦知，赏音不独曰山水。自言家住庐山阳，乔木下有甲秀堂。安能郁郁久居此，万里一砚随翱翔。行行且止君有父，燕赵瓯闽他日去。庐山不是东家丘，上有谪仙读书处。"末题："至治癸丑（点去）亥秋八月旦日书。"（《书法丛刊》2009年第4期，第68-69页）

林泉生（71/3722/44739）《真诰岩》："山行一百五十里，人家鸡犬若桃源。上有太古白石洞，中是神仙炼丹坛。人间风雨不敢到，梁时栋宇今犹存。陶公真诰已未奏，孺子昆仑去未还。帝遣蛟龙护灵石，时闻钟鼓鸣空山。箫台回光日月白，河汉挂屋星辰寒。休粮道士逐白犬，种桃金母驱青鸾。千年茯苓长根蒂，百岁老人古衣冠。曾闻赤水出岩洞，饮者白日生羽翰。前朝此地禁樵采，迩来胜致多凋残。长松滴露封丹灶，独鹤衔烟锁洞门。神仙有楼不肯住，我辈走马何时闲。愿分半间云月屋，自种数亩枸杞园。岩头独坐洗尘耳，消此两涧清潺湲。"（《乾隆瑞安县志》卷九《艺文志》）

陈尧道（71/3726/44836）《七言古诗》："仙华之山屹亭亭，排空横展翡翠屏。大江前倾类建瓴，一泻百里鸣春霆。神气勃郁通潜冥，东风吹花入紫荆。紫荆却种荣阳庭，玄檀点尊香凝凝。上有五凤声和鸣，如奏云中紫鸾笙。下有赤芝生前楹，扣之金石同铿鍧。坐历八世二百龄，朝朝但见搏芬馨。太平天子坐龙庭，至治上与黄虞并。化被海寓知天经，影善瘅恶对风声。一朝天书下紫清，大书银榜崇门旌。铁剑横截纽金绳，鸾凤飞舞来瑶京。州里仰瞻如景星，吁嗟挟风歆翻溟。宦笑之下藏戈兵，阋墙勃蹊气拂膺。岂知原上鸣鹡鸰，视此宁不面发赪。我稽德义何由兴，季方为弟元方兄。秋风老泪吹广陵，知心唯有花如琼。白刃可蹈了不惊，负骨归葬四尺茔。二难制行通神明，致令门闾逢恩荣。庞眉书客尘冠缨，作诗歌与太史听。彤笔便当书汗青，留与后世为章程。"（明·郑太和《麟溪集》己卷，页579）

《题郑义士玄茔》："我观世间人，易凋若花柳。难有奇男儿，千载骨不朽。郑公壮气秋云高，虬髯起立如利刀。要将杀尽不义鬼，宜假大戟长枪鏖。何人在家能不死，公死广陵大城里。北风吹尽血痕青，芳魂夜归逐江水。江水有竭时，公义不可亏。我来拜公像，凛凛若见之。呜呼埃风方渺弥。交相为愈何人斯，如公当作百世师。"（明·郑太和《麟溪集》庚卷，页584）

陈舜道（71/3726/44836）《七言古诗》："伊谁司此堪舆权，淋漓浩气开象先。帝青遥遥收不尽，一时融作奇山川。乌伤北鄙浦阳滢，仙岩斜倚青繖幢。何年巨灵敕龙鬼，移来秋掌龙门边。执如长蛟缚不定，东走十里飞蜿蜒。化为金蓉发灵瑞，黄跗巧典青蕤缠。犹如大将拥旗鼓，健卒鞬矢持空拳。香严群峰类结阵，执兵远卫辕门前。白麟昂头卧其下，口吐万丈玻璃泉。萦林络石去不返，蟠涡时汇为深渊。灵气盘旋不得泄，神巧敛聚钟群贤。荥阳先生眼如电，洞然四瞩牛无全。不随区区事签蕙，手持铁摘翻韦编。发扬经筌筑深垒，魔斥墨守施长鞭。岂为游谈务口耳，要仿通德高门悬。川鸣谷应不足喻，盈庭和孺春风妍。远行万里自跬步，欲使亏冶传千年。利刀誓斩牝鸡舌，捷翩永比慈乌肩。继继绳绳愈昭晰，深造奥阃抽关键。真醇盆盎见垒洗，文章衡纮加纮缝。昭哉孙曾有奇气，皦皦双璧辉相联。周郊天空鼎已失，殷民夜呼顽难镌。广陵城中开大府，百花高座貔狐毡。紫髯将军按剑坐，元戎十万横戈铤。一朝分符下湔水，载旌直往何翩翩。兄弟相携竞欲死，道途见者皆潸然。世间若有范史笔，此事未许姜生专。一门已见二千指，变化藉此为陶甄。穹堂邃庐若栉比，三时缀食开长筵。大铺一震鼎皆列，前后鱼贯行连连。公财唯知共笥箧，私篆不听存杯卷。熏渐俦媵谐札让，赈贷饥窭舒忧煎。汉廷当应孝廉孝，淮南勿赋招隐篇。绣衣使者驾朱幰，廉察国色攘奸虔。下车咨询手加额，便合植表风轻儇。夜书绿章数千字，直奏宸阁行旌镯。龙章光辉动林谷，官曹麇至声骈阗。白瑶为榜漆为篆，两楹丹縢争瑛鲜。煌煌渊宫照珠璧，烨烨命服明蛇鳝。义风洋溢被间闾，远迩声教咸明宣。我闻古尧建家国，锡以山川连土田。分茅命氏有定制，从此世及长循沿。别子承家统支属，涉历百世无由迁。布系分宗虽万变，水原木本知相嬗。试提宏纲振万目，分明六子随坤乾。成周遗流废不讲，如车无辐女无衣。公卿既乏世臣礼，氏族变灭同云烟。纵如八叶著萧氏，遗胤今日谁人传。岂期士庶或敦义，合族有道恒平平。老干当中屹不动，枝叶交袭皆依缘。前张后李既赫奕，南崔西郑还绵延。只今荥阳已八世，追合古辙无羌愆。圣人当天理万国，时时教雨沾八埏。自非沦肌共洽髓,安有嘉瑞长江壖。书生茕茕吊孤影,多寡奚翅夔怜鲦。青山湿翠裹双履,秋灯雨几空钻研。朅来观瞻骇心目,三日凝坐几成颠。强颜赋诗不成句,悲吟徒用鸣秋蝉。瀛洲杳杳在天上,风日不到多群仙。铺张伟迹定可属,当有彩笔鸿如椽。"(明·郑太和《麟溪集》己卷,页579-580)

徐申(72/3740/45115)《送户部良玉徐公复赴京》:"丰溪孺子世多闻,卓荦奇才自不群。平日有怀知报国,早年刻志即攻文。淬磨秋水龙泉锷,组织春风锦绣纹。挟策自奇千万乘,挥毫真可扫千军。弃繻缦尔何劳碍,赴柱寻常未足云。变化要看藏雾豹,迂疏应笑负山蚊。苍龙巡掌南夷地,黄鹤楼台汉水汾。万里长江来浩荡,九天佳气赴氤氲。置身显达将王命,注目登临豁楚氛。邮驿进船喧画鼓,官街跃马耀朱幡。勤劳不惮方趋事,哀计警闻俟丧亲。行里星驰归故里,结庐夜哭守空坟。简编未释因观礼,蔬食长斋绝茹荤。从古三年除素服,就征一旦上青云。谈经胄监论交久,把酒离亭岂忍分。前席定看延贾谊,考功宁肯失刘蕡。腰间符虎公须佩,带上金鱼我亦焚。宠诰墨凝仙掌露,赐衣香染御炉熏。鼎钟好享清时禄,竹帛将留后世勋。自昔男儿当有志,愿祈努力佐仁君。"(《同治广丰县志》卷九之十五《艺文志》。录此题名"宋余申",然诗后注:"据《徐氏家乘》补。"则似应作"徐申"。徐申,《全宋诗》卷三七四〇有其诗。未知是否一人。今录于徐申名下,并俟再考。)

周光岳(72/3759/45337)《定王台》:"王已分封受汉恩,长沙终不及中原。后来争得三分气,却得东都六代孙。"(《嘉靖湖广图经志书》卷一五)

《碧泉书院》:"泉镜澄秋碧,霜林坠晚红。唯应山上月,曾识武夷翁。"(同上)

李公明(72/3762/45362)《月山方丈之前异竹孤竹因赋小律》:"幽深浮世远,清劲小窗开。人力不到处,山灵着意栽。敲风鸣夜室,含露滴秋阶。了了真如境,禅人莫厌来。"(《海外新发现永乐大典十七卷》卷一九八六六,页655引《李公明集》)

顾禄(72/3772/45501)《五言诗》:"南宋名臣后,簪缨奕世闻。自公承嗣续,不敢望殷勤。去浙来吴下,依淞近水濆。通彼宜卜筑,沃土趁耕耘。堂构增弘敞,仓箱益富殷。双亲跻上寿,诸子捻工文。室有芷兰馥,衣无绮縠纹。一家崇礼让,万石著劳勋。重赋恒先积,同侪耻莫群。"末题:"承事郎前太常典簿官同郡顾禄谨中撰。"(《书法丛刊》2009年第4期,第94-95页)按顾禄为元末明初人,见上文误收诗考。因此诗为顾禄墨迹,故附补于此。

郑得彝(72/3776/45566)《灵耀寺》:"法门照寂本来同,活断无生妙亦通。

境幻灵光西竺国，梦空姑蔑大槐宫。市云朝暮钟声外，墙月高低塔影中。琴鹤翁曾遗旧隐，百年凛凛尚清风。"诗末注："右诗录自两旧志。案得彝未详何许人。然《八景诗》非本县人，或本县职官不作，则可断言也。于石《紫岩诗选》中有与郑得彝唱和诗两首，知为宋末人，故列此。"（《民国龙游县志》卷三七《文征》）

徐秋云（72/3778/45603）《西湖》："凉洗冰壶压两峰，镜鸾无地觅惊鸿。芙蓉池馆鸳鸯雨，杨柳楼台燕子风。玉笛度云听似梦，画图浮水望如空。斗牛已属乘槎客，何处凌波第一宫。"

《观国诗》："金沟晴色照燕然，紫殿红楼玉树烟。万雉入云环五卫，六龙扶日拥群仙。教坊月夜歌如水，绣局春风锦作天。挟策远臣身万里，只将金镜献君前。"

《汉武帝》："万户千门禁漏迟，建章花发锦成帏。瑶池有信青鸾至，金屋无人白燕飞。风起轮台春寂寂，露零仙掌月辉辉。楼船箫鼓繁华梦，汾上年年只雁归。"

《闺怨》："一自镏郎出剡溪，箫声长伴乳鸦啼。魂销秋水玉蝉翼，泪湿春风金袅蹄。别恨不禁杨柳外，相思只在杏花西。珠帘夜夜空明月，愁杀落红香满泥。"

《武林》："芙蓉城阙夕阳红，歌舞三千上碧空。绣岭看花蝴蝶梦，锦江吹酒鲤鱼风。当年紫篆开仙仗，今日青山是梵宫。曾向黄金台上望，九天阊阖五云中。"（以上《御选元诗》卷五一）

《登桐柏宫》："十八回亭云气浓，云边清磬落寒松。山巅忽涌地百顷，世上已登天一重。丹井龙蟠金薜荔，箫台人化玉芙蓉。沉沉双阙神仙府，应隔寥阳第几峰。"

《美人图》："玉佩鸣珰照素秋，绿云扶梦下璚楼。潇湘一片芙蓉雨，珠箔沉沉不上钩。"

《寄友》："忆别钱塘第几春，舜江春水绿如云。小楼吟倚孤山月，只有梅花可寄君。"（以上明·佚名《元音》卷一一）

《宫词》残句："红锦只孙团晚风。"（明·镏绩《霏雪录》卷上。按：徐秋云为元人，按《全宋诗》收录从宽之例，亦补其诗于此）

（《宋代文哲研究集刊》第 1 辑，里仁书局 2011 年）

第五编　宋代徽州文学研究

两宋徽籍诗人考

徽州本为新安郡，隋时改为歙州，唐时或为歙州，或名新安郡。宋宣和三年始为徽州，元时升为徽州路，明清为徽州府。徽州文化，源远流长。尤其是东晋之后，中原为少数民族所占有，文人士大夫避地江南，为其地发展提供了机缘。唐时安史之乱与黄巢起义，使中原板荡，国家命脉仰仗江南，徽州更进一步繁荣。两宋之后，徽州文化的发展逐渐臻于高峰，代表宋代文化的理学就是以徽州朱熹而集其大成。两宋时期徽州文学尤其是诗歌也极为繁盛，徽籍诗人近一百二十人，可谓蔚为大观。然这些诗人，史籍记载或不甚详尽，或相互抵牾，故笔者广征文献，以作考证。或对徽州文化以至宋代文学研究有所裨益。有关徽州区域的划分，以《元丰九域志》所载为准，即当时所辖有歙县、休宁、祁门、婺源、绩溪、黟县六县。本文所收诗人，以《宋诗纪事》《宋诗纪事补遗》《宋诗纪事续补》《全宋诗》收录者为限。因篇幅所限，所考诗人，仅限于诗人郡望、占籍及家世里居。为查阅方便起见，每位诗人之后，附以《全宋诗》册数与页码。

歙县（35人）

舒雅 《新安志》卷六《叙先达》："舒状元雅，歙县人。……（韩）熙载知贡，雅以状元登第。……大中祥符二年，直昭文馆，卒年七十余。"《弘治徽州府志》卷六《选举》："舒雅，歙人。南唐保大间举进士第一人。"《弘治徽州府志》卷七《人物》："舒雅，歙人。"《宋诗纪事》卷六《舒雅》条："雅字子正，歙人。南唐时随计金陵。韩熙载知贡举，擢为第一。归宋，累迁职方员外郎。"《十国春秋》卷三一《舒雅传》："舒雅字子正，宣城人。"盖误。（1/262）

舒雄　《新安志》卷六《叙先达》："舒状元雅，歙县人。……弟雄，登端拱中进士第，官至尚书郎。"同书卷八《叙进士题名》："端拱二年陈尧叟榜：舒雄，歙，正郎。"《宋诗纪事》卷三《舒雄》条："舒雄，歙县人。端拱己丑进士，天圣三年都官郎中、知婺州。"（1/263）

吕文仲　《新安志》卷六《叙先达》："吕侍郎文仲，字子臧，新安人。南唐时第进士。"《新安文献志》卷九四上宋绶《吕侍郎文仲传》："吕侍郎文仲，字子臧，歙州新安人。"《方舆胜览》卷一六《徽州·人物》："吕文仲，新安人。景德为刑部侍郎。"江少虞《宋朝事实类苑》卷一三《吕文仲》："吕文仲，歙人。为中丞，有阴德。"《宋史》卷二九六《吕文仲传》："吕文仲字子臧，歙州新安人。父裕，为唐歙州录事参军。"《弘治徽州府志》卷六《选举》："吕文仲，歙人。南唐末进士。"同书卷七《人物》："吕文仲字子臧，歙人。"《乾隆歙县志》卷一二《人物》："吕文仲字子臧。"《宋诗纪事小传补正》卷一："吕文仲，字子臧，歙州新安人。南唐举进士。入宋为翰林侍读，直御书院,后为御史中丞。"（1/596）

谢泌　《新安志》卷六《叙先达》："谢谏议泌，字宗源，歙县人。自言晋太傅安二十七世孙。"同书卷八《叙进士题名》："太平兴国五年苏易简榜：谢泌，歙，右谏议大夫。"《新安文献志》卷七七周叔虎《宋谏议谢公泌墓记》："叔虎来新安之初年，尝游问政山，于兴道观之左，见有墓焉。区落仅在而表识不存，诹知观事骆如石曰：国初谢谏议也。"同书同卷罗愿《谢谏议传》："谢谏议泌字宗源，歙县人。自言晋太傅安二十七世孙。"《方舆胜览》卷一六《徽州·人物》："谢泌，歙县人。为谏议。"《舆地纪胜》卷二〇《江南东路·徽州人物》："谢泌，字宗源，歙县人也。泌名知人少许可，平生荐士曾不过数人，后皆至卿相。"《宋史》卷三〇六《谢泌传》："谢泌字宗源，歙州歙人。自言晋太保安二十七世孙。少好学，有志操。……太平兴国五年进士。"《弘治徽州府志》卷六《选举》："太平兴国五年苏易简榜：张秉、谢泌，并歙人。"同书卷七《人物》："谢泌，字宗源，歙人。晋太傅安二十七世孙。"《宋诗纪事补遗》卷二《谢泌》条："字宗源，歙县人。太平兴国进士。"（1/597）

张秉　《新安志》卷六《叙先达》："张密学秉，字孟节，太平兴国中试进士。"同书卷八《叙进士题名》："太平兴国五年苏易简榜：张秉，歙第二人，枢密直学士、礼部侍郎。"《新安文献志》卷首《先贤事略上》："张密学秉，字孟节，歙人。太平兴国五年举进士第二。"同书卷九四上宋绶《张密学秉传》："张密学秉，字孟节，歙州新安人。父谔字昌言，南唐秘书丞。"《宋史》卷三〇一《张秉传》："张秉字孟节，歙州新安人。父谔，字昌言，南唐秘书丞、通判鄂州。宋师南伐，与州将许昌裔叶议归款，太祖召见，劳赐良厚，授右赞善大夫。"《弘治徽州府志》卷六《选举》："太平兴国五年苏易简榜：张秉、谢泌，并歙人。"同书卷八《人物》："张秉字孟节，歙人。"《宋诗纪事小传补正》卷一："张秉，字孟节，歙州新安人。景德时仕终枢密直学士，知相州。"（1/634）

　　俞献可　《新安志》卷六《叙先达》："俞待制献可，字昌言，歙县人。其先居河间，晋永嘉之乱，徙新安。端拱初登第。"同书卷八《叙进士题名》："端拱二年陈尧叟榜：俞献可，歙，龙图阁待制。"《新安文献志》卷八一刘敞《俞公献卿墓志铭》："公讳献卿，字谏臣，其先河间人。晋永嘉之乱，徙居黟歙。公之父曰某。……二子，长曰献可，官至某官，天章阁待制。其季则公。"《方舆胜览》卷一六《徽州·人物》："俞献可，歙县人。龙图待制。"《宋史》卷三〇〇《俞献卿传》："俞献卿字谏臣，歙人。少与兄献可以文学知名，皆中进士第。献可有吏称，历吏部郎中、龙图阁待制。"《弘治徽州府志》卷六《选举》："端拱二年陈尧叟榜：俞献可，歙人。"同书卷八《人物》："俞献卿字谏臣，歙人。献可之弟。"《宋诗纪事续补》卷三《俞献可》条："献可，字昌言，歙人。中进士第。"（2/853）

　　方仲询　《弘治徽州府志》卷六《选举志》："咸平三年陈尧咨榜：方仲询。"（2/1292）

　　聂致尧　《新安志》卷八《叙进士题名》："咸平三年陈尧咨榜：聂致尧，歙，赠礼部尚书。子冠卿、世卿。"同书卷六《叙先达》："聂内翰冠卿，字长孺，歙县人。七世祖师道，杨行密版奏号问政先生，鸿胪卿。父致尧，登咸平三年第，赠礼部尚书。"注："《冠卿传》云：师道葬歙州，遂符州人。按《问政先生传》，师道家世在歙，便没于扬州，自扬州归葬耳。"又《方舆胜览》卷一六《徽州·人物》："聂冠卿，歙县人。为内翰。"《弘治徽州府志》卷六《人物》："咸平三年陈尧咨榜：聂致尧，歙人。赠礼部尚书。子冠卿、世卿。"《宋诗纪事补遗》卷四《聂致尧》条："字长孺，歙县人。咸平三年进士。以子冠卿贵，赠礼部尚书。"按《楚纪》卷三六作邵阳人。（2/1294）

　　聂致孙　《宋诗纪事补遗》卷一〇《聂致孙》条："歙人，致尧弟。景祐时人。"（2/1295）

聂宗卿 《新安志》卷七："聂宗卿，歙县人。天圣五年为太常少卿。"《宋诗纪事补遗》卷一〇《聂宗卿》条："歙人，致尧子，冠卿弟。"（3/1845）

俞希孟 《新安志》卷八《叙进士题名》："宝元元年吕溱榜：俞希孟，殿中侍御史。"《宋诗纪事补遗》卷一〇《俞希孟》条："歙县人。宝元中进士。嘉祐二年荆湖南路转运使，尚书祠部员外郎，屯田员外郎，充殿中侍御史里行，充言事者。"（6/4285）

俞希旦 祖籍歙县，徙居丹徒。《新安志》卷六《叙先达》："俞待制献可，字昌言，歙县人。其先居河间，晋永嘉之乱，徙新安。……俞侍郎献卿，字谏臣，献可之弟。……（子）希旦，登第，终朝议大夫。"同书卷八《叙进士题名》："嘉祐六年王俊民榜：俞希旦，朝议大夫，赠金紫光禄大夫。"《至顺镇江志》卷一八《人材》："俞希旦，其先歙人，居丹徒。嘉祐六年登进士第，终朝议大夫、上柱国、知澶州。"《京口耆旧传》卷二《俞康直传》："俞康直字之彦，丹徒人。父希言，始自歙之黟县来居，用从祖太傅献卿恩补太庙斋郎。……父迁居时，其从祖献卿尚家黟县，至其子希旦亦徙丹徒。希旦以朝议大夫知澶州，卒于官，归葬丹徒崇德乡釜鼎山。"《弘治徽州府志》卷六《选举》："嘉祐六年王俊民榜：俞希旦，歙人。"《宋诗纪事补遗》卷一六《俞希旦》条："江南歙县人，徙居丹徒。嘉祐八年进士。"（12/8052）

释道宁 《五灯会元》卷一九《开福道宁禅师》："潭州开福道宁禅师，歙溪汪氏子。……政和三年十一月四日，净发沐浴，次日斋罢小参。至日酉时，跏趺而逝。"（19/12891）

罗汝楫 《新安志》卷七《叙先达》："先君尚书讳汝楫，字彦济，姓罗氏，歙县人。冠岁首乡贡，在辟邕，以文为司业胡伸、博士毛友所知，数置优等，登政和二年第，为郴州教授。"同书卷八《叙进士题名》："政和二年莫俦榜：罗汝楫，歙，吏部尚书、龙图阁学士。子愿，孙似臣。"《新安文献志》卷首《先贤事略上》："罗彦济汝楫，歙呈坎后罗人。政和三年进士。"同书卷八四罗颀《罗郢州墓志》："先兄姓罗氏，讳颂，字端规，徽州歙县人。……考讳汝楫，吏部尚书、龙图阁学士，累赠少师。"《宋史》卷三八〇《罗汝楫传》："罗汝楫字彦济，徽州歙县人。登政和二年进士第。"方回《桐江续集》卷三六《建德府兜率寺兴复记》："绍兴甲子，罗公为郡，更五年己巳，而后守苏简兴复之。至元辛巳，方回去郡，又五年丙戌，而僧录法济兴复之。前后两记皆歙人之尝为郡守者。"

罗公即罗汝楫，据《淳熙严州图经》卷一《题名》："罗汝楫，绍兴十四年甲子，九月二十七日，以龙图阁学士、左朝请郎知（严州）。绍兴十七年八月二十一日，除宫观。"《弘治徽州府志》卷八《人物》："罗汝楫字彦济，歙呈坎人。"《宋诗纪事》卷三八《罗汝楫》条："汝楫字彦济，歙县人。政和二年进士。"（30/19345）

释嗣宗　《五灯会元》卷一四《雪窦嗣宗禅师》："明州雪窦闻庵嗣宗禅师，徽州陈氏子。"又见《嘉泰普灯录》卷一三。（32/20280）

汪若容　《新安志》卷八《叙进士题名》："绍兴五年江应辰榜：汪若容，歙，将作监丞，朝奉郎。"《新安文献志》卷首《先贤事略上》："汪正夫若容，直阁若海之从弟，绍兴五年进士。"又云："汪直阁若海，字东叟，歙新平人。"同书卷九四下《左朝奉郎将作监丞汪公若容墓志铭》："公讳若容，字正夫，姓汪氏。自越国忠显锡命之后，世为徽歙著姓。"《弘治徽州府志》卷八《人物》："汪若容字正夫，歙人。少卿叔詹之侄也。"《宋诗纪事补遗》卷四一《汪若容》条："字正夫，歙县人。绍兴五年进士。"（35/22233）

方有开　宋孙应时《烛湖集》卷一一《承议郎淮南西路转运判官方公行状》："公讳有开，字躬明，姓方，新安歙县人。方氏自周之元老著于诗。……（汉）和帝时有举贤良方正为河南令者讳某，以至孝闻，其墓在歙东偏，至今血食，境内号真应祠，歙之方姓皆祖焉。"《新安文献志》卷首《先贤事略上》："方堂溪有开，字躬明，歙人。隆兴元年进士。"《弘治徽州府志》卷六《选举》："隆兴元年木待问榜：方有开，歙人。"同书卷八《人物》："方有开字躬明，歙莲墅人。"《宋诗纪事》卷五三《方有开》条："有开字躬明，淳安人。隆兴元年进士。"所载籍贯不同。又《嘉靖淳安县志》卷一一，亦称淳安人。唐圭璋《两宋词人时代先后考》："方有开字躬明，号堂溪，歙人。隆兴元年进士，授南丰尉。"（43/27078）

罗颂　《新安文献志》卷首《先贤事略上》："罗郢州颂，字端规，尚书汝楫第四子。"同书卷八四罗颀《罗郢州墓志》："先兄姓罗氏，讳颂，字端规，徽州歙县人。"《宋诗纪事补遗》卷四七《罗颂》条："字端规，新安人。以父汝楫荫入官。"（45/27713）

罗愿　《新安志》卷八《叙进士题名》："乾道二年萧国梁榜：罗愿，歙，朝奉郎，知鄂州。"《新安志》末附曹泾撰《鄂州太守存斋先生罗公（愿）传》："罗氏之先，在春秋为小国，隶襄之宜城，徙荆之枝江，因以为氏。公之先，五季时自豫章避地来歙,遂为徽州歙县人。"《新安文献志》卷首《先贤事略上》:"罗鄂州愿,字端良,汝楫第五子。乾道二年进士。"《直斋书录解题》卷八:"《新安志》十卷。通判赣州郡人罗愿撰。时淳熙二年,太守则赵不悔也。"楼钥《攻媿集》卷二七《又题所书罗端三篇》:"新安罗端良愿,公辅器也。止于鄂州,世所共惜。"《宋史》卷三八〇《罗汝楫传》:"罗汝楫字彦济,徽州歙县人。……(子)愿字端良,博学好古。法秦汉为词章,高雅精炼,朱熹特称重之。"《弘治徽州府志》卷六《选举》:"乾道二年萧国梁榜:罗愿,歙人。"同书卷七《人物》:"罗愿字基仲,歙呈坎人。尚书汝楫第五子。"《四库全书总目》卷四〇《经部》:"《尔雅翼》三十二卷。宋罗愿撰,洪焱祖音释。愿字端良,号存斋,歙县人。.... 焱祖字潜夫,亦歙县人。"《宋诗纪事》卷五三《罗愿》条:"愿字端良,号存斋,汝楫子,以荫补承务郎。中乾道二年进士,守鄂州。"唐圭璋《两宋词人时代先后考》:"罗愿字端良,号存斋,歙县人。生于绍兴六年,乾道二年进士,淳熙十一年卒,年四十九。"(46/28966)

方恬 《新安志》卷八《叙进士题名》:"乾道五年郑侨榜:方恬,歙,省元。"《新安文献志》卷首《先贤事略上》:"方鉴轩恬,字元养,一字仲退,歙人。初筑室茅田,号师古。"《弘治徽州府志》卷六《选举》:"乾道五年郑侨榜:方恬,歙人。省元。"同书卷八《人物》:"方恬字元养,一字仲退,号鉴轩,歙临河人。"《乾隆歙县志》卷一二《人物》:"方恬字元养,一字仲退。"《宋诗纪事补遗》卷五二《方恬》条:"婺源人。乾道己丑南省第一人,后登进士。"(48/29851)

郑晦 《宋诗纪事补遗》卷六三《郑晦》条:"歙人,嘉定三年,教授扬州。"(52/32795)

吕午 《新安文献志》卷首《先贤事略上》:"吕左史午,字伯可,歙岩寺人。嘉定四年进士。"同书卷七九方回《吕公午家传》:"公讳午,字伯可,徽州歙县人也。……世居岩寺镇。"吕午《方舆胜览序》(《宋本方舆胜览》卷首)题款云:"嘉熙己亥良月望日,新安吕午序。"《宋史》卷四〇七《吕午传》:"吕午字伯可,歙县人。嘉定四年进士。"《弘治徽州府志》卷六《选举》:"嘉定四年赵建大榜:吕午,歙人。"同书卷七《人物》:"吕午字伯可,歙岩镇人。"《乾隆歙县志》卷一一《人物》:"吕午,字伯可,登嘉定四年第。"《四库全书总目》卷五五《史部》:"《左史谏草》一卷,宋吕午撰。午字伯可,歙县人。"《宋诗纪事》卷六一《吕午》条:"午字伯可,歙县人。嘉定四年进士。"(56/35150)

程元凤 《新安文献志》卷首《先贤事略上》："程文清公元凤，字申甫，歙槐塘人。绍定二年进士。"同书卷七五程述祖《程公元凤家传》："公讳元凤，字申甫，姓程氏，系出重黎氏后伯休父，为周宣王大司马。魏有昱，吴有普，皆以勋劳闻。至晋讳元谭者守郡，有功于民，诏赐田宅于歙，因家焉。梁有讳灵洗者，积官开府仪同三司，谥忠壮，子孙蕃衍，散处四方，独先公一派留旧乡，故世为歙人。"《宋史》卷四一八《程元凤传》："程元凤字申甫，徽州人。绍定元年进士。"《南宋馆阁续录》卷七《官联》一："程元凤，字申甫，贯新安，习《诗》，己丑进士。六年十月以宗学博士除，兼权刑部郎官；七年正月以丞除著作郎兼权右司郎官。"《弘治徽州府志》卷六《选举》："绍定二年王朴榜：程元凤，歙人。《诗经》省试第二人。"同书卷七《人物》："程元凤字申甫，歙槐塘人。"《乾隆歙县志》卷一一《人物》："程元凤字申甫，槐塘人。"《宋诗纪事》卷六四《程元凤》条："元凤字申甫，歙人。绍定三年进士。累迁参知政事，拜右丞相兼枢密院使。"（62/38688）

祝穆 其先新安人，徙居崇安。《新安文献志》卷首《先贤事略上》："祝和父穆，歙人。初名丙，朱子内侄，因从学，家建阳。"《乾隆歙县志》卷一二《人物》："祝穆，初名丙，字和父。……父康国于宋朱文公为内弟，遂从文公居崇安。穆与弟癸同事文公于云谷。"《四库全书总目》卷六八《史部》："《方舆胜览》七十卷。宋祝穆撰。穆字和甫，建阳人。《建宁府志》载，穆父康国，从朱子居崇安。"《宋诗纪事》卷六四《祝穆》条："穆字和父。曾祖确，歙之名士，于朱文公为外祖。父康国，始从文公居崇安。穆少与弟举同事文公于云谷，得其绪论。"谭其骧《论〈方舆胜览〉的流传与评价问题》(上海古籍出版社影印《宋本方舆胜览》前言)："祝穆字和父，建宁府崇安县人。先世徽州歙县人。曾祖确，是朱熹的外祖父。父康国，始移家入闽。……《四库全书总目提要》说祝穆是建阳人是错误的。穆父康国居建之崇安，见《朱文公文集》卷九十八《外大父祝公遗事》、嘉靖《建宁府志》卷一八人物文学。《遗事》有云'康国二子丙、癸相从于建阳'，这是说丙、癸二人到建阳受业于朱熹，不是说祝氏乃建阳人。本书卷首吕午序在'祝穆和父'上系以'建阳'二字，这是建宁府的郡名，不是县名。祝穆自序署乡贯作'建安'，各卷卷端署'建安祝穆和父编'，'建安'也是郡名。"（63/38994）

汪仪凤 《新安文献志》卷首《先贤事略上》："汪山泉仪凤，字翔甫，歙人。嘉熙丁酉漕试第一。"《新安文献志》卷九五上方回《江东抚干通直郎致仕汪公仪凤墓志铭》:"歙汪氏自越国公,以六州归唐,其后始大。入宋,虽仕隐相半,而厚与薄取以德。……公讳仪凤,字翔甫,其先自绩溪徙,今为徽州歙县人。徙之十二世为公曾祖崇实。"《弘治徽州府志》卷七《人物》:"汪仪凤字祥甫,歙山泉人。"《乾隆歙县志》卷一二《人物》:"汪仪凤字翔甫,山泉人。"《宋诗纪事补遗》卷六九《汪仪凤》条:"字翔甫,号山泉,歙人。嘉熙丁酉漕试第一,授隆兴司户。终江东抚干。"又注:"按《咸淳临安志》治平寺嘉熙戊戌题名新安汪仪凤,盖贾相之客。"(62/39357)

陆梦发 《新安文献志》卷首《先贤事略上》:"陆晓山梦发,字太初,歙人。宝祐四年进士。"同书卷八三方回《陆公梦发墓表》:"陆公讳梦发,字太初,嘉定十五年壬午秋八月二十三日生,德祐元年乙亥秋七月二十四日以国事捐躯,享年五十有四。……明年夏四月,葬于歙县南乡辰岭之原。"《弘治徽州府志》卷九《人物》:"陆梦发字太初,号晓山,歙人。"《乾隆歙县志》卷一一《人物》:"陆梦发字太初。"《宋诗纪事》卷六七《陆梦发》条:"梦发,歙人。宝祐四年进士。"(66/41205)

方回 《新安文献志》卷首《先贤事略上》:"方虚谷回,字万里,歙人。宋景定三年进士。"《新安文献志》卷九五上洪焱祖《方总管传》:"方总管回字万里,歙县人。"方回《桐江续集》卷二五《送溪堂先生五世孙观归马金》:"歙之方氏皆东汉贤良洛阳令赠太常方公储之后。"同书卷二《歙县柳亭真应仙翁庙记》:"储,字圣公,祖纮,本河南人,汉大司马府长史。以王莽乱,避地江左,遂为丹阳郡人,家歙县之东乡。公幼失父,明孟氏《易》,善星文图谶。太守周歆举孝廉,为郎中,出为句章长,迁阜陵、阳翟令。……卒,赠太常。"又方回《石峡书院赋序》称:"歙睦两郡之方氏东汉贤良真应仙翁之后,墓在淳邑,庙则歙亦多有,而此邑本歙之东乡。同年宗兄府判寺簿君玉于仙翁墓傍,近为石峡书院以淑同志。回守郡七年,始获以劝耕来与谒奠。"《桐江集》卷二《居竹记》题:"时大德二年,岁戊戌二月初八日,通议大夫、前建德路总管兼府君紫阳方回记。"紫阳即歙州紫阳山。《弘治徽州府志》卷六《选举》:"景定元年方山京榜:方回,歙人。琢之子。甲科,别院省元。"同书卷七《人物》:"方回字万里,一字困甫,号虚谷,歙人。"《乾隆歙县志》卷一二《人物》:"方回字万里,一字困甫,号虚谷。"民国《桐庐县志》卷一六《方仲璇墓志铭》:"方氏始祖，先是黄帝时，有雷公者，伐蚩尤有功，因赐氏，世居方山。方雷氏之子孙传至西汉，有方纮者，为平帝少卿，又为汉大司马长史，汝南尹，因官吴中。时王莽篡摄，遂避地于江左，子孙漂寓，遂于歙之东乡居焉。"周密《癸辛杂识》别集上："方回字万里，号虚谷，徽人也。其父南游，殂于广中。回，广婢所生，故其命名及字如此。"清顾嗣立《元诗选》初集《紫阳先生方回》："回字万里，别号虚谷，徽州歙县人。宋景定壬戌，别省登第，提领池阳茶盐，累迁知严州。"《元诗纪事》卷五《方回》条："回字万里，号虚谷，徽州歙县人。宋景定壬戌，别省登第，知严州。"谢巍《中国历代人物年谱考录》第六卷："《先觉年谱》。谱主方回，方回字万里，又字先觉，号虚谷，歙县人。宝庆三年丁亥五月十一日生，大德十一年丁未正月十四日卒，年八十一。"（66/41423）

杨公远　《四库全书》本《野趣有声画》卷首提要："《野趣有声画》二卷，元杨公远撰。公远字叔明，歙县人。"《康熙休宁县志》卷六《人物》："杨公远，板桥人。"《元诗纪事》卷五《杨公远》条："公远字叔明，歙县人。"（67/42060）

吴倧　《桐江集》卷一《吴尚贤渔矶续语序》："里中吴君倧尚贤，尝以《渔矶韵语》示予，为下转一语，今忘之矣。"（67/42128）

刘光　方回《桐江集》卷一《晓窗吟卷序》："同里刘君示予《晓窗吟稿》，读无虑数十过。"同书卷四《跋刘光诗》："回与同里刘君光元辉幼皆好为诗。回七十三，元辉七十二。……元辉早弃场屋，老于乡间，故其诗枯槁，多山林之意。"《弘治徽州府志》卷九《人物》："刘光字元辉，号晓窗，歙在城人。"《乾隆歙县志》卷一二《人物》："元刘光，字元辉。"《宋诗纪事小传补正》卷四："刘光，号晓窗，歙人。"（67/42129）

吴龙翰　《新安文献志》卷首《先贤事略上》："吴古梅龙翰，字式贤，歙向果人。"《弘治徽州府志》卷七《人物》："吴龙翰字式贤，歙向果人。场圃先生豫之子。"《乾隆歙县志》卷一二《人物》："吴龙翰字式贤，向杲人。"《宋诗纪事》卷七七《吴龙翰》条："龙翰，字式贤，号古梅，歙人。咸淳乡贡，后以荐，授编校国史院实录院文字。"《四库全书总目》卷一六五《集部》："《古梅吟稿》六卷。宋吴龙翰撰。龙翰字式贤，歙县人。"唐圭璋《两宋词人时代先后考》："吴龙翰字式贤，号古梅，歙人。绍定六年生，咸淳乡贡。"（68/42873）

洪光基　《宋诗纪事续补》卷二三《洪光基》条："光基，歙县人。宋末以洪皓之荫，为弋阳知县，后家弋阳。"（70/43985）

罗荣祖 《宋诗纪事续补》卷二二《罗荣祖》条:"荣祖字仁甫,号东野,歙人。入元不仕。"(70/44459)

程登庸 《宋诗纪事小传补正》卷四:"程登庸,名时登,字登庸,歙人。迁乐平梅岩。宋咸淳乙亥登上庠,举于乡。入元不仕。著有《易学启蒙》等书,学者称述翁先生。"(《全宋诗》未载)

王仪 《弘治徽州府志》卷八《人物》:"王仪字仲仪,一字仲履,号菀庵,婺源武溪人。"《宋诗纪事小传补正》卷四:"王仪,号菀庵,歙人。元延祐甲寅乡贡进士。"(《全宋诗》未载)

休宁（34人）

查元方 《新安志》卷六《叙先达》:"查贤良道,……父元方,以荫历殿中侍御史。太祖平江表,元方随李煜纳款为滑州掌书记。"《宋史》卷二九六《查道传》:"查道字湛然,歙州休宁人。祖文徽,仕南唐至工部尚书。父元方,亦仕李煜,为建州观察判官。王师平金陵,卢绛据歙州,遣使传檄至郡,元方斩其使。及绛擒,太祖闻元方所为,优奖之。拜殿中侍御史、知泉州,卒。"《新安文献志》卷八〇陆游《南唐查尚书文徽传》:"查文徽,歙州休宁人。"《十国春秋》卷二六《查文徽传》:"查文徽字光慎,歙州休宁人。……子五人:元方、元规、元素、元范、元赏。"(1/202)

查道 《新安志》卷六《叙先达》:"查贤良道,字湛然,与陶同祖。父元方,以荫历侍御史。"同书卷八《叙进士题名》:"端拱元年程宿榜:查道,休宁,第十一人,咸平四年,试贤良方正能直言极谏科第一人,待制。"《新安文献志》卷六四《查待制道传》:"查待制道,字湛然,与秘书监陶同祖,父元方。"《方舆胜览》卷一六《徽州·人物》:"查道,休宁人。擢贤良。"《宋史》卷二九六《查道传》:"查道字湛然,歙州休宁人。"《弘治徽州府志》卷六《选举》:"端拱元年程宿榜:查道,休宁人。"(2/823)

曹汝弼 《弘治徽州府志》卷九《人物传》:"曹汝弼字梦得,休宁城南人。以经术德义高蹈州里。"《康熙休宁县志》卷六《人物》:"曹汝弼字梦得,城南人。"《宋诗纪事》卷九《曹汝弼》条:"汝弼字梦得,其先青州人,南唐时,徙歙之休宁。

祥符、天禧间，高蹈有声。"（2/1053）

凌唐佐 《新安志》卷七《叙先达》："凌待制唐佐，字公弼，休宁人。登元符进士第，授大名府司户。"同书卷八《叙进士题名》："元符三年李釜榜：凌唐佐，休宁，南京留安，赠待制。"《新安文献志》卷首《先贤事略上》："凌待制唐佐，字公弼，休宁人。元符三年进士。"《舆地纪胜》卷二〇《江南东路·徽州人物》："凌唐佐，绍兴二年初，金敌陷南京，守臣休宁凌唐佐降之，复以为南京守。"《宋史》卷四五二《忠义传》："凌唐佐字公弼，徽州休宁人。元符三年进士。"《弘治徽州府志》卷六《选举》："元符三年李釜榜：凌唐佐，休宁人。"同书卷九《人物》："凌唐佐字公弼，休宁人。"《宋诗纪事》卷三一《凌唐佐》条："字公弼，休宁人。元符三年进士。"（24/15707）

程嘉量 《新安志》卷八《叙进士题名》："政和四年：程嘉量，休宁，献颂。"《弘治徽州府志》卷六《选举》："政和四年：程嘉量，休宁人。"（28/18305）

金梁之 《新安文献志》卷首《先贤事略上》："金野仙梁之，字彦隆，忠肃公族孙。"同书卷一〇〇下《金野仙传》："金野仙梁之，字彦隆，休宁人。野仙其自号也。"《宋诗纪事》卷九〇《金梁之》条："金梁之，字彦谦，休宁人。两浙提刑受长子，以荫为奉新尉。一旦若狂惑者，不满秩弃归。自是祖跣垢污，走歇之墟落。……晚年多食大黄，栖止无常处，自称野仙。"《弘治徽州府志》卷一〇《人物》："金野仙，名良之，字彦隆，休宁下车人。两浙提刑受之子。"（37/23059）

陈尚文 《新安文献志》卷首《先贤事略上》："陈漫翁尚文，字质夫，休宁陈村人。与兄尚忠并游太学，皆特科。"《弘治徽州府志》卷六《选举》："绍兴二十一赵逵榜：陈尚文，休宁人。"同书卷七《人物》："陈尚文字质夫，休宁陈村人。"《宋诗纪事补遗》卷五〇《陈尚文》条："号漫翁，字质夫，休宁人。与兄尚忠并游太学，皆特科，仕止簿尉。尚文有《杜鹃》诗知名，号陈杜鹃。"（38/23785）

程大昌 《南宋馆阁录》卷七《官联》上："程大昌，字泰之，新安人，赵逵榜进士出身，治《书》。（淳熙）二年四月除，三年四月为权刑部侍郎。"《新安志》卷八《叙进士题名》："绍兴二十一年赵逵榜：程大昌，休宁。"《新安文献志》卷首《先贤事略上》："程文简公大昌，字泰之，休宁会里人。绍兴二十一年进士。"《直斋书录解题》卷一："《易原》十卷。吏部尚书新安程大昌泰之撰。"同书卷八：

"《雍录》十卷。吏部尚书新安程大昌泰之撰。"同书卷一八:"《程文简集》二十卷。吏部尚书新安程大昌泰之撰。"《舆地纪胜》卷二〇《江南东路·徽州人物》:"程大昌,《言行录》云:休宁人,登进士第,仕至吏书。"《宋史》卷四三三《儒林传》:"程大昌字泰之,徽州休宁人。十岁能属文,登绍兴二十一年进士第。"《弘治徽州府志》卷六《选举》:"绍兴元年赵逵榜:程大昌,休宁人。"同书卷七《人物》:"程大昌字泰之,休宁会里人。"《康熙休宁县志》卷六《人物》:"程大昌字泰之,会里人。"《四库全书总目》卷三《经部》:"《易原》八卷。宋程大昌撰。大昌字泰之,休宁人。"《宋诗纪事》卷五〇《程大昌》条:"大昌字泰之,休宁人。绍兴二十一年进士。"(38/24105)

汪远猷 《新安志》卷八《叙进士题名》:"汪远猷,休宁,太学正,宣教郎。"《弘治徽州府志》卷六《选举》:"绍兴二十四年张孝祥榜:汪远猷,休宁旌城人。太学正,宣教郎。从弟泳、雄图、令图。"(38/24045)

吴儆 《新安文献志》卷首《先贤事略上》:"吴文肃公儆,字益恭,休宁上山人。"同书卷六九程卓《竹洲先生吴公儆行状》:"公讳偁,避秀园讳,改曰儆,字益恭,吴其姓也。吴自泰伯以国得姓,其子孙散四方,谱牒不可考,独居歙之休宁者最盛。公之高曾,世以长者称。"《宋史翼》卷一四《吴儆传》:"吴儆字益恭,初名偁,休宁商山人。少善属文,与兄俯俱驰声太学,时为之语曰:'眉山三苏,江东二吴。'登绍兴二十七年进士。"《弘治徽州府志》卷七《人物》:"吴儆,初名偁,字益恭,休宁上山人。"《康熙休宁县志》卷六《人物》:"吴儆,初名偁,避秀园讳改儆,字益恭,商山人。"《宋元学案》卷七一:"吴儆,初名偁,字益恭,号竹洲,休宁人。绍兴进士。"《四库全书总目》卷一五九《集部》:"《竹洲集》二十卷附《棣华杂著》一卷。宋吴儆撰。儆字益恭,初名偁,避秀邸讳改名。休宁人。"唐圭璋《两宋词人时代先后考》:"吴儆字益恭,休宁人。生于宣和七年,绍兴二十七年进士,淳熙十年卒,年五十九。"(38/24059)

朱晞颜 《新安志》卷八《叙进士题名》:"隆兴元年木待问榜:朱晞颜,休宁。"《新安文献志》卷首《先贤事略上》:"朱工侍晞颜,字子渊,休宁城北人。隆兴二年进士。"同书卷八二宋谈钥《朱公行状》:"公讳晞颜,字子渊,徽之休宁人。"《弘治徽州府志》卷六《选举》:"隆兴元年木待问榜:朱晞颜,休宁人。"同书卷七《人物》:"朱晞颜,字子渊,休宁城北人。"《康熙休宁县志》卷六《人物》:"朱晞颜字子渊,鹤山人。"《宋诗纪事》卷五八《朱晞颜》条:"晞颜字子困,新安人。庆元中，广西漕使。"唐圭璋《两宋词人时代先后考》："朱晞颜字子困，新安人。庆元中，广西漕使。庆元六年卒，年六十六。"（46/28927）

程永奇 《新安文献志》卷首《先贤事略上》："程次卿永奇，东隐先生傅之子，号格斋。"又云："程傅之先，休宁陪郭人。"《宋史翼》卷二五《程永奇传》："程永奇字次卿，休宁人。朱子省墓婺源，永奇受学侍归建安，逾年而返，朱子书持敬明义之说以勉之，遂以敬义名其堂邑。"同书卷三六《隐逸传》："程先字传之，休宁人。……朱子来婺源，挈子永奇见之。"《新安文献志》卷六九叶秀发《格斋先生程君永奇墓志铭》："秀发起谪籍，受命知徽之休宁，闻休宁有格斋先生程君，正学笃行，思友其人。……君讳永奇，字次卿。"《康熙休宁县志》卷六《人物》："程永奇字次卿，陪郭人。"《宋元学案》卷六九："程永奇字次卿，休宁人，先之子。朱子门人，程格斋先生。"《宋诗纪事》卷六三《程永奇》条："永奇字次卿，新安人。尝登朱子之门。"（50/31349）

汪雄图 《新安文献志》卷首《先贤事略上》："汪李顿雄图，字思远，中奉大夫泳族弟。淳熙十一年进士。"又云："汪伯游泳，休宁旌城人。"《弘治徽州府志》卷六《选举》："淳熙十一年卫泾榜：汪雄图，休宁旌城人。"同书卷七《人物》："汪雄图字思远，休宁旌城人。居石田。中奉大夫泳族弟。"《康熙休宁县志》卷六《人物》："汪雄图字思远，旌城人。"（51/32021）

朱权 《新安文献志》卷首《先贤事略上》："朱默斋权，字圣舆，休宁首村人。淳熙十四年进士。"同书卷八五程珌《朱惠州行状》："朱公讳权，字圣舆，年若干，本贯徽州休宁县千秋乡千秋里。朱氏出颛帝，周封于邾，其后子孙去邑氏朱，世居沛国相县。唐末避地新安者，居歙之黄墩，十六世祖春始家首村。"又见《洺水集》卷一一。《弘治徽州府志》卷六《选举》："淳熙十四年王容榜：朱权，休宁人。"同书卷七《人物》："朱权字圣舆，号默斋，休宁首村人。"《康熙休宁县志》卷六《人物》："朱权字圣舆，首村人。"《宋诗纪事补遗》卷五六《朱权》条："字圣舆，号默斋，休宁首村人。淳熙十四年进士。历官惠州，以材局闻。"（51/32079）

朱申首 即朱申之误，详下文朱申条。（51/32197）

程准 休宁人。程大昌子，见《周文忠集》卷六二《程大昌神道碑》、《弘治徽州府志》卷七《程大昌传》。（52/32795）

许文蔚 《南宋馆阁续录》卷八《官联》二："许文蔚，字行父，徽州休宁人。绍熙元年余复榜进士出身，治《易》。六年十二月除，七年九月为著作佐郎。"《新安文献志》卷首《先贤事略上》："许环山文蔚，字衡甫，休宁东阁人。绍兴元年进士。"同书卷七十程振《许著作文蔚墓志》："公讳文蔚，字衡甫，新安休宁县人。"又见《洺水集》卷一〇《许郎中墓志铭》。《弘治徽州府志》卷六《选举》："绍熙元年余复榜：许文蔚，休宁人。"同书卷七《人物》："许文蔚字衡甫，号环山，休宁东阁人。"《宋诗纪事续补》卷一七《许文蔚》条："文蔚字行父，徽州休宁人。绍熙元年进士。"（53/32827）

朱申 《新安文献志》卷首《先贤事略上》："朱知军申，默斋权之从子。绍熙六年进士。"按朱权为休宁首村人，详上文所考。《碧岩诗集》卷一《中秋夜偕朱表侄题月》按语："此诗系公未第时作。朱即朱公申首，村人，亦有和诗。后公登丁未进士，朱登庚戌进士。"按《全宋诗》所录标点误，应作："朱即朱公申，首村人。"并入朱申条。《弘治徽州府志》卷六《选举》："绍熙元年余复榜：朱申，休宁人。"（53/32827）

汪楚材 《新安文献志》卷首《先贤事略上》："汪太初楚材，又字南老，焕章文振从兄弟。绍熙元年进士。"又云："汪焕章文振，字子泉，休宁资村人。"《弘治徽州府志》卷八《人物》："汪楚材字太初，又字南老，休宁资村人。"《康熙休宁县志》卷六《人物》："汪楚材字太初，资村人。"《宋诗纪事补遗》卷五九《汪楚材》条："字太初，又字南老，休宁人。绍熙元年进士。师朱子。仕至承直郎，湖南安抚司干办公事，转广西运司干官。"（53/32834）

程珌 《新安文献志》卷首《先贤事略上》："程端明珌，字怀古，休宁汊口人。绍熙四年进士。"同书卷九四吕午《程公行状》："公讳珌，字怀古，世籍徽之休宁，胄出重黎休父。与婴卓见经传。至晋元谭持节渡江，守新安，有功于民，诏赐田宅于歙，遂家焉。"《宋史》卷四二二《程珌传》："程珌字怀古，徽州休宁人。绍熙四年进士。"《弘治徽州府志》卷六《选举》："绍熙四年陈亮榜：程珌，休宁人。"同书卷七《人物》："程珌字怀古，休宁汊川人。"《康熙休宁县志》卷六《人物》："程珌字怀古，汊口人。"《四库全书总目》卷一六二《集部》《洺水集》三十卷。宋程珌撰。珌字怀古，休宁人。以先世居洺州，因自号洺水遗民。"《宋诗纪事》卷五八《程珌》条："珌字怀古，休宁人。先世本洺州，自号洺水遗民。绍熙四年进士。"《南宋馆阁续录》卷七《官联》一："程珌，字怀古，徽州婺源人，绍熙四年陈亮榜进士出身，治《易》。九年十二月除，十年五月丁忧。"与史稍异，录之存参。唐圭璋《两宋词人时代先后考》："程珌字怀古，休宁人。生于隆兴二年，绍熙四年进士，淳祐二年卒，年七十九。"谢巍《中国历代人物年谱考录》第六卷：《程珌年谱》。谱主程珌，字怀古，号洺水遗民，徽州休宁人，隆兴二年甲申生，淳祐二年壬寅六月十三日卒，年七十九。"（53/33008）

汪莘 《新安文献志》卷首《先贤事略上》："汪枢塘莘，字叔耕，休宁西门人。帅朱子，自号方壶居士。"同书卷八七李以申《汪居士莘传》："汪居士莘，字叔耕，休宁人。"《宋史翼》卷三六《汪莘传》："汪莘字叔耕，休宁人。不屑降意场屋之文，屏居黄山，读《易》自广。"《弘治徽州府志》卷九《人物》："汪莘字叔耕，休宁西门人。"《康熙休宁县志》卷六《人物》："汪莘字叔耕，西门人。"《四库全书总目》卷一六三《集部》："《方壶存稿》八卷。宋汪莘撰。莘字叔耕，休宁人。"《宋诗纪事》卷六二《汪莘》条："莘字叔耕，休宁人。嘉定中，以布衣应诏，上封事，不果用。"唐圭璋《两宋词人时代先后考》："汪莘字叔耕，休宁人。绍兴二十五年生。嘉定时，上书阙下不用，退居柳溪，自号方壶居士。"（55/34685）

赵崟 《新安文献志》卷首《先贤事略上》："赵吟啸崟，字成德，休宁龙源人。"《弘治徽州府志》卷九《人物志》："赵崟，字成德，号吟啸，休宁龙源人。"《康熙休宁县志》卷六《人物》："赵崟字成德，龙源人。"《宋诗纪事》卷六二《赵崟》条："崟字成德，休宁人。三请漕贡，试南宫不利，遂隐居。"（59/36823）

金文刚 《新安文献志》卷七〇林希逸《朝散大夫直龙图阁金公墓志铭》："世居休宁孝芝里，公名文刚。"《弘治徽州府志》卷八《人物》："金文刚字子潜，休宁下车人。忠肃公安节之孙。"《康熙休宁县志》卷六《人物》："金文刚字子潜，忠肃公安节孙。"《宋元学案》卷八一："金文刚字子潜，休宁人。用遗恩补将仕郎，调谭州司户。时真西山帅潭，得先生，喜其端厚，由是受知，遂为真氏门人。"《宋诗纪事》卷六九《金子潜》条："子潜，休宁人。潭州司户。"（59/36833）

詹初 《康熙休宁县志》卷六《人物》："詹初字以元，流塘人。"《宋元学案》卷六三："詹初字以元，休宁人也。以荐入太学录，上疏请辨君子小人邪正之分，罢归，遂入庐山，不仕。"《四库全书总目》卷一六三《集部》："《寒松阁集》三卷。宋詹初撰。初字以元，休宁人。"《宋诗纪事》卷六二《詹初》条："初字子元，休宁人。以存入太学，为学录。与汪莘善。"（60/37837）

程洙 《新安文献志》卷首《先贤事略上》："程南窗洙，端明珌之族弟。"《弘治徽州府志》卷九《人物》："程洙，休宁汉川人。"《宋史翼》卷三一《程洙传》：

"程洙,休宁人。淳祐十年进士,授贵池县主簿。"《宋诗纪事》卷六六《程洙》条:"洙,休宁人。珌从弟。淳祐十年进士。"按程珌休宁人,详上文所考。(63/39496)

程骧 《弘治徽州府志》卷六《选举》:"开庆元年周震炎榜:程骧,休宁人。中文武两科。"《宋诗纪事小传补正》卷四:"程骧,字师孟,一字季龙,徽州休宁人。性极聪悟,……端平三年,敕充武学生,寻升上舍。开庆元年成进士,授承务郎。转保义郎,除中书舍人。……宋亡,益屏迹,自号松轩以见志。年七十三卒。"(64/39931)

程以南 《新安文献志》卷首《先贤事略上》:"程斗山以南,字南仲,休宁千秋南乡人。"方回《桐江集》卷一《程斗山吟稿序》:"读程君以南南仲《斗山吟稿》,笔力劲健,无近人绮靡风。……至元甲申日在斗十一度,同郡方回序。"《弘治徽州府志》卷九《人物》:"程以南字南仲,号斗山,休宁千秋南乡人。"《康熙休宁县志》卷六《人物》:"程以南字南仲,休宁人。"(64/40322)

吴锡畴 《新安文献志》卷首《先贤事略上》:"吴兰皋锡畴,字元伦,基仲之子。"按吴基仲即吴昷,详下文所考。《弘治徽州府志》卷九《人物》:"吴锡畴字元伦,号兰皋,休宁上山人。文肃儆从子,昷之子。"《康熙休宁县志》卷六《人物》:"吴锡畴字元伦,儆之孙。"《宋史翼》卷三五《遗献传》:"吴锡畴字元范,后更字元伦,号兰皋,休宁人,自胜先生也。"《四库全书总目》卷一六五《集部》:"《兰皋集》三卷。宋吴锡畴撰。锡畴字元伦,休宁人。"《宋诗纪事》卷七六《吴锡畴》条:"锡畴字元伦,休宁人,儆诸孙。咸淳间,南康守叶阊聘为白鹿洞书院堂长,不赴。"(64/40399)

汪若楫 《新安文献志》卷首《先贤事略上》:"汪秀山若楫,字作舟,休宁藏溪人。"《弘治徽州府志》卷七《人物》:"汪若楫字作舟,休宁藏溪人。"《康熙休宁县志》卷六《人物》:"汪若楫字作舟,藏溪人。"《宋诗纪事》卷七六《汪若楫》条:"若楫字作舟,休宁人。官宣城令。咸淳间,为紫阳书院山长。"(65/40695)

曹泾 《新安文献志》卷首《先贤事略上》:"曹弘斋泾,字清父,屯田矩之裔,休宁人,迁歙之叶有。宋咸淳四年进士。"《新安文献志》卷九五上洪焱祖《曹主簿传》:"曹主簿泾字清甫,屯田郎中矩之裔,曾祖然,始居歙南叶村。"《弘治徽州府志》卷六《选举》:"咸淳四年陈文龙榜:曹泾,歙人。"同书卷七《人物》:"曹泾字清甫,其先休宁人。屯田郎中矩之裔。"《宋元学案》卷八九:"曹泾字清甫，休宁人。八岁能诵五经，咸淳戊辰丙科，授昌化簿。"《康熙休宁县志》卷六《人物》："曹泾字清甫，号弘斋，屯田郎中矩之裔。"《乾隆歙县志》卷一二《人物》："洪焱祖字潜夫，号杏庭。"（68/42871）

朱惟贤 《弘治徽州府志》卷六《选举志》："咸淳元年程登炳榜：朱惟贤，休宁人。特科。"（68/42906）

吴浩 《弘治徽州府志》卷七《人物志》："吴垔，字基仲，休宁上山人。文肃公儆从子。……孙浩，字义夫，号直轩，繁颖庄重，隐居不仕。"《康熙休宁县志》卷六《人物》："吴浩字义夫，上山人，号直轩。"《宋诗纪事补遗》卷八五《吴浩》条："字义夫，兰皋次子，号直轩。博学工诗，笃意理学。"（68/43146）

孙嵩 《新安文献志》卷首《先贤事略上》："孙艮山嵩，字元京，休宁埜山人。"《新安文献志》卷八八朱同《孙上舍元京传》："孙上舍元嵩，字元京，埜山人。"《弘治徽州府志》卷九《人物》："孙嵩字元京，休宁埜山人。"《康熙休宁县志》卷六《人物》："孙嵩字元京，埜山人。"《宋史翼》卷三五《遗献传》："孙嵩字元京，休宁埜山人。以荐入太学，宋亡归隐山中，自号艮山以示意。"《宋诗纪事》卷八○《孙嵩》条："嵩字元京，号艮山，休宁人。以荐入太学。"（68/43152）

吴垔 《新安文献志》卷首《先贤事略上》："吴基仲垔，文肃公从子。"按文肃公即吴儆，详上文所考。程珌《洺水集》卷八《吴基仲诗集序》："新安吴君垔，字基仲，笃学嗜文辞。然天次孝友，诚确温恭，乐天知使。恬于势利，退然中古人。一日以诗一编示某。君于某有连，为丈人行也。"《弘治徽州府志》卷七《人物》："吴垔字基仲，休宁上山人。文肃公儆从子。"（《全宋诗》未载）

祁门（3人）

汪伯彦 《新安志》卷七《叙先达》："汪丞相伯彦，字廷俊，祁门人。崇宁中登第。"同书卷八《叙进士题名》："崇宁二年霍端友榜：汪伯彦，祁门，建炎宰相。"《方舆胜览》卷一六《徽州·人物》："汪伯彦，祁门人。拜尚书左仆射。"《宋史》卷四七三《奸臣传》："汪伯彦字廷俊，徽之祁门人。登进士第。"汪藻《浮溪集》卷一八《昼绣堂记》："新安自吴为郡，宋兴百七十年，而大丞相汪公出焉。……其精忠如金石，赫然为佐命元勋，而新安之名，一日闻于天下，此新安之荣也。"汪公即汪伯彦。《弘治徽州府志》卷八《人物》："汪伯彦字廷俊，祁门人。"《同治祁门县志》卷二二《选举》："徽宗崇宁二年癸未霍端友榜：汪伯彦字廷俊，居城东，直龙图阁知相州，官尚书左仆射，赠太师，谥忠定。"《宋诗纪事补遗》卷三八《汪伯彦》条："字延俊，号新安居士，祁门人。第进士。""延"为"廷"之误。（22/14955）

方岳 《新安文献志》卷首《先贤事略上》："方秋崖岳，字巨山，祁门人。绍定五年进士。"《秋崖小稿》卷首洪焱祖《秋崖先生传》："秋崖方先生岳，字巨山，居邑北隅也。"方岳有《元英先生家鸬鹚步》诗，自注："余家自严徙徽，而谱系远矣。"方回《桐江续集》卷二〇《寄同年宗兄桐江府判去言五首》："联翩同挂别闱名，尚得秋崖病体轻。三十四年如一瞬，梦中时见老先生。"自注："壬戌三月十七日，秋崖仙去。月初榜过祁门，秋崖病中，犹为之喜。"桐江府判为方贡孙，秋崖为方岳。同书同卷《赠方太初三首》末注："宗伯讳岳，字巨山，绍定己丑别院省试第七人，知郡吏部郎官，号秋崖先生。回与府判竹溪君贡孙，字去言，景定壬戌，别省回柔冒第一人甲科。"则方岳贯祁门。《南宋馆阁续录》卷八《官联》二："方岳，字巨山，贯新安，习《周礼》，壬辰进士。七年四月以国子监丞除秘书郎。"《弘治徽州府志》卷六《选举》："绍定五年徐元杰榜：方岳，祁门人。别院省元。"同书卷七《人物》："方岳字巨山，号秋崖，祁门人。"同治《祁门县志》卷二三《人物》："方岳字巨山，自号秋崖，居城北。"《宋史翼》卷一七《方岳传》："方岳字巨山，祁门人。七岁能诗，绍定五年试别省第一，殿试已首选，以语侵史弥远，仰置第七。"《四库全书总目》卷一六四《集部》："《秋崖集》四十卷。宋方岳撰，岳字巨山，号秋崖，歙县人。"唐圭璋《两宋词人时代先后考》："方岳字巨山，号秋厓，祁门人。生于庆元五年，绍定五年进士。卒于景定三年，年六十四。"谢巍《中国历代人物年谱考录》第六卷："《秋崖年谱》。谱主方岳，字巨山，号秋崖，祁门人，庆元五年己未生，景定三年壬戌卒，年六十四。"秦效成《方岳年谱》（《秋崖诗词校注》附录）："南宋宁宗庆元四年戊午，十一月三十日，生于徽州祁门县城内何家坞。亦作荷葭坞，或荷嘉坞。岳字巨山，号秋崖。"（61/38262）

程鸣凤 《新安文献志》卷首《先贤事略上》："程武魁鸣凤，字朝阳，祁门善和人。宝祐元年武举第一。"《新安文献志》卷九六汪子相《程武魁传》："程鸣凤字朝阳，号梧冈，祁门善禾人。"又见《程氏遗范乙集》卷二三。《弘治徽州府志》卷六《选举》："宝祐元年姚勉榜：程元凤，祁门人。武举状元。"同书卷八《人物》："程鸣凤字朝阳，号梧冈，祁门善和人。"同治《祁门县志》卷二三《人物》："程鸣凤字朝阳，居善和。淳祐六年应武举，宝祐元年射策第一。"《宋诗纪事续补》卷二〇《程鸣凤》条："鸣凤字朝阳，祁门人。淳祐六年应武举，宝祐元年射策第一，又以经学两请漕举。"（65/40657）

婺源（30人）

魏瓘 《新安志》卷六《叙先达》："小魏太尉瓘，字用之，以荫补校书郎。……以吏部侍郎致仕卒，年七十一。"《舆地纪胜》卷二〇《江南东路·徽州人物》："魏瓘，婺源人。唐郑公之后。仁宗时知广州。"《弘治徽州府志》卷八《人物》："魏瓘字用之，婺源人。赠太尉羽之子。"《宋诗纪事》卷一三《魏瓘》条："瓘字用之，歙州婺源人。父羽，奏补校书郎，累官集贤院学士、广东安抚使，进龙图阁直学士，吏部侍郎致仕，卒。"（3/1721）

王汝舟 《新安志》卷七《叙先达》："王提刑汝舟，字公济，婺源人。……安卧而逝，年七十九。"同书卷八《叙进士题名》："皇祐五年郑獬榜：王汝舟，婺源，朝散大夫，夔州路提刑。"《新安文献志》卷首《先贤事略上》："王提刑汝舟，婺源武田人。皇祐五年进士。"《弘治徽州府志》卷六《选举》："皇祐五年郑獬榜：王汝舟，婺源人。"同书卷七《人物》："王汝舟，字公济，婺源武溪人。"《宋史翼》卷二〇《王汝舟传》："王汝舟字公济，婺源人。"（13/8702）

张顺之 《弘治徽州府志》卷一二《拾遗》："张顺之，婺源人。游乡校，以诗名。"（20/13442）

胡伸 《新安志》卷七《叙先达》："胡司业伸，字彦时。"同书卷八《叙进士题名》："绍圣四年何昌言榜：胡伸，国子司业。"《新安文献志》卷首《先贤事略上》："胡司业伸，字彦时，婺源考水人。唐明经府君翼之裔。绍圣四年进士。"《弘治徽州府志》卷七《人物》："胡伸字彦时，婺源考川人。"《宋诗纪事续补》卷七《胡伸》条："伸字彦时，婺源人。"（22/14761）

胡侃 《新安志》卷七《叙先达》："胡司业伸，字彦时。……弟侃，字彦和，始名侔，登进士乙科，尝仕为宰，去官，寻得直，竟不复出，几数十年。自号柳湖居士。"同书卷八《叙进士题名》:"崇宁二年霍端友榜:胡伟,以上系龙飞第一甲,并从事郎职官。改名侃,朝散大夫。"(24/15736)

汪藻 《浮溪集》卷二四《奏议公行状》:"公讳谷,字次元,姓汪氏。汪氏轩辕皆古国名。春秋时,童子踦以功显鲁,孔子韪之。中间谱系不传。至五季,有自歙之黄墩,徙婺源还珠者,于公为九世祖,子孙因家焉。用高资为江左著姓。至公之父子,始以进士继踪起家,知名一时。……男六人,樊、棐、椠、窫、藻、彙。"卷二六《左朝请大夫知全州汪君墓志铭》:"新安汪氏,见于隋末唐初,五季之乱,有自黄墩徙婺源者,以赀雄饶歙间,数世而至君之高祖讳某,擢进士第。……为江南闻家。皇考讳樊。"卷二八《安人汪氏墓志铭》:"安人汪氏,世家新安,余伯兄大中大夫樊之女也。"本集中题其贯者尚有卷一七《跋叶择甫李伯时画》题:"绍兴癸亥季春朔,新安汪藻书。"卷一九《永州玩鸥亭记》末题"绍兴丁卯正月新安汪藻记"。又《新安志》卷七《叙先达》:"汪内翰藻,字彦章,婺源人。自曾祖以下三世第进士。"同书卷八《进士题名》:"崇宁二年霍端友榜:汪藻,翰林学士赠端明殿学士。"《注释音辩唐柳先生集》卷首《增广注释音辩唐柳先生集诸贤姓氏》有"新安汪藻记"。《方舆胜览》卷一六《徽州·人物》:"汪藻,婺源人。为内翰。"又孙觌《浮溪集序》称:"公鄱阳人,讳藻,字彦章云。"《新安文献志》卷首《先贤事略上》:"汪龙溪藻,字彦章,婺源人,迁德兴。举进士。"同书卷九四上孙觌《汪公墓志铭》:"公讳藻,字彦章,姓汪氏,饶州德兴人。……新安汪氏之徙鄱阳,盖已久矣。自曾祖至公四世,皆以儒学中进士第。"《宋史》卷四四五《文苑传》:"汪藻字彦章,饶州德兴人。"《宋诗纪事》卷三六《汪藻》条:"藻字彦章,德兴人。"是汪藻先世贯婺源,后移居德兴。《弘治徽州府志》卷六《选举》:"崇宁二年霍端友榜:汪藻,婺源人。"同书卷七《人物》:"汪藻字彦章,号龙溪,婺源珠里浮溪人。"(25/16504)

朱弁 《新安文献志》卷首《先贤事略上》:"朱奉使弁,字少章,婺源人。"《宋史》卷三七三《朱弁传》:"朱弁字少章,徽州婺源人。"《弘治徽州府志》卷九《人物》:"朱弁字少章,婺源松岩里人。吏部松之从叔父也。"《宋元学案》卷二二《直阁朱先生弁》:"朱弁字少章,婺源人。"《宋诗纪事》卷四三《朱弁》条:"弁字少章,徽州婺源人。"按朱弁为朱熹叔祖,《晦庵先生朱公文集》卷九八有《奉使直秘阁朱公行状》,又有《祭叔祖奉使直阁文》。(28/18313)

王建 《宋诗纪事补遗》卷三五《王建》条:"婺源人。政和八年进士,崇

阳令。"又见《道光婺源县志》卷一五。（29/18910）

程介 《新安文献志》卷首《先贤事略上》："程盘隐介，婺源人。诗文曰《盘隐集》。"《弘治徽州府志》卷九《人物》："程介号盘隐，婺源人。"《宋诗纪事补遗》卷八六《程介》条："字盘隐，婺源人。"（32/20287）

朱松 《新安文献志》卷首《先贤事略上》："朱献靖公松，字乔年，奉使弁之从子。迁建阳。"同书卷六三周必大《朱公松神道碑》："公讳松，字乔年，世家婺源。"同书卷六八朱熹《朱公松行状》："朱公松字乔年。""本贯徽州婺源县万年乡松岩里。"同书卷四五《婺源朱塘晦庵祠堂碑》："婺源，朱文公之阙里也。"同书卷一二朱熹《朱氏世谱后序》："熹闻之先君子太史吏部府君曰：吾家先世居歙州歙县之黄墩，相传望出吴郡，秋祭率用鱼鳖。唐天祐中，陶雅为歙州刺史，初克婺源，乃命吾祖领兵三千戍之，是为制置茶院。府君卒葬，连同子孙因家焉。"《朱子文集大全类编》卷一《支派源流》："八世讳松，字乔年，号韦斋。生宋绍圣丁丑。政和八年，同上舍出身，授迪功郎、政和县尉。丁外艰，服除，更调尤溪县尉。历官左承议郎、守尚书员外郎兼史馆校勘。绍兴癸亥，卒于建州水南环溪精舍，寿四十七，迁葬崇安县上梅里寂历册中峰寺之北。"《南宋馆阁录》卷七《官联》上："朱松，字乔年，新安人。嘉王榜同上舍出身，治《周礼》。八年三月除，四月为度支员外郎。"《新安志》卷七《叙先达》："朱吏部松，字乔年，婺源人。蚤岁擢进士第，调政和尉。"同书卷八《叙进士题名》："政和八年王嘉榜：朱松，婺源，吏部郎中，子熹。"《宋史》卷四二九《朱熹传》："朱熹字元晦，一字仲晦，徽州婺源人。父松字乔年，中进士第。胡世将、谢克家荐之，除秘书省正字。"刘性《韦斋集序》（《韦斋集》卷首）："《韦斋集》十二卷，宋吏部员外郎新安朱公乔年之诗文也。"《方舆胜览》卷一六《徽州·人物》："朱松，婺源人，自号韦斋。娶祝氏，生太师文公熹。"《舆地纪胜》卷二〇《江南东路·徽州人物》："朱松，字乔年，婺源人。有子熹，号晦翁先生也。"《弘治徽州府志》卷六《选举》："政和八年王嘉榜：朱松，婺源人。"同书卷七《人物》："朱松字乔年，婺源万安乡松岩里人。"《宋诗纪事》卷三九《朱松》条："松字乔年，徽州婺源人。政和八年，同上舍出身。"唐圭璋《两宋词人时代先后考》："朱松字乔年，婺源人。生于绍圣四年，政和八年同上舍出身，绍兴十三年卒，年四十七。"（33/20691）

朱槔 《玉澜集》附录《行状》："公讳槔，字逢年，号玉澜，承事府君季子也。"

《弘治徽州府志》卷七《人物》："朱松字乔年，婺源万安乡松岩里人。……（弟）槔字逢年，号玉澜。"《宋诗纪事》卷三九《朱松》条："槔字逢年，韦斋之弟。有《玉澜集》。"（33/20761）

张敦颐 《江西出土墓志选编》收有《衡阳守张敦颐埋文》："先考姓张氏，讳敦颐，字养正。生于绍圣四年正月初十日。本汉留侯之裔孙，七世祖自歙之黄墩迁婺源，故世为婺源人。"《弘治徽州府志》卷六《选举·科第》："绍兴八年黄公度榜：张敦颐，婺源人，见《人物志》。"同书卷八《人物志》三《宦业》："张敦颐字养正，婺源游汀人。登绍兴八年进士第，为南剑州教授。"《新安志》卷八《进士题名》："绍兴八年黄公度榜：张敦颐。"《新安文献志》卷首《先贤事略上》："张衡州敦颐，字养正，婺源人。绍兴八年进士。"《宋史翼》卷二一《循吏传》："张敦颐字养正，婺源人。绍兴八年进士，为南剑州教授。"光绪《婺源县志》卷二〇《人物志》四《经济》："张敦颐字养正，游汀人。登绍兴八年进士第，为南剑州教授。"张敦颐《六朝事迹编类》自序题："绍兴岁次庚辰八月，新安张敦颐序。"中华书局本《柳宗元集》附录收张敦颐《韩柳音释序题》："绍兴丙子十月，新安张敦颐书。"本书卷首《增广注释音辩唐柳先生集诸贤姓氏》有"新安张敦颐音辩"。《柳集》于每卷开始有"南城先生童宗说注释，新安先生张敦颐音辩，云间先生潘纬音义"。《全宋诗》作"张颐"，小传云："张颐，字养正，婺源人。高宗绍兴八年进士，调为南剑州教授。迁通判宣城，知舒州。孝宗乾道五年，以左朝请郎知衡州，六年，奉祠。"正是张敦颐事。《全宋诗》收录有误。又张敦颐妻江氏墓志亦于1974年出土于江西婺源某地，见《江西历史文物》1983年1期。……落职永州，居住阅七八岁，卒年七十六。《宋诗纪事补遗》卷四二《张敦颐》条："字养正，婺源人。绍兴八年进士。"（35/22352）

李缯 《新安文献志》卷八七程洵《钟山先生李公缯行状》："先生讳缯，字参仲，姓李氏，世新安婺源，儒家也。"《弘治徽州府志》卷九《人物》："李缯字参仲，婺源钟山人。号钟山。"《宋史翼》卷二五《李缯传》："李缯字参仲，婺源钟山人。"《宋诗纪事》卷四五《李缯》条："缯字参仲，号钟山，婺源人。所著有《论语》、《西铭解义》等书，朱子称之。"（37/23401）

李知己 《新安志》卷八《叙进士题名》："绍兴二十四年张孝祥榜：李知己，婺源，兄炳。"《宋诗纪事补遗》卷四四《李知己》条："字智仲，徽州婺源人。绍兴二十四年进士。通判婺州，累官大理丞，大宗正丞，都官郎。"《弘治徽州府志》

卷八《人物志》："李知己,字智仲,婺源人。……绍兴二十四年第。"(38/24045)

朱熹 《新安文献志》卷六三黄榦《朱先生行状》："本贯徽州婺源县永平乡松岩里。""先生姓朱氏,讳熹,字仲晦。父朱氏为婺源著姓,……号韦斋先生,因仕入闽,至先生始寓建之崇安五夫里,今居建阳考亭。"又见《勉斋集》卷三六《文公朱先生行状》。《朱子文集大全类编》卷一《支派源流》:"一世茶院公讳瓌,字古僚,号舜臣,其先吴郡人。唐广明间,黄巢作乱,避地歙之黄墩。天祐中,以刺史陶雅命,总卒三千,戍婺源而督其征赋,巡辖浮梁、德、兴、祁门四县,民赖以安,因家婺源,是为婺源朱氏始祖。"方回《桐江集》卷一《送紫阳山长刘仲鼎序》:"昔在淳祐六祀之丙午岁,余时年二十,上饶韩公补为新安郡,于城南之外肇建紫阳书院,其地实歙县西尉旧治,废而为游观之所。……紫阳山者,去城南五里,群山自西南来结为此山。……朱文公先生新安婺源人,而生于尤溪,家于建阳,尝于寓所揭紫阳书院,盖示不忘本,故天下称为紫阳夫子,此紫阳书院之所以建也。"《南宋馆阁续录》卷九《官联》三:"朱熹,字元晦,徽州婺源人。绍兴十八年王佐榜同进士出身,治《易》。五年十月以焕章阁待制兼侍讲。"《新安志》卷七《叙先达》:"朱吏部松,字乔年,婺源人。……有子熹,字元晦,登第后一仕为同安主簿,读书求志,尝召不赴,乾道中召对,除武学博士,未至请祠,监潭州南岳庙,后除枢密院编修官,不就。……四方学者推尊之。"同书卷八《叙进士题名》:"绍兴十八年王佐榜:朱熹,婺源。"《宋史》卷四二九《朱熹传》:"朱熹字元晦,一字仲晦,徽州婺源人。"清蒋垣《八闽理学源流》卷一:"濂洛关闽皆以周程张朱四大儒所居而称。然朱子徽州人,属吴郡,乃独以闽称何也?盖朱子生于闽之尤溪,受学于李延平及崇安胡籍溪、刘屏山、刘白水数先生。学以成功,故特称闽。盖不忘道统所自。"《弘治徽州府志》卷六《选举》:"绍兴十八年王佐榜:朱熹,婺源人,贯建阳县籍。"同书卷七《人物》:"朱熹字元晦,一字仲晦,号晦庵,婺源环溪人。"《宋诗纪事》卷四八《朱熹》条:"熹字元晦,一字仲晦,世为徽州婺源人。父韦斋先生松,宦游建阳之考亭,遂家焉。绍兴十八年,中王佐榜进士。"清王懋竑《朱子年谱》卷一:"先生本歙州人,世居婺源之永平乡松岩里。宣和末,考吏部韦斋公松,字乔年,为建州政和县尉,遭父承事府君丧,以贫不能归,遂葬其亲于政和县护国寺侧。服除,调南剑尤溪尉,去官,尝侨寓建、剑二州。是岁馆于尤溪郑氏,而先生生焉。"《词林纪事》卷一〇《朱子》:"讳熹,字元晦,一字仲晦。世为徽州婺源人，父韦斋先生松，宦游建阳之考亭，遂家焉。"唐圭璋《两宋词人时代先后考》:"朱熹字元晦，一字仲晦，婺源人。朱松子。后徙建阳。生于建炎四年，登绍兴进士，卒于庆元六年，年七十一。"谢巍《中国历代人物年谱考录》第六卷:"《紫阳年谱》三卷。谱主朱熹，小名沈郎，小字季延，字元晦，改字仲晦，号晦庵，又号晦翁、云谷老人，沧洲病叟、遁叟、遁翁，学者称紫阳先生，谥文，原籍徽州婺源，后隶崇安籍，生于南剑尤溪，建炎四年庚戌九月十五日生，庆元六年庚申三月九日卒，年七十一。"(44/27461)

胡持 《弘治徽州府志》卷八《人物志》:"胡持，字元举，婺源考川人。……弟持。……持字元克，一字公操，登隆兴元年进士。"卷六《选举》:"隆兴元年木待问榜:胡持，婺源考川人。"(46/28600)

程洵 《新安文献志》卷首《先贤事略上》:"程克庵洵，字允夫，婺源环溪人。"同书卷六九汪师泰《程知录洵传》:"程知录洵，字允夫，婺源人。"《宋元学案》卷六九:"程洵，字允夫，婺源人。晦庵内弟，就学于晦庵。"《弘治徽州府志》卷七《人物》:"程洵字允文，号克庵，婺源环溪人。"《宋诗纪事补遗》卷七三《程洵》条:"字允夫，初字钦国，号克庵，婺源环溪人。朱子内弟。仕为衡阳主簿，吉州录事参军。"(46/28900)

王炎 《南宋馆阁续录》卷八《官联》二:"王炎，字晦叔，徽州婺源人。乾道五年郑侨榜进士及第，治《书》。五年九月除，六年二月为军器少监。"《新安文献志》卷首《先贤事略上》:"王双溪炎，字晦叔，提刑汝州从曾孙。乾道五年进士。"同书卷六九胡升《王大监炎传》:"王大监炎字晦叔，婺源武口人。自幼笃学，登乾道五年进士第。"《弘治徽州府志》卷七《人物》:"王炎字晦叔，婺源武溪人。提刑汝舟从曾孙。"《四库全书总目》卷一六〇《集部》:"《双溪集》二十七卷。宋王炎撰。炎字晦叔，婺源人。"钱大昕《十驾斋养新录》卷一二《宋人同姓名》条:"王炎，一安阳人，南渡枢密使，有传;一字晦叔，婺源人，乾道五年进士，见《新安志》。"《宋诗纪事》卷五四《王炎》条:"炎字晦叔，婺源人。乾道进士。"唐圭璋《两宋词人时代先后考》:"王炎字晦叔，婺源人。生于绍兴八年，乾道五年进士，庆元中出守湖州。嘉定十一年卒，年八十一。"饶宗颐《词籍考》卷五:"《双溪诗余》，王炎撰。炎(1138—1218)，字晦叔，婺源人。乾道五年进士。……又淳熙中观文大学士王炎，名姓偶同，非一人也。"(48/29685)

滕璘 《新安文献志》卷六九真德秀《朝奉大夫赐金鱼袋致仕滕公墓志铭》："公名璘,德粹字也,世家徽之婺源。"又见《西山先生真文忠公文集》卷四六。《宋元学案》卷六九《朝奉滕溪斋先生传》："滕璘字德粹,婺源人。与弟珙俱从朱子游。"《宋史翼》卷二五《滕璘传》："滕璘字德粹,婺源东溪人。与弟珙俱从朱子游,登淳熙乙科,以恩升首甲。"《宋诗纪事续补》卷一六《滕璘》条:"璘字德粹,号溪斋,婺源人。淳熙八年进士。"（50/31084）

汪立信 《新安文献志》卷首《先贤事略上》："汪紫原立信,字诚甫,婺源大畈人,迁安丰。淳祐七年进士。"《宋史》卷四一六《汪立信传》："汪立信,澈从孙也。立信曾大父智从澈宣谕湖北,道六安,爱其山水,因居焉。"考同书《汪澈传》："汪澈字明远,自新安徙居饶州浮梁。"田汝成《西湖游览志》卷六:"汪立信者,徽州人。《与贾似道书》云……。似道得书大怒。"又按汪澈墓志,1965年出土于江西景德镇,《江西历史文物》1982年1期有录文。《弘治徽州府志》卷六《选举》:"淳祐七年张渊微榜:汪立信,婺源人。"同书卷九《人物》:"汪立信字诚甫,号紫源,婺源大畈人。六世祖开,徙休宁之下坦。大父智,从浮梁族人湖北京西宣谕澈至安丰,因寓居焉。立信又寓居建康。"《宋诗纪事》卷六六《汪立信》条:"立信字诚甫,号紫源,先世新安人,自浮梁徙六安。淳祐七年进士。"（62/38918）

许月卿 《新安文献志》卷首《先贤事略上》:"许月卿,字宋士,婺源许昌人。师魏鹤山。淳祐四年进士。"《新安文献志》卷六六许飞《宋山屋先生许公月卿行状》:"公讳月卿,字太空,后字宋士,时人称之曰山屋先生。许之先姜姓,以高阳为望。秦末许猗隐居不仕云。孙毗为汉侍中。生德,汝南太守,因官寓家。……迨江冲府君赘歙之婺源,遂为县人。公所自出也。"《弘治徽州府志》卷九《人物》:"许月卿字太空,后字宋士,婺源许昌人。"《宋诗纪事》卷六八《许月卿》条:"月卿字太空,婺源人,后字宋士,人称山屋先生。理宗朝进士。"同书卷八〇《孙嵩》条引朱大同云:"孙上舍宋亡后归隐海宁山中,自号艮山,示不复仕。杜门赋咏,锻苦炼枯,凄断沦绝,以寄其没世无涯之悲。时婺源有制干许月卿先生者,亦宋进士,宋亡归隐,制齐衰服之以居。月卿婿江凯及汪炎昶,皆绝意当世,俱从嵩游。"《四库全书总目》卷七九《史部》:"《百官箴》六卷。宋许月卿撰。月卿字太空,后更字宋士,婺源人。"（65/40527）

江心宇 《新安文献志》卷首《先贤事略上》:"江天多心宇,字虚白,明

德之子。"又云："江明德润身，婺源旃坑人。"（65/40865）

滕璪 《新安文献志》卷首《先贤事略上》："滕星崖虫栗，字仲复，婺源人。"《新安文献志》卷八八汪幼凤《滕星崖璪传》："滕星崖璪，字仲塞，质貌清奇，性度高远。"《弘治徽州府志》卷九《人物》："滕璪，一名回，字仲鲁，一字仲复，婺源溪东人。"《宋史翼》卷三五《遗献传》："滕璪字仲塞，一名回，婺源人。"《宋诗纪事》卷八〇《滕璪》条："璪字仲举，号星崖，婺源人。"（67/42130）

胡次焱 《新安文献志》卷首《先贤事略上》："胡梅岩次焱，字济鼎，明经裔孙。咸淳四年进士。"同书胡次焱《螯媒答问》，并言："右《螯媒答问》，宋乡先生胡公次焱济鼎之所作也。先生登宋咸淳四年第，授迪功郎。……乡后学程文谨记。"同书卷八七洪焱祖《胡主簿次焱传》："胡主簿次焱，字济鼎，婺源人。"《弘治徽州府志》卷八《人物》："胡次焱字济鼎，号梅岩，晚号余学，婺源考川人。"《宋史翼》卷三五《遗献传》："胡次焱字济鼎，婺源人。登咸淳四[年]第，授迪功郎。"《四库全书总目》卷一六五《集部》："《梅岩文集》十卷。宋胡次焱撰。次焱字济鼎，号梅岩，晚号余学。其始祖本唐宗室，五代时育于胡氏，因冒姓胡。婺源人。"《宋诗纪事》卷七五《胡次焱》条："次焱字济鼎，号梅岩，婺源人。咸淳四年进士。"（67/42309）

江恺 《弘治徽州府志》卷九《人物》："江恺字伯几，号雪矼，婺源旃坑人。"（68/43135）

汪宗臣 《新安文献志》卷八七汪斌《紫岩先生汪公宗臣行状》："公讳宗臣，字公辅，号紫岩，唐端公十一代孙也。"《弘治徽州府志》卷九《人物》："汪宗臣字公辅，号紫岩，婺源大畈人。"《宋史翼》卷三五《遗献传》："汪宗臣字公辅，婺源人。咸淳中两中选，宋亡不仕。"《宋诗纪事》卷七五《汪宗臣》条："宗臣字公辅，婺源人。咸淳二年，两中亚选。入元不仕。"（69/43267）

胡一桂 《新安文献志》卷首《先贤事略上》："胡双溪一桂，字廷芳，玉斋方平之子。宋乡贡进士。"又云："胡玉斋方平，婺源梅田人。"《新安文献志》卷七〇《胡玉斋传（子一桂）》："胡玉斋方平，婺源人。……长子一桂，字庭芳。"《弘治徽州府志》卷七《人物》："胡方平字师鲁，号玉斋，婺源梅田人。……子一桂。"又云："胡一桂字廷芳，婺源梅田人。玉斋之子。"《宋史翼》卷三四《遗献传》："胡一桂字廷芳，方平子，《易》学得于家庭，景定间领乡荐，入元不仕。"同书卷二五《儒林传》："胡方平字师鲁，号玉斋，婺源人。"《四库全书总目》卷四《经部》:"《易本义附录纂疏》十五卷。元胡一桂撰。一桂字庭芳，号双湖，婺源人。"《宋诗纪事》卷八〇《胡一桂》条:"一桂字廷芳，婺源人。宋末乡贡进士。学者称双湖先生。"（70/44264）

江砢 《弘治徽州府志》卷九《人物》:"江砢字石卿，婺源旆坑人。"《宋诗纪事小传补正》卷四《江砢》条:"砢字石卿，号巢枝书室，婺源旆坑人。"（71/44643）

汪炎昶 《新安文献志》卷首《先贤事略上》:"汪古逸炎昶，字懋远，紫岩宗臣族孙。"同书卷七一《江古逸先生炎昶行状》:"先生姓汪氏，讳炎昶，字懋选，自号古逸民，学者称为古逸先生。……世居新安之婺源。新安汪氏縣唐越国公华始显，大中间有道安者，自歙州兵马使充婺源镇都虞候，生银青光禄大夫检校太子宾客兼御史大夫上柱国潢。柱国初自婺源镇将徙三吴镇，因家于上游十里大畈。今大畈汪氏，皆其后也。"《弘治徽州府志》卷七《人物》:"汪炎昶字懋远，号古逸民，婺源大畈人。"《宋史翼》卷三五《遗献传》:"汪炎昶字懋远，号古逸民，婺源人。"《四库全书总目》附录《四库未收书目提要》:"《古逸民先生集》三卷提要。宋汪炎昶撰，炎昶字懋远，婺源人。"《宋诗纪事》卷七九《汪炎昶》条:"炎昶字懋远，婺源人。紫岩族孙。"《元诗纪事》卷一二《汪炎昶》条:"炎昶字懋远，婺源人。"（71/44800）

俞肇 《桐江续集》卷三〇《俞伯初复庵诗并说》:"婺源汪口俞君肇伯初，来杭告归，见示新诗十二首。"（71/44837）

绩溪（7人）

许元 许元籍贯，诸书记载不一，有绩溪、祁门、宣城三说。《新安志》卷六《叙先达》:"许待制元，字子春，以孝谨称乡里。……嘉祐二年卒，年六十九。"同书卷八《叙进士题名》:"皇祐二年:许元，以发运使称职，特赐出身。"《舆地纪胜》卷二〇《江南东路·徽州人物》:"许元，为丹阳令，练湖决水一寸，为漕渠一尺。"《欧阳文忠公集》卷三三《尚书工部郎中充天章阁待制许公墓志铭并序》:"公讳元，字子春，宣州宣城人也。许氏世以孝谨称乡里。其父亡，一子当官，兄弟相让，久之，曰:吾弟材，后必庇吾宗。乃以公补郊社斋郎。

徙居海陵。"《宋史》卷二九九《许元传》："许元字子春，宣州宣城人。"《弘治徽州府志》卷六《选举》："皇祐二年：许元，绩溪人。"同书卷七《人物》："许元，字子春，祁门［人］，司封逊之子，居宣城。"同治《祁门县志》卷二三《人物》："许元字子春，以父荫历泰州军事推官。"又云："许逊字景山，义士规之子也。……子五人：恂恢怊平元。"《宋诗纪事续补》卷四《许元》条："元字子春，宣州宣城人。"并云："《城阳山志》谓为歙之绩溪人，同治《祁门县志》谓为祁门人，今从墓志铭。"（3/1922）

胡舜陟 《新安志》卷七《叙先达》："胡待制舜陟，字汝明，绩溪人。建炎初，以殿中侍御史弹宰相，出知庐州。"同书卷八《叙进士题名》："大观三年贾安宅榜：胡舜陟，徽猷阁待制，大中大夫。"《新安文献志》卷首《先贤事略上》："胡三山舜陟，字汝明，绩溪人。大观三年上舍第。"同书卷七八罗愿《胡待制舜陟》："胡待制舜陟字汝明，绩溪人。自幼端重，登大观三年上舍第。"又卷九一汪藻《朝散郎致仕胡君咸墓志铭》："大江之东，以郡名者十，而士之慕学，新安为最；新安之属，以县名者六，而邑小士多，绩溪为最；绩溪之民，以族名者，无虑百余，而学传子孙，胡氏为最。胡氏有隐君子曰诚甫，其书满家，仰承俯授，皆有师法。又其族之尤者也。君讳咸，字诚甫。……四子：曰舜陟，朝请大夫充徽猷阁待制。曰舜俞，曰舜申，皆巍然有立。曰舜举，迪功郎。"《宋史》卷三七八《胡舜陟传》："胡舜陟字汝明，徽州绩溪人。登大观三年进士第。"《宋诗纪事》卷三八《胡舜陟》条："舜陟字汝明，自号三山老人，绩溪人。大观三年进士。"唐圭璋《两宋词人时代先后考》："胡舜陟字汝明，绩溪人。生于元丰六年，登大观三年进士，绍兴十三年卒，年六十一。"（27/17850）

汪襄 《新安志》卷七《叙先达》："汪宣德汲，字子迁，绩溪人。……（子奕），与弟襄相继登第，友爱尤笃。"同书卷八《叙进士题名》："政和五年何㮚榜：汪襄，奉议郎，主管寿州明道宫。"《新安文献志》卷首《先贤事略上》："汪公弼襄，绩溪人。宣和中太学登第。"《弘治徽州府志》卷六《选举》："政和五年何㮚榜：汪襄，绩溪人。"《宋诗纪事补遗》卷三七《汪襄》条："字公弼，绩溪人。宣和中，太学登第。"（29/18617）

胡舜举 《新安志》卷七《叙先达》："胡待制舜陟，字汝明，绩溪人。……弟舜申、舜举，子仰最显。"同书卷八《叙进士题名》："建炎二年李易榜：胡舜举，朝请大夫，知南剑州。"《弘治徽州府志》卷六《选举志》："建炎二年李易榜：

胡舜举,绩溪人。"《宋诗纪事补遗》卷四十《胡舜举》条:"字汝士,徽州绩溪人,舜陟弟。建炎二年进士。"(33/21246)

胡仔 方回《桐江集》卷七《渔隐丛话考》:"《苕溪渔隐丛话》,前六十卷,后四十卷,吾州绩溪胡仔元任所著也。仔父舜陟,号三山老人,仕至待制,广西帅,死于静江府狱中,实秦桧杀之也。元任寓霅上,回幼好《苕溪渔隐丛话》。"《直斋书录解题》卷七:"《孔子编年》五卷。新安胡仔元任撰。其父待制舜陟命仔采摭经传为之。"同书卷二二:"《渔隐丛话》六十卷《后集》四十卷。新安胡仔元任撰。"《四库全书总目》卷五七《史部》:"《孔子编年》五卷。旧本题宋胡舜陟撰。考书首有绍兴八年舜陟序,乃自静江罢归之日,命其子仔所撰,非舜陟自作也。舜陟字汝明,绩溪人。大观三年进士。"同书卷一九五《集部》:"《苕溪渔隐丛话前集》六十卷《后集》四十卷。宋胡仔撰。仔字元任,绩溪人。舜陟子。以荫授迪功郎、两浙转运司干办公事。官至奉议郎,知常州晋陵县。后卜居湖州,自号苕溪渔隐。"《宋诗纪事》卷五十《胡仔》条:"仔字元任,舜陟子。仁为晋陵令,卜居吴兴,号苕溪渔隐。"唐圭璋《两宋词人时代先后考》:"胡仔字仲任,绩溪人,舜陟子。后卜居湖州,号苕溪渔隐。宣和间,官建安主簿,乾道五年卒。"(36/22527)

汪晫 《新安文献志》卷首《先贤事略上》:"汪康范晫,字处微,绩溪人。"同书卷八七吕午《康范汪处士晫墓志铭》:"汪氏为吾州著姓,派实本英济王,绩溪则王所毓之地,故支属尤蕃。"《弘治徽州府志》卷九《人物》:"汪晫字处微,绩溪西园人。"《宋史翼》卷三四《遗献传》:"汪晫字处微,绩溪西园人。"《四库全书总目》卷九二《子部》:"《曾子》一卷。宋汪晫编。晫字处微,绩溪人。"《宋诗纪事补遗》卷七八《汪晫》条:"字处微,绩溪人。性至孝,为时硕儒。郡守袁甫欲见之,以编氓籍。西山真公尝以逸民论荐,不果,卒。邑令及三老士人会于学宫,私谥曰康范先生。"唐圭璋《两宋词人时代先后考》:"汪晫字处微,绩溪人。生于绍兴三十二年,开禧中,尝一至阙下,不就举试而归。嘉熙元年卒,年七十六。"(53/32895)

汪梦斗 《新安文献志》卷首《先贤事略上》:"汪杏山梦斗,字以南,康范先生子,号杏山。宋景定辛酉魁江东漕试。"《弘治徽州府志》卷六《人物》:"汪梦斗字以南,绩溪人,号杏山,宋处士晫之孙。"《宋史翼》卷三四《遗献传》:"汪晫字处微,绩溪西园人。……孙梦斗,字以南,号杏山,景定辛酉魁江东漕试。"

《四库全书总目》卷一六五《集部》:"《北游集》一卷。宋汪梦斗撰。梦斗号杏山,绩溪人。"(67/42358)

黟县(8人)

孙抗 王安石《临川先生文集》卷八九《广西转运使孙君墓碑》:"君讳抗,字和叔,姓孙氏,得姓于卫,得望于富春。其在黟县,自君之高祖弃广陵以避孙儒之乱。至君曾大父讳师睦,善治生以致富。……君以其卒之年十二月二十五日,葬黟县怀[远]乡上林村。"《新安志》卷六《叙先达》:"孙工部抗,字和叔,黟县人。其先弃广陵以避孙儒之乱。……卒年五十六,官至工部郎中。"同书八《叙进士题名》:"宝元元年吕溱榜:孙抗,黟,甲科,工部郎中,广西转运使。"《弘治徽州府志》卷六《选举》:"宝元元年吕溱榜:孙抗,黟人。甲科。"同书卷七《人物》:"孙抗,字和叔,黟人。"《宋史翼》卷一《孙抗传》:"孙抗字和叔,黟县人。其先弃广陵以避孙儒之乱。"《宋诗纪事小传补正》卷四:"孙抗,字和叔,江南黟县人。天圣五年同学究出身,再举进士甲科。"(4/2319)

丘濬 《新安志》卷八《叙进士题名》:"天圣五年王尧臣榜:丘濬,黟,殿中丞。"同书同卷《叙仙释》:"丘濬,字道源,黟县人。天圣中登进士第。以读《易》通损、益二卦,以此通数,知未来兴废。"《新安文献志》卷首《先贤事略上》:"丘殿丞濬,黟人。天圣五年进士。"《舆地纪胜》卷二〇《江南东路·徽州人物》:"丘濬,黟县人。因读《易》悟损益二卦,以此能通数,知未来,至八十一而逝。及殓夜棺空,众谓尸解。"潘永因《宋稗类钞》卷一:"昭州山水佳绝,郡圃有亭名'天绘'。……亭记……乃丘濬寺丞所作也。……丘濬,徽州黟县人。历官殿中丞。因读《易》悟损益二卦,能通数,知未来兴废。尝谓家人曰:'吾寿终九九。'后果八十一卒。"《弘治徽州府志》卷六《选举》:"天圣五年王尧臣榜:丘濬,黟人。"同书卷八《人物》:"丘濬字道源,黟人。"《宋诗纪事》卷一一《丘濬》条:"濬字道源,黟县人。天圣五年进士。"(4/2323)

黄葆光 《新安志》卷七《叙先达》:"黄侍御葆光,字元辉,黟县人。少孤,刻意于学,年十六居太学,有声,试礼部不第,县欲以应八行科,辞不就。使高丽,补将仕郎,以铨试优等赐进士出身。"同书卷八《叙进士题名》:"政和元年:

黄葆光，黟，铨试优等，赐第，侍御史。"《新安文献志》卷七七洪迈《黄侍御葆光传》："黄侍御葆光，字元晖，黟县人。"《舆地纪胜》卷二〇《江南东路·徽州人物》："黄葆光，黟县人。为侍御史，奏蔡京开僭拟之路，谪昭州安置。"《宋史》卷三四八《黄葆光传》："黄葆光字元晖，徽州黟人。应举不第，以从使高丽得官，试吏部铨第一，赐进士出身。"《弘治徽州府志》卷六《选举》："政和元年：黄葆光，黟人。"同书卷七《人物》："黄葆光，字元晖，黟人。"《宋诗纪事》卷三二《黄葆光》条："葆光字元晖，黟县人。赐进士出身。"（22/14728）

程迈　《新安志》卷七《叙先达》："程显学迈，字进道，黟县人。程忠壮公灵洗之后。登第，为仁和尉。……绍兴十五年正月卒，年七十八。"同书卷八《叙进士题名》："元符三年李釜榜：程迈，黟，显谟阁直学士。"《新安文献志》卷八四程森《程公迈家传》："公讳迈，字进道。程氏世为新安望族，皆祖晋新安太守元谭，梁镇西将军开府仪同三司忠壮公灵洗。其先自歙黄墩迁开化北原，又自北原迁黟南山。"《弘治徽州府志》卷六《选举》："元符三年李釜榜：程迈，歙人。"同书卷七《人物》："程迈字进道，黟人。陈忠壮公灵洗之后。"《乾隆歙县志》卷一二《人物》："程迈字庭秀，临河人。"《宋史翼》卷二〇《程迈传》："程迈字进道，黟南屏人。登元符三年第，为仁和尉。"（22/14930）

汪勃　《新安志》卷七《叙先达》："汪枢密勃，字彦及，黟县人。年十八首乡荐，后登绍兴二年第，调严州建德主簿。"同书卷八《叙进士题名》："绍兴二年张九成榜：汪勃，黟，签书枢密院、端明殿学士。孙义荣、义端。"《新安文献志》卷首《先贤事略上》："汪枢密勃，字彦及，黟人。绍兴二年进士。"同书卷八一叶适《汪公勃墓志铭》："公讳彦及，徽州黟人。"又见《水心集》卷二四。《方舆胜览》卷一六《徽州·人物》："黟县人。仕至枢密。"《弘治徽州府志》卷六《选举》："绍兴二年张九成榜：汪勃，黟人。"同书卷八《人物》："汪勃字彦及，黟人。"《宋元学案》卷九六："江勃字彦及，黟县人。签书枢密院事。乞去专门。"（29/18904）

程叔达　《新安志》卷八《叙进士题名》："绍兴十二年陈诚之榜：程叔达。"《新安文献志》卷首《先贤事略上》："程庄节叔达，黟南山人。绍兴十二年进士。"同书卷八二杨万里《程公叔达墓志铭》："公姓程，讳叔达，字元诚，徽之黟县人。胄出重黎氏，自伯休及婴。晋元谭守新安，民德之诏赐田宅于歙，因家焉。梁灵洗起兵拒侯景入陈，以功封重安公，谥忠壮。迨今庙食，至天旺始徙黟云。"

又见《诚斋集》卷一二五。《弘治徽州府志》卷八《人物》："程叔达字元诚,黟人。显学迈之侄孙。"（38/23733）

汪韶 《新安文献志》卷首《先贤事略上》："汪竹牖韶,字东美,一名荐,黟人。咸淳四年进士。"《弘治徽州府志》卷六《选举》："咸淳四年陈文龙榜:汪韶,一名荐,字东美,号竹牖,黟人。特奏名。"《宋诗纪事》卷七五《汪荐》条:"荐一名韶,字东美,黟人。咸淳四年进士。"《宋诗纪事补遗》卷七六《汪韶》条:"字东美,号竹牖,黟县人。咸淳四年进士。"同书卷四一《汪勃》条:"字彦及,黟人。"（65/40857）

汪义荣 《新安志》卷七《叙先达》："汪枢密勃,字彦及,黟县人。……子孙皆以文艺擅名场屋。子太常寺主簿作砺凡五上礼部,而孙义荣、义端同时登第。"同书卷八《进士题名》:"绍兴二年张九成榜:汪勃,黟,签书枢密院、端明殿学士。孙义荣、义端。"《新安文献志》卷首《先贤事略上》:"汪理丞义荣,字焕之,枢密勃之孙。乾道五年进士。"按汪勃黟人,见上条所考。《宋诗纪事补遗》卷五二《汪义荣》条:"字焕之,枢密勃之孙。乾道五年进士。知崇仁县,除江东机幕,复知沐阳,历大理丞,卒。"（48/29857）

（《徽学》2000 年集）

宋代徽籍进士的仕宦、文学与学术

宋代是徽州在文化、科举、政治、经济、文学艺术等各个方面都蓬勃发展的时代，其标志之一就是有宋一代三百年中，徽籍进士一科的辉煌。初步统计，宋代徽州籍进士约八百人，这在宋代整个进士的数目中，占有较大的比例。宋代徽籍进士是宋代徽州人口中的精英阶层，也集中体现了宋代徽州政治、经济、文化等各方面的发展水平，研究宋代徽籍进士，不仅是徽学研究的一个重要方面，也关系到宋代科举史的整体研究。以宋代徽籍进士为研究中心，通过仕宦、文学与学术方面的考察，注重政治史、学术史、科举史和文学史的融合，也是当代徽学研究的一个重要方面。

一、宋代徽籍进士状况叙说

1. 宋代徽州进士的选拔体制

宋代进士虽由朝廷省试录取，但其选拔具有一定的程序，先是由地方贡举，然后才到京城参加省试。各州贡举也有一定的名额。据宋罗愿《新安志》所言，自宋代开国之初，贡士之数较少，至嘉祐五年，诏增歙州、饶州共四人，其数亦不显。而且当时游学在外之人，往往即贯其籍以试，如洪湛以江宁，吕溱以扬州之类，就是如此。崇宁时行三舍法，始贡七人。宣和五年更以十人为额。绍兴二十六年，诏罢西北流寓试并入土著，参以前榜终场人数，大概百人解送一人，而郡终场者有一千一百一十八人，解额因增为十二人，后来又不下二千人，解额约二十人。

2. 宋代徽籍进士的地理分布

宋代徽州下辖六县，即歙县、休宁县、祁门县、绩溪县、婺源县、黟县。徽州府治所在为歙县。宋代徽州进士中，各县籍可考者，婺源县 302 人，休宁县有 156 人，歙县有 126 人，黟县 83 人，祁门县 70 人，绩溪县 30 人，另有无县籍可考者 12 人。可考者共 779 人。①

3. 宋代徽籍进士与全国进士总量的对比

宋代进士的总数，据《文献通考》卷三二《选举》五《宋登科记总目》所载每年进士数合计，北宋进士有 18472 人。南宋高宗建炎二年至理宗嘉熙二年进士有 15973 人。二者相加约 34445 人。宋代徽籍进士约 800 人，约占全国总进士数的四十二分之一。宋代建置，有府、州、军、监，为同级单位，据《中国历代政区沿革》以徽宗宣和四年计，天下分 26 路，京府 4，府 30，州 254，监 63，共 351 个。以宋代进士与州府的比例计，每州平均仅有 98 人。而徽州约有 800 人，大约是每州平均数的 8 倍。宋代徽籍进士的盛况于此就明显可见了。

4. 宋代徽籍进士的特点和作用

徽籍进士在两宋历史上扮演了重要的角色，也体现出明显的特点。政治上，徽籍进士通过仕宦而进入统治阶级的阵营，其中显宦尤其是高级官员，直接参与中央和地方的政务决策。如汪伯彦官至开府仪同三司，程元凤官至右丞相兼枢密使，程琳官至同中书门下平章事、判大名府，程克俊官至参知政事，程卓官至同知枢密院事等等，都成为宋王朝中央机构决策的关键人物。文化上，徽籍进士代表着徽州人物的精英阶层，对源远流长的徽州文化产生重大的影响。宋代是经济文化发展迅速的时代，尤其是南宋，东南文化与商业经济都非常发达，徽籍进士因为仕宦的便利与优势，能够带动整个徽州保持政治和文化的优势，也在全国形成了商业网络。徽州人为了家族的利益，集中力量使族中人通过进士求取功名，又以进士便于做官，而不断保持族人的经济地位。徽州文化也就是在这样政治与经济及其他各方面的融合中得以长久存在的。文学上，徽籍进士处于精英文化阶层，他们或附庸风雅，或出于对文学的兴趣，或出于文人之间的交往，创作了大量的诗文。这些都是中国文学史上的宝贵遗产。学术上，两宋时期，徽州文化的

---

① 宋代徽籍进士的具体情况，笔者另撰有《宋代徽籍进士考》未刊。

繁盛，促进了学术的繁荣。徽人著述宏富，尤其是进士出身的人，更有不少人潜心于学术研究。南宋以后，理学发达，因为大理学家朱熹就是婺源人，又是进士出身，徽州则成为理学的繁盛之地。理学对徽州文化的影响源远流长。

5. 宋代徽籍进士的家族倾向

徽州是一个家族势力非常强大的区域，当然，其家族势力在明清时期发展到极盛的地步，两宋还只是初始时期。西递的胡氏、善和的程氏，迄今还是专门的村落，成为名闻遐迩的文化古村。新安的旌城汪氏、江氏、赵氏，都是数百年来经久不衰的泱泱大族。"徽州一带以姓氏为基础划地聚居，一村一姓现象直到新中国成立前后仍相当普遍，而且世代相沿，根深蒂固。如歙县篁墩为程氏世居，棠樾为鲍氏世居，诏模为许氏世居，屏山为舒氏世居；绩溪西关为章氏世居，上庄为胡氏世居……这些村不仅不准杂姓迁入，连外村人婚嫁迎娶，路经此村也不能进村，只能绕村边走，就是女儿、女婿也不准在母家同房。"① 所谓徽州多大姓，莫不聚族而居。"新安各姓，聚族而居，绝无一杂姓搀入者，其风最为近古。出入齿让，姓各有宗祠统之，岁时伏腊，一姓村中，千丁皆集，祭用朱文公家礼，彬彬合度。父老尝谓：新安有数种风俗,胜于他邑：千年之冢，不动一抔；千丁之族，未尝散处；千载谱系，丝毫不紊。主仆之严，数十世不改，而宵小不敢肆焉。"② 由此可见，"宗族是徽州的社会基础，徽州实际上是一个宗族聚居的大小区。在这个小区中，宗族牢牢地控制和左右着人们的生产与生活甚至是精神世界"③。从现存家谱中，也可看出徽州家族势力的盛大。据有关学者统计，仅上海图书馆所藏，徽州地方的家谱，就有休宁 117 种、歙县 74 种、婺源 63 种、祁门 47 种、绩溪 43 种、黟县 18 种。家谱姓氏在 10 种以上者有：程姓 60 种、汪姓 48 种、吴姓 26 种、胡姓 25 种、王姓 24 种、金姓 13 种、黄姓 13 种、朱姓 11 种、洪姓 11 种。④ 在宋代，徽州的一些大家族，都是以经济作为后盾，再向政治方面发展，向文化方面渗透。宋代进士的家族倾向也表现了这一特点。

---

① 姚邦藻：《徽州学概论》，中国社会科学出版社 2000 年版，第 52 页。

② （清）赵吉士：《寄园寄所寄》卷一一《泛叶寄·故老杂记》，清康熙刊本，第 2 页。

③ 卞利：《论徽州碑刻资料的主要内容和学术价值》，《文献》2002 年第 4 期，第 227 页。

④ 王鹤鸣：《上海图书馆馆藏徽州家谱简介》，《安徽史学》2003 年第 2 期，第 92—94 页。

我们举赵氏和汪氏为例：赵氏进士，据《弘治徽州府志》和《民国歙县志》等书所载，嘉定十七年榜，徽籍进士 11 人，都是婺源赵氏，其中以武举进士居多。咸淳元年榜，徽籍进士 38 人。其中赵氏 19 人，占百分之五十。19 人中，2 人为休宁籍，1 人为祁门籍，14 人都是婺源籍，2 人不知县籍。从这两榜进士中，可以看出婺源赵氏在当地的势力与声望。汪氏进士，据《新安旌城汪氏家录》卷六，汪泳于乾道五年登进士第，其子汪柴又于庆元五年及第，其从叔汪令图亦于庆元五年及第，同族汪雄图则于淳熙十一年甲辰及第。这一族谱中记录在南宋中进士第者，正奏 7 人，特奏 7 人，共 14 人。在徽州进士中，父子、祖孙、叔侄都中第者，比比皆是。在宋代，进士科作为选拔高级官吏的主要途径，徽州一地人士，很多是举族向着进士方向努力。

二、宋代徽籍进士的仕宦情况

（一）宋代徽籍进士名宦述略

宋代徽籍进士中第后，大部分都走上了政治舞台：有的仕历通显，以至宰辅；有的官场蹭蹬，沦没州县；有的驰骋疆场，建功立业；有的从事文职，提携后进。其中名宦很多，约占进士总数的六分之一。即罗愿所称新安"逮圣宋则名臣辈出，夫岂惟其土之多贤"[①]。宋代徽籍进士中有多少人仕历通显，成为名宦，这些名宦又分别担任什么样的官职，这是表明宋代徽籍进士质量的一个重要方面。因而我们对宋代徽籍进士中仕历较高的官员加以考证，内容包括字号、籍贯、登第年份及所历主要官职等，借以论证其在宋代政治与文化发展中的作用。所选显宦 50 人，均为朝官卿、监、侍郎以上，地方官知州以上者。尽管所列显宦 50 人并不一定能够准确、全面而理想地说明徽籍进士的仕宦情况，但也能够借此彰显宋代徽籍进士在徽州乃至全国政治舞台上的地位。所据材料集中于《宋史》《新安志》《新安文献志》《弘治徽州府志》四种。

---

① （宋）罗愿：《新安志》卷六《叙先达》，《宋元方志丛刊》，中华书局 1990 年版，第 7677 页。

1.张秉字孟节，歙州新安人。登太平兴国五年进士，解褐将作监丞、通判宣州。迁监察御史，知郑州。召还直昭文馆，迁右司谏。除左谏议大夫，连知颍、襄二州。徙凤翔府，改江陵。又知河南府。景德初，徙河阳，换澶州。又徙知滑州。召归阙，复判吏部铨，拜工部侍郎、同知审官院、通进银台司，纠察在京刑狱。出知永兴军府，又为东京留守判官，转礼部侍郎，加枢密直学士，复知并州。徙相州。九年，复纠察在京刑狱，暴疾卒。年五十六。

2.谢泌字宗源，歙州歙人。自言晋太保安二十七世孙。太平兴国五年进士，解褐大理评事、知清川县，徙彰明，迁著作佐郎。判三司盐铁勾院。知三班、通进银台司，出知湖州。再迁主客郎中、知虢州。咸平二年，徙知同州。复知通进银台司，加刑部，出为两浙转运使。徙知福州，代还，转兵部郎中，直昭文馆。知荆南府，改襄州，迁太常少卿、右谏议大夫、判吏部铨。大中祥符五年卒，年六十三。

3.舒雄，歙县人。舒雅弟。端拱二年进士。天圣三年，累官至都官郎中，曾知婺州、泉州及建宁府。

4.洪湛字惟清，休宁人。雍熙二年进士。端拱初，通判寿、许二州。迁比部员外郎，知郴、舒二州。咸平二年召还，修起居注。初，王旦与钦若知举，出拜枢密副使，以湛代领其事。湛入之贡院，(任)懿已试第三场毕，及官收湛赃，家实无物。湛素与梁颢善，或假颢白金器，乃以输官。六年，会赦移惠州，至化州调马驿卒，年四十一。

5.查道字湛然，休宁人。端拱元年进士。咸平四年试贤良方正能直言极谏科第一人。解褐馆陶尉。迁秘书丞，俄徙知果州。大中祥符元年，归直史馆，迁刑部员外郎，预修《册府元龟》。三年，进秩兵部，为龙图阁待制，加刑部郎中、判吏部选事，进右司郎中。天禧元年，表求外任，得知虢州。二年五月卒。

6.俞献卿字谏臣，献可之弟，歙县人。咸平二年进士。累官至侍御史，为三司盐铁判官。后以集贤院学士知杭州，又知宣州。以工部侍郎告老，转刑部致仕。卒年七十六。

7.程琳字天球，其先自休宁篁墩转徙中山博野。大中祥符四年进士，又举服勤辞学科，补泰宁军节度推官。累迁工部侍郎、龙图阁学士，知开封府。又为镇安军节度使。拜同中书门下平章事、判大名府。为庆历名臣。赠太师、中书令。追封魏国公，谥文简。

8.聂冠卿字长孺，歙县人。大中祥符五年进士。累官工部郎中。特迁刑部郎中，直集贤院。康定二年，入翰林学学士。丁母忧，起复兼判昭文馆。未几兼侍读学士。

9.许元字子春，绩溪人。皇祐二年进士。累官至两浙荆湖发运判官，再迁金部员外郎，除侍御史，迁工部郎中，天章阁待制。凡在职十三年，乞郡至八九，乃以知扬州。岁余徙越州、泰州。嘉祐二年卒，年六十九。

10.吕溱字济叔，歙县人。宝元元年进士第一。授将作监丞，除著作郎中，直集贤院。至和中以翰林侍读学士知徐州，又知杭州。嘉祐三年知和州。熙宁初擢为枢密直学士，给事中，卒赠礼部侍郎。

11.王汝舟字公济，婺源人。皇祐五年进士。累官至知南剑州，又知虔州。哲宗擢为京东转运判官。徙夔州路提点刑狱。告老而归。历官十七任，余五十年，未尝有失。闲居阅六岁，安卧而逝，年七十九。

12.俞希旦，歙县人，后徙居丹徒。献卿子。嘉祐六年进士。熙宁五年为两浙转运副使，八年知亳州，元丰四年知滑州，终朝议大夫、上柱国、知澶州。

13.洪中孚字恩诚，休宁人。洪湛之从孙。元丰二年进士。累官至直龙图阁，升副使，赐三品服。后召为户部侍郎，寻以徽猷阁直学士知太原府。以知永兴军入觐。以中大夫、龙图阁待制致仕。绍兴元年卒于家，年八十三。

14.黄葆光字符辉，黟县人。政和元年，以铨试优等赐进士出身。累官左司谏，除侍御史。知兖州。移卿寺，未拜，谪昭州安置。宣和二年令自便，寻以职方员外郎召，未至，复主管江州太平观。知处州。阅二岁，除直秘阁。

15.胡伸字彦时，婺源考水人。绍圣四年进士，历官辟雍司业，出知无为军。与同邑汪藻齐名，时人语曰："江南二宝，胡伸汪藻。"

16.汪伯彦字廷俊，祁门人。崇宁二年进士。自宣教郎至中奉大夫，宣和二年召对，除开封府司仪曹事，迁军器将作少监，后擢尚书虞部郎。寻直龙图阁，知相州，赐金紫。后为集英殿修撰，拜显谟阁待制，升元帅，进本阁直学士。后知枢密院事。驾幸扬州，拜尚书左仆射。乘舆南渡，乃除观文殿大学士知洪州。自是屡黜，后尝知广州。绍兴九年春以观文殿学士知宣州。拜检校少傅、保信军节度使，赐鞍马笏带茶药。以开府仪同三司致仕，卒年七十三。

17.程迈字进道，黟县人。元符三年进士。累官至提举江西常平，入为户部侍郎，除提举措置河北路籴使，再任，继除直秘阁。又除左司员外郎，迁太府卿，提点郊祀事。迁起居郎。后为福建转运使，直龙图阁。就除集英殿修撰，知福州。绍兴二年，召进徽猷阁待制知温州。后又权知平江府，知镇江府兼沿江安抚使。进徽猷阁直学士，知饶州。徙温州。转左中奉大夫，进显谟阁直学士，再知福州。还朝归枢密院听差使，寻罢奉祠。绍兴十五年正月卒，年七十八。

18. 凌唐佐字公弼，休宁人。元符三年进士。累官至京畿江东常平，除开封府司录。建炎初提点京畿刑狱，三年除知应天府。虏骑围城，唐佐坚守，死于难中。

19. 汪藻字彦章，婺源人。崇宁二年进士。累官屯田礼部郎、太常少卿、起居舍人。后为中书舍人，赐三品服。权给事中，兵部侍郎兼侍讲学士院。拜翰林学士。除龙图阁学士，出知湖州。移抚州，继提点江州太平观。进官中大夫，除显谟阁学士，知徽州，以从官典乡郡，人以为荣。移泉州，徙知宣州，改镇江府。坐王黼故，落职永州居住，阅七八岁卒，年七十六。

20. 胡舜陟字汝明，绩溪人。大观三年进士。建炎初以殿中侍御史弹宰相出知庐州。移知建康府。四年六月以徽猷阁待制知临安府。绍兴中复知庐州，后知广州，有功。

21. 汪叔詹字至道，歙县人。崇宁五年进士。绍兴中知鄂州，提点湖南刑狱，有惠爱，以司晨少卿总领湖广荆襄江西六路财赋饷武昌军，凡八年无阙事。卒年八十一。

22. 胡汝明字传道，黟县人。政和二年进士。累官至监察御史，除殿中。赐从臣诏，特以赐出知饶州，后致仕，累岁卒，年七十七。

23. 罗汝楫字彦济，歙县人。政和二年进士。累官至大理寺丞、刑部员外郎，拜监察御史，迁殿中侍御史，再迁御史中丞，兼侍读。绍兴十四年除龙图阁学士知严州。后提点江州太平兴国宫。卒赠开府仪同三司。

24. 朱松字乔年，婺源人。朱熹之父。政和八年进士。调政和尉，召充秘书省正字。历校书郎兼著作佐郎，度支、司勋、吏部郎中，出知饶州。

25. 金安节字彦亨，休宁人。其先唐末自京兆徙。宣和六年进士。累官至司农丞，擢监察御史，寻迁殿中侍御史。后知严州，提点浙西刑狱。入为大理、宗正少卿，迁礼部侍郎、兼侍读，迁给事中。隆兴二年正月，迁吏部侍郎，寻权尚书。告老益力，诏以敷文阁学士转一官致仕。乾道六年卒，年七十七。

26. 程克俊字符和，歙县人，徙浮梁。宣和六年进士。绍兴十二年以翰林学士权参知政事、签书枢密院事。二十六年六月又以端明殿学士参知政事。封鄱阳郡侯，卒赠资政殿大学士。

27.汪若海字东叟，歙县人。叔詹子。建炎元年进士。累官至朝散大夫知道州，除直秘阁，改知江州。宣和初自虞部郎出知泗州。除直秘阁，寻赐金紫，再任，后知袁州。绍兴中知舒州。终朝请大夫。

28.汪勃字彦及，黟县人。绍兴二年进士。累官至三院御史、右谏议大夫兼侍讲，迁御史中丞，除签书枢密院兼权参知政事。以端明殿学士再领外祠，起知湖州。复龙图阁学士，会卒，诏追复，年八十四。

39.罗愿字端良，号存斋，歙县人。罗汝楫子。以父汝楫荫补承务郎。乾道二年进士。授饶州鄱阳知县，不乐往，往主台州崇道观。八年通判赣州，遣摄州事，差知南剑州，官至知鄂州。淳熙十一年卒，年四十九。

30.程元凤字申甫，歙县人。绍定三年进士。调江陵府教授。累官至殿中侍御史，兼侍读，迁侍御史，进尚书吏部侍郎兼中书舍人，兼同修国史、实录院同修撰。迁权工部尚书，特授端明殿学士、同签书枢密院事。后兼权参知政事，进参知政事，寻进拜右丞相兼枢密使，进封新安郡公。力辞，授观文殿大学士判福州、福建安抚使。又力辞，依前职提举洞霄宫。俄起判平江府兼淮浙发运使。拜特进，充醴泉观使兼侍读。度宗即位，进少保，拜少傅、右丞相兼枢密使，进封吉国公。以守少保、观文殿大学士致仕。

31.程大昌字泰之，休宁人。绍兴二十一年进士。主吴县簿。累迁浙东提点刑狱，进秘阁修撰，召为秘书少监，兼中书舍人。权刑部侍郎，升侍讲兼国子祭酒。累迁权吏部尚书。后出知泉州，迁知建宁府。光宗嗣位，徙知明州，寻奉祠。绍熙五年请老，以龙图阁学士致仕。庆元元年卒，年七十三。

32.张敦颐字养正，婺源人。绍兴八年进士，历仪真、邵武、南剑三任教授。官至宣城通判，知舒州。乾道三年，转朝请郎知衡州，后敕主管台州崇道观。淳熙二年，转朝奉大夫，五年，赐五品服。

33.王炎字晦叔，一字用晦，婺源人。乾道五年进士。为潭州教授，庆元中出守湖州。历官至军器少监。嘉定十一年卒，年八十一。

34.程珌字怀古，休宁人。绍熙四年进士。授昌化主簿，调建康府教授，改知富阳县。累迁权吏部侍郎，直学士院兼同修国史、实录院同修撰，兼权中书舍人。迁礼部侍郎仍兼侍读，权刑部尚书，封休宁县男。授礼部尚书兼同修国史，兼权吏部尚书，拜翰林学士知制诰。以焕章阁学士、知建宁府，授福建路招捕使。以旧职提举玉隆万寿宫，进封伯，进敷文阁学士、知宁国府，改知赣州，皆不赴。进封新安郡侯，加宝文阁学士、知福州兼福建安抚使。再奉祠，又加龙图阁学士。以端明殿学士致仕，卒年七十九，赠特进、少师。

35.吕午字伯可，歙县人。嘉定四年进士，授乌程主簿。累官监察御史，迁宗正少卿兼国史院编修官、实录院检讨官。出知泉州。移浙东提刑，提举崇禧观。迁起居郎兼国史院官，官至中奉大夫，闲居一纪卒，年七十有七，累赠至华文阁学士、通奉大夫。

36.汪立信，婺源人。澈从孙。淳祐六年进士。授乌江主簿，辟沿江制幕。累官京西提举常平，改知昭信军、权淮东提刑。景定元年，差知池州、提举江东常平、权知常州、浙西提点刑狱。改知江州，充沿江制置副使，升江西安抚使。差知镇江，寻充湖南安抚使、知潭州。权兵部尚书、荆湖安抚制置、知江陵府。元兵伐宋，为端明殿学士、沿江制置使、江淮招讨，兵败扼吭三日而卒。

37.程俱字致道，歙县人，迁开化北山。举进士，试南宫第一，廷试中甲科。建炎中为太常少卿、知秀州。绍兴初召为秘书少监。后除徽猷阁待制，封新安县伯，与汪藻对掌内外制，为南渡词臣称首。卒后累赠少师。

38.汪应辰字圣锡，婺源人，徙广信玉山。绍兴五年进士第一。授镇东军签判。历官吏部尚书，兼翰林学士并侍读，迁端明殿学士知平江府，封上饶郡侯，为时硕儒。淳熙三年卒。

39.汪泳，字伯游，休宁旌城人。绍兴戊午生，乾道戊子举于乡，五年己丑郑桥榜登进士第，初调江州湖口主簿，次为安南庚令，知蒲圻县。知泰州淮东提举，丁父忧不赴。嘉泰二年知湖州，再知处州，以中奉大夫致仕，封休宁县男，食邑三百户，赐紫金鱼袋，嘉定庚辰卒，年八十二，赠通议大夫。

40.程卓字从元，程大昌从子。淳熙十一年南宫第一赐进士。嘉定十五年以给事中同知枢密院事，封新安郡侯，次年卒于任。卓为时名臣，官特进、资政殿大学士。

41.汪文振字子泉，休宁资村人。淳熙十一年进士第八人。调黄州教授，知荆门长林县。后知台州，召为吏部郎，迁司农少卿，提点浙西、福建刑狱，进直焕章阁主管冲佑观卒。

42.朱权字圣舆，休宁首村人。淳熙十四年进士。历官知惠州，以材局闻。

43.孙吴会，休宁雷溪人，迁六安。端平二年进士。监无为军昆山镇，寻避地寓南徐。淳祐初历淮东西运干制干，知高邮、溧阳二县。开庆初充沿江制参，知常州，罢领建昌军仙都观卒。

44.程元岳字远甫，歙县人。宝祐元年进士。景定五年为监察御史，咸淳二年官侍御史，后历官工部侍郎，封歙县男。以风节闻。

45.程鸣凤字朝阳，号梧冈，祁门善和人。宝祐元年武举第一。历官知南雄州。

46.程师孟字公辟，歙县人，徙居吴。景祐元年进士。历知南康军、楚州、洪州。入判三司都磨勘司，出为江西转运使，知福州。又知广州。入为给事中，判都水监，出知越州、青州。元祐元年卒，年七十。

47.汪棐，字子迪，休宁县履仁乡仁德里人。乾道癸巳三月二十四日生。庆元己未曾从龙榜登第，为南省本经次名。初为於潜簿，丁母忧不赴，改严州建德簿、婺州兰溪丞、信州弋阳宰、柳州柳城宰、广西帅司主管机宜文字，知容州，为朝请郎，赐绯鱼袋致仕。嘉熙辛丑卒。

48.朱晞颜字子渊，休宁城北人。隆兴二年进士。授当阳县尉。孝宗朝，历知永平、广济二县及兴国军、靖州，改知吉州。绍熙间，自广西运判擢为广西安抚使、知静江府。召为太府少卿、总领江东军马钱粮。庆元五年权工部侍郎兼知临安府，次年卒，年六十六。

49.程准字平叔，休宁人。程大昌长子。淳熙二年进士。尝为桐庐宰。庆元间入主管官告院。开禧间，除户部郎中、两浙路转运判官、淮东总领。累官至直秘阁、知庆元府。又曾守婺州。

50.方岳字巨山，祁门人。绍定五年进士。调南康军及滁州教授。淳祐时，差知南康军、邵武军，又以忤贾似道罢。程元凤为相，起知袁州，除吏部尚书左郎官。复以忤丞相丁大全罢归。景定三年卒，年六十四。

（二）宋代徽籍进士任官情况的相关分析

1. 宋代徽籍进士仕宦的背景与总体情况

中国古代任官情况，非常复杂。大致以隋唐为界，出现了前后官制的极大不同。隋唐以前，为了配合中央集权的政体，尽管官僚机构非常庞大，但大体上是世袭制。因而授权机关所实行的是各种各样的等级制度。这种情况在魏晋南北朝时期九品中正制发展到了高峰，形成了等级森严的封建门阀制度。隋唐时期，出现了科举制，这是人才选拔制度上的一场革命。科举制通过公平的考试竞争取士，当然比其他选拔人才的制度较为进步。唐朝政治开明，经济繁荣，国力强盛，与实行科举制也具有密切关系。当然在科举制的开创时代，考试并不是选拔人才的唯一途径，在科举制的主体之外，还有荫补制度、铨选制度等。

宋代是科举制度的鼎盛时期，但宋代选官制度，也是形式各异的，在中国历史上，宋代冗官为患非常著名，科举之外，还有其他不少选官渠道，诸如荫补、宿卫、荐举等。但无论如何，科举制已经成为选拔人才的正途。在科举的各个科目中，进士科无疑是最受重视的，由科举出身的人员中，进士也就更为重要。宋代选举进士，着重于处理政事的能力。"王安石停止进士试诗赋，改试经义，标志着唐中叶以来文学、政事争论的终结。进士科沿着政事之科向前发展。这是科举考试中的一次重大变革。"①考察徽籍进士的任职情况，对于研究宋代的官制，也就具有重要的意义。

宋代进士，南方占有极大的比例，尤其是到了南宋，政治的中心在南方，江南的经济更得到了突飞猛进的发展，商业的发达，物质的丰富，促使人们寻求政治地位的提高，因而考取进士与争取做官，便成为士人们追求的目标，而这两个方面又是相互融合的。

徽州在宋代以来，凭借着得天独厚的地理优势、气候条件，形成了非常浓厚的人文氛围，加以经济的发达，为考取进士提供了有力的支撑。因而有宋一代，徽州进士数量很多，进士中显宦也不少。这些人物，堪称宋代徽州士人中的精英。我们对徽州进士中显宦加以分析，对于徽学研究，是会起到重要的作用的。

南宋建都杭州，徽州则成了毗邻州郡，进士仕宦者较北宋骤增。汪庆元在《〈新安旌城汪氏家录〉初探》中，对于《新安旌城汪氏家录》七卷进行专门研究，其中有一段话对于我们研究两宋徽籍进士的仕宦情况颇有启迪："徽州文化的兴起在宋代，'宋兴则名臣辈出'，据嘉靖《休宁县志》卷五《人物类》载，休宁县宋代进士150名，其中北宋17名，南宋133名，占绝对多数。这和南

---

① 吴宗国:《唐代科举制度》，辽宁大学出版社1997年版，第299页。

宋政权建都杭州,徽州成为畿辅之地有关,新安旌城科举入仕者全都在南宋。"①《新安旌城汪氏家录》卷六《类题》中记录了该族南宋时期获取功名及仕宦的类别和人数。其类别有:"正奏""特奏""门荫""别科""新科""入太学""监举漕举""赠官""女封赠"等。其中正奏最为重要,正奏以外,尚有"特奏"5名,故以进士入仕者共有12名。正奏是正科考试中式者,共有7名:汪远猷,字彦远,绍兴二十四年张孝祥榜登第,官至宣教郎太学正;汪泳,字伯游,乾道五年郑侨榜登第,官至知湖州、中奉大夫;汪雄图,字思远,淳熙十一年卫泾榜登第,终建昌教;汪仁荣,字荣叔,绍熙四年陈亮榜登第,官至建康溧水宰;汪棐,字子迪,庆元五年曾从龙榜登第,官至朝请郎、知容州;汪令图,字规远,庆元五年曾从龙榜登第,官至迪功郎、太平州当涂尉;汪士德,字子彬,嘉定四年赵建大榜登第,官至成都倅、奉义郎。②

2. 宋代徽籍进士显宦的有关分析

我们列举的宋代徽籍进士显宦有 50 人,约占全部徽籍进士的十二分之一。界定显宦的标准有两条,一是外任在知州以上,二是内职在侍郎卿监以上。按照这样的界定,可能有一些徽籍进士,因宦迹失考而没有列入,但从总体上看,还是较为全面的。无论如何,这个比例,在徽籍进士中不能算低,这也反映出徽籍进士具有较高的质量和素质。进士显宦当中,北宋时及第者有 27 人,南宋时及第者有 23 人。当然北宋及第的进士中,有不少是在南宋初才做到高官的,南宋及第的进士中,更有一些未及做到高官,宋朝就灭亡了。即使如此,也能看出,北宋时的进士质量较南宋为高。因为南宋时进士比例日增,而高官的编制有限,故进士及第后的很多人,只能在较为低微的官职上徘徊了。这也反映出宋代冗官冗员的弊端,随着时代的推移,越来越严重。

我们再分析一下所考出的 50 位徽籍进士显宦的任职情况。先将主要职务的任职情况列为下表:

职名	左右丞相	参知政事	枢密副使	尚书侍郎	翰林学士	知州
人数	2	2	4	12	7	36

---

① 汪庆元:《〈新安旌城汪氏家录〉初探》,《文献》2003 年第 3 期,第 31 页。
② 参考汪庆元:《徽人著述叙录条目》,2001 年安徽大学"徽州文献与文书研讨会"论文。

表中所列人数，指曾经担任过此类官职的人数，同一人担任过两类以上官职的，则在表中分别计入，如程元凤既担任工部尚书，又担任参知政事，还担任知枢密院，故在"参知政事""枢密使""尚书侍郎"中分别计入。因而表中总数远远超过上文所考列的显宦数。同时因上文所列显宦，仅录其主要事迹，还有不少事迹没有列入，或有一些人的主要事迹未可考知，故此表也只能反映大致的情况。在一个州中，担任左右丞相、参知政事和枢密副使这样朝廷的核心职务者就有6人次，任尚书、侍郎者有12人次，担任翰林学士内职者有7人次，这无疑反映出徽州进士在宋代政治舞台上的重要性。徽籍进士显宦者，还是以担任州郡官职居多，有36人次。这些人担任地方官时，大都政绩斐然，受到社会的一致好评。

我们再分析一下徽籍进士显宦者的县籍分布。先列下表：

县　籍	歙　县	休宁县	绩溪县	祁门县	婺源县	黟　县
人　数	20	13	2	2	8	3

再与各县的进士总数对比：

县　籍	歙　县	休宁县	绩溪县	祁门县	婺源县	黟　县
人　数	126	156	30	70	302	83

从上面两表看，徽籍进士的显宦人数，与徽籍进士的总数并不成比例。再看担任核心职务者的籍贯：

程琳字天球，其先自休宁篁墩转徙中山博野。为镇安军节度使。拜同中书门下平章事、判大名府。为庆历名臣。赠太师、中书令。追封魏国公，谥文简。

汪伯彦字廷俊，祁门人。知枢密院事。驾幸扬州，拜尚书左仆射。乘舆南渡，乃除观文殿大学士知洪州。以开府仪同三司致仕。

程克俊字符和，歙县人。绍兴十二年以翰林学士权参知政事、签书枢密院事。二十六年六月又以端明殿学士参知政事。封鄱阳郡侯，卒赠资政殿大学士。

程卓，休宁人。嘉定十五年以给事中同知枢密院事，封新安郡侯。卓为时名臣，官特进、资政殿大学士。

程元凤字申甫，歙县人。迁权工部尚书，特授端明殿学士、同签书枢密院事。后兼权参知政事，进参知政事，寻进拜右丞相兼枢密使，进封新安郡公。度宗即位，进少保，拜少傅、右丞相兼枢密使，进封吉国公。以守少保、观文殿大学士致仕。

汪勃字彦及，黟县人。迁御史中丞，除签书枢密院兼权参知政事。以端明殿学士再领外祠，起知湖州。

其中歙县 2 人，休宁 2 人，祁门 1 人，黟县 1 人。仍然以歙县与休宁占领先地位。但总体来说，徽籍进士成为显宦者，与地域分布及登第总数关系不大。

3. 宋代徽籍进士名宦的政绩

宋代徽籍进士中成为名宦者不少，其中有些是担任朝廷的核心职务，有的只担任地方官吏，他们在不同的职位上，为徽州文化的发展，为徽州在全国地位的提高，为其家族在地方的影响，都起到了很大的作用。今略举例如下：

程大昌，徽州休宁人。他不仅在繁荣宋代学术方面作出了重大的贡献，在做地方官时，也作出了为人称道的政绩。"除浙东提点刑狱。会岁丰，酒税逾额，有挟朝命请增额者，大昌力拒之，曰：'大昌宁罪去，不可增也。'徙江西转运副使，大昌曰：'可以兴利去害，行吾志矣。'会岁歉，出钱十余万缗，代输吉、赣、临江、南安夏税折帛。清江县旧有破坑、桐塘二堰，以捍江护田及民居，地几二千顷，后堰坏，岁罹水患且四十年，大昌力复其旧。"[1]

俞献卿，歙县人。"以集贤院学士知杭州，当因暴风，江湖溢决堤，势不可御，献卿大发卒凿西山石作堤数十里，民便之，赐书褒谕。元昊叛，西边大扰，献卿时知宣州，诏问所欲施行，条上十余事，朝廷称其知时务。晚以工部侍郎告老，转刑部致仕。"[2]

洪中孚，休宁人。"崇宁初召对，擢提举河东常平，岁省大晨费亿万，增秩改转运判官，除直龙图阁，升副使，赐三品服。熙河新边乏用，以金五千万为助，上喜谓得刘晏，移漕熙河兰湟路，进集英殿修撰。兴鼓铸榷酤市易博籴安西米，募蕃部弓箭手辇致，新边裕如。湟鄯部皆极边行路，苦剽剥，创烽火台，置邮传，屯要害处，以闲田给候人，使自耕，又请河东戍卒代兰州坐围者，给铠仗，使遇贼得自击。置通川通津堡，以扼其喉。后召为户部侍郎。"[3]

---

① （元）脱脱：《宋史》卷四三三《程大昌传》，第 12859 页。
② （宋）罗愿：《新安志》卷六《先达》，《宋元方志丛刊》，第 7690 页。
③ （宋）罗愿：《新安志》卷七《先达》，《宋元方志丛刊》，第 7697 页。

汪希旦，歙县人。汪叔詹从弟，登进士第。"后知袁州，方军兴，缮治城池，斩土军之妄言徵求者。代还江西，列城多失守，袁独全，父老为立祠。绍兴中，知舒州，造瓦贷民以易苫盖，并给耕牛，江浙流民多至者。终朝散大夫。"[1]

4. 宋代徽籍进士为乡邦所作的贡献

宋代徽籍进士，不管是仕宦在朝，还是在地方为官，都非常注意或关心家乡的发展，他们或为乡邦作贡献，或为家族谋发展，这也为徽州文化的延续发挥了很大的作用。他们对乡邦所作的贡献很多。今举置义庄义学一例以说明。

汪泳于嘉泰二年以朝散大夫知湖州。到郡之后，正身率下，贵家大族无一敢扰政。尤可称道者是置义庄义学。"初，湖州自谓已迁平江，去先垄远，与兄弟子侄日疏，事没抚存，无以尽其情。遂于本乡起义庄、义学。义庄之立，以明德名，从所居里名也。在嘉定八年五月一日，公尝手书其祖承事以下子孙男女若妻年甲月日时生为籍。……此籍付在乡掌管位主之，其庄中规约别行关报。是后义庄田土录其地名、水色、亩步，经有司印给砧基。……由是承事秩下日食岁衣、嫁娶凶葬，以及得官俟待者，皆有赡。其委曲大概出入范文正义田而详密之。所立义学，承事秩下及凡族之秀，皆入学，诗礼之风，到今未坠，良有自也。"[2]

三、宋代徽籍进士的文学实绩

科举制度产生于隋唐时期，尤其是在唐代，以诗赋取士，因而科举与文学就产生了密切的联系。唐代科举分常举与制举。常举除进士科外，还有明经与明法等科，制举的科目就更为繁多了。到了北宋，科举制逐渐向着进士科集中，使得进士科与文学的关系较唐代更为密切。熙宁四年，神宗就接受了王安石的建议，取消了明经诸科。而且宋初进士试诗、赋、论各一首，策五首，帖《论

---

① （宋）罗愿：《新安志》卷七《先达》，《宋元方志丛刊》，第7708页。

② 《新安旌城汪氏家录》卷六，引自汪庆元《徽人著述叙录条目》，2001年安徽大学"徽州文献与文书研讨会"论文。

语》十帖,对《春秋》或《礼记》墨文十条,但在录取时,"乃专以辞赋取士"①。尽管王安石执政后,曾停止试诗赋,但进士与文学长久的渊源关系,在宋代一直是不断的。司马光的一条奏议,颇能说明进士与文学的关系:"国家用人之法,非进士及第者,不得美官;非善为赋、诗、策、论者,不得及第;非游学京师者,不善为赋、诗、策、论。"②一直到南宋时期,擅长诗赋者仍然在及第进士中占首要地位。绍兴十六年臣僚的一则报告说明了这一点:"近来诗赋、经术,各以旧试人数分取,其间不无轻重。大抵习诗赋者多,故取人常广;治经术者鲜,故取人常少。今若专以就试之人立定所取分数,则诗赋人常占十之七八,而治经术者止得十之一二,但恐寖废经术之学矣。欲望命有司再加讨论,如通经之人有余,听参以策、论,圆融通取,明立分数,庶几主司各有遵守。"③而文学与进士的关系,又以南方更为密切,苏轼在上宋神宗书中说:"昔者以诗赋取士,今陛下以经术用人,名虽不同,然皆以文词进耳。考其所得,多吴、楚、闽、蜀之人。至于京东、西,河北,河东,陕西五路,盖自古豪杰之场,其人沉鸷勇悍,可任以事;然欲使治声律,读经义,以与吴、楚、闽、蜀之士争得失于毫厘之间,则彼有不仕而已。故其得人常少。"④正因为如此,宋代进士中,也就不乏文学人才。

宋代徽州,文学繁盛,徽籍进士大都是词人、诗人和散文家,虽然这些人的作品大多散佚不传,即今有作品传世者,尚有百余人,或存数卷作品,或留残章断句。这些材料对于宋代文学的研究都极有意义。

(一)宋代徽籍进士中的词人

宋代徽籍进士中,文学家颇多,其中或擅作词,或擅作诗,或擅作文,或诗词文兼擅。宋代是词学繁盛的时代,徽籍词人有作品传世者达16人。

---

① (宋)范仲淹:《答手诏条陈十事》,《范仲淹全集·范文正公政府奏议》卷上,四川大学出版社2002年版,第529页。
② (宋)司马光:《贡院乞逐路取人状(治平元年)》,《司马文正公传家集》卷三二,《万有文库》本,商务印书馆1939年版,第433页。
③ (宋)李心传:《建炎以来系年要录》卷一五五,上海古籍出版社1992年版,第174页。
④ (宋)苏轼:《徐州上皇帝书》,《苏轼文集》卷二六,中华书局1996年版,第761页。

聂冠卿字长孺，歙县人。大中祥符五年进士。累迁工部郎中，预撰《景祐广乐记》。官至翰林侍读学士。庆历二年卒，年五十五。有《蕲春集》十卷、《河东集》三十卷。均不传。其诗今已无存。惟《能改斋漫录》卷十六收其《多丽·李良定公席上赋》词一首。《全宋词》9 页据以录之。前人称其词"才情富赡"①。词中"露洗花桐，烟霏丝柳"四句，宋人黄升以为"玉中之拱璧，珠中之夜光。每一观之，抚玩无斁"②。

汪存字公泽，婺源人。元丰七年领乡荐。元祐中，授西京文学，上封事，言时政得失，不报，遂弃官归养，延四方士子以讲学，学者称四友先生。《新安文献志》有传。《全宋词》642 页录其《步蟾宫》词一首。许昂霄《词综偶评》称其为"应酬中佳制"③。

汪藻字彦章，婺源人。饶州德兴籍。崇宁二年进士。《宋史》有传，孙觌为其撰墓志铭，见《鸿庆居士集》卷三四。有《浮溪集》三十二卷，《浮溪文粹》十五卷。《全宋诗》卷一四三三据以收其诗五卷。《全宋词》800 页录其词四首。"藻工于俪语，所为制词，人多传诵。"④

胡舜陟字汝明，自号三山老人，绩溪人。大观三年进士。《宋史》有传，清胡培翬撰有《胡少卿年谱》二卷。存诗十四首，见宋胡仔《苕溪渔隐丛话》等，《全宋诗》卷一五七三据以录入。《全宋词》909 页录其词二首。

朱松字乔年，号韦斋，婺源松岩人。朱熹之父。政和八年进士。事迹具见朱熹所撰《皇考朱公行状》及周必大所撰神道碑，见《周文忠公集》卷七〇。有《韦斋集》十二卷，外集十卷，《全宋诗》卷一八五三据以录其诗四卷。朱松既精儒学，又刻苦为诗，"绍兴初，綦处厚为翰林学士，每哦其诗，最爱一绝云：'春风吹起箨龙儿，戢戢满山人未知。急唤苍头剧烟雨，明朝吹作碧参差。'盖昔人有笋诗曰：'急忙吃箸不可迟，一夜南风变成竹。'乔年点化，乃尔精巧。"⑤《南溪

①（清）沈雄：《古今词话·词辨下卷》引黄玉林语。《词话丛编》本，中华书局 1986 年版。
②（清）王奕清：《历代词话》卷四引，《词话丛编》本，第 1147 页。
③（清）许昂霄：《词综偶评》，《词话丛编》本，第 1578 页。
④（宋）赵希弁：《郡斋读书志后志》卷下，见《郡斋读书志校证》，上海古籍出版社 1990 年版，第 1193 页。
⑤（宋）罗愿：《新安志》卷一〇引曾端伯《皇宋百家诗选》，《宋元方志丛刊》，第 7754 页。

书院志》卷三收其词一首,《全宋词》1171 页据以录入。

罗愿字端良，号存斋，歙县呈坎后罗人。罗汝楫子。乾道二年进士。官至知鄂州。淳熙十一年卒，年四十九。《宋史》附《罗汝楫传》。有《尔雅翼》三十二卷，《新安志》十卷、《罗鄂州小集》六卷。《全宋诗》卷二五〇五据《罗鄂州小集》卷五收诗一卷，又据《咸淳临安志》卷八五补一首。《全宋词》1824 页收其词一首及残句一则。

程大昌字泰之，休宁会里人。居吴兴。绍兴二十一年进士。庆元元年卒，谥文简。事见周必大所撰神道碑，见《周文忠公集》卷六三。《宋史》有传。《全宋诗》卷二一二四据《淳熙玉堂杂记》等收其诗十首。《全宋词》1523 页据《文简公词》收其词 47 首。清况周颐《惠风词话》卷二称其《临江仙·和正卿弟生日》"紫荆同本但殊枝。直须投老日，常似有亲时"，《感皇恩·淑人生日》"人人戴白，独我青青常保。只将平易处，为蓬岛"等句，谓"非性情厚，阅历深，未易道得"①。

吴儆字益恭，号竹洲。初名偁，避秀邸讳改，休宁上山人。绍兴二十七年进士。官至通判邕州，摄州事。卒谥文肃。《新安文献志》卷六六程卓有《吴公儆行状》，《宋史翼》亦有传。有《竹洲集》二十卷、《竹洲词》一卷。《全宋诗》卷二一二九至卷二一三一据以收诗三卷。《全宋词》1574页据《吴文肃公文集》卷二十录其词二十九首。绍兴三十年，范成大离新安户曹任，吴儆有《送范石湖序》，并有《浣溪沙》词与成大酬答。其诗风格近于陈师道。

朱晞颜字子渊，休宁城北人。隆兴二年进士。官至权工部侍郎兼知临安府。谈纶为撰行状，见《新安文献志》卷八二，《宋史翼》亦有传。《新安文献志》卷八二谈钥有《朱公晞颜行状》。《全宋诗》卷二五〇一据《桂岩吟稿》等收其诗十五首。《全宋词》1751 页据《粤西诗载》卷二五辑得其词一首。

程珌，字怀古，先世居洺水，故自号洺水遗民，休宁汊口人。绍熙四年进士。官至福建安抚使。事迹详《洺水集》附录行状、墓志、传记等。有《洺水集》六十卷、《洺水词》一卷。《全宋诗》卷二七八八据以收诗二卷。《全宋词》

---

① （清）况周颐:《惠风词话》卷二，人民文学出版社 1960 年版，第 33 页。

2289 页据《洺水词》录其词。四库馆臣谓:"文宗欧苏,其所作词,亦出入于苏、辛二家之间。中多寿人及自寿之作,颇嫌寡味。至《满庭芳》第二阕之萧、歌通叶,《减字木兰花》后阕之好、坐同韵,皆系乡音,尤不可为训也。"①冯煦《蒿庵论词》:"有与幼安周旋而即效其体者,若西樵、洺水两家。惜怀古味薄,济翁笔亦不健,比诸龙洲,抑又次焉。"②

方岳字巨山,祁门人。绍定五年进士。方岳诗文均所擅长。《瀛奎津髓》卷二七称其诗:"不江西,不晚唐,自为一家。"《四库全书总目》称其:"才锋凌厉,洪焱祖作《秋崖先生传》,谓其诗文、四六不用古律,以意为之,语或天出,可谓兼尽其得失。要其名言隽句,络绎奔赴,以骈体为尤工,可与刘克庄相为伯仲。"③陈廷焯《云韶集辑评》称其词:"巨山词与龟峰相伯仲。"④况周颐《秋崖词跋》亦称:"疏浑中有名句,不坠宋人风格。应酬率意之作,亦较他家为少。置之六十家中,不在石林、后村下也。"⑤《新安文献志》卷七九洪焱祖有《方吏部岳传》。《全宋诗》卷三一九〇至卷三二二五据《秋崖集》收其诗三十六卷。《全宋词》2834 页存词七十五首。

朱熹字仲晦,一字符晦,号晦庵,晚号晦翁,又号遁翁,自称云谷老人,婺源松岩人。寓建考亭。绍兴十八年进士。官至焕章阁待制、侍讲。庆元六年卒,年七十一。嘉定初,谥"文"。《宋史》有传。后人所撰年谱等极多。熹得程颢、程颐之传,兼采张载、周敦颐之学,集宋代理学之大成。有《朱文公文集》一百卷,词有《晦庵词》一卷。《全宋诗》卷二三八三至卷二三九四据以收诗十二卷。《全宋词》1673 页收其词十九首。王奕清《历代词话》卷七引《读书续录》:"晦庵先生回文词,几于家弦户诵矣。其檃括杜牧之《九日齐山登高诗》。《水调歌头》一阕,气骨豪迈,则俯视辛、苏,音韵谐和,则仆命秦、柳,洗尽千古头巾俗态。"⑥

① (清)纪昀:《四库全书总目》卷二〇〇《洺水词》,中华书局 1965 年版,第 1831 页。
② (清)冯煦:《蒿庵论词》,《词话丛编》本,中华书局 1986 年版,第 1593 页。
③ (清)纪昀:《四库全书总目》卷一六四《秋崖集》,第 1404 页。
④ (清)陈廷焯:《云韶集辑评》卷七,《词话丛编补编》本,中华书局 2013 年版,第 1569 页。
⑤ 施蛰存:《词集序跋萃编》,中国社会科学出版社 1994 年版,第 331 页。
⑥ (清)王奕清:《历代词话》卷七,《词话丛编》本,第 1229 页。

　　王炎字晦叔，婺源人。乾道五年进士。官至军器少监。学问渊博，与朱熹交谊甚笃。"平生多所著述，尤长于诗。居有双溪，筑亭寄兴，以白乐天自比，因号双溪翁。"[1]并以名集。有《双溪文集》十七卷传世。又著《读易笔记》《四书解》《尚书小传》《春秋衍义》等十余种，久佚无传。《宋史翼》有传。王炎与朱熹交谊甚笃。王炎于诗文造诣甚高，明程敏政《新安文献志》采录甚多。"其所未采诸篇，议论醇正、引据典确者，尚不可悉数。盖学有本原，则词无鄙诞，较以语录为诗文者，固有蹈空、征实之别矣。"[2]《全宋诗》卷二五五九至卷二五六八据《双溪文集》收其诗九卷。词有《双溪诗余》。与著名词人姜夔颇有往还，有诗《题姜夔旧游卷》。《全宋词》1852 页即录其词 52 首。

　　方有开字躬明，号溪堂，歙县人。隆兴元年进士。事迹见孙应时所撰行状，载《烛湖集》卷一一。有《溪堂集》，不传。《新安文献志》卷六〇存其词二首，《全宋词》1828 页据以录入。

　　程准字平叔，休宁人。程大昌长子。淳熙二年进士。累官至直秘阁、知庆元府。《钓台集》卷下载其词一首。《全宋词》2283 页据以录入。

　　孙吴会字楚望，自号霁窗，晚年更号牧隋翁，休宁雷溪人，迁六安。端平二年进士。事迹见《新安文献志》卷首《先贤事略》上、《至顺镇江志》卷十九。同书卷二十录其《摸鱼儿》词，《全宋词》2951 页据以录入。

（二）宋代徽籍进士中的诗人

　　宋代徽籍进士，大多擅长作诗，其中不少是著名诗人，但大多数诗人的作品已散佚，流传至今者，只是其中的一部分，而这些是我们研究徽州文学发展的重要文献。有关徽州诗人情况，可参考拙文《两宋徽籍诗人考》[3]。现为节省篇幅，据《全宋诗》《宋诗纪事》《宋诗纪事补正》《宋诗纪事续补》等书所收，并参证其他文献，列为下表：

---

① （明）彭泽、汪舜民：《弘治徽州府志》卷七《人物志》，天一阁明代方志选刊本，第 39 页。
② （清）纪昀：《四库全书总目》卷一六〇《双溪集》，第 1376 页。
③ 《徽学》2000 年集，安徽大学出版社 2001 年版，第 315-343 页。

姓名	字号	籍贯	科第	存诗	全宋诗 册/卷/页	依据	传记资料
舒雄		歙县	端拱二年	1首	1/18/263	舆地纪胜一三一	宋史四四一
张秉	孟节	歙县	太平兴国五年	8首	1/58/634	西昆酬唱集	宋史三〇一
查道	湛然	休宁	端拱元年	3首	2/72/823	天台集上	宋史二九六
俞献可	昌言	歙县	端拱二年	1首	2/74/853	舆地纪胜二五	新安志六
方仲荀		歙县	咸平三年	1首	2/113/1292	吴郡志十六	徽州府志六
聂致尧	长孺	歙县	咸平三年	1首	2/113/1294	黄山志定本六	新安志六
许元	子春	绩溪	皇祐二年	1首	3/170/1922	城阳山志四	宋史二九九
孙抗	和叔	黟县	宝元元年	8首	4/203/2319	湖北通志一〇〇	临川先生集八九墓碑
丘濬	道源	黟县	天圣五年	8首	4/203/2323	新安志八	弘治徽州府志八
俞希孟		歙县	宝元元年	4首	6/347/4285	湖南通志二一〇	宋诗纪事补遗十
程师孟	公辟	歙县	景祐元年	40首	7/354/4385	程氏所见诗钞二	宋史三三一
吕溱	济叔	歙县	宝元元年	3首	7/399/4895	咸淳毗陵志十三	宋史三二〇
俞希旦		歙县	嘉祐六年	1首	12/689/8052	至元嘉禾志二七	至顺镇江志一
程节	信叔	歙县	嘉祐六年	1首	12/724/8376	宋诗纪事补遗一六	程尊彦撰墓志铭
王汝舟	公济	婺源武溪	皇祐五年	8首	13/747/8702	淳熙三山志三三	宋史翼二〇
黄葆光	元辉	黟县	政和元年	1首	22/1298/14728	蓉塘诗话	宋史三四八
胡伸	彦时	婺源考水	绍圣四年	1首	22/1301/14761	道光徽州府志一一	新安志七
汪革	信民	歙县	绍圣四年	7首	22/1301/14758	紫微诗话	新安文献志七七
程迈	进道	黟县南山	元符三年	4首	22/1315/14930	程氏所见诗钞二	新安志七
凌唐佐	公弼	休宁	元符三年	3首	24/452/15707	新安文献志五三	宋史四五二
汪伯彦	廷俊	祁门	崇宁二年	4首	22/1317/14955	天台续集别续一	宋史四七三

续表

姓名	字号	籍贯	科第	存诗	全宋诗 册/卷/页	依据	传记资料
胡侃	彦和	婺源考水	崇宁二年	1首	24/1370/15736	弘治徽州府志一	新安志七
汪澈	明远	婺源	大观三年	1首	36/2008/22517	宋诗纪事五八	康熙徽州府志九
程嘉量		休宁	政和四年	1首	28/1632/18305	弘治温州府志二二	新安志八
汪襄	子迁	绩溪	政和五年	1首	29/1661/18617	新安文献志五十	新安志七
汪勃	彦及	黟县	绍兴二年	1首	29/1685/18904	新安文献志五六	水心集二四墓志
王建		婺源	政和八年	1首	29/1685/18910	乾隆泉州府志七四	道光婺源县志一五
罗汝楫	彦济	歙县呈坎	政和二年	1首	30/1718/19345	宋诗纪事三八	宋史三八〇
胡舜举	汝士	绩溪	建炎二年	1首	33/1902/21246	正德建昌府志十	新安志七
汪若容	正夫	歙县新平	绍兴五年	1首	35/1983/22233	新安文献志五六	新安文献志九四墓志
张敦颐	养正	婺源	绍兴八年	1首	35/1991/22352	宋诗纪事补遗四二①	新出土埋文
程叔达	元诚	黟县南山	绍兴十二年	2首	38/2102/23733	程氏所见诗钞二	新安文献志八二墓志
陈尚文	质夫	休宁陈村	绍兴二十一年	1首	38/2107/23785	新安文献志五二	弘治徽州府志七
汪远猷	彦远	休宁旌城	绍兴二十四年	1首	38/2127/24045	嘉靖池州府志	新安旌城汪氏家录六
李知己	智仲	婺源	绍兴二十四年	1首	38/2127/24045	道光婺源县志三七	弘治徽州府志八
胡持	元举	婺源考川	隆兴元年	1首	46/2466/28600	弘治徽州府志	弘治徽州府志八
吕午	伯可	歙县岩寺	嘉定四年	6首	56/2950/35150	竹坡类稿	宋史四〇七
方恬	元养	歙县临河	乾道五年	6首	48/2571/29851	弘治徽州府志	弘治徽州府志八
汪义荣	焕之	黟县	乾道五年	1首	48/2571/29857	嘉庆泾县志三二	新安志七
程准	平叔	休宁	淳熙二年		52/2771/32795	宋诗纪事补遗五九	弘治徽州府志七
滕璘	德粹	婺源	淳熙八年	1首	50/2653/31084	婺源山水游一	真文忠公集四六墓志

姓名	字号	籍贯	科第	存诗	全宋诗 册/卷/页	依据	传记资料
汪雄图	思远	休宁旌城	淳熙十一年	1首	51/2722/32021	黄山志定本六	新安旌城汪氏家录六
程卓	从元	休宁	淳熙十一年	2首	51/2691/31685	宋诗纪事五五	新安文献志七四
朱权	圣舆	休宁首村	淳熙十四年	1首	51/2726/32079	新安文献志五五	新安文献志八五行状
金朋说	希传	休宁	淳熙十四年	2卷	51/2743/32197	碧岩诗集	宋元学案补遗六九
许文蔚	行父	休宁东阁	绍熙元年	1首	53/2774/32827	城阳山志四	新安文献志七十墓志
朱申	周翰	休宁首村	绍熙六年	1首	53/2774/32827	城阳山志四	新安文献志卷首
汪楚材	南老	休宁资村	绍熙元年	1首	53/2774/32834	新安文献志五三	弘治徽州府志八
程元凤	申甫	歙县槐塘	绍定二年	11首	62/3242/38688	程氏所见诗钞	宋史四一八
赵善璙	德纯	歙县	嘉定元年	1首	56/2944/35092	徽州府志六	新安文献志九三
汪立信	诚甫	婺源大畈	淳祐七年	3首	62/3265/38918	金陵诗征八	宋史四一六
程洙	南窗	休宁汊川	淳祐十年	4首	63/3314/39496	新安文献志五三	宋史翼三一
程骧	师孟	休宁	开庆元年	1首	64/3342/39931	式古堂书画汇考三三	宋诗纪事小传补正四
许月卿	宋士	婺源许昌	咸淳四年	6卷	65/3409/40527	先天集	新安文献志六六行状
程鸣凤	朝阳	祁门善和	宝祐元年	3首	65/3420/40657	程氏所见诗钞二	新安文献志九六
程元岳	远甫	歙县	宝祐元年		65/3433/40854	宋诗纪事六九	新安文献志八三
汪韶	东美	黟县	咸淳四年	4首	65/3433/40857	后村先生大文集	新安文献志卷首
陆梦发	太初	歙县	宝祐四年	2首	66/3458/41205	瀛奎律髓	新安文献志八三
方回	虚谷	歙县东乡	景定三年	29卷	66/3481/41423	桐江集、续集	新安文献志九五
胡次焱	济鼎	婺源	咸淳四年	5首	67/3539/42309	梅岩文集	弘治徽州府志八
曹泾	清父	休宁	咸淳四年	8首	68/3586/42871	梅岩文集	新安文献志九五曹主簿传
朱惟贤		休宁	咸淳元年	1首	68/3592/42906	弘治徽州府志一	弘治徽州府志六

有关上表的几点说明：

第一，凡诗人中有词作传世者，上文"宋代徽籍进士中的词人"已经叙述，计有汪藻、胡舜陟、朱松、罗愿、程大昌、吴儆、朱晞颜、程珌、方岳、朱熹、王炎诸人，本表即不再列入。

第二，《全宋诗》中收录的诗作，或为整卷，或为全首，或为残句。上表中凡收满一卷者，则录入卷数，其他均以首数为单位录入，每一则残句也作为一首诗看待。

第三，依据部分，主要著录所存诗的主要出处，也就是《全宋诗》所录时的重要依据，借以看出徽籍进士诗作的存佚情况。

第四，前人对于徽籍进士诗歌成就的论述，可以表现徽籍进士对于文学发展的贡献。故此处录入几则，以见一斑。《新安志》卷十引《云斋广录》："景祐五年廷试进士，以《鲲化为鹏》为诗题，吕济叔诗云：'千寻离海峤，一息过天池。'议者谓此诗意自当为第一人也。"①《新安旌城汪氏家录》卷六言汪雄图事："绍兴壬戌生，习春秋，乾道乙酉请本州岛举，己丑入太学，癸巳试中上舍第一人。'论'刊行于世，人所传诵，其题曰《仲舒师龙渊源》。淳熙甲辰卫泾榜登第。初峡州教，次建昌教。嘉泰壬戌在任不禄，终从政郎。人曰李顿先生，因其所居之石田后山土名也。有文集，思杰观使为撤刊十二卷：家塾一至四卷，表笺也五至六卷，经世十二议也七八卷，记也九卷，颂赞铭箴也十卷，近体诗也十一，十二卷古诗诗余也。"②《四库全书总目》卷一六六《桐江续集》言方回："其诗专主江西，平生宗旨，悉见所编《瀛奎律髓》中。虽不免以粗率生硬为老境，而当其合作，实出宋末诸家上。"③

（三）宋代徽籍进士的创作实绩

宋代徽籍进士中词人、诗人已具上述。他们的创作，为中国文学史增添了光辉的一页。徽籍进士中不少人在当时或后世已编纂了文集，但随着时间的推

---

① （宋）罗愿：《新安志》卷十，《宋元方志丛刊》，第 7753 页。

② 《新安旌城汪氏家录》卷六，引自汪庆元《徽人著述叙录条目》，2001 年安徽大学"徽州文献与文书研讨会"论文。

③ （清）纪昀：《四库全书总目》卷一六六，第 1423-1424 页。

移，有的残阙，有的散失。而在宋以后的不少著作中加以著录和引用，这是他们创作实绩的明证。尤其是明人程敏政的《新安文献志》对于徽州的文学创作，辑录至多，是我们研究徽州文学的最为重要的文献。

1. 两宋徽籍进士的诗文集

宋陈振孙《直斋书录解题》卷十八记载，《浮溪集》六十卷，翰林学士婺源汪藻彦章撰①。《北山小集》四十卷，中书舍人信安程俱致道撰②。《韦斋小集》十二卷，吏部员外郎新安朱松乔年撰③。《玉山翰林词草》五卷，尚书玉山汪应辰圣锡撰④。《程文简集》二十卷，吏部尚书新安程大昌泰之撰。《晦庵集》一百卷，待制侍讲文公新安朱熹元晦撰。

明程敏政《新安文献志》卷首《先贤事略》上及《道光徽州府志》卷十五记载：谢泌有文一卷；洪湛有集十五卷；吴天骥有《凤山集》二十卷；程琳有文集、奏议六十卷；聂冠卿有《蕲春集》十卷、《河东集》三十卷；丘濬有诗一卷、文集十五卷；程永奇有《格斋稿》四十卷；俞君选有《艮轩小稿》；程师孟有诗集二十卷、奏议十五卷；王汝舟有文百卷；胡舜陟有奏议、文集；罗汝楫有《东

---

① （宋）陈振孙：《直斋书录解题》卷一八，第526页。（宋）孙觌：《鸿庆居士集》卷三四《汪公墓志铭》："公之文有《深（浮）溪集》六十卷行于世，《后集》若干卷。"（《景印四库全书》第1135册，第363页）（宋）赵希弁：《郡斋读书志后志》卷下："《浮溪先生文集》六十卷、《猥稿外集》一卷《龙溪先生文集》六十卷，右汪藻彦章之文也。《读书志》止载《汪彦章集》十卷，希弁所藏《浮溪》《龙溪》两本，卷秩皆六十卷。"（《郡斋读书志校证》，第1193页）较为全面。
② （宋）陈振孙：《直斋书录解题》卷一八，第527页。（明）程敏政：《新安文献志》卷首《先贤事略》上："程北山俱，字致道，歙人，迁开化北山。举进士，试南宫第一，廷试中甲科。……有《北山小集》四十卷。"（黄山书社2004年版，第13页）
③ （宋）陈振孙：《直斋书录解题》卷一八，第534页。祝尚书：《宋人别集叙录》卷一八《韦斋集》："程氏《解题》卷一八著录道：'《韦斋小集》十二卷。'……同书卷二〇《诗集类》又著录《韦斋小集》一卷。《通考》卷二三九、二四九同。盖诗集尝别行，以其仅一卷，故称'小集'。疑陈氏著录十二卷本时，书题衍'小'字。朱熹为其父所作《行状》即称'所为文有《韦斋集》十二卷行于世'，无'小'字。《宋志》著录《韦斋集》十二卷，又《小集》一卷，十二卷本亦无'小'字。《行状》除述《韦斋集》外，又称有'《外集》十卷藏于家'。"（中华书局1999年版，第860—861页）
④ （宋）陈振孙：《直斋书录解题》卷一八，第536页。按汪应辰，字圣锡，婺源人，徙广信玉山。绍兴五年进士第一。授镇东军签判。有《玉山集》八十卷。陈振孙称其"以天官兼翰苑近二年，所撰制诰温雅典实，得王言体，朱晦翁称为近世第一"。

山稿》四十卷；程瑀有《饱山集》六十卷；汪藻有《浮溪集》六十卷；朱松有
集十二卷、外集十卷；金安节有文集三十卷、奏议十卷；程克俊有文集五十卷、
内外制集二十卷；汪应辰有《玉山集》八十卷；汪若容有集三十卷；程叔达有制
草论谏杂文共三十六卷；吴儆有《竹洲集》三十卷；方有开有诗十卷、奏议五卷；
罗愿有《鄂州小集》五卷；滕璘有《溪斋类稿》；王炎有《双溪类稿》；程卓有奏议、
文集二十卷；汪雄图有《李顿集》；汪纲有《恕斋集》；朱权有《默斋文集》二十卷；
程珌有《洺水集》六十卷、《内制类稿》十卷、《外制类稿》二十卷；吕午有《竹
坡类稿》；程元凤有《讷斋文集》、《奏稿》及《内外制》；方岳有《秋崖小稿》；
许月卿有《山屋集》；程洙有《南窗稿》；胡升有《丁巳杂稿》；程元岳有《山窗集》；
陆梦发有《乌衣集》《圻南集》《晓山吟稿》；江雷有文集；汪宗臣有《紫岩集》；
程迈有《止戈堂诗集》一卷；汪皋会有《文集》二十卷；胡舜举有《剑津集》十卷；
曹泾有《诗文韵俪稿》十卷；程介有《盘隐集》；汪义端亦有《盘隐集》；汪澈
有《文集》二十卷；朱弁有《聘游集》四十二卷。

2.《新安文献志》对宋代进士诗文的甄录

《新安文献志》一百卷，明程敏政撰。该书采录南北朝以后文章事迹，凡
有关于徽州者，悉加收采。六十卷以前为甲集，皆其先达诗文，略依真德秀《文
章正宗》之例，分类辑录。其六十一卷以后，则皆先达行实，分神迹、道原、
忠孝、儒硕、勋贤、风节、才望、吏治、遗逸、世德、寓公、文苑、材武、烈女、
方技十五类。全书"征引繁博，条理淹贯。凡徽州一郡之典故，汇萃极为赅备。
遗文轶事，咸得藉以考见大凡。故自明以来，推为巨制"[1]。

《新安文献志》取材多为宋人诗文别集，徽州进士的文集，多是该书的取
材范围。程敏政当时能看到的文集，迄今大多已经散佚，而今天学者们所编的
大型总集如《全宋诗》《全宋文》《全宋词》等，于该书取资甚多。而且该书是
徽州文献的渊薮，对于研究徽州的文学、文化等各个方面，都会起到极大的作用。
以《新安文献志》为基础，再配合宋代进士诗文别集的研究，就能够逐渐窥见
宋代徽籍进士文学创作的全貌。

---

① （清）纪昀：《四库全书总目》卷一八九《新安文献志》，第 1715 页。

（四）宋代徽籍进士与徽州文学的发展

以徽州文化精英阶层的徽籍进士为代表的宋代徽州文学，呈现出辉煌灿烂的局面。前面叙述的诗人、词人辈出的情况与他们的创作实绩，展示了宋代徽州文学的繁盛与底蕴。以徽籍进士为代表所创造的宋代文学，具有明显的特点，并对整个宋代文学的发展起到了很大的推动作用。

1. 文学与理学的合流

朱熹作为宋代理学的集大成者，又是宋代著名的文学家，在他的身上，已将理学与文学融为一体。这主要表现在他对文学的认识与思考上。《朱文公集》卷三五《答刘子澄书》："文章犹不可泛。如《离骚》忠洁之志，固亦可尚，然只正经一编，已自多了。此须更子细抉择。叙古《蒙求》亦太多，兼奥涩难读，恐非启蒙之具。却是古乐府及杜子美诗，令其喜讽咏，易入心，最为有益也。"①强调杜子美诗之"喜讽咏，易入心"，把论诗引入了理学之途，诗与道、义可以融为一体，"就其不遇，独善其身，以明大义于天下，使天下之学者，皆知吾道之正，而守之以待上之使令，是乃所以报不报之恩者，亦岂必进为而抚世哉！"朱熹在述说此段话以后，进一步说："杜子美亦云：'四邻来报出，体必吾家操。'此言皆有味也。"②很明显，他不是从杜诗本身解释杜诗，而是把杜诗与儒家的道义联系在一起，对杜诗进行发挥。朱熹所论杜诗，虽侧面有所不同，但其指归则一，本于道义，入于理性，不局限于用事造语，这与江西诗派论杜但求字句出处，学杜刻意绳削摹仿者大异其趣，也与北宋理学家们排斥贬损文学有所不同。表明了随着理学的发展与完善，文学艺术等诸多文化领域也被纳入了理学的轨道。他把杜诗从求字句来历中解放出来，但也走向了另一种弊端，以论道代替论诗，以义理代替情感。陈来在《朱子哲学研究》说："李泽厚论李杜时曾提出，李白所代表的特征是一种还没有确定形式、无可仿效的天才抒发，而杜甫的意义则在于为人提供了可资遵循的规范。冯友兰先生因谓道学之于玄学，正犹杜之于李，玄学没有讲清精神境界得来的方法，道学则教人于日

---

① （宋）朱熹：《朱文公集》卷三五，《四部丛刊》本，第19页。
② （宋）朱熹：《答陈同甫书》，《晦庵先生朱文公文集》卷三六，《四部丛刊》本，第33页。

用功课中达到这种境界。……理学从北宋到南宋（朱熹之前），基本趋势是发展内向的直觉体验，这从杨时到李侗的'体验先发'尤见明显。然而无论濂溪的孔颜乐处还是明道的仁学境界，个体的直觉领悟正是一种'无确定形式的天才抒发'，朱熹的出现使得理学中理性主义占了主导地位，这是他对民族精神不可低估的影响，了解这一点才能认识朱熹哲学的由来和意义。"①宋代徽州进士的文学，特别是与朱熹同时和在朱熹之后，纳入了道学的规范，是一个值得重视的文学现象。

2. 诗人的群体活动

①结社吟诗

宋陆梦发《兰皋集序》："曩见冯深居言，旧客海宁之渔亭，枚举吟社，起自竹洲之客汪柳塘以下二十余人，一时雅集，不减山阴。"②汪柳塘即汪叔耕，号柳塘，一号方壶，休宁人。屏居黄山。嘉定中，以布衣应诏，上封事，不果用。竹洲为吴儆，字益恭，号竹洲，休宁人。绍兴二十七年进士。官至通判邕州，摄州事。卒谥文肃。冯深居即冯去非，字可迁，号深居，南康军人。淳祐元年进士。曾为干办淮东转运。据此，这次二十余人的结社吟诗活动，是以休宁诗人为主的群体活动。其中吴儆是可以考知的休宁籍进士，冯去非是南康军籍进士。可以推知，诗社二十余人中，进士的比重一定不少。③

②宗族文人群体

宋代徽州是一个以家族为中心的社会。进士具有明显的家族倾向，与此相关联，进士中的文学群体也有一定的家族特征。如俞氏家族俞献可有诗传世，其子希孟，其侄希旦均有诗传世。聂氏家族聂致尧有诗传世，长子冠卿，有《蕲春集》十卷、《河东集》三十卷。今尚有《多丽》词一首传世。朱氏家族朱松有《韦斋集》十二卷、外集十卷，今《全宋诗》尚存诗四卷，其子朱熹有《朱文公文集》一百卷，《全宋诗》存其诗十二卷。至于父子、叔侄、祖孙均有诗集、文集者尚多，不一一列举。

---

① 陈来:《朱子哲学研究》，华东师范大学出版社 2000 年版，第 7 页。
②（宋）吴锡畴:《兰皋集》卷首，《宋人集》甲编，第 3 页。
③ 欧阳光:《宋元诗社研究丛稿》，广东高等教育出版社 1996 年版，第 277 页。

四、宋代徽籍进士的学术成就

长期以来，徽州的学术文化极为繁盛，在中国学术史上占有崇高的地位。"在中国学术思想史上，孔孟开儒学端绪；董仲舒奠定儒学独尊地位；朱熹集儒学之大成继理学道统；戴震终旧理学而倡明朴学；胡适、陈独秀揭新文化运动，结束封建文化时代：五大学术时代代表人物徽州人几占一半。"①徽州学术的繁盛，虽源远流长，而主要在宋代以后，宋代徽籍进士作为宋代人物与文化的精英阶层，他们对于宋代徽州学术的研究与发展，是起到极大的作用的。尤其是大理学家朱熹为代表的徽州理学，在徽州学术文化发展中起着特殊的作用。

（一）宋代徽籍进士的理学

宋代的理学家，以开辟思想基地、重建儒家的人文精神为己任，提出要"为天地立心，为生民立命，为往圣继绝学，为万世开太平"（张载语）的理想，因而儒家的章句之学一变为义理之学。后由朱熹集其大成，至理宗时真德秀、魏了翁之倡导，确立了思想统治的地位。中国的学术是复杂多样、众采纷呈的，但宋儒开创的具有人文精神的理学传统，无疑是中国主流学术的支柱之一。徽州作为理学的重要发源地，对后世产生了巨大而深远的影响。以至《道光休宁县志》称："新安自南迁后，人物之多，文学之盛，称于天下。当其时，自井邑田野，以至于远山深谷，居民之处，莫不有学、有师、有书史之藏。其学所本，则一以郡先师朱子为归。凡六经传注、诸子百氏之书，非经朱子论定者，父兄不以为教，子弟不以为学也。是以朱子之学虽行天下，而讲之熟，说之详，守之固，则惟新安之士为然。故四方谓'东南邹鲁'。"②

1. 朱熹及其门人

理学的开山人物是程颐、程颢等人，集大成人物是朱熹。溯其源，他们都是徽州人。且程颢与朱熹都是进士出身。据《新安文献志》卷首《先贤事略》上记载："程文简公琳，字天球，其先自休宁篁墩转徙中山博野。大中祥符四

① 姚邦藻：《徽州学概论》，第22页。
② （清）何应松：《道光休宁县志》卷一《风俗》，《中国地方志集成》本，江苏古籍出版社1998年版，第42页。

年进士,官至镇安军节度使、同平章事。"① "程太中珦,字伯温,文简公琳从弟,居河南。历官太中大夫、司农少卿。"② "程纯公颢字伯,太中公长子。嘉祐二年进士,历官监察御史里行。"③ "程正公颐,字正叔,太中公次子。元祐中聘为崇政殿说书。"④

朱熹是婺源松岩人,寓建阳考亭。他出生于福建尤溪。绍兴十八年进士及第后,即回徽州婺源祭扫祖墓,说明他对祖籍异常重视。他平生撰述署名最多的是"新安朱熹",《朱文公文集》中多达50余次,说明他对于徽州一往情深。他官至焕章阁待制、侍讲。熹得程颢、程颐之传,兼采张载、周敦颐之学,集北宋理学之大成,而成为南宋著名的理学大师。

朱熹一生的绝大部分时间从事讲学和著述,主要精力集中于阐发儒家经典。他的哲学思想有理气论、心性论、格物致知论三个方面。朱熹的著述很多,有《四书集注》《周易本义》《太极图说解》《通书解》《西铭解》《诗集传》,后人还辑有《朱子语类》《朱文公文集》《朱子遗书》等。

位于婺源的钟山书院,是南宋县人李缯于淳熙初所建。缯字参仲,号钟山,故称书院为"钟山书院"。绍兴二十年,朱熹回婺源,与李缯相识。淳熙三年三月,朱熹第二次回婺源时,与其表弟程允夫同至钟山书院,"倘佯其间,讲论道义,谈说古今,觞咏流行,屡移暮刻"⑤。《朱子语类》记载云:"先生游钟山书院,见书籍中有释氏书,因而揭看。先君(李参仲)问:'其中有所得否?'曰:'幸然无所得。吾儒广大精微,本末备具,不必它求。'"⑥说明朱熹弘扬儒学,创立理学的气魄与决心。

朱熹两次回婺源祭祖时,还在县中保安山讲学。后人并于此建朱子祠以祀。元至元二十四年(1287),知州汪元圭改创书院于县学之侧,称"晦庵书院"。明嘉靖九年,知县改建于县治后山上,更名"紫阳书院"。⑦

---

① (明)程敏政:《新安文献志》卷首《先贤事略》上,黄山书社2004年版,第9-10页。

② (明)程敏政:《新安文献志》卷首《先贤事略》上,第11页。

③ (明)程敏政:《新安文献志》卷首《先贤事略》上,第11页。

④ (明)程敏政:《新安文献志》卷首《先贤事略》上,第11页。

⑤ (宋)朱熹:《跋李参仲行状》,《晦庵先生朱文公文集》卷八三,《四部丛刊》本,第27页。

⑥ (宋)黎靖德:《朱子语类》卷一二六载李参仲子李季札录,中华书局1986年版,第3018页。

⑦ 方彦寿:《朱熹书院及门人考》,华东师范大学出版社2000年版,第19页。

朱熹一生从事讲学,门人遍布寰中,其中徽州籍亦复不少。据《紫阳书院志》记载:朱熹在世时,曾两次回婺源省墓,每次逗留数月,从事讲学。其受业弟子堪称高足者有十二人。即婺源的程洵、滕璘、滕珙、李季,绩溪的汪晫,歙县的祝穆、吴昶,休宁的程先、程永奇、汪莘、许文蔚,祁门的谢琎。其中滕璘、滕珙、许文蔚、谢琎都是进士出身。

滕璘,字德粹,号溪斋,婺源人。淳熙八年进士。历官鄞县尉、四川制置司干官、鄂州教授、隆兴府判官。有《溪斋类稿》,已佚。《新安文献志》卷六九真德秀有《滕公璘墓志铭》。滕璘与朱熹早有书信往来,朱熹在答滕璘书中言:"仆与足下虽幸获同土壤,而自先世已去乡井,中间才得一归,扫丘墓,省族姻,今又二十余年。"①淳熙三年,朱熹回婺源省墓,滕璘执弟子礼,成为朱熹门人。淳熙十四年,滕璘又长途跋涉到武夷精舍求学。朱熹在为滕南夫《溪堂集》作跋时说:"淳熙丁未其兄孙璘访予崇安,出其集与此传示予,因太息而书其后。"②在答滕德章书中也说:"德粹之来,幸此款曲,所恨贤者在远,未遂合并之愿耳。"③又在答孙吉甫书中说:"德粹之来,远辱惠书,虽未识面,然足以知贤者之志矣。"④《朱文公文集》卷四九有《答滕德粹》书十二通。《朱子语类》卷一一八《训门人六》有训滕璘十三条。⑤

滕珙,字德章,号蒙斋,婺源人。滕璘弟。淳熙十四年进士,仕宁国府旌德县主簿,官至合肥令。滕珙未及第时,就受到朱熹的器重。他说:"偶婺源滕秀才珙在上庠,其兄来为求书请见,因得附此致谢。滕生未相见,闻资质颇佳,亦知向学,得与其进为幸。未有承教之期,临风倾仰。"⑥《朱文公文集》卷四九有《答滕德章》书七通。卷八二有《跋景吕堂诗》,系绍熙二年十月应滕珙之

---

① (宋)朱熹:《答滕德粹》,《晦庵先生朱文公文集》卷四九,《四部丛刊》本,第22页。陈来《朱子书信编年考证》将此文编于淳熙三年:"按朱子绍兴二十年庚午二十一岁曾至婺源省墓,二次省墓乃在淳熙三年丙申四十七岁时,滕璘相陪。此书只言早年庚午归省事,故作于丙申之前。"(上海人民出版社1989年版,第142页)

② (宋)朱熹:《跋滕南夫溪堂集》,《晦庵先生朱文公文集》卷八二,《四部丛刊》本,第13页。

③ (宋)朱熹:《答滕德章》,《晦庵先生朱文公文集》卷四九,《四部丛刊》本,第28页。

④ (宋)朱熹:《答孙吉甫》,《晦庵先生朱文公文集》卷四九,《四部丛刊》本,第30页。

⑤ 方彦寿:《朱熹书院及门人考》,第71页。

⑥ (宋)朱熹:《答吕伯恭》,《晦庵先生朱文公文集》卷三四,《四部丛刊》本,第3页。

请而作的。绍熙四年，朱熹又应滕珙之请为其父撰《滕君希尹墓志铭》。

许文蔚，字行父，又字蘅甫，号环山，休宁东阁人。幼贫苦学，绍熙元年余复榜进士出身。卒于著作郎。"文蔚自早岁从吕东莱、朱晦庵讲学，发为文词，皆根源道义，粹然自胸中流出。平生笔耕所储，倒囊买田百亩，置义庄，以赡宗族。"①《新安文献志》卷七十程振有《许著作文蔚墓志铭》。

谢珙，字公玉，祁门人。幼负异质，刻志问学。嘉泰时尝以诸生佐邑宰林化谦当建邑学及夫子庙，宝庆二年进士特奏名，授迪功郎、龚州助教。"又尝从朱文公熹讲性命之旨。其学始于格物致知，继之诚意正心，以修其身；始于齐家，至于治国平天下；始于成己，至于成物。故珙言行醇正，为时名儒。及卒，所著有《语录》《日录》若干卷，藏于家，邑庠立朱文公祠，以珙配享。"②

金朋说，字希传，休宁人。淳熙十四年进士，由教官擢知鄱阳县。值伪学之禁，朋说上状言素师朱熹，实不知伪，遂解职归。今存《碧岩诗集》一卷。

2. 宋代徽籍进士中理学的代表人物

程大昌，字泰之，休宁会里人。绍兴二十一年进士。他著述宏富，有《程文简集》二十卷、《考古篇》十卷、《雍录》十卷、《演繁露》一卷、《续演繁露》《禹贡山川地理图》《诗论》《易原》八卷、《北边备对》《文简公词》一卷等。其《易原》乃著名的理学著作，他能根据《周易》大传折中诸说，阐明易义。"作为理学名家，他修建书院，讲学授徒，壮大了新安理学的阵容；研讨理学，著书立说，丰富了新安理学的思想。"③

许月卿，字宋士，时人称山屋先生，婺源许昌人。淳祐四年进士。他十五岁从学于董介轩，董氏为朱熹门人程端蒙的高足，月卿从而得"朱子之学"。官至临安府教授。月卿以文章气节名天下，至元十九年，元军下钱塘，他深居一室，不言而卒，享年七十。《新安文献志》卷六六许飞有《宋山屋先生许公月卿行状》。有《先天集》一卷、《易本义启蒙通》《外翼》等。黄宗羲《宋元学案》称徽州理学，至许月卿而一变为风节。他的学术，除订正时人偏误外，致力于疏证朱子之学的原委，阐发朱子学中许多先儒未发的命题。

---

① （明）彭泽、汪舜民：《弘治徽州府志》卷七《人物志》，天一阁明代方志选刊本，第57页。
② （明）彭泽、汪舜民：《弘治徽州府志》卷六《人物志》，天一阁明代方志选刊本，第41页。
③ 姚邦藻：《徽州学概论》，第155页。

程若庸,字达原,别号勿斋,休宁汉川人。程珌从子。"从饶双峰、沈毅斋游,得闻朱子之学。淳祐丁未为湖州安定书院山长。庚戌,冯此山去疾创临汝书院于抚州,聘若庸为山长,买田宅居之。咸淳戊辰登进士第,为福建武夷书院山长。若庸累主师席,及门之士最盛,在新安号勿斋,学者称勿斋先生。如范启、金若洙、吴锡畴皆其高第。所著有《性理至训讲义》百篇、《太极图说》、《近思录注》。"①

王炎,字晦叔,婺源人。所著有《双溪类稿》。王麟序云:"如我双溪公者,辞不粉饰而遒劲摛章,政不峻急而恳恻流惠,性不脂韦而严毅立朝,论不诡随而和平定是。……大抵公学传于南轩,而自得之趣则公之所自许。故遗文不藏于名山大川,而以金匮石室为山川,其藏固矣。岂能负之而趋,抵令学士得捧而读焉。信非文宪之寥寥者比。"②

方回,字万里,号虚谷,歙县东乡人。景定三年别省登第。官提领池阳茶盐。元军南下,开门迎降,官建德路总管。回学问渊博,工诗善文。著有《桐江集》《桐江续集》《续古今考》《名僧诗话》等。方回"学问议论,一尊朱子,崇正辟邪,不遗余力,居然醇儒之言。就文言文,要不可谓其悖于理也"③。《桐江集》卷一《晦庵集钞序》,卷三《读朱文公书刘屏山诗后》《朱文公仪礼经传跋》,卷八《谒南轩东莱先生文》等,阐发朱子义理,辨析宋学流派,系研究朱子学之重要文献。卷二《徽州重建紫阳书院记》称:"紫阳山,去古歙郡之南门五里而近,故待制侍讲赠太师徽国文公朱先生郡人也。合山与人称曰:'紫阳夫子,若洙泗先圣然。'此书院之所以作而名之曰紫阳也。……歙,今鲁也;紫阳,今洙泗也。夫子之教百世千世与紫阳不朽,士欲与之俱不朽者,其亦有道矣。"④将朱熹与孔子同列,推尊理学达到了极致。

汪应辰,字圣锡,婺源人。汪氏精通儒学,颇受朱熹的推许。罗大经《鹤林玉露》甲编卷六称:"汪圣锡代言温雅,朱文公推许之,有《玉山词章》。如《赐四川宣抚虞允文辞召命不允诏》云:'惟汝一德,既知裴度而往厘;于今三

①（明）彭泽、汪舜民:《弘治徽州府志》卷七《人物志》,天一阁明代方志选刊,第41页。
②（明）王麟:《双溪类稿序》,景印四库全书本第1155册,第412-413页。
③（清）纪昀:《四库全书总目》卷一六六《桐江续集》,第1423页。
④（元）方回:《桐江集》卷二,《续修四库全书》影印宛委别藏清抄本,第398-399页。

年，复念周公之久外。'《赐知绍兴府史浩乞宫观养亲不允诏》云：'尹兹东夏，非徒昼锦之荣；循彼南陔，盖便晨羞之养。'……皆可喜也。"①《宋元学案》卷四六《玉山学案》："汪应辰，字圣锡，信州玉山人也。……年十八，成进士。高宗览其对，以为：'陛下励精图治，求复父兄之仇，亦历年，而驻跸无一定之地，战守无一定之策，进退无一定之人，所施行事无一定之规画，何以奏功？是在陛下反求诸己而决定之。'高宗意以为老儒，擢置第一，及唱名，则少年，大喜，特书《中庸》以赐。"②

（二）宋代徽籍进士的史学

宋代史学极为发达，三百年间，史家辈出，史书浩瀚，风气之精纯端正，思想之博大精深，体系之完整该备，都超迈前贤，启迪后人。在这样的背景之下，徽州史学也呈现出勃勃生机。徽籍进士中史学名家甚众，为徽州学术的发展起到了很大的推动作用。他们所编纂的史书主要有编年类、传记类与地理类书籍。

1. 编年类

朱熹作为一位思想家、理学家、文学家，对徽州文化作出的贡献已无可估量，而作为一位史学大家，他的成就也是应该大书特书的。他的史学著作有《通鉴纲目》五十九卷、《古今家祭礼》二十卷、《朱氏家礼》《八朝名臣言行录》二十四卷等。

《资治通鉴》是北宋司马光编纂的一部编年体史书，对当时与后世影响都极大。后人对通鉴的体例，或沿袭，或改造，形成了中国史学史上特有的"通鉴学"。对《通鉴》进行改造的，可视为《通鉴》的别派，这以朱熹为代表。他鉴于《通鉴》卷帙繁重，不便于学子省览，因而删繁就简，并以己意重加褒贬，成《资治通鉴纲目》五十九卷。该书以大书者为纲，分注者为目。"纲"模仿《春秋》，"目"效法《左传》。即《自序》所言："表岁以首年，而因年以著统；大书以提要，而分注以备言。"陈振孙《直斋书录解题》卷四称："《通鉴纲目》五十九卷。侍讲新安朱熹元晦撰。始，司马公《通鉴》有《目录举要》。其后，胡给

---

① （宋）罗大经：《鹤林玉露》甲编卷六，中华书局 1983 年版，第 99 页。
② （清）黄宗羲：《宋元学案》卷四六，中华书局 1986 年版，第 1453 页。

事安国康侯又修为《举要补遗》。朱晦翁因别为义例，表岁以首年，因年以著统，大书以提要，而分注以备言，自为之序，乾道壬辰也。大书者为纲，分注者为目，纲如经，目如传。此书尝刻于温陵，别其纲谓之提要，今板在监中。庐陵所刊则纲目并列，不复别也。"①朱氏《纲目》一出，效法者众多。元人陈桱有《通鉴续编》二十四卷，明人胡粹中有《元史续编》十六卷、商辂等有《续通鉴纲目》二十七卷及《通鉴纲目三编》四十卷、陈仁锡有《通鉴纲目前编》、李东阳有《历代通鉴纂要》等。到清代，张廷玉等又奉敕重撰《通鉴纲目三编》四十卷。

2. 传记类

徽籍进士所撰的传记类文献，据陈振孙《直斋书录解题》卷七《传记类》，有《韩文公历官记》一卷、朱熹《八朝名臣言行录》二十四卷。朱熹为侍讲时，"以近代文集及传记所载本朝名臣言行，掇取其要，辑为此录。前五朝五十五人，后三朝四十二人"②。张敦颐的《韩文公历官记》编写较为疏略。"其最误者，序言擒吴元济、出牛元翼为一事，此大谬也。为裴度行军司马，在宪宗元和时，奉使镇州王庭凑，在穆宗长庆时。"③

3. 地理类

宋代徽籍进士所撰的地理类著作，据陈振孙《直斋书录解题》卷八，有：《雍录》十卷，吏部尚书新安程大昌泰之撰；《新安志》十卷，通判赣州郡人罗愿撰；《盱江志》十卷、《续》十卷，郡守胡舜举绍兴戊寅俾郡人童宗说、黄敷忠为之；《历阳志》十卷，郡守九华程九万鹏飞、教授天台黄宜达之撰；《延平志》十卷，郡守新安胡舜举汝士与郡人廖拱、廖挺衷集；《北边备对》六卷，程大昌撰。

程大昌既是南宋著名的理学家，又是文献学家，他在理学方面，着重阐明儒学精义，而在文献方面，则多辨析史实，甄别讹误。而其所撰写的史书，体现了他在文献方面的造诣。《雍录》十卷，是记载长安的地理著作，"周秦汉隋唐五代皆都雍，故以名。录前史及《黄图》《宋志》异同，往往辨订。其辨《黄图》有唐县名，且晋灼所引《黄图》皆今书所无，盖唐人续成之，非见汉事者"④。《北

---

① (宋)陈振孙:《直斋书录解题》卷四，上海古籍出版社1987年版，第118页。
② (宋)陈振孙:《直斋书录解题》卷七，第219页。
③ (宋)陈振孙:《直斋书录解题》卷七，第213页。
④ (宋)陈振孙:《直斋书录解题》卷八，第242页。

边备对》六卷，具有特殊的撰写背景。"淳熙中进《禹贡图》，孝庙因以北虏地里为问，对以虏无定居，无文史，不敢强言。绍熙退居，追采自古中华、北狄枢纽相关者，条列其地而推言之，名曰'备对'。"①

罗愿是歙县呈坎人，他以郡人的身份撰写《新安志》，在徽州地方志书中占有极为崇高的地位。该书成书于淳熙二年，时新安太守为赵不悔。该书十卷，有州郡、物产、贡赋、先达、进士题名、义民、仙释、牧守、集录等门。赵不悔序称："凡山川道里之险易，丁口顷亩之息耗，赋贡物产之阔狭，以至州土吏治风俗人材，皆条理错综，聚见此书，曾无遗者。"②四库馆臣亦称其书："叙述简括，引据亦极典核，于先达皆书其官，别于史传，较为有体。其物产一门，乃愿专门之学，征引尤为该备。其所志贡物，如干藠药腊芽茶细布之类，皆史志所未载。所列先达小传，具有始末。如汪藻曾为符宝郎之类，亦多史志所遗。"③

婺源人张敦颐《六朝事迹编类》一书，是其任职于南京时撰写的历史地理著作。该书是继许嵩《建康实录》之后记载六朝史实的一部具有里程碑意义的著作。其体例乃分门编次。正文共分十四门，即总叙、形势、城阙、楼台、江河、山冈、宅舍、谶记、灵异、神仙、寺院、庙宇、坟陵、碑刻。清人李滨在《重刻六朝事迹编类叙》中说："其书为六朝别史，算计门类，十有四部；综萃故实，三百余年。体例整洁，臠括宏富，上承《建康实录》，下起景定志书。"④

4. 其他

陈振孙《直斋书录解题》卷五，尚有杂史类著作《裔夷谋夏录》七卷，翰林学士新安汪藻彦章撰；《建炎中兴日历》五卷，宰相新安汪伯彦廷俊撰。《道光徽州府志》卷十五载：程瑀《两汉索隐》一卷，宋松年《唐书证疑刊误》，汪藻《绍兴日历》六百六十五卷，《徽宗实录》二百卷，王炎《编年通纪》《纪年提要》，汪伯彦《建炎中兴日历》一卷，方岳《重修南北史》一百七十卷，孙冲《五代纪》七十七卷，程卓《使金录》，汪藻《金人背盟录》七卷、《建炎中兴诏旨》

---

① （宋）陈振孙：《直斋书录解题》卷八，第266页。
② （宋）赵不悔：《新安志序》，载《宋元方志丛刊》本《新安志》卷首，《宋元方志丛刊》，第7599页。
③ （清）纪昀：《四库全书总目》卷六八《新安志》，第598页。
④ （宋）张敦颐：《六朝事迹编类》卷首，南京出版社1989年版，第IX页。

三十七卷，方回《宋季杂传》二卷，张敦颐《韩文公历官记》一卷，胡刚中《家传》一卷，朱权《史断》，程鸣凤《读史发微》三十卷，方有开《屯田详议》一卷，朱权《纳言》十篇。

（三）宋代徽籍进士的文献学

宋代徽籍进士对于文献的整理方面，也做出了很大的成绩，一些文献大家还具有明确的学术思想。宋代文献学仍以朱熹集其大成，他的文献学尤其致力于古籍的辨伪方面。他对《周易》《尚书》《礼记》《春秋》《诗经》《孝经》《论语》《孟子》《世本》《通鉴纲要》《东坡事实》《指掌图》《孔丛子》《管子》《子华子》以及佛经等都有考辨。关于朱熹的考辨，白寿彝先生有《朱熹辨伪集语》，载于《古籍考辨丛刊》第一集，收罗比较全面。白先生认为，朱熹之所以取得如此巨大的收获：第一，朱熹是在小孩子时候就喜欢发问题的；第二，朱熹读书是主张专一的；第三，朱熹的学术兴趣，非常广泛。当然还有一些时代的影响等等。他的考辨方法，以书的内容与史实相比较，确定其真伪；以书中的思想与所依托的思想相比较，确定其真伪；以对书中内容抄袭的痕迹判断其真伪；从文章词句上判别其真伪；从文章气势上判别其真伪；从文章体制上判别其真伪。能运用这么多的方法进行考辨，朱熹可称是空前的了。

朱熹晚年还作《校定韩昌黎集》四十卷《外集》十卷，即《昌黎先生集考异》，在南宋方崧卿《韩集举正》的基础上，参合诸本，复加考订，其合者存之，其不合者一一辨证。成书于庆元三年（1197），离其卒时只有三年。他把《经典释文》的体例移来考证集部，这本身就是一种创新。"考异"之称，始于司马光《通鉴考异》，偏重于史实辨证，而朱熹也用来考证集部的异同。此书重点辨析文字的异同，先引正文一二字，然后博采众本，加以考证，但也有不少考证事实的。如卷一《醉赠张秘书》："方云：'今本下或注彻字。'彻元和四年进士，此诗元和初作，彻犹未第。公五六年间皆在东都，此诗盖在长安日作，非彻也。"[1]该书问世后，宋人陈振孙即以为是"凡异同定归于一，多所发明"[2]之作。今人

---

① （宋）朱熹：《昌黎先生集考异》卷一，上海古籍出版社1985年版，第23页。

② （宋）陈振孙：《直斋书录解题》卷一六，第476页。

莫砺锋教授称:"清人往往目宋儒为空疏,其实宋儒中的佼佼者虽然喜谈义理,但也善于训诂考订,决非'空疏'二字所能概括。朱熹的《韩文考异》就是一个明证。……《韩文考异》在校勘上取得了卓越的成绩,为后世提供了一部相当可靠的韩集定本,这正是朱熹实事求是的治学态度的产物。……《韩文考异》是体现了朱熹的学术思想和学术作风的精心杰作,是朱熹平生文学活动中极为重要的一项工作,它不但值得后代的校勘工作者进行借鉴,且应在文学批评史上占有一席之地。"①这一段话对我们很有启发,由此推衍下去加以考察,我们发现,宋代徽学,尤其是徽籍进士的文献学著作,大多是征实的。

程大昌有《考古编》十卷、《续编》十卷。"上自《诗》《书》,下及史传,世俗杂事有可考见者,皆笔之。"②四库馆臣以为:"其持论虽颇新异,而旁引曲证,亦能有所依据。"书中所考诸事,"皆典确明晰,非泛为征摭,虽亚于《容斋随笔》,要胜于郑樵辈之横议也。"③

据《弘治徽州府志》卷十、《道光徽州府志》卷十五、《同治祁门县志》卷三五、民国《歙县志》卷十五等记载,宋代徽籍进士的著作甚多,都是我们现在研究徽州文献的重要材料。现分县略录于下:

歙县:程克俊《易通解》十卷。章元崇《周易释传》。程瑀《尚书说》一卷、《周礼义》十卷、《论语说》四卷、《野叟谈古》一卷、《杂志》一卷。方回《尚书考》《鹿鸣二十二篇乐歌考》一卷、《仪礼考》《衣裳考》《王考》各一卷、《礼记明堂位辨》一卷、《历象考》一卷、《皇极经世考》一卷、《续古今考》三十七卷、《虚谷闲抄》一卷。曹泾《五经讲义》四卷、《服膺录》一卷、《杂作管见》。祝洙《四书集注》附录。罗愿《尔雅翼》三十二卷。方恬《政论》十篇、《机策》一卷。程俱《默说》三卷。汪若海《麟书》一卷。唐廷瑞《容斋杂著》十卷。吕文仲等《太平御览》一千卷、《太平广记》五百卷。谢泌《古今类要》三十卷。

休宁:凌唐佐《周易解义》十卷。金安节《周易解》。程大昌《易原》十卷,《易老通言》十卷、《书谱》二十卷、《禹贡论》五卷、《山川地理图论》五卷、《禹贡后论》五卷、《诗议》一卷、《考古编》十卷、《演繁露》十六卷、《续演繁露》

---

① 莫砺锋:《朱熹文学研究》,南京大学出版社2000年版,第333页。

② (宋)陈振孙:《直斋书录解题》卷一〇,第312页。

③ (清)纪昀:《四库全书总目》卷一一八《考古编》,第1020页。

六卷。吴箕《常谈》一卷。汪深《易占例》。程令说《书约义》《书博文》。程若庸《洪范图说》一卷。吴观《观闰月定四时成岁议》一卷。朱升《尚书旁注》六卷、《书经补正辑注》一卷。洪中孚《春秋解义》二十卷。程永奇《六经疑义》二十卷、《四书疑义》十卷、《中和考》三卷、《程子明道定性书》《伊川好家论注释》各一卷。朱申《道命录》。胡闳休《兵书》二卷。

婺源：王炎《读易笔记》九卷、《易数稽疑》《尚书小传》十八卷、《禹贡辨》一卷、《周书音训》《考工记解》一卷、《明堂议》一卷、《乡饮酒仪》一卷、《礼记解》《春秋衍义》《孝经解》五卷、《诸经考疑》《论语解》《伤寒论》《天对解》。吴遇龙《易义四英》二卷。吴觉《易旨疏释》一卷。胡伸《尚书解义》。朱弁《尚书直解》十卷、《续骨丸髀说》一卷、《曲洧旧闻》四卷、《杂书》一卷。许月卿《书经解》。滕璘《论语说》。胡升《四书增释》。江恺《四书讲义》。汪藻《古今雅俗字》四十四篇、《青唐录》三卷、《世说叙录》三卷。滕珙《经济文衡》前集二十卷、后集二十五卷、续集二十五卷。汪大猷《忠训鉴》。

绩溪：胡舜陟《论语义》《三山老人语录》《师律阵图》。

祁门：方岳《宗维录》十卷。

黟县：丘濬《霸国环周立成历》一卷、《阴阳集正历》三卷、《历日纂圣精要》一卷、《历枢》二卷、《难逃论》一卷、《符天行宫》一卷、《转天图》一卷、《万岁日出入昼夜立成历》一卷、《五星长历》一卷、《正象历》一卷、《太乙遁甲赋》一卷、《洛阳归尚录》三卷、《牡丹荣辱志》一卷。程迈《漫浪编》五卷。

（《新宋学》第 3 辑，上海人民出版社 2014 年版）

图书在版编目（CIP）数据

宋代诗词实证研究 / 胡可先著 .— 杭州：浙江大
学出版社，2019.7
ISBN 978-7-308-17219-6

Ⅰ.①宋 … Ⅱ.①胡 … Ⅲ.①宋诗—诗歌研究 ②宋词
—诗词研究 Ⅳ.①I207.227.44 ②I207.23

中国版本图书馆 CIP 数据核字（2017）第184179号

宋代诗词实证研究

胡可先 著

责任编辑	宋旭华 吴 超	
责任校对	赵 珏	
封面设计	周 灵	
出版发行	浙江大学出版社	
	（杭州市天目山路148号 邮政编码310007）	
	（网址：http://www.zjupress.com）	
排 版	杭州中大图文设计有限公司	
印 刷	绍兴市越生彩印有限公司	
开 本	710mm×1000mm 1/16	
印 张	35.25	
字 数	523千	
版 印 次	2019年7月第1版 2019年7月第1次印刷	
书 号	ISBN 978-7-308-17219-6	
定 价	108.00元	